天《てん》を衝《つ》く《く》

上

秀吉に喧嘩を売った男・九戸政実

高橋克彦

講談社

天を衝く（上）目次

装丁　多田和博
カバー写真　竹内敏信

天を衝く

上

北の鬼

一

西暦一五五八年からはじまる永禄《えいろく》と号した十二年間は、いわゆる戦国時代の大波が岩にぶつかり砕け散った怒濤《どとう》の時代と表現してもいいだろう。織田信長が桶狭間《おけはざま》での奇襲作戦によって今川義元の首級を奪ったのが永禄三年五月のことならば、上杉謙信と武田信玄の二人が川中島にて最後の雌雄《しゆう》を決したのが永禄四年九月のことである。そして永禄十年秋には信長が永年の悲願であった美濃を掌中に納め、岐阜を拠点として天下布武《てんかふぶ》の決意を明らかにしている。まさに日本全体が戦乱のうねりに巻き込まれていた時代であった。歴史は信長や豊臣秀吉、徳川家康らを軸に多くを伝えているが、もちろんその激震は本州の最果て陸奥《みちのく》にも及んでいた。源頼朝が平泉《ひらいずみ》に君臨した藤原一族を平定しておよそ四百年。陸奥にはふたたび戦《いく》さの風が吹き荒れはじめていたのである。

しかも戦さの構図は主人公こそ違っているものの、やはり源氏と蝦夷《えみし》の抗争であった。安倍貞任《あべのさだとう》の遺児高星丸を始祖とする秋田安東《あんどう》一族が、源義家の弟義光を始祖として鎌倉以降陸奥の経営に当たっていた南部一族に対して反抗の狼煙《のろし》を上げたのである。決して偶然ではない。各地の戦乱によって足利幕府はすでに形骸化していた。将軍家の権威は失墜し、都から遠く隔たった陸奥の混乱を取り纏《まと》める力はない。そこを見越して四百有余年の長い間源氏の風下に置かれていた蝦夷がようやくにして立ち上がったと見るのが正しい。蝦夷の奥底に燃える怒りの炎は四百年を経てもなお消え去ってはいなかったのである。

二

織田信長が天下統一の意思を明らかにした永禄十年の秋、時を同じくして南部《なんぶ》一族の宗家である三《さん》戸《のへ》城主南部晴政《はるまさ》からの使者が九戸《くのへ》城主九戸政実《まさざね》の下《もと》へと遣《つか》わされた。だが、この日、政実は城を留守にしていた。代々の菩提《ぼだい》寺である長興寺《ちょうこうじ》に出掛けていると聞かされた使者は、そのまま寺に馬を反転させた。大事ゆえなんとしても政実の約束を取り付けるように晴政から念押しされている。使者には異変を感じ取った政実の弟の実親《さねちか》も同行していた。この雨の中を駆け通しでやって来た使者など実親にははじめてのことであった。

「なにがあった！」

実親は馬に鞭《むち》をやりながら叫んだ。

「一番に政実さまに申し上げまする」

使者は首を横に振って馬を飛ばす。火急の使者に選ばれただけあって見事な手綱《たづな》さばきであった。実親は必死で追いかけた。だいたいの察しはついている。秋田の安東によってどこかの城が攻められたのであろう。境界線上にある城を取ったり取られたりの小競《こぜ》り合《あ》いがここ四、五年続いている。だが、これほどに緊迫した使者が九戸城を訪れるのは珍しい。よほどの状況と思えた。

「政実さまにご注進！　三戸本家の者にござる。政実さまはおいでになられるか」

使者は長興寺の山門の前に郎党《ろうどう》らしき影を認めて甲高い声を発した。郎党たちは実親まで続いているのを知って姿勢を正した。馬は山門の前に慌《あわ》ただしく止まった。使者は飛び下りると門を駆け抜けた。

「本家からの使いの者にござる！　政実さまがこちらにおいでと伺《うかが》って馳《は》せ参じ申した」

使者は境内《けいだい》を叫びながら進んだ。若い僧が顔を見せた。使者はまた早足となった。

「お取り次ぎ願いたい。急ぎの知らせである」

「兄者《あにじゃ》の馬を見掛けぬが？」

実親は僧に質《ただ》した。自慢の黒毛が門前に繋《つな》がれていなかったのである。

「お館《やかた》さまは裏の笹山に参られました」

「笹山？　この雨の中にか」

使者は怪訝《けげん》な顔をした。

「いったいなにをしに参られた？」

「弓の鍛練にござります」

当たり前の顔をして僧は応じた。

「笹山でどういたす？」

使者はますます首を傾《かし》げた。

「やがてお戻りになられましょう。それまでごゆるりとお寛《くつろ》ぎなされませ」

「待てぬ。その裏山とやらに案内してくれ」

使者は苛立《いらだ》った様子で僧に言った。

「裏山なら私が連れて参ろう」

実親は苦笑いして山門へと引き返した。

「珍しきことにはござらぬのですか？」

使者は実親と並んで訊《たず》ねた。

「弓と刀にかけては一族で一番のお腕と聞き及んでおり申すが……この雨中にご鍛練とはいかになんでも解《げ》せませぬ」

「雨ゆえに思い立ったのであろう。兄者は常に実戦を頭に描いて鍛練をなさる。そのお陰で家中の者らが泣いている。嵐の夜に馬を飛ばすのもしばしばだ。雨など気にすまい」

実親は郎党から手綱を受け取って笑った。


馬は急な坂道を喘《あえ》ぐように登った。雨が道を泥土に変えている。馬の脚が滑ってままならない。馬体が傾いで振り落とされそうになるたびに使者は後悔の舌打ちを繰り返した。ばさばさっと篠《しの》の風を切る音がした。使者はその方向に目を動かした。遥《はる》か頭上を小枝らしきものが舞っていた。その瞬間、それは一本の矢によって射止められた。矢に運ばれて空高く上がる。使者は仰天して行く末を見守った。なにがあったのか見当もつかない。

「いつ見ても凄い。とてもかなわぬ」

実親は溜め息を洩らした。

「今のは政実さまの矢にござりまするか？」

「小枝を竹で空に弾《はじ》き飛ばしている。竹の太さや小枝の重さによって、それがどこに飛ぶのかまるで分からない。人が投げた的はおおよその見当がついて鍛練にはならぬ。兄者は子供時分をこの長興寺で過ごした。その折りに思い付いた方法だと聞いている。理屈は分かっていても家中であの小枝の的を過《あやま》たずに射落とす者はおらぬ。ことに雨の日となれば倍もむずかしい。濡れた竹が小枝をさらに思いがけぬ方角へと飛ばす。一族で一番と言うたが、あるいは国一番の腕かも知れぬぞ。源氏は弓扱いに長《た》けるを一とした。兄者にはその血が受け継がれているのだ」

また篠の音がした。小枝が空に舞う。いかにもさっきのものとは方角も速度も異なっていた。びゅうっ、と矢がそれを襲った。小枝の端が弾かれて地面に落ちていく。使者は啞然《あぜん》として矢の放たれた竹林を目で探した。

「彦五郎《ひこごろう》めにござります！」

竹林に向かって実親が名乗った。

「本家からの使者を同道して参りました」

おう、と雨に白く煙《けぶ》る竹林の中から力強い返事が戻った。使者は緊張した。鬼神とも思える弓の腕を目の当たりにして気圧《けお》されていたのである。三戸の城で顔を遠目にしたことはあるが、間近で挨拶《あいさつ》をするのは今日がはじめてであった。使者は馬から泥道に飛び下りて政実の現われるのを待った。

「これは……」

実親は弓を片手に竹林を割って出て来た政実の姿を見やって笑いを洩らした。政実は下帯《したおび》一つの裸であった。使者はあんぐりと口を開けた。だが、凄《すさ》まじい筋骨である。政実の体からは湯気が激しく立ち上がっていた。この冷気の中で汗を掻《か》けばそうなる。

「使者の前でござりますぞ」

実親は自分の蓑《みの》を脱いで近寄った。

「雨を吸った袖は弓の邪魔をする。寺に風呂の用意をさせてある。いまさら蓑は要らぬ」

政実は実親の突き出した蓑を押し返して使者をぎろりと見据えた。使者は慌てて泥道に平伏した。

九戸政実、このとき三十二歳。まさに男盛りであった。

「帰るぞ。いかになんでも真っ裸で使者の口上を聞くわけにはいくまい」

政実は竹林の中に控えていた供侍たちを促した。その男たちも政実と変わらぬ裸だった。

「先に行け。俺《おれ》の馬は遠くに繋いである」

政実は実親に言って竹林に消えた。

「聞きしに勝るお人にござりまする」

使者は額の汗を拭《ぬぐ》った。

「九戸党の強さの理由《わけ》が分かり申しました」

「主人《あるじ》があれではかなわぬと思っておろう」

実親は使者の目を覗《のぞ》いてにやにやとした。

「いえ、心底頼もしきお人と感じいりました。南部に政実さまさえあれば案ずることはありませぬ。まこと北の――」

使者は後の言葉を濁した。

「北の鬼か。いかにも兄者に相応《ふさわ》しい」

実親は一族の間で口にされている政実の仇名《あだな》を言って面白そうに頷《うなず》いた。使者も安堵《あんど》の顔で同意した。

「兄者は並の人ではない。鬼とて兄者には喧嘩《けんか》を売るまい。私が鬼ならそうする」

実親は兄への誇りを持って口にした。十一歳も離れていれば兄というより父に近かった。

使者は長興寺の本堂にて政実とあらためての対面を果たした。風呂で汗を流した肌が上気している。整えた髷《まげ》はまるで別人のようであった。涼やかな瞳《ひとみ》を見ているとどこにも鬼という印象は受けない。使者を迎える白い衣が浅黒い肌によく似合っている。

「六千の兵を繰り出して来たと言うのか」

秋田と南部の境界線に位置する鹿角《かづの》の長牛《なごうし》城に安東愛季《ちかすえ》が春に続いて二度目の総攻撃を仕掛けて来たのである。近隣の谷内《たにない》、石鳥谷《いしどりや》の城の兵と合わせても千に満たない長牛城は四方から六千の兵に攻められて一日も保《も》たずに陥落した。長牛の城主長牛友義は本家の三戸城を頼ってわずかの手勢で落ちのびた。討ち死にした兵の数は四百にも達すると言う。

「油断していたのであろう。春に続いて直《す》ぐに愛季が攻め込むなど有り得ぬと侮《あなど》っていたせいだ。四百も失うとはだらしない」

それでも政実の唇《くちびる》の端には笑みが見られた。

「たった一日とは南部一族の名が廃《すた》る。俺が長牛友義なれば三月は持ち堪《こた》えたものを。雪が積もれば愛季も諦《あきら》めて引き揚げる」

「なれど千に六千では戦さになりますまい」

実親が口を挟《はさ》んだ。

「古来より籠城策《ろうじょうさく》には五倍の兵を用いるべしと説かれておる。逆に申せば城に籠《こ》もる限り五倍の敵を相手に戦えると言うことだ。千に対して六千は恐れる数にあらず。誘いに乗って城を出ての戦さを挑んだ長牛友義にこそ責めがある。恐らく食い物と水の用意が少なかったのであろうが、それこそ武士の心掛けの足りなさと言うしかあるまい。愛季がいずれ鹿角に攻め入るは女子供にすら分かっていたことだぞ。春に一万の軍勢で愛季を蹴散らしたからと言って、それは本家の加勢に過ぎぬ。己《おの》れの器量ではない。それに友義一人が気付いておらなかったということだな」

「まことに同感にござりまするが――」

使者は大きく頷きながら続けた。

「このままに捨て置くわけには参りませぬ。本家はすでに出陣の用意を整えております。政実さまにもなにとぞご加勢を。お館さまは政実さまに先陣をお預けしたいと申しております。安東に荷担《かたん》する鹿角の地侍どもが増えれば一大事。即刻の反撃が必要かと」

「春とは状況が違う。一万で攻めたとて無駄だ。本家の名に関わることであろうが、ここは様子を見るべし、と帰って申せ」

「安東を見過ごすと仰せにござりますか」

使者は目を丸くして詰め寄った。

「愛季は冬の到来を見越して襲って来たのだ。必ず籠城の用意を整えておろう。長牛城に兵をどれだけ残しているか知れぬが、二千も居ればたとえ我らが一万で包囲したとて一月やそこらは落とせぬ。加えて背後を数千の兵に衝《つ》かれる危険もあろう。そこに雪が降ればどうなる？　鹿角の冬は早い。虚《むな》しく撤退するのが目に見えておる。敵が長牛友義なら俺一人でも落として見せるが、愛季となると話は別だ。どうしてもやると言うなら反対はせぬが、先陣は断わる。可愛い部下をそんな愚かな戦さで死なせたくはないでな」

「愚かな戦さと申されますか！」

さすがに使者の顔色が変わった。

「いくら本家のご威光でも雪には勝てまい」

政実は鼻で笑うと、

「武士たる者は常に勝てる戦さをこそ心掛けるものだ。行き掛かりによって負け戦さと承知でも立たねばならぬときもあろうが、それは生涯に一度と決めておる。長牛友義のごとき阿呆のためにこの命を捨てては惜しい。春を待てば必ず勝てると言うに、なにゆえ苦戦と定められた戦さに出なければならぬ？　名を惜しむゆえと本家は申すであろうが、それなら阿呆に長牛城を預けた不明を先に恥じるがよかろう。四百も死なせておきながら己れ一人が落ち延びるなど、もはや武士とは言わぬ。俺の言った通りのことを本家にそのまま伝えるがよい。長牛友義に詰め腹を切らせる談合にならば喜んで参上いたすが、鹿角への出兵については固くご遠慮申し上げる、とな」

「兄者！」

実親は背筋が凍る思いだった。政実の言い分はもっともであるが、宗家の下知《げち》に背《そむ》けば一族への反逆と取られかねない。ましてや長牛の家系は四百年前に南部をはじめて名乗った光行の長男行朝《ゆきとも》に連なる名家であった。長男にかかわらず妾腹《しょうふく》であったために光行の興した南部の家は次男の実光に譲られたが、本来であれば本家を名乗ってもおかしくない家柄なのである。九戸の一族は光行の五男行連《ゆきつら》からはじめられているので、一族における格は長牛の方が遥かに高く扱われている。その相手に詰め腹を切らせるなどとは穏やかでない。使者も青ざめた顔で政実を見詰めていた。

「骨はこの政実が拾うてやるほどに、安心して出陣なされとお館さまに言うがよい」

政実は一方的に話を切り上げると本堂から立ち去った。使者は困惑していた。

「口は悪いが、いかにも兄者の言う通りであろう。冬戦さとなっては勝ち目が薄くなる」

実親は使者を執《と》り成《な》した。

「兄者はお館さまの身を案じて、ああ言ったのだ。そこを察してくれ」

「出陣のお約束を賜《たまわ》るまでは戻るなと命じられて参りましたが……これでは」

使者は途方に暮れた嘆息を洩らした。

「八戸《はちのへ》の政栄《まさひで》どのにも使者が？」

実親は質した。八戸の根城に居を構える政栄もおなじく南部光行の流れを汲むものであるが、八戸勢は本家と同様に南部の姓を許された特別の家系である。もし本家に嫡流《ちゃくりゅう》が恵まれぬ場合には八戸南部から養子を迎える慣わしとなっている。言わば分家の総代という立場にある。その八戸の動きによって合議が左右されることもしばしばだった。

「八戸は春の内紛がまだ尾を引いております」

言われて実親は頷いた。八戸南部の当主政栄は源氏の傍系である新田《にった》氏から請《こ》われて養子に迎えられた者だった。だが、それを面白しとしない櫛引《くしびき》弥六郎がこの春に謀反《むほん》の旗を掲げて根城《ねじろ》を襲ったのだ。政栄の実父が亡くなって葬儀のために城を留守にしていたときの出来事だった。櫛引弥六郎は政栄とおなじ祖父を持つ新田一族の豪族で、血縁の濃さと器量から言うなら己れこそが八戸南部に迎えられて当然だと思っていたのである。服喪中の襲撃に政栄は激怒して反撃が開始されたが、なかなか決着がつかないままに現在に至っている。本家が加勢すべき戦さであったが、前述のごとく期をおなじくして鹿角に安東愛季が侵攻してきたので手が回らなくなったのだ。また、この戦さは安東の侵攻と異なり、八戸南部の一族の中での内紛であったので、本家も遠巻きにしていた部分がある。

「八戸勢を当てにできぬとなれば……」

「苦しい戦さとなりまする」

使者は何度目かの溜め息を吐《つ》いた。

三

その夜、九戸城内にて身内ばかりの談合が持たれた。上座には四年前に領主の座を政実に譲って隠居した父親の信仲《のぶなか》が、まだまだ厳しい目をして子らを見据えていた。その間近にはもちろん政実がどっかりと胡座《あぐら》をかいている。政実の左には久慈《くじ》城を預かっている政則《まさのり》が、そしてさらに隣りには伊保内《ないぼ》城を支配する正常《まさつね》が、と、いわゆる九戸党の三本柱がひさしぶりに顔を揃《そろ》えていた。その下座に九戸城の預かりとなっている弟らが控えている。順に政行《まさゆき》、康実《やすざね》、実親。この居並んだ六人が信仲の自慢の倅《せがれ》たちであった。

「本家の骨を拾うてやると言うたとな」

実親から聞かされた政則は爆笑した。

「さぞかし使者は腰を抜かしたであろう」

「笑いごとでは済まされませぬ」

実親は声を荒らげた。

「四百も殺されたとあっては本家の体面にも関わること。一刻も早く長牛城を取り戻さんとしているときに出兵を断わるばかりか長牛友義の無能を口にしては今後に差し障りがありましょう。使者は兄者の気性を知らぬ。そのまま本家に伝わればどうなることか」

「俺も今からの出陣はごめんだな」

政則は実親を遮《さえぎ》って、

「兄者の申した通りよ。本家は数を頼りにするばかりで戦さのなんたるかを知らぬ。それでもやると言うなら勝手にやるがいい」

「しかし……」

慎重な性格の正常は眉を曇らせた。

「本家のお館さまは根に持つお人ぞ。一度でも気に染まぬことをしでかせば容赦なく退《しりぞ》ける。ここは形だけでも本家に兵を差し出すのが上策ではないか？　どうせ冬戦さになるのは目に見えている。まさかお館さまとて本気で兵を進める気はあるまい。今後の戦さに備えて身内がどれだけ忠誠を尽くすか知りたかったのではあるまいかの」

「だから間抜けと言うたのよ」

政実は苦々しい顔で言った。

「やる気もないのに兵を集めては愛季の警戒を強めるだけのことになる。各地に救援を頼む使者が走ったことを愛季はすでに承知のはず。今頃、長牛城には倍もの食い物が運ばれていよう。この時期に襲って来たのは周到な準備あってのことだ。刈り入れを終えた米を本拠地にたっぷりと蓄《たくわ》えておろう」

「なるほど」

正常は押し黙った。

「ここは愛季の思惑を大きく外す他に策はない。それには長牛城など放っておくのが大事ぞ。大軍を投じるよりは小人数で遠巻きにして、不安を掻き立てるのが一番だ。城外に攻め出せば損となるのを愛季の方がよく知っている。その策ならせいぜい五百もあれば充分だ。そして春を待つのが勝つ戦さというもの」

政実の言葉に皆は大きく頷いた。

「では、なぜそれを使者に進言せぬので？」

実親は首を捻《ひね》った。あるいは本家に出向いてその策を伝えれば褒《ほ》められたに違いない。

「その程度の策を思い付かずして本家とは言えぬ。もはやお館の時代は終わった」

政実はきっぱりと口にして冷笑した。

だれもが無言だった。

「お館の時代が終わったとは？」

信仲はさらに厳しい目で問い詰めた。

「本家と縁を切ると言うことか？」

「当方よりわざわざ縁切りを申し立てずとも、長くは保ちますまい。お館は五十五のご老齢。跡継ぎとして娘婿《むすめむこ》に迎えた信直《のぶなお》どのは、ここに居る実親とさほど変わらぬ若輩にござる。今の不穏な世の中にあって本家を守り抜く器量はとても……ましてや八戸南部があのざまでは愛季ばかりか津軽の大浦《おおうら》一党にまで隙を窺《うかが》われましょうな。愛季が何度となく攻め込んで参っているのは、津軽が南部に従わぬと見抜いているからでござる。愛季の様子によっては津軽も旗を掲げて参りましょう」

「そこまで承知で出兵を断わったか」

信仲は複雑な笑いを浮かべた。

「万が一長牛城攻めに不様《ぶざま》な策を採れば、きっと大浦一党が本家の三戸城を狙って来ますぞ。大浦も愛季と同様に源氏の血筋については永年の恨みを持つ者。よい機会とほくそ笑んでおりまする」

信仲は唸《うな》った。大浦の血筋は平泉二代目の藤原基衡《もとひら》から端を発している。三代目を継承した秀衡《ひでひら》の弟秀栄《ひでひさ》より続く家系なのである。安倍貞任の血縁である安東一族と平泉藤原氏の系統の大浦一族が提携して南部一族に歯向かうことは充分以上に有り得た。

「ましてや今の大浦を率いている為信《ためのぶ》と申す者、若いがしたたかな男にござる。もし大軍を預けたならなにをしでかすか……」

「それほどの器量か？」

信仲は眉根を寄せた。

「千やそこらの兵しか持てぬゆえ名が広まっておりませぬが、やがては必ず南部を脅《おびや》かす者となりましょうな。あるいは愛季よりも危ない男にござる。為信に五千の兵があれば本家などとっくに潰《つぶ》されていたやも」

「何歳になる？」

「実親とおなじ歳であったはず。二十一か」

「その若さで大浦を率いておるのか」

「手前が本家の立場にあれば、愛季など放っておいて真っ先に為信を討ち取ってしまい申す。間近にありながらあやつの怖さを知らぬとは……お館の目も曇った」

「恐ろしきは、うぬのことであろう」

信仲は薄笑いを見せて、

「本家にはたびたび挨拶に出掛けているはず。いくらも大浦のことを言って聞かせる機会があったであろうに……わざと言わなんだか」

「為信がどこまで伸びるか……それを見届けてみたい気になり申した」

「ぬけぬけと言いおるわ」

信仲は豪快に笑った。

「では、本家が潰れればいいとお思いか？」

実親は身震いを感じながら確かめた。

「本家がまこと我らの上にあるものかどうか見定めたいと思っている。本家と言うが、それは四百年も前の繋がりに過ぎぬ。今は戦乱の世となった。いずこの国でも力ある者が民を纏めている。愚かな者の下に従っていては我ら自身の身が危うくなろう。ここらで覚悟を決めておかねば本家とともに九戸も滅びる」

「謀反と取られれば、その前に本家の軍勢が九戸を滅ぼしにかかって参りますぞ」

「できるものか」

政実は簡単に退けた。

「出兵の断わりを反逆と見做《みな》して我が城を取り囲むだけの度胸は本家にない」

「…………」

「久慈と伊保内の城の手勢を合わせれば九戸党は四千を上回る。今の本家に従う者は多くて五千。本家と足しても八千には満たぬ。その兵力で愛季や津軽の動きを気にしながら九戸攻めはやれぬ。下手をすれば三戸の城が愛季の手に渡る。安心して見ていろ。本家は冬の戦さを諦めて俺の言いなりになろう」

そうだ、と実親以外が頷いた。

「春を過ぎたれば本家に出向いて愛季を討つ談合を図る。そして長牛城を我ら九戸党で奪回してみせよう。だれが南部の支えであるか愛季にも為信にも見せ付けてやるのだ」

おう、と皆は気炎を上げた。

あとは酒宴と変わった。実親は少しだけ付き合って自分の部屋に引き下がった。実親は子供時代に三戸の本家に二年を暮らしたことがあった。晴政の気性はよく知っている。いかにも冬の戦さは諦めるであろうが、政実を決して許しはしないであろう。愛季を討伐した後にどうなるか知れたものではない。遠からずして本家と九戸は対立することになる。それを思うと酒など呑む気にはなれなかった。

「どうした」

一人寝転んでいる実親の部屋に政実が現われた。実親は慌てて起き上がった。

「俺のやり方が気に入らぬか」

政実はぶら下げてきた瓶子《へいし》と杯を実親に押し付けて、自分の杯を突き出した。実親はそれになみなみと酒を注いだ。

「おまえも飲《や》れ」

「酔いました」

「嘘をつけ。見ていたぞ」

政実は瓶子を取り返して促した。仕方なく実親は杯に受けた。酒が溢《あふ》れて零《こぼ》れた。

「だれかが戦さを押し止めねば南部勢は大敗を喫する。それはおまえにも分かろう」

「はあ」

「と言って合議の席に俺が出向いて戦さの中止を訴えたらどうなる？　お館のことだ、ますます猛《たけ》り狂って戦さの命令を出す。理屈など通じる相手ではない。だから最初から出兵を拒《こば》んだのだ。俺の兵を当てにできぬとなれば、いかにお館とて無理な戦さを挑むまい。さっきはああ言ったが、それが俺の本心だ」

「本当ですか？」

「俺が心底頼りにしているのはおまえだ。おまえの知恵は陸奥で一番と見ている。だからこそこうして館に置いているのだぞ。親父どのは請われておまえを養子に出そうとしたことがあったが、俺が断じて反対した。おまえの才が求められるのはこれからだ。いよいよその日が近くなりつつある」

「それなら、やはりお館さまの身を案じたと言うのは本心と違いましょう」

「確かに……お館の身を案じたのではない。だが、戦さをさせたくなかったのは事実だ。ここで南部勢の運が弱まれば建て直しが厄介となる。俺が一万の兵を動かせるようになるまで本家には愛季や津軽を牽制して貰わねばならぬでな。その前に愚かな策で自滅して貰っては困る。痩《や》せ細った南部をおまえに継がせたところで意味がなかろう」

「私が南部を継ぐ？」

実親は怪訝な顔で政実を見詰めた。

「何年も前から決めていた。おまえの才があれば南部の棟梁《とうりょう》となって陸奥をどこにも負けぬ立派な国に育てていけよう」

「馬鹿なことを」

呆《あき》れ果てた実親に政実は、

「今の世なれば夢とは言うまい」

大真面目な顔をして付け足した。

「本家に嫡子ができぬときは八戸南部より養子を迎えることになっていた決まりをお館は自ら反古《ほご》にして娘婿の信直を跡継ぎにすると公言しておる。それなら九戸のおまえが南部を継いでも構わぬ理屈になろうよ」

「信直どのは違いまする。お館さまにとっては甥御《おいご》に当たられるお人。それに信直どのの親父どのの高信《たかのぶ》さまは、ずうっとお館さまの補佐役を務めて参られました。信直どのが南部を継ぐについてはどなたも認めておられます。それに、八戸南部と申されるが、政栄どのはご養子。ご養子をさらに南部のご養子に迎えてはだれも従いますまい」

「しかし、四百年にも亘《わた》って守られて来た決まりを崩したのは確かであろう。お館さえ気に入ればどこの馬の骨とも分からぬ者でも南部の跡継ぎになれるということではないか」

「ですから、信直どのは違いまする」

「おなじだ。南部の結束はこれで崩れた。お館がきつい性分ゆえだれもが正面切って文句を言わぬだけのことよ。内心では多くが不快を抱いておる。そのせいで戦さにも身が入らぬのだ。命を懸けて守ったところで高信の倅を太らせるだけのことだ。信直がこれまでどんな働きを示した？　先を見込んで娘婿に迎えて南部の跡継ぎにすると申すなら分かるが、娘婿だったゆえに南部を譲ると言うのでは筋違いと申すものであろう。お館を終《しま》いだと言うたはそのことだ。娘可愛さに婿を跡継ぎにするなど、この時代にあって通るまい。あんな者に任せていては共倒れとなる。また、一族の腑甲斐《ふがい》無《な》さもようく見せて貰った。血縁だとか言うておるが、結局は本家の力に靡《なび》いているだけに過ぎぬ。もし俺が本家を凌《しの》ぐ力を示せば、必ず従ってくる。おまえを南部の棟梁に据えることとてむずかしくはない」

「それは他の兄者たちもご承知のことか？」

「いや、今は俺一人の胸に納めている。末子のおまえを南部の棟梁に押し立てると申せば九戸党にも迷いが生じる。ここで乱れがあっては大望が果たせぬ」

「なぜ兄者が南部の棟梁となりませぬ？」

実親は本心から質した。棟梁の器ならむしろ政実の方であろう。

「己れの欲で働く者に人は心底から従わぬ。戦さとなれば千や二千が死ぬ。長牛友義が簡単に城を捨てて逃げたのもそれだ。お館のために命を捨てるつもりにはなれなかったのであろう。俺はこれまでいくつかの戦さに出てそれを知った。九戸党を陸奥で一番の軍にするには大義がなくてはならぬ。俺が南部の棟梁を目指すのはただの欲であって大義とはなるまい。おまえを守《も》り立ててこそ大義となる。俺がおまえのために命を捨ててかかれば兵らも喜んで死ぬ」

「…………」

「本気だぞ。親父どのがまだまだ働ける身で俺に九戸を譲ってくだされたように、俺はおまえに南部をそっくりとくれてやる」

「どうして手前なのです？」

実親にはまだ信じられなかった。

「おまえには知恵の他に情けがある。館の者らもおまえを慕っている。そののんびりとした心根を皆が喜んでいる。俺は戦さ向きの男だが、おまえは荒れた地を耕す者だ」

政実は笑って杯をまた突き出した。

「やはり、酔うておられる」

実親は政実の目を覗いて苦笑した。

「俺は……安東や大浦が好きなのよ」

政実は秘密を打ち明けるような口調で、

「あやつらは偉い。安倍貞任や平泉の血筋を誇りとしている。これほどまでに南部に痛め付けられながらも決して志を曲げぬ。いつも反撃の機会を窺っているのだ。なのに肝腎の我らは源氏であることすら忘れた。いかにも四百年が過ぎれば源氏の血などなんの意味もない。それを言い立てたとて通用する世の中ではなくなっている。俺も承知であるが……俺は安東や大浦が羨《うらや》ましい」

「南部はもはや源氏ではありませぬ」

実親は断言した。

「陸奥の民にござりましょう」

「陸奥の民？」

政実は困惑の顔で実親を見やった。

「兄者が源氏に戻りたいお気持ちは充分に分かり申すが、この土地に四百年も根付いた我らがいまだに源氏の心を抱いていては国を纏めることなどできますまい。将軍が我らに国替えを命じてきたらいかがなされます？」

「さて……それは」

「都に戻れと言われても兄者は従わぬはず。生まれ育った故郷ではありませぬか。山や川を眺めて心が和《なご》みまする。先祖はいざ知らず、今の我らは陸奥の民となりました」

「なるほど、陸奥の民か」

政実は何度も首を縦に振って、

「安東や大浦が蝦夷なら、我らとて新しき蝦夷と言うことだな」

力を得たような笑いを浮かべた。

「陸奥の地に根付く者、すなわち蝦夷だ」

政実はその言い方が気に入ったらしかった。

「辛うじて保たれた源氏の糸など、もう要らぬ。九戸党は新たな蝦夷の道を歩もう」

「とは？」

実親はそれに別の意味が含まれているように感じて政実に質した。

「源氏を捨てて新たな蝦夷の道を進むのであれば安東や大浦と手を組むこともできよう」

「なにを申されます！」

「たとえばの話だ。たとえばの、な」

政実は勇んで立ち上がった。

「今の話、だれにも口外してはならぬ」

政実は実親の肩を叩《たた》いて部屋から出て行った。実親は思わず嘆息した。

四

それからおよそ二月後のことである。

粉雪の舞う久慈の港に一艘《そう》の船がこっそりと入って来た。二本の帆のうち一つの柱は真ん中から折れていた。途中で嵐にでも巻き込まれたものに違いない。港で迎える者たちは不安そうに入港を見守った。あの様子では何人かが必ず犠牲となっている。それも無理はなかった。この季節に津軽の海峡を渡るには相当な覚悟が要る。

「まさか、本当に船で来るとは……」

久慈城の主人である政則は帆に描かれた大浦党の目印を確かに認めて呆れ返った。

「兄者の言うた通りだ。為信という男、危ない。命を捨ててかかっている」

政則の言葉に側近たちは頷いた。九戸城からの使いの者がやって来て、大浦為信が船で久慈を目指していると聞かされたときは皆が笑ったものである。だが、こうして目の前にすると為信の恐ろしさが身に染みた。

「館に戻って兄者とともに待つ。為信を丁重に案内いたせ。あの心意気に恥じぬようにな」

政則は寒さを堪《こら》えつつ側近らに命じた。

「兄者も今日で三日目だ。さぞかし待ちくたびれたに違いない。それと……あの帆は直ぐに畳ませろ。だれの目が光っているか知れぬ。この港に大浦の船が入ったと伝われば面倒になる。為信が拒んでも決して許すな」

側近らは頷いて埠頭《ふとう》に駆け出した。


「さすがに久慈は温かいの」

それが船から下り立った為信のはじめて発した言葉だった。側近たちは為信の巨体に威圧されていた。六尺五寸（二メートル）近い。まさに見上げるばかりの大男である。なのに笑った顔には幼さが残されている。

「久慈は十五年ぶりだ」

だれにともなく為信は呟《つぶや》いた。

「久慈に参られたことがございますのか」

一人が奇縁という顔で訊ねた。

「俺はここの生まれだ」

為信は懐かしそうに雪に煙った山々を眺めた。意外な話に側近たちは顔を見合わせた。

「母者が久慈の一族の者の後妻に入って俺を生んだ。親父が死ぬと母者と俺は屋敷を追い出された。それで縁故を頼って津軽に移った。大浦の家に養子に迎えられたのは近頃のことでな。人の道とは分からぬものだ。南部の血を引く俺が今では津軽を率いている。ましてや、追われた土地にこうして戻るとは……」

為信は面白そうに肩を揺すらせた。

「それを聞けば主人《あるじ》も喜びましょう」

「どうかね。俺が家来筋と知れば顎で使おうとするんじゃねえのか」

為信はじろりと睨《にら》み付けた。

「俺にとって九戸党は馴染みの一族だ。それで今度の誘いには乗ったが……今は津軽のために働いている。承知でいて貰いたい」

側近たちは同時に頷いた。

為信は二人の郎党とともに久慈城の奥へと案内された。そこには政実が待っていた。後で知ることになるが、下座には実親の姿も見られた。為信はおなじ年頃の実親に目をやって軽く会釈すると政実の前に腰を下ろした。歳こそ離れていても互いに領主である。為信は胸を張って政実と対面した。

「罠《わな》とは思わなかったか」

政実はいきなり口にした。

「南部一族にとって大浦党は目の上の瘤《こぶ》。それを知らぬそなたではあるまいに」

「小狡《こずる》い晴政どのならともかく、北の鬼と恐れられるお人がそれをしたんじゃ名が廃る。それに俺はあんたのことを知っている」

「ほう……どこで会った」

「少しの間だが俺は九戸の長興寺《ちょうこうじ》に預けられた。親父が俺に手を焼いてしまってな」

「いつのことだ？」

政実は膝を乗り出して為信を眺め回した。

「五歳のときだ」

「まさか……弥四郎ではあるまいな？」

「名まで覚えていてくれたとは嬉しゅうござる」

為信はにっこりと微笑《ほほえ》んで平伏した。

「あの弥四郎がそなたであったか！」

政実は膝を進めて為信の腕を取った。

「噂《うわさ》も聞かぬゆえ、てっきりどこぞで果てたものと案じていた。そうか、無事であったか」

政実は何度もそれを繰り返した。

「弥四郎なればさもあろう。きっと名を上げる者と見込んでいた」

「どういう者にござりました？」

政則は思い出せぬ顔をして政実に訊ねた。

「目潰《めつぶ》しの弥四郎だ。年長の者五、六人を相手に喧嘩をした。盗んだ蕎麦粉《そばこ》で目潰しを拵《こしら》えて皆を封じてから竹竿で叩き伏せた」

「あれが……この為信だと申されるか」

政則は信じられないという顔をした。

「あの折りはお世話になり申した。政実さまの口添えがなければきつい咎《とが》めを受けていたはず。この為信、恩を忘れてはおりませぬ」

為信は深々と頭を下げた。武士の血を引く者が目潰しなどという姑息《こそく》な手段を用いてはならぬと叱責を受けたときに、一人政実だけが策の勝利であると為信の側に回ってくれたのである。それで為信は許された。

「いかにも弥四郎に違いない」

政則はまじまじと見詰めて首を振った。

「よくぞここまで見事に背丈が伸びたな」

「恐れ入りまする」

為信はぼりぼりと頭を掻いた。その頃はおなじ年頃の者より頭一つも小さな為信だった。身を縮めた為信に皆は爆笑した。

「弥四郎が為信となったは我らにとっての運と言うもの。これで先が見通せる」

政実は言いつつ、

「それにしても、なぜ便りをくれなかった。大浦党の跡継ぎと決まれば祝いぐらいはしてやったものを」

不審な目を為信に注いだ。

「津軽を率いるからには、いずれ南部勢との戦さも覚悟せねばなりませぬ。それが津軽の運命にござる。となると九戸党と戦場でまみえることもござりましょう。戦さに手加減が生じては互いにとって無益なこと。それで手前の出自を隠してござる。九戸の血筋であることを誇りにこそ思え、決して恥じてはおりませぬ。なにとぞご理解いただきたい」

為信の返答に皆は唸《うな》りを発した。

政実は満足した様子で酒宴の支度を命じた。

九戸党と大浦為信との繋がりはこの日から生まれた。新しき蝦夷の提携であった。

五

安東愛季に鹿角一帯を制圧されたまま永禄十年は終り、やがて新たな春がやってきた。

雪解けを待ち侘《わ》びていたかのように南部宗家である三戸城主南部晴政から一族の者たちへの使者が差し向けられた。鹿角攻めについての合議を三戸城にて行ないたいとの要請であった。九戸政実は即座に頷くと久慈を預かる政則や伊保内を任せている正常の二人に連絡を取った。二人の弟たちにも本家からすでに使者が遣わされているはずだが、ここは九戸党が足並みを揃えて三戸城に入るのが大事と政実は見たのである。しかも政実は各々に兵を掻き集めて九戸城へ駆け付けるよう指示を与えた。

「ただの合議に多くの兵を引き連れて参るは、いかがなものにござりましょうか」

政実が矢場にて弓の鍛練をしているところに実親が懸念の様子を浮かべて現われた。

「のんびり構えているときではないと皆に知らしめるためだ。場合によっては合議を終えて直ぐに鹿角へ兵を進める。長牛城を包囲する程度は千の兵で足りる。その間に決戦に備えての兵を集めればよかろう」

「しかし……それでは合議と言えませぬ」

実親は弓を構えている政実の背中に言った。

「いかにも兄者の言う通りにござろうが、策を決めるのはあくまでも合議の席。あらかじめ兵を動かせば兄者の独断と謗られます」

実親はそれを案じていた。去年の秋の出陣の下知とて、主力になるはずの政実が拒んだせいで撤回となった。本家の晴政は苦々しい思いで政実を見ているに違いない。そこにまた身勝手な行動を取ればどうなるか。

実親を無視して政実は矢を放った。実親の目も矢を追いかけた。矢は過《あやま》たず的の中心を貫いた。見守っていた者たちは感嘆の声を発した。的の真ん中に七、八本の矢が固まっている。的を外しているのは一本もない。

「勝てば、なんとでも言える」

政実は弓を小脇にして実親を振り向いた。

「今はそういう世の中となった。今度のことは守る戦《いく》さにあらず、攻める戦さぞ。奇襲こそが大事というときに、なんの合議か。合議などせずとも策は定まっている」

「手前とて、それは承知しております」

「愛季に手を焼いて和睦《わぼく》の道を選ぶというのではなかろう。それなら間を開けずにやるしかない。三戸城下には必ず愛季の配下が潜り込んでおる。合議のことはたちまち愛季に伝わろう。そこで無駄に日を過ごせば愛季を楽にするだけのことではないか」

「では、なにゆえ今日まで兄者はのんびりと過ごしておられました？」

「俺は本家の棟梁と違うでな」

政実はにやにやと笑った。

「戦さと決まれば即座の攻撃しかないが、肝腎《かんじん》の戦さをやるかやらぬかはお館《やかた》の判断にかかっている。俺が口出しすることではない」

「わざと見過ごしておられたとしか思えぬ」

実親は口を尖らせた。

「まあ、見ておれ。兵を引き連れるは心意気だ。いかにも合議の結果を待たずに兵を出すは前例がないかも知れぬが、その心意気をだれ一人として咎め立てはすまい」

政実は弓を側近に手渡すと汗を拭った。

「鉄砲組の者らが控えておりますが」

側近が政実に伝えた。

「腕は上がったか？」

「と思いまする」

「見よう。これへ呼べ」

政実は濡《ぬ》れ縁《えん》に実親と並んで腰を下ろした。

「鉄砲はお嫌いではなかったので？」

実親は怪訝な顔で質した。

「恐らく愛季は籠城策を選んでこよう。城に向けて鉄砲を放ったとて効き目はなかろうが、脅《おど》かしにはなる。矢と違って鉄砲は音がする。それで今度は使う気になった」

「なるほど」

「好きではないが、やがて鉄砲が戦さを変えるかも知れぬ。こたびの様子によっては鉄砲鍛冶《かじ》を九戸に呼び寄せることも考えている。五十やそこらの鉄砲ではなんにもならん。もし本当に頼りになるものなら二人に一つを持たせたい。その見極めが今度の戦さだ」

二人に一挺《ちょう》と聞いて実親は絶句した。九戸党の兵力はおよそ四千。いかに日本広しと言っても二千もの鉄砲を有する者はほとんど居ないはずである。

「いずれ、の話だ。それに馬の上で用いることができるかどうかの問題もある。九戸党の自慢の騎馬兵に組み込めぬでは意味がない」

そこに五人の男たちが鉄砲を抱えて現われた。直ぐに新たな的が五つ用意された。

「だいぶ鍛えているらしいな」

何人かの頬《ほお》に火傷《やけど》の痕跡《こんせき》を認めて政実は労《ねぎら》った。鉄砲組が編成されてまだ半年と経っていない。鍛練の報告は得ていたものの政実が検分するのはこれが三度目のことだった。

「当たるようになったか？」

政実に言われて男たちは的を見やった。自信たっぷりに頷《うなず》く。

「的を半分のものと取り替えろ」

政実は側近に命じた。それでも鉄砲組の者たちに動揺は見られなかった。

「五人のうち三人が見事に的を射たれば褒美《ほうび》をくれてやる。あの的では俺でもむずかしい」

「弓よりは遥かにたやすきものにござります。殿様なればたちまちご上達なされます」

鉄砲組を纏《まと》めている男が言った。

「それは腕を見てからの話としよう」

政実は男たちを促した。男たちは一礼すると用意にかかった。手早く銃口に火薬を注いで弾込《たまご》めをする。棒でしっかり押し込むと次に火皿に火薬を盛って銃を身構えた。火縄の青白い煙が揺れている。思っていたより時間は取られていないが、それでも弓に比較すると倍は遅い。政実はしっかりと見定めていた。

轟音《ごうおん》が次々に鳴り響いた。

腹に伝わる大きな音であった。

政実は的に目を動かした。木の小さな板が割れていた。しかも四枚もである。思わず政実は腰を浮かせた。当てたのに驚いたのもあるのだが、板を割った威力の方が大きい。矢では無理なことである。

政実は唸り声を上げた。

「これなら分厚い兜《かぶと》も貫く。でかした」

政実は本心から鉄砲組の腕を賞賛した。

「どれほどの鍛錬でここまでになった？」

「三月もあればたいていが扱えるようになりまする。弓と異なり腕の力もさほど大事ではありませぬ。たとえ百姓であろうと教えれば役に立つようになりましょう」

纏めの男が平伏して応じた。

「だが、弾込めに手間取っているうちに敵に攻め込まれれば危ない。百姓では身を守る術《すべ》を知らぬ。そこの工夫がいま一つだな」

ははっ、と纏めの男は汗を拭った。

「数日のうちには三戸に向かう。鉄砲組をすべて引き連れて行くゆえ支度を整えておけ」

政実の言葉に鉄砲組の男たちは喜んだ。まだ試しの段階で正式な兵力としては認知されていなかったのである。

「やはり好きにはなれぬ」

鉄砲組が意気揚々として引き上げると政実は軽い溜め息を吐いた。

「しかし、十年も待たずして鉄砲は戦さの主力となろう。敵が持てば我らも持たずにはいられぬ。それなら先に持つのが肝要となる」

「致し方ありますまいな」

実親も鉄砲の威力に気圧《けお》されていた。

「できれば……鉄砲などが幅を利かせぬうちに俺の望みを果たしたいものよの」

「……」

「日頃、野良仕事をしている者が、鍛えた武士を簡単に仕留めることのできるような道具が広まっては戦さの采配《さいはい》も厄介になる。苦労して育て上げた騎馬軍も無駄となろう。鉄砲の数を多く揃《そろ》えた側が勝つという時代となれば面白くない。それでは四千の兵力しか持たぬ俺の先も知れている。この五、六年が勝負だ。なんとかそれまでにおまえを南部の棟梁に押し上げて二万から三万の兵を自由に動かせるようにならねば……ただの田舎武者で終ってしまおう」

「手前のことはともかく、兄者ならきっとたいがいの難関を乗り越えましょう」

頼もしそうに実親は政実を見詰めた。

六

久慈の政則、伊保内の正常が九戸に合流すると政実は他の弟らも従えて三戸城へ向かった。率いている兵の数は久慈と伊保内の者を合わせて千二百というものものしさだった。それでも政実は不機嫌な顔をしていた。少なくとも二千を引き連れるつもりでいたのに多くの反対にあってやむなく減らしたのである。九戸と三戸は近い。急げば半日で駆け付けることができる。合議の結果を見て残りの兵を動かしても充分に間に合う。それはその通りだった。政実もそこは妥協した。

「さぞかし驚きましょうな」

政則は戦さ支度を整えた千二百の手勢を何度も見渡しながら満足気にしていた。

「他の連中は十人やそこらの郎党を従えて参るだけにござろう。肝を潰《つぶ》しますぞ。九戸党の力を思い知るに違いない」

「宿営の手配が大変だ」

政実と政則に並んで馬を進めている正常が水を差した。千二百に減らせと主張して止まなかったのは正常であった。政実の策は充分に納得できたものの、やはり合議を力で押し切るような気がして案じられたのだ。

「早馬を出して本家に我らの数を伝えておくのが面倒を避ける道ではあるまいか」

「その必要はない」

政実は正常を睨み付けて制した。

「言えば城下の外れに兵を待たせろとの指図が下る。拒《こば》んで喧嘩になるよりは、懐《ふとこ》ろに飛び込むのが良策だ」

「どうでも喧嘩がお望みらしい」

正常は嘆息した。

「決して負けられぬ戦さだということを皆に示さねばなるまい。ここで長牛城を諦めれば安東愛季に荷担する者が急速に増える。南部の安泰を図るには素早い攻撃と素早い決着こそが一番だ。たとえ勝っても、もたもたした攻めでは侮《あなど》られよう」

政実が視野に見据えている敵は愛季一人ではなかった。遠く離れているゆえに今のところは互いに情勢を見守っているだけだが、このまま国の乱れが広がれば、やがて対峙《たいじ》しなければならぬ相手が幾人も居る。山形城の最上義守《もがみよしもり》や米沢城の伊達輝宗《だててるむね》らがそれであった。南部が弱体ぶりを晒《さら》せば彼らはたちまち牙を剝《む》き出してくるに違いない。本家の当主である晴政に苛立ちを覚えているのは、そこに原因があった。晴政はただひたすら南部の棟梁であることを守ろうとするばかりで、今の世の変動にはわざと目を瞑《つむ》っている。将軍から所領を安堵されたと言って安心しているらしいが、その将軍とてもはや形だけのものとなっている。なんの保証にもならない。守る時代ではなく、攻める時代に入ったとの認識が政実にはあった。現実に山形や米沢まで軍を進めるのはむずかしいだろうが、それだけの気概がなければ無事ではいられない。八戸南部一族の内紛さえ治められない本家では共倒れとなる恐れがあるのである。

〈阿呆《あほう》どもだ〉

政実は南部を支える者たちを思い描いて舌打ちした。四百年も前の血筋に拘《こだわ》ってばかりいる。これからは力を軸にしていかなければ立ち行かない世の中となる。そんなことにさえ気付いていないのだ。

〈俺に三万の兵をくれれば……〉

愛季どころか最上や伊達も蹴散らして陸奥を一つに纏めてやる。政実は腹立ちさえ感じていた。本家に謀反《むほん》の旗を掲げないのも、決して勝てる見込みがないからではない。南部一族が二分すれば最上や伊達に付け込まれるとの判断に過ぎない。一人一人は非力でも南部一族は辛うじて結束している。だからなんとか凌《しの》いでいられる。ここで結束が乱れればどうなるか、政実は承知していた。南部の結束を緩めずに九戸党を中心に押し上げていくしか方策はないと諦めていたのである。そう思ってはいるのだが、本家としての体面と保身にしか回らない晴政を見ていると、つい逆らいたくなってしまうというものだ。

〈間抜けめが〉

怒りは最後に晴政へと向けられた。

三戸の城下に入ったのは夕方だった。鎧や刀の音をさせて城を目指す九戸党を城下の者たちは不安な顔で見守っていた。

「お待ちくださりませ！」

一報を受けて城から何人かの役人が飛び出して道を遮った。

「九戸政実さまとお見受けいたします。これはなんの真似にござりましょうや」

一人が落ち着かない顔をして近付いた。

「ちょうどよい。兵らの宿る場所を探してくれ。寺の境内《けいだい》辺りがよかろう」

政実はぎろりと見据えて言った。馬上からなので相手は身を縮めつつ、

「むろん、お探しはいたしまするが……今宵《こよい》は合議の席となっております。これでは穏やかではありませぬ。なにか使者の口上に間違いがあったのでござりましょうか」

「穏やかな時でないのはだれもが承知」

気にせず政実は前に進むと、

「本家は呑気《のんき》に構えているようだが、安東愛季が長牛城に兵を据えさせている限り、今は戦時中と心得ねばなるまい。合議によっては明日の出陣とて有り得る。その備えをするのが武士の心構えというものだ」

「まさか明日の出陣など……」

「合議をするのはおまえではない。おまえごときに知れる策なら戦さには勝てまいに」

政実は厳しい目をした。

「その首を賭《か》けてみるか？　もし明日の出陣と定まったらどうする。腹を切る覚悟があると言うなら俺も兵を九戸に返そう」

「さ、それは……」

役人はたじたじとなった。

「覚悟がなければ、我が兵らの寝場所をさっさと用意いたせ！」

政実は一喝すると兵らを役人に任せて政則らを促した。

「ちと乱暴にござります」

実親は政実に追い付いて耳打ちした。

「兄者はまるで喧嘩腰だ」

「当たり前のことを言っただけだ。だいたいにして千二百もの兵をあっさりと城下に通すようでは情けない。もしこれが愛季の兵であったなら今夜のうちに本家が潰れておる」

いかにも城下の入り口で検問に阻《はば》まれたが、名乗っただけであっさりと許されたのである。九戸では絶対にないことだった。三戸は四方を一族で固めているので油断があるとしか思えない。

「城の間近で押し止めたとて遅い。屁理屈《へりくつ》を言っているのではないぞ。九戸党の旗印などたやすく拵《こしら》えることができる。闇《やみ》に紛れ、面当《めんあ》てをつければ顔の区別もつくまい。本家はだらけている。今の者とてそうだ。もし九戸党の者なら進んで首を賭けたに相違ない」

「近頃の兄者はいつも腹を立てておられる」

実親は苦笑いして引き下がった。

理屈はいつも政実の言う通りなのである。

政実らは本丸の広間へと案内された。そこにはすでに主だった者たちが顔を揃えていた。

鎧を着込んでいる政実たちを見やって皆は呆れた顔をした。

「兵を引き連れて参ったそうじゃの」

当主の晴政は不愉快そうに口にした。

「それでどうなった？」

「寝場所を探して貰っておりまする」

政実は自分のために空けられている席にどっかりと腰を下ろした。晴政の両脇は跡継ぎと定められている信直《のぶなお》と、その父親で晴政にとっても叔父に当たる高信《たかのぶ》が固めていた。政実はその次の席を与えられていた。本来なら八戸南部の政栄《まさひで》が座る席であるが、内紛が尾を引いているのか合議に加わっていない。

「ただの合議と申したに……」

だがそれ以上を晴政は口にしなかった。ここで政実が席を立てば鹿角攻めがむずかしくなると見ているのだろう。政実は平然として合議の席を見渡した。笑いを洩《も》らして頷いたのはわずかだった。いずれも晴政を前に神妙な顔で控えている。

「こうして一族が集まったのはひさしぶりじゃ。合議の前に酒を酌《く》み交わし、南部の結束をさらに強めようぞ」

晴政が言うと皆は喜んで頷いた。

「酒を呑んでの合議ではあとが心配にござる」

政実が制した。

「いくらも呑むわけではない。絆《きずな》の杯じゃ」

晴政は政実を無視して酒の支度を命じた。

「いまさら杯をせねばならぬ薄い絆であれば勝利などおぼつきますまい」

「物言いが過ぎるぞ」

さすがに晴政は声を荒らげた。

「さして口を挟むでない。遅参の詫《わ》びも言わず何様のつもりじゃ！」

「わずかの郎党で済むのなら支度に手間取ることはありませなんだ」

政実は悪びれずに応じた。

「それに、こたびの合議は戦さの陣立てを定めるものと心得まする。酒はしばしば人の心を大きくさせるもの。その勢いで陣立てを決めては、ちと心許《こころもと》のうございます。どうしても絆の杯が所望とあれば合議のあとになされませ。酒宴を開いている暇などござらぬ」

政実の言葉に晴政は押し黙った。

「ここは政実どのの申す通りにござろう」

高信が割って入った。

「この儂《わし》とて酒が入れば気が大きくなって一人で鹿角攻めを引き受けたくなるやも」

高信の笑いに皆も爆笑した。

晴政も苦笑して高信の進言を受け入れた。

やがて合議が開始された。

愛季を鹿角から追いやることははじめから定まっている。問題は、いつ、どれだけの軍勢で、どの道から進むかという点にある。

晴政は一人一人に派遣できる兵の数を確かめた。すべてを足せば一万二千にも達した。それに本家の軍勢三千を加えれば、六千の愛季軍を軽々と撃退することができる。晴政は手放しで喜んだ。

「一万五千に間違いないとしても、いつ揃います？」

また政実が口を挟んだ。

「明日それぞれの領地に立ち戻り、戦さ支度を整えても三日は取られましょうな。それから鹿角に向かって、さらに三日。いや、五日かかるところもござりましょう。足並みが揃うのは早くて十日後」

「それで充分であろう」

晴政は案じてもいなかった。

「十日もあれば愛季とて兵を増やせますぞ」

「どこにそんな兵がおる?」

「津軽の大浦一党が千五百、それに鹿角の地侍《じざむらい》がどちらに従うか……浅利《あさり》や大里《おおさと》の一族はあれで油断できませぬ。もしそれらが一丸となって背後を衝《つ》いてくれば我らの軍はたちまち総崩れとなり申す」

「一万五千の兵を見ては必ず尻込みする。はじめは愛季に従ったとしても途中で様子見に回る。浅利や大里は五百の兵も持っておらぬ」

「戦さは数で決まるものにござりませぬ」

政実は正面から晴政を見詰めた。

「浅利や大里にとって鹿角は郷里。己《おの》れの土地を守るためなら死ぬ気で働きましょう。これまで愛季に対してさしたる動きを見せておらぬところを思えば、南部よりも愛季の方に心が傾いていると想像がつきまする。我らが少しでも隙を見せればどうなるか……大浦一党と鹿角の地侍が愛季と組めば一挙に一万近くにまで膨らみまする。それではとうてい勝てますまい。愛季は長牛城に籠もり、地侍どもは土地に精通しております。万が一、退路を断たれて兵糧《ひょうろう》の補給ができなくなれば一万五千の兵が路頭に迷いまするぞ」

皆の顔から余裕が失われた。

「浅利や大里はどう動く？」

晴政は高信に質した。高信は鹿角にほど近い田子《たっこ》を治めているので情勢に通じている。

「政実どのの申す通りにござろう。どちらに転ぶかは、そのときの情勢次第。鹿角は南部と出羽との境界上にあるゆえ、昔よりそれを繰り返してござる。去年の春まで南部の支配下にあったとは言え、当てにはなりませぬ」

「一万か……」

晴政は唸って腕を組んだ。

「八戸の乱れが辛いの。あれが手助けに加われば我が軍は二万を超えた。こうなれば一族以外の者らに使者を遣わして援助を願うしかないか。岩手の福士《ふくし》や一方井《いっかたい》らが従えば二、三千は見込める」

「愛季ごときを相手に一族以外の手を借りては物笑いの種子《たね》となりまする」

政実は呆れて、

「勝てぬと申しておるのではござらぬ。愛季に余裕を与えてはいかぬと申し上げておりまする。十日を待って一万五千を揃えるなど、むしろ禍《わざわ》いの元。三日のうちに五千で攻め立てれば敵が態勢を整える前に蹴散らすことができ申す。愛季とてまだ長牛城に多くの軍勢を繰り出してはおりますまい。あの小さき城では二千がやっとにござる。なにも愛季の首を取る必要はありますまい。長牛城の奪回こそ今は大事。奪回した上で愛季の本拠地を攻めると言うのであれば一族以外の手助けを頼んでも南部の体面が保たれましょう」

「籠城策を採られては簡単に勝てぬと冬に申して出陣を断わったはうぬであろう」

晴政は苛々《いらいら》と政実を睨んだ。

「あの時期を選んで攻めてきたからには必ず籠城の用意があると考え申した。なれどその兵糧も少なくなったはず。それゆえに愛季に余裕を与えてはいかぬと申したので。十日あればいくらでも長牛城に食い物を運び込むことができ申す。ここを即座に叩《たた》けば敵も動転して城を逃げ出すやも知れませぬ」

なるほど、と何人かが頷いた。

「九戸党に明朝出陣の下知を賜《たまわ》れ。明後日には長牛城を取り囲みまする。その間に本隊は津軽や鹿角の地侍を牽制する形で進軍していただきたい。東と西からじわじわと攻める策と知れば長牛城に籠っている敵も動揺いたしましょう。ましてや一万近い本隊の接近を耳にいたせば恐れが先立ち申す」

「籠城策を捨てて脱《ぬ》けると申すか?」

「友義どのとご同様に」

政実の言葉に長牛友義は顔色を変えた。

「大軍で一気に取り囲めば敵も籠城するしか策がござらぬ。だが本隊の到着を幾日かずらせば敵には逃げ道ができまする。敵とて人の子。無駄死にを好んで選びますまい。むろん、やってみなければ分からぬことにござるが、大方はこちらの狙い通りに運ぶものと」

「愛季の本隊は間に合わぬと?」

「我らの出陣の知らせが愛季の耳に入るのは早くても明日の夜。それから一日で支度を整えて長牛城の援護に回るとしても檜山《ひやま》から鹿角までは二日がかかり申す。つまり四日の間は援軍が来ぬ理屈。それまでに長牛城を奪い取れば勝利は我らのもの。愛季も諦めて檜山に軍を引き揚げましょうな」

「二、三日の辛抱で済むのなら敵も性根を据えて籠城策を採るのではないか?」

「だからこそ我らの本隊の動きが肝要なのでござる。長牛城の西に回って愛季の援軍を阻む陣形を取れば城が孤立するは明白。いくら待っても援軍を当てにできぬと敵に思わせることができれば我らの思う壺」

「頷ける策ではあるが——」

高信が膝を乗り出して、

「一万もの本隊は直ぐに揃えられぬ。本家と田子の軍勢を合わせて五千なれば明後日には出陣できると思うが……他の者たちの兵はとても間に合うまい」

「とりあえず五千でも構いますまい。いずれ一万の兵が揃うと敵に思い込ませればおなじことにござろう」

「そなたの方はどれだけで攻める？」

高信は質した。

「九戸に千の兵が支度を整えてござる。下知あれば早速に馬を飛ばし、明日は浄法寺《じょうぼうじ》にて合流いたす所存。そうなれば二千二百」

「二千やそこらで長牛城を囲むとな？」

「敵も侮って城外での戦さを挑《いど》んで参りましょうな。それこそ願ってもないこと」

「政実がやると言うなら、任せてみよう」

晴政が間髪を入れずに言った。

「戦さは駒を動かしてみねば分からぬ。本隊の指揮は信直に預ける。補佐は高信どのがお引き受けくだされ」

晴政の言葉に高信は頷いた。

「他の者たちは明朝領地に戻り、急ぎ兵を整えて本隊への合流を果たすように願いたい」

晴政はそれで合議に決着をつけた。

「あれでようござったのか?」

城下に用意された宿舎に入ると政則は憮然《ぶぜん》とした様子で政実に詰め寄った。

「いかになんでも我らだけで攻めるのはきつい。お館は兄者の策に頷いたのではないぞ。兄者の鼻をへし折ってやろうとの魂胆からだ」

「臆したか」

政実は笑って、

「長牛城は九戸党だけで奪回してみせると前に誓ったはずではないか」

「忘れてはおらぬが……本隊の到着には二、三日がとこかかる。もし鹿角の地侍が襲ってきたら一溜《ひとた》まりもない」

「安心しろ。浅利と大里は動かぬ。大浦為信《ためのぶ》を介して話をつけてある。もし九戸党が出陣したときは手出しをせぬとの約束だ」

「そんな約束をいつなされた?」

政則は目を丸くして、

「だとしたら兄者もお人が悪い。津軽や鹿角の地侍のことを口にしたは脅かしか?」

「そう言わねば軍を二つに分けまい。本隊にはひたすら愛季の援軍の牽制に回って貰う。勝てば戦さの手柄は九戸党一人のものぞ」

「それなら話は別じゃの」

政則も納得して笑いを見せた。

「手前は信直どのの様子が不気味でした」

さきほどは合議に加われず広間の隅に控えていた実親が眉を曇らせて言った。

「なにも言わず薄笑いを浮かべて見守っているばかり。まるで見通しているような……」

「なにをだ？」

政実は実親にゆっくり目を動かした。

「そこまでは……ただ、信直どのは兄者が思うておられる以上に頭の巡るお人にござる。その上、田子に長く暮らして津軽や鹿角の事情には明るいはずにござりましょう。お館さまへの遠慮かも知れませぬが、それにしても一言も発せぬとは奇妙」

「跡継ぎに定められて日が浅い。本来ならば合議の席に連なることさえかなわぬ身。肝が縮まったのであろうよ。利口であるのは承知だが、戦さは頭だけでやれるものではない。それを悟ったとも考えられる」

政実はあっさりと退けた、が、内心では実親とおなじ不気味さを信直に抱いていた。あの晴政の身近にあって信頼を勝ち得るには、よほどの馬鹿か利口でなくては務まらない。普通なら、あの身勝手に音《ね》を上げてしまう。

「お城より信直さまが出陣の祝い酒をお運びくださりましてござります」

郎党が慌《あわ》ただしく報告に現われた。

「信直どのがわざわざとな」

政則は仰天して腰を浮かせた。

「お通ししろ。礼を言う」

「迎えに出なくていいのか？」

政則は怪訝な顔で政実を振り向いた。

「出陣を見送るのは本家の方だ」

当然の顔をして政実は郎党を急《せ》かした。


「これはかたじけない」

政実は丁重に信直へ頭を下げた。信直に従って角樽《つのだる》を捧げてきたのは北信愛《きたのぶちか》だった。

「信愛どのがお運び役とは……果報にござる」

政実はまた頭を低くした。信愛は歴とした南部の一族。三戸城の直《す》ぐ北に位置する剣吉《けんよし》城の当主であった。珍しい姓は本家が三戸に城を構えたことに由来している。三戸城の北の守りという意味を込めて本家から授けられたものなのだ。ちなみに南部一族には東と南の姓を受け継いでいる者も居る。名久井《なくい》城を支配する東政勝《まさかつ》と浅水《あさみず》城を預かっている南慶儀《のぶよし》。いずれの姓も北と同様に三戸城を中心とした位置関係から与えられたもので、三家は三戸の鉄壁の守りと謳《うた》われている。

中でも信愛は武勇と知恵で名高い男だった。歳も政実とさほど変わらず、政実が南部一族のうちで気に懸けている唯一の男と言っても過言ではなかった。八戸南部の当主である政栄とも親しい間柄で、一族への影響は大きい。

「ご武運をお祈り申し上げる」

信愛は政実の前に樽を差し出すと、

「我らもできるだけ早く鹿角へ駆け付ける。遅くとも五日後の昼には合流できよう。それまでなんとか踏み止どまっていてくだされ」

「心配は無用に願いたい。九戸党だけなれば、いちいちの軍議も不要。思う存分に働ける。城外に誘い出せば数に変わりなし。断じて後《おく》れをとる我らにはござらぬ」

「むろん、政実どのならそうであろうが、無理は禁物にござるぞ。敵とて我らの反撃を承知の上での守りと心得ねば」

「勝てる戦さしかせぬと決めており申す」

政実は笑った。

「可愛い部下を無駄に死なせたくないでな」

「それを伺って安堵いたした」

信愛はようやく笑いを洩らした。

「大里にはよくよく注意をいたさぬと」

信直が政実をしっかり見据えて言った。

「愛季一人では足りぬようで、この頃では大浦為信とも誼《よしみ》を通じておるとか。あの者は先など見ておりませぬ。その場その場の思い付きで兵を動かす男。ご油断なされていれば寝首を掻《か》かれる恐れもありますぞ」

「どうせ大里など頼りにしておらぬゆえ」

言いながらも政実はぶるっと一瞬の寒気を覚えた。信直がわざと大浦為信の名を口にしたとしか思えなかったのだ。

〈なにかを知っている顔だな〉

信直の表情には落ち着きが見られる。小太《こぶと》りの体に柔和な顔立ちなのだが細い瞼《まぶた》の奥には冷たい瞳が嵌《は》まっている。その瞳が政実を値踏みしているように感じられた。とても実親と一つしか変わらぬ若さとは思えない。

「鉄砲組を引き連れて参られたそうで」

信直は話を変えた。

「この辺りではまだどこも鉄砲を主力には据えておりませぬ。さすがに政実どの」

「試しに同行させたのみ。多くの戦さを重ねてみぬことには分からぬ。主力と定めたわけではない。九戸党の自慢は騎馬軍にある」

「手前もお館さまに鉄砲を増やすようお頼み申しております。たった十挺では武器庫の飾りに過ぎませぬ。ぜひとも今度の戦さで鉄砲の力を政実どのに示していただきたい。それでお館さまもお考えを改めましょう」

「…………」

「やがて鉄砲の数で兵力を推《お》し量《はか》る世となりますぞ。それに後れては南部が危うくなり申す。一族合わせて二千挺もあれば安東や大浦も滅多に戦さを仕掛けては来ますまい」

「二千とは呆れた数じゃの」

政実は笑い飛ばした。が、その目には警戒の色が浮かんでいた。


「鉄砲組は九戸に戻す」

二人が立ち去ると政実は弟たちに言った。

「なんでじゃ？」

「手元にあれば使いたくなる。その威力をお館が知れば本当に二百や三百の鉄砲を仕入れるかも知れぬ。俺としたことが迂闊《うかつ》だった。鉄砲はまだまだ先まで取っておく」

「本家に鉄砲が増えてはまずいか？」

「ますます扱いにくい相手となる。それに南部が大量に鉄砲を装備したと伝われば近隣も焦って仕入れよう。そうなると戦さが面倒になるぞ。我らの騎馬軍も生かしきれなくなる」

「なるほど」

政則は了解した。

「実親の言った通りだ。あの信直、曲者だな。お館も多少は見る目があったらしい」

政実は余裕を取り戻して苦笑いした。

「だが、その利口さを披瀝《ひれき》してくれたせいで助かった。鉄砲を使わずに済む」

「信愛どのともだいぶ親しい様子だった。だれを懐ろに取り込めばいいかも心得ておる。なかなかのものぞな」

政則は少し感心していた。

「しかし、棟梁の器《うつわ》にはあらず」

政実は断じた。

「だれを取り込めばいいかを心得ていると申したが、それなら真っ先に俺を誑《たぶら》かしにかからねばならぬ。俺を味方にすれば南部は安泰だと、とっくに見抜いておろう。なのに、あの態度はなんだ？　お館とおなじで、数を頼りに俺を風下に据える気だ。了見の狭さとお館をしくじりたくないとの心がそこに現われている。腹を割って俺の許を訪ねて来れば手助けに回らぬとも限らぬ。それが若さと言うものであろう。あの男にはなにかが欠けておる。すべてが計算だ」

「腹を割ったとて靡《なび》かぬという計算をしたとも考えられる。兄者は頑固者ゆえ」

政則の揶揄《やゆ》に皆は笑った。

「それでも一度はぶつかってみるものよ」

政実の言葉に実親だけは頷いた。

七

政実の軍は三戸を早朝に出立すると高信の治める田子への道を辿った。そこから厳しい峠を越えて南下すれば浄法寺に至る。浄法寺からは九戸に通じる道が開けている。それゆえに政実はここを合流の地に選んだのである。

きつい峠道に難儀を重ねた軍が浄法寺に到着したのは西陽がすでに空を染めはじめた頃合だった。九戸からの軍はすでに辿り着いて陣を張っていた。三戸からと距離にさほど変わりはないが、少しは平坦な道が多い。

「今夜はゆっくりと体を休ませろ」

政実も兵らとともに野営の陣に入りながら命じた。浄法寺一帯は九戸党の勢力下にある。宿を探すのはたやすいことだったが、どうせ明日からはこれが続く可能性があった。それに兵が四方に散っては翌朝の出立に手間取る。明日は一気に長牛城を望む地点まで進むつもりである。七時雨《ななしぐれ》の麓《ふもと》を迂回《うかい》しての道程だから覚悟しないといけない。兵の体をきつさに慣れさせることも大事であった。

「敵はまだ戦さの合議が三戸城で執《と》り行なわれたことも知るまい。明日に我らの姿を見ればさぞかし仰天いたそう」

政則は峠越えを果たしたことで気が高ぶっていた。正常らもそれに頷いた。

「その前に敵に早馬を送り込んで進軍を知らせる」

政実の言葉に皆は耳を疑った。

「九戸党二千が長牛城奪回のために向かっていると教えるのだ。ばかりか二、三日のうちには西の方面より二万の本隊が愛季の援軍を待ち受ける目的で押し寄せる、ともな」

「二万など簡単に信じようか？」

政則は首を捻《ひね》った。

「敵にはそれを確かめる余裕がない。それに我が軍の数については一つも嘘《うそ》がない。敵は必ず二万の本隊の到来を恐れる」

「待ち伏せされる心配はないかの？　たった二千と分かれば侮られよう」

政則に皆が大きく首を振った。

「それこそが狙いだ」

政実はにやにやとして、

「二千の軍を待ち伏せするには、少なくとも千の兵を必要とする。それを葬ってしまえば城に残りおる兵の数も知れたものだ。こちらが覚悟している以上、待ち伏せとは言わぬ」

「確かに」

政則はぽんと膝を打った。

「上手《うま》く運べば本隊が到着する前に片付けられる。敵も九戸党が来たと知れば一か八かの勝負に出てくる。南部の主軸として聞こえる九戸党を討ち破れば軍の士気が上がる。わずか二千と知って絶好の機会と見做《みな》すであろう」

「そこまで見通した上での数であったか」

政則たちは唸った。なぜ四千の総力を挙げぬのか不思議に思っていたのだ。いかにも四千で攻めれば敵は怯《おび》えて籠城策に走る心配があるのだ。

「長牛城に接近したところで歩兵を先行させる。敵を充分に引き付けておいて騎馬軍を用いる。七百の騎馬があれば千の敵など問題ではない。どうせ敵の主力は歩兵だ」

「なぜ決め付けられ申す？」

「待ち伏せに馬が騒いでは気取《けど》られる」

なにをいまさら、という顔で政実は政則を睨みつけた。政則は何度も頷いた。

「勝てますな」

実親が顔を輝かせた。

「まさか平野で待ち伏せは致しますまい。細い峠道であれば、騎馬が先回りして退路を断つこともできまする。そうなると挟み討ちに」

「二千の陣容に七百の騎馬は多いと思うていたが……いや、さすがに兄者じゃ」

政則も頬を紅潮させていた。

「明日が楽しみじゃぞ。半年も手を出せずにいた長牛城を我らが奪い取ってやる」

「敵に腑《ふ》抜《ぬ》けがおらぬことだけを祈ろう。これで城外へ誘い出せねば戦さが長引く」

政実はむしろその方を案じていた。

「申し上げます」

郎党が陣幕を撥《は》ね上げて報告に現われた。

「ただ今、長牛友義さまが到着なされました」

政実たちは怪訝な顔を見合わせた。

「兵を引き連れてか？」

「二百の手勢にござります」

「余計な真似を」

政実は吠えるように言って席を立った。

「恐らく信直の入れ知恵に違いない」

政実は直感でそれを察した。

武功

一

　政実《まさざね》は床几《しょうぎ》に腰を据えたまま長牛友義《なごうしともよし》を待ち構えた。要らぬ助太刀であることを早くに知らしめねばならない。陽気な笑いを発しながら友義が政実の陣に姿を見せた。政実の弟たちは立ち上がって援軍の礼を口にした。南部一族の主軸の一人に数えられている。

「長牛城の地勢については儂《わし》に任せろ。浅利《あさり》や大里《おおさと》の出方もおおよその見当がつく。それで慌《あわ》てて用意を整えて追って参った」

　友義は当然のように政実のとなりに進むと政則《まさのり》の代わりに腰を落とした。

「信直《のぶなお》どののお指図か？」

　冷たい目で政実は友義を見やった。危ない橋を渡る男ではない。だからこそ簡単に長牛城を捨てて逃れたのだ。今度も本当は本隊に加わりたかったはずである。

「なんで儂が信直どのに指図されねばならぬ」

　友義は憮然とした。

「お館に先陣を願ったのじゃ。おぬしの強いのは承知じゃが、あの辺りのことをなにも知るまい。必ず苦労する」

「先陣と申されたが……まことそのおつもりで参られたのですな」

「おうさ」

友義は胸を張った。

「それならご助力をありがたく受け申す。敵はきっと我らの軍を城近くで待ち伏せいたそう。道に詳しきご貴殿が先に立ってくださされるなら我らも安心して進むことができ申す」

「待ち伏せ？」

「さよう。すでに馬を走らせて長牛城攻めのことを敵に知らせてござる」

「なんじゃと！」

友義は目を丸くした。

「気でも違うたか！」

「すべて敵を城から外へと誘い出す策にござる。籠城されては我らに勝ち目がない。合議の席でもそう申したはず」

「しかし……敵に接近を知らせるなど」

「早いか遅いかの違いだけにござろう。どうせ黙っていても伝わること。ただ、先陣をだれに命じるかで悩んでおり申した。直《す》ぐに騎馬兵を用いて敵を取り囲む所存なれど、隙《すき》を見せねば敵も警戒いたそう。先陣にはどうでも命を捨ててかかって貰わねば……」

政実は眉をしかめて顎《あご》に指を当てた。

「それを儂にしろと申すか！」

友義は先回りして喚《わめ》き散らした。

「無駄死にをしに駆け付けたのではないぞ」

「死ぬとは限らぬ。そのお覚悟で、と申した」

ぎろりと政実は睨み付けた。

「先陣云々《うんぬん》はご貴殿が言い出したこと。こちらが頼んだわけではない。臆するのであれば我らの後陣に回られよ。地勢など、その場に立って伝令を四方に散らせば大方の見当がつき申す。千もの手勢を持ちながら、ご貴殿はたった一日で城を敵に奪われた。さほどの要害でもありますまい」

「口が過ぎようぞ！」

さすがに友義は額に青筋を立てた。

「愛季《ちかすえ》は六千の兵を繰り出してきたのじゃ。二千や三千なら儂とて蹴散らしてやった。おぬしの兵力だけで落とせる城ではない」

「それゆえ敵を誘い出すと言うておる。我ら九戸党は命を捨てるを承知で名乗りを挙げた」

政実に気圧されて友義は押し黙った。

「ご貴殿が南部を危うくしておる。それが分からぬのか。不様《ぶざま》な敗退をしたせいで南部は多くの者らに侮《あなど》られてしもうた。敵は安東《あんどう》一人にあらず。ここはきっちりと示しをつけておかねばならぬ。ご貴殿に武者の意地があるなら見事に先陣を務めて命を捨てなされ」

政実は一喝した。友義は身を縮めた。

「と言いたいところでありますがの……」

政実は笑顔を浮かべて、

「南部一族の要《かなめ》の一人であるご貴殿を戦場で失えば、さらに今後が危うくなりかねぬ。こたびは我らに預けて貰いたい。我らの戦《いく》さを見届けてくださるだけで結構」

「あい分かった。儂に確かに責めがある」

安堵の顔で友義は政実に頭を下げた。

「少しく思い違いをしていたようじゃ」

「ほう」

「そなたほど南部の行く末を案じておる者はおらぬ。これまでの無礼を許してくれ」

「それほどの者にはござらぬよ。愛季をここで叩きつけておかねば南部は滅び申す。囲まれて死ぬのがいやなゆえ先手を取って戦さに臨んでいるだけのこと。今のうちならまだ勝てる戦さができ申す」

「感服つかまつった」

友義は何度も大きく首を振った。

「明日は早立ち。長牛一帯の地勢については道の途中にて詳しくお訊ねいたそう」

政実は話を打ち切った。友義は頷くと機嫌を直して己れの陣へと立ち去った。

消えると政実は鼻で嘲笑《あざわら》った。

「あんな者の下に従う兵が哀れだの」

「それでも、胸がすっとしたわ」

政則の言葉に皆は笑いを見せた。

「違うと言い張っていたが、信直に言われて来たのは間違いない。命惜しみをする者が劣勢の先陣を願うなど有り得まい」

政実に皆も頷いた。

「信直め、なにを思うて友義などを」

「九戸党の動きを疑うておるのでは?」

実親《さねちか》が暗い目をして言った。

「疑うとは、なんのことだ？」

「昨夜の様子にござる。兄者《あにじゃ》も言うておられたはず。恐らく信直どのは我らが大浦為信《おおうらためのぶ》と密かに付き合うているのを見抜いておるのでござりましょう。となれば為信どのを通じて安東愛季と呼応しておるのではないか、と」

「これに乗じて俺が敵に回るとでも？」

ばかな、と政実は一笑にふした。

「さすがに謀反とまでは考えておりますまい」

実親も頷いて、

「それならたかだか二百の手勢しか持たぬ友義さまを送り込みはしませぬ」

「では、なんだ？」

政実は膝を乗り出した。

「安東軍と裏約束を交わしてあるのではないかと疑うておるのでは？」

「どんな裏約束だ」

「形ばかりの戦さをして長牛城を九戸党に引き渡すという約束にござる」

「それで安東愛季になんの得がある？」

「さきほど兄者が自分の口から申された。長牛城を奪われて南部の体面が崩れつつある、と。安東愛季の狙いは充分に果たされたと思われます。ここで撤退したとて安東の武勇は陸奥《みちのく》に広まりてござる。あえて南部の大軍と雌雄《しゆう》を決することもありますまい。一万五千の敵を相手に二千やそこらの兵では、逃げて当たり前。安東の名は傷付きませぬ」

「俺の役目は？」

「長牛城に籠もりおる安東の兵の被害をできるだけ食い止めること。まさにその通りの策を兄者は合議で進言いたしましたぞ。本隊を遠巻きにする策を訴えなされた。攻めるは我が九戸党ばかり。これが上手《うま》く運べば南部における兄者の武名は高まり、双方ともに損をいたさぬ理屈」

「呆《あき》れたものだな」

政実は口を半開きにして溜め息を吐いた。

「よくもそんなことを思い付く」

「手前が考えつくことなれば、信直どのとて恐らくは。利口なお方であると申し上げた」

「…………」

「城攻めをわずか二千でやるなど、だれが考えても無謀にござろう。たとえお館さまの命令であろうと尻込みいたします。それを兄者は自ら口にして請け合いなされた。手前は兄者のことをよく存じております。なれど信直どのは知りますまい。なにか裏があってのことと勘繰《かんぐ》っても不思議ではござらぬ」

いかにも、と皆は同意した。

「それで友義を監視役として遣《つか》わしたというわけか。頷けるな。あやつめ、俺が先陣に回すと申したれば慌てふためいた。俺と愛季がつるんでいると疑うておれば当たり前だ。双方に挟《はさ》まれて殺されるとでも思うたか」

政実は爆笑して、

「どうせなら、その策をなぜもっと早くに教えぬのだ。なるほどそれなら愛季とて話に乗ったかも知れぬ。俺もこうした苦労をせずに勝ちを収められたものを」

半分真面目《まじめ》な顔で実親に言った。

「冗談を申しているときでは」

実親は困った顔で政実を見詰めた。

「俺の戦さを見れば分かる。友義の目玉とてただの飾りではなかろう。愛季とつるんでのことかどうか、直《す》ぐに知れるはずだ。こうなれば敵を容赦なく叩き潰して九戸党の力を信直に見せ付けてやるしかあるまい。俺も嘗《な》められたものだな。よりによって愛季と組んでいると勘繰られたとは……」

「今のことは手前の推測にござります」

「必ず当たっていよう。俺が冬の出陣を拒んだことも疑いの種子《たね》になっておるはず。信直ごときにどう思われようと構わぬが、命を捨ててかかるつもりの戦さを勘繰られては腹立たしい。それをやるなら、一滴の血も流さず談合でけりをつけた」

政実の目には怒りの炎が生じていた。

二

政実の軍は夜明け前に陣を畳んで鹿角《かづの》を目指した。中間点の荒屋《あらや》（現在の安代）に到着したのは昼近くであった。このまま長牛城の近くまで行くつもりなら、どうしても夕刻となる。

「田山《たやま》の街道は止《よ》そう」

昼食をとりながら政実は方針を変えた。

「田山を通らねで、どこを進む？」

友義は不審な顔で質した。他の道などない。あとは狭い山道ばかりである。

「その山道を越えていくしかなかろうな」

政実は展《ひろ》げていた地図に箸《はし》で道を描いた。皆は眺めて顔を見合わせた。細い道さえも描かれていない場所であった。

「なんのために回り道をする。一刻も早く城を攻めるが大事と申したはそなたぞ。兵とて疲れておる。断じて良策とは思えぬ」

友義の言葉に政則らも頷いた。

「それが問題だ。このまま田山の街道を進めば鹿角に入るのが夕方となる。暗くて地勢に不慣れな我らには不利となろう。そこを敵に待ち伏せされては一溜《ひとた》まりもない。その上、兵も疲れ切っておる。俺が甘かった。馬の脚で考えていた。歩兵が一緒ではむずかしい」

「それは分かるが……なれば田山辺《あた》りに陣を張ればよい。まさか敵とて田山まで攻めては参るまいに」

友義は地図を示した。田山の集落は荒屋と長牛城のほぼ真ん中に位置している。ここから一刻半(三時間)とかからない。

「敵もその程度は考える。となると待ち伏せの余裕を敵に与えることになる。ここは我らの姿をくらますことが大事。それに、できるだけ今夜のうちに長牛城に近付いておきたい。田山では遠過ぎる。敵の待ち伏せを気にせずに行くには山越えしかないと見た」

「じゃからと言うて……この山では」

友義は首を傾《かし》げた。

「まんざら知らぬ山でもないはずだ」

政実は笑いを浮かべて友義に言った。その辺りの山道を越えて友義がわずかの手勢とともに長牛城より逃れたと政実は聞いていた。

「知っておればこそ反対しておる。とても騎馬軍が楽に進める道ではないぞ」

「ご貴殿は兵の心を知らぬと見える。兵が恐れるのは目に見えぬ敵兵。たとえ倍の時刻がかかろうと、奇襲の恐れがなければ喜んで下知に従う。真夜中までかかったとて、あとはのんびり体を休めることができ申そう」

うーむ、と友義は唸《うな》った。

「いかにきつい山越えとしても、今より向かえば真夜中には長牛城の裏手辺りに到達できよう。まさか敵も我らがこちら側から現われるとは予測しておらぬはず。この辺りで陣を張れる場所の心当たりはいかがか？」

政実は長牛の裏手の山々を示した。

「夏井峠のこちら側なら見咎《みとが》められまい」

仕方なく友義は地図を指差した。

「峠があるならさらに好都合。朝になって我らの到着を知れば敵もきっと峠に繰り出して待ち伏せの策を採る。ここに決めよう」

政実は皆の意見も聞かずに話を終えた。だが、いずれも異存のない顔をしていた。戦さの策となれば政実の閃《ひらめ》きにかなう者は居ない。

「今のうちに山道に詳しき者を集めろ。道案内を頼む。それと政則は三百を率いて田山街道を進め。田山に宿れば敵襲はあるまい」

「とは？」

「敵は恐らく見張りを出している。三百が田山に入れば我らの先陣と信ずる。敵の目が田山に向けられておれば万が一の奇襲もなくなる。明日は我らの動きに合わせて攻め入ってくれればよい」

「そんな役目は他の者に命じてくれ」

政則は首を横に振った。それでは肝腎《かんじん》の戦さに間に合わない。

「そなたの旗印なればこそ敵も先陣と疑わぬ。実親辺りでは名も知られておるまい」

「それでは俺が無駄足となってしまう」

政則はまだ不満を洩《も》らした。

「待ち伏せを蹴散らしただけで戦さは終わらぬ。焦《あせ》るな。いかに我らだとて半日で城は落とせぬ。それに、いくら敵襲のない楽な囮《おとり》と申しても友義どのに頼むわけには参らぬでな」

政実は言って友義の表情を確かめた。友義は複雑な顔をしていた。返事をしない。やはり、と政実は内心で苦笑した。友義の役割は政実の監視にある。政実の側《そば》から離れるわけにはいかないのだろう。でなければ喜んで楽な道を選んだに違いない。

「仕方がないの」

政則も察して引き受けた。

「城攻めはきっと俺が到着してからにしてくれ。その約束なれば囮の務めを果たそう」

「案ぜずに出立《しゅったつ》の用意にかかれ」

「まるで勝ちが決まっておるかのような口振りじゃの。いや、頼もしい」

友義は薄笑いを見せて続けた。

「南部に九戸党あれば先行きは安泰じゃ。名高き騎馬軍の強さをこの目で見させて貰う」

「狭い峠道でそれを見届けるにはご貴殿も先にでなくては。後陣に居てはなにも見えぬ」

「むろん……そのつもりでおる」

友義は詰まらせた後に言い切った。

三

政実の心積もりでは荒屋の南面を塞《ふさ》いでいる大尺山《だいしゃくやま》を越える策であったが、道案内の者たちに問い質した結果、さらなる大迂回《うかい》をしなければならなくなった。大尺山の後ろにはもっと高い高倉山が控えている。中腹を進むにしても二つの山を夜にかけて越えるのはあまりにも厳し過ぎる。それよりは安比川《あっぴがわ》に沿って平地を辿《たど》り、大尺山を大回りするのが妥当であろう。そして安比川に注ぐ鍋越川《なべこしがわ》を遡《さかのぼ》れば高倉山の反対側に出る。倍も距離はあるものの、直接の山越えとさほど時間に差がないと道案内の者たちは力説した。その道なら夜の早いうちに㟁部《ほろべ》に着く。㟁部でしばしの休息の後、寒ノ背峠を越して街道道《かいどうみち》を進めば、なんとか真夜中には夏井峠の手前辺りまで行けるはずだとの計算であった。本当の強行軍を強いられる。休息を勘定に入れず六刻（十二時間）歩き続けねばならないのだ。それでも政実は道案内の言に素直に従った。敵もその難儀さを承知している。まさかその道を辿《たど》って来るとは予測しないに違いない。そうなると待ち伏せに罠を仕掛ける余裕がなくなる。力だけの勝負となるのである。戦さに主導権を握るための苦労なら兵も喜んで耐えよう。

政実は直ぐに進軍を命じた。

一人として不平を洩らす兵は居なかった。

㟁部でとうとう日が暮れた。

だれの顔にも疲れが見られた。無理もない。重い鎧を着ての山道であった。

「続けての峠越えはむずかしいか？」

政実は弟たちに質した。

「ここでどれだけ休めるかですの」

正常《まさつね》は鎧を外して汗を拭《ぬぐ》わせていた。

「果たさねばなりませぬ」

実親は覚悟を定めた顔で言った。政実は頼もしげに実親を見やった。二日にわたる峠越えをしたせいであろう。実親には明らかにやつれが感じられた。が、目だけは輝いている。

「ここに陣を張ればおなじこと。明日は早朝からの峠越えで疲れが戻りましょう。それでは満足な戦さができますまい。どれほど無理を重ねても今夜のうちに夏井峠まで。見張りを立てれば昼近くまで寝ることもでき申す」

「くたびれ果てているところを攻め込まれたらなんとする？」

友義は反対した。

「満足な戦さどころか、刀を振り回す余力さえ残っておるまい」

「敵の目は田山に向いておる。心配はない」

政実は友義の口を封じて、

「実親の言う通りだ。今こそ九戸党の意地を示さねばならぬ。無理を押してこのまま進む。松明《たいまつ》の用意を申し付けろ。隊列から遅れた者は明日の戦さでも後陣に回すと触れ歩け」

「さかさまではないのか？」

友義は首を傾げた。

「待ち伏せの囮を命じるのがよかろう。となれば避けんとして必死で歩く」

「さような兵は要らぬ。先陣こそ武者の誉《ほま》れ。いずれもそう心得ておるはず。後陣に回されるを生涯の恥と思う者ばかりでござる」

「口ではだれもそう言うが……」

友義は冷笑した。

「ご貴殿は手勢とともに、ここへ残られても構わぬ。お好きにすればよい」

相手をせずに政実は友義を退《しりぞ》けた。

「いや、同道いたす。こうなればなんとしても九戸党の意地とやらを見ねばなるまい」

「手勢が遅れたとて面倒は見られぬ」

政実は念押しした。

憤然として友義は席を立ち去った。

「あやつも、あれでなかなか踏ん張る」

政実はにやにやとして、

「死ぬ気で我らについてくる気だぞ。あの気概がもっと早くにあれば城を守れただろうに」

「まこと。よくぞ堪《こら》えておるものじゃ」

正常も感心していた。

「城を奪われ、この戦さからも外れれば元の席には戻れますまい。あまり厳しく当たられては気の毒と言うものにござります」

実親が進言した。

「監視役と分かっていてもか？」

「好んで敵を作っておられる」

「阿呆を味方につけたとて無意味だ。それに、俺はおまえが思うておるほど、あやつを嫌ってはおらぬ。むしろ見直したところよ。俺が腹を立てている相手は信直だ。友義は命じられて監視の務めを果たしているに過ぎぬ」

「…………」

「口ではああ言うたが、監視役と分かっていて友義をここに残すわけにはいくまい。わざと置き去りにしたと、またぞろ信直が疑念を抱く。と言って友義の鈍い足並みに合わせていては策が乱れる。挑発するのが一番だ。それで友義も怒りに任せてついてくる」

あ、と皆は得心した。

「どれほど喧嘩したとて、正面からの戦さを目にすれば友義の疑いも消える。あやつには口であれこれ言うても通じまい」

「浅い考えにござりました」

実親は微笑を浮かべて政実に謝った。

「その代わり、戦さの手を抜いてはならぬぞ」

政実は弟たちを順に見回して、

「疑いに染まった目玉には些細《ささい》なことも大きく映るものだ。俺とともに先へ出てくれればいいが、怯《おび》えて後ろに隠れられては示しようがない。将だからと言ってのんびりと構えるな。手本のつもりで働け」

「心得ておりまする」

正常が言うと政行《まさゆき》、康実《やすざね》、実親らも誓った。

「その囮の先陣についてだが」

正常は話を変えた。

「繰り出す歩兵の数にもよろうが、兵の要がおらぬでは敵も首を傾げよう。誘いの罠と悟られる恐れもある。やはりそれなりの者が混じっておらねば失敗の種子となり申そう」

「承知だ。俺が行く」

あっさりと政実は応じた。

「やはり思った通りであった」

正常は舌打ちした。

「騎馬兵が駆け付けるまでに三分の一は死ぬ。俺が側に居てやらぬでは兵らが哀れであろう。そこまでの覚悟がなくてこの策が成ると思うか？　騎馬兵が近くにあっては敵も攻め込んではこぬ。俺のことなら大丈夫だ。狭い峠道なれば弓も初手ばかり。それを躱《かわ》せば敵の歩兵ごときに討たれる俺ではない」

「もしもということがある」

断固として正常は遮《さえぎ》った。

「ここにきて兄者を失うわけにはいかぬ。兄者あればこそ皆も頑張ってこれたのだ。その役目、ぜひとも俺に命じて貰いたい」

意外な言葉であった。正常は兄弟の中で最も慎重に物事を運ぶ男なのである。

「伊保内《いぼない》城を預かっている俺のことは敵も知っていよう。本当なら政則兄者に押し付けたいところだが、おらぬでは仕方ない。まだ独り立ちしておらぬ弟らでは役立たぬ。どうしても俺しかあるまいに。兄者は騎馬兵の先陣に立ってくれ。腕にさほどの自信があるわけではないが、敵を誘う的にはなるはずだ」

「本心から願っておるのか？」

「仕方ない、と言うたではないか。とんだ戦さに加わったものだと悔やんでいる」

正常にはそれでも笑いが見られた。

「よし。断じて死なせぬ。これしきの戦さで死なせはせぬ。俺を信じろ」

政実は珍しく涙を堪えていた。

「飯を手早く済ませるように伝えろ。長く休んでは気力が萎《な》える。夏井峠に着いたれば好きなだけ眠らせてやる」

いつもの顔に戻して政実は命じた。

四

念願の夏井峠の麓に達したのは、やはり真夜中であった。政実は道案内の者たちを陣に招いて労《ねぎら》った。わずかの数ならともかく、二千以上もの隊列では朝までかかるのではないかと内心案じていたらしく道案内の者たちの方が喜んでいた。政実は酒を勧めながら、

「おまえたちにはもう一働きを頼みたい」

男たちは顔を見合わせた。

「朝になったら長牛城の近くまで出向き、夏井峠の麓にどこぞの者とも知れぬ兵らが陣を張っているのを見たと噂《うわさ》を撒《ま》き散らしてくれ」

「あの……それでよろしいので？」

一人が信じられぬ顔で問い返した。

「己れらが道案内したことを決して気取られてはならぬぞ。知れれば必ず殺される。城の者らには近付くな。村人に言うだけで済む。事実かどうかは敵がじかに調べに参る」

「それならたやすいことにござりますが……」

男たちは首を捻《ひね》り続けた。

「褒美《ほうび》は約束の倍を与える。ただし、今のことを無事に果たしてからだ。帰りにまたこの陣に立ち寄るがいい。本当に世話になった」

政実は道案内の者たちに頭を下げた。

「勿体《もったい》ねえことで」

男たちはその場に平伏した。

「いよいよだの」

道案内の者たちを下がらせて政実は皆と祝杯を交わした。体がへとへとになっている。冷たい酒が喉《のど》から胃袋へと染み渡る。

「ご貴殿もよくぞついて参られた」

政実は友義の杯に自ら酒を注いだ。

「死んだ方がなんぼか楽だと思ったぞ」

友義も解放された顔をして笑った。苦労を共にしたという気持ちが少し近付けている。

「尻の皮が剝《む》けそうになっておる。こんな乱暴な策を思い付いた男が憎くて堪らぬわ」

「そう申されるな。手前とて後悔しており申す。これで敵が思い通りに動かねばくたびれ損も甚《はなは》だしい。兵らにも恨まれる」

「さよう。蹴散らしてやらずば気が晴れぬ。儂も明日は存分に働いてみせよう」

友義は張り切っていた。愛季と裏約束があるのなら、これほどの苦労はしない。それを友義も感じているようだった。その心根は皆にも伝わった。皆は笑いを発した。

「この闇で、そなたらは知るまいが――」

友義は政実の弟らに向かうと、

「長牛城は目の前にある。大した峠ではない。越えれば城に半刻とかからぬ。言わば喉元じゃ。さきほどの者らから我らの噂を耳にいたせば死ぬほどに仰天しよう。しかもこの峠道は南部の領土とは反対側に開かれておるゆえ守りも手薄となっておる。ここに兵を進めることができただけで勝ったも同然じゃ」

おお、と正常らは顔を輝かせた。

「長牛城は連山から平野に突き出た高台に築かれておる。三方への見晴らしが利く天然の要害じゃ。敵の接近を早くに知ることができる。ところが出羽に面した裏手となると隙がある。愛季もそこをついて比内《ひない》から巻山峠を越えて参った。きつい山越えはせぬはずと油断していた儂に責めがあるのじゃが、今度は敵も儂以上に油断しておろう。南部勢が背後の峠を越えてくるなど考えられぬ。むしろ知らせてやるのが勿体ないくらいじゃて」

「取り囲んだだけでは落とせませぬからの」

政実の言葉に友義は頷《うなず》いて、

「間違いなく敵は出てこよう。せっかく背後に接近しながら、それを自ら知らしめるはずがない。必ず道案内の者らの播《ま》いた噂を僥倖《ぎょうこう》と取る。罠とは断じて思うまい。先手を狙っての待ち伏せに出ると儂は見る。この儂でもそうする」

「それを楽しみに待つといたそう」

友義の饒舌《じょうぜつ》さに辟易《へきえき》しながら政実は杯を重ねた。ただ一つの不安は長牛城に立て籠もっている敵の数がしかと知れぬことであった。大きな城ではない。三千が限界であろう。しかし、春の進軍を予測して愛季が密かに六千以上もの兵を周辺に繰り出していればどうなるか？　たかだか二千の九戸党を恐れはしないはずだ。そうなると待ち伏せなどの姑息《こそく》な手段を選ばずに城で待ち構えるかも知れない。それで辛苦が無駄となる。

〈この闇夜では物見の兵も出せぬ〉

運に任せるしかない、と政実は諦《あきら》めた。

昼近くまでたっぷりと休養を取った政実は陣を畳ませた。敵もこれで待ち伏せの用意を整えたに相違ない。

「隊を三つに分ける。先発は歩兵のみの四百。中程は九百の歩兵と百の騎馬兵で固める。後陣に六百の騎馬兵が従う。四百の纏《まと》めは正常。中程の兵らは政行と康実に預ける。実親は俺と組んで騎馬兵を動かす。前にも言うた通り、敵を存分に引き付けるまで第二陣は逸《はや》るな。大事な獲物を取り逃がす。騎馬兵が峠道を駆け抜けて退路を断つまで先陣の働きに任せろ。先陣がどれほど苦戦を強いられていようと我慢するのだ。辛いであろうが、ここでどれだけの敵を葬るかによって戦さの趨勢《すうせい》が決まる。騎馬兵が先回りできたれば先陣の兵らは散り散りとなって逃れよ。狭い道ではむしろ邪魔となる。あとはのんびり戦さを眺めておればよい。先陣を務める兵は正常の率いる二百が定まっているだけだ。残りの二百はここで決める。無理強いはせぬ。無駄死にとなることもあろう。九戸党の誉れとして名を後世に残すことしか褒美と言えるものはない。それでも望む者は前に進め。逃げ足に自信のある者がよかろうな」

政実の言葉に兵らはどっと笑った。と同時に多くの者らが仲間を掻《か》き分けて前に出た。二百人どころではなかった。三倍もある。

「九戸の者らは阿呆じゃな」

胸を詰まらせながら政実は見渡した。

「俺のために命をくれると言うか」

兵らは政実の前に平伏した。

「兄者！」

実親は号泣した。

「この戦さ、きっと勝ってみせましょう。でなければ我らは地獄に落とされる」

「先に逝《い》った者は九戸の守り神となれ！」

政実は腰の刀を引き抜いて叫んだ。

兵らも刀と槍を高く天に掲げた。

友義まで顔をくしゃくしゃにしていた。

「九戸党の意地を見せて貰ったぞ」

友義は抜いた刀を鞘に収めて言った。

「そなたと戦場にあるなら死ぬのも悪くない」

政実はじっと友義を見詰めた。

「己れの器量の足りなさを兵のせいにしておった。兵あればこそ将。儂には兵に死ねとは頼めぬ。それだけのことを兵にしておらぬ」

「じゃからこそ九戸の者は阿呆と申した」

またまた笑いが広がった。

「儂も数に加えてくれ。儂の城じゃ。正常どのと並んで先陣を引き受ける」

「それはならぬと言うたはず。なれば手前とともに働いていただきたい」

政実は見直した顔で友義の腕を握った。


夏井峠の道は幅一間半もない。五人が並べば右手の斜面に食《は》み出そうになる。斜面の下は登るにつれて深い谷となった。

先陣は長い隊列を作って遥か先を歩いている。敵が待ち伏せしているとすれば峠の頂上を過ぎた地点であろう。こちら側では政実らに見咎められる恐れがある。

「この狭さでは難儀をするな」

政実は眉を曇らせた。頃合《ころあい》を見て逃げろと命じたものの、この深い谷では逡《しゅん》巡《じゅん》する。結局後退するしかない。そうなると狭い山道に兵が溢《あふ》れてしまう。それを掻き分けて馬を進めなければならないのだ。

「正常に伝えることがある」

政実は郎党《ろうどう》を呼び寄せた。

「前言を取り消す。騎馬兵が敵の前に出るまでは決して隊列を乱すな。馬の通り抜ける道をいつも作るように心掛けて貰わねばならぬ。敵が襲って参ったときは二列になって山道を駆け走れ。立ち止まって敵と争うな」

郎党は絶句した。争うなと命じることは、死ねという言葉に等しい。

「馬が行けぬときは全滅となる。それは歩いている兵らの方が承知しておろう。胴巻は厚い。必死で逃れればさほどの傷になるまい」

　郎党は頷くと馬を走らせた。

「辛い下知じゃの」

　友義は嘆息した。

「なれど、そなたの言う通りじゃ。下手をすれば馬が立ち往生しよう。敵もそれは心得て襲って参る」

「中陣と後陣も取り替える」

　政実は実親に命じた。

「前を九百の中陣が塞いでいては間に合わぬ。敵に物見があるとしたら、すでに我らの陣立てを確かめておる。騎馬兵は後陣という報告を済ませているに違いない。先陣と距離を開けて進めば敵を欺《あざむ》ける」

「手前もそれを考えておりました」

　実親は首を振って馬の腹を蹴った。

「あの実親どのはなかなか頼もしい」

　友義は実親の姿を目で追いかけた。

「この戦さを乗り切った暁《あかつき》には、ぜひともお館のお娘御の婿どのにご推挙いたしたい」

「ご貴殿がか？」

「纏《まと》まれば信直どのと実親どのは義理の兄弟となる。南部も安泰と申すもの。これは迂闊《うかつ》であったぞな。なによりの縁ではないか」

　一人で友義は喜んでいた。まさか実現しまい、と思いながらも政実の胸は騒いだ。そうなると実親はほぼ信直と対等の立場になる。九戸党の力が拡大すれば実親を南部の棟梁に据えることも夢ではなくなるのだ。

「九戸党こそ南部の大黒柱。それをしかと知らされた。お館も必ず分かってくださる」

「気が早い。勝ってからの話にいたそう」

政実は騎馬兵を中陣へと進ませた。


「敵襲、敵襲！」

頂上を越えて直ぐに伝令が駆け付けた。

「待ち伏せにござります」

「敵の数はいかがか！」

政実は怒鳴った。

「およそ八百から千と見えまする」

「よし。正常らはどうしておる？」

「下り道を幸いに逃れました。倒れた者は七、八十かと。お急ぎくだされませ」

「俺に続け！　道を塞いでいる者は敵だ。遠慮せずに蹴散らして前に出よ。なにがあっても敵を城に戻すな！　千を葬れば残りは知れたものだ。天は九戸党を見捨てておらぬ」

政実は思い切り馬の尻を叩いた。馬は政実を振り落としそうな勢いで走りはじめた。雄叫《おたけ》びを上げて九戸自慢の騎馬軍が発進した。地面が揺れる。土煙が舞い上がった。

どどどどど、とひづめの音が鳴り響く。

「ここが正念場と知れ！」

政実は部下たちを振り向いて叫んだ。

おう、と呼応の声が戻る。

「居たぞ！　突っ込め」

敵の後陣が突然の騎馬兵に動転していた。

政実は真っ直ぐ敵の懐《ふとこ》ろに突入した。

政実の血はたぎっていた。

五

「南部一族の先鋒を務める九戸政実である。生命の要《い》らぬ者はかかって参れ」
十二、三人の敵の固まりの中に飛び込んだ政実は槍を振りかざして名乗りを上げた。
敵は仰天の目で政実を見上げた。すでに腰が引けている。しかし二人が気を取り直して槍を身構えた。迷わず政実は槍を振り回した。切っ先が一人の喉笛《のどぶえ》を切り裂いた。突き刺せば抜けなくなる恐れがある。それに両手で槍を構えなければならないので短くなるのだ。なにも殺す必要はない。柄の端を片手で握って扱う方が接近戦では有利である。この近さでは弓が役立たない。もう一振りした槍は唖然として立ちすくんでいた二人の敵の目玉と頬を襲った。ほぼ同時に三人が血を噴出させながら地面に転がった。

「退《の》けっ！」

政実は一喝した。敵は、わっと散った。馬の通る道が開いた。すかさず政実は馬の腹を蹴った。弟の正常はまだまだ先に居る。小物を相手に時間を費やしている場合ではない。

「敵の退路を断つのが先決ぞ！　ここらの敵は後陣に任せて騎馬軍は前に進め。料理はあとでゆっくりとする」

政実は止まって敵とやり合っている部下たちを叱咤《しった》した。細長い峠道である。これでは騎馬軍の急襲を知って前方の敵が城へ逃れてしまう恐れがある。おう、と部下たちは頷《うなず》いて敵を蹴散らしながら政実に従った。政実を囲むように七、八騎が並走する。そこには実親の姿もあった。馬がこれだけ揃《そろ》えば敵も怯《おび》える。敵は動転して道の左右に逃れた。

「捨ておけ！」

敵に向かう部下を政実は制した。

「正常を救うのが今は大事だ。死なすな」

びゅうっ、と政実の頰を矢がかすめた。思わず政実は矢の行き先に目を動かした。後ろに従っていた部下の肩口に矢が突き立っていた。部下はゆっくりと落馬した。が、致命傷ではない。部下は直《す》ぐに立ち上がると道に両手を広げて敵の接近を防いだ。

「どうぞ、お先に。ここは食い止めまする」

「任せた」

政実は一瞥《いちべつ》して先に進んだ。

「思いの外に立ち遅れており申す」

実親が舌打ちした。正常の率いる先陣の逃げ足が早過ぎてか、なかなか追い付けない。狭い峠道もむろん関係している。道には敵とも味方とも知れぬ死骸がいくつも転がっていた。政実の頰が引きつった。

部下の背負う旗印を認めてか道を二十ほどの敵が塞《ふさ》いだ。槍衾《やりぶすま》を作って身構えている。馬が怯えてない。


　速度を緩《ゆる》めた。

「小癪《こしやく》な。九戸党を侮《あなど》るでない」

　二人の部下が政実の前に飛び出た。槍を水平に構えて突進する。部下たちに槍が投じられた。どすどすっと槍が馬と部下の体を貫く。それでも二人は怯《ひる》まなかった。そのまま敵の隊列に飛び込む。敵は崩れた。その機に乗じて政実らも続く。たちまち死骸の山が出来上がった。やはり騎馬兵の敵ではない。

「傷はどうだ！」

　政実は二人の部下に質した。

「ご案じ召されるな。浅うござります」

　馬から下りて部下たちは答えた。血塗《ちまみ》れではあるが、いかにも元気な返事であった。歩兵の繰り出す槍は滅多に致命傷とはならない。腹と胸を突き刺せないのだ。二人の傷は足と腕のかすり傷に過ぎなかった。そこに後続の騎馬兵が二十騎ほど駆け付けた。

「三人居残って守ってやれ」

　政実は命じて前を目指した。

〈くそっ〉

　政実は苛立《いらだ》っていた。さほどの敵ではないが、この道の狭さが邪魔している。いちいち蹴散らさねば進めない。馬が政実の後に溜《た》まりはじめていた。

「行くぞ！」

　政実は斜面に馬の首を向けた。馬は一気に急な斜面を中腹まで駆け上がった。そのまま峠道を右手に見下ろしながら飛ばす。実親も必死でついて来た。部下たちも勇んで従う。守りを固めていた敵の一団の後尾に抜け出る。その先の道は大きく空いていた。それを部下たちが圧する。敵の多くが馬の脚によって崖へ蹴落とされた。

政実は道に飛び下りた。敵が慌てて追ってきた。悲鳴と怒号が重なった。政実は振り向きもせず、ひたすら馬を走らせた。やがて前方に入り乱れて斬り合っている兵たちが見えた。その中に五、六頭の馬がはっきりと認められた。間違いない。弟の正常だ。政実はやっと安堵の息を吐いた。政実らの到着を知って兵たちが歓声を発した。敵に動揺が浮かぶ。これほど早くに騎馬兵が襲ってくるなど考えてもいなかったのだろう。敵は斬り合いを中断して坂道を逃れはじめた。援軍に勢いづいた歩兵たちがその背中に槍を繰り出す。

「これが敵の先鋒か!」

駆け付けて一人を葬った政実は間近の兵に質した。

「まだ先に百ばかりおりまする!」

「よし。騎馬兵が直ぐに参る。勝ちは我らのものぞ。しばらく踏ん張れ」

政実は叫ぶとさらに敵を掻《か》き分けて駆けた。

「兄者! 案外早うござったな」

穂先の折れた槍を小脇にして正常は破顔した。どこにも傷は見られない。

「儂《わし》は、自分が思うていたより強い。七、八人の首を挙げた。ようやく体が自在に働きはじめたところぞ」

「よくやった。少し後退して休め」

「なに、この勢いで同道する。死んだ者らの仇を討ってやらねばならぬ」

正常は政実と並んだ。

「ご無事でなにより」

実親が正常に腕を伸ばした。正常はがっしりと実親の腕を握った。

「気を抜くでない。戦さはこれからだ」

政実は二人に怒鳴った。

「たった一人でも城に逃すな。城内の敵は様子が知れずに怯える。千もの兵が戻らぬとなると動転しよう。崖に追いやれ」

おお、と兵たちは声を張り上げた。

政実の率いる騎馬兵は正常の部下も含めて四、五十に膨《ふく》らんでいた。前に逃れる百の敵を制圧するには充分な数である。

「九戸党を斜面に逃れさせよ！　騎馬兵が前に出る。それを下知して走れ」

政実は部下を促した。一頭が敵味方入り乱れた固まりを分けて前に急ぐ。峠道には敵の兵しか居なくなった。そこを騎馬軍が疾走する。地面を揺るがすほどの勢いだ。敵も恐れて斜面に取り付いた。上に回っていた兵たちが槍で突き落とす。馬の太い脚が敵を無残に踏み潰す。もはや趨勢《すうせい》は決していた。

政実たちはついに敵の退路を断った。

「道を馬で塞げ。どこにも逃げ道はない。我らがここにある限り、敵は峠から一歩も抜け出せぬ。あとの始末は残りの騎馬兵に任せよ」

政実は荒々しく言い放った。接近した敵はふたたび後退した。四、五十もの騎馬兵を倒して逃れることはできぬと諦《あきら》めたのだ。それよりは後部の本隊と合流して脱出の機会を窺《うかが》う策に切り替えたのであろう。

「追うな。ここを守るだけでよい」

政実は部下たちを押し止めた。

「敵は浮き足立っておる。要の者の下知も聞こえぬ。これで勝敗が決した」

「こうも鮮やかにことが運ぶとは……」

正常は肩で息をしながら笑った。

「何人を失った？」

政実は暗い顔に戻して正常に訊《たず》ねた。

「百には届かぬと思うが、分からぬ」

正常も眉をしかめて応じた。

「敵は八百から千と見た。まずは致し方ない犠牲であろう。苦労をかけたな」

「なにを言われる。九戸党の意地が立ったと皆は喜んであの世へ行ったはず。兵らは兄者が真っ先に駆け付けてくれたのを承知ぞ」

正常の言葉に皆も頷いた。

「この槍を使うがいい」

政実は正常に投げ与えた。九戸一族に伝わる宝の一つであった。

「儂にか！」

正常は狂喜した。

「こたびの一番手柄はそなただ。それに折れた槍では部下の仇も討てまい」

「ありがたし。兄者にはじめて褒《ほ》められたわ」

「なにを言う」

「まことじゃ。儂は腕に自信がない。これで伊保内《いぼない》の者らは鼻が高くなる」

「七、八人と言ったな。俺でも四、五人ぞ」

「くそ度胸に過ぎぬ。遠目には武者に似合わぬ戦さぶりと映ったであろう。ただがむしゃらに槍を振り回しただけのこと」

正常の言葉に皆は爆笑した。


鎧の擦《す》れ合う音。刀の弾かれる音。倒される者の悲鳴。馬のいななき。勝利の雄叫《おたけ》びを発する声。槍が土を抉《えぐ》る音。体の切り裂かれる音。兜の割られる音。矢の飛ぶ音。歩兵が揃って走る音。ひづめの音。刀の鍔《つば》鳴り。藪《やぶ》を逃げる衣擦《きぬず》れ。罵声。激励。憤怒。

戦さ場には無数の音が飛び交う。

そして、それは次第に治まっていった。

馬の鞍に腰を据えたまま峠道を塞いでいた政実は、その音を聞き分けていた。

「終わったな」

政実は言うと馬から静かに下りた。部下たちも鎧の音をさせながら道に下り立った。

「ご報告、ご報告！」

二頭の馬が道を駆け下りてきた。その顔は上気していた。勝ち戦さのしるしである。

「我が軍の大勝利！」

二人の部下は政実の前に飛び下りて平伏した。よし、と政実は大きく頷いた。

「四百を生け捕りにいたしてござります」

「逃した者は一人もおらぬな？」

「恐らく。山に追っ手をかけておりまする」

「でかした。我らの痛手は？」

「しかと確かめてはござりませぬが、死傷者合わせて百二、三十と思われます。葬った敵の数は五百余り」

聞いて皆は小躍りした。前代未聞の勝利と言ってもよかった。やはり騎馬兵の奇襲が功を奏したのである。

「敵の死骸は崖下に投げ込め。九戸党の遺骸は必ずすべて捜し出して髷《まげ》を切り取れ。そして遺骸を一《ひと》纏《まと》めにしておけ。我らに武運あって城を攻め落とした暁には、なんとしても九戸に運んでやる。野仏《のぼとけ》にはいたさぬ」

「ははっ」

「傷付いた者らは戦線より外す。襲われる危険はあるまいが護衛の兵を五十ほどつけて近くの村落へ落ち延びさせよ」

「生け捕った者らはいかがいたします？」

「長牛友義《なごうしともよし》にくれてやれ」

「は？」

「四百もの敵の面倒は見切れぬ。と言って降伏した者の首を刎《は》ねるわけにもいくまい。友義なら喜ぶ。それで本家への面目が立つ。敵を大事に扱ってくれよう」

「それでは手柄をみすみす……」

「城を落とさぬ限り手柄とは言えぬ」

政実は制して部下を下がらせた。

「友義どの、きっと泣いて喜ぶぞ」

正常は溜《た》め息《いき》を吐《つ》いた。

「致し方あるまい。ここで四百もの敵を抱えれば策が乱れる。これから直ぐにでも城を包囲せねばならぬ身。堪《こら》えてくれ」

政実は素直に謝った。正常が囮《おとり》になってくれたからこその勝利なのである。

「いや……そんな意味で言ったのではないわ」

正常はたちまち笑顔に戻した。

「いかにも戦さははじまったばかり。四百も捕虜がおっては動きがままならぬ。兄者の申す通りだ。城を落とさぬ限り手柄などと胸を張ってはおられぬの」

「友義さまは監視役。四百もの敵を引き出物にすれば、我らの忠心を伝えてくれましょう」

実親の言葉に皆は大きく首を振った。

「死骸を崖に投げ込む前に髷を切り取れと命じよ。その髷を荷車に積んで城に届ける」

政実の新たな策に皆は顔を見合わせた。

「それでさらに敵は消沈する。鎧の下の胸札を髷に結《ゆ》わえて送り届けろ」

「承知！」

一人が馬に飛び乗って伝えに走った。

「待ち伏せのつもりが逆に千を失って安東勢は穏やかであるまい。どう出てこようか？」

正常は政実に質した。

「城にいくらの兵が立て籠もっているかによる。俺の見立てでは千もおるまいと思うが……だとすれば城の合議が二つに割れよう。逃げるか、潔《いさぎよ》く討ち死にするか」

「籠もられれば厄介だな」

「保《も》ち堪《こた》えて勝算が少しでもあれば踏ん張る気持ちにもなろうが、二、三日のうちには一万五千もの本隊に囲まれる。援軍の当てもない。日中は様子見をするとして、今夜か明日には城を捨てて逃れると見た。そのためにも我らの布陣が大事となる。わざと遠巻きにして敵に逃げ道を用意せねばなるまい」

「なるほど、頷ける」

正常は感心した顔で応じた。

「友義を呼んでくれ。この辺りの地勢は友義に聞くのがよい。敵の動きに即座に対応できる場所で、しかも敵に油断を与えるところが見付かればありがたいのだがの」

「またまた友義どのが喜ぼう」

正常は苦笑して部下を促した。


友義は興奮を隠さずに政実の前に姿を見せた。峠道で無数の死骸を見てきている。

「お見事にござった。かほどの勝利を生涯に見たことはござらぬ。九戸党の面々のお力を確かに見届けさせていただいた。あっぱれ」

友義は政実の前に立って深く頭を下げた。

「その上、生け捕りし者らを手前にお引き渡しくださるとか。かたじけない。これで長牛の名を汚さずに済み申す。この通りじゃ」

「捕虜らをいかがいたす所存で？」

政実は試すように口にした。

「あまりにも数が多い。殺しても構わぬかの」

友義も政実の顔色を窺った。

「いかようにもお好きなように」

意図を察して政実は直ぐに返答した。まだ友義にはわずかの疑いが残されているのであろう。敵と呼応せずして、これほどの大勝利は有り得ぬとどこかで迷っている顔だった。だからこそ捕虜を殺してもいいのかと詰め寄ったに違いない。

「いや、せっかく生け捕りにした者ら。なんとか三戸《さんのへ》まで連れ帰ろう」

政実の返事で疑いを払拭《ふっしょく》した友義は晴れ晴れとした様子で言った。正常と実親は密かに顔を見合わせて苦笑いした。

「お知恵を拝借致したい」

政実は友義に床几《しょうぎ》を勧めた。

今後の敵の動きについて政実は忌憚《きたん》なく友義に打ち明けた。友義も頷く。さすがにわざと遠巻きの陣を張ると聞かされて絶句した友義だったが、それにもやがて納得した。

「となれば三ケ田《みだ》城がよかろうの」

言って友義は絵図を示した。長牛城を通り過ぎて北に位置する城である。

「城と言っても名ばかり。柵に毛が生えた程度のものじゃ。しかし広さだけはある。二千の兵が陣を張れよう」

「せっかく城の背後に我らがあると言うのに、わざわざ城を横目にして前面に出ると?」

正常は逡巡した。

「ここに決めよう」

政実はあっさりと頷いた。

「敵は我らの兵力を知らぬ。二千と聞いていても今は疑いを抱いておろう。千もの敵をわずかのうちに破っておる。あるいは四千もの数と恐れているやも知れぬ。正常の言うごとく、わざわざ優位に立てる峠を捨てるとは思わぬはずだ。むしろ我らが三ケ田に進むは良策だ。敵はきっと我らが兵力を二分したと見る。ますます怯えるぞ。正面に二千、背後の峠に二千があると勘繰《かんぐ》れば合議どころの騒ぎではなくなる。我らの思う壺《つぼ》だ」

「返す言葉もないの」

友義はあんぐりと口を開けて、

「そなた……戦さの申し子じゃ」

「三ケ田城と申したのはご貴殿にござる」

政実の言葉に友義は顔を綻《ほころ》ばせた。

「ただ、問題は……果たして三ケ田城にすんなりと入れるかどうかだ」

「それは心配なかろう」

友義は請《う》け合った。

「三ケ田は長牛城の支城のようなもの。守りの態勢も充分ではない。籠城策《ろうじょうさく》を採るつもりなら長牛城に兵力を結集する。それに我らは東から攻め入っている。北側の三ケ田城に無駄な兵を送り込んではおるまい。兵が居たとて、せいぜい百かそこらであろう」

「濠《ほり》や石垣はいかがか？」

「ない。満足な塀とて設けておらぬ」

「なれば落とすに半刻《はんとき》もかからぬ理屈か」

政実は笑みを浮かべた。むしろ三百ぐらいの敵が籠もってくれていた方が好都合というものだ。それでますます敵の兵力を減らすことができる。

「しかし、おるまいな。友義どのの考えが当たっていよう。東から襲う我らのために北の守りを堅固にはすまい。反対に長牛城の強化を図って三ケ田から呼び戻す。なれば五百も兵があればこと足りる。正常、そなたは先発隊を繰り出して三ケ田城に入れ。我らは長牛城を包囲して三ケ田への援軍を断つ。万が一苦戦のときは我らも合流いたそう」

「任せてくれ」

正常は自信たっぷりに応じた。たった今の戦さで正常は見違えるほどの武者になっていた。これまではどうしても政実と政則の陰に隠れていたのである。

「手前も正常兄者とともに」

実親が名乗りを挙げた。政実は許した。咄嗟《とっさ》の策となれば実親が頼りになる。

「騎馬兵百と歩兵四百。直ぐに向かえ」

政実に言われるまでもなく二人は兜の緒をきつく締め直して立ち上がった。

「いや、お羨《うらや》ましい」

正常と実親の背中に目を動かして友義は、

「九戸党の結束にはだれもかなわぬ。磐石《ばんじゃく》の六本柱。弟御らがご貴殿の手足となってくれる。我ら長牛も見習わなければならぬの」

本心からのように口にした。

六

政実が三ケ田の城に入ったのはそれから一刻半後のことだった。三ケ田には敵が一人として居なかったのである。いや、居た痕跡は見られた。正常の率いる五百の兵に恐れをなして脱出したのであろう。多くても四、五十人ほどだったに相違ない。

「まさかここを攻められるとは思いもよらぬことであったのだろう」

広間の上座に胡座《あぐら》をかいて政実は笑った。すべてが思い通りに運んでいる。

「わずかの間でも鎧を脱いで寛《くつろ》げ。敵は夜まで動かぬ。我らがこの城に入ったと知って頭を悩ませておろう。少なくとも敵は我らに二千の兵があるのを自分の目で確かめた。背後の峠にどれだけの兵が潜んでいるか気に病んでいるはずだ。迂闊《うかつ》な動きはすまい。この城に攻め寄せれば挟み撃ちに遭う恐れもある、とな。兵らにものんびりと過ごせと言うてやれ。夜中には間がある。たっぷりと飯を食わせ、刀と槍の手入れをさせるがよい。ただし長牛城の監視だけは怠るな」

政実は部下に言って広間から退かせた。

側近が政実の鎧を脱がせにかかった。友義や正常らも解放された顔で紐を解いた。

「やれやれ、長い一日であった」

友義は薄い衣一つになって大欠伸《おおあくび》をした。まだ肌寒い時節だというのに友義には汗が噴き出ていた。鎧は汗を外に逃がさない。郎党が直ぐに拭きにかかる。

「戦さ場で鎧が脱げるとは思わなんだ。これもご貴殿の策あればこそのことじゃな。かほどに優位の戦さができるとは……儂も戦さに開眼いたした気持ちぞな。面白いように先手を取れる。たった二千の兵でここまでやれるなど、今でも信じられぬ。敵は我らの数を読めずに身震いしておるじゃろう。これなら本隊の到着を待たずして城を落とせる」

「まだ安心はでき申さぬ。我らの進軍を耳にして大里備中《おおさとびっちゅう》ら鹿角《かづの》の地侍がどう動くか。それもあって本隊一万五千の進軍を広めさせたが、実際にその旗印を見るまでは半信半疑のはず。信ぜずに安東軍の援護に回られれば厄介になり申す。数は合わせて二千に満たぬとしても、今の我らにすれば大軍。今夜でかたがつけばよし。もし長引けば我らが包囲される恐れとてある。長牛城の纏めの者の采配によって事態は変わる」

「間抜けであって欲しいものよな」

「その反対でござるよ」

政実は苦笑いして、

「間抜けこそ我らの大敵。間抜けにはこちらの策が通じぬ。頭の働く将であるなら、この状況にあっては鹿角の地侍などあてにならぬと判断いたそう。背後の峠にも我らの兵が潜んでいると必ず勘繰る。三ケ田城に入ったこととて、城から誘い出しての決戦を挑もうとしての策と見抜く。となれば闇に紛れて城を捨てるしかないと考え申そう。それこそ手前の狙い。なれど、阿呆が率いていて、無駄死にを兵に望めばどうなるか……いかに千足らずと申せ、二、三日は落とせますまい。その間に鹿角の地侍の気持ちも揺れ動く」

「確かに……」

友義は眉を曇らせた。

「大高主馬《おおたかしゅめ》、どちらであろうか」

正常は長牛城を仕切っている将の名を口にして腕を組んだ。安東愛季《ちかすえ》の腹心として名ばかりは耳にしている。

「調べずとも今夜には知れる。愛季の片腕となれば、それほど間抜けでもなかろう。そう信じて俺も策を選んだ。今はそれが当たってくれることを願うしかあるまいよ」

「大里らに釘を刺しておくか」

友義が膝を乗り出した。

「夏井峠で九戸党が千の敵を葬ったと聞けば身を縮める。明日一杯は様子を見よう。そのうち来満峠《くるみ》を越えて信直《のぶなお》どのの率いる本隊が大湯《おおゆ》に達する。明日さえ凌《しの》げば安心ぞな」

「やってくださると言うならお頼みいたそう」

「引き受けた。直ぐに伝令を走らせる」

友義は張り切った。

「儂の使者と聞いて大里め仰天するぞ。その顔をこの目で見れぬのが残念じゃ。あやつの罪は重い。愛季軍に荷担するどころか荷物を纏めて逃げ出そう。きっとだ」

「それなら安心でござるがの。今は大里と刀を交わしている暇がない。もしそれを果たしてくだされば大手柄に等しきこと」

「よし、儂に預けてくれ」

友義は腰を上げると慌ただしく立ち去った。

「大里などなにほどの敵でもあるまいに」

正常は怪訝な顔で政実を見やった。

「信直は大里と津軽の大浦一党が裏で手を結んでいると見ていた。俺が大里と談合すればあらぬことを疑われかねぬ。友義なら問題がない。ばかりか俺が愛季と呼応しているという疑念も一掃されよう。駄目でもともとだ。大里が攻めて来たら一蹴する。それに友義は本気で我らの役に立とうとしている。あの者の顔も立ててやらねばなるまい」

「負けたわ。兄者はいつも先を読んでおる」

正常に皆も同意した。

「敵が長牛城より撤退したときはいかがなされます？」

実親が政実に訊ねた。

「追っ手はむろんかけるが……逃がしてやれ」

「それだけで構わぬので？」

「城の裏手は深い山だ。我らは土地に不慣れ。深追いすればこちらに被害が及ぶ」

「…………」

「俺は城を奪い取ると約束した。それが果たされればだれも文句はつけぬ。これ以上九戸の者らを無駄に死なせたくない。それに、大高主馬、俺の思うておる通りの男なら、兵を城から抜け出させると同時にこの三ケ田を手勢で襲ってこよう。抜け出た兵らを無事に山越えさせるためにだ。その戦さで充分であろう。間違いなくその連中は命を惜しまぬ安東軍の主力。楽しみな戦さとなるぞ。きつい山越えに馬は役立たぬ。騎馬兵が攻めてくる」

「騎馬同士の戦さになりますな」

「暗くなったら城内に篝火《かがりび》を燃やして馬の目を火に慣れさせておけ。歩兵らに松明《たいまつ》を持たせて戦場を明るく照らす。でなければ土地に不案内な我が軍に不利だ」

政実は皆に言うとそれぞれに休憩を取らせた。狭いと言っても将の寝る部屋はある。

「実親は少し残れ」

政実は退出しようとした背中に声をかけた。

「なにか？」

二人だけになると実親は急《せ》かした。

「今は話だけのことだが……この戦さを乗り切れば友義がそなたをお館《やかた》の娘婿《むすめむこ》に推挙したいと申しておる」

「手前を、でござりますか！」

実親は目を丸くした。

「友義が推挙したところで話が簡単には纏まるまい。お館は俺を嫌うておる。あの信直とて心穏やかではないはず。だが、もしもということがある。そのときはどう返答する？」

「となれば三戸の本家に住まわねばならぬので？」

「分からん。すでに信直が城に入っている。そなたにくれるとしたら二番目か三番目の娘。あるいは分家を許されて別の領地を任せられるかも知れぬがの」

「いずれにしろ九戸を離れることに？」

「それはそうだろう」

「お断わりしてくださりませ」

「好きな女でもあるのか？」

「九戸を離れたくないだけにござります」

「それなら婿に行け」

「…………」

「女が居ると言うなら考えぬでもないが、九戸にこだわっているだけなら許さぬ。俺も九戸が好きだ。なれどこれから先を思えば九戸という土地が邪魔をする。あそこではすべてに睨《にら》みが利かぬ。いずれどこぞ適当な場所を定めて出るつもりでいる。土地に縛られていては大望を果たされぬ」

「その場所とは？」

「岩手郡の辺りか、あるいはもっと南。胆沢《いさわ》か平泉《ひらいずみ》まで出られれば面白い」

「…………」

「伊達《だて》や最上《もがみ》に備えねばならぬ世が近付いた。こんな北の果てで小競《こぜ》り合いをしているときではなくなる。それには本拠地を国の懐深く押し出していかねばなるまい。己れのことしか考えぬお館に従っていては乗り遅れるばかりか近隣に呑み込まれてしまうぞ。力を示して靡《なび》かせるしかあるまいと思うていたが、そなたがお館の婿となり、次の棟梁にでも選ばれればことは簡単だ。俺が南部の名を国中に広めて見せよう」

「婿となっても棟梁にはなれませせぬ」

「おなじ舞台に上がれば、なんとしてもならしてやる。俺の言葉を信用しろ」

「それは……信直さまをどうにかするという意味にござりますか？」

「まさか。合議で決着をつける。あとは俺と信直の親父の高信《たかのぶ》の力競べだな。やってみる価値はある。そなたが婿になっていれば、だ」

「話など潰れるに決まっていますよ」

「俺もそう思う。まだだれにも口外するな」

政実は薄笑いを浮かべて、

「だが、そうなったときは行くのだな？」

実親に念押しした。

「兄者のお心に添いまする」

実親は有り得ぬ話と見て軽く頷いた。

「好きな女などおらぬか……」

政実は苦笑して、

「俺の女房の側に居る女どもはいつもそなたの噂話をしていると聞いたに」

「部屋住みの身で女などを相手にしている余裕はありませぬ。学ばねばならぬこともたくさんございます。弓と刀の鍛練も足りぬゆえ」

「おまえを養子に出さなかったのは正しい判断だった。今にして芽が出た。本家への婿入りが決まれば親父どのが大喜びいたす」

「それで友義さまを急に大事に扱うようになられましたので？」

「それも少しはある」

政実は悪びれずに白状した。実親は笑った。政実の笑いがそれに重なった。

七

「申し上げます！」

広間に皆がまた顔を揃えているところに伝令が駆け込んできた。待ち構えていたように皆は腰を浮かせた。いずれも仮眠を済ませて鎧を着込んでいる。半刻前から用意は整えていた。もう真夜中近い。

「長牛城の倉に火が放たれました」

「なに？」

思いがけない報告に皆は顔を見合わせた。

「城を捨てる気だ。我らに米を残したくないのであろう。それにこの闇では我らの目が倉の火に向けられる。その隙《すき》に乗じて抜ける策ぞ。騎馬兵に出陣の用意をさせろ」

「畏《かしこ》まりました」

伝令は慌てて引き返した。

「敵の騎馬兵もすでに城を出てこちらに向かっているに違いない。いよいよだ」

政実の頰は上気していた。


敵の騎馬兵の数が判明したのは、それから間もなくのことだった。七、八十騎が三ケ田城を目指しているると言う。皆は安堵した。

「死ぬ覚悟でやってくる者ども。油断すれば手酷《てひど》い目に遭う。五百の騎馬兵で迎え撃て。数で圧するしかない。一人に五人でかかれ。そのうち二人は松明を手にして明るくしろ。ただし、投降する者についてては情けを与えよ。馬も傷付けてはならぬ」

政実はてきぱきと指図した。

「歩兵はいかがいたします？」

「その数であれば騎馬兵だけで間に合う。かえって足手纏いになろう。むしろ長牛城に進ませよ。もはや敵は一人としておるまい。急ぎ向かわせて倉の火が広がらぬようにな」

「ははっ」

部下は顔を輝かせて伝達に走った。

「ご注進！」

入れ替わりに新たな伝令が駆け込んだ。

「政則さまは昼過ぎより長嶺《ながみね》に布陣していたとのことで」

「なぜ報告が遅れた？」

それでも政則の無事を知って政実は余裕の笑いを見せた。

「我らが三ケ田城にあると先刻まで知らずにいた由にござります」

「長嶺とはどこだ？」

「川を挟《はさ》んで反対側じゃ。橋がないゆえ大里の領地を経て大迂回せねば来られぬ」

友義が説明した。

「なるほど。大里の動きが摑めぬので大事を取ったのであろう。それでいい。三百の手勢では命惜しみこそ肝要だ。下手に大里の領地に踏み込んでいればどうなったか知れぬ。折り返し伝令を遣わして大里の牽制に回れと申せ。大里については友義どのが一喝した。ことは起こすまいが朝までは油断がならぬ」

「都合のいい場所に居てくれたものじゃな」

友義は手放しで喜んだ。

「これも田山《たやま》街道を辿《たど》らせた賜物《たまもの》。そなたにはどこまでも運がついて回っておる。これで大里も儂の言葉がただの脅《おど》かしでないと知る」

「騎馬兵を繰り出せ！」

友義に頷きながら政実は出陣を命じた。

三ケ田城を背にした緩やかな傾斜の草原に至った政実は地形を確かめてから言った。

「ここにする」

「狭くはないかの？」

友義は案じた。

「ここならむしろ城の周辺の田の方がよさそうに思える。今は土も堅い。馬の脚が取られる心配もないぞ」

「村に火矢をかけられては迷惑となり申そう。その上、広い田では直ぐに明りが届かなくなる。暗がりとなると数の多い方に同士討ちの危険が強くなりますでな」

友義を制して政実は兵を散らせた。ここに敵が踏み込んできたら一気に取り囲む策だ。

「今のうちに窪地や岩を見極めておけ。松明が頼りにならぬこともある」

兵らは馬をゆっくりと歩かせて確認した。

「本当に正面から来るかの？」

友義は政実の適確な指示に驚嘆しつつ、その疑念を口にした。たった七、八十の数で真正面から襲って来るのは無謀であろう。自分なら林や谷を越えての奇襲策を選ぶ。この草原を駆けてこなければ待ち伏せにならない。その意味もあって友義は城の近くの田を勧めたのである。どこを駆け抜けて来ても目標の近くに居れば間違いがない。

「勝つつもりであるならさようでござろうが、連中は城を抜け出す者らの囮でござるぞ。目立たねば囮の役目が務まらぬ。必ず道なりに馬を駆って参ろう。ここに至って命惜しみの策に頼れば自滅する。敵も心得ているはず」

「そなたの言葉じゃ。信じよう」

友義は半信半疑ながら引き下がった。

「地勢を見極めた者らは林に隠れろ。ここは我らだけで塞ぐ。頃合を見て取り囲め」

政実は三十の騎馬兵だけを残した。友義と弟らもそれに混じっている。

「参りましたようで」

地面に耳を当てていた部下が伝えた。

「今度もそなたの策が的中した」

友義は政実に気圧《けお》されていた。

「松明を燃やせ。それで馬の脚が止まる」

政実は微塵《みじん》の怯えも見せずに言った。


「止まれ!」

敵の中から甲高い声が上がった。ががががっ、とひづめの音をさせて騎馬兵らの黒い影が動きを止めた。馬の吐く息が闇に白い。敵の騎馬兵らは戸惑った様子でうろうろと動きはじめた。一頭がその固まりから抜け出た。

政実もゆっくりと前に馬を進めた。

「囮であるのは承知の上だ。長牛城にはすでに兵らが駆け付けている。命を捨てての役目、見事と褒めて遣わす」

「何者だ!」

「九戸政実、じきじきに見届けに参った」

敵に動揺が広がった。将が待ち伏せの最前線にあるなど信じられない様子だった。

「手前、安東愛季に仕える藤原敏晴《ふじわらとしはる》と申す者。まこと九戸政実どのにござろうか？」

纏めらしき男は長い槍で政実を示した。

「大高主馬はもはや城を逃れたか」

政実は哀れむような顔をして藤原を見やった。てっきり大高主馬が率いているものと思っていたのである。

「愛季ならまだしも、大高主馬ごときが命惜しみするようでは安東も先が知れたものよな。主馬程度の者のために死ぬるは本懐であるまい。我らに降《くだ》ると言うなら許してやる」

「お言葉ながら、一度決めた命にござる。ましてやお相手が政実どのとあれば悔いなし。存分に働いて果てまする」

藤原は林に潜む数を承知らしかった。

「愛季の子飼いの者か？」

「さにあらず。比内《ひない》に代々おりまする。先祖を辿れば平泉の泰衡《やすひら》さまに仕えし者。源氏こそ宿敵。お覚悟なされませ」

「遺骸は比内に届けてやる。安心して働け」

政実の言葉と同時に松明を燃やした騎馬兵らがどっと林から現われた。その数に恐れるどころか敵は反対に雄叫びを発した。

「武者同士。互いに名乗りを挙げた上で刀を交えるがよい。政実がしかと見守ってやる」

それが決戦の合図となった。

政実らは草原の端に退いて見届けた。

「比内の者らなら、さもありなん」

友義は溜め息を一つ吐いて、

「最後の一兵まで投降すまい」

「平泉の泰衡に所縁《ゆかり》があると申したが？」

政実は友義に訊ねた。

「嘘か真実《まこと》か知らぬが、泰衡に従って比内に落ち延びた者らの末であることを誇っておる。藤原の姓もその折りに授かったとか。愛季がここらに手を伸ばす前から扱いにくい相手であった。源氏の色には決して染まらぬ」

「それで囮の役を自ら引き受けたのであろう」

政実にも得心がいった。

「藤原敏晴の名は承知にござったか？」

「いや、初耳じゃ。この冬のうちに比内から駆け付けた者であろう」

「殺したくない者にござるな」

そのとき暗がりから声が上がった。

「藤原敏晴の首、討ち取ったり！」

喜びに弾んだ声であった。

たちまち敵に乱れが生じた。

決戦の流れは一気に九戸党に傾いた。

政実は自ら松明を手にして検分に回った。

ずたずたに切り裂かれた死骸の傍らに藤原敏晴の首が置かれていた。討ち取った兵が血塗れの顔で平伏した。肩や腿に深い傷を負っている。その側には三人が並んでいた。軽いがいずれにも手傷が見られた。

「苦労したようだな」

「手強き相手にござりました。一人や二人ではとても。皆でかかりましてござります」

「生涯忘れ得ぬ敵であったと知るがよい」

「はあっ!」

四人はまた打ち揃って頭を下げた。

「皆の者もそう心得よ。比内に剛の者あり。死んだ者はもはや敵にあらず。その猛《たけ》き志《こころざ》しを九戸党が受け継ぐ。これがまことの武者だ」

政実は声を張り上げた。

「数を恐れるな。この者らはわずか七、八十で五百の我らに立ち向かった。今夜のことを決して忘れるでない。遺骸を集めて比内に届けてやれ。それが九戸党の戦さじゃ」

政実は珍しく涙ぐんでいた。

布石

一

安東軍《あんどう》の奇襲隊を待ち伏せて撃破した政実《まさざね》は、闇をついてそのまま長牛城《なごうし》を目指した。城に籠もっていた敵が撤退したと見做《みな》してのことだ。城の方角の空が仄《ほの》かに明るい。まだ敵が米倉に放った火が鎮まっていないのだろう。

「戦さの音は聞こえぬの」

すでに重い兜を取って部下に預けていた長牛友義《ともよし》が耳を澄ませて薄笑いを浮かべた。

「たった二千の兵で見事に城を取り戻した。しかもわずか一日でだ。今宵よりそなたの勇名は陸奥《みちのく》ばかりか武蔵《むさし》にまで広まろう。鬼神の働き、確かに見届けさせてもろうた。明日の夜には本隊が大湯辺《おおゆ》りに到着しようが、戦さが終わったと知って仰天いたそう。側《そば》にあった儂《わし》でも信じられぬ。これで安東愛季《ちかすえ》とてしばらくは鹿角《かづの》に手を出さぬはず」

「と思うが」

政実もあっけない幕切れに気の抜けた顔をして頷いた。いかにも自分の采配の勝利に違いないが、敵は自滅したに等しい。

「弟御の政則《まさのり》どのもさぞかし無念であろう。囮の役目は立派に果たしたが敵と一度も刀を交えておらぬ。城で会うのが楽しみじゃ。合流するまでは城攻めをせぬとの約束だったに」

友義はにやにやと笑って、

「いずれにしろ目出度《めでた》い。明日は民らを城に呼び寄せて儂の帰城を伝える。どうせ本隊の到着を待たねばならぬ。明日は派手な祝宴といたそう。信直《のぶなお》どのが目を回すような用意を整えてな。近隣の者に命じて酒と女を調達させる。この辺りの女も捨てたものではない」

「油断が過ぎれば鹿角の地侍に足元をすくわれる恐れもありますぞ」

「大里備中《おおさとびっちゅう》さえ封じれば安心だ。儂の使者と聞かされて身を縮めていたそうな。政則どのの包囲もある。これで愛季の軍が城を捨てたと知れば慌てて逃げ出すに決まっている。儂とてあの二枚舌の大里の首を刎《は》ねてやりたい」

「それをやれば地侍どもが怯《おび》えて、逆に結束いたす。大里は捨て置くしか……」

「承知じゃ。心得ておる」

政実に何度も頷いた。


政実らは長牛城の堅固な城門を潜った。

さほどの高さではないが広い山城である。裏山が高い壁となっているので攻め込む道は正面しかない。あらためて政実は僥倖《ぎょうこう》を覚えた。ここに籠もられていれば半月は決着がつかなかったはずである。

友義は城内に馬を進めると嬉々《きき》として政実に説明した。

「左手の小高い丘にある櫓《やぐら》が夏井峠方面を監視する物見台じゃ。この坂を真っ直ぐ上がると本丸に通じる。その奥に鹿角方向を見渡す物見台がある。この二方向を見守るだけで城の安泰が図られる。ことに鹿角方向は遠くまで見渡せる。敵の姿を見掛けてから戦さの支度を整えても楽に間に合う。儂もそれに胡座をかいておった。愛季の軍が背後の山を越えて間近に襲ってくるなど思いもよらなんだでな。面目ない」

「いかにも……油断して当たり前」

月明りに地勢を見定めて政実も納得した。恐らく愛季軍の手引きをしたのは、山の裏側に暮らす比《ひ》内《ない》の者らであろう。ついさっき戦った奇襲隊の気概であれば山越えもたやすい。

「もはや山城の時代ではないかも知れぬ」

政実はぽつりと呟《つぶや》いた。

「山の形に縛られて城内を大きくできぬ。本家の三戸《さんのへ》城とて、いざとなっても五千以上は籠もられぬ。結局は周辺に分散しなくてはならぬ理屈。それでは城の意味がなくなろう」

「しかし……それなら城をどこに作る？」

「広い平野に土を盛れば好きなだけ大きな城を築くことができ申そう。四方を高い石垣で囲めば守りの不安もなくなる」

「それは……理屈じゃがの」

友義は苦笑いした。山城を築くのに較べて十倍も労力と金がかかる。

「第一、九戸《くのへ》では攻められる心配がなかろう。近隣四方すべて南部勢で占められておる。この鹿角とは違う。作るだけ無駄じゃぞ。城は攻め奪《と》るものだ。そなたならそれが似合いだ」

「直《す》ぐに、と申しているのではない」

政実も頷きつつ笑った。

〈しかし……〉

愛季軍がこうもあっさりと城を撤退したのは米の蓄えに原因があったのではないか、と政実は思い付いた。この堅固な山城であれば滅多に籠城《ろうじょう》策を採る必要がない。他の城に比較して広いと言ったところで、しょせんは山を切り崩して拵《こしら》えたものである。土地に限りがある。居住する館が優先されて米倉の数が減らされる。だが、二千が立て籠もり、一月を耐えるにはとてつもない米が要るのだ。無理と悟って城を捨てた可能性が強い。

「米の倉はいくつあり申した?」

「三棟じゃが……小屋に等しきものでの」

燃えたところで大した被害ではない、と友義は気にもしていなかった。

〈やはり、そうか〉

政実は一人頷いた。守りの要は米にある、と政実は今更ながらに気付いた。二十や三十の米倉を城内に備えてこそ守りができる。そのためには城を大きくするしかない。

〈もっとも……〉

包囲されたらの話だな、と政実は内心で笑った。友義の言うように九戸の城が攻められる不安は万に一つもなさそうに思われた。

二

政則が長嶺《ながみね》の陣を畳《たた》んで政実の待つ長牛城に入ったのは明け方近かった。城を奪還したという政実の伝令を受けてのことである。兵たちは政則の軍を歓呼の声で迎えた。

「寝ずに待っていてくれたのか」

本丸の広間に荒々しく現われた政則は居並ぶ兄弟たちを認めて破顔した。政実を筆頭に正常、実親、政行《まさゆき》、康実《やすざね》といずれも無事な笑顔を見せている。政実の側には友義もある。

「皆が揃うてからの祝いと決めていた。よくぞ役目を果たしてくれた。ここに座れ」

政実は直ぐ左の席を政則に勧めた。

「大里備中が闇に紛れて落ち延びたぞ」

「らしいな。俺も少し前に聞いた」

「本当に追わなくてよかったのか？」

どかりと腰を据えながら政則は言った。

「あやつは俺の兵らを牽制と見たであろうが、俺もあやつのせいで城攻めに加われなんだ。それがなんとも口惜しい。相当な食わせ者だな。長牛城が兄者によって奪われたと知るまで、どちらにつくともはっきり示さぬ。あんな者を捨て置いては友義どのが迷惑しように」

「まったく。風に靡《なび》くばかりで武者の意地など一つも持っておらぬ」

友義も喜んで口にした。

「それでも鹿角の地侍の纏《まと》めだ。下手に手出しすれば今後に痼《しこ》りを残す。お館も長牛城を取り戻せと命じただけで鹿角の地侍についてはなにも言わなかった。無駄な命のやり取りをする必要はない」

政実は目の前の角樽を片手で持ち上げると政則に杯で受けるよう促した。同時に郎党たちが祝いの席に連なる者たちの杯に酒を注いで回った。皆は酒の溢れる杯を手にした。

「なにも言わぬ。俺は果報者だ。飲め」

政実はそれだけを言うと杯を干した。おおっ、と弟や家臣たちはいっせいにあおった。

「それではいかにも味気ない」

友義の言葉に皆は爆笑した。

「こんな宴は滅多にあるものでない。大勝利の祝いではないか。この時刻では女を集められぬが、本隊を迎えての酒宴には必ず揃えてみせるほどに楽しみにするがよいぞ」

たちまち席が盛り上がった。

「お館さまもこたびの戦さで九戸党の強さをしかと心に留められるであろう。どれほどの褒美をくだされることか……この友義も実に感服いたした。そなたらこそ南部の武者じゃ」

拍手が湧き起こった。

「ありていに申せばの」

友義は思い切ったように、

「そなたらが思うておるほどに、そなたらの主人《あるじ》は一族の者らから好かれてはおらぬ」

「なにをたわけたことを」

政実は苦笑いした。

「つまりは妬《ねた》みじゃな。お館さまに面と向かって異を唱えられる者は政実どのばかりじゃ。それで皆が煙たがっている。この儂とて白状すればそうじゃった。しかし、この戦さぶりを見てはなにも言えぬ。南部に政実どのなくして先行きが成り立たぬ。多少の自惚《うぬぼ》れには目を瞑《つむ》ろう。そなたら、偉い主人を持った」

わあっ、と喝采が起きた。

「口が達者でござるの。上げたり下げたり」

政実も愉快そうに笑った。

「加増は間違いあるまい。この功績に報いぬでは他に示しがつかぬ。お館がくれると言うたら二戸《にのへ》辺りを所望すればよい」

「ほう……二戸を」

「儂の祖先は代々その一帯に領地を持っていた。あそこは本家のある三戸に間近いばかりか、四方を山に囲まれた天然の要害。その上、馬淵川《まべちがわ》という大河で八戸《はちのへ》と繋がっている。南部領土の臍《へそ》にも等しき場所ぞ。九戸も悪い土地ではなかろうが、本家とは少し離れ過ぎている。二戸にそなたが腰を据えてくれれば南部の安泰は約束されたようなもの」

「なるほど、二戸なら面白い」

政実も大きく頷いた。

二戸は九戸と山を挟んで直ぐ隣りに位置する土地であるが、その山が問題だった。折爪岳《おりづめだけ》と言って界隈一の高さなのである。その山が三戸と九戸を阻む屏風となっているために、どうしても迂回の道を辿らなければならない。だが、二戸なら直線で三戸と通じている。それに馬淵川。それは三戸を経て八戸にまで伸びている。船を上手く使えば軍の行動範囲を一気に拡大することができるはずだ。

「そなたが二戸を支配すれば儂もしばしば訪れることができる。是非とも望んでくれ」

「お館が褒美をくれるかどうか。今の話では一族の者らからだいぶ嫌われているらしい」

皆はくすくす笑った。

「くれぬわけがあるまい」

友義は声を張り上げた。

「命を張った大仕事ぞ。南部の体面も保たれた。これでそなたが無下に扱われれば、お館さまの下知《げち》にだれも従わなくなる。儂が言うたは、どこを褒美にくれるかということよ」

「もし二戸を頂戴できれば政則兄者の久慈《くじ》から正常兄者の伊保内《いぼない》、そして九戸から二戸と、ほぼ一本の帯に土地が繋《つな》がることに」

実親の言葉に皆は首を振った。

「海から本家の胸元まで九戸党の旗印が連なるわけだな」

政実もあらためてそれを思った。

「飛び地を授かるよりはその方が……どこでなにがあっても領内だけで対処ができまする」

「よし。なんとしても二戸を所望しよう」

政実の心が動いた。


「二戸を貰えたらのことだが……」

眩しい朝の光に目を細めながら政実は弟たちと円座を組んでいた。祝いの宴を終えて政実らは別室に引き下がっていた。体はへとへとに疲れているが興奮はまだ続いている。

「友義の言うた通り、本拠地を九戸から二戸に移そうと思う。そのときは九戸の城を正常に任せて、伊保内は政行に預けよう」

「実親ではないのか?」

正常は怪訝な顔をした。今度の戦さにおける実親の才はだれもが認めざるを得なかった。

「実親については別の話がある。今まで内密にしていたが、あの友義が仲立ちとなってお館の娘との縁組を図ってくれるそうだ」

「まことか!」

正常は膝を進めた。

「そうすればお館と俺の繫がりが強まる。友義はそれを狙っている。二戸を望めと言うたのもおなじ狙いからだ。九戸党を南部の盾とするつもりなのよ。友義の思惑はともかく、どちらも我らにとって悪い話ではない。俺はありがたく受けようと思っている」

「それはそうだ」

政則も口元を緩《ゆる》めて、

「実親がお館の娘婿《むすめむこ》となれば九戸党の立場が一変する。もはや支流ではなくなるぞ。八戸に引けを取らぬ一族と見做されよう」

「一度実親を外に出すよりは九戸の家の者として送り込む方がよかろう」

「婿となる心構えはできているのか？」

政則は政実に頷きながら実親に質した。

「兄者にすべてお預けいたしました」

実親はあっさりと応じた。

「あの信直と義理の兄弟となる。間に挟まって辛いこともあるに違いない」

「まだまだ先のことだ。気が早い」

政実は政則を笑って制すると、

「それより二戸だ」

話を変えた。

「どうせ移るなら半端な山城ではなく二戸盆地の真ん中に新たな城を拵える」

「なんと申した？」

政則と正常は思わず顔を見合わせた。

「あそこには、かつて安倍《あべ》の一族が築いたとされる城跡がある」

皆は頷いた。

「あれを修復すればさほどの面倒も要らぬはず。二年やそこらで完成できよう」

「あれは平城《ひらじろ》じゃぞ。守りにはならぬ」

政則は呆れた顔で言った。その城は白鳥《しらとり》城と呼ばれ、陸奥を支配した安倍頼時《よりとき》の八男であった安倍行任《ゆきとう》の居住地だったと伝えられている。その時代は山に城を築くという考えの方が珍しく、白鳥城もその方式である。わずかの盛り土では簡単に攻め込まれよう。

「本拠が平城では心配で夜も眠られぬ。二戸なら城を築く山がいくらでも見付けられる」

「平地に山を築くのだ」

政実は政則を見据えて、

「この長牛城を見るがいい。これだけ堅牢な城も敵の山越えであっさりと陥ちた。山が深ければ深いほど反対に危ない。監視の目が行き渡らぬ。四方を見渡す丘の上に城を作ればその恐れも半減いたすが、低い丘ではどうしても城が狭くなろう。平城と言っても安倍の時代のそれを踏襲する気はない。あれは広大な土地のすべてが安倍のものであったゆえ守りにさほど気を配る必要がなかったのだ。俺が作る平城は違う。好きなだけの土地に土を盛り、城の周囲を二重三重の濠で守る。城内には無数の米倉を並べ、五、六千もの兵が一年も籠もることができるようにする。それでこそ本当の城というものだ」

「五、六千もが一年も!」

皆は唖然とした。

「兄者の言葉とは思えぬの……」

政則は大きな溜め息を吐いて、

「米倉だけのことで平城にするなど……いざとなれば米俵を運び入れて積み上げれば済むことぞ。それに深い濠で囲んだところで敵に埋められてしまえば終いだ。盛り土をすると言っても山の崖ほどにはできまい。第一、九戸党の戦さの真骨頂は騎馬軍による攻めにある。籠城策など最後の最後ではないか。籠城策では負けもしないが勝ちもせぬ。これは兄者の持論であったはず」

「俺の言いたいのもそこにある。攻めを得意とする我らに不敗の根城があれば恐れるものは一つもあるまい。こたびの戦さで愛季《ちかすえ》も数年は仕掛けてこぬはずだ。城を整えるには絶好の機会と見た。それに二戸なら馬淵川の水を引き込んで巨大な濠も拵えられる」

「愛季はとても二戸まで攻められまい」

政則は苦々しく遮《さえぎ》った。

「敵は愛季ではない」

政実は低く笑った。

「では、どこのだれだ？」

「それを俺の口から言わせるつもりか」

察して皆は押し黙った。

「この先、南部勢がどう割れるか知れぬ時世だ。南部だけの問題であるなら俺も我慢できるが、安東ばかりか最上《もがみ》、伊達《だて》、葛西《かさい》が不穏な動きを見せている。大浦為信《おおうらためのぶ》も津軽の領地を広げようと必死だ。南部は右に左へと揺れるぞ。もし分裂したときは、九戸の四方がすべて敵に転じる。そこまで見越していなければ生き延びていかれまい」

「なのに実親を婿入りさせると？」

正常は首を捻った。

「できるなら南部を一つに結束させて外に立ち向かいたい。南部の内乱などに無駄な血を流してはいられぬ。そのためには実親の働きが大事だ。城のことは最後のための布石よ」

「兄者の考えは得心できたが」

政則は重ねた。

「今も言ったように濠など直ぐに埋められる。とても守りにはなるまい」

「幸いに今は鉄砲がある」

政実は自信たっぷりに返した。

「矢が届かぬところまで鉄砲の弾は達する。城内にありながら敵の接近を防ぐことができる。濠を深く掘り下げ、土を盛り上げ、さらに高い塀で囲めば山とおなじになる。人手さえあればやれぬ仕事ではなかろう」

「鉄砲か」

政則は唸りを発した。鉄砲を攻めよりも守りに用いるなど考えたこともない。

「塀のあちこちに小さな窓を穿《うが》ち、そこから狙えば敵の矢を案ずることもない。山城と違って山に火をかけられる心配もないぞ」

いかにも、と皆は同時に首を振った。

「城の広さを好きに取れるとは……夢のような話だな。本家の倍にも作ってやるか」

「倍では足りぬ。その倍だ」

政実は本気で政則に言った。

「それをお館さまが見ればどう思われるか」

実親は案じた顔で口にした。

「城を取り替えろとは申すまい。二戸では岩手郡に近過ぎる。恭順しているとは言え、あの辺りの者は南部一族ではない。結局は三戸が安心と判断しよう」

実親も仕方なく引き下がった。

三

信直を総大将として、その父親の南部高信《たかのぶ》と北信愛《きたのぶちか》を副将に据えた八千の本隊が大湯、花輪《はなわ》を経て長牛城に到着したのは翌日の昼過ぎだった。政実と友義は城の中を綺麗に取り片付けて信直を迎えた。むろん城の者たちは鎧を脱いでいる。信じられない顔をしながら信直たちは政実の案内に従って本丸の大広間に入った。広間の両側には友義が命じて揃えさせた娘たちが控えていた。次の間には近隣の地侍の主だった者たちの姿もある。

「上座に進まれよ」

友義は膳の用意が整っている席の正面を信直に勧めた。

「遊びに参ったような心持ちにござるの」

信直の言葉に皆も笑って頷いた。

「まさか真っ直ぐ城に入れるとは……この目で見ながらも嘘のようだ」

信直は複雑な笑いを浮かべて上座に腰を下ろした。その右手に高信と信愛が座る。左手には政実と友義が並んだ。他の者の席もあらかじめ政実と友義とで決めてある。郎党たちが隙なくそこに案内する。

「鎧のままでは寛《くつろ》げまいが、まずは祝いの杯と思うて席を設けた。揃って杯を干してから適当に鎧の紐を解くがよかろう。今日は夜を徹しての酒宴ぞな」

友義が誇らしい顔で挨拶した。

「こうして飲むは嬉しいが、なにやらその喜びも半分というところじゃの」

高信は苦々しい口調で杯を手にすると、

「少しも働いておらぬ。鎧が重いだけじゃ。政実どのもお人が悪い。他の者らに手柄を残してくれてもよさそうなものではないか」

鎧武者たちは同時に頷いた。

「そのつもりでいたに、敵が勝手に城を捨てて逃れましての。まさか呼び止めて城に籠もれとは言えますまい」

政実が言うと広間に爆笑が起きた。

「戦さの様子は耳にしたが、戦さとは一人でするものではない。わざわざ兵を引き連れて加わってくだされた皆様方の働き場がなくては申し訳なかろう。お館さまとて手柄のない者に褒美はやれぬ。今更言うたとて詮なきことなれど、九戸党ばかりが働く戦さでは今後の皆様方のご加勢が案じられる」

「手加減して敵に余裕を与えるべきであったと申されるか？」

政実はじろりと高信を睨み付けた。

「たかだか二千の九戸党に怯える者ども。余裕を与えたとて大事には至るまいに」

「あいや、しばらく」

友義も堪《たま》り兼ねて叫んだ。

「高信どののお言葉とも思えぬ。この戦さの一部始終、この友義が見届けてござる。決して油断のならぬ敵であった。九戸党の被害が二百やそこらで収まったは、政実どのの働きによるもの。その奇策あればこそ敵は逃れた。それを褒めずしての苦言は、いかに高信どのとて得心が参らぬ。儂も合議の場でお館さまの下知をしかと聞いた。こたびの戦さは政実どのに任せると申したはずではないか」

高信は詰まった。

「本隊の出動はあくまでも愛季の援軍を阻むことを目的としていた。敵が現われなかったのは政実どのの責めにあらず。合議の席で皆も頷いたことであろう」

友義は政実の味方に回った。ここで政実の功績をはっきりとさせておかねば自身の手柄も薄れるという判断からのことと政実は苦笑したが、それでもありがたい援護であった。

「敵が城を捨てたのは我ら本隊の接近を耳にしてのことでありましょうぞ」

信直は実父の高信に目配《めくば》せして言った。

「刃を交えずとも本隊が城攻めをしたとおなじこと。それはお館さまも分かってくだされる。手前からもよくご報告いたしまする。決してご加勢くだされた皆様方の無駄足とはいたしませぬよってご安心召され。ここは政実どのと友義どのの武功をお館さまの名代《みようだい》として労《ねぎら》い申すのが手前の役目にございます」

高信は大きく頷いた。皆も平伏した。見事な裁きと言うしかなかった。働きのなかった加勢の者らの功を認め、なおかつ自身の力をも明確に示している。

「せっかくの宴。信愛どのにご発声を」

信直は信愛を促した。

「手前も高信どのとご同様に無駄となった鎧が重くて堪らぬ。手短に済ませて早くこれを脱いでしまいたい。皆様方もそうお望みであろう。お館さまに栄《はえ》あれ。いざ」

「お館さまに栄あれ」

皆が復唱して杯を一気に飲み干した。

友義は女たちに酒を注ぐよう命じた。

あとは好き勝手の酒宴となった。信直は高信と信愛を引き連れて着替えに立ち去った。

「なかなかのものじゃの」

友義は上機嫌で政実に酒を勧めた。

「あのお歳でなにが大事かよく心得ておられる。あの高信どのをぴしゃりと封じ込めた」

「どうかな」

政実は鼻で笑って、

「高信どのは南部でも名高き武者。戦さがどんなものであるかだれよりも承知している。手加減せよなどと満座で口にするとは少し首を傾げたくなる。あらかじめ役目を定めてのことではないかの」

「そなたの功を奪わんとしてか？」

「加勢したお人らのためであろう。倅《せがれ》の信直どのにあの言葉を言わせたかったと見た」

「…………」

「次の棟梁として倅の信直どのが適任であると皆に示したかったのではないか？」

「まさかそこまでは……いや」

友義は額の汗を拭いて、

「確かに武勇で鳴らした高信どのの言葉とは思えなんだ。いかにも奇妙であったな」

半分納得した顔で頷いた。

「恐らく信愛どのの知恵であろう。失礼だが高信どのお一人ではそこまで気が回らぬ」

「さもありなん。信愛どのなれば」

南部一の知恵者として聞こえている。


ふたたび信直らが席に戻った。

「大里備中の件にござるが」

信愛が政実の正面に胡座をかいて言った。

「出羽ではなく津軽の方面に逃れたという噂がある。となれば大浦為信《おおうらためのぶ》を頼ったと想像されるが危なくはござらぬかの」

「為信はまだ三千も私兵を持ってはおらぬ。とても南部に歯向かう力はなかろう。大里を匿《かくま》うのがせいぜいにござるよ」

「地侍には手出しするなとのことであったが、大里には少し手厳しい対処が必要であった」

「津軽の情勢については高信どのがお詳《くわ》しい。高信どのが不安だとでも申されているのか」

政実は信愛を見据えた。

「津軽のことではなく大里のことでござる。大里の動きにはよくよく注意召されよと信直どのが伝えたはず。なのにあっさり落ち延びさせてしまわれた。せめて包囲を続けていただきたかった。罪は問わずとも示しをつけねばならぬ男にござった」

「あいにくと城攻めで手一杯でな。二千やそこらでは大里ごときの包囲に兵を費やす余裕がない。弟の政則が大里の側に陣を置いたはたまたまのことであった。もともと敵の目を引き付ける囮に過ぎぬ。今になってそれを言うなら、なぜに大里を捕らえよと命じぬ」

信愛は渋々と頷いて引き下がった。

そこに高信と話し込んでいた友義が薄笑いを浮かべてやって来た。

「呆れたものだわ」

友義は政実に耳打ちした。

「鮮やかな勝ち戦さを認めたくないらしい。些細なことばかりほじくり出している」

「なにを質され申した?」

「難儀して城の裏手の峠に至りながら、それを敵に触れ回ったことについてのことじゃ。じゃからこそ奇策と言っても首を捻る。呼応してのことなら双方合わせて六百以上の死骸の山は築くまい。なんとも情けないの」

と言いつつ友義は笑って、

「敵兵を四百も捕らえてある。三戸で尋問すればたちまち明らかとなろう」

政実に請け合いながらも、

「こんな祝宴になるとは……南部の結束もこれでは先が思いやられる。命を張った甲斐がない。なにやら気が滅入って参った」

杯の酒を何度も喉に流し込んだ。

四

しかし、三戸に凱旋《がいせん》した二日後に政実は戦さの功を認められ大幅な加増を約束された。友義にはふたたび長牛城が預けられ、褒美として宗家南部晴政《はるまさ》愛用の刀と鉄砲が贈られた。

「どこか望みはあるか?」

晴政は珍しく機嫌のいい顔で政実に訊ねた。

「今度ばかりはそなたの大言壮語も認めてやらねばなるまい。死骸となって戻って来ると思っていたに……悪運の強き者よな」

広間の床は笑いで揺れ動いた。

「好きな場所を申せ。と言うても聞いてやれるかどうかは約束できぬがの。他の者の都合もある。あまり欲を出すな」

「二戸に本拠を移したく存じます」

「二戸……」

晴政は顎に指を当てて考えた。

「なるほど、二戸であれば九戸と隣り合うておる。なにかと都合がよかろう。それに三戸にも近くなる。今後は南部の要としてしばしば三戸に逗留《とうりゅう》を命じるつもりであった。そこでよいと言うなら考えてみよう」

「本拠を移すと聞こえたが？」

家臣の上座にある高信が口を挟んだ。

「九戸党はその名が示すごとく九戸の守りを宗家より任されて参ったはず。褒美に土地を授かることに異論はないが、あくまでも本拠は九戸であろう。お館さまに転地を命じられたならともかく、そなたが先に言い出すことではない。少し我《わ》が儘《まま》が過ぎようぞ。南部には南部の守りの策というものがある。北畠《きたばたけ》の領地に近い九戸が手薄になれば新たな火種となる恐れとてある」

「当面の敵は安東であって北畠ではない」

晴政は高信を遮った。

「それに、儂は考えてみると申しただけ。ここで政実に恥を与えることはなかろうに。守りについては儂がよく考慮する」

「しかし、本拠を勝手に動かされては……」

「勝手は信直とておなじであろう」

晴政は矛先《ほこさき》を変えた。

「なんのことにござりまするか？」

信直は青ざめた顔で晴政に質した。

「儂の名代として本隊に加わった者らへの褒美を約束したことじゃ。褒美は戦さの報告をつぶさに得て宗家である儂が決めること。出過ぎた真似とはそれぞ。者どもの加勢があればこそ愛季の援軍を阻む結果となったやも知れぬが、政実の功績はそれを遥かに凌ぐ。もし加勢の者どもに過分の褒美を与えるなら政実には南部のすべてをやらねばならぬ理屈となる。見事な勝ち戦さゆえに聞き流していたが、この様子では名代をまだ任せられぬの」

ははっ、と信直は頭を下げた。

「高信《おじご》どのと信愛が側にあってなんの醜態《ざま》か。その約束は儂に被《かぶ》さって参る。それもあって政実には望みを述べさせた。二戸が欲しいと言うならたやすきこと。政実がそれでよしとなれば他の者どもの褒美も決まる。九戸党の本拠地をそこに移すかどうかについては後でゆっくり合議すればよいことであろう」

晴政は高信をも抑えつけた。

思わぬ成り行きに政実は笑いを堪えていた。

「どうもよく分からぬお人だの」

城下の宿舎に戻った政実は弟らを呼び寄せて早めの夕餉《ゆうげ》をとっていた。

「戦さに出て死ねば幸いと思っていたはずなのに……耳を疑ったぞ」

「お館さまとて兄者の力を認めるしかあるまいよ。高信どのがやり込められて胸が晴れた」

政則は思い出し笑いをした。

「高信どのも倅のために目が曇ったと見える。ああいう御仁ではなかった。お館が身勝手ゆえ、すんなりと信直を棟梁に据えられると見てのことだ。こたびの戦さは信直の器量を示す絶好の機会と踏んでいたのであろう。九戸党に先陣を任せ、苦戦しているところに本隊が駆け付けるという形を取りたかったに違いない」

「むしろ友義どのを送り込んでくれたは幸いであった。我らだけの戦さならなにを言われていたか知れぬ」

正常の言葉に皆も頷いた。

そこに郎党が友義の来訪を告げた。

「噂をすれば影が差す、か。友義どのもすっかり九戸党の身内となったような」

政則はにやにやして友義を待った。

やがて友義があたふたと現われた。

「面白いことになりそうじゃぞ」

友義はどんと胡座をかいて政実に言った。

「ついさっきまでお館さまと話し込んでいた」

得意そうに友義は続けた。

「高信どのに領地替えを命ずるお心らしい」

「ほう」

政実たちは顔を見合わせた。

「安東勢についてはこれで当分安堵《あんど》いたした。残るは津軽の大浦為信。まだまだ微力と申せ、大里備中が頼るほどの者。うるさくならぬように監視の目を注がねばならぬ。それには津軽の情勢に詳しい高信どのが適任であろうとお館ははっきりと口になされた。間違いない。四、五日もせぬうちにお命じになる」

「田子《たっこ》の城からどこに？」

「かつて津軽郡代の置かれていた石川（現在の弘前市の東南端）の城の修復を高信どのに命じるつもりとか。その後はずうっと石川城を任されることとなろう」

「大浦為信は若輩。高信どのほどのお人を回さずともよかろうに」

石川の地は確かに津軽に対する楔《くさび》となり得る。が、南部領地の最果てである。高信はそろそろ七十に手が届くという高齢なのだ。今になっての転地は堪《こた》えるに相違ない。しかも日夜油断のならぬ場所とあっては……。

「高信どのとて人の親。どうしても信直どのの肩入れをする。それがお館さまには面白うなくなってきたのであろう。高信どのはお館さまの後見役。まず第一にお館さまへ仕えなければならぬ身ぞ」

「あの年寄りを風当たりの強い土地へ追いやるとは……いかにもお館さまらしい」

政実は複雑な思いで頷いた。

「今だから打ち明けるが」

友義は言い淀みながらも、

「本隊と行動をともにするはずの儂に九戸党の軍監《ぐんかん》の役目を頼んできたのは高信どの」

口にして政実を見詰めた。

「合議の場でのそなたの物言いに疑いを抱いていたようであった。無理もなかろう。わずか二千で城を奪い取れるわけがない。面目ないが儂もそれに頷いた。途中できつい言葉をそなたに口にしたのはそうした理由《わけ》がある。あるいは愛季軍と口裏を合わせての戦さではないかと勘繰《かんぐ》っておった」

友義はいきなり政実に頭を下げて、

「済まぬ。峠での戦さで儂の疑惑は晴れた。謝らねばと思いつつも口に出せなんだ。そなたの働きのお陰で長牛城も儂が手に戻り、お館より褒美も賜った。九戸に足を向けて寝られぬ。この通りじゃ」

「お館さまにそれを伝えてくれたと見える」

政実は納得した。

「昨夜な。それが軍監の務め」

友義は顔を上げて応じた。

「お館さまはなにゆえ儂が本隊から外れて九戸党と行動を一つにしたか気にしていた。儂の臆病さはお館さまがよく知っている。城を捨てて逃げ出した男じゃからの」

友義は自嘲して、

「まさか高信どのらがそなたを疑っていたとは申されまい。あれほどの手柄を立てたそなたを疑っていたとなれば高信どのの体面にも関わる。仕方なく信直どのから九戸党の道案内を命じられたと答えた。儂は高信どのらを庇《かば》った心持ちでいたが、それがどうもまずかったようじゃ。そのときは気付かなかったが、お館さまは信直どのが勝手に陣立てを変えたと不快を感じられたのであろう。それで信直どのの下知を密かに調べたものと推察する」

「礼を言わねばならぬのは我らの方」

政実は友義に深々と頭を下げた。

「そのご報告がなければお館さまも二戸を手前にくれようなどと口になされなかったはず」

「お館さまも南部のためにだれが働いてくれるかしっかりと見定めたのじゃ。これで実親どのの婿入り話にも耳を傾けてくだされよう。儂に任せてくれ。ここしばらくは三戸にとどまって頃合を図る。高信どのが津軽に向かえば話が進めやすい」

「お世話をかける」

「いや、お館さまとて今となっては望む縁組であろう。二戸を加増されればそなたの石高は二万石を超える。押しも押されもせぬ南部の大黒柱ではないか。血縁を深めてそなたを守り刀にしようと願っているに決まっておる。八戸が今のままでは心許ない。なにもかもがそなたを引き上げておる。請け合うぞ」

友義は皆の前で断言した。


その翌日、政実は兵を率いて九戸に戻った。

九戸の民らは主人の大勝利に酔っていた。

本家から加増を伝える正式の使者が遣わされてきたのは十日後のことだった。友義も使者の後見役としてそれに同道していた。

「二戸を九戸政実どのに授ける。宮野《みやの》の白鳥城改修の願いについても認めるとのお達しである。九戸の守りについては九戸党の合議にて決するべし。また、三戸における政実どのの宿舎を城下から城内に移せとのことである」

「確かに承った」

政実は使者に一礼した。

広間の武者たちも顔を輝かせた。ことに宿舎を城内に移せとの意味は大きい。名実ともに南部の柱となったことを示す。城内に屋敷を与えられるのは力よりも家格であった。一族といえども傍流に等しい九戸党は城外の宿舎と代々定められていたのである。

「嬉しい知らせがもう一つある」

使者の口上が終わると友義が膝を進めて、

「儂はその役目を仰せ付かって参った」

政実の背後に控えている実親に平伏した。

「お館さまは実親どのを婿に欲しいと望まれておられる。なにとぞご承引くだされたい」

広間がどよめいた。

「縁組はこの夏。是非にとのお言葉じゃ」

呆然としている実親に友義は迫った。

「喜んで受けさせていただく」

代わりに政実が応じた。慌てて実親も友義の前に両手を揃えた。

「いや、目出度い。これにて南部の新たな道が開けた。苦労した甲斐がござったぞ」

友義の言葉に歓声が上がった。

「ようやっと長牛城に帰れる。高信どのにも石川城修復の下知がくだされた。津軽もこれで落ち着こう。あとは二戸の城がどう出来上がるか……政実どののことだ。さぞかし立派な城となろう。それを楽しみといたす」

友義は安堵の顔で言った。

「夏からは呼び捨てにできぬな」

政実は実親の肩を叩いた。

「宗家の者となる。信直どのと変わらぬ身だ」

言いつつ政実の胸には熱い火が燃えていた。

高信への下知を見ても晴政の気持ちが信直から離れはじめているのは明白だった。反対に晴政は自分を頼りにしている。でなければ実親を婿には迎えない。

〈これからだ〉

政実の頰はほてった。

実親を南部の棟梁に据えて陸奥を制圧するのである。二戸への進出もすべてはそのための布石であった。

〈九戸党の名を国中に広めてやる〉

政実は己れの胸に誓っていた。

騒乱

一

九戸《くのへ》政実《まさざね》の新たな拠点である城が二戸《にのへ》の地に堂々の完成を見たのは元亀《げんき》元（一五七〇）年の秋のことだった。鹿角《かづの》長牛城《なごうしじょう》奪回の功績によって二戸一帯を拝領して以来、実に三年近くにも及ぶ大改築の結果であった。本丸や二の丸の館はだいぶ前に建ち上がっていたので政実は一年も前から二戸に移り住み、石垣や濠の建設に細かな指図を与え続けた。そして南部《なんぶ》宗家《そうけ》である三戸城《さんのへじょう》の規模を遥かに凌ぐ巨城をこの地に出現させたのである。しかも当時の陸奥《みちのく》にあっては稀有《けう》な平城《ひらじろ》。広大な城内には無数の兵舎の他に米倉と兵器庫が建ち並び、まさかのときには五千の兵が一年も籠城できるような用意が成されている。まさに政実の理想とする城であった。

「矢を」

本丸の物見櫓《ものみやぐら》に立って満足そうに見下ろしていた政実は控えている神官に言い付けた。

「どこまで飛ばせるか」

政実は笑いながら矢羽に唾《つば》を塗りつけた。矢には小さな白布が結ばれている。これから東西南北に四本の矢を放ち、城を襲う魔を追い払うのである。

「この広さではとても濠を越せそうにない」

「濠では矢を拾う者らが難儀しましょう」

神官も笑って頷いた。この矢を拾った者には祝儀が与えられることになっている。

「濠に飛び込んでは、石垣を上がるのに厄介。手加減して濠の手前にお願いいたします」

「手加減しては魔物の餌食《えじき》となろう」

政実は南に向けた矢を思い切り引いた。三人張《さんにんばり》の剛弓があっさりと丸くなる。神官と側近らは溜《た》め息《いき》を吐《つ》いた。政実の手に掛かればどんな弓でも飴のように柔らかくなる。

「むん!」

政実は弦を放した。びゅうう、と音を発して矢が秋の青空に吸われていく。目で追った側近らの顔が驚愕に変わった。下で見守っていた者たちから歓声が上がった。いっせいに本丸から駆け出していく。

「どうやら……濠を越えたよしにござります」

行く末を見定めて側近が口にした。

「風に乗ったか」

政実も満足気に応じて次の矢をつがえた。

「これでは本家の城の方角に当たるの」

気付いて矢の向きを大きく左に振った政実だったが、薄笑いを浮かべてふたたび戻した。

「実親《さねちか》はじきに到着いたそう。実親のおらぬ城であれば不吉となるまい」

政実は躊躇《ちゅうちょ》なく矢を放った。矢は館の大屋根を越えて見えなくなった。また歓声を発して下の者たちが駆け出す。それには城で働く女や今日の祝宴に招かれた城下の主だった者たちも混じっている。

「こちらには魔など住んでおらぬ」

東を望んで政実は続けた。

「いずれも我が九戸党の領地。腕が千切《ちぎ》れるほどに射ったとて、その先の海には届かぬ」

「いかにも」

皆は笑った。

「なれば天を射る」

政実は同時に天へ矢を放った。


物見櫓の下に控えていた弟たちは政実が梯子《はしご》を下りてくるなり笑顔で囲んだ。

「天を射ったはなんの真似ぞな」

政則《まさのり》は怪訝な顔に戻して質した。

「まさかそなたの支配する久慈《くじ》に向けて矢を飛ばせまい。それゆえ俺の頭上に被さる魔を追い払った。だれであろうと九戸党の前に立つ者は敵」

弟らは納得した。

「祝宴は実親が参るまで待つおつもりか？」

正常《まさつね》が館の方を気にして言った。

「いかに本家の名代《みようだい》とは言え実親は弟。弟の遅参で八戸政栄《はちのへまさひで》どのを苛立《いらだ》たせるのはどうかの。我らの体面にも関わる」

「政栄はなにか言っておるのか？」

「温厚なお人柄ゆえのんびりとされているが、それだけにこっちも気になる」

八戸政栄は南部一族きっての名家の棟梁である。傍流に等しい九戸党から見れば段違いの家格なのだ。その政栄が、遠隔の地ということもあって前日より城に入っている。なのに本家の名代を務める実親がまだ到着していないのだ。それで祝宴を取り仕切る正常が最前より気を揉んでいる。

「待つしかない。弟であろうと名代は名代。それに我らがここで実親を軽く扱えば、実親が皆より侮られる結果となろう。実親は信直《のぶなお》と並ぶ本家の婿。それをしっかりと皆に示してやるのが大事だ。側《そば》に人の目があるときは実親と呼び捨てにするな」

「承知じゃが……なんでまた今日に限って遅参など。三戸からは近い。政栄どのばかりか鹿角の友義《ともよし》どのまで前日入りをしているというに、これでは面目が立たぬ」

「どうせお館《やかた》が焦《じ》らせているのだろう。人の心を試すのが好きなお館だ。まさか夜にはなるまい」

政実は正常の不安を退けた。


名代として実親が到着したのは、それから一刻も遅れてのことだった。政実は宴席の前に実親と二人きりの対面を果たした。

「遅れまして申し訳ありませぬ」

実親は真っ先に詫びを口にした。

「お館さまになにかと引き止められ、出立がままなりませんでした」

「この日に限ってなんの話だった?」

「津軽《つがる》の不穏についてあれこれ」

「なにをいまさら」

政実は苦笑した。大浦為信《おおうらためのぶ》がしきりに兵を集めているという噂は半年も前から耳に入っている。三年前に津軽と南部の最前線である石川城に信直の父の高信《たかのぶ》が郡代として派遣されて以来一応の平穏が保たれてきたのだが、なんと言っても高信は老齢である。近隣への押さえが利かなくなりつつあった。そこを狙って為信が揺さぶりをかけはじめているのだ。油断のできぬ情勢には違いないが、別に今日明日の危機ではなかった。

「もしもに備えて信直どのを田子《たつこ》の城に戻すべきではないかというご相談でした」

「信直を三戸から遠ざけるだと?」

政実は眉間に皺《しわ》を寄せた。

「遠ざけるのではなく、田子の城の守りが肝要なのではないかと」

「嘘をつけ」

政実は鼻で笑って、

「どれほど為信に勢いがあっても石川城を攻めて三、四日で田子城まではこれぬ。田子の守りなど石川城が落とされたという報告を得てからでも楽に間に合う。なんと言い繕《つくろ》おうとだれにも分かる。そんな理由づけでは信直も素直には従うまい。そなたそれに黙って頷いたのか?」

「お館さまのご決心は堅うございます」

辛そうに実親は返した。

「阿呆めが」

「は?」

「そなたのことではない。お館よ。それを押し通せば反対に信直へ同情する者が増える。お館もこの歳になってようやく倅《せがれ》に恵まれた。我が子となれば可愛いのが当たり前。しかし、だからと言って一度は跡継ぎにと明言して迎えた信直を邪魔にしては他の者らが従《つ》いてゆかぬ。それで南部の名分が立つか？　五年は様子を見るのが道理というものであろうに」

「…………」

「お館が若いのならまだしも、今年で五十八だぞ。その歳で生まれて間もない倅を跡継ぎに決められては我らも迷惑する。今の時世をなんと心得ているのだ。これから十年を凌いだとて、本家の棟梁が十歳では話にならぬ。南部は必ず諸国に蹂躙《じゆうりん》されよう」

「それゆえ……手前と兄者に鶴千代《つるちよ》さまの後見を頼みたいとのことにござります」

「ふざけるな。うぬまで目が曇ったか」

政実は実親を一喝した。

「それを受ければ間違いなく南部が二つに割れる。今はできぬ。後見役という餌《えさ》で釣って信直を葬る策であろうが、それこそ南部の命取りになる」

「承知してござります」

実親は微笑んで、

「兄者の気性なれば八戸政栄さまや諸家の方々を差し置いて後見役には就《つ》きますまい、と勝手ながらお断わり申し上げました。それでご相談が長引いた次第」

「それなら先に言え」

政実は憮然とした顔で実親を睨んだ。

「三年近くも離れて暮らしておれば兄者のお考えを読み取りにくくなりまする。もし後見役をお喜びになられたときは黙って頷く所存にござりました。お館さまもむろんご異存ありますまい」

「そなたも俺を試したのか」

「試すなど……兄者にお好きな道を選んでいただきたいと願っただけにござる」

「俺は傍観に回る。まともな跡継ぎ争いであるなら口を挟《はさ》むなと言われてもでしゃばるが、こたびは違う。愚かな者は己れの好機と見るだろうが、その欲が己れを滅ぼす。これはただの喧嘩ぞ。お館と信直の好きにやらせておけ。そなたも決して深入りいたすでない。この城に八戸政栄が参っているのも神の思し召しだ。政栄にも喧嘩に巻き込まれぬよう釘を刺しておく。八戸と九戸が迷わずに傍観に回れば諸国の牽制となろう」

「兄者と八戸政栄さまの手助けが得られぬとなれば……お館さまは苦しくなりましょう」

「だから阿呆と言ったのだ。いかにお館の実子《じっし》とは言え、先行きの見えぬ倅になどだれも従わぬ。力で押し通そうとしたとて、今のお館では無理だ。せめて元服まで待てばいいものを……己れの歳を思うと不安で堪らぬのだろう。哀れな気もするが……俺とて赤子に仕えるつもりはない」

「信直どのが喧嘩に勝てばどうなります?」

「そのときは八戸政栄と組んで信直を滅ぼす。信直は歴《れっき》とした主《あるじ》殺し」

政実はにやにやと笑って、

「そうなると信直攻めの旗印は実親、そなただな。お館の仇を討つという名目がある」

「なにやら恐ろしくなって参りました」

実親はそっと額の汗を拭った。

「ここは信直の器量が試されるところだぞ」

「と申されますと?」

「ここで立てばお館との喧嘩には勝っても、その後が続かぬ。俺が信直なら下手に文句を言わずに田子の城へ赴《おもむ》く。そして力を蓄える。喧嘩か我慢か……信直がどの道を選ぶか楽しみだ。我慢するようなら張り合いがある」

「我慢して跡継ぎが鶴千代さまと定まれば、もはや浮かび上がれますまい」

「婿の立場は変わらぬ。それに赤子の成長は遅い。いくらでも白紙に戻す方策はある」

政実は断言した。

「時世の見極めもできず我が子を跡継ぎにせんとしたことでお館の器量は定まった。もし信直が上手く立ち回れば、信直に信を置く者が一気に増大する。赤子などかりそめの跡継ぎに過ぎぬ。お館が病いで倒れでもすれば、たちまち一族が揺れ動こう」

なるほど、と実親も同意した。

「そなた……信直に決起を促すことができるか？」

政実は真面目な顔をして実親に訊ねた。

「できまいな」

無言でいる実親に政実は苦笑いして、

「そなたが信直に取って代わる絶好の機会ではあるが……そなたではやれまい」

それでいいのだ、と政実は頷いた。

二

祝宴は実親の着席とともにはじめられた。

大広間に百五十の席が設けられ、それでも足りずに別室がいくつも開放されている。

「眩暈《めまい》がするとはこのことじゃて」

友義が顔を酒で赤くさせて政実の前に座った。政実はその杯を受けた。

「かような城は陸奥に二つとあるまい。平城を拵《こしら》えると聞かされたときは正直、首を捻《ひね》ったものだが、これを見たらご貴殿が羨ましくなった。本家の城を遥かに凌いでいる。さすがに九戸政実、只者ではない」

「お褒めのお言葉、かたじけない」

「鉄砲はどれだけ集められた？」

「まだ五百挺ほどに過ぎぬ」

政実の返答に周りの者らは驚嘆した。

「あくまでも城の守り。九戸党の本領が騎馬兵にあるのは変わりがござらぬ」

「四方はすべて南部の領土。城の守りに銭を使わずともよさそうなものじゃが……そこがご貴殿と我らとの違いじゃの。この城の広さであれば米倉も邪魔にはならぬ。一年と言わず二年でも籠城できそうじゃ」

「やってみるまでは分からぬ。と申しても、できるなら籠城などしたくはない」

政実が言うと皆は爆笑した。

「あの濠とて滅多には渡れますまい」

一人の言葉に友義も頷いて、

「大門を閉じれば不敗の要害となる。濠を渡る敵は鉄砲で頭上から狙い撃ち。渡り切っても今度は崖よりもきつい石垣を上らねばならぬ。この城攻めには何万という兵が要るぞ。いやはや、とてつもないものを作った。今後は平城に切り替える者が続こう。なにより山道を歩かずに済むのが羨ましい。儂が領地の見回りに出歩かぬのはひとえに山道の行き帰りが面倒なせいじゃ。そのお陰で足腰も弱る」

「それより手前は城下の近いのが気に入り申した。山城ではどうしても城下と離れる」

別の者の言葉に皆も大きく首を振った。

「町並みにも工夫を施してあるとか？」

友義は政実に質した。

「気付かれなんだか？」

政実は笑って、

「真っ直ぐの道を少なくしており申す。それで馬の足が阻まれる。その上、見通しが悪い。道幅も狭いので大軍も一気には攻めて来られぬ。天然の藪に入り込んだのと一緒」

皆はあんぐりと口を開けた。

「手前の工夫ではない。平城を構えている町はいずこもおなじ。陸奥は山城が多いせいで珍しいと感じるだけのこと」

「東国では平城が増えておるのか？」

友義は膝を進めた。

「と聞いている。もっとも、それは攻めと守りのいずれに力を注ぐかということに関わりがありましょうな。今、東国以南は陸奥と比較にならぬ戦雲に覆われており申す。守るためには、その何倍もの攻める策が必要とされておる。城を奪われたら、また直ぐに取り返せばよい。むしろ土地に縛られぬ戦略こそ大事。それを思えば山城より機動力に優れた平城の方が実用に即している」

「土地に縛られぬ戦略か……」

政実の言葉を友義は反芻《はんすう》した。

「南部に乱れがあると申したところで、まだまだ内乱の域を越えておらぬ。ために戦さのやり方が旧態依然のまま。城を取った取られたで大騒ぎしている。安東愛季《あんどうちかすえ》ごときの影に怯えなくてはならぬのも、つまりは内の乱れゆえに攻めの策を施せぬためでござろう。なんとも呑気《のんき》な国でござるな。我らは陸奥という土地に在るのを感謝いたさねばならぬ。これが東国なら間違いなく内乱に乗じて攻め滅ぼされておるはず。南部の結束の固さがそれを防いでいるのではない。東国と遠く隔《へだ》たっているために戦雲が及ばぬだけの話。もし東国以南が例の織田信長《おだのぶなが》の手によって一つにでも纏められてしまえば南部などたちまち飲み込まれてしまい申そう」

「一つに纏められるわけがあるまい」

友義は笑った。

「武田信玄《たけだしんげん》、上杉謙信《うえすぎけんしん》、それに小田原には北条《ほうじよう》が在る。夏の戦さで信長が浅井《あさい》、朝倉《あさくら》勢を大敗させたと耳にしたときは驚いたが、今はまた浅井らも勢力を盛り返していると聞いておる。まだまだ先は知れぬ。当分は不穏な情勢が続こう」

「それゆえ我らが無事でいられる、と申した。この不穏が果たして何年続くか分からぬが、その間に南部が体制を固めねばきっと後悔いたそう。ぐずぐずしているうちに新しき世となるのだ。南部一人が取り残される」

うーむ、と皆は唸《うな》りを発した。

「この城が出来上がったからには、ここを拠点として南に南部の勢力を広げようと考えている。お館にも了解を得て来年の春には厨川《くりやがわ》の斯波《しば》を攻める所存」

「斯波を攻めるじゃと!」

友義は腕を組んだ。勢力の衰えが目立つとは言え、もともとは足利幕府の意向によって奥州管領《かんれい》として陸奥へ下ってきた一族である。岩手郡一帯を支配し、一時期は陸奥の武家の盟主と目されていた。

「それに斯波は将軍家の血筋。仕掛けてきた戦さなら仕方もないが、お館も直ぐに頷きはすまい。先代が将軍家より南部の領地安堵を許された手前もあろうに」

「将軍家なども はや名目に過ぎぬ。信長にすら軽くあしらわれている始末。斯波の領地を南部の勢力下にするかどうかが今後に大きく関わってくる。もし葛西《かさい》か和賀《わが》が奪えば瞬時に南部と匹敵する勢力となろう。反対に南部の領土とすれば葛西や和賀にまで軽く押し入ることができるようになる。葛西と和賀を制すれば、その次は伊達《だて》。すべての道は斯波を圧することからはじまる」

言うなら斯波氏の支配する岩手郡は陸奥の緩衝《かんしょう》地帯なのである。二百年以上も陸奥に君臨した名家であるがゆえに近隣のだれもが手出しを憚《はばか》ってきた。だいぶ前に九戸党は和賀、斯波、稗貫《ひえぬき》三氏の連合軍と一戦を交えているのだが、それはあくまでも和賀氏を敵の中心と見ての戦さだった。しかも小競り合い程度のものでしかない。また信直の父である高信が率いた南部軍が岩手郡支配を目論《もくろ》んで出陣したこともある。南部勢が圧倒的な勝利を手にしたに拘らず、このときも斯波氏については明確な処断ができなかった。同盟関係を取り結ぶという曖昧な約束を交わすことになったに過ぎない。いつも中途半端に終わってきたのである。それは南部ばかりか和賀氏や葛西氏らも同様だった。明らかに奥州管領への遠慮であった。が、そのせいで陸奥が危うい均衡を保っているとも言えた。斯波氏の領地は南部、和賀、葛西の領地で形成される円の中心にあって、見事に三国の防波堤の役割を果たしていた。どの国がどこを攻めるにしても必ず斯波氏の領地を経なければならない。

「斯波攻めが陸奥を一気に変える。津軽などに汲々《きゅうきゅう》としている場合ではない。岩手郡を完全に南部の所領といたせば数年を経ずして伊達や最上《もがみ》にまで軍を進められるようになろう」

「そうあっさりとはいくまい」

さすがに友義は苦笑して、

「理屈はその通りであろうが、和賀や葛西が黙って見過ごすと思うか？　両国にとっても穏やかならざる事態。手を携えて斯波の援護に回る。長引くぞ。それに一応は斯波と同盟関係にある。お館さまはきっと面倒をお嫌いになる。あちらが仕掛けてきたらと申したはそのことだ。津軽の情勢に揺らぎが生じておるときに新たな戦さを許しはすまい」

「人手は借りぬ。九戸党ばかりで攻める」

「なんと！」

友義らは絶句した。

「大軍を動かすには準備が要《い》る。和賀や葛西にもそれが伝わろう。しかし、少数で攻めて一日や二日で城を落とせば援軍も間に合わぬ」

「いかにそなたでも無理じゃ」

友義は首を激しく横に振った。

「二戸と岩手郡は境界が接している。この冬の間にその境界ぎりぎりの場所へ砦《とりで》を築こうと考えている。そして密かに舟を運び入れておく」

「舟？」

「境界を越えて半日も山を進めば北上川《きたかみがわ》にぶつかる。そこで舟に乗り込めば厨川まで二刻《ふたこく》とかかるまい。陸に上がれば斯波の城の喉元《のどもと》だ。夜襲で翌朝にはけりがついておろう」

おお、と皆は目を丸くした。

「九戸に在っては決して採れぬ策であった。北上川にほど近い境界に二戸が接しておればこそ可能な戦略。これなら勝てる」

「舟はどれだけ運ぶ？」

友義も乗り気となった。

「夜襲には二十人乗りを三十も用意すれば事足りよう。舟と同時に五百の騎馬兵を向かわせる。そちらは急を聞いて駆け付けた者らを平らげる」

「その戦さ、儂も加えてくれ」

膝を打って友義が願った。

「今も言うたごとく、少しでも敵に動きを悟られれば水泡に帰す策でござるでな。加勢の申し出はありがたきことなれど、鹿角よりご貴殿の兵が出動すれば必ず気取られて斯波の警戒が強まり申す。それに、いつ決行するかも天気任《まか》せ。砦に籠もって春の嵐を待つ所存。やはり九戸党ばかりで攻めるしかあるまい」

政実は丁重に断わった。実際、何日砦で待つことになるのか分からない。それでは連動の策など取れるはずがないのである。

「たった一日で岩手郡を掌中にいたせばだれもが仰天する。その策ならお館さまもきっとお許し下される。春が楽しみじゃ」

友義は笑って納得した。

「申し上げます」

側近が政実のところに現われた。

「ただいま北信愛《きたのぶちか》さまがご到着なされました」

「信愛が？」

友義が怪訝な顔で返した。欠席すると政実から聞かされていたのである。

「熱で寝込んでいたのではなかったか？」

「直《す》ぐに席を設《しつら》えろ」

政実は命じた。

「ご貴殿は南部の大黒柱。熱ごときで祝宴を外してはいかぬと思い直したのであろう」

「どうかな」

政実は薄笑いを浮かべた。だいたい見当はついている。先程実親から耳にしたことと繋がりがあるはずだ。北信愛の娘は信直の弟の政信《まさのぶ》に嫁いだばかりだ。信直の失脚はそのまま自分の今後にも関わってくる。のんびり構えてはいられなくなったに違いない。

〈さて……なにを言うてくるか〉

政実の目は実親と談笑している八戸政栄に動いた。まだ二十七という若さだが二十四の実親より遥か上に見える。八戸が櫛引《くしびき》一族との内紛に乱されていなければ、あの政栄こそ南部の大黒柱になっていたはずの男なのだ。

〈政栄がきていると知って駆け付けたか〉

信直が頼るとしたなら政栄しか居ない。

「ご祝宴を乱すようで心苦しきことなれど」

やがて慌ただしく姿を見せた信愛は挨拶もそこそこに切り出した。

「大事の相談があってまかりこしました」

祝宴をそのままに政実たちは南部の主だった者たちと別室に移った。上座に南部晴政《はるまさ》名代の実親と城主政実が並び、八戸政栄、七戸家国《しちのへいえくに》、長牛友義、浄法寺修理《じょうほうじしゅり》、そして政実の弟の政則と正常が信愛を囲む形で陣取った。

「お館さま名代の実親どのを前にして口にいたすは、ちと憚られ申すが……」

信愛は意を決した様子で、

「ひとえに南部の先行きを案じてのこととご理解いただきたい。このままでは家が潰れてしまい申す。なにが道理か皆様方に是非ともご意見を伺いたく駆け付け申した」

「なにがあったと言われる」

友義は苛立って先を促した。

「つい先刻、信直どのから手前の館に早馬が参ってござる」

と聞いて皆は顔を見合わせた。

「早々に本家を立ち退き、田子の城の守りに就けとの下知がお館さまより下されたとか」

あまりの手早さに政実は呆《あき》れた。実親も青ざめた。皆は怪訝な顔をした。

「田子の城の守りとはなんのことか？」

唐突な命令に政栄は戸惑っていた。

「津軽の守りが石川城の高信どの一人では間に合わぬとの仰せであったとか」

「馬鹿な」

政栄は笑って、

「大浦為信ごときに高信どのが間に合わぬと言うなら南部はとっくに滅びていよう。今の情勢で世子《せいし》の信直どのまで守りに就かせたとあれば諸国に侮られる。なにかの間違いであろう。有り得ぬことだ」

「田子城の守りは信直どのを本家より追い払う口実にござります」

頷きつつ信愛は言った。

「政栄どのは遠く離れているゆえにご存じではありますまいが、近頃お館さまと信直どのはすこぶる不仲にござりましてな。すべては鶴千代さまご誕生のせい。その上、信直どのに嫁がせた姫君とのお仲も芳《かんば》しゅうはない。それでますますお館さまのお心が離れ申した。城内にて信直どのを無縁の者じゃと広言いたすこともしばしばにござる」

「そこまで酷くなっていたのか」

政栄は嘆息した。

「あろうことか、鶴千代さまの守り役らの言い立てる噂まで信ずる始末」

「噂とは？」

「手前の口からは申し上げられぬこと」

信愛は返答を拒んだ。政栄にもおおよその見当がついたらしく眉を曇らせた。いずれ晴政か鶴千代を暗殺するという類《たぐい》の噂であろう。

「信直どのにはいっさい罪がござらぬ。本家にとどまってお館さまにそれを訴えるべきか、あるいは従って田子に戻るべきか、苦慮の果てに手前へ早馬で書状を送ってくだされた」

信愛は怒りに震えた顔で続けた。

「信直どのはお館さまがご自身より望まれて婿に迎え、世子と定められたお人にござろう。我らとてそのつもりで何年も守り立てて参った。ご実子に恵まれて鶴千代さまを跡継ぎになさりたいお気持ちは十分にご理解もできるが、それならそれで筋を通していただかなければ困る。信直どのは欲のないお方。もしお館さまが頭を下げられて鶴千代さまの後見役にとお頼みすれば喜んで世子の座から退かれたはず。なのにまるで邪魔者扱いをなされている。あまりにも理不尽なお仕打ちと存ずる。これで信直どのが田子に戻らぬと拒《こば》めば、これ幸いと力ずくでお命を縮めるやも知れぬ」

「まさか」

友義らは否定した。

「お命までは考えておられませぬ」

実親は辛そうな顔で口にした。

「なれど、田子に追いやるつもりでおられたのは確かにござりました」

「家にとっての一大事。いかにお館さまとは申せ、勝手に決められては得心がいかぬ」

政栄は憮然としていた。

「それで、どうせよと申される?」

政実は冷たい目で信愛に質した。

「我らがこぞって反対すればお館はますます激昂《げっこう》しよう。下手をすると本当に信直どのの首を刎《は》ねてしまいかねまいに」

言われて信愛は黙り込んだ。

「しかし……放って置かれるのか?」

政栄は政実を睨んで、

「政実どののお言葉とも思えぬ。身勝手は明らかにお館さまでござろう」

「お館の我《わ》が儘《まま》は今にはじまったことではない。第一、信直どのの書状には世子廃嫡《はいちゃく》についても触れてござったのか?」

政実は信愛を見据《みす》えた。

「さ、それは……」

「ご貴殿が申された通り、信直どのを田子に追いやるは鶴千代さまを跡継ぎにせんとしてのことであろう。だが、明言はしておらぬはず。いかにお館さまでもそこは心得ておる。なのに我らが先走り、信直どのの味方に回れば命令の是非を巡って南部が真二つに割れる。廃嫡云々は憶測に過ぎぬ。お館さまの口からはっきりと言われぬ限り、どれほど確かでも信直どのに分《ぶ》はない」

「理不尽を承知で従えと？」

「ご貴殿が信直どのであればいかがいたす。頼りとなる臣下に泣いて窮状を訴えるのか。それでは次の棟梁たるべき器量に欠けるの。それをすれば自ら自国を二つに割る結果にも繋がろう。棟梁たる者は己れのことより国を大事にするものだ。国の安泰を願うなら己れをも殺さねばならぬ。どうせお館さまの我が儘も長くは続けられまい。赤子が世子ではとても津軽や出羽に対抗できぬ。それをお館さまも悟られる」

なるほど、と皆も頷いた。

「ご心配も分かるが、手前は今後いっさい口は挟まぬ。たとえ理不尽であろうとお館さまはお館さま。弓を引くことなどできぬ。ただし、お味方もせぬ。そう信直どのに伝えて貰いたい。我らの乱れは安東愛季《すえちか》らを喜ばすだけに過ぎまい」

「政実どのの言が正しい。お館さまは信直どのに難癖《なんくせ》をつけているのじゃ。ここはしばらく田子に戻るしかなかろうぞ。津軽の不穏が鎮まれば田子の守りという口実もなくなる。我らから本家に戻れるよう口添えいたす。抗《あらが》えばそれこそ廃嫡を申し渡されかねぬ」

友義も同意した。

「政栄どのはいかが思われる？」

政実はわざと訊ねた。

「いかにも政実どのの申された通りと心得る。八戸も難題を抱える身。この上、本家まで割れては心許無《もとな》い。だれも口を挟まねばいずれ鎮まりましょう。信愛どの、安心召され」

政栄は信愛の不安を遠ざけた。

信愛は唇を嚙《か》み締めて皆に頭を下げた。

三

「安堵つかまつりました」

兄弟だけになると実親は政実に礼を言った。

「これで信直どのも田子に赴きましょう。はじめの兄者のお言葉では決起を焚《た》き付けるやも知れぬとはらはらしており申した」

「そう見たか」

政実は苦笑いした。

「と申されますと？」

「あの信愛の顔を見たであろうに。あれは信直とともに戦さの旗を挙げる覚悟だぞ」

「…………」

「田子に戻れば先行きがないと知ったのよ」

思いがけない言葉に弟たちは首を傾げた。田子に戻れば先があると言ったのは政実だったはずである。赤子では国を一つにできない。

「そなたがおろう」

政実は実親を顎《あご》で指した。

「信愛はとっくに気付いておる。南部が危うくなればお館はそなたを鶴千代の後見に命ずる。もはや信直の浮かぶ瀬はない」

「しかし……」

「だれにも相談せず黙って田子に戻れば信直の器量が皆に認められた。だが信愛を頼って姑息《こそく》な根回しをしたと知れれば信直に同調する者は少なくなる。九戸と八戸が動かぬと分かればなおさらだ。これで信直には後がない。むしろ我らが傍観に回るを幸いに正面からの喧嘩を売るしかなかろう。どちらが勝つか、ゆっくり見物させて貰おう」

「それでようござりまするのか」

実親は冷や汗を拭いつつ念押しした。

「いいも悪いもない。信直が己れで決める道だ。俺はお館の命令に従うべきだと忠告したのだぞ。政栄や友義もしかと聞いている。後のことは俺の与《あず》かり知らぬこと」

「喧嘩となったら、どうなろう?」

政則が頬を紅潮させて訊ねた。

「なんとも言えぬな。信直の親父の高信がどう出るか。高信も石川城に遠ざけられたことでお館を恨んでいよう。あの親子が組んだ上に知恵者の北信愛が加われば侮りがたい敵となる。お館も苦戦いたそう。と言うたところで、まさか負けもすまい。俺や八戸勢が信直に従えばともかく、今の情勢で謀反に荷担する者はおらぬ。だれもが様子見に回る。半年も睨み合って、結局は和議を結ぶと見た。ただし、それで信直は世子の座から外れる」

確かに、と政則は頷いた。

「残るは赤子と実親。も少し苦労すると見ていたに、案外早く道が開けた。喧嘩と時期を一つにして津軽の為信が決起すればますます面白い。お館は慌てて実親を世子に据えるやも知れぬ。高信を当てにできぬなら九戸党を頼るしかあるまい。八戸はあの通りの内紛で動きがままならぬ」

政実の目が暗く光った。

「為信にそれとなく知らせてやるか。お館と信直の喧嘩がはじまれば高信も動転して津軽どころの騒ぎではなくなる、とな。石川城を攻めるに絶好の機会であろう」

「なにを申されます！」

実親は声を荒らげた。

「俺が知らせてやらずとも喧嘩のことは直ぐ為信に伝わる。むしろその方が南部のためであろう。高信はそれで石川城から離れられなくなる。お館も喧嘩相手が信直一人となれば楽になるぞ。そなたはお館と信直のどちらが大事と心得る？」

「…………」

咄嗟《とっさ》に実親は答えられなかった。

「今の南部など、そうしたものだ。そなたは相変わらず信直を高く買っているらしいが、あのお館の下で世子の座にしがみついているようでは、さほどの者と言えまい。先程信愛は信直について、お館が先に望んだ世子のはずだと声高に言っていたが、お館に実子がなければこその世子ではないか。それを信直がきちんと弁《わきま》えていれば、実子の誕生とともに世子を自ら返上すべきであろう。そうすればお館も喜んで後見を任せたに相違ない。それを信直がやれなかったのは、結局、お館を信用しておらぬせいだ。世も末とはこのこと。贔屓目《ひいきめ》で言うておるのではない。信直などよりそなたを棟梁に据える方が南部のためになろう。ここは心を鬼としろ」

「ですが……為信と呼応したとなれば南部を裏切ることとなりましょう」

実親はやはり首を横に振った。

「手前はあるがままの中で最善を尽くしたいと存じます。これより三戸に立ち戻り、お館さまと信直どのの間を必死で取り持ちまする。兄者のお心は嬉しゅうござるが、今の手前にとりましてお二人は義理の父と義理の兄。喧嘩を見過ごすわけには参りませぬ」

「その心配りがさらに信直を不安に追い込もう。どうせ結果は知れたこと」

と言いつつも政実は笑いを見せた。

四

実親の取り持ちによってなんとか互いの矛を収めた晴政と信直であったが、一度広げられた溝を埋めることはできなかった。と言うよりも時期尚早と見て北信愛が信直の怒りをなだめていたのだろう。雪深くなって戦さが不可能な時節が到来すると信直は晴政と袂《たもと》を分かつ行動に転じた。その知らせは翌日に二戸の政実の元に実親からの早馬で届けられた。

「信愛め、思い切った策にでたの」

書状を一瞥《いちべつ》して政実は大笑いした。

「なにが起きましたので？」

側近らが詰め寄った。

「信直を己れの城の剣吉城《けんよしじょう》に匿《かくま》った。てっきり田子城に立て籠もると見ていたに……剣吉城とは思いもよらなんだ。これは信直の知恵も加わっておるな。もし信愛がお館の勢力に尻込みすれば信直一人が孤立する。はじめから信愛の居る城に籠もるなら最後まで一蓮托生《いちれんたくしょう》となる。互いによほどの覚悟と見える」

「それで実親さまはなんと？」

「以前の約束通り、九戸党は傍観に回って欲しいと懇願しておる。八戸政栄もそれを貫くそうだ。それゆえ信愛も安心して信直を迎えたのであろう。剣吉の背後に広がる八戸が攻めてこぬなら安心だ。田子では津軽の動きにまで気を遣わねばならぬ」

「本当に放って置かれるので？」

側近らは不安気に質した。信愛の居城剣吉は二戸の城とさほど離れていない。当然晴政からの追討令が政実に下されるはずである。

「俺は斯波《しば》攻めの用意で忙しい。この冬を逃せば一年を無駄にする。それを盾に頑として断わる。どうせ信直も春までは戦さができぬ。せっかく信直が決起してくれたのだ。じっくりと様子を見よう。俺に傍観せよと実親が言うからには、大きな喧嘩となる前に和睦《わぼく》の道をと考えているのであろう。それならそれで実親の手柄となる。いずれにしろ俺に損はない。あまりに早く片付けてはお館への薬にもなるまいよ」

「我らを敵と見做《みな》して信直さまが攻めて参らぬでしょうか？」

「それこそ墓穴を掘ることになる。そんな間抜けではない。気にせず砦作りに専念いたせ。こたびのことは逆に好機となる。お館と信直の喧嘩と耳にして斯波の警戒も緩む。まさかそんなときに南部勢が攻め寄せるなど考えもすまい。のんびりと構えていよう」

側近らは大きく頷いた。

「喧嘩など好きにさせておけ。その間に我らは岩手郡を制圧し、和賀や葛西を攻める。九戸党の領地を倍に増やしてみせよう」

もはや政実は晴政を見限っていた。内紛などに時間を費やしている場合ではない。斯波を滅ぼせば南部一族のだれもが己れに従うようになるはずだという自信が政実にあった。

「大浦為信に書状をしたためる」

政実の頭はさらに働いた。

「為信も決起の好機と見ておろうが、我らが斯波を攻略する前に旗を挙げられては迷惑。本家の喧嘩の他に北と南で戦さがはじまれば揺らぎが大き過ぎる。なんとか五月頃まで動かぬように頼もう」

「簡単に頷きますでしょうか？」

「その代わり、津軽での戦さにも九戸党は出陣せぬ。その見返りなら為信も承知する」

政実の言葉に側近らは目を剝いた。

「今後の俺にとって大事なのは南だ。北の果てなど為信にくれてやる。それに、もともと津軽は大浦一党のものではないか」

政実の目は先々に向けられていた。

五

「雪解けを待つしかないとな？」

正月の宴には斯波《しば》攻めのために設けた砦を預けている者たちも加わっていた。その者たちから報告を得て政実は苦虫を嚙《か》み潰《つぶ》した。

「川が凍っていては舟が役立ちませぬ。あと半月もいたせば溶けましょうが、今度は水が足りませぬ。春の増水を待たぬ限り無理と心得まする。浅瀬では舟の底がつかえて進みますまい。密かに川筋を探らせましたが、難所が三つ四つござります。そこで刻を取られては急襲の意味がなくなりましょう。一気に川を下るには水の増える時節を待つしか……」

「分かった。なれば、いつになる？」

「早くて三月の初旬」

さすがに政実は唸《うな》った。我れながら妙策と自惚《うぬぼ》れていたのだが、甘かったようだ、と政実はすぐに苦笑いした。いかにも川が凍っていてはどうにもならない。

「冬攻めにこそ勝機があると見ていた……春では狙い通りの戦さにならぬかも知れぬな。敵も雪が溶ければ警戒を強める」

「さりながら、敵もまさか舟で急襲するとは考えておらぬはず」

「冬と春では敵の城の守りの数が異なる。百が三百にも増えておろう。冬で手薄な厨川の出城を一気に蹴散らし、その勢いのまま北上川を下り斯波の本拠の高水寺城の間近に迫る策であった。厨川の出城を陥すに手間取れば、その間に高水寺城の守りを固められてしまう。それではとても勝てまい。下手をすれば敵の真ん中で身動きが取れなくなる」

政実の言葉に家臣たちは溜め息を吐いた。

「厨川を真夜中に抜けてはいかがじゃ？」

声の主に政実は目を動かした。わざわざ九戸から年始めの宴に足を運んでくれた薩天《さってん》であった。薩天は九戸一族の菩提寺である長興寺《ちょうこうじ》の住職を長年務めている。と同時に政実にとっては恩師に等しい存在だった。

「無駄な戦さをするなと叱っておったのでは」

政実は口元を緩めて質した。

「決まってしまった戦さでは致し方ない。やるなら勝って貰わねば困る。この寒空にそなたのための引導など唱えたくないでな」

皆は声を上げて笑った。

「せっかくのお言葉であるが、真夜中に厨川を抜けるなど無理でござろう」

政実は真面目な顔に戻して、

「厨川を過ぎれば川幅も広がり、深くもなり申すが、そこまでは急流の上に岩場も多い。闇の中ではとうてい舟を操《あやつ》れぬ。昼のうちに厨川の近くまで舟を進ませておけるならなんとかなろうが、それでは必ず敵に見咎《みとが》められてしまう。ご心配はありがたきことなれど、戦さの策については手前にお任せくだされ」

「そこが工夫じゃ」

薩天は笑いを崩さずに続けた。

「どうせ騎馬軍を繰り出すのであれば、それを囮に用いればよい。厨川の兵らを騎馬軍が遠くにおびき寄せ、その隙に川を下れば斯波の本拠を真っ直ぐ攻めることができように」

「いけませぬな」

政実は首を横に振った。

「騎馬軍の手助けなくして城攻めはできませぬ。たとえ城の喉元に舟が着いたとてどうにもなりますまい。高水寺城は堅固な山城。斯波詮経《あきつね》の器量などなにほどでもござらぬが、城の頑丈さは別物。五、六百の兵では門を破るのがせいぜいでござる。そのうち、急を聞いて駆け付けた敵に包囲されてしまい申そう。加えて斯波の家臣には和賀や稗貫の戦さ上手の者らが抱えられており申す。侮ってかかればいかに九戸党といえども危うい」

「では、どうすると？」

面白そうに薩天は政実を見詰めた。

「苦労して砦まで拵《こしら》えたものを簡単に諦めるわけには参らぬが……策の練り直しが必要となり申した。舟で五、六百、騎馬兵を三百も繰り出せば事足りると思いしに……春の戦さでは倍の軍勢でもやれるかどうか。二千も投じて勝てぬときは九戸党の名が廃《すた》る」

「手勢はいまや四千にも膨らんでおろう」

薩天は小首を傾げた。

「なにゆえ全力を注がぬ？」

「その時期ではござらぬよ。もし全軍を進めて斯波攻めに難儀致せば、その不始末はたちまち伊達や最上にまで伝わりましょう。九戸党、何者でもなしという噂が奥州一円に広がり申そう。それは南部一族の浮沈に関わる。自惚れと和尚《おしょう》は笑われるでありましょうが、いまや南部は九戸党が一人で背負っている。手前が不様《ぶざま》な戦さを行なえば必ず後に響いて参る。伊達や最上が遠巻きにしているのは九戸党が歯止めになっているせいと心得まする」

いかにも、と薩天も頷いた。

「少ない兵で勝てると見たればこそ斯波攻めを決断致した。対等の喧嘩なら無駄に兵を死なすだけのこと。やる意味もござらぬ」

「世に九戸党の強さを示すだけの戦さか？」

「さよう。斯波に遺恨はなし。二戸に移り、川下りの策を思い付いたゆえの戦さでしかありませぬ。斯波詮経の首を挙げる気もござらぬ。わずかの軍勢で本拠を揺るがし、いつでも首を奪えることを示すつもりにござった」

「呆れたお人じゃの」

薩天は苦笑いを見せて、

「南部宗家が二つに割れての大騒ぎの最中に……それこそ無駄な戦さじゃわい」

「なればこそ南部の強さをここで示しておくのが大事。宗家がふらふらしていても九戸党に揺るぎなければ南部の領地は安泰。それに、なにがあろうと手前は宗家の諍《いさか》いに口を挟まぬと実親と約束致し申した。しかし手前が長年の仇敵《きゅうてき》である斯波をあっさりと打ち負かせば、やはり九戸党あってこその南部とだれもが頷きましょう。結果として背後に九戸党が控える実親に肩入れする者が増える。斯波攻めの勝利は外と内に多大なる影響を及ぼしまする」

「そこまで考え抜いてのことであったか」

薩天は感服した顔で首を何度も振った。

「なに、今のは近頃思い付いた屁理屈《へりくつ》にござっての。はじめは楽に勝てると見てのことでしかござらなんだ」

政実は悪びれずに白状した。

「が、今の情勢となった以上、断じて負ける戦さはでき申さぬ。勝てぬのなら、やはり諦めるしかなさそうだ。ここで斯波にすら苦労したとなれば和賀や稗貫がきっと揺さぶりの戦さを仕掛けて参ろう」

「そなたには珍しい気弱な言葉じゃな」

「この政実、阿呆ではござらぬ。勝てる戦さしかしたことがない。それで生き延びた」

「勝ち負けはなんで決める?」

薩天は禅問答のように口にした。

「そなたはいつでも派手な喧嘩を好む子供じゃった。打ち負かして泣かせるまで手を緩めぬ。その癖がまだ取れぬようじゃの」

「いけませぬか？」

「相手が強ければそれでよかろうが、殴れば己れの拳《こぶし》も痛くなる。利口な者は己れの拳を大事にいたす。はじめから拳を使おうとはせずに菓子や口先で丸め込むものじゃ」

「斯波を相手に菓子や口先は通用いたさぬ。斯波は源 義家《みなもとのよしいえ》から分かれた血筋。我ら南部は義家の弟義光《よしみつ》を遠祖に戴く者。奥州管領《おうしゅうかんれい》という格式ばかりか血筋においても斯波は南部の上に在《あ》ると思っており申す。手前がなにを言うたところで聞き入れはしますまい」

「確かにその通りじゃが……なにも本拠の城を攻めるまではあるまいと申したのじゃ。小競《こぜ》り合《あ》いでも勝ち方によっては敵を怯えさせることができる。幸いにそなたの蛮名は諸国に鳴り響いておる」

「蛮名にござるか」

政実は肩を揺すって笑った。

「余人はどうか知らぬが儂には蛮名としか思えぬの。喧嘩が得意だけに過ぎぬ」

「これは手厳しい」

「それを今は上手く用いればよい。敵は九戸党を必ず恐れていよう。そこが付け目じゃ。たやすき城を一気に落とし、即座に和議を迫ればどうじゃ？　わずかの手勢で城を奪われた敵は動転いたしておる。まさかそれ以上の余力がそなたにないとは思うまい。四千もの軍勢で攻められれば負けと悟る。賭けには相違ないが、儂の睨みでは十中八九そなたに有利な和議に応じよう。なにも斯波の喉元まで攻めるに及ばず。将棋や囲碁と同じことよ。先を読め。一手を打てば大きく崩れる場所がきっと見付かるものだ。がむしゃらに本陣を襲うだけが戦さではなかろうに」

「和尚、さすがに無駄飯を食うておらぬ」

政実は腕を組んで唸った。

「試してみるだけのことはある」

「どこぞ心当たりがあるかの？」

「猪去城《いさりじよう》」

政実が言うと皆は顔を見合わせた。

「それはどんな城じゃ？」

斯波氏の領地に疎い薩天は質した。

「厨川の出城から南に二、三里しか離れておらぬ城でござる。城の主は猪去詮義《あきよし》。詮経の実の弟。あの城を落として詮義を人質にできれば間違いなく和議に持ち込める」

政実の頰が紅潮した。これまでは本拠の高水寺城を攻めることだけが頭にあって、むしろ猪去城は邪魔な存在であった。厨川の出城に猪去城の加勢が駆け付ければ面倒になる。なんとか猪去城の目をごまかす方策がないかと合議を重ねてきたのだ。しかし、最初からそこを攻める気であれば話は違う。舟も厨川まで達すればいいことになる。

「和尚、いい知恵を授けて貰うた。万が一の場合でも厨川からなればどうにか撤退できよう。猪去城を奪い、人質ともに城に籠もれば敵も手出しができぬ。ただの家臣なればともかく実の弟だ。詮経の矛先も鈍る。勝てるぞ」

家臣たちも顔を輝かせた。

「早速に間者を放って猪去城の様子と周囲を探らせろ。それと……戦さの口実をなんとか作らねばなるまいな」

「とは？」

側近が怪訝な顔で質した。

「喧嘩の理由なくして和議は結べぬ。いきなり踏み込んで和議を迫れば斯波とて奇妙に思うであろう。戦さをしたくはなかったがやむなく攻め込んだという形にせねばならぬ。それで和議の申し出に不審を抱かれなくなる」

「いかにも、阿呆ではなさそうだ」

薩天は満足気に政実の策に頷いた。

「口実なればいくらでもありまする」

側近が直ぐに膝を進めた。

「大事にこそ至っておりませぬが、南部と斯波の接する村にて諍いが絶えませぬ。長き諍いにて、いまではどちらが是か非かも分からぬ始末。そこをつつけばきっと騒ぎに」

「耳にしておらぬな。それは我が領地か」

「浄法寺修理《じょうぼうじしゅり》さまの領地にござります」

なるほど、と政実は頷いた。浄法寺修理の領地は松尾《まつお》の辺りで斯波の支配する土地と境界を接している。

「修理なら俺が肩入れしてもおかしくはない。九戸党と親しき関わりにある。斯波の勝手にされて修理もさぞかし苦々しい思いをしていることだろう。と言って修理に斯波を攻めるほどの力はない。その喧嘩、この九戸党が引き受けてやろう。それで立派な口実となる。だれか浄法寺に出かけて子細を質して参れ。我らが後ろ盾になると約束すれば修理も断固とした処置を採る。我らにとっても好都合だ。修理の領地からであれば、きつい山越えの策なしに騎馬軍を送り込むことができよう。その村の近くにあらかじめ兵を駐留させておけば即座に対応できる」

願ってもない展開のように政実には思えた。九戸党の動きは当然斯波にも伝わるであろう。そうなれば浄法寺の領地を睨む雫石城辺《しずくいしじょう》りに守りの中心が据えられるはずだ。必ず厨川の出城は手薄となる。まさか川を下って背後から襲われるなど想像もしないに違いない。

「どれほどの兵でやれる？」

薩天は興味深げに訊ねた。

「囮とする浄法寺からの攻めには騎馬を二百。川下りの兵は六百。加えて舟と連動した騎馬を二百も投入いたせば猪去城ごときは楽に落とすことができましょうな」

「千であれば九戸党の面目が立つ、か」

「高信が岩手郡に押し入り斯波との戦さを行なったときは六千の軍勢であり申した。それでも難儀した相手。たった千で猪去城を奪えば近隣が仰天しましょう。和賀や稗貫も当分は南部に恭順するしかなくなる。和尚も安心して見てござれ。この政実、やると決めたら断じて負ける戦さにはいたさぬ」

「頼もしい限りじゃが……その癖もいずれ改めねばなるまいぞ」

「なんの癖でござる？」

「さっきの話とまるで違うて聞こえるやも知れぬが、どんなやり方でも勝ちは勝ち。千の敵を二万で囲む策とてであろう。そなたの派手好みがいずれ身を滅ぼす恐れとてある。倍以上もの敵を打ち破ることにだけそなたは意気込んでおるようじゃが、もちっと大人にならねばいかん。南部の棟梁になる程度なら今のままでも間に合おうが、伊達や最上を相手にするつもりなら五万や六万の兵を動かすやり方を心得ておかねばの。九戸党の強さは十分に伝わった。こたびは致し方ないにせよ、次は数を率いる戦さを念頭に入れるがよい」

「恐れ入り申した」

「笑いごとではない。奇襲はそなたの悪い病いじゃ。負けを知らぬゆえに、それでよしと考えておろうが、二、三十万の敵に対してはとても通用すまい。そなたの夢は以前に聞いた。それを実現させる気なら奇襲にばかり頼ってはならぬ。北の鬼などと持ち上げられて自惚れていては命取りになろうぞ」

「動かしたくても政則や正常らの兵を加えたとて九戸党はまだ七千そこそこ」

さすがに憮然として政実は遮った。

「七千もあれば正面から斯波とぶつかって倒すことができように」

「二千は兵を死なせてしまい申す」

「それが戦さじゃ。二百なら構わぬという理屈は通じぬ」

あっさりと薩天は言い放った。

「和尚とも思えぬ言葉を吐かれる」

「そなたは武人過ぎる。一人の武者なればそなたは天下一。なれど将としてはどうかの。いかにも今の南部の中では引けを取るまい。じゃがこの世は広いぞ。将とは武者を巧みに率いる者で、己れが武者である必要はない。かえって武者の心が策を妨げる。すべての戦さの最前線にそなたが立てば、大望を果たす前に必ず命を落とそう。二千を死なせたくないとそなたは言うたが、それこそ武者の立場にそなたがあるゆえの言と見た。それでは先行きが知れている。己れ一人が生き延びれば新たな国を興せる。その気概を持つ者こそ将というものであろう」

「…………」

「言うたとてそなたは聞くまいが……こたびの斯波攻めには出陣せず、この城で見守っていてはどうじゃ？　これまでとは違う戦さができるかも知れん」

「兵らの苦労を尻目にのんびり酒を呑んでいよ、と？」

「流れ矢に当たって命を落とせば、城に残った三千の兵らが路頭に迷う。万が一、千の兵らが敗れても三千の兵あれば報復できよう。将の自負あれば己れの命を大事になされ」

それに多くの家臣らが頷いた。

「和尚の申した通りにござりますぞ」

弟の康実《やすざね》も声を発した。

「兄者は策を授けてくださるだけでよい。あとは我らが見事に果たして見せよう」

「うぬを死なせては親父どのに叱られる」

政実はまだ十八の康実を睨みつけた。実親の直ぐ下の弟の政行《まさゆき》には伊保内《いぼない》を任せてあるが、康実は若いこともあって九戸から二戸の城へ引き連れて来たのである。

「死ぬような策は立てますまい」

康実の安心し切った返答に政実は笑った。それに康実が腕を鍛えていることも政実は承知していた。初陣というわけでもない。敵と刃こそ交えていないが鹿角《かづの》の長牛《なごうし》城攻めに加わっている。度胸はできているはずだ。

「せっかくの和尚の言葉だ。無下《むげ》にはできぬ。それでは皆に預けてみよう。ただし浄法寺修理の城にて様子を見守る。あそこからなら一日で猪去城に駆け付けられる」

「それがよかろう。そなたの援軍があると知れば兵らも安心して働ける」

薩天も安堵の色を浮かべて言った。

六

三百の騎馬と五百の歩兵を率いて政実が浄法寺修理の城に入ったのは三月の四日だった。すでに猪去城攻めの日時は五日の夕刻と定めてある。川下りの兵たちはとっくに砦を出払って北上川を目指していることだろう。それと連動した騎馬軍も山を越えている。ばかりか松尾の辺りには囮の騎馬軍が到達している頃合だ。政実が率いている騎馬と歩兵はあくまでも援軍に過ぎない。今夜と明日一杯この城にとどまって戦さの結果待ちとなる。苦戦と分かれば敗走の手助けに回り、猪去城を奪った場合にはただちに進軍して敵軍の牽制を引き受ける。いずれにしろ八百の援軍が控えているのだから味方は安心して戦さに専念できるに違いない。

「いつもながらお見事な采配にござるな」

浄法寺修理は城の周囲を取り巻く九戸党の旗印を見やって笑いを浮かべた。

「敵もまさかここに援軍が陣を張っているとは考えも致しますまい。斯波攻めに加えさせていただいて手前も鼻が高い。さぞかし長牛友義どのが悔しがろう。その上、積年の遺恨を晴らすことができ申す。田の水争いや山の木を巡って煮え湯を飲まされ通しでござった。お館《やかた》さまに申し上げても斯波となるべく面倒を起こすなと退けられるばかり。昨秋、ご貴殿から築城祝いの席で斯波攻めのことを聞かされたときは内心で快哉《かいさい》を叫び申した」

「これまでの関わりから申せば黙って攻め込んだとて構わぬのだが……たまたま修理どのと斯波の諍いを耳にいたして喧嘩の口実に使わせて貰うた。人がなぶり殺されていると言うに我慢せよとはお館も腰が引けておる」

「信直どのと睨み合っている最中ではそれも致し方ないと諦めていた……それにあれは我が民にも多少の責めがある。酒に酔って斯波の領地に踏み込み暴れたとなれば言い訳が利《き》かぬ。死骸を引き取るのがせいぜいじゃった」

修理は嘆息して杯をあおった。

「はりつけにすることはなかろう。同盟ももはやこれまで。お館には手前が修理どのの加勢に回ると書状を遣わしておいた。返答は貰えなんだが、いかぬとも言うて参らぬ。斯波どころの騒ぎではないのか、あるいは手前が勝手に行なった戦さにしたいのか……」

政実はにやにやとして、

「あのしたたかさにはほとほと頭が下がる。互いに偉いお館に仕えているものだの」

「これで領民にも顔が立つ。まことにかたじけない。手前にとって政実どのはお館さまに等しい。今後はなにくれとお指図願いたい」

修理は本心から政実に礼を言った。斯波に抗《あらが》いたくても手勢を五百も持たぬ修理では耐えるしかなかったのであろう。昔の勢力にはほど遠いとは言え斯波は一族で五千近い兵を抱えている。和賀がそれに加われば一万にも手が届く。修理一人で喧嘩ができる相手ではないのだ。

「それにしても……和賀や稗貫が加勢の兵を繰り出してくれれば大戦さになる。そうなれば九戸党だけでは守り切れますまい。今の南部ではちと心配でござるな」

「長引きそうになったときはさっさと兵を撤退させる。そのためにも喧嘩の口実が必要だった。和賀とて南部に喧嘩する確かな理由があったと知れば迂闊な行動は取るまい」

「なるほど」

修理は膝を叩いた。

「一日二日でけりがつけば我らの勝ち。それ以上のときは引き分け。奇襲をするのは我らゆえ、緒戦の負けは恐らくなかろう」

そう見極めての出陣であった。

「明朝には囮の騎馬軍三百が松尾を出立して雫石城を目指す。敵もそれを覚悟しているに違いない。少なくとも七、八百で城を固めておろう。猪去城からもきっと援軍が向けられている。厨川の出城には多くて百と見た。そこを六百の兵と、山越えで好摩《こうま》に抜け出た三百の騎馬軍が襲えば一溜《ひとたま》りもない。あとは一気に猪去城に走り包囲する。これで勝てぬなら戦さに策など無用というものだ」

「雫石の兵らが慌てて猪去城の援軍に駆け付ければどうなろう？」

「雫石の兵らが恐れているのは城を奪われることだ。まさか囮とは思っておるまい。となれば城に籠もって防戦の策を採る。周囲はすべて斯波の領土。一日を凌げば援軍が見込める。そこが我らの付け目だ。騎馬軍で取り囲めば雫石の兵らを封じることができる。猪去城が攻められていることすら気付くまい」

あ、と修理は口を大きく開けた。

「猪去城も、城と申すは名ばかり。高台に築いた館であるそうな。満足な濠もない。厨川の出城と堅牢な雫石城に守られて、攻められる恐れがないと見ているのであろう。問題は兵の数だけだが、それも今も言うたように雫石城の援軍に大半が回されていれば……」

「赤子でも捻り潰せますの」

修理は先回りした。

「詮経もさぞかし仰天いたそう。半日もせずして雫石城が封じられ、厨川と猪去の城が落とされたとあっては生きた心地がせぬ」

「ただ一つ案じていたのは――」

政実は続けた。

「松尾に九戸党の騎馬軍があると知って斯波が先に攻め込んでこぬかという心配だったが、どうやら杞憂《きゆう》らしい。たった三百と分かって罠を疑っているのであろう。攻めて南部の領地内で囲まれるより受けて追い払う策を選んでいるのだ。それで斯波の命運も尽きた」

「罠と一緒にござろう。現にこの地には千近い九戸党が潜んでおり申す。もし攻め込んできたとしても軽く蹴散らせる」

「いかにも。それはそれで面白い戦さとなるか。とんと気付かなんだ」

政実は爆笑した。戦さに直接関わらない援軍も加えての数にしても、政実は当初の予定の倍近い兵をこれに投入している。それが策に余裕をもたらしているのだ。策に必要なぎりぎりの数を見極めての出陣をこれまで繰り返してきた政実にとって新鮮な驚きだった。戦さにおける最大の敵は実を言うと飯を食い続ける味方の兵なのである。百人で済む戦さに千人を引き連れていけば食糧の確保に頭を悩ませなければならない。直ぐに身動きが取れなくなってしまう。四、五日で始末がつけばよいが、もし予定の倍もかかれば勝てる戦さをみすみす捨てなければならなくなる。陸奥は貧しい上に気候が厳しい。それが政実を育て上げた。最小限の兵力での短期決戦となると奇襲策が優先される。薩天が言ったように、いつしかそれが身についてしまっていたのだ。二戸に巨大な城を構える身となっても策の基本を奇襲に置いている。それでは遠国への進軍など果たせない。南部の棟梁程度なら今のままで構わぬ、と薩天が口にしたのはそういう意味なのである。いざとなれば三千の兵と同様に三万の兵を動かしてみせる、と政実は自信を抱いていたが、それは戦場だけのことであって、三万の兵を一月も進軍させることができるかどうかと問われれば即答ができない。それには経験を重ねるしかない。

〈和尚め、武者でもないのに、なんでそれが分かる〉

政実は内心で舌を巻いた。

千を二千に増やしただけでこれほどの余裕が生まれる。四千にすればあらゆる手が打てるだろう。離れ業のような策に頭を悩ますよりは食糧の調達の方がまだたやすい。はじめて政実はそれを実感した。戦さに出ながら今夜ほど気楽な思いをした覚えはない。敵がどう動くかといつも心はそれに占められていた。

〈食糧集めに長じた者を多く抱えねばなるまいな。それで俺の戦さが変わる〉

政実は新たな階段を上がりはじめていた。

七

翌日は春の嵐となった。

夜の間に最大の難所である奥中山峠を越えた川下りの隊は、昼前になんとか沼宮内《ぬまくない》へと辿《たど》り着いた。せっかく舟を運びながら、御堂《みどう》からは北上川を横目にしながらの行進だった。沼宮内までは浅瀬が多くて舟を用いることができない。もし岩にぶつけて舟を沈めてしまえば取り返しがつかない。頭では分かっていても、雪解けで増水している川面を眺めていると楽な道を選びたくなる。それを康実は何度となく叱りつけて沼宮内を目指したのである。その途中、どうせなら囮の騎馬軍の指揮を預かればよかった、と康実は幾度か後悔した。しかし、川を下っての厨川攻めは今度の戦さの要だ。そう言い聞かせて康実は堪えた。辛いのは夜通し舟を担いで歩いている兵たちの方だ。激しい風に舟が煽《あお》られて足取りもおぼつかなくなっている。一艘の舟を十人ずつが交替で担いでいるとは言え、いずれも寒さと疲れで青ざめた顔をしている。

「一刻半ほどこの村で休もう」

康実は側近と相談した。

「沼宮内には民家が多いはず。舟をここに隠して村にて暖を取る」

「それでは斯波方に我らのことが知れます」

沼宮内はすでに斯波の勢力範囲に含まれる。

「知れたとて構わぬ。舟は馬よりも速い。我らより先にそれを知らせる術《すべ》はない。今は兵らの疲れを取るのが大事ぞ。このまま舟に乗り厨川を目指しても満足に動けぬ」

「それは……その通りにござりましょうが」

側近はくたびれ切っている兵らに目を動かした。これで風の吹き荒れる川に舟を出すのはいかにも案じられた。としても……。

「通報する者が舟を使えばどうなりまする。軽い舟にはとても追い付けますまい」

康実は唸った。

「疲れは覚悟の策にござる。風の少なき場所を探して休むしかありませぬぞ」

「元気な者らを選んで一艘だけ先発させる。村外れの辺りで監視させればよい。川を下る舟あれば遠慮なしに矢を射かけよ。それで厨川への通報は防げる。約束の夕刻にはまだまだ間がある。川の流れが速くなっている。ここからなら恐らく一刻とかかるまい。上手くすれば二刻は休める。それとも……沼宮内の地侍どもが刃向かうと申すか？」

「いや……それはありますまい。この辺りの者らは斯波に見切りをつけており申す。はっきりと南部の領地に組み込まれておらぬゆえ斯波に仕方なく従っておるだけのこと。こたびの進軍に喝采しこそすれ、刃向かうなどは決して有り得ませぬ。心配は地侍の動向を探っておる斯波方の息のかかった者ばかり」

「なればなおさらだ。九戸党の心意気を見せてやろう。こそこそと通り過ぎたと後で伝われば我らの恥となろう」

「若《わか》は我がお館さま似でござりますな。承知仕った。この責めは手前が一身に負いまする。のんびりと体を温めて参りましょう」

側近も覚悟を決めて頷いた。

それを伝えると兵らは歓声を上げた。


およそ二刻後。

康実たちはしっかりとした足取りで舟に戻った。土手には沼宮内の民らが見送りに出ていた。民らは六百もの武者が乗り込んだ舟を見渡して驚嘆していた。

「世話になった。いずれあらためて今日の礼に参上いたす。お陰で力を得た」

康実はこの集落を束ねる地侍に頭を下げた。

「ご武運をお祈り申し上げまする」

白髭を蓄えた男は土手に両手を揃えた。居並んでいた者たちも慌てて平伏する。

「先年の戦さの折りに九戸政実どのと末席ながら陣をおなじゅうしたことがござった。鬼神の噂に違わぬお人。以来、九戸党には願いを託しておりまする。二戸の城主となられたことを喜んでおりました。この辺りの地侍はいずれもおなじ心持ちにござる。なにとぞ勝利を得てお戻りくだされ」

「承知。九戸党は負けぬ」

凛々《りり》しく頷いて康実は舟を発進させた。

康実もまた一回り大きくなっていた。

戦さのたびに人は変わっていく。

八

夕闇は川の水面へ真っ先に下りてくる。頭上にはまだ赤い夕焼けの名残《なごり》が感じられているのに、康実たちは薄墨の中にあった。黒い鎧と面当《めんあ》てが一層《いっそう》闇に沈ませている。

「好都合だの。天は九戸党に味方しておる」

前方をしっかりと見据えながら先頭の舟にどっかりと胡座をかいている康実は満足そうに後方の舟を振り返った。どの舟も黙々として従っている。が、兵たちの血潮は沸き立っているはずだった。あと四半刻《しはんどき》（三十分）もせぬうちに厨川の出城に達するという報告が伝わっている。山道を抜けて好摩から陸路を辿《たど》った騎馬軍も今頃は滝沢の辺りで待機しているに違いない。川下りの隊が崖《がけ》を攀登《よじのぼ》って出城を攻めると同時に騎馬軍が合流して包囲する策だ。騎馬軍の偵察はどこかの丘から舟が無事に厨川を目指しているのを確かめているだろう。舟の位置によって合流時間の見当がつく。

「案じるとすれば、なんだ？」

康実は側近に質した。鹿角攻めの経験があるとは言え、あのときは兄の政実の傍らに居て戦況を見守っていたに過ぎない。十八の康実が采配を任されるのはこれがはじめてだ。しかも六百という大軍である。策は頭に刻んであるのだが、念を入れるに越したことはない。兄の政実は兵を無駄死にさせることを極端に嫌う。半分も死なせては、たとえ勝利を収めたとしても叱咤《しった》されるに決まっている。

「かつては難攻不落の砦《とりで》と聞こえた城にござります。安倍貞任《あべのさだとう》が源氏との最後の決戦のために設けた柵《さく》。甘く見ては手間取りまする」

気を引き締めるように側近は応じた。

「その城をふたたび源氏の血を引く俺が攻めるのも因縁だな。もっとも……守っている敵の斯波とて源義家さまの末裔《まつえい》。ご先祖はどちらに味方してくださるか……さぞかし迷うておられるに違いない」

康実は笑った。

「薩天和尚より聞いたが、義家さまも上流より川を下っての城攻めを試みようとなされたとか。兄者がその故事を知らずに思い付かれるとは、これも血筋であろう」

「さようでござるか」

知らなかった側近は大きく頷いた。

「義家さまの悔《くや》しさを俺が晴らしてやる。この暗がりでは敵の矢を恐れることもない。敵は必ず火矢を射かけてこようが、川の水で大方が消えよう。問題は崖の高さだ」

「御意《ぎょい》」

「用意した梯子が届けばいいが……沼宮内《ぬまくない》の地侍の話ではむずかしそうだった。やはり城を囲む空濠に一度上がって、そこから攻めるしかなかろう。半数以上が城に潜り込むまで、決して声を上げるなと皆にきつく申し伝えよ」

「すでに伝わっており申す」

「いま一度だ。声を発するなと言うても武者震いから声を張り上げる者もおろう。そのときは周りの者が取り押さえろ」

「かしこまってござります」

側近は頼もしそうに康実に復答した。

「百の兵は城の手前で上陸させる」

「とは？」

「門を攻めさせる。騎馬軍の到着までに門を開くことができれば一気に片付く。敵も裏と表を攻められて動転いたそう。兄者の読みでは城にとどまっている敵の数は百からせいぜい二百。それを二手に割ればこちらも楽になる。騎馬軍がくる前に終るかも知れぬ」

「どこでそんな策を学ばれました？」

側近は驚嘆の声を上げた。

「兄者の側に居て策を聞いていれば自然に覚える。敵を攪乱《かくらん》しつつ、こちらの兵の数を知らせぬのが戦さの勝利に繋がる」

「それなれば」

と側近は膝を進めた。

「むしろ門を攻める数を三百にいたせばいかがでござりましょう。敵は我らが川より上がってくるとは頭から考えておらぬはず。守りの中心は正面にござろう。そこにわずか百の手勢では侮られますぞ。攪乱のつもりが、反対に敵に余裕を与えてしまう恐れがあり申す。三百となれば敵も必死。裏手の守りを捨てて立ち向かって参ります。簡単に突入できる理屈と思われます」

「いかにも」

康実は膝を叩いた。

「崖に手間取るよりは早いかも知れぬ。そして挟み撃ちにすれば一溜《ひとたま》りもないな」

「では三百を上陸させるということで」

「そうしよう。そちらの指揮は任せる」

「おなじ数なら若が上陸してくださりませ。なにも山登りに苦労することはありますまい」

康実の身を案じての言葉だった。崖を攀登っているときは敵の矢を防ぐ手立てがない。

「なに、舟を盾にする」

康実はすでに考えを持っていた。

「せっかく運んできた舟ではないか。舟の底を上にして担いで接近する。水を吸った舟底には火矢も通じぬ。石を落とされても防げよう。それ以上に頑丈な盾はない」

「お見事」

思わず側近は溜め息を吐いた。

「戦さとは面白いものだな。頭を絞れば策が湧いてくる。兄者の気持ちがよく分かった。薩天和尚は奇襲策に頼るなと申したが、数を頼るだけの戦さでは知恵の使い場所がない」

「奇襲と騎馬軍こそ九戸党の誇りでござる」

側近も康実に同意した。


その頃、康実と呼応するはずの騎馬軍は厨川の直前で大迂回を余儀無くされていた。春の増水で道を遮る川の橋が流されてしまっていたのである。北上川の本流とは違う。狭い川なのだが底が泥土のために馬の重みで腹まで沈んでしまう。それに流れもきつい。無理をすれば渡れぬでもなかったが、直ぐに戦さになると思えば躊躇された。鎧が水を吸うと体の動きが鈍くなる。互いの姿を確認してから攻めるという策ではないが、康実らは当然そうするはずである、と騎馬軍の纏めの者は考えた。正面からの攻めに騎馬軍の手助けは欠かせない。多少遅れたところで康実らは自分らの到着を待つに違いない。間近にある者の顔すら識別がむずかしくなっている闇が余裕を与えていた。半刻遅れたところで策に影響はない。纏めの者は上流に回っての迂回を決めた。きっと浅瀬があるとの判断だった。

「目当ての淵にござります」

川幅が広がり、流れが緩くなる。

側近に言われて康実は舟を岸に寄せた。後の舟も従う。ここから厨川の出城にはわずかで達する。街道にも近い。最初の予定ではここで騎馬軍の到着を確かめるつもりだった。

「まだ到着しておらぬようで」

耳を澄ませた側近が囁《ささや》いた。

「やはり舟の方が早いとみえるな」

「どういたしまする?」

「策の成否は我々の接近を敵に悟られぬことにある。せっかくここまで達したのだ。騎馬軍もじきに駆け付けよう。半分を上陸させよ。俺はこのまま舟を進めて城の間近で様子を窺う。門攻めの者らは派手に声を上げろ。それを合図に我らも行動を開始する。二人をここに残して騎馬軍に策の変更を伝えさせろ。様子によっては真っ直ぐ猪去城を目指すことができよう」

康実はてきぱきと命じた。迷いのない鮮やかな采配であった。側近は勇んで半数を上陸させた。兵らも張り切っている。

「我らだけで勝てますな。斯波も情けない。喉元まで我らがきていることも知らず、雫石のことだけを案じておりましょう」

「あちらもそろそろ攻める頃合だな」

康実は西の空に目を動かした。三百の騎馬軍が包囲すれば斯波の兵らは雫石攻めこそ九戸党の狙いと信じる。騎馬軍が境界に接しているのは昨日から知っているはずだ。厨川や猪去城の兵らも雫石城の援護に回っていよう。手薄となっている二つの城を落とすのはたやすい。すべては政実の策である。その上、万が一のために政実率いる援軍が双方の中間点に侵攻する手筈にもなっている。これで勝てぬなら戦さに策など無用というものだ。

「我が身が九戸党にあるのを神に感謝したい」

康実は本心から思った。今の世にあって政実を敵とすることほど恐ろしいものはない。

「なれば参ります」

上陸隊の支度が整うと側近は頭を下げた。

「できるだけ急げ。そちらが着く前に舟を見咎《みとが》められれば策がもたつく」

「お任せあれ。駆けて行かせます」

側近は請け合った。

不気味に聳え立つ厨川の城の影を見上げながら康実は苛々として待った。崖の高さは康実の想像を遥かに越えていた。昼に見ればそうでもないのだろうが、闇に溶け込んでいるためにさらに強く感じるのだ。勾配がほぼ垂直ということも関係している。空濠もこの位置からはまだ見付けられない。水が溜まらぬように崖を切り崩してあるので、そこは半分ほどの高さと聞いている。にしても梯子が届かぬのは明白だった。岩に指をかけて攀登るしかない。

〈安心しているのも当たり前だ〉

いかに政実でもこの城を現実に眺めれば川からの攻めを諦めたのではないか、と康実は思った。数年前に南部勢に攻め込まれたときの教訓を生かして川沿いの壁を補強している。その代わり、見張りの兵の姿が見当たらないのが幸いであった。

「むしろ崖下に達すれば死角となろう」

康実は意を決して舟を進ませた。兵たちは冷たい川に腕を差し込み、手で舟を漕いだ。櫓《ろ》を用いれば必ず気付かれる。

無事に城の真下に辿り着いた。

康実は砂地に上がった。

「空濠の場所を探せ」

部下に耳打ちする。部下たちは左右に散った。砂地の幅は三尺もない。増水で狭くなっているのである。攀登っている途中で指を滑らせれば川に落ちる。北上川の大河はたちまち下流に体を運ぶであろう。鎧で泳ぎもままならない。重いうねりを見せながら流れる水面を眺めて康実は溜め息を吐いた。舟の底を盾にする余裕もない。舟を担いで片手で攀登るなどとうてい不可能である。敵の隙を見計らい、一気に登るしかないのだ。

さきほどまでの自信が少しぐらついた。

「二ヵ所ほど見付けました」

部下が報告に戻った。

「高さはいかほどだ」

「それでもだいぶありまする。ときどき水を流しているらしく崖の斜面が濡れています」

康実は舌打ちした。

「この崖は諦める」

「は？」

兵らは怪訝な顔で康実を見詰めた。

「舟の盾も使えぬ。水に濡れた崖では時間がかかる上に滑り落ちる恐れがある。下流より上陸して空濠を乗り越えるのがたやすい。もし見付けられ、頭上から狙われるよりはよかろう。策は臨機応変に用いるべきだ」

「しかし――」

さすがに何人かが難色を示した。

「それでは奇襲の意味が薄れましょう。城の脇はきっと固められております」

「門攻めがはじまれば敵もそちらに走る。兄者とて城の図面を見て策を決めたに過ぎぬ。この崖を目《ま》の辺《あた》りにすれば切り替える」

康実は断固として言い張った。

「いましばらく登りやすきところを探します」

「必要ない。舟に乗り込め」

康実は遮った。仕方なく部下たちは従った。戦場にあっては将の命令を聞くしかない。

康実は上陸地点を探しながら舟を進めた。

が――

なかなか見当たらない。どこまでも高い崖が続いている。また康実に焦りが生じた。戻ろうにも川の流れがきつ過ぎる。

「早くせねば門攻めがはじまるぞ」

康実は怒鳴った。怒鳴っても構わぬほど城から離れたということだ。と言ってここで崖を攀登るのに苦労すればなんの意味もない。

ようやく手頃な浅瀬を発見したときは城の影が小さくなっていた。康実は逸《はや》る思いで陸地に上がった。城は小高い丘の上にある。急いで駆けてもだいぶ時間が取られそうだ。

「くそっ！」

康実は兵らの上陸を急がせた。

攻め入る掛け声が風に乗って届いたのはそのときだった。康実から血の気が引いた。

「死ぬ気で走れ。味方を死なせるな」

おおっ、と兵らは城を目指した。


「あれは！」

城の中心から煙が上がっている。兵らは歓声を発した。門を打ち破ったと見える。

「違う。狼煙《のろし》だ！」

一人の叫びに皆は消沈した。奇襲を知らせる合図であろう。なのに自分らは丘の麓にさえ達していない。

「なんで我らの姿を確かめてから踏み込まぬ」

康実は喚《わめ》き散らした。自分でもどうすればいいのか分からなくなっていた。頼みの綱は騎馬軍である。恐らく上陸隊と合流して攻めているに違いないが、それもこの位置からでは確認できない。

その騎馬軍がようやく迂回を果たして街道に戻っていることなど康実は知らない。

上陸隊は苦戦を強いられていた。この時点で厨川の城には百五十の兵しか残っていなかったのだが、防備に抜かりはない。もともと城とは守りのために作られているものだ。三倍以上の敵に襲われぬ限り食糧がなくなるまでは戦い続けることができる。三百の敵では倍に過ぎない。対等以上の戦さをすることができる。一つに固まって押し寄せる九戸党に矢倉から無数の矢が射られた。

「我らは囮ぞ。怯《ひる》むな!」

逃げ腰となった兵を側近は叱咤した。

今頃は裏手の崖を康実が攀登っていると側近は信じていた。前面に集中している敵の背後を衝けば必ず勝利が転がる。それはその通りなのだ。だが、その康実がまさか城から遠く離れた場所にあるとは思いもよらない。

兵らには疲れも加わっていた。

舟の速度に合わせて起伏の激しい道を駆け通しで来たのである。矢倉の敵にそれを見咎められたせいで休む暇もなかった。前面に注意を集めなければ舟を発見される心配もある。真っ直ぐ門へと攻め込んだ。囮でなければこれほど単純な攻めはしない。

「若はまだか!」

次々に矢を受けて倒れる配下を案じつつ側近は伝令の報告を待ち望んだ。

「騎馬軍はなぜ来ない!」

側近の不安が次第に膨らんだ。

「撤退するしかありませぬ」

戦況を見てとって配下が進言した。

「若はどうなる! ここで退けば敵に勢いを与えるばかりだ。若の身が危うくなるぞ」

「なれど門を破れぬでは策がありませぬ」

「仕方ない。火矢を飛ばして敵を攪乱しろ。なんとしても攻撃の手を緩めるな」

配下は絶望の顔を見せつつ前線に走った。

どすっ、と側近の胸に矢が突き立った。

信じられない顔で側近は矢を確かめた。

配下が慌てて側近の肩を支えた。

「構わぬ。これしきの傷」

側近は渾身の力で矢を抜き取った。劇痛が側近を襲った。血が鎧の下に広がっていくのが分かる。抜かない方がよかったのかも知れない、と思ったときは遅かった。鎧の表にまで血が噴き出た。矢の先は運悪く心臓に穴を開けていたのである。

側近はその場に崩れ落ちた。手足に痙攣《けいれん》が走る。配下は動転した。

「決して退くな。若をお守りいたせ」

喘ぎつつ側近は城に目を動かした。

城の物見櫓から狼煙が上がっている。

「猪去城から敵の援軍がくるぞ。その前に落としてしまわねば厄介な戦さとなる――」

側近はそれを言い残して絶命した。


康実はやっと城に辿り着いた。目の前の深い空濠が行く手を阻《はば》んでいる。

「濠の底に槍や刀が埋められておりまする」

偵察の兵が伝えた。正面の方では戦さが続いている。むしろそちらに回って手助けをしたいのだが、濠と柵がそれも遮っている。

「敵の見張りはどうだ？」

「見掛けませぬ。表に集中しているものと」

「ぐずぐずできぬ。濠に下りろ。槍や刀に気を付けて進め」

康実は命じた。百人ばかりが慎重に濠へ飛び下りた。火矢の何本かが飛んで来たのはそのときである。味方が放ったものだと見当がついた。康実は眉根を寄せた。味方は自分たちが裏手にあると信じて敵の目を逸《そ》らさせているつもりなのだろう。火矢は康実らの目の前にある小屋の屋根を燃やした。城の中から叫びが上がった。火を消し止めようと何人かの敵が屋根に攀登った。

そして康実らは発見された。

互いの目線が凍り付いた。

康実は咄嗟に槍を投じた。一人の胸を貫く。

「急いで攀登れ！」

康実は残りの兵たちにも叫んだ。

敵も空濠の守りに駆け付けた。これほどの近さになると弓は役立たない。敵は普通の倍も長い槍を繰《く》り出して濠の中の兵を襲った。それを濠の外に居る康実らが弓で狙う。一応は康実らが優勢に立った。敵は表とこちらとに勢力が二分されている。敵の隙を窺って十何人かが城内に飛び込んだ。

不気味な水音が聞こえたのはそのときだった。不吉な予感に包まれて康実は闇に目を凝《こ》らした。水の濁音が近付く。

「濠から逃れろ！　水が来る」

康実の叫びは間に合わなかった。味方の絶叫が闇に響いた。敵が空濠に水を放ったのである。震動が濠の上に立つ康実にも伝わった。

どどうっ、と濠の底が動いた。黒い固まりが右手に運ばれていく。味方の兵である。底に突き立っている槍や刀に傷付けられながら兵らは濠から北上川へと投げ出された。

為《な》す術《すべ》もなく康実は見送った。

一瞬にして五十近い兵を失ったのである。

城の中では新たな絶叫が起きた。せっかく濠を越えて踏み込んだものの後続がなくては分がない。配下らは敵に惨殺された。

「引け！　正面に回るしかない」

康実の決断は早かった。濠に飛び込めば今とおなじ運命を辿る。

「あのひづめの音は！」

兵らの顔が輝いた。間違いない。騎馬兵が城に接近する音である。

「敵だ。方角が違う」

康実は察してがっくりと肩を落とした。九戸党の騎馬軍なら北からやってくる。それは西の猪去城からの援軍であった。

「いかがいたします！」

兵らに不安が広がった。

「援軍は正面の門から城に入ろう。敵も必ず門を開く。そのときが勝負だ」

押し込んで戦うしか道はなかった。

「なんで味方の騎馬軍がこぬのだ！」

康実は天に吠えた。

九

滝沢《たきざわ》の端に陣を布いていた政実に戦況の第一報が届いたのはそれから一刻後のことだった。厨川《くりやがわ》攻め大苦戦と聞いて政実は耳を疑った。一番楽なところを康実に任せたつもりだったのである。城攻めであるからにはもちろん苦労は覚悟していたものの、たかだか百から二百しか兵のおらぬ城と見ていた。

「四、五百も潜んでいたのか？」

当然の疑問を政実は発した。

「いえ。正確な数は分かりませぬが、当初は恐らく二百程度のものと思われます」

しどろもどろに伝令は応じた。

「舟の接近を敵に気取《けど》られたか？」

あとは他に理由が思い付かない。

「騎馬軍が駆け付けたときは味方の態勢が崩れていたよしにござります。猪去城からの援軍にも城に入られてしまいました」

「援軍だと！」

政実は絶句した。有り得ない。近いとは言え厨川と猪去城は馬で半刻以上も離れているはずだ。それだけの時間があれば城の包囲が必ず完了している。

「騎馬軍が駆け付けたときに康実の軍の態勢が崩れていたと言うたな？」

「ははっ」

「なぜ城の裏手の様子が分かる？」

「その……康実さまは正面の門から攻撃を仕掛けていたということで」

「…………」

政実は困惑していた。

「それで……今はどうなっている？」

「騎馬軍と合流して殿のご指示を」

「馬鹿め！　せっかくの策を無駄にしたか」

政実は地を蹴りつけた。

「雫石城と猪去城の様子はどうだ？」

「雫石城の包囲は成功してござります。やはり殿のご推察通り敵は城に籠《こ》もっての策を選びました。敵の数はおよそ千四百」

「ずいぶんと多いな」

それには政実も安堵した。包囲しただけで城攻めをする気はない。兵を封じるのが目的なのである。

「猪去城はもぬけの殻も同然にござります。雫石城の援護に兵を送り、いままた厨川にも百の騎馬兵を。もはや百も残っておりますまい。いかがなされます？」

「考えるまでもない。三百の騎馬兵すべてを猪去城に向かわせろ。城の主の詮義を生け捕りにして城を制圧するのだ。五百の歩兵は厨川の援軍に回る。雫石の包囲に成功した以上、ここで撤退するのは惜しい。詮義さえ人質にできれば我らの勝ちだ。その知らせを得たれば直ぐに高水寺《こうすいじ》城の詮経に使者を送る。弟である詮義の首と引き替えに降伏を迫る。ただし、場合によっては和議にも応ずるという姿勢を見せながらな」

　奇襲ゆえに敵には九戸党の軍勢がどれだけか正確には摑めていないはずだ。たとえ雫石と厨川の双方の城が落とされていなくても包囲されていると聞けば動転する。しかも詮義は人質となっている。降伏はしないだろうが和議の話には乗ってくるに違いない。

「厨川にある康実に伝えよ。いまは城を囲んでいるだけでよい。俺の到着を待て」

　伝令は頰を紅潮させて反転した。

〈やはり康実では無理であったか……〉

　負けるはずのない戦さだった。だが、なにやら胸騒ぎがして政実は浄法寺《じょうぼうじ》から滝沢へと援軍を早めに侵攻させていたのである。もし未だに浄法寺に軍があれば撤退を命じるしか道がなかったであろう。

〈危ういところで九戸党の体面が保たれた〉

　これもすべて薩天のお陰である。攻める数と同等の援軍を準備していたればこそ迅速な手当てができたとも言える。

〈それにしても……〉

　康実がどこでどう策を違えたのか。政実は馬の用意を言い付けながら憮然としていた。

　政実は厨川の城と対峙する林を背に陣を置いた。入ると同時に到着を知った康実が厨川から駆け付けてきた。康実は疲れ切った顔で政実の前に腰を下ろして額を土に擦り付けた。

「面目がござりませぬ」

「須藤《すどう》を死なせたそうだの」

政実が康実の側近の名を口にすると、康実は頷きながらぼろぼろと涙を零《こぼ》した。

「なんで須藤が門の前で死なねばならぬ。城への崖を攀登る途中で矢に当たったと言うなら見事な死に様と褒めてもとらすが、俺の立てた策を外した場所での戦死となれば許せぬ。そもそも、なにゆえ騎馬軍の到着を確かめずに攻め立てた。六百の歩兵で厨川の城は落とせぬ。騎馬との連動があってこその奇襲であった。なにからなにまで後手に回るとは呆れてものが言えぬぞ」

「申し訳ござりませぬ」

康実はただ泣き続けた。二人きりではない。この場には浄法寺修理《しゅり》も居る。政実は苦虫を嚙《か》み潰《つぶ》した。

「いったい何人の兵を失った！」

政実は思わず怒鳴りつけた。

「三百二十にござります」

政実には返す言葉がなかった。半数以上ということになる。

「引き下がって厨川の包囲につけ。ことの子細は別の者に質す。いかにも戦場での采配はそちに任せたが、策を変えるにはよほどの事情がなければならぬ。一人が変えれば全軍が危うくなる。それを心得てのことであろうな。場合によっては厳罰を与える」

「ここで死なせてくださりませ！」

康実は喚いた。

「なれど……なれど一言だけ」

「なんだ？」

「あの崖は無理にござった。気付かれれば敵に上から狙い撃ちにされまする。兵の無事を思えばこそ手前の一存で諦め申した」

「だから騎馬軍を待てと厳命した。また、舟に六百の兵あれば半分を防御に回して下から矢を射かける方策がある。それを見越しての数だぞ。その時点で兵を二つに割っていれば策が成り立たぬ。俺がいい加減な数を遣わしたと思うか？　歩兵だけで勝てると見たそちにすべての責めがある。門に須藤を回したは手柄を独り占めしようとしてのことであろう」

「決して……騎馬軍の遅れに焦ったので」

「なにを焦る必要がある？　敵に姿を見咎められたのではあるまい」

康実は押し黙った。

「騎馬軍を待たず、勝手に兵を二分し、あまつさえ崖に恐れをなして下流の浅瀬から上陸し、堅固な空濠を攻めるとは……そちに采配を預けた俺にも責めがある。素直に策に従うと見ればこそ六百を預けた。半数を死なせて、その兵らの身内になんと謝るつもりだ。腹など切らせぬ。戻って己れが頭を下げよ」

康実はその場に平伏した。

「政実どの、もうよろしかろう」

浄法寺修理が見兼ねて口を挟んだ。

「考えようによっては猪去城が攻めやすくなり申した。百の騎馬兵が猪去城にあっては苦労いたしましたぞ。むしろ厨川の城に籠もってくれてありがたい。怪我《けが》の功名と申しては康実どのに失礼でござろうが、我が軍の狙いはあくまでも猪去城。康実どのとてこれほどに頭をお下げにござる。ここは手前に免じて」

「さようか」

頷いて政実は康実の顔を上げさせた。実の弟である。政実とて周りの目があればこそ激しい叱責を加えただけだった。

「康実、修理どのにお礼を申せ。でなければその頭を丸めさせていたところだ」

康実は何度も首を振って礼を口にした。

「須藤の仇が討ちたければ馬を貸す。猪去城に駆け付けろ。厨川は包囲するだけだ」

「行ってもよろしゅうございますか！」

康実は狂喜した。

「猪去城攻めは原田《はらだ》に任せてある。なにごとも原田と組んで行なえ。今度はしくじるな」

「ありがたき幸せ。やはり兄者じゃ。きっと兄者に喜んで貰える戦さをして参る」

康実には闘志が漲《みなぎ》っていた。

「馬を二十騎ほど康実に与えよ」

政実は側近に命じた。

〈手柄を立ててくれ〉

政実は鎧の音を派手に立てて引き下がる康実の背中に祈った。それで厨川の失態も帳消しとなろう。修理も笑って見送っていた。

「腑甲斐《ふがい》なき弟にござる。お恥ずかしい」

「あの気概こそ武者と申すもの。疲れも忘れて向かい申した。いずれ九戸党を背負うお人になりましようぞ。まだ十八じゃ。多少の失敗は許されませ。よい教訓となったはず」

それに政実の側近らも大きく頷いた。

十

「飛ばせ！　戦さが終ってしまうぞ」

馬に鞭《むち》を浴びせて康実は駆けた。悔しさと怒りと絶望と羞恥《しゅうち》と申し訳なさと高揚、およそあらゆる感情が一気に襲っている。たった百五十の城を攻めあぐね、あまつさえ三百二十の兵を失うなど自分でも信じられない。政実に叱られて当然であろう。ただ、どこが敗北の決定的な分かれ目であったのか、まだ整理がついていない。やはり功名心が己れにあったような気がする。情けないがそれを認めるしかなかった。最初から勝ち戦さと決めつけて先手、先手と読んだ。そして肝心の騎馬軍の到着を見極めずに駒を動かした。来るのが当たり前だと見ていたのだ。戦場ではなにが起きるか見当がつかない。頭では理解していたつもりだが、その怖さを如実に知らされた。三百二十人。三百二十人、と康実は胸に繰り返した。もはや取り返しがつかない。この上は己れも死を覚悟で働くしかないのだ。

〈さすが九戸党、と見事に果ててやる〉

康実は折れるほどに鞭を用いた。


〈間に合わなんだか！〉

猪去城のものと見える穏やかな影を前方に見定めて康実は泣きそうになった。九戸党の騎馬軍は半刻以上も前に到着しているはずだ。なのに戦さの気配がない。すでに決着がついて原田たちは城を占拠したのだろうか？

「右手の丘に九戸党の旗印が見えまする！」

「なにっ！」

康実の顔が輝いた。間違いない。旗印を認めた康実は思わず腰の刀を引き抜いて空に雄叫《おたけ》びを発した。包囲を終えたばかりで戦さにはなっていない。まだ康実に運がある。

「原田に俺の到着を知らせろ！」

康実らは本隊の固まる丘に馬の首を向けた。


「若にござりましたか！」

騎馬軍を預かっている原田は顔を綻《ほころ》ばせた。厨川の情勢がどうなっているのか確かめぬままに猪去城を目指したのである。

「よくぞご無事で」

「無事なだけ腹立たしい。須藤を死なせた」

「あの須藤が……」

原田は嘆息した。

「その仇討ちをせいと兄者に言い付かってきた。好きに使ってくれ。先陣も引き受ける」

「焼き打ちにできるなら面倒もござらぬが、詮義を人質にとなると迂闊な攻めがなりませぬ。じわじわと包囲を縮めて様子を窺っており申した。幸いに敵の援軍の来る気配はなし。そろそろ頃合と見ていたところにござった」

「敵の数は？」

ひっそりと静まり返っている猪去城に目を据えながら康実は質した。

「女子供を除けば百もおりますまい。敵も負けを承知にござる。どうせなら刀を交えずに城を占拠いたしたいもので」

「下手につつけば詮義に自害されるということだな」

「その気概がある者かどうか知りませぬが」

「分かった。俺が使者として参ろう」

康実はあっさりと言った。

「九戸政実の弟と名乗れば詮義とて耳を貸す。俺が一人で行って話をつけてくる」

「なりませぬ！」

原田は仰天した顔で、

「若を反対に人質にされたら取り返しがつかなくなり申す。敵も必死でござるぞ。千載一遇の機会と心得ましょう」

「そのときは遠慮なしに攻め込め」

「…………」

「使者に立った者を人質にすれば斯波の名が廃《すた》る。和賀《わが》や稗貫《ひえぬき》も手助けには回るまい。兄者が案じているのはそれだ。斯波一人が相手なら断じて恐れはすまい。死ぬ覚悟で俺がこの戦場に駆け付けたのは兄者とて承知」

「使者には手前が立ちまする！」

原田は聞かなかった。

「俺を武者にしてくれ。この通りだ」

康実は原田の前に両手を揃えた。

「若！　なにをなされる」

「厨川で三百二十を死なせた。俺の愚かさのせいだ。このままでは城に戻れぬ。詮義を降伏させればよし。もし俺が人質となったら城に火を放て。それで兄者に言い訳が立つ」

「お立ちくだされ」

原田は康実の肩を抱いて立たせた。

「原田が使者では詮義も簡単には信用せぬ。俺なればこそやれる。違うか?」

それは原田も認めるしかない。

「俺の覚悟が分かって貰えぬのか?」

康実の懇願に原田も大きく頷いた。

「なれど、だれかを従わせます」

「要らぬ。もしものときは死人を増やすだけ」

康実は笑って原田を制すと、

「皆も聞いたな。使者に立つと決めたは俺の一存だ。なにがあっても原田に責めはない。必ずそれを兄者に申し立ててくれ」

ははっ、と皆は康実の前に平伏した。


康実はたった一人で城に向かった。矢の届く辺りで馬から下りると刀も捨ててゆっくり歩きはじめた。矢倉に何人かの姿がある。

「九戸政実の弟、九戸康実である」

康実は声を張り上げた。

「斯波詮義どのと腹を割って話がしたい。早速に取り次げ。雫石と厨川は我らが手勢によって包囲した。援軍は来ぬと心得よ」

凛《りん》とした声であった。一人が慌てて矢倉から下りた。康実に威圧されたのである。

康実は安堵の顔で後方を振り返った。原田が百の騎馬兵を従えて見守っている。

やがて城の門が開けられた。中から二、三十人が飛び出して身構える。康実は気にせず門を目指した。康実には笑顔さえ見られた。

「まこと九戸政実どのの弟御であられるか」

詮義の側近と思《おぼ》しき男が兵を分けて現われた。康実は腰の小刀を鞘ごと引き抜いて側近の足元に投げ出した。

「元服の祝いとして南部のお館さまより頂戴したものだ。鞘に南部の家紋の向かい鶴が描かれている。滅多な者は持てぬ」

言われて詮義の側近は手にした。

「いかにも。してご使者のおもむきは？」

側近は丁重に小刀を戻して訊ねた。

「詮義どのとご相談したい。まず取り次げ」

康実はじろりと睨み返した。その気迫に気圧されたのか側近は小さく頷いた。


康実は城の中に案内された。廊下には武装した兵らが膝を立てて控えている。女や子供たちの目が襖の隙間に感じられた。康実は臆することなく奥へと向かった。死んでも構わない、と思っている。息遣いにすら乱れがなかった。それは敵にも伝わっているのだろう。驚嘆の溜め息があちこちから聞こえた。

〈俺はいま九戸党の命運を預かっている〉

康実は城の大広間に達した。

正面には派手な鎧を纏った詮義が胡座をかいていた。十人ほどが側に居並んでいる。

「たった一人で参られたそうじゃの」

詮義は康実の若さに目を丸くしつつ正面へと促した。康実はどっかりと座った。

「政実どのの弟御なれば格好の人質となる。戦さの法も打ち捨てて、そなたを捕らえようかと皆で合議していたところじゃ」

「むしろ好都合でござる」

康実は平然と返した。

「いかに九戸党とて奥州管領家《おうしゅうかんれい》をないがしろにはでき申さぬ。こたびは浄法寺修理どのに手助けして喧嘩の談判をつけにきただけにござる。その程度のことで斯波どのらの首を刎《は》ねるわけには参りませぬ。正直申してこの城を攻めあぐねていたところ。手前がここで人質となり、殺されれば兄の政実は手を叩いて喜びましょう。九戸党ばかりか南部ももはや遠慮はいたしますまい。そのための捨て石なれば手前も本望。生まれてきた甲斐がござる」

広間はその返答にざわついた。

「ざれごとじゃ。本気にいたすな」

詮義は冷や汗を拭いながら笑って、

「奥州管領の立場にある我ら一族が使者を殺したとあっては末代までの恥となる。そなたの器量をちと試してみただけのこと。感服したぞ。褒めてつかわす」

精一杯の虚勢を張った。

「それで……儂にどうしろと言うのじゃ」

詮義は話を戻した。

「このままではいずれ高水寺城より援軍が駆け付けて参りましょう。そうなると我らもやむなくここに火をかけねばなりませぬ。それは本意ではござらぬ。なにとぞ無駄な戦さとなる前に城を明け渡していただきたい。我らには高水寺城とて攻める気がござらぬ。ただ本家の詮経どのと談判がしたいだけ。それには詮義どのを人質にするのが早道と考え申した。さぞかしご心配でござろうが雫石の城とて包囲をしているばかりに過ぎませぬ」

「この儂を人質にするとな」

さすがに詮義は額に青筋を立てた。

「喧嘩は引《ひ》き際《ぎわ》が大事」

康実は本心から言った。つい直前の失態でそれを嫌というほど叩き込まれている。

「わずか百の手勢で三百の騎馬軍に勝てるとお思いであるなら別にござるが……部下を無駄に死なせることほど辛いものはありませぬぞ。詮義どのお一人の決断でそれが防げましょう。城を明け渡してくださるなら丁重に詮義どのを陣にお迎えいたしまする。詮経どのとの談判が纏まれば我らも即刻にこの城より立ち去る所存。それだけをお伝えに参った」

康実はゆっくり立ち上がった。

「陣に戻って返答をお待ち申し上げる。お疑いはご無用。皆様方のご無事はこの康実が確かに請け合い申す。ここにきて謀《たばか》りの策など九戸党は用いぬ。それを行なうぐらいなら先に火をかけておりまする」

康実の言葉に何人かが頷いた。

〈半分半分か……〉

康実は内心で思いつつ広間から辞去した。

しかし、満足が康実の胸に広がった。

十一

猪去城の包囲に戻った康実に待望の吉報が入ったのはわずか四半刻《しはんとき》（三十分）後のことだった。見張りは転がるようにして康実の前に駆け込んで来た。

「城の門が開かれましてござります！」

「降伏を決めたということか！」

「白旗が門の前に掲げられました！」

おおっ、と皆から歓声が発せられた。

「若！　やり申したな」

原田は腕を差し出して康実の手をがっしりと握った。康実の腕は震えていた。

「この戦さで一番の手柄にござりまするぞ」

「兄者も喜んでくれような？」

「むろんのこと。一滴の血も流さずに詮義を人質にできるなど……感服つかまつった」

原田は大きく頷いた。

「これで厨川で死んでいった者らにも面目が立つ。ありがたし」

康実の目から大粒の涙が零《こぼ》れた。

康実らは城の前に馬を並べて待ち構えた。

門の中から白装束に着替えた詮義と側近ら十名がゆっくりと姿を現わした。康実と原田は馬から降りて城に進んだ。

「人質なれば我らだけで十分であろう」

詮義は康実に声を張り上げた。

「城の者らには武器を捨てさせた。女子供はそのまま静かに待たせてある。九戸党の武者の道を信じたればこそ首を差し出した。さきほどの言葉に偽りはなかろうな」

「請け合ってござります。もしお望みとあるなら女や子供らを高水寺城の方へお移し申しても構いませぬ。我らの願いは詮義さまお一人を頼りにして詮経どのと喧嘩の談判をすることにござる。明日にも片が付けば詮義さまも即座にお放ち申し上げる」

康実は確約した。

「儂一人のことで何百もの兵を死なせることはできぬ。人質を恥とは思わぬ。好きに扱え」

詮義は土にどっかりと胡座をかいた。側近らもそれに従った。

「兄者が参るまで大広間でお待ちいただこう」

康実は原田と相談した。原田も頷いた。

「城は決して荒らさぬとお約束いたします」

康実は詮義に誓った。

「かたじけない。よろしく頼む」

詮義は深々と康実に頭を下げた。

康実は得意だった。斯波詮義と言えば陸奥に隠れもない名である。その男に頼りにされているという自負が康実を高揚させていた。

「城に入って馬を休ませよ。戦さは終わった」

康実は後ろに控える兵たちに叫んだ。

兵たちは腰の刀を抜いて天にかざした。

猪去城降伏の知らせは直ぐに厨川の出城を睨んでいる政実の下へともたらされた。九分通り勝算あっての戦さだったとは言え、やはり政実の陣は沸き返った。これで斯波詮経の喉元に刃を突き付けたことになる。特に浄法寺修理の喜びが目立った。永年の境界争いに一矢報いる結果となったのである。

「康実が単身で城に入ったと言うのか?」

政実は伝令に質した。康実の脇侍である。

「さようにござります。敵方は康実さまのお覚悟に恐れをなしたと思われまする」

「敵の城に一人で乗り込むとは……」

浄法寺修理は唸って、

「やはりあの気概《きがい》、余人にあらずと見ており申した。さすがに九戸党の軸柱ぞな」

康実を褒めそやした。

「かくなる上は一刻も早く猪去城へ。城の門を開けて殿のお成りをお待ち申しております」

伝令も頰を紅潮させて促した。猪去城を落とした暁には政実がそこに入り、人質を盾に斯波詮経との交渉に臨む手筈となっている。

「城に立ち返って詮義をこの陣に引き連れて参れ」

政実は床几にふたたび腰を沈めた。

「いや、城には別の者を行かせる。そなたは残って猪去城攻めの様子を細かく伝えよ」

「猪去城には入られませぬので？」

伝令は怪訝な顔で政実を見上げた。

「厨川の出城がまだ片付いておらぬ。我らが猪去城へ向かえば包囲が手薄となろう。城の中には百の騎馬兵が籠城しておる。三、四百の歩兵では簡単に蹴散《けち》らされる」

「お言葉なれど」

伝令は分を弁《わきま》えずに遮って、

「猪去城が降伏したと知れば厨川の兵らとて無駄な戦さを控えるに相違ございませぬ」

「だれがその降伏を知らせる？」

政実はぎろりと伝令を睨《にら》み付けた。

「我らの言葉を素直に信用すると思うか？」

「…………」

「無駄な戦さを早く終えるためにも詮義の首が必要なのだ。あやつを出城の門前に立たせればそれで終わる。康実にはそのまま猪去城を守るように使いを出す」

「すると……人質のおらぬ城に康実さまが立て籠もることになりますので？」

「女や子供らがおろう。それで十分だ」

「女子供は解き放つ約束を交わしました」

「ならぬ。和議が成るまで閉じ込めておけ」

「しかし……」

「なにが不服だ？」

政実は不愉快そうに伝令を見やった。

「康実さまとのお約束があればこそ敵も潔く降伏して参りました。それを反古《ほご》になされては九戸党の名に関わることと……」

「九戸党の名と多くの命を引き替えにせよと言うのか！」

政実は声を荒らげた。

「人質のおらぬ城であれば、もし和議の成らぬ場合に真っ先に攻められる。猪去城はろくな守りもできぬ平城だぞ。たった三百の騎馬兵でどうやって守る？　半日と保つまい。それでも女子供を解き放つと言うなら勝手にしろ。ただし俺の騎馬兵は引き揚げさせる」

「ご無体な！」

伝令は青ざめた。

「厨川の出城を落とせなかったことが今の事態を招いているのだ。策の変更も致し方あるまい。それに、うぬらは勘違いしておるな。猪去城を落として詮義を人質に取ればそれで勝ちと心得ておろう。本当の戦さはこれからだ。詮経の出方によって白紙に戻される。わずかの先手を取ったに過ぎぬ。なのに女子供らを解き放つなど何様のつもりだ？　女子供の首を城の前に並べるくらいの勢いがなくて詮経との談合はできぬ。鷹揚《おうよう》に攻めていては斯波勢に舐められてしまうばかりだ！」

ははっ、と伝令は身を縮めた。

「急ぎ詮義をここへ引き立てて参れ」

政実は別の者に命じた。

伝令はがっくりと肩を落とした。

「詮義どのに縄をかけてこの寒空を厨川まで引き連れると申すか！」

康実は政実の下知を受けて絶句した。

「しかも女子供を矢倉《やぐら》に押し込めろだと？」

「まだまだ安心がなりませぬ。高水寺城の詮経が和議に応ずるまで油断するなとのことでございます」

「女子供になにができる！　兄者らしくもない。九戸党の恥となろうぞ。違うか？」

憮然として康実は隣りの原田を睨んだ。

「いや、殿のお言葉の通りにござる。厨川の出城をそのままにするわけには参りませぬ。それには詮義どのを捕らえたと厨川の者らにはっきり示すのが大事。となればこの城に人質がおらなくなります。女子供を盾にするしかござりますまい。戦さの定法ですぞ」

「その定法を破って奇襲策を専《もっぱ》らとする九戸党ではないか。いまさら聞こえぬ」

康実は原田に詰め寄った。

「俺は詮義どのにしかと誓った。兄者はそれを知らぬのだ。俺がそう請け合ったと知れば頷いてくだされる。詮義どのにも縄目《なわめ》の恥を掻かせることはない。俺が同行すれば詮義どのも安心なされて素直に従ってくれよう」

「康実さまはこのまま猪去城を守るようにとのお言葉でござりまする」

政実の伝令は首を横に振った。

「詮義どののおらぬ城を守る意味などない」

康実は怒鳴りつけた。

「もし詮義どのの身に一つでも刀傷がつけば俺が末代までの笑いものとなろう。俺がこの身を張って詮義どのを投降させたのだぞ。それをすべて無にされては俺の面目が立たぬ」

康実は泣きそうな顔で原田に訴えた。

「そなたも側にあって聞いていたではないか。俺は九戸党の名にかけて約束した。兄者のためと信じて口にしたことだ」

原田もそれに頷いた。

「女子供をたった今解き放て」

康実は兵たちに言った。

「責めはこの康実が一身で負う。兄者からの下知が届く前に城から追いやったと聞けば兄者も諦《あきら》める。いかにもこの城の盾はなくなろうが、女子供を人質にして戦うのは九戸党の恥ぞ。必ず兄者も分かってくだされる」

「しかし……」

原田はさすがに困惑の色を浮かべた。

「女子供を盾にせねば戦えぬのか！」

「断じて。そうではありませぬが……」

苦渋の顔で原田は拒んだ。康実の言い分にも頷けるものがある。だが政実の采配に逆らうわけにはいかない。兵らも押し黙った。

「分かった。なればよい」

康実は荒々《あらあら》と立ち上がって、

「俺が兄者と掛け合う。兄者はこちらの様子を分かっておられぬのだ。直ぐに戻るゆえ女子供らを大事に扱ってくれ」

言い残すと部屋を飛び出した。

原田は思わず嘆息した。

「お褒めのお言葉はなかったのか?」

原田は伝令に訊ねた。

伝令は暗い顔で頷いた。

「厨川でのご失態をお許しではないのかの。一番のお手柄と思ったに……康実さまが憤慨なされるのも無理はない」

こうなれば自分も行くしかない、と原田は決めた。

「詮義どのの馬を用意しろ。まさかとは思うが途中でなにが起きぬとも限らぬ。五十の騎馬で移送する」

兵らはばたばたと立ち上がった。

十二

一刻半(三時間)後の真夜中に政実の軍は厨川の出城を制圧して中に入った。詮義が人質になったと知って城の兵らが武器を捨て九戸党に降伏してきたのである。この時刻ではもう猪去城への進軍も不可能と見て政実はここを今後の本陣と定めた。防備の面でも遥かに安全である。

詮義との正式な対面を果たす前に政実は広間に康実と原田を呼び寄せた。康実は肩を怒らせて広間の真ん中に座った。笑顔を見せているのは浄法寺修理だけであった。

「俺の下知が気に食わぬらしいの。猪去城を守れと命じたはずなのに詮義に同行するとはどういう料《りよう》簡《けん》だ。まず言い分を聞こう」

政実は康実を冷たい目で見据えた。

「厨川の兵らに詮義どのの書状を遣わすだけで事足りたと思いまする。なにもわざわざ縄目の姿を晒させることはござりますまい」

「それでも夜明けまでかかる。我らの兵が疲弊《ひへい》する。この寒空に野営の陣を張れば明日の戦さに差し支えがでよう」

「明日の戦さがあるとお思いでござりますか」

「だれにも分からぬ。それは詮経が決めることだ。我らに疲れがあると見れば弟の詮義の命など諦めて攻めてくるやも知れぬ」

「兄者は猪去城を落として詮義どのを人質に取れば九戸党の勝ちと申されました」

「後の始末を間違えねば、な。疲れ切った軍では、たとえ人質があっても勝てぬ。この堅牢な城に入れたことで勝ちは我らに傾いた。これでようやく安心できる」

「それならなぜそれを前もって我らにお教えくだされぬので？」

康実は食い下がった。

「言わずとも知れたことであろう。我らは敵地に踏み込んでおるのだ。兵らは鎧を着たまま眠らねばならぬ。疲れが直ぐに溜《た》まる。それを考えてやるのが将の務めと言うものだ。でなければ次の策が打てなくなる」

「…………」

「詮義になにを約束したか知らぬが、詮義とてその程度のことは覚悟しておる。無駄に部下を死なせたくなければ縄目の恥など喜んで受けよう。俺がその立場でもそうする。己れの恥を重んじて部下を見殺しにする者は将と言えぬ。約束など気にするな」

「女子供を盾とすることについては？」

「この厨川で三百二十もの兵を死なせておきながら、そなたはまだ分かっておらぬようだな。敵の命の方が味方よりも大事か？」

「そんなことは思っておりませぬ。女子供は戦さと無縁の身。それを盾にしては九戸党の名が廃《すた》るというもの。それよりは潔く刃を交わすのが九戸党の道にござりましょう」

「我らは奇襲を仕掛けた側だ！」

政実は眉を吊り上げた。

「奇襲を仕掛けてなにが正義と申す。夜盗が女子供の命を奪わなかったところで盗賊に変わりはなかろう。九戸党のなんたるかを貴様はなに一つ承知しておらぬようじゃの。敵は我らの名に怯えておる。だからこそ奇襲が効を奏すのだ。九戸党はなにをしでかすか分からぬ。その恐れが和議を早める。正義は喧嘩の理由だけでよい。喧嘩となれば容赦なく叩きのめす。手加減しては双方の傷がさらに深まる。人質のおらぬ城と分かれば敵は遠慮なしに火をかけてこよう。それでまた百やそこらの部下を失うのだ」

言われて康実は青ざめた。

「いかにも女子供を矢倉に押し込めろとは命じたが、殺せとは言うておらぬ。女子供を殺さねばならぬ事態に追い込まれたときは必ず負け戦さだ。そのときはさっさと城を捨てさせるつもりであった。俺がいつ女子供を殺した？　そんな男と思うたのか。人質があれば俺の兵が助かる。朝までは敵も様子を見るであろう。そのための策に過ぎぬ。貴様は己れ一人の体面が保たれれば兵がいくら死んでも構わぬと思うていたのではあるまいな」

「そうとは知らず……お許しあれ」

康実は床に両手を揃えた。

「単身で城に乗り込んだことも許さぬぞ」

それには広間の者たちも顔を見合わせた。

「幸いに上手く運んだゆえ詮義を人質に取れたが、あれは愚かな策でしかない」

「それはお可哀相なお言葉にござります」

原田が膝を進めて政実に訴えた。

「若はお命を捨ててかかられました」

「康実が殺されたとしてもそう申すか？」

政実は原田と向き合って、

「そのときは、そなた、責めを負って腹を切るつもりであったであろう」

「…………」

原田は無言で平伏した。

「それを貴様は承知していたか？」

政実はまた康実を見やった。

「原田には関わりがなきことと念押し致しました。皆の前でしかと申したはず」

康実は激しく首を横に振った。

「猪去城攻めは原田にすべて任せた。そこでそなたを殺しては原田もおめおめと生きてはおられまい。念押しなど通用せぬ。恐らく原田はそなたの厨川攻めの失策を知り、そなたの覚悟も知った上で許したのだ。まさかのときは腹を切って俺に詫びるつもりでな。迷惑な話だ。阿呆な弟の代わりに俺は忠臣を一人失うところであった。貴様がでしゃばらずとも猪去城は必ず落ちた。勝ち戦さと分かったものに命を張るのは間抜けの最たる者であろう。しかも将がそれをするとは……呆れて物が言えぬ。下手をすれば勝ちが負けに転ずる。貴様は己れが逆に人質となる恐れを一つも抱かなかったのか？」

「それは……むろん考えました」

「その後のことは？」

「必ず兄者が仇を取ってくれるものと」

「たわけ！」

政実の声が広間に響いた。

「貴様ごときのために九戸党と斯波が互いに全滅するまで戦さを続けろと言うのか！　思い上がりもたいがいにしろ」

「ははっ」

「いかにも貴様が人質となって殺されれば九戸党も引き下がるわけにはいかなくなる。仇も取ってやろう。だが、その戦さが我らになにをもたらす？　九戸党の三千はきっと死ぬことになる。貴様の我《わ》が儘《まま》のお陰でな。それを思えば迂闊な行動は取れまい。詮義が臆病風に吹かれたゆえ大事には至らなんだが、そうなる恐れは多分にあった。貴様は自分一人の命と心得ているようだが、それは前線の兵の心構えだ。将がそれをやっては滅びる。やるならなぜ原田を行かせぬ？　原田であれば敵も人質にはせぬ。原田の命を軽んじているのではない。それが策と言うものだ。敵将の弟を人質に取る策を皆が必死になって行なっているときに、俺の身内がのこのこと出向くとは……それすらも考えられぬのか」

皆は大きく頷いた。政実の言う通りであった。康実はぶるぶると肩を震わせた。

「将が奪われれば戦さは負けだ。この戦乱の世にあって武者の道など通用せぬ。九戸党はそうであっても、敵の心は分からぬ。二度と今日のような真似は許さぬぞ。それができぬと申すならただの兵となって働け。貴様に采配を預けていては何千もの兵の命が危うい」

「何もそこまできつく叱らずとも」

浄法寺修理が間に入った。

「手柄は手柄としてお認めになってやりませ。康実どのの潔さに詮義も感じたのでござる。運ばかりとは申されますまい」

「詮義も命を捨てて参ったのでござるよ」

政実は浄法寺修理に言った。

「おなじ命の捨て方でも康実とは異なり申す。詮義は兵の命を救わんとして自らを捨て申した。なのに康実は自らの意地を重んじて命を投げた。この談判、康実の負けにござる。他の者は認めても、この政実は認めぬ。ましてや敵への温情は勝った上で施すこと。それまで決して気を緩めてはならぬ」

「確かに」

浄法寺修理も唇を引き締めた。

「もはや猪去城に戻る必要もない」

政実は康実に命じた。

「ここで詮義の面倒を見よ」

康実はおろおろとした顔でそれに従った。

「原田、そなたはこのまま使者として高水寺城へ向かってくれ」

「手前ごときでよろしければ」

原田は勇んで身を乗り出した。

「敵にはまだ猪去城が落ちた知らせが届いておらぬかも知れぬ。その中で敵地を縦断し高水寺城を目指すは難儀が伴おう。襲われる覚悟で参らねばなるまい」

「承知つかまつりました」

「と言って百を越す騎馬兵を引き連れれば必ず奇襲と勘繰《かんぐ》られる。やはり十騎がせいぜいであろう。やれるか？」

「名誉と心得ましてござります」

微塵の恐れも見せずに原田は返答した。

「舟で参らせたらいかがなものか？」

浄法寺修理が申し添えた。

「高水寺城は北上川のほとり。ここから舟を出せば一刻とかかりませぬぞ」

「敵は川に目を光らせておるはず。見咎《みとが》められた途端に矢が飛んでくる。陸から隔てられた舟の上では使者じゃと叫んだところで声が届くかどうか。逃げるにも川を逆行することになる。馬の方がなにかと動きやすい」

なるほど、と浄法寺修理は得心した。

「して、使者の口上は？」

原田が政実に質した。

「詮義を人質として捕らえてあること。厨川の出城に浄法寺修理どのが参られてあること。修理どのの後見にこの政実が立っていること。それをまず申し述べよ。その上で、浄法寺修理どのの領地の民を殺《あや》めた詫びのしようによっては喧嘩の矛を納めると申せ。それに応じぬときは詮義の首を刎ね、猪去城と厨川の出城を焼き払って領地に引き揚げる。次は正面からの戦さも辞さぬと伝えろ」

「かしこまりました」

「頭を下げれば済むことだ。きっと詮経は和議に応じて参ろう。領民一人のことで多大な犠牲は払うまい。浄法寺修理どのを交えての会見の場所は……猪去城とする。期限は明日の夕刻まで。護衛の兵も百までは許すが、それ以上のときは宣戦布告と見做《みな》す。不要な陣立ても同様だ。妙な動きを察したときは即座に焼き討ちを実行いたす」

「護衛の数まで決めては警戒せぬものかの」

浄法寺修理は首を捻った。

「誘い出されて殺されると見るかも知れぬ」

「強気に運ばねば危のうござるよ」

政実は笑いつつ、

「なれば書面での詫びでも構わぬと申そう。それで詮経から騙《だま》し討ちの不安が失せる」

「それがよい。なにしろここは敵地にござる。詮経の意向次第で我らが反対に窮地に立つ」

浄法寺修理は安堵の吐息を洩らした。

原田は詮義の側近一人を道案内に用い、十名の精鋭を率いて高水寺城に向かった。厨川の出城からだと馬を飛ばしても一刻半は軽くかかる。いや、この夜道では二刻以上も要すると見なければならない。しかも街道筋には斯波の家臣らの館が点在しているのだ。

「争うのは本意ではないぞ」

原田は鞭を使いながら兵らに言い聞かせた。

「敵を見たれば真っ先に使者であると叫べ。一人二人が矢に倒れたとて立ち向かうな。それぞれが兜に白布を結び付けよ」

兵らは原田に応じて用意の白布をしっかりと兜に縛り付けた。布が広がって闇に靡《なび》く。

「たった一人でいい。なんとしても城に入る。そのためにも川村氏《かわむらうじ》をお守りしろ」

原田は詮義の側近を三人の馬で囲ませた。この側近があれば使者として信用される。

「乙部《おとべ》どのの館を先に訪ねてはいかがか」

川村は原田に策を授けた。

「乙部義説《よしとき》どのは本家の重臣。使者であると分かれば郎党《ろうどう》を与えて城まで案内してくれよう。騎馬兵での縦断は無理じゃ。この闇夜では誰何《すいか》もせずに襲ってくる。乙部どのなら手前も懇意にさせていただいておる。儂の言葉なら信用してくだされるに相違ない」

「乙部どのの館はいずこに？」

「北上川の向こう側で多少遠回りとなろうが、役目を第一とするならそれしかない」

「…………」

「儂とてそなたらを殺したくない。殺せばせっかくの談合が立ち消える。我が殿のお命とて危うくなろう。知らぬこととは言え、使者を殺せば斯波の名にも傷が付く。ここにきて妙な策は採らぬ。殿を人質にされていて儂になにができよう。無事にお届けしたいだけだ」

「なれば乙部どのの館にご案内を」

原田も腹をくくった。

「ただし、途中には大萱生《おおがゆう》どのや手代森《てしろもり》どのらの領地がある。大方の兵は厨川の出城に出向いていたはずだが、安心はできぬ。彼らは厨川に近いだけに南部勢を敵と心得ておる。もしものときは勘弁してくれ」

「承知。どの道を辿《たど》ったところで変わりはござらぬ」

原田は頷いた。

「ご貴殿は康実どののご家来ではなかったのか？」

川村は質した。

「若はまだ部屋住みの身にござる。脇侍を何人か従えておるだけのお人」

「我が殿がいたく感じておられた。こんな場合に口にしたところで致し方あるまいが、できれば姫の婿殿にでも迎えたい器量、と」

「それを聞けばさぞかし若がお喜びなされよう。後でお伝えいたそう」

「本気じゃぞ。追従《ついしょう》で申しておるのではない」

川村は原田の馬に近付けて言った。

「腹を割って話そう。それを土産に政実どのと和議がならぬものじゃろうか？」

「談判のお相手は詮義さまにあらず、本家の詮経さま。それに手前はただの使者。なんの権限もござらぬ」

「我が殿の婿殿に康実どのが定まれば九戸党と斯波は縁戚となる。喧嘩の種子《たね》が消える。我が殿が申されたことじゃ。嘘ではない。話しを通してくれさえすれば政実どのとて少しは真面目に考えてくれるに相違ない。我ら斯波も九戸党には一目置いている。喧嘩を続けて益のないのは百も承知」

「この和議が成るとお思いか？」

逆に原田は訊ねた。

「無体なことを押し通されぬ限りはな。康実どのの武者の道にかなった扱いについては、儂も本家にしかと伝えよう。詫びの代わりに領地を少し浄法寺修理どのにくれてやるくらいなら本家も異存はなかろう。それで我が殿のお命が救われるならありがたい」

「そうあって欲しいものでござるな」

「政実どのはそれで満足されるお人か？」

「約束を大切になされるお人である」

「じゃが、この戦さで死んだ者はことごとく九戸党ぞな。その程度では済むまい」

「それゆえの談合でござろうが」

「高水寺城を明け渡せとでも言われれば終いじゃ。本家の殿は断じて引くまい。そうなれば我が殿の身はどうなる？　明日の談合の前に、なんとしても今の話を政実どのにお通し願いたい。さすれば政実どのも本家に無体な要求をせぬはず。場が和《なご》やかに進む」

「分かり申した。お伝えだけはいたそう」

原田は請け合った。自分も川村の立場にあれば必死に政実の延命を図るに違いない、と思ったからであった。

「互いに悪い話ではない。であろう？」

川村は原田に繰り返した。

原田たちは北上川の岸辺を駆けていた。東の空が微《かす》かだが白みはじめている。乙部義説の館に行くにはどうしてもこの広い北上川を渡らねばならないのだが、橋はどこにも架《か》かっていない。舟を探す必要があった。それも馬を運べるほどのものとなれば簡単には見付からない。いたずらに時間だけが過ぎる。

「こうなれば弥三郎《やさぶろう》どのの館に参るしかないかの……」

川村は半分諦め顔で舌打ちした。斯波の領地ゆえ舟の調達に困ったことはない。それでたやすいと思っていたらしかった。

「弥三郎どのとは？」

「本家の殿のご三男に当たられる。この近くの犬吠森《いぬほえもり》の館にお住まいしておいでじゃが」

「そういうお人であれば話が通じやすい」

「しかし、気が荒い。すんなりとご貴殿らを受け入れてくれるかどうか。恐らくは高水寺城に駆け付けて留守になされていると思うが、もし館にあれば面倒なことにもなりかねぬ」

「和議の話には乗らぬと？」

「たぶんな。これ幸いとご貴殿らを取り押さえるかも知れぬ。温厚な乙部どのとは違う」

「なれど、この川を渡れぬでは……」

原田は北上川の濁流を見やった。渦を巻いて激しく流れている。たとえ舟が見付かったとしても尻込みしてしまいそうな勢いだ。

「留守じゃろう。行って見るか」

川村は自分に言い聞かせた。

「手前と二人だけで参ろう。もし直《す》ぐに館から戻らぬときは高水寺城を目指せ」

原田は部下たちにも指図した。

「まずいの……おられるらしい」

篝火《かがりび》に照らされた館を認めて川村の表情が強張《こわば》った。門前には五、六人の鎧武者が見られる。馬も慌ただしく出入りしていた。

「猪去城の奪回に向かう支度をしているのであろう。よほどの兵が集められているぞ。いずれも気が立っておろう。どういたす？」

「ここまで来て引き返すわけには参らぬ」

原田はゆっくりと馬を進めた。川村も仕方なく馬を並べる。

「儂が先に行く。話を通すまで待て」

川村が原田を制した。

「余計なことは言わん。和議のための使者を案内して来たとだけ伝える」

原田は少し考えて頷いた。川村は九戸党の陣立てや戦さの状況をつぶさに承知している男だ。このまま目の前の館に駆け込まれて戻らなければ原田の大失態となるのだが……。

「儂とそなたの願いは一緒じゃ」

川村は請け合って館に馬を走らせた。


じりじりと原田は待った。

川村が無事に館の中に消えてやがて四半刻が過ぎようとしていた。部下たちも後方の林に身を潜めて原田を見守っている。

〈お……〉

閉ざされていた門が開かれた。川村らしき姿が現われた。その背後に七、八人が従っている。川村は白旗を手に馬で駆けて来た。

「なんとか話がついたぞ」

川村は喜色満面で原田に叫びつつ接近した。

「危ないところじゃった。まさか和議の使者が来るなどとは思わず、夜明けを待って厨川と猪去城を包囲するつもりであったとか。これで我が殿の首が繋《つな》がった」

「それで……使者を受け入れてくれると？」

「おお。包囲したとしても後の策がない。長い戦さを覚悟していたようじゃ。政実どのがなにを言うてくるか、とりあえずは談合に乗るしかないと弥三郎どのが決めてくだされた」

「かたじけない。これで役目が果たせ申す」

原田は本心から頭を下げた。

十三

翌日の昼過ぎに政実は猪去城へ入った。

雫石《しずくいし》城と厨川の出城の包囲に当たっていた騎馬軍の半数も政実に従っている。五百近い騎馬軍があれば万一の事態となってもなんとか凌ぐことができる。脱出しやすいように歩兵はすべて厨川の出城に残してある。

「詮経はさぞかし肝を潰しましょうな」

猪去城の門前に整然と隊列を組んでいる騎馬軍を見渡して浄法寺修理は笑った。戦さに投じる歩兵は馬の十倍と見るのが通常である。近辺に必ず五千近い歩兵が潜んでいると斯波勢は見做すに違いない。その上、雫石と厨川にはまだまだ騎馬軍があるのだ。まさか歩兵よりも馬の方が多い陣立てとは想像しない。

「これを見ては戦さの気力が萎《な》える。たいがいのことは呑みましょう。談合に応じたことで、もはや斯波の負けは定まったようなもの」

浄法寺修理は庭から部屋に上がると上機嫌で胡座をかいた。

「南部勢が総掛かりで引き分けとなった相手でござる。それをたった一日の戦さで……ほとほと感服つかまつった」

「康実の不手際がなければ、もっと簡単に始末ができた戦さにござった。お恥ずかしい」

「そのことじゃが……」

浄法寺修理は上座にある政実に向かって、

「政実どのはちと康実どのに手厳しい。手前には無類の働きと見える。詮義が婿に迎えたいというのも無理はない。何不足のない弟御にござろう。いかにも政実どのの目からは多少物足りなく見えるのじゃろうが、どこに出したとて恥ずかしくない武者ぞな」

「欲しければ詮義にくれてやってもよい」

政実は苦笑いを浮かべて、

「手前の下におらねば、むしろのびのびと采配を振るえる男やも知れぬ」

「さよう。政実どのの下にあってはどんな鬼神とて霞んで見える」

「これはまた大袈裟な」

政実は珍しく爆笑した。

「失礼じゃが、お二人は似ておられる。それで余計に気を配られるのとは違うかの？」

「弟ゆえ似ていて当然にござろう」

「いや、本家の婿に入られた実親どのや久慈《くじ》の政則どのとは気性がまるで別じゃ。康実どのは政実どのの若い頃とそっくりにござるぞ。戦さを重ねればどこまでも伸びよう」

それには政実も小さく頷いた。

「なにが不足と申される？」

「実親のような者こそこれから必要とされる。手前など直ぐに時代から蹴落とされるであろうと見ている」

「なにを馬鹿な」

浄法寺修理は笑った。

「都から遠く離れた辺境で小さな戦さに勝ちをおさめたとて無意味なことにござるよ。この世は別の者によって変えられようとしている。坂の途中まではいかにも力が必要でござろうが、その後は先を読む頭が大事。手前にも康実にもそれが足りぬ。うるさく付《つ》き纏《まと》う蝿《はえ》を払うことはできるが……ただそれだけのこと。実親にはその頭がある。蝿を追うのは手前一人で足りる。一族の何人もが揃ってすることではなかろうと存ずる」

「…………」

「ま……」

政実は急に照れた笑いを見せて、

「要は康実を若死にさせたくないだけの理屈にござるよ。あの気性なれば必ず無理に走る。それを案じて叱ったまでのこと」

「やはりそうでござったか」

「むざむざと三百二十もの兵を死なせた弟を褒めるわけには参らぬ。修理どののお口添えには心底より感謝申し上げる。あれで康実もだいぶ心が晴れたはず」

政実は浄法寺修理に礼を述べた。


斯波詮経が十五人ほどの身内を従えて猪去城に現われたのは夕方間近だった。もちろん城に入った数がそれだけということで、随行の兵は百人に近かった。恐らく城を取り囲む形で千や二千の兵が配備されているのも間違いないだろう。

政実は城の大広間で詮経と向き合った。そこには人質となっている詮義も同席している。

「浄法寺修理どのの領民を殺めたことについては確かに詫びを入れよう」

詮経は政実を睨み付けて言った。さすがに奥州管領という矜持《きょうじ》は譲らない。

「今後は決して手を出すまい」

「それを書面にして南部本家と浄法寺修理どのの双方へ差し出していただきたい」

政実は顔色一つ変えずに命じた。

「それと……岩手郡を南部にお戻し願おう」

「…………」

「あの土地はもともと南部と関わりの深い場所。手前の預かる二戸とも隣接している。このまま放置いたせばまた争いの種子となる。土地の者らとて南部への帰属を望んでいると聞いてござる」

「それがつまり九戸党の談合か！」

いかつい男が床を叩いた。詮経の三男の犬吠森弥三郎であった。

「まあよい」

詮経は弥三郎を鎮めて、

「それ以上なにも望まぬとあれば岩手郡を差し出すことについても文句は言わぬ」

「岩手郡一つで当方は引き下がる」

政実は即座に応じた。

「弟をこの場で解き放ち、兵をこのまま引き揚げさせると言うのじゃな？」

「和賀《わが》や稗貫《ひえぬき》の者ら立ち会いのもとに岩手郡差し出しの念書《ねんしょ》を明日中に拵《こしら》えていただきたい。それを受け取れば直ぐに立ち去る」

「明日ではきついが……致し方なかろう」

詮経はあっさりと了承した。

「ずいぶんと簡単な談合でござったな」

政実の方が拍子抜けしていた。岩手郡は山林がほとんどという土地だが、境界の防壁としては重要な意味を持っている。そこを南部に奪われてしまえば心許無《こころもとな》い。当然、大反発があると見ていたのである。

「場合によっては長い戦さも覚悟して参ったが……この城を見て考えが変わった。女子供も大事に取り扱ってくれている」

詮経は口元を緩めて、

「二つの城こそ奪われたが……死んだ者の数は九戸党の方が多い。なのに道義を外さぬそなたの申し出を袖にしては笑いものとなる」

「これで後見の体面が保たれ申した」

政実は詮経に軽く頭を垂れた。

「ついでにもう一つの談合もしたい」

詮経は笑いを崩さずに言った。

「詮義と言わず、儂の孫娘の婿にお手前の弟御の康実どのを貰えぬものか？」

「孫娘どのの婿に！」

政実は唖然として詮経を見詰めた。

「川村から聞いた。南部の大黒柱であるそなたの弟御なれば願ってもない縁組。孫娘の兄の詮直は、いずれ斯波を継ぐ身。ぜひとも手を携《たずさ》えて斯波を守り立てて貰いたい。それが叶えば九戸党ばかりか南部本家とも縁戚となろう。無駄な戦さをせずとも済む」

その通りであった。

「康実ごとき未熟者で本当によろしいのか」

政実は頭で計算しながら確認した。弟の実親が南部本家の婿となっている上に康実が奥州管領の格式を誇る斯波の本家に婿として入れば九戸党の勢力は何倍にも膨らむ。詮義との縁組でさえ受けようと密かに考えていた矢先であったのである。

「すでに皆の同意も取り付けてある」

詮経が言うと身内らも大きく頷いた。

「本人はともかく、南部本家の許しを得なければならぬこと。即答はできかねるが……」

政実は何度も首を縦に振った。

「では南部どのの許しがあれば？」

「喜んで康実をお任せ申そう」

政実は詮経の前に両手を揃えた。

「なれば、もう一つ」

詮経は重ねた。

「さきほどの岩手郡のことじゃが……」

「……」

「南部にではなく、お手前に差し上げたい。念書もそのようにしたためる」

「手前にくださると？」

「縁戚となれば安心していられる。南部にくれてやって、別の者が領主となれば先々が面倒になろう。どうじゃ？」

したたかな男だ、と政実は内心で苦笑いした。政実を身内にしてしまえば岩手郡を奪われたことにはならない。

それでも政実は笑って頷いた。

濁り水

一

揉め事は覚悟の上で二戸《にのへ》の城に戻った政実《まさざね》は宗家の晴政《はるまさ》に、斯波《しば》との戦さの始末と、同時に詮経《あきつね》から持ち掛けられた康実《やすざね》の婿入り話を克明に書面にしたためて提出した。そもそも斯波との戦さとて宗家の許しなく独断で仕掛けたものである。岩手郡という要地を奪回しての和議に持ち込んだと言っても、本来なれば処罰を受けても仕方のない行動であった。しかもその岩手郡は南部宗家ではなく政実が預かるという形で和議が成立している。これも宗家を無視したやり方である。下手をすれば南部の一族の大半を敵に回しかねない。

政実は平気な様子で晴政からの返答を待っていたが、家臣たちは落ち着かない日々を過ごしていた。頼みの綱は宗家に婿入りした実親《さねちか》のとりなし一つであった。実親ならなんとか晴政の怒りを鎮めてくれるであろう。それだけを祈って家臣たちは返事を待ち続けた。

その実親が三十人ほどを引き連れて二戸の城にやって来たのは政実が報告の使者を遣《つか》わしてから四日後のことだった。大手門に迎えた家臣たちは実親の晴れ晴れとした顔を認めて一様に安堵の吐息を洩らした。

「お帰りなされませ」

戦さで大役を果たした原田が声をかけた。

「おう、無事であったか」

嬉しそうに実親は皆の顔を見渡した。

「三百以上を失ったと聞いて案じていた。まずは一安心。お館さまも勝ち戦さを喜んでおられる。運んで来たものはすべてお館さまよりの心尽くしだ。受け取ってくれ」

実親の言葉に皆は相好《そうごう》を崩した。


「渋々と認めるしかあるまいと睨んでいたが、祝いの品まで届けてくれるとは、お館も少しは周りが見えるようになったようだの」

広間で実親と向き合った政実は苦笑した。

「今の情勢で兄者とまでことを構えてはいられますまい。それを見越した上での揺さぶりであったとしたなら兄者もお人が悪い」

実親は困った顔で政実を見やった。

「和賀《わが》や稗貫《ひえぬき》を南部の傘下に加えぬ限り、この戦国の世にあって我らの先行きは危うい。それにはまず斯波を平らげるのが大事だ。お館に揺さぶりなどかけている暇はない」

「それでも……たった今でなくてもよろしかろうと存じます。南部が二つに割れそうなときに無理な戦さは怪我のもと」

「康実の婿入りについてもお館は認めたか」

実親の言葉を無視して政実は質した。

「はじめは戸惑っておられましたが、斯波との諍《いさか》いがなくなるのであればとやがて頷《うなず》かれました。婿入りの席では手前がお館さまの名代として祝いを述べさせていただきます」

耳にして皆は笑顔で頷き合った。

「信直《のぶなお》と北信愛《きたのぶちか》の力を侮れなくなってきたというわけだ。俺の機嫌を取って近々戦さに臨む腹と見たが、どうだ？」

「まぁ……そういうことでしょう」

実親は素直に首を振った。

「それでは困る」

政実はにやにやとして、

「八戸政栄《はちのへまさひで》の心底がまだはっきりと摑めておらぬ。どちらの味方にも回らぬと一応は約束しておるが、いざ戦さとなればそうも行くまい。そのとき信直に手助けすれば南部は取り返しのつかぬ泥沼に嵌《は》まろう。一族がばらばらとなって、最後にはそれぞれが孤立する。和賀や稗貫どころか安東《あんどう》や最上《もがみ》、伊達《だて》までここを好機と襲って来るぞ。お館と信直の口喧嘩《くちげんか》は望むところだが、戦さはまずい」

「ずいぶん身勝手な言い分に聞こえます」

実親は笑いを口の端に残しつつ言った。

「九戸《くのへ》党が力を広げるにはお二人の喧嘩が必要でも、それ以上のことは困る、と？」

「八戸政栄が信直につけばお館は戦さに勝てまい。俺がお館の側に回ってようやく六分四分。それを無駄な戦さと言うのよ」

「確かに」

「本当に戦さをすると言うなら信直の手足をもいでからだ。お館の力だけで戦さを六分四分に持ち込めれば俺も加勢に回る。そのときは八戸政栄とて信直を諦める」

「お言葉なれど、……今のお館さまにそのお力はございますまい。兄者の身勝手にもあっさりと目をおつぶりになられた。お膝元の三戸の中ですら信直どのと和議をすべきだとの声が高まっておりまする。以前のお館さまとは大違い。本家の力だけではとても信直どのの勢いにかないませぬ」

「すっかり本家の人間になりおったな」

政実はまたまた笑った。

「ほとほと困り果てておるので」

実親は膝を前に進めて、

「意地でもお館さまは信直どのに頭を下げますまい。しかしこのままでは多くがお館さまを見限るに相違ござらぬ。これでよろしいのか？　南部を二つに割る戦さは決してあってはならぬこと。それも重々に承知。なれど、放って置いて鎮まる喧嘩ではござりませぬぞ」

「津軽の大浦為信《おおうらためのぶ》に書状を遣わした」

「いつのことで？」

初耳だった実親は首を傾《かし》げた。

「斯波との戦さを期してからだ。俺が南を攻めようとしているときに北の津軽で旗揚げされては迷惑。やるのはかまわぬが俺の戦さが終わってからにしろと言うてやった」

「やるのはかまわぬ……」

実親はあんぐりと口を開けた。

「為信は必ず立つ。そういう男だ。しかし、もともとは九戸に所縁《ゆかり》のある者。九戸のために多少は融通を利かせてもよかろう」

「まったく……呆れた理屈にござります」

「その礼として為信が旗揚げしたときは九戸党も追討の戦さに加わらぬと約束した」

「なんと！」

「津軽の中だけの戦さであれば、な。本家にまで火の手が伸びてきたときはその限りではない。やむなく為信を討たねばなるまい」

「それに為信は返書を？」

「よこした。しかと明言しておらなんだが承知したはずだ。この時点で為信に動きが見られぬところを思えば約束を守っているのであろう。そのお陰で斯波との戦さが無事に済んだ。あやつ、なかなか利口な男だぞ」

「信じられませぬ」

実親は大仰な溜め息を吐いた。

「兄者の考えがまた見えなくなって参った」

「為信の蜂起こそお館にとっては幸いであろう。それが分からぬおまえでもあるまい」

「…………」

「為信がもし石川城を攻めて高信《たかのぶ》どのを討てばどうなる？　父親の高信どのの威光あってこその信直ではないか。南部のだれもが高信どのには一目置いている。敗れたと知れば信直に傾いていた連中が一気に遠ざかる。すなわち形勢が逆転するということだ。お館に従う連中が増大しよう。信直に従う者は北信愛一人ぐらいしかおらなくなるやも知れぬ。そうすれば八戸政栄も躊躇《ちゅうちょ》する。戦さをせずに和議が纏まる可能性とて出てこよう」

「為信ごときに高信どのは討てますまい」

実親は断言した。

いかに力を蓄えていると言っても大浦勢は二千の兵力がせいぜいである。一方、石川城を中心として津軽には南部の出城が六箇所に築かれているのである。その兵力は合わせて六千以上にもなる。どう見ても勝ち目がない。

「真正面の戦さを仕掛けては、な」

政実も頷いて、

「が、相手を高信どの一人に絞るなら策の施しようがある。俺なら試すぞ」

「まさか……」

実親の顔色が変わった。

「兄者は為信にそれを指図しようと――」

「考えているところだ」

しれっと政実は言い切った。

「今のこのとき、なにが肝要か心を鎮めて考えてみるのだな。もはや道義や綺麗事では済むまい。俺がお館の味方に回ると宣言しただけで戦さが避けられると申すなら今日にでも喜んで言うてやる。だが、無理だ。八戸政栄をこちらに取り込まぬ限り戦さの趨勢《すうせい》は分からぬ。北信愛の動きはよく摑めぬが、八戸とは隣り合っている領地。もし政栄を敵にすれば真っ先に攻め込まれる。それを見越して必死の繫《つな》ぎを取っているに違いない。政栄の心は七分以上信愛の側にあると見做《みな》して間違ってはおらぬはずだ。ここで俺がお館の旗の下に兵を動かせばたちまち大戦さとなる」

「だからと申して――」

「聞け」

実親を制して政実は続けた。

「俺はだれのためでもなく俺自身や九戸党のために大戦さを案じておる。九戸党は確かに強い。が、それは南部という鎧あってのものだぞ。鎧を剝がれてしまえば、いかに九戸党とて危うくなる。まだ九戸党だけの力でこの荒海を渡ってはいけまい。五、六万の大軍を率いる最上に七、八千の九戸党がどうやって戦う？　最上ばかりか伊達や安東も居る。形だけでも南部の鎧はまだまだ外されぬ。九戸党は八千でも、その背後に四万の南部勢力が控えていると思わせ続けるのが大事なのだ」

それには実親も頷いた。

「一族同士の戦さはまずい。と言って歴とした宗家の威勢がないがしろにされては示しがつかぬ。となれば、こっそりと陰で糸を引き、お館に勢いをつけるしか方策がなかろう。信直が頼みにしている高信という大黒柱を失えば情勢はがらりと変わる。俺が戦さをできぬ立場にあるゆえ思い付いた策だ」

「それが洩《も》れればおなじです」

「だれが洩らす？　おまえか」

「為信が城攻めに失敗して高信どのに詰問されるということも有り得ましょうに」

「死んでも口を割るまい」

「必ず為信が勝つと自信を持っておられるような口振りでござりまするな」

「勝つための策しか俺は考えぬ」

政実は笑って実親を見据えた。

「聞かなかったことにいたします」

実親は政実に両手を揃えて頭を下げた。

「信直どのは義理と申しても手前の兄。その親の城を攻める相談に耳は貸せませぬ」

「義理の親の苦境は見捨てても、か」

政実に言われて実親は詰まった。

「このままではお館の先はない。弟のそなたの頼みだとて俺は立たぬ。ここで立てば俺も九戸党も滅びる。今のが最善の策だ」

「敵に内通して身内を滅ぼすことが、ですか」

「身内同士が争うこととて恥と心得よ」

「…………」

「己れの定めた跡継ぎを忘れ、生まれて間もない赤子をそれに替えて据えようとするお館も阿呆だが、この乱れた時代にあって自らさらに一族を分断する道を選びし信直はもっと阿呆だ。あんな者に南部を任せられぬ。それを支える高信や信愛も同然であろう。南部を取り囲んでいる敵の心配がなければ俺が兵を率いて一掃してやるところだ」

「そのお言葉で双方を諌《いさ》めてくだされ」

「諌めてどうする？　ここで和議となれば年端のいかぬ赤子を我らの盟主となすか、阿呆の信直を頭に戴かねばならなくなる。どちらもごめんだな。この機会に信直には跡継ぎから退いて貰い、お館にも詰まらぬ夢を捨てていただく。それが南部の生き残る唯一の道だ。それには戦さの危機を煽《あお》り、そなたを仮の世継ぎに定めて俺と九戸党が守り立てて行くしかあるまい。己れの欲と他の者らは見るかも知れぬが、この政実、それほど安い男ではない。すべては南部のためにすることだ」

「とうてい分かっては貰えますまい。血を分けた手前とて困惑を捨てられませぬ」

頷きつつも実親は嘆息した。

「おまえが弟でなくとも……今のおまえであれば俺は南部の棟梁に推す。赤子や信直では大事が務まらぬ」

「阿呆と申されましたが、信直どのは手前などより遥かに利口なお方にござる」

「頭と器量は別物だ」

政実は軽く一蹴して、

「この話はよそう。おまえはもう九戸の者ではない。それをつい忘れていた」

「手前は今も九戸党の一人にござります」

実親は憤慨した。

「いかにもそなたの性質《たち》では素直に首を縦に振れまい。これ以上は言わぬ、聞かぬ、が互いのためと言うもの。ただ、南部の悪いようには運ばぬ、それを信じているがよい」

「為信は兄者と違いまする。策を授けたところで高信どのの敵ではありませぬぞ」

それでも実親は言いつのった。

「兄者の策は兄者ご自身がやってこそのもの。他の者ではやり遂げられぬ。こたびの失策も康実に兵を預けたからでござりましょう」

「それでも勝ちは勝ちだ」

政実は実親を睨み付けると同時に康実にも目を動かした。康実はうなだれていた。

「この話はやめると言った。康実の件まで持ち出すことはあるまい。康実もあれで大きくなった。斯波に婿入りする身だぞ」

「兄者にお願いいたす！」

その康実が思い詰めた顔で進み出た。

「婿入りの話、なにとぞ反古《ほご》にしてくだされ」

「なんだと？」

政実は怪訝な顔で康実を見やった。

「斯波と言うが、孫娘の婿ではろくな働きができぬ。まだまだ手前は兄者の下に居て戦さの腕を磨きたい。いまさら反古にできぬと申すなら婿入りを二、三年延ばしてくだされ」

「おまえのような者をあの斯波がくれと言うておるのだ。思い上がるでない」

政実は康実を退けた。

「数年を経ずして斯波の家督は今の詮経どのから詮愛《あきちか》どのへと譲られよう。そうなればそなたは奥州管領斯波家の娘婿となる。なんの不足がある？　衰えたとは言え斯波は南部に勝る格式の名家ではないか。今の世でなければ九戸の田舎武者を婿にくれなどとは言わぬ。反古にするなど、ほどほどにいたせ」

「手前は九戸党に要らぬということで？」

泣きそうな顔で康実は迫った。

「この実親兄者のときはことごとく婿入りの話を断わったはず。そうしてお側に置かれたではござらぬか」

「相手は斯波だぞ。実親のときとは異なる」

「…………」

政実は呆れ返った。

「好き嫌いで言うておるのではないわ。そなたのためを思って受けた話だ」

「若ければ俺が婿に入りたい」

どうっと皆は爆笑した。

「そなたの働き次第で斯波はまだまだ盛り返すことができよう。実親が南部の棟梁となり、斯波をそなたが自由に動かせるようになれば奥州ばかりか坂東まで九戸党の騎馬軍が駆け回るのも夢ではなくなる」

「坂東……」

康実は顔を上げた。

「なにも戦場だけが男の働き場ではない。斯波で器量を試せ」

有無を言わせず政実は話を切り上げた。

〈まったく……〉

なぜこんな単純な話がすんなりと運ばないのか、と政実は軽い苛立ちを感じていた。自分が実親なら直ぐに得心する。康実なら喜んで斯波に己れの未来を託するであろう。異を唱えるだけ弟らが成長したのだ、と自分に言い聞かせるしかなかった。

二

それからおよそ一月半がなにごともなく過ぎた。ところは変わって津軽《つがる》。

この夜、為信の在る大浦城では賑《にぎ》やかな祝宴が催されていた。一月ほど前から進めていた堀越《ほりこし》城の修復が完成とは言わぬまでも一段落ついたことの祝いであった。崩れた石垣の大方は積み直され、濠や本丸の整地も進んでいる。あとは時間の問題である。

祝宴の主賓は高信に仕えている三人の重臣たちであった。堀越城は大浦一族の所有する城であったが、だいぶ昔に荒れ果てて今は用いていない。石川城に近過ぎるというのも放置してきた理由の一つだった。南部に恭順《きょうじゅん》しているとは言え大浦一族は油断がならないという見方をされている。郡代の寝起きする城の間近に為信の息のかかった城があっては警戒されよう。それで修復を遠慮していたのだが、いかにも見苦しい。先祖にも申し訳が立たない。為信はさらなる南部への忠誠を誓った上で高信へ城の修復を願い出た。当分は南部勢の出城《でじろ》として使っていただいてもかまわぬ、とまで言った為信に高信は喜んで認可を与えた。工事のすべては為信が請け負うと言うのだから文句はなかったのだろう。むろん話をそこまで運ぶには為信も苦労している。足繁《あししげ》く高信の機嫌取りに石川城を訪れたのだ。はじめは警戒の色を見せていた高信も今ではすっかり心を許している。だからこそ城の修復にも快く頷いてくれたのである。

「連中はどうしている？」

自室に戻って鎧に着替えた為信は祝宴を抜け出してきた側近に小声で質した。

「じきに酔い潰れましょう」

「もうしばらく引き止めておけ。朝にはことが終わっている」

為信は大きく頷いて薄笑いを浮かべた。

「首を刎《は》ねるのは簡単でございます」

「この城ではやるな。どうせ明日は主人なしの身となる。連中は高信あっての者ら。なにもできまい。やるとすれば連中に従ってきた郎党《ろうどう》らもことごとく殺さねばならぬ。一人でも取り逃がせば策が乱れる。それよりは夜明まで遊ばしておくのが一番だ」

「お伴できぬのが残念でございます」

側近は悔しそうな顔をした。

「おまえまで居なくなっては疑われる。俺に任せておくがいい。これで石川城に守りの要の三人はおらぬ。老いぼれの高信一人が相手だ。負ける気遣いはなかろうよ」

為信は自分に言い聞かせて立ち上がった。並の者より頭一つ抜けた巨漢であった。側近は惚れ惚れとして鎧姿を見やった。まだ二十四という若さでもある。気力が全身に漲《みなぎ》っている。勝てる、と側近も信じた。

「いよいよこの日が参りましたな」

「これで後戻りはできぬぞ。南部との長い戦さが今日よりはじまる。俺が死ぬ日まで戦さの日々は終わるまい。緒戦が高信とあっては相手にとって不足なし。あとはその勢いで蹴散らすだけだ」

為信は庭に出て裏手へと回った。

すでに戦さの用意を整えた武者たちが四百ほど馬に乗って待ち構えていた。

「まず堀越城を目指す。それまでは互いに口を利くな。石川城にある敵の数は多くて三百。城の門を開けて忍び込めれば勝ちは我らのものだ。大半は眠りこけておろう。修復祝いの酒も届けてある。しかし狙いは高信一人。真っ先に寝所を取り囲め」

兵たちはしっかりと頭に刻み込んだ。

「必ず勝て。夜襲を仕掛けて敗れれば末代までの恥だ。大浦の名が廃《すた》る」

「お任せあれ」

二陣の五十騎を預かっている森岡信光《もりおかのぶみつ》は槍をしごいて為信に請け合った。先陣の纏めは堀越城の修復の人夫として半月前から石川城を睨《にら》んでいる折笠与七《おりかさよしち》である。折笠も今頃は鎧に着替えた八十人の兵たちと為信の到着を待ち望んでいるはずだ。

「五百に三百……負ける戦さではなかろう」

為信は勇んで兵らの先頭に立った。

やがて為信は石川城と数丁も離れていない堀越城に入った。人夫らの寝泊まりしている小屋が本陣となる。城から見渡す石川の城下はすっかり寝静まっていた。

小屋の前の広場には夥《おびただ》しい弓矢の他に梯子や槌《つち》などが用意されている。弓と矢は石垣を整える土《ど》嚢《のう》と称して俵に詰め込んで大浦から運んだものである。梯子や槌は修復のために必要な道具だ。が、それは石川の城の門を打ち破る道具にも転じる。その総量は荷車で二十台にも達するであろう。もし当日に大浦から運ぶとなれば歩兵を百人も使わなければならない。歩兵の数の調達より、問題は時間である。荷車を牽《ひ》く歩兵と行動を一緒にすれば大浦から石川の城まで半日以上を取られてしまう。今のように山道を抜けることもできない。それではきっと奇襲を敵に悟られる。為信は騎馬兵だけで動けるように重い武器や道具を堀越城にあらかじめ運び入れる策を採ったのであった。

「石川城の様子はどうだ?」

兵らに武器や道具を配分しながら為信は折笠に訊ねた。

「たっぷりと酒を届け申した。夜半にまた届けると門衛には言ってありまする。少しも疑ってはおらぬようで。手前らをただの人夫と見做しておりましょう」

折笠と八十人の者たちはこの日のために雇い入れた兵である。すべてこれまで津軽では顔の知られていない者たちばかりだ。

「城の門を開けるだけでいい。あとはなんとでもなる。あの城を落とした暁には一人残らず大浦党の武者として抱えてやる。よく頑張ってくれた」

「いくつかの戦さにでましたが、今夜ほど楽な戦さははじめてでござる。まさか敵の目の前に本陣を築くなど……感服つかまつりました。兵らも終生大浦党のために命を捧げるつもりになっております」

折笠は本心から為信に言った。

「はじめる。酒を城に運べ」

為信は気持ちを引き締めて折笠を促した。

城の門衛は四人。重い瓶《かめ》を乗せた荷車を牽いて門を潜った六人が門衛を襲い、扉を開ける策であった。城にはまだいくつかの門があるが、もはや門衛は居ない。折笠率いる八十人が梯子で塀を攀登《よじのぼ》り、抱えた柱で扉を破壊し、武器庫や矢倉に火を放つ。その混乱に乗じて一気に騎馬兵が城の奥深くまで攻め入る手筈となっている。二陣を率いる森岡の役目はひたすら高信の首を刎ねることだ。その他の三百五十が援護を引き受ける。

「城に火の手が上がるまで我らはここに潜んでいる。無駄死にをするでない。門を開き、火を放ったれば早々に引き揚げよ」

「かしこまってござる」

折笠は酒を積んだ荷車を先頭にして城へと向かった。太い柱を十人ほどが抱え、梯子や槌を肩にした集団はいかにも異様であった。

〈高信を失えば南部は仰天するぞ〉

為信は石川城陥落の知らせが南部全体に伝わることを想像して武者震いを覚えた。

三

津軽の異変の詳細を早馬に次いで政実にもたらしたのは長牛友義《なごうしともよし》であった。津軽と鹿角《かづの》は近い。その動転ぶりは自らが馬を駆《か》って二戸にやってきたことでも明らかだった。

「あの勢いでは戦さがどこまで広がるか分からん。早く手を打たねば南部が傾く」

友義は肩で息をしながら政実に訴えた。

「石川城ばかりか、その日のうち小山内《おさない》の守る和徳《わっとく》城も落とされた。たった四、五百の騎馬軍にじゃそうな。侮れぬ。油断のならぬ男とは耳にしていたが、戦さにでたのはこたびがはじめてであろう。どこで戦さの術を身に付けたものか……派手な勝ち戦さに大浦党の気勢が上がっておる。僅《わず》かの手勢で南部の芯柱を葬ったのだ。それも当たり前。まさか高信どのほどのお人が初陣《ういじん》の為信ごときに敗れるなど……分からんものだの」

友義は消沈していた。悲しみより驚愕の方が勝《まさ》っているらしかった。石川高信と言えば二十以上の戦さの先陣に立ち、敵をことごとく葬り去った豪勇の者である。年老いたとは言え夜襲程度に怯《ひる》む人間ではない。

「修復中の堀越城を本陣としたそうだが、もし最初から夜襲を狙っての修復であったとすれば恐ろしい。あの高信どのすら見抜けぬ策を若造が施したことになろう」

「……………」

「敵に首を刎ねられるを恥として高信どのは本丸に自ら火を放ち自刃なされた。城の者らもすっかり眠りこけていたそうな。当夜は高信どのの重臣どもらが大浦城の祝宴に招かれていたそうだが、もしやその者らが高信どのを裏切ったわけではあるまいの？」

そうとでも考えなければ俄《にわ》かには信じられない敗北である。

「津軽の郡代に仕える者が、たかだか千やそこらの手勢しか持たぬ為信に寝返るなど有り得ぬ。祝宴は高信どのを油断させる策」

「いかにも」

友義も納得した。

「和徳城を攻めたのも、勢いというよりは保身のためでござろう。間近の和徳城を落としてしまわねば石川城を奪った意味がなくなる。夜明までに石川城を落とし、その知らせが和徳城に届かぬうちなれば奇襲ができる。しかもその日は五月五日の端午《たんご》の節句。和徳城も祝宴で浮かれている」

「はじめからその日を選んで待っていたということか？」

「でござろうな。石川城に長く腰を据える気であれば和徳城が邪魔になる。手前の睨み通りであるなら為信は石川城にて態勢を整えるつもりでおるに違いなし。他の城にまで手を広げる力はなかろうと存ずる」

「じゃろうか？」

友義は意外な顔をして政実を見詰めた。

「請け合ってもよろしい。次からは南部の目が光っており申す。奇襲はもはや通じぬ。千や二千の兵力では無理と為信も諦めておりましょう。安心して鹿角に戻られよ」

「なるほど、もはや奇襲は通じぬ。確かに政実どのの申される通りだ。儂としたことが迂闊であった」

友義は安堵の笑いを見せた。

「されど当分は我らの報復もできますまい」

政実は動揺も見せずに言った。

「狭い地域に石川、和徳、堀越と三つの城が固まっている。そのことごとくが為信の手にあれば、たとえ一万の兵を投じても取り戻せるかどうか……南部に結束があるときでも厄介な戦さにござる。ここは堪《こら》えて為信を見逃すしかありますまいの」

「それで南部の面目が立とうか？」

「立つも立たぬも、だれが報復の戦さに自ら名乗りを挙げるとお思いか？」

逆に政実は質した。

「お館は高信どのと喧嘩の最中でござった。むしろうるさい相手が居なくなって喜んでおられよう。報復の兵などださぬ。信直どのは親父どのの仇を討ちたかろうが、今はそれどころではない。北信愛《きたのぶちか》どのの城に匿《かくま》われている身。一歩でも抜け出せば危ない。津軽の出城にある者らは己れのことゆえ兵を整えるであろうが、せいぜい三、四千。それではとうてい石川城を奪回できぬ。つまり、ここは為信を捨て置くしか方策がござらぬよ」

うーむ、と友義は唸った。

「ここで踏ん張りを見せて信直どののために働く者があるとお思いであるか？」

「ま……なかろうな」

友義は暗い顔で認めた。信直を支えていたのは高信の存在だったのである。宗家晴政の後見役として長く南部に君臨してきた高信があればこそ信直への信任が集まっていた。肝心の高信が死んでしまっては信直の影が薄れる。

「南部はこれからどうなるのじゃろう」

友義は先を思って吐息をした。

そこに側近が慌ただしく床を踏んできた。

「実親さまがお見えでござります」

「本家からの使者としてか？」

政実は一瞬眉をしかめた。

「いえ、石川城のご報告であるとか」

「分かった。別室に案内いたせ」

政実は側近に目配せして腰を上げた。

「もしや信直どのを攻める出陣の要請ではあるまいの？」

友義は複雑な顔をして言った。今が好機であるくらいは友義も承知している。

「そうだとしても九戸党は動かぬ」

政実はきっぱりと口にした。

「それをやれば八戸政栄が動きますぞ。あのお人は道義を重んじる。どちらにも従うなと申して内紛から八戸を遠ざけたのは手前でござる。その手前がお館に味方すれば、勝ち負けを捨てて信直どのの援護に回ろう。手前と八戸が動かぬことで辛うじて大戦さを逃れているのでござる。それは実親も承知。安心召され。まずその話ではありますまい」

政実は友義をそのままに別室へと向かった。

「ついに兄者の申した通りになりましたな」

実親は頬を痙攣《けいれん》させながら睨んだ。ここには政実と実親の二人しか居ない。

「戦さの様子を詳しく調べ申した。まことに周到な策。とてもあの為信ごときに立てられる策ではありませぬ」

「お館は手を叩いて喜んでおろう」

政実は制して訊ねた。

「これからどうする気なのだ？」

「お答えくだされ」

「なにをだ？」

「兄者が引いた図面でありましょう？」

「知らぬ」

政実は即座に応じた。

「手前には兄者の得意とする戦法に思えます。俵に武器を詰めて城の間近に運び込んでおくなど、余人には思い付かぬ策にござる。戦さ慣れしておらぬ為信にそれが閃《ひらめ》きましょうか」

「俺にも思い付きそうにない。そうか、為信にそれほどの知恵があったか」

「おとぼけ召されるな。騎馬兵だけで攻め込むために武器をあらかじめ移送していたのでござりますぞ。よほど騎馬の戦さに熟知した者でなければ考えつかぬこと。為信が馬を得意とすることも耳にしておりませぬ」

「策士を召し抱えたとも考えられる。戦さとはなにが起きるか分からぬものだ。高信どのもおまえと同様に為信を侮っていたのであろうな。俺ならなにを言われたとて目の前に敵の城を作らせぬ。自業自得だ。さすがの高信どのも勘が鈍っていたとみえる」

「高信どのに責めがあったと申されまするか」

「為信の策に驚く前に高信どのの驕《おご》りを己れの自戒にせよと言うておる。大浦党は油断がならぬと常々申していたのは高信どのご自身ではなかったか？　為信の若さと大浦党の手勢の少なさにそれを忘れたのだ。夜襲と言うが、あれは正々堂々たる戦さだ。僅かでも気持ちを引き締めておれば蹴散らせたであろう」

「詭弁《きべん》にござります」

「どう取ってもかまわぬ」

「まさか本当にやるなど……」

「知らぬことだと言うたであろうに」

政実は苦笑いした。

「あの数で石川城を奪うとは……恐ろしい」

政実がなにを言っても信ぜず実親は続けた。

「過ぎたことを言うても仕方なし。さきほどのお訊ねにござりまするが……お館さまは即刻に八戸政栄どのへ出馬の書状をしたためました。高信どの自刃と聞いて三戸《さんのへ》の城はまるで祭り騒ぎのようでござりましたぞ」

「俺にではなく八戸に書状を書いたと？」

それは政実にも意外な話だった。

「お館さまの得意となされる揺さぶりにござる。いざとなれば兄者はお味方についてくださると見ているのでありましょう。勝ちが決まったかのようにお館さまは上機嫌の毎日」

「困ったお人だの」

「政栄どのが立たずともお館さまは剣吉《けんよし》城を攻める覚悟を定められました。遅くとも半月後には皆さま方に出陣の命令が発せられましょう。戦さにはさせぬと兄者は申されたが、果たしてどうなりますやら」

「そなたはどう見ている？」

真面目な顔に戻して政実は問い質した。

「正直なところ見当がつきませぬ。東政勝《あずままさかつ》どのや七戸家国《しちのへいえくに》どのはお館さまに従うと睨んでおりますが、剣吉城に近い浅水《あさみず》城の南慶儀《みなみのぶよし》どのは十中八九あちらに。これに八戸政栄どのが加わればどう転ぶか……手前は政栄どののご心底を確かめてからと再三申し上げたのですが、お館さまは勝てると見たようで」

「戦さなどする必要がない」

政実は憮然として言い放った。

「ここは駆け引きで十分だ。なんでそれがお館には分からぬ。為信の脅威がじわじわと広がれば内紛などしているときではないと皆が思い至る。だれも信直に従わなくなろう。それをじっと待つだけでいい。津軽をそのままにして信直を攻めればお館まで見限られる。ほとほと間抜けなお人よな」

「許せぬのでござります。お館さまは和議を結ぶつもりなどござりますまい。お館さまは……まさしく恨みの鬼となられました」

実親は言って目を瞑《つむ》った。

「城内の社《やしろ》に日参し、信直どののお命を縮める祈禱《きとう》を繰り返しておられます」

「なんとしても首を刎ねるというのか」

政実は天井を仰ぎ見た。

「阿呆の下に居ては……なんの策も役立たぬ」

政実は珍しく大きな溜め息を吐いた。

四

「たった六人の配下を引き連れて来ただけじゃと？」

実親から聞かされて晴政は舌打ちした。

「近くに陣営は？」

「設けておりませぬ。兄ばかりにござります」

実親は目を床に落として応じた。

「では、なんのために政実が参った？」

苛々と晴政は質した。政実から今日の昼過ぎに三戸入りするという旨の使者が遣わされたとき、晴政は己れの策が成ったと快哉を叫んだのである。信直の籠《こ》もる剣吉《けんよし》城を攻めるに当たって真っ先に政実へ出馬の要請をしなかったのは晴政の周到な計算であった。政実の出陣を耳にすれば八戸政栄が必ず反発する。下手をすれば敵に回しかねない。むしろここは八戸政栄こそ頼りにするのが大事と晴政は考えた。八戸政栄も宗家から目をかけられて悪い気がしないだろう。そして八戸勢が動けば政実も動転する。信直攻めの手柄を失っては一大事と見て軍勢を引き連れて三戸へ結集するに違いない。その目論見《もくろみ》で実親を政実のところへ遣わしたつもりだったのだが……。

「戦さをせずとも、いずれお館さまに流れが向くと兄は申しておりました」

「いずれとは、いつのことだ」

晴政は実親を制して、

「己れは勝手な戦さばかり繰り返し、この儂にはならぬと言うのか。合議にも加わらず、儂の定めたことに文句だけつける。そなたの兄ゆえ許しておるのじゃぞ。いずれなどと悠長なことを言うておる場合でないのはそなたも承知であろう。信直を匿っている北信愛は着々と手を打っておる。八戸とも繋ぎを取っておるに相違ない。のんびり構えておればなにが起きるか……政実は己れのことしか考えておらぬようじゃの」

「申し訳ござりませぬ」

「真っ先に頼りにせなんだのを政実は怒っておるのか？」

「それは決して」

実親は首を横に振った。

「鶴千代《つるちよ》をここに呼んで参れ」

晴政は控えている側近に命じた。

「まだ二つにもならぬ鶴千代の顔を見れば政実とて不憫《ふびん》に思おう。南部宗家の嫡男に生まれながら先行きが定まらず怯《おび》えておる」

「ご心痛、お察し申し上げます」

溜め息を吐きつつ実親は頷いた。

「政実をここへ」

晴政は怒りを鎮《しず》めて実親を促した。


「よくぞ参ってくれた。心強い」

政実が広間に顔を見せると晴政は満面に笑いを浮かべて正面の席を勧めた。政実は晴政と、その傍《かたわ》らに眠っている鶴千代に対して深々と頭を下げた。

「大きくなったか？　どう見える」

晴政は笑いを崩さず続けた。

「儂はこの通りの老いぼれ。鶴千代の面倒は実親に見て貰わねばならぬ。近々、後見役を命ずるつもりでおる」

「それは手前にとっても名誉なこと」

弟のために政実は礼を言った。

「南部の大黒柱はもはや九戸党ぞ。そなたにも頑張って貰わねば。頼りにしておる」

晴政は政実に軽く目配せした。

「信直どのと和議をなされませ」

政実はいきなり切り出した。

「もはや無駄な戦さにござろう。高信《おやじ》どのを失っては信直どのの命運も尽き申した。放っておいても信直どのに味方する者は居なくなりましょう。和議を結び、その上で南部勢を一堂に集めての合議をなされればよろしい」

「この好機をむざむざ逃せと言うか」

晴政の眉が吊り上がった。

「これまでの恩義も忘れて宗家に矢を向けるなど断じて許すまじ。信直はもとより信愛の首を並べて見せしめにしてやる。それを見逃して南部の面目が立つと思うか！」

晴政は声を荒らげた。

「面目と申されるなら、為信に奪われた石川城についてはどうなされます」

政実は動ぜずに返した。

「外敵を捨て置いて内の乱れに窮していては物笑いの種子《たね》となりますぞ。今こそ南部に一つの揺らぎもないことを示さねばなりますまい。どうしても戦さがしたいと申されるなら石川城の奪還こそ八戸に命じられよ」

「頷くわけがあるまい」

呆れた顔で晴政は言った。

「石川城と八戸は遠く離れておる。やるなら身近の者に命じよと断わってくる」

「お家の大事に違いはなし。剣吉城を攻めるつもりでいるなら八戸も引き受けましょう」

「八戸からまだ返答が来ておらぬ」

「さようにござるか」

「それほど言うならそなたが石川城を奪え」

「お断わりいたす」

あっさりと政実は口にした。

「今の南部に二つの大戦さをしでかす余裕はござらぬ。お館さまが信直どのと和議を結ばれた暁には石川城の奪還に力を注がぬでもありませぬが……ここはご決断を」

「剣吉城を攻めることは先日の合議で定まっておる。それに同席せずして、思い上がりもほどほどにいたせ。うぬはだれの味方じゃ」

晴政は喚き散らした。

「八戸は……恐らく従いますまい」

「なんじゃと！」

「八戸政栄という男、道義を重んじます。南部を二つに割らぬため、こたびの内紛にはいっさい関わらぬと手前と約束いたし申した。それに加えて、高信《おやじ》どのの喪に服しておる信直どのを攻めるなど潔しとはせぬはず。八戸勢がお館さまの味方にならぬと知れば信直どのに流れる者らも増えましょう。それでも戦さをやると申されるので？」

「うぬはどうする？」

「八戸が信直どののお味方に回った場合は微力ながらお館さまのお手助けを。なれど、八戸が傍観に回ったときは九戸も同様に」

「黙って見ておると申すのか！」

「手前が先に動けば八戸は間違いなく信直どのの陣に加わりましょう。それで南部は二つに割れて滅びまする」

「帰れ！　さっさと城に戻るがよい」

晴政は憤怒の表情を見せた。

「うぬなど頼りにしておらぬ。南部、南部と言うが、儂あってこその南部であろう。どいつもこいつも儂を馬鹿にしておる。要らぬ。要らぬわ。儂一人で信直の首を刎ねてやる」

「お館さま、なにとぞお心お静かに」

慌てて実親が間に入った。

「こやつの心底見極めたわ。実の弟が苦境に立っておると言うのに、こやつは平然と見捨てよる。そなたの身すら案じておらぬ」

「恐れながら、兄の言にも一理ありまする。八戸政栄どのからのご返答なきは、兄の推察通りと思われます。ここで迂闊に兵を進めては、肝心の八戸すら敵に回すことに……」

「むしろそれではっきりしよう。儂の敵がだれとだれかここで見定めることができる」

晴政は実親を封じた。

「退散つかまつる」

政実は暗い目で晴政を睨むと腰を上げた。

「兄上！　それでは困りまする」

泣きそうな顔で実親は呼び止めた。

「いかにも南部はお館さまのもの。好き勝手にすればよかろう。これを聞けばさぞかし大浦為信が小躍りしようぞ。のんびりと地固めができる。運のいい男よな。あやかりたい」

わざと政実は口にした。

「ほざけ！　為信など、これを片付けたれば即座に叩き潰してやる。二千も兵を持たぬ小倅《こせがれ》に後れをとる儂ではない」

「ご武運をお祈り申し上げる」

政実は言い捨てて広間を立ち去った。

「おのれ……政実」

晴政は床を拳で叩き付けた。一人、実親だけは呆然と立ち尽くしていた。

城内に与えられている屋敷へ戻り、帰り支度を整えている政実の許に実親が血相を変えて現われた。

「このままでは大変なことになります」

実親はもう一度城に戻るよう懇願した。

「大丈夫だ。俺が引き、八戸政栄が動かねば喧嘩などできぬ。お館の一人芝居となる」

「明日にでも兵を動かすおつもりです」

実親は首を横に振って言いつのった。

「出陣を知らせる使いを東政勝どのや七戸家国どのらに遣わすと息巻いておられます」

「どうせ口先だけのことだ。東や七戸の軍勢で剣吉城は落とせまい」

たかだか三、四千の兵力に過ぎない。北信愛の居城である剣吉城と、それに呼応している南慶儀の守る浅水城には合わせて五千以上の兵が籠もっていると見られる。一万の兵を擁《よう》して、ようやく対等の戦さができるかどうか。四千では睨み合うだけのことであろう。

「先陣にはお館さま自らがお立ちになると」

「なんだと?」

政実はぎょっとした。

「本心よりのお言葉でござります」

「馬鹿な。そんな度胸などあるまい」

政実は一笑にふした。ここ二十年近く戦場に足を踏み入れたことのない男だ。

「そうでもしなければ八戸政栄どのが動いてくれぬとお考えのようでござる」

真剣な顔で実親が続けた。

「お館さまの思惑通りに八戸勢が動いてくれればよろしいが、もし加わらぬとなればお館さまのお命が危うくなりましょう。八戸勢の兵力を頼っての城攻め。他になんの策も立ててはおりませぬ」

「…………」

「なにとぞ城に戻り、兄者からお諫めを」

実親は政実に平伏して頼んだ。

「それもまたお館の手だ」

政実は苦虫を嚙み潰して、

「負け戦さになると知りつつ放っては置かれまい。それで俺が動くと見ておろう」

「八戸勢が動いてくれたとて間に合わぬ恐れがありまする。もし囲まれてしまえば半日で壊滅いたしましょう」

「北信愛、それほど間抜けではない」

自分に言い聞かせるごとく政実は言った。

「勝てる戦さと見ても当分は様子を見極めよう。攻めて来たのはお館にしてもだ。それを殺《あや》めれば南部のすべてを敵に回してしまう。八戸政栄が必ず信直に加勢するとの言質《げんち》を得るまで迂闊な攻めには出ぬ。お館の相手などせず、ひたすら籠城策を貫く」

「であればよろしいが……」

「心配ない。俺が請け合う」

「…………」

「だが、それをやればもはや和議の道はなくなるな。そこまでお館の恨みが強まっていたとは……信直とて肝を潰そうぞ」

政実は大きな溜め息を吐いた。

「手前がこれから使者に立ちまする」

実親は膝を乗り出した。

「行って信直どのに詫びを入れてくださるようお願い申し上げる」

「聞く耳など持つまい」

政実はその言葉を退けた。

「お館からの和議ならともかく、自ら頭を下げて信直になんの得がある？　仲直りしたとて南部の棟梁が鶴千代に定まれば信直に生き残る道はなくなる。とことんやり合ってお館が音《ね》を上げるのを待つしかないと信直と信愛は睨んでいるはずだ」

「どうすればいいのでござるか！」

珍しく実親は語気を荒らげた。

「兄者は言うばかりでなにもしてくだされぬ。お館さまの申された通りじゃ。斯波《しば》と戦さをするくらいなら、もちっと南部の先行きを案じてくださりませ。ここにきての傍観は卑怯としか手前には思われませぬ」

「戦さをさせぬための傍観だ。相手が阿呆ゆえ通じぬだけのこと」

政実は厳しい目で実親を睨みつけた。

「お館の姑息な誘いに乗って九戸党を動かすのはたやすいが、それをやれば間違いなく南部を二つにしての永い戦さとなろう。ここは心を鬼にして脇から眺めるしかない。やってみるがいいさ。お館とて八戸や俺が動かぬと分かれば戦さの矛を納めて撤退する。万が一のことも考えられるが、それは起きてから対処するしかない」

「お館のお命など、どうでも構わぬと？」

「あんな阿呆のために何万もの命を無駄にはしておれぬ。お館が案じているのは自分の倅の先行きだけであろう」

「それでも棟梁には違いありませぬ」

「それゆえ今までは耐えて来た。今日を限りに俺は俺の道を歩く」

「………」

「もう三十六にもなった」

政実はじっと実親を見詰めた。

「三十六だぞ。これから先、何年残されているか分からぬ歳となった。無駄なことに費《つい》やしている暇はない。天下を揺さぶっている織田信長とて俺よりわずか二歳年長でしかない。俺にこのまま陸奥《みちのく》の山奥で朽《く》ちよと言うのか」

「まだまだ先がありまする」

「おまえも三十六になってみれば分かる」

「………」

「斯波との戦さは外を睨んでのもの。しかし、こたびの戦さは内の痴話《ちわ》喧嘩でしかあるまい。それでも人が死ぬ。くだらぬ……そんな暇があるものか。南部の者らはだれもが阿呆だ。阿呆など皆死んでしまえ」

「兄者！」

「おまえも阿呆に成り下がった。あのお館こそ南部の毒と知れ。信直にもう少し器量があれば俺が手助けしてお館を殺めるところだ」

「なにを申されまする。正気か！」

実親はさすがに青ざめた。

「勝手に戦さをはじめろと申すがいい。先陣のお働きを楽しみに見守っておる、とな」

言われて実親はがっくりうなだれた。

〈こうして檻《おり》の中で老いていくのか〉

実親が立ち去ると政実は絶望した。

〈どうしても檻から抜け出られぬ〉

晴政と信直の喧嘩に決着がつかぬ限り南部は外に矛先を向けることができないのである。それはいつまでも守勢に回ることだ。自分一人が頑張ったところで無意味であろう。

〈と言って……どうすればいい？〉

方策はまったく浮かばなかった。

〈高信が死ねば――〉

南部の情勢が一変すると考えていたのだが、それも些細な小波《さざなみ》でしかなかった。政実が思っていたよりも高信の影響が薄れていたということだ。むしろうるさい年寄りが死んで有り難いと思った連中が多かったらしい。南部が一丸となっての報復など合議の話題にもならなかったと聞いている。晴政と敵対している信直の父親であったからなのであろうが、南部の体面はこれで失われた。最上《もがみ》や伊達《だて》はこれを耳にして南部の結束が緩んでいると判断するに違いない。

〈まぁ……しかし〉

その罪のほとんどは自分にある、と政実は苦笑いした。直接に手を下さずとも、自分が高信を殺めたも同然なのだ。信直の気勢を殺《そ》ぎ、南部の結束を強めるのが目的で、それとなく為信に策を授けたのである。

〈阿呆相手ではなにをしても無駄になる〉

あらためて政実は自分の歳を数えた。

〈この一、二年だ〉

ここで南部のごたごたに決着をつけなければ、本当に生まれた甲斐がなくなる。

〈和議がないとしたら……お館に死んで貰わねばなるまいな〉

政実の胸に暗い炎が燃え上がった。

五

さすがに翌日の出陣は見合わせたものの、晴政は七月の中旬、吉日を選んで剣吉城と浅水城の攻撃に取り掛かった。八戸政栄の返答が煮え切らず、我慢仕切れなくなっての行動であった。晴政が頼りとしたのは東政勝、福田治部少輔《じぶしょうゆう》、七戸家国の三臣たちだったが、いずれも八戸政栄の動きを睨んで出馬の要請に応じない。結局、晴政の単独出陣となってしまった。それでも二千の兵を確保して晴政は先ず浅水城を襲った。とりあえず戦さをはじめれば八戸政栄を筆頭に諸将が駆け付けるという晴政の思惑である。

「まったく……どいつもこいつも」

浅水城を睨む本陣で晴政は毒づいた。

「今日で二日じゃぞ。なのにだれ一人として駆け付けぬとはどういう魂胆ぞな。合議では信直の首を刎ねることに頷いたはず。頼りにならぬ者どもばかりじゃ」

晴政は視線を地面に落としている側近たちを順に睨んで嘆息した。

「これ以上待ってはおられぬ。敵に侮られよう。明朝は城を攻めるぞ。兵に言うておけ」

「恐れながら——」

実親が遮《さえぎ》った。

「無駄と心得ます」

「なにを言うか！」

「敵は我らとことを構える気がござりませぬ。固く城門を閉ざして守るばかり。いかに小さき城とは申せ、二千では門を打ち破られますまい。やはりここは援軍を待ちつつ包囲を続けることが一番の良策かと」

「その援軍はいつ参る？」

晴政は実親に詰め寄った。

「援軍など来ぬわ！　いずれも儂を見限った。南部の結束もこれまで。かくなる上は儂一人で信直の首を獲《と》ってやる。それをやらねば貴様らの先行きもないと知れ」

「まだ二日にござります。なにとぞお心を鎮めて援軍の到着を」

「二日も待ったぞな。八戸はまだしも東や七戸なれば半日もあれば駆け付けられよう。この儂が本陣にあると言うのに……許さん」

「合議の定めた通りにしておるだけに過ぎませぬ。どなたも八戸どのの動きを待ち望んでおるのでござります」

実親の言葉に皆も頷いた。信直攻めについては先般の合議に加わった諸将すべてが同意したものの、それはあくまでも八戸政栄の参戦を前提とした決議であった。だれしもが南部を二つに割ることを恐れていたのだ。九戸政実が断固たる傍観を表明した以上、敵として最も脅威となるのは八戸政栄である。九戸党抜きで八戸勢と戦さはできない。八戸政栄が味方に回るのであれば、ということで皆が賛同したのである。晴政は将たちの裏切りと見做《みな》しているが、先走ったのは晴政の方だ。

「合議など……儂が苦境にあるのじゃぞ。なにを差し置いても駆け付けるのが家臣の務めであろう。もはや当てになどすまい」

それも……正論であった。実親は小さく首を縦に振った。戦さにする、しないはともかく、ここは本陣に居並ぶべきである。

〈確かに見限られたな……〉

実親は額から滴《したた》る汗を拭った。

「実親、せめて東と七戸の体を引《ひ》き摺《ず》ってでも、ここへ連れて参れ。あの者どもらの目の前で浅水城を灰にしてみせる」

無理と知りつつ実親は頷いた。晴政の怒りは静まりそうになかった。額を床に擦り付けてでも東政勝や七戸家国を引き連れて来るしか道はない。諸将らの進言次第で晴政も城攻めを諦める可能性がある。

「こうなったのは政実のせいぞ」

晴政は地面を蹴散らした。

「あやつのために南部の結束が乱れた。身勝手とはあやつのことじゃ。どうせ他の者らにも余計なことを吹き込んだのであろう。八戸政栄が動かぬこととて、政実と結託しておるのやも知れん。儂と信直を争わせ、どっちも死ねばいいと思っておるのよ」

「断じて」

実親は激しく否定した。

「戦さをすべきではないと真っ先に言うたのは兄にございまする。すべてはお館さまのお身を案じてのこと。そのお言葉ばかりはお取り消し願いとうござります」

「鶴千代が哀れとは思わなんだか？」

晴政は身を捩《よじ》った。

「儂はもう永くない。こんな老いぼれを信直はこけにしよる。のんびりと墓に眠らせてもくれぬ。儂が死ねば鶴千代はどうなる？　あのか弱い首は信直に刎ねられてしまおう。それが悲しい。考えるだけで涙が溢れる。親が子を思うてなにが悪い？　政実にも子があろうに。なんで政実は儂をいたぶる。なにゆえ信直の首を獲ってはくれぬのじゃ」

晴政はぼろぼろと涙を零《こぼ》した。

「政実一人は儂の味方と信じていた。そなたを婿に迎えたのも、九戸党こそ身内と思ってのことぞ。それがこの仕打ちとは……」

「兄がこの戦場に馳せ参じますれば……信直どのとて後戻りができませぬ。それでやむなく傍観に回っておるので」

「この上での和議など有り得ぬ！」

晴政は怒鳴りつけた。

「一気にけりをつけるしかない。政実の優柔不断がますます信直に力を貸す結果となろう。もうよい。聞き飽きた。儂が戦場で果てればよいのじゃろうよ。こうなれば亡霊となって信直を苦しめるしか策がなくなった。儂は死んで鶴千代の守り神となる」

「明日の先陣は手前が務めまする」

実親は覚悟を決めて名乗りを挙げた。

「鶴千代のために働いてくれるか？」

「は」

「そなたが死ねば政実とて信直を許すまい。見事にそなたの仇を討ってくれる」

晴政の瞳に喜びの色が浮かんだ。

「東と七戸に使者を遣わせ。明日の戦さを見届けよと伝えるのじゃ！」

晴政は側近たちに張り切って命じた。


その知らせは浅水城と半日の距離にある政実にも届いた。

〈また謀《はか》られよって……〉

実親が先陣に立つと知って政実は書状を二つに破り捨てた。

「いかがなされました？」

側近の原田の目が書状を追った。

「実親が明日の先陣となる。下手をすれば死ぬかも知れぬ」

「なんと！」

一礼して原田は政実が捨てた書状を手にした。ざっと目を通す。

「なれど……」

原田は政実を見やって言った。

「お館さまが戦さを仕掛けたところで浅水城の兵らは手出しをいたしますまい。殿もそう申されていたはず」

「信直らの兵が手出しをせぬとも、お館の兵らが実親の身近におる」

「とは？」

原田は首を捻った。

「あのお館のことだ。苦し紛れになにを考えるか分からん。城の間近まで迫れば本陣から見えなくなろう。実親の死に様は先陣の兵らにしか知れぬ理屈だ」

「まさか！」

察して原田は仰天した。

「お館さまが実親さまのお命を縮めるなど」

「だといいがな」

「しかし……有り得ませぬ」

原田は首を何度も横に振り続けた。

「八戸は頑として腰を上げぬ。忠臣と頼みにしておった東や七戸も駆け付けぬ。信直は喧嘩を買わぬ。まさに八方塞《ふさ》がりではないか。と言ってこのままずごずごと三戸へ撤退するわけにもいくまい。これではお館の負けだ。お館としてはなんらかの手を打たねばならぬ」

「じゃからと申して実親さまを……」

「実親が先陣に出て討たれれば九戸党とて見過ごすことはできぬ」

「………」

「否応なしに戦場へと駆り出される」

見る見る原田の顔色が変わった。

「俺がお館なら……やる。それしか己れの意地を貫けぬ。簡単に思い付く策よ」

「大事な婿殿ではありませぬか！」

「信直とて婿に違いあるまいに。その婿を呪い殺そうとしたお館だぞ」

「お考え過ぎと存じまする」

悲鳴のように言って原田は遮った。

「戦さに加わらずとも構わぬと申して東や七戸を本陣へ呼び寄せたのも奇妙。あるいは実親の死を見届けさせる腹かも」

「では……どうなされますので！」

原田は膝を進めた。

「実親のために命を捨ててくれるか？」

政実は原田を正面から見詰めた。

原田は即座に頷いた。

「今よりそなたに永《なが》の暇《いとま》を与える。俺に逆らったゆえに九戸を追い出されたと言って三十の騎馬兵とともにお館の本陣へ走れ」

政実は咄嗟《とつき》の策を授けた。

「暇を出された上に、わずか三十の手勢なら八戸政栄も九戸党が約定を破ったとは見るまい。傍観の立場は守られる。そうして実親の先陣に加わるのだ。実親にも十やそこらの配下がおろう。それらと力を合わせればお館の奇襲をなんとか避けられるやも知れぬ」

「承知してござります」

「俺の勘が外れておれば幸いだ。だが……当たったときは本陣に駆け戻り、東や七戸にお館の仕打ちを是非とも伝えて貰いたい。その瞬間から九戸党の敵が一変する」

「お任せあれ」

原田は身震いしつつ請け合った。

「これより馬を飛ばせば明け方には浅水城を囲む本陣へ辿《たど》り着けよう。俺の方も戦さ支度を整えておく。結果によってはお館と一戦交えることになろうぞ」

「致し方ありますまいな」

原田も緊張の面持ちで頷いた。

「少し捨て置き過ぎた」

悔やんだ顔で政実は口にした。

「外れてくれればいい。ここで実親を死なすわけにはいかん。ただ臆して先陣を実親に命じたのであればいいのだが……」

政実には晴政の心底が見抜けなくなっていた。だが、追い詰められていることだけは間違いない。追い詰められた鼠は思い掛けぬ策に走る。それが政実には案じられた。

六

「九戸から騎馬が駆け付けたとな！」

知らせを受けて狂喜した晴政だったが、わずか三十騎と分かるとたちまちその顔は憤怒に一変した。地面を踏み荒らす。

「どこまでも馬鹿にしおって！」

「政実さまのお指図にはありませせぬ。原田どのは政実さまより暇を出されたとか。それで九戸党から離れて馳せ参じたのでございます」

知らせの者は言いつのった。

「なにとぞ原田どのに労《ねぎら》いのお言葉を」

「原田と申せば政実の子飼いの者。暇など滅多《めった》に信用できんわ。あの政実のことだ。またなにやら企んでおるに決まっている」

「であればますます労いを。軍を動かせば八戸政栄さまを敵に回すとのご判断から苦肉の策を採られたのかも知れませぬ」

側近の言葉に晴政は振り向いて、

「なるほど。それは考えられるの」

大きく頷いた。

「原田をこれへ。直々に問うてみる」

晴政はどっかりと床几《しょうぎ》に腰を据えた。


「よくぞ駆け付けてくれた。礼を言うぞ」

晴政は平伏している原田に笑いを見せた。

「政実と喧嘩して出て参ったそうな」

「は」

「南部の忠臣とはそなたらのことじゃ。政実はほとほと見限った。実の弟の実親が自ら先陣の名乗りを挙げたと言うに、それも見捨てるとは呆れて物も言えぬ。南部を二つに割るなと政実はそればかりを口にするが、宗家を預かるのはこの儂じゃぞ。それに逆らう信直は明らかなる謀反人《むほんにん》。討つのが当たり前であろう。二つに割っているのはむしろ政実だ。信直を儂と同列に扱うておる。違うか?」

「御意にござります」

原田は地面に額を擦《こす》り付けた。

「即座に討てば二つに割れる暇もない。ぐずぐずしたせいでこうなった。あやつの狙いなどとうに読めている。儂と信直を喧嘩させて漁夫の利を得んとしておるに相違なし。己れの欲のためには実の弟まで捨てよる」

晴政は原田の様子を観察していた。

「これまでの我《わ》が儘《まま》を許してきたのはだれじゃと思う？　北の鬼よと持ち上げられて、いい気になっておる。もはや愛想も尽き果てた」

「主人の悪口を申しては武者の恥と心得まするが……」

原田は顔を上げて、

「手前にも政実さまのご心底が分かりかねます。策にも限度がありましょう。ことここに至りても兵を出さぬは訝《いぶか》しきこと。お館さまに万一のことあれば南部が滅びまする。必死でお諫め致しましたが聞き入れてはくださりませぬ。どころか暇を出されてしまいました」

涙声で応じた。

「やはり、そうか」

見る見る晴政の顔色が変わった。

「なにが苦肉の策じゃ！」

晴政は居並ぶ側近らに声を荒らげた。

「聞いたであろう。政実とはそういう男ぞ。儂の心配など少しもしておらん。儂が間抜けであったわ。昔から気に入らぬ男であった。信直を片付けたれば次に政実を討ってやる」

「殿、実親さまが戻られましたぞ」

側近が慌てて晴政を鎮めた。実親は明日の先陣のために地形の確認に出掛けていたのである。晴政も足音に気付いて口を噤《つぐ》んだ。

「原田ではないか」

陣幕を分けて現われた実親は原田の姿を認めて歓声を発した。

「兄者も覚悟を決めてくだされたか」

「原田ばかりじゃ」

苦々しく晴政は教えた。実親は首を傾げた。

「儂への援軍を進言したせいで城を追い出されたそうな。南部もいよいよ終いぞな」

「まことか！」

実親は愕然とした。

「明日は手前も先陣に加えてくださりませ」

原田は実親に願った。

「たとえ暇を出されたとて九戸党として死に花を咲かせとう存じます」

「よく言った！」

晴政は膝を叩いて、

「そちの働きを耳にいたせば政実も武者とはなんたるものか身に染みて知ろう。杯を遣わす。明日は存分に勤めよ」

原田を身近に呼び寄せた。


「ちと面倒になりませぬでしょうか」

一人居残った側近が晴政に囁《ささや》いた。実親とともに明日の先陣に加わる者である。

「原田どのが側にあっては……」

「むしろ好都合と見た。原田の背負う九戸党の旗印を敵が目にすれば必ず動転する。もはやこれまでと城より出て来るやも知れぬ。そうなれば実親をどうこうするまでもない。喧嘩にならぬゆえ東《あずま》や七戸《しちのへ》も援軍に駆け付けぬのだ。戦さがはじまればきっと兵を繰り出す。政実も黙って見過ごしはすまい」

「まさしく」

側近も首を縦に振った。

「もっとも……政実の心底を知った今となっては実親の役割も薄くなったの。兄思いの者。反対に邪魔になることがあろう。無理をせずともよいが、隙を見付けたときは手筈《てはず》通りに」

首を刎ねる所作をした。

「かしこまりました」

「政実のせいじゃぞ。儂とてあの実親を死なせたくはない。政実が悪いのじゃ」

「心中お察し申し上げます」

「鶴千代のためなら鬼にもなる。幼子に罪はない。儂が全部の敵を殺してやる」

晴政の目は暗い輝きを発した。


「やはり兄者がそなたらを」

自分の陣に戻って打ち明けられた実親は得心のいった様子で原田に頷いた。

「まさかのときには直ぐに駆け付けられるよう、殿も間近に待機しておられます」

「どういう意味だ？」

実親は不審な目をして質した。

原田は思い切って政実の推測を伝えた。

「いくらなんでも」

実親は一笑にふした。

「殿のお考え過ぎかとも存じますが、万に一つ、有り得ぬ話でもござりますまい。お館さまとてむざむざと撤退はできませぬ。この戦さに勝ちを収めるには殿のお手助けが要ることもご承知にござりましょう。となれば……最後の手段に訴え出ぬとも限りませぬぞ」

「俺が死んで兄者が仇を取ってくれると言うなら……それでもいい」

「なにを仰せられます！」

「なんだか疲れ果てた。だれが勝とうと、南部が早く一つになればいい。兄者の言うた通り、これは無駄な戦さだ。こんなことをしている場合ではなかろう」

「無駄な戦さゆえ、死んでは詰まりませぬ」

原田は叱った。

「なれど」

実親は原田を制して、

「ここでお館さまを敵とすることは、すなわち信直どのの味方に回ることになる。それで南部の面目が立つのか？　どれほど言い立てたところで宗家を滅ぼせば信直どのは諸国より謀反人と見做される。後々のことを思えば、ここはお館さまの勝利こそ大事と心得てきた。和議がないならお館さまに勝って貰わぬと」

「でありましょうが……」

原田は実親の人の良さに呆れた顔をして、

「殿も今度ばかりは決断なされたご様子で」

「お館さまを討つと言うのか？」

「…………」

原田もさすがに口にはできない。

実親はがっくりと肩を落とした。

「もう……なにも考えられぬ。どこまでも策を押し通す兄者の強さは……なにがある？　俺には手に余る事態だ。好きにいたせ」

珍しく弱音を吐いた。

「明日はなにがあってもお守り致します。いつでも我らの中におられませ。なにもなければそれでよし。よろしゅうございますな」

「いくらお館さまじゃとて、俺に刀を向けるとは思えぬ。思いたくない」

実親は弱々しく首を横に振り続けた。

七

南慶儀の立て籠もる浅水城への攻撃は早朝に開始された。千五百の兵が守っている城に二百にも満たぬ兵での突撃は無謀と言うより無意味でしかない。その上、なんの策もなく、ひたすら正面を攻めよとの下知であった。南慶儀は逆賊になるを恐れて、どこまでも守りに徹している。それを喧嘩にさせるための出陣なのである。しかし……たった二百では敵とて恐れるとは思えない。

「こんな戦さははじめてにござります」

原田は実親とともに先頭に並んで毒づいた。

「つまりは囮にござろう。実親さまを大事と思えば千の兵をつけて寄越します」

「お館さまの思いはともかく、これでは敵も門を開けて出てはこまい。総攻撃をかけてこそ敵も慌てる。背後を信直どのに襲われるのを案じていらっしゃるのだろうが……どこまでも気弱なお人よな」

「どうも後ろに従う兵らの目付きが気になって仕方ござらぬ。ご注意召されよ」

「知っている。いつもと様子が違う。戦さの緊張のせいとも見えぬ。どうやら兄者の心配が的中しそうな気配だな」

もし敵が鉄砲や矢で防戦してきたら、そのどさくさに紛れて襲ってくるつもりのように思えた。実親は舌打ちした。後陣の纏めは特に晴政に目をかけられている側近だった。

「そうだとしても、それを命じられておる者はせいぜい三、四十にござろう。全員にとなれば、必ず後で策が露見致します。我らが側にある以上、断じて手出しはさせませぬ」

「皆の背負っている旗印を外させろ」

実親は原田に命じた。

「九戸党が戦さに加わったと誤解される。敵も慌てるに違いない」

「これは迂闊にござりました」

原田は自ら旗印を引き抜いて捨てた。他の者らも互いの旗を引き抜き合った。

「なんの真似にござりまするか？」

晴政の側近が声を上げて駆け寄った。

「この者らは兄より暇を出された。もはや九戸党にあらず。旗を捨てるのが当たり前」

「それは困ります」

「なんでだ？」

「敵には我らの事情が伝わっており申さぬ。旗印を目にいたせば九戸党がお館さまのお味方についたと思うはず。それこそが今日の戦さの狙いにござりますぞ。防戦ばかりの敵も今日こそは攻めに転じて参りましょう。旗を背負われよ。これは主命にござる」

「聞いてはおらぬ」

実親はじろりと睨み付けた。

「旗印は武者の拠《よ》り所《どころ》。特に申さずともよいこととお館さまも心得ておられただけ」

「無縁な旗印を掲げるのは武者の本意に外れる。俺が命じたのだ。後で俺が謝る」

実親も断固として拒《こば》んだ。

「お館さまの策を無になされるおつもりか」

側近も声高になった。

「なんの策だ？」

「九戸党を倒せば大手柄となり申す。これは誘いの策にござった。それゆえわざと少ない兵にしたのでござる。敵もわずかの数と見て手柄欲しさに城を出て参りましょう」

「それを先陣の俺になぜ言わぬ」

実親は怒鳴り返した。

「兄に背いてまで援軍に駆け付けた原田らをお館さまは囮に用いたのか！」

「決して囮などではござらぬ。一歩でも敵が城を出れば後はこちらのもの。お館さまが千五百を率いて参られる。事前に申さなんだのは兵の士気の衰えを案じてのこと」

「身勝手な理屈だ！」

「戦さに策は付き物でござる。実親どののお言葉とも思えませぬぞ。もともと敵を誘い出すために先陣をお望みになったはず。それとも敵が襲ってこぬのを願うておられるのか」

「それとこれは違う！」

実親は一喝した。

「九戸党と縁切れした者らを用いてあざとい罠を仕掛けたと知れてはお館さまの名誉に関わる。いかにお館さまの策とは言え、お諫めするのが側近の役目であろう。そこまでお館さまは落ちぶれられたか」

「そのお言葉、聞き捨てなりませぬ」

「この先陣、引き受けかねる」

実親は声を張り上げた。

側近は唖然として実親を見詰めた。

「正気の言葉とも思えぬ」

「知らずに囮にされたとあっては将として兵らに詫びができまい。原田らの覚悟も無にすることになる。腹を切れと命じられても文句を言わぬ。これは俺の信義の問題だ」

「臆されたか！」

側近は血相を変えて詰め寄った。原田らが側近の馬を取り囲んだ。

「謀反に等しき言動にあられますぞ！」

「本陣に立ち戻る！」

側近を無視して実親は兵らに命じた。

実親は陣幕を蹴破る勢いで馬をつけた。本陣を守る兵らが仰天しつつも晴政を囲む態勢となる。晴政は采配を地面に投げ捨てた。

「貴様、この醜態《ざま》はなんじゃ！」

「自ら先陣を願った者を囮に用いるなど、恥と思し召され！」

反対に実親は詰め寄った。本陣には戦況を見届けにきた東政勝、福田治部少輔《じぶしょうゆう》、七戸家国の三人の姿もあった。

「いつ、だれが囮にした」

「城攻めにわずか二百は解せませぬ。囮なればそれも道理。戦さに策は当たり前。それを責め申しておるのではござらぬ。なにゆえ策であると事前に伝えてはくれませなんだ。知らずに死んでいく兵を哀れとは思いませぬのか。これではとても従えませせぬ」

「死ぬる覚悟であれば理屈などどうでもよかろうに。貴様こそ臆したと見えるの」

晴政は額に青筋を立てた。

「敵の城を目前にして実親どのが九戸党の旗印を外させてござります」

側近が報告した。

「九戸党でない者が旗印を捨てるのは当然のこと。兄者にまで迷惑が及びまする」

「なんと申した！」

晴政は実親の胸倉を摑むと押し倒した。

「今一度申せ。だれに迷惑が及ぶとな？」

晴政は実親を引き摺り回した。

「なんで南部の棟梁である儂が政実ごときの迷惑まで考えねばならぬ。この慮外者めが。武士たる者は、いかなるときも主人の道に従わねばなるまい。たとえ親子で争うてもじゃ。今の貴様は九戸党にあらず。儂の禄を食む者であろう。この期《ご》に及んで九戸党の迷惑になるとは、よくも言うた。皆の前でよくぞ儂に恥を掻《か》かせてくれたの。今日限り娘との縁組を解消いたす。とっとと九戸に立ち去れ」

「お館さま、それはなりませぬ」

東政勝が慌てて間に入った。

「実親どのもお謝り召され。ここで陣が割れてはそれこそ敵の思う壺にござろう」

「要らぬ。臆して戦場より引き返す者など要らぬ。余計な口出しをするでない」

晴政は喚き散らした。

「これでまた信直めに笑われたぞ。南部の威信は地に墜ちたも同然。許してはおけぬ」

ぶるぶると晴政は拳を震わせた。

「お館さま、なにとぞご辛抱を！」

七戸家国が晴政を鎮めた。九戸党を敵に回す事態となれば身の破滅となることをだれもが知っている。

「手前が……短慮にござりました」

実親は晴政の前に低頭した。すべてに納得したわけではないが、いかにも今は本家に仕える身である。政実の迷惑云々は確かに武士の筋を外した物言いであった。

「実親どのもあの通り謝ってござります」

東が必死で言いつのった。

「策を知らぬでは旗印を外させても致し方なきこと。どうかご寛容を」

七戸も口添えした。

「ご命令あれば五十ばかりで城攻めを」

実親は覚悟を定めて言った。こうなっては死ぬしかない。

「見え透いた誘いに乗る南慶儀と思うてか」

晴政は実親の肩を蹴り付けた。

「三戸《さんのへ》に引き揚げる。陣を畳め！」

晴政もさすがに諦めたらしかった。

「じゃが、ただでは帰らぬ。近隣の村を襲い、食い物を取り上げて川に投げ捨てよ。信直に従う者に先行きがないと知らしめる」

皆は顔を見合わせた。

「実親、しばらくはその顔を見たくない。このまま東政勝の預かりとする。東の城は川を挟《はさ》んで剣吉城と向き合っておる。信直の動きを間近で監視せよ」

実親は逆らわずにその命令を受諾した。

「七戸や福田は八戸政栄に書状を遣わして参戦を促し続けよ。また秋には城攻めじゃ」

「九戸政実どのについては？」

東が質した。

「もはや信用できぬ。意地でもあの者を頼りとはせぬ。放っておけ」

憎々しげに晴政は実親を睨んで言った。

「諦めて三戸へ戻ったか」

その日の昼過ぎにはその知らせが原田によって政実に届けられた。

「見極める前に実親さまが本陣へ反転なされたためお館さまの本意は不明にございまするが、いかにも怪しい様子でありました」

「実親とてあの狸《たぬき》の心底を察したであろう」

「と思われます」

「にしても、よく名久井《なくい》城への預かり程度で済んだものよな。下知に反して兵を反転させては詰め腹を命じられても不思議ではない。実親も思い切ったことをしたものだ」

「東政勝さま方が許しを乞われました由」

「実親を殺せば俺がただではおかぬ。あの者らの命運が懸かっている。止めて当たり前だ」

政実は鎧姿のままの原田に酒を勧めた。

「しかし、旗印を外せとは実親もよく気が回った。三十程度の騎馬兵では後でいくらでも言い訳が立つと思っていたが、城を守る南慶儀にすれば一大事。動転して本当に城を出ての戦さとなったやも知れぬ。俺もまさかお館がわずか二百の兵で攻撃を命じるとは考えもしなかった。危ないところだったな」

「今後はいかがなされます?」

酒を一気に呑み干して原田が訊ねた。

「瘦せ首が繋がったのはお館の方だ。実親が無事であっては俺も手出しがならぬ。当分はまた様子を窺うことになろう」

「手前もほとほと呆れ果ててござります。罪もない百姓らの小屋を襲い、食い物を奪って川へ投げ捨てるなど……敵国ならいざ知らず南部の領地にはありませぬか」

「信直に荷担するすべてが憎いのよ。国のことなどなに一つ考えておらぬ。八戸政栄がこれを耳にすればお館を見限ろう。その方が厄介だ。様子見ものんびりとはしておられぬな。八戸勢が信直の味方となる前に喧嘩の決着をつけてしまわねば」

「と申されますと?」

「衆議の一致した形で信直がお館を討てば、そのまま信直が新しき南部の棟梁となろう。それではまずい。信直とてお館と変わらぬ阿呆だ。あんな者を棟梁の座に据えるわけにはいかん。喧嘩両成敗。ここはなんとしても二人に退いて貰わねばなるまい。それには八戸勢が信直に傾く前に策を立てる必要がある」

「それはそうでございましょうが……」

むずかしいと原田は首を捻った。信直には南部きっての知恵者と呼ばれる北信愛が従っている。信直を謀反人とせぬために必死で策を講じているのである。今度の様子を眺めても晴政と信直が単独で正面からの戦さをはじめるとはとても思えない。

「暇を出したついでだ。そなたはしばらく信直やお館の動向を探ってくれ。八戸にも行って貰おう。政栄と対立しておる櫛引《くしびき》勢を煽《あお》って八戸勢を牽制するのも手だな。そうすれば自分のことで手一杯となろう」

「承知致しました」

「俺と政栄が動かぬ間はお館と信直も孤立したままだ。そのうちどちらかが痺《しび》れを切らして動き出す」

「実親さまについては?」

「頃合を見て東政勝の城を訪ねて見よう。東もそろそろお館を見限る。実親があの城に在るはかえって好都合。俺の下に取り込む」
政実にはその自信があった。

八

晴政と信直の間にはそれから半年以上も膠着《こうちゃく》状態が続いた。剣吉城に対しての攻めは何度か行なわれたが、四、五千の兵力で落とせるような脆《もろ》い城ではない。信直は徹底して籠城策を採り、防戦のみを貫いて謀反人となることを避けていた。八戸政栄は櫛引勢の不穏な動きに警戒を強め、南部の内乱に関わる余裕などなくなっていた。九戸政実はまったく動きを見せない。これでは無為に日々が過ぎて当然であろう。晴政は鶴千代の名を晴継《はるつぐ》と改めさせて、南部一族に次の棟梁がだれに定まったかを知らしめようとしたが、晴政の跡を継ぐという意味の名前だけではだれにも通用するはずがなかった。実親も今は許されて、また三戸の城に戻っている。

その実親が晴政から呼び出された。

「信直めを討ち果たす絶好の機会に恵まれた」

晴政は上機嫌で告げた。

「今日の昼、信直はわずかの手勢ばかりで川守田《かわもりた》の毘沙門堂《びしゃもんどう》に参るそうな」

「剣吉城から抜け出てでござりますか？」

実親は信じられない顔で質した。その上に川守田は三戸と目と鼻の近さなのである。いくらなんでも無謀な行動であろう。

「だれの報告にござります？」

「東政勝が早馬で言うてきた。まず間違いない。これであやつの命運も尽き果てた。川守田の地では逃げ場がない。川守田の城を守る常陸《ひたち》入道は信直の親父の高信に目をかけられていた者じゃが、今は傍観に回っておる。たとえ庇《かば》ったところで館に毛が生えた程度の城に過ぎぬ。二百も騎馬があれば焼き討ちできよう。どう転んでも儂の勝ちと決まった。直ぐに出立《しゅったつ》の用意をいたせ。儂もともに参る」

「お館さままで？」

「儂が先頭にあると知れば常陸入道も信直の味方には回らぬ。それに、この目で信直の最期を見届けてやりたい」

「お待ちくださりませ。信直どのはなんのために川守田へ？」

「知らぬ。毘沙門堂なれば高信の追悼か儂を滅ぼす祈願辺りであろうな。今日は元亀《げんき》三年三月の三日。数の重なりを選んでのこと。わずかの手勢はその動きを悟られぬ用心と見た」

「あるいは罠の恐れとて。二百やそこらではなにが起きるか……」

「儂との戦さを避け続けている信直じゃぞ。その信直が罠を仕掛けるなど考えられん。それに、大軍ではあやつに気取られてしまう。二百でも多いくらいじゃ。第一、歩兵を引き連れては間に合うまい。この好機を逃しては二度と信直を討ち取れぬ」

有無を言わさず晴政は立ち上がった。

「鎧を着る暇もない。急がせよ」

晴政には笑いが浮かんでいた。

「東政勝どのの使者はいずれに？」

「まだ信用できぬと言うか？」

晴政は、またかという顔で、

「川守田は儂の直轄領に等しき場所ぞ。罠なら別の土地を選ぼう。ぐずぐずするな」

言い残して広間を後にした。

「使者はどこに？」

実親は側近らに訊ねた。

「お館さまの大事であるぞ。罠とあっては取り返しがつかぬ。東どのの耳に洩《も》れるような失態を犯す北信愛どのではなかろうに」

「敵の軍勢が間近にあるとの報告も得ておりませぬ。もし罠であったとしても二百の騎馬があれば安心でござろう。敵は二、三十と聞いており申す。おっつけ手前も五百の歩兵を率いて駆け付ける所存。安堵なされ」

他の側近らもそれに頷いた。

「敵が間近におらぬのは確かですの？」

「誓って。そのことについてはお館さまが一番気に懸けておられた」

「それなればよろしい」

実親は軽い吐息をして退出した。


「危ない賭けではないのか？」

川守田の村に近付くと信直は信愛に不安を隠しきれなくなった。ここは晴政の目の届く土地の上に平野で逃げ場が少ない。

「常陸入道も承知のこと。城に入れば必ず一日やそこらは凌《しの》げまする。夕刻に我が兵二千が援護に参れば敵も退散しましょう。敵には陣を敷く余裕がござらぬ。城に戻って態勢を整えるしかなし。その隙を狙って逃げ出せば必ず上手く運びましょうぞ」

信愛は胸を張って請け合った。

「信直さまが川守田の毘沙門堂にて、お館との和議と一族の安泰を願って南部歴代の宗主さま方の御霊に祈願していたということは直ぐに伝わり申す。そこに奇襲をかけたとなれば、一族の大方が今度こそお館を見限り申す。ましてや、その危機にあってもお館の軍勢に刃向かわなかったと知れば……」

川守田城の常陸入道の手助けが約束されたからこその策であった。今の膠着状態が長引けば不利になると信愛も知っていた。ここは危ない橋でも渡るしかなかったのである。

「罠と感付かれまいか？」

「幸いに我らは一度とて当方より攻めを仕掛けたことがござらぬ。ここにきて自ら策を講じるとは思いますまい。わずかの手勢ばかりであるのは敵の見張りからも伝わりましょう。十中八九お館は襲って参りますぞ」

「二千やそこらで繰り出されたらなんとする」

「とても支度が間に合いませぬ。東政勝にこれが洩れるよう手配したのは今朝のこと。たかだか三十にも満たぬ我らに大軍を用いるわけがござりますまい。きっと騎馬だけで現われます。まぁ、多くて百五十」

自信たっぷりに信愛は応じた。

「なんにしても常陸入道が我らに従いてくれたのはありがたい。三戸にほど近い城。てっきりお館の味方に回ると思ったに」

信直の言葉に信愛も首を動かして、

「三戸に近いゆえ、信直さまのお覚悟のほどが皆に響きまする。これが剣吉城下にある社では祈願の意味も薄れましょう」

「そなたの策にはいつも感心させられる」

何年も宗家に逆らいながら歴然とした謀反人と見做されていないのは信愛が側にあって指図しているからに他ならない。

「八戸の政栄どのは父君の法要で城を留守にしている間に攻め込まれた苦い経験をお持ちのお方。南部の安泰祈願の席に奇襲を受けたと知れば間違いなく我らの味方となってくだされます。それを許すお人にあらず」

「さもあろう」

信直もそう信じていた。あの政栄がこちらに傾けば、それで晴政の命運も尽きる。

「政実どのにしても……大義が我らにあると分かれば無理押しをしてこぬと心得ます。心底のほどは知らねど、南部を二つに割る大戦さを避け続けてきた手前もありまする」

「であろうか？」

それには信直も首を傾げた。


「まずいことになった……」

三戸の城を飛び出た二百の騎馬の中に実親の姿のあるのを見届けて原田は眉根を寄せた。原田は部下とともに街道筋のあばら家に身を潜めていたのである。

「お館が加わってくれたは思いがけぬ僥倖《ぎょうこう》であるが……実親さまも一緒では面倒になる。前の戦さのことがある。まさか実親さまにお命じになるとは思わなんだ」

「どうなされます？」

「どうにもできん。こうなっては運を天に任すしかあるまい。罠じゃと言うて引き止めることなどできぬ。遠目でだれがだれやら分からぬだろうが、その弾が実親さまに当たらぬことをひたすら祈るのみ」

原田は諦めた。

部下は額の汗を拭って騎馬を見送った。

「にしましても、あまりにも殿の思惑通りにことが運んで、恐ろしゅうなって参りました」

「常陸入道から手助けの話があれば必ず北どのが策に走ると見抜かれた。信直どのさえ城を出れば、あとはなんとでもできる。俺も頷いたものだが、いかにもこれほど見事に双方が嵌《は》まるとは……偉い殿を主人に持った」

原田はあらためて思った。常陸入道は知らないが、川守田城の周辺に五人ずつの二手に分かれた鉄砲隊を待機させている。信直たちが城に逃げ込み、晴政らの騎馬兵が突入を試みた瞬間に前後から鉄砲を撃ち込む手筈だ。そうなれば信直の待ち伏せと見做され、信直らは明らかなる反逆者と変わる。それで八戸政栄は完全に信直を見捨てる。恐らく晴政の側にも回らない。晴政が奇襲を仕掛けたのもまた事実だからだ。今日の喧嘩を無事にやり過ごしても晴政と信直はだれの信頼も得られなくなり、結局は自滅の道を辿ることになるだろう。それが政実の描いた図面なのである。

「参るぞ。結果を見守る」

原田は実親のことだけを案じながら立った。

毘沙門堂に入った信直と信愛は形ばかりの御霊供養を行なっていた。晴政の率いる騎馬二百が現われたとの報告を得たのはそれから間もなくのことだった。

「騎馬の二百だけじゃな」

信愛は相好を崩した。五十ほど予測を上回っているものの、いずれ知れた数である。

「この戦さ、貰った」

信愛は扉を開けて飛び出すと川守田城へ逃れるよう命じた。迫る敵の騎馬兵とは真反対の方角にある。追い付かれる心配もない。

「一人は城に走って援軍を率いて参れ」

「承知」

一人が馬の腹を蹴って消え去った。

信直らはまだまだ小さな騎馬兵らを尻目に常陸入道の待つ城を目指した。


「やはり信直ぞな！」

晴政は馬上で声を弾ませた。実親は自分の目を疑った。広い平野に敵軍が隠れている気配もない。珍しい失態であろう。

「あの腐れ外道《げどう》め。なんとしてくれよう」

晴政の笑いが響き渡る。

「儂の足下に現われるとは、舐めおって」

「兵らにお任せあれ！」

逸る晴政を実親は制した。

「川守田の城に向かっておるぞ。常陸入道それほどの間抜けではない。ここで儂に逆らえばどうなるか知っておる。今夜は信直めの首を肴《さかな》に旨い酒が呑める。褒美も望み次第じゃ」

おおっ、と兵らが天に刀を振りかざした。

だが信直との距離は縮まらない。走り続けの馬と休ませていた馬との差が出ている。

〈なにやらおかしい〉

実親の胸が騒いだ。前を駆ける信直らにさほどの動転が見られないのである。それに、この距離は、あらかじめ自分らの襲来を見越して見張りを立てていたかのように思える。

〈もしや――〉

常陸入道と呼応しての策ではないか。実親は鞭を使って兵らの先頭に立った。

「どうせ追い付けぬ。敵との距離を保て」

「なにを申されます！」

「敵に迷いが見られぬ」

実親に言われて兵らは目を丸くした。

「いかにも奇妙」

何人かが同意した。

「しばらくは様子を見極めろ。城の態度で罠かどうか知れる」

「分かり申した」

兵らは馬の足並みを緩めた。

「なにを命じた！」

引き下がって並んだ実親に晴政は怒鳴った。

「またぞろ臆病風に吹かれたな」

「慌てずともよろしゅうござります。ここは手前にお預けを」

「戦さは勢いが肝心じゃ。進め！　追い付かずとも踏ん張りを示して見せい」

ふたたび騎馬は勢いを取り戻した。

「こうなれば罠じゃとて構わぬ。一気に攻め込んで滅ぼすまでのこと。命を捨ててかかれ」

「なにを焦っておられます！」

実親は晴政の耳元で叫んだ。

「ここは我らの本拠地に等しき場所。罠と分かればいくらでも手立てがありましょう」

「儂に指図など十年早いわ！」

晴政は聞かなかった。

「晴継に土産を持ち帰ってやるのじゃ」

晴政は完全に平静を失っていた。

〈これまでか……〉

実親も腰の刀を抜いて晴政に従った。

川守田の城が小さく実親の視野に入った。

九

信直と信愛たちは晴政の率いる二百の騎馬兵を引き付ける形で川守田城を目指した。約束通り城の大門が開かれている。あの城に籠もってなんとか一日を凌げば情勢が一変する。襲われる危険を承知で信直がこの喧嘩の和議と南部の平穏を願っての祈禱に出向いたことはたちまち知れ渡るに違いない。しかもわずかの側近ばかりを従えてのことだ。それを奇襲するのは武士の道から外れる。宗家ということで晴政を立てていた者たちの心がこれで確実に離れる。その上、非道な晴政に対して信直は城に籠もるだけでひたすら恭順を貫いたと伝われば、もはや結果は明らかである。八戸政栄は無論のこと、あの九戸政実とて晴政を見限るであろう。そうなれば黙っていても南部宗家の座が信直に転がり込む。それが信愛の立てた窮余の策であった。

「大門を閉じよ!」

城内に雪崩《なだ》れ込んだ信愛は川守田城の兵らに意気揚々として叫んだ。これで策は成ったも同然であった。たった二百の騎馬兵では城を取り囲むしかできない。当然晴政は援軍を招聘《しょうへい》するであろうが、その前に自分らの側の援軍二千がここへ駆け付ける。明日の早朝には為す術もなく晴政は三戸へと撤退するしかなくなる。

「やり申したの!」

馬から飛び下りて信愛は信直の手を握った。

「そなたのお陰だ。賭けた甲斐があったぞ」

信直も冷や汗を拭いながら笑顔を見せた。

「よくぞご無事で」

城の主人《あるじ》常陸入道がそこに駆け付けた。

「もはやご安心召されよ。わずかの手勢とは申せ、一日と定まれば必ず守り通してご覧にいれる。あるいは襲って参られぬかとも思ったが……よくよく恨みの深いお人じゃな」

常陸入道は迫る晴政軍を見やって嘆いた。

「あんなお人の下にはもう従えぬ。南部の名もこれで廃れた。逆賊と言われたとて信直どのにお力添えをいたす」

「かたじけない。きっと勝ってみせよう」

信直は常陸入道に深々と頭を下げた。

「いや、政実どのの申された通りじゃ。あのお館では我らも滅びる。我が身のために選んだ道。礼など要りませぬぞ」

「政実どのが入道どのに？」

信愛は不審の目をして質した。

「さよう。傍観を貫かねばならぬ立場ゆえ九戸党は滅多な動きがならぬが、理は信直どのにあると」

「そうであったか！」

信直は相好を崩した。

「言わば弟御の実親どのを人質に取られているようなもの。政実どのの苦衷《くちゅう》も分かる」

「いかにも」

信直は大きく頷きつつ、

「いかがした？」

解《げ》せぬ顔をしている信愛に目を動かした。

「あのお人……途方もなき策を用いるお方。なにやら厭な心持ちがしてござった」

「…………」

「まさかお館と組んでの罠では……」

「罠でないと断言したはそなたであろうに」

「政実どののことを勘定に入れておりませなんだ。これまでどれほど九戸に使者を遣わしても首を頑として縦に振らなかったお人」

「しかし、この策を立てたのはそなた。だれにも洩れておるまい。案じ過ぎじゃぞ」

「確かに」

信愛に多少の安堵が浮かんだ。

「敵は駆け付けた騎馬兵らの他に一人もおらぬ。千以上の敵が近くにあればきっと気が付き申す。我らとて命を賭けての大仕事」

常陸入道も請け合った。

「これで決まった。九戸党までが味方についてくれればお館も引き下がるしかなかろう。半月も経たぬうちに決着がつこうぞ」

信直は快哉を叫んだ。


「おのれ、入道め裏切ったか！」

信直たちが川守田の城にすんなりと入ったのを見届けて晴政は激怒した。

「ひとまず様子《ようす》見《み》を！」

実親は馬を並べて諫めた。

「手を組んでのこととなれば危のうござります。鉄砲で狙っておるやも知れませぬ」

「それこそ願ってもない好機というもの。籠もってばかりでのらりくらりと躱《かわ》していた信直。これで宗家に対する反逆がはっきりといたす。構わぬ。城の近くまで攻め寄せよ！」

晴政は兵らを促《うなが》した。

「入道めに儂がじきじき言うてやる。信直を即刻に引き渡さねば今夜中にも城に火を放ち、一族郎党根絶やしにしてやるとな」

「……………」

「間近の守りを任せられながら謀反をなすとは言語道断。首を並べて見せしめとしてやる」

「歩兵の到着をお待ちくださりませ！」

実親は必死で押し止めた。

「入道などの腐れ弾に当たる儂ではない。どうせ三百も兵がおらぬ城じゃ。二百の騎馬兵が臆したとあっては南部の名折れとなる」

晴政の言葉に兵らは勇み立った。

「城を囲んで駆けよ。鉄砲も当たらぬ」

信直を目前にして晴政は昂ぶっていた。

城がどんどん迫る。敵は無気味なほど静まり返っていた。実親は不安と戦った。だが、晴政の言葉ももっともであった。たかだか三百に満たない守りである。しかも城とは名ばかりで満足な濠もない。だれの目にも勝敗が明らかと思える。包囲して歩兵の援軍を待てばいいだけのことだ。二日と保ちはしないだろう。

〈北信愛ほどの者が側にありながら……〉

取り返しのつかぬ失態としか言い様がない。実親は首を捻りつつ晴政に従った。

轟音が響き渡ったのはそのときだった。

実親の馬が棒立ちとなった。

実親は手綱を握り締めて堪えた。鞍から転げ落ちそうになる。馬の眼前を弾丸がかすったのである。実親はなんとか姿勢を保った。

轟音はまた響いた。

隣りに並んでいた晴政の馬が頭から地面に突っ込んだ。絶叫を発して晴政が宙を飛んだ。背中から叩き付けられる。

「お館さま！」

兵らは仰天した。慌てて馬を停める。実親も飛び下りて晴政に駆け寄った。馬が撃たれたと思ったのだが、抱き起こした晴政の脇腹から血が噴出していた。実親は青ざめた。そこに新たな轟音が——

実親の腕に激しい痛みが生じた。みるみる血が噴き出る。

実親は鉄砲の方角を見定めた。

平原に立ち尽くす実親らを狙って川守田の城から鉄砲の火が噴いている。

「退却しろ！　お館さまが撃たれた」

実親は声を張り上げた。

「退《ひ》け！　城に戻る」

でないと晴政の命が危ない。

「おのれ……おのれ」

目を開けた晴政はそれだけを繰り返した。


城の兵たちは反転した騎馬兵らを小躍りして見送った。だが……信直と信愛の顔からは血の気が失せていた。

「馬鹿な……なんで鉄砲を放った……なんでこちらから仕掛けた！」

信愛は我を取り戻すと常陸入道を探した。常陸入道も蒼白の顔で現われた。

「貴様！　なんということをしてくれた」

信愛は常陸入道を殴り付けた。

「知らぬ。命じておらなんだ。敵の勢いに怯えた兵の一人が撃ったのじゃろう。それにつられて皆が放った。儂は断じて命じておらぬ」

常陸入道は言いつのった。

「これで我らは逆賊であるぞ！」

信愛の目から悔し涙が溢れた。

「なんのために今まで耐えてきたと思う？　それを貴様が無駄にした。だれが聞いてもこたびのことは我らの罠と見よう。ようも不始末をしでかしてくれた。これで終《しま》いぞな」

信愛は常陸入道を足蹴《あしげ》にした。

「それより……当たったのか？」

信直は信愛を制して質した。

「間違いござらぬ。でなければ退却せぬはず」

信愛に言われて信直の腰は砕けた。へたへたとその場に座り込む。

「申し訳ござらぬ。この通りじゃ」

常陸入道は地面に額を擦《こす》り付けた。

「どうすればよい？」

信直は震えつつ信愛に訊ねた。

「すぐにここを出るしかありませぬ。こうなれば我が城に戻りて戦さの支度を。お覚悟召されませ。もはや味方は一人もおらぬと心得ねばなりますまいぞ。この程度の者を頼りとした己《おの》れが情けなし」

「手前もともに行かせてくだされ」

常陸入道は信愛に懇願した。晴政の軍が態勢を整えてふたたび攻め寄せてくるのは確実である。三百の兵では皆殺しとなる。

「元はと言えば政実どのにも責めがあること。きっと手前が仲立ちとなってお味方に加えて差し上げる。是非ともお伴を」

「政実がいまさら我らにつくと思うか！」

信愛は喚き散らした。

「八戸政栄どのが我らに味方せぬと見做《みな》せば明日にでも我が城を襲って参る」

「死ぬのとは違うか？」

信直が信愛の肩を揺さぶった。

「お館がだ。あの高齢《とし》じゃぞ。多少の傷でも危うくなる。そうなればどうなる？」

信直の言葉に信愛は絶句した。かすり傷に過ぎないと見ていたのである。

「死ねば……どうなるか……」

信愛にも見当がつかなかった。

まさか三歳やそこらの晴継が宗主の座に就けるわけがない。津軽の大浦為信を筆頭に南部を脅かす者がいくらも居る。恐らく一族の合議で宗主が定められることになるだろうが、それは南部に平穏が保たれてこそのことである。今の状態では合議などとても望めない。

〈本当にどうなるものか……〉

信愛は大きな嘆息をした。

まずいことになった、と身を震わせていたのは原田も同様だった。鉄砲隊は晴政軍を待ち受けていた信直軍のふりをして威嚇《いかく》の砲撃をするだけでいいと命じていたはずなのに、あろうことか晴政に弾丸が命中したのだ。

しかも……実親まで傷付けてしまった。

政実の狙い通り、川守田城の兵らも鉄砲の音に誘われて砲撃を開始した。これで信直は歴然たる反逆者となった。が、今後の予測がつかない。大誤算である。

「ここに九戸党《われら》の姿があってはまずい。引き揚げだ。鉄砲隊の者らにも断じて見咎《みとが》められぬよう伝えに参れ。散り散りに戻れ、とな」

消沈した口調で原田は命じた。

「お館さまのお怪我は大丈夫でござろうか」

配下も案じて原田に質した。

「弾丸傷《たまきず》はさほどでもなかろうが……落馬が気に懸かる。空を狙えと申したに……」

また一つ原田は吐息をついた。

「流れ弾でござりましょうが……急に騎馬兵らの列が横に向きを変えてござる。鉄砲隊とて、あの中にお館さまや実親さまが加わっておるなど知らなんだはずで」

それは原田も分かっていた。鉄砲隊ばかりが悪いのではない。

「とにかく殿にご報告せねばならぬ。一人は三戸に向かって実親さまのご様子を確かめろ。顔を出してはまずい。頭の巡りの早い実親さまのことだ。我らの策と見抜かれる」

原田は配下に言うと馬に飛び乗った。

十

政実はしばらく原田と向き合っていた。

思い掛けぬ報告にさすがの政実も言うべき返答が口に出てこない。

「お詫びの言葉もありませぬ」

原田は覚悟を決めた顔で言った。

「お館が自ら馬を駆って出るとはな……」

政実はようやく口を開いた。

「まだわずかの気概が残っていたか」

「…………」

「実親のことも頭に入れてはおらなんだ。てっきり外されると思うていた……それでは致し方あるまい。流れ弾に当たるは時の運。鉄砲隊を責めることはできぬ」

「ははっ」

「して……信直はいかがした？」

「そこまでは……なにより事態をご報告せねばと駆け戻りました。一人を残しましたゆえ、おっつけ知らせに参りましょう」

「信直も動転しておろう。お館を傷付けたのは川守田城の兵と思い込んでおる。南部の者らが一丸となって信愛の城を攻めると見ておるに相違ない。今日、明日が山場だな。果たしてどう動くか……今度ばかりは先が読めぬ」

「もしお館さまに万一のことがあれば？」

「死んでくれればありがたい」

政実はあっさりと応じた。

「弔《とむら》い合戦の名目で信直をも葬ることができる。だが……しぶとい親父じゃぞ。落馬した程度では簡単に死なぬ。それが面倒だ」

「と申されますと？」

「八戸政栄はこれで必ず信直を見限る。信直に従っていた者らも身を引く。それではとても喧嘩にはなるまいよ。信直としては自ら腹を切るしか道がなくなるやも……そうなればまたお館の世となる。長い回り道をして、結局は無駄骨だったということだ」

「…………」

「もし俺が信直で、その場におったれば、見逃さずに追い詰めてお館の首を刎ねた。それしか生き延びる方策はない。その後の弔い合戦の勝敗はだれにも分からぬ。傷付けた以上はその覚悟でことを進めるべきであろう。北信愛、も少し利口な者と見ていたが……その程度の判断がつかぬでは底が知れておる。お館を傷付けたまま生かすことが一番の失策だ」

原田は大きく頷いた。その通りである。

「さて……俺はどうするか……」

政実は腕を組んで天井を見上げた。

「お館さまはここぞとばかりに信直どの追討の命令を一族に出しましょうな」

「八戸勢は出陣すると思うか？」

「恐らく。信直どのを庇う理由がありませぬ」

「常陸入道は俺が信直の身を案じていると思い込んでおろう。あやつのことだ。お館の報復を恐れて信直らと行動をともにしておるに違いない。なんとか入道と繋ぎを取って、最初の鉄砲を撃ち込んだのは川守田の手の者にはあらずと教えてやれ」

「は？」

原田は目を丸くした。

「南部を二つに割ろうとした敵の策略だと言うのだ。津軽や秋田をはじめ敵はいくらでもおる。入道らは勝手に想像しよう。まさか、教えた九戸党の仕業とは思わぬ」

「それは……そうでござりましょうが」

原田には政実の考えが分からなかった。

「その疑いがある以上、九戸党は一歩も動かぬ。そう言うだけでよい」

「それで本当によろしいので？」

原田は念押しした。

「やり過ぎれば反対に疑われよう。あとは北信愛の知恵に任せる。信愛は九戸党が動かぬことを真っ先に八戸へ伝える。八戸政栄も俺が動かぬのは確かな証しがあってのことと見るはずだ。それで当面の戦さは避けられる」

「つまり……信直どののお味方に回るということでござりますか？」

「もう飽きた。ここで喧嘩を止めさせる」

政実はさっぱりとした顔をして、

「信直を討つのはたやすいが、お館の世に引き戻すわけにもいかぬ。信直に恩を売り、俺が喧嘩の仲裁に立つ。信直とて文句は言うまい。今のままでは間違いなく首を刎ねられる」

「信直どのはそうであっても……お館さまが果たして頷かれますかどうか」

「まあ見ていろ。明日にでもお館から出陣の要請があろうが、それに靡《なび》かねば戦さにはならぬ。そうして本家に乗り込む」

政実にはまた笑いが戻っていた。


原田に下知を与えた政実は苦笑いを一つして庭に下り立った。長い回り道であった、と政実はあらためて思った。晴政に男子が生まれて三年余り。南部は晴政と信直の対立で大揺れした。その真ん中に在《あ》って操《あやつ》ってきたつもりだったが、なに一つ得たものはない。その苛立ちが今度の策に繋がったのであるが、それとて思い通りの結果とはならなかった。

〈やり直すしかなかろう〉

幸いに九戸党は兵力が温存されている。三十七という己れの歳が気掛かりなだけだ。しかし、まだ間に合わぬ歳でもない。むしろやり直すには適当な歳とも言える。このまま三、四年を過ごせば取り返しがつかない。

「お珍しいこと」

ぼんやりと池のほとりに屈んで小石を投じている政実の背中に女の声がかかった。政実の妻貞子《さだこ》のものだった。

「もっと広い池が欲しいな」

政実はそのまま波紋を見詰め続けた。波紋はすぐに池の縁に達して消える。

「お作りになればよろしいでしょう」

貞子は微笑んで政実の側に立った。こんな風に政実がのんびりと庭で遊んでいるのは滅多《めった》にないことである。

「俺もこの程度の者だ。なにをしたとて、その波は南部の中で治まってしまう」

「なにがございました？」

貞子は政実の横顔を見やった。

「なにも。なにもないゆえ退屈している」

政実はまた小石を拾って投げた。

「なんだかおかしい」

貞子はくすくすと笑った。笑うと若さが戻る。十五で政実に嫁いで九年。まだ二十四の身である。

「娘たちはどうしている？」

「厨《くりや》で菓子作りを手伝っておりましょう」

「お館と実親が鉄砲で撃たれた」

政実の言葉に貞子は青ざめた。

「心配ない。実親はかすり傷らしい」

「お館さまのお怪我《けが》は？」

「あの狸じじいが死ぬものか」

政実は立ち上がって裾の埃《ほこり》を払った。

「お見舞いには参られぬのですか？」

呑気《のんき》な様子に貞子は戸惑っていた。

「俺も娘らと菓子作りをしてみるか」

「なにを申されます……」

貞子は呆れた。

「倅《せがれ》でもあれば譲って隠居をしたいところだ」

「………」

「そなたを責めているのではない」

政実は慌てて重ねた。二人の娘はあっても政実には跡継ぎの男子が居ない。

「ほとほと飽きただけのことよ。あのお館の下では働き甲斐がなかろう」

「この土地の民らは殿を慕っております」

「そうか」

「いつもの殿とは……」

貞子は心配そうに政実を眺めた。

「俺は……厭《いや》な男だぞ。隠居でもせぬ限り、ますます厭な男になっていく。覚悟しろ」

「なにを突然」

貞子は陽気な笑いをした。

「手遅れにならぬ前に隠居の道もある。娘やそなたらと菓子を作り、碁や花を愛《め》でて暮らす。それを望みとする者は多い」

「殿が花を？」

貞子は笑いを止めなかった。

「南部のためか、俺のためか……分からなくなってきた。どうせ分からぬなら娘らやそなたのために生きるのも一つの道」

「似合いませせぬ」

貞子はきっぱりと返した。

「殿はここの民のために生きておられます。民らは殿の下にあるのを誇りと思っておりましょう」

「俺は民のために働いてはおらぬ」

忸怩《じくじ》たる思いで政実は口にした。

「それでも九戸党の旗印は民の拠《よ》り所《どころ》」

「………」

「殿が上にあればこそ民らも頑張っていられます。本家のある三戸の城下は近頃すっかり寂《さび》れつつあるとか」

「酒の用意を。娘らの菓子も馳走になろう」

政実の気分は上向きとなっていた。


信直が常陸入道を引き連れて北信愛の守る剣吉城に立ち返った報告は間もなく政実にもたらされた。三戸の城は晴政の怪我の治療に追われて、まだなんの動きも見られない。

「二千の兵らに戦さ支度を命じよ。お館の見舞いに参る」

「戦さの用意を整えてでござりますか？」

側近らは首を傾げた。

「この辺りで喧嘩のけりをつける。三戸が済めば次は剣吉城に向かう」

有無を言わせず政実は繰り返した。

三戸から晴政の負傷を知らせる早馬が到着したのは、それから二刻も後のことだった。

十一

真夜中に城を出て三戸に辿り着いたのは払暁《ふつぎょう》だった。城の大門は急を聞いて続々と詰め掛ける者たちのために開け放たれている。鎧のまま政実は城内に入ると容態を質した。弾丸は脇腹を貫通したと言う。だが幸いに命には別状がないらしい。三月もすれば回復するであろうとの返事が戻った。

「兄者！」

政実が側近と話しているところに実親が駆け付けた。実親は右の腕を吊っていた。

「元気そうだな」

政実は一安心の顔で挨拶した。

「面目ござらぬ。流れ弾がかすり申した」

「無事でなにより」

「戦さ支度と聞き及びましたが？」

「場合によってはな」

「場合とは？」

実親と側近は顔を見合わせた。

「鉄砲の弾は確かに川守田の城より撃たれたものであったか？」

政実は実親に訊ねた。

「それはもちろん」

「川守田の兵らが撃ったことは俺も聞いている。問題は最初の一撃だ」

「と言われると？」

「城の外の草むらから火が噴いたのを土地の百姓らが見ておるそうな。調べさせた」

「それで？」

実親には話の筋が読めないようだった。

「信直はこれまで頑《がん》としてお館さまに矛先《ほこさき》を向けなかった男だぞ。この喧嘩に付け込んで南部を二つに割ろうとした者が他におるやも知れぬ。信直が側におる場所で本家の軍に鉄砲を撃ちかければ、だれもが信直の仕業と見る。それで信直は謀反人となる。和議など有り得なくなろう」

「だれが仕掛けたと申される！」

気付いて実親は詰め寄った。

「そこまでは突き止めておらぬ。が、津軽や秋田の手先がこの近くに忍び込んでいたとて不思議ではなかろう。信直の罠と決め付けるのは短慮であるとお館さまに申し上げにきた」

「なれど」

側近は頷きながらも、

「入道どのの手勢が撃って参ったのも事実でござりますぞ。お館さまに鉄砲を向ければ謀反に間違いなし。だれが先か後かの問題ではありますまい」

激しく言い立てた。

「そしてみすみす敵の罠に嵌《は》まるのか」

じろりと政実は睨み付けた。

「この喧嘩のせいで津軽の始末も手付かずのままだ。大浦為信の好きなようにさせられておる。この上、国を割っての戦さがはじまればどうなる？　跡継ぎ争いどころではあるまい。肝心の南部がなくなってしまおうに」

　政実の一喝に側近は引き下がった。

「敵の罠となればどういたします？」

　実親は政実の考えを質した。

「すべての元凶《もと》は二人の喧嘩にある。止めて貰わねばいつまでも敵に付け込まれよう」

「それは承知にござる」

「お館は口が利《き》けるのか？」

「なんとか」

「では話が早い。お館に直接言おう」

「和議など受け入れるわけが――」

　実親は首を横に振った。

「撃たれて気が立っておられます」

「俺もだ。もはや我慢がならぬ」

　政実は実親を促した。


「人払いなど無用じゃ」

　晴政は床の周りに居並んでいる者たちに言った。居並ぶ者たちは浮かせた腰を戻した。

「いまさらなんの談合があると申す」

　晴政は半身を起こして政実を睨んだ。

「戦さ支度をしてきたとあれば、即刻に剣吉城を攻めて信直の首を見舞いの品とせよ」

晴政は脇腹を押さえて苦痛をこらえた。

「最初の一撃は川守田の城の者にあらず、との噂を耳にしてござる」

政実は揺るぎも見せずに言い放った。

「お二方の喧嘩に乗じて南部を二つに割らんとする敵の仕業とも考えられ申す」

「あれは信直の差し金じゃ。でなければ間近にまで足を運ぶわけがない。信直の罠ぞ」

側近らもいっせいに頷いた。

「だれの罠かどうか、はっきりとせぬうちは、この政実、一兵たりとも動かせませぬ。謀反人となった以上、信直どのも覚悟を定めておりましょう。必ず大戦さとなりますぞ。どちらが死んでも南部の兵。喜ぶのは津軽や秋田ばかり。ここはご慎重にことを運ばれ召されれ」

「撃たれたのは儂じゃ!」

「今一度申し上げる」

平然と政実は遮って、

「信直どのの罠と決まれば剣吉城を即日にでも落として差し上げまするが、それが定まらぬうちは一歩たりとて……ようくお考え召されよ。もし信直どのの罠であるなら、あらかじめ兵を隠し、退路を断つ策を講じていたに相違なし。無事に戻られるわけがありますまい。お腹立ちはもっともなれど、やはりどこぞの敵が仕組んだ罠と見るのが適当でござる」

うーむ、と側近らは唸った。

「うぬなど最初から当てにしておらぬ」

晴政は退出するように促した。

「まだ話は済んでおりませぬ」

「うぬの顔を見ていれば傷が痛くなるわ」

「南部のためを思って、ここはご隠居召されてくださりませ」

「なんじゃと！」

晴政は目を大きく剝いた。

「ご承引くだされば、このまま剣吉城に向かい、信直どのと話をつけて参りましょう」

「なんの話をつけると言うか！」

「南部の宗家をいずれ晴継さまにという約束にござる。お館さまがご隠居召されて、しかもこれまでの経緯を白紙に戻した上での申し入れ。否とは言いますまい。それすら拒むとあれば手前にも覚悟がありゅ申す」

「晴継をいずれ南部の跡目にな……」

晴政は明らかに揺れ動いていた。

「喧嘩などしている場合ではござらぬ。津軽をこのまま見過ごせば他国より侮られましょう。信直どのが仕掛けた罠であればともかく、だれぞの罠なら取り返しのつかぬことに」

「晴継に皆が従うと言うのじゃな？」

「失礼ながらまだご幼少。当分はしっかりとした後見役を頼まねばなりますまいが」

「それは……致し方あるまい」

晴政は小さく首を縦に動かした。

「撃たれたお館さまがご隠居で、信直どのはそのまま捨て置かれるのか？」

側近の一人が得心でき兼ねる顔で言った。

「信直どのを南部の跡目と定めたのは他ならぬお館さまであろう」

政実は低い声で言った。

「廃嫡《はいちゃく》となすとの合議も開かれておらぬ。それゆえ北信愛や南慶儀《みなみのぶよし》らが跡目と立てて力添えをしておるのだ。そなたらは不本意であろうが、他国の者らはこの喧嘩に勝ったお人がまことの南部の棟梁と見做しておる」

「無礼でござりましょう！」

側近らは色めき立った。

「よい。政実の言う通りじゃ」

晴政は側近たちを黙らせて、

「いかにもこの喧嘩、儂が隠居でもせぬ限り治まるまい。晴継が正式な跡目と定まれば信直はたかだか田子《たっこ》の城主に過ぎぬ身となる。信愛や慶儀も手を引くであろう。罰したとおなじことぞ。それで南部が鎮まる」

「よくぞご決心くだされました」

政実は晴政の前に両手を揃えた。

予想と寸分違わぬ展開であった。晴政はひたすら幼い晴継の先行きを案じているのである。跡目と決まるのであれば頷くはずだと政実は見ていた。傷を受けては弱腰にもなる。

「後見役のことじゃが」

「は」

「実親とそなたが引きうけてくれるか？」

「八戸政栄どのらを差し置いて手前が後見役となっては新たな争いの種子《たね》。実親一人で十分にござります。もしものときは実親の手助けをきっと九戸党が」

「そうか。では安心して任せられる」

晴政は喜んだ。

これも政実の読んだ通りであった。

「和議が成ればただちに隠居する。そのあとは後見役の実親を頼りといたせ」

晴政は側近らに命じた。

「荷が勝ち過ぎまする」

実親は慌てて晴政に膝を進めた。

「信直のことが片づけば面倒はなくなる。隠居と言うたとて城内に暮らす。晴継の側でなくては一日も生きてはおられぬでな。むしろ隠居はありがたい。ゆっくり晴継の遊び相手ができようぞ」

晴政は傷の痛みすら忘れたようだった。


政実は翌日の早朝、剣吉城を目指した。

和議の勝算はすでに政実の胸にあった。崖っ縁に追い詰められていることは当の信直が一番よく承知している。首が繋がるどころか晴政が隠居すると知れば喜んで和議に応じる。

城が近付くと、出迎えのごとく原田が待ち構えていた。峠道で剣吉城が見渡せる。

「常陸入道には伝えたか？」

馬を休ませながら政実は質した。

「しかと。狂喜しておりました。それで……三戸の首尾はいかがでございました？」

「お館は隠居することとなった」

「まことで！」

原田は耳を疑った。

「和議が成った後のことだが……信直が引き下がれば南部の棟梁は晴継」

「はあ……」

それには少し解せない顔を原田はした。

「三歳ではとても棟梁など務まらぬ。後見役は実親。しばらくはそれで様子を見よう」

なるほど、と原田は頷いた。

「あの狸じじい、隠居の身となっても城を出ず、実親を上手く操るつもりと見たが、そうはいくまい。もはや棟梁ではなくなった。一年やそこらは耳を貸す側近もあろうが、すぐにだれからも見限られる。実親を頼りとする者が増えようぞ。そうなれば晴継は名ばかりの棟梁。なにかとやりやすくなる」

「思い掛けぬ運びとなりましたな」

原田は唸りを発した。まさか晴政が隠居をするなど考えられなかったことである。加えて和議が成れば南部は一挙に平穏を取り戻す。元はと言えば共倒れを狙って二人の喧嘩を煽る策として政実が仕掛けたことなのだ。

「とても信じられませぬ」

よくも傷付けられた晴政が報復を諦めて和議に頷いたものだと思う。

「こんな俺でも我が娘が愛しい」

政実はぽつりと呟いた。

「子の先行きが安泰となるなら喜んで引き下がる。そう睨んで話を持ち掛けただけだ」

「だれしもが今度こそは大戦さになると覚悟しておりましたでしょうに」

「鉄砲隊を我らが仕掛けたこと、断じて洩らすな。念には念を入れる必要がある。鉄砲隊の者らをどこぞに落ち延びさせよ。二、三年は南部に戻らせるでない」

政実は原田に耳打ちした。

「心得ましてござります」

原田は請け合った。


剣吉城は緊張に包まれていた。本家よりの使者と称しながら政実が二千の兵を引き連れているとあってはそれも無理はない。廊下に並んで平伏している者たちには疑心暗鬼の様子がはっきりと窺われた。しかも相手は九戸政実なのである。

「これは、これは。待ち兼ねましたぞ」

不安を打ち消すように常陸入道が広間の前で陽気な声を上げて迎えた。

「じきじきのお出ましとは心強うござる」

「感心に戦さの用意はしておらぬようだの」

政実は口元を緩めて会釈を返した。

「九死に一生とはまさにこのことでござる。手前も兵らを問い詰め申したが、いかにも奇妙。だれぞが草むらに潜んで撃ったとしか思えませぬ。お陰でこの首が繋がり申した」

「まだ早い。話はこれからだ」

政実は広間にずかずかと足を踏み入れた。

正面に信直が端座《たんざ》していた。信愛や慶儀らの顔ももちろん揃っている。

「ご使者のお役目、ご苦労さまにござる」

信愛が頭を下げて政実に席を勧めた。信直と向き合う形である。

「大軍を率いての使者とはいかなることでござろうや。城の者らが首を傾げており申す」

信直は凛とした声で政実を糺《ただ》した。

「お館さまに談判に出掛けたついでにな」

政実は薄笑いを見せて言った。

「大戦さをしている場合ではなかろう。もし剣吉城を攻めると言うなら盾となる気で兵を従えた」

おお、と広間に歓声が湧き上がった。

「勘違いするな」

政実は声を張り上げた。

「それはここも一緒ぞ。戦さ支度を整えているようなら攻めるつもりでやってきた」

広間はたちまち静まった。

「もうよかろう。いい加減に和議を結ばれよ。お館さまは俺にすべて任せると言うた。もしそなたが晴継を次の宗主として認めるなら、明日にでも隠居すると申しておる」

「隠居？　あのお館さまがでござるか」

信直はあんぐりと口を開けた。信愛と慶儀も仰天した。どよめきが広間に広がる。

「喧嘩両成敗。それで文句はなかろう。和議を結ぶと言うならだれ一人としてお咎めもなし。すべてを水に流すと約束した」

「それを信用せよと申されるか？」

信直は何度も首を横に振った。

「あのお館さまでござるぞ。我らの仕業ではないと承知でも鉄砲の痛みは忘れぬ」

それに何人もが頷いた。

「俺が約束を取り付けた。破れば、そのときから俺がお館さまの敵となる」

政実はじっと信直を見据えた。

「信用できぬと言うなら戦さを仕掛けてきても構わぬぞ。お館さまより持ち掛けた和議を蹴ったとあっては、頼みの八戸政栄も呆れ果ててそなたらを見放すであろう。俺も顔を潰されてはお館さまの手助けに回るしかない。その方が手っ取り早いか」

「いや、なにも信用できぬと申しているわけではござらぬ」

慌てて信愛が割って入った。

「申しているわけではないが……これまでのお館さまの仕打ちを思えば……すぐには返答がしかねる。そういうことでござる」

「むろんお館さまはそなたらを討てと俺に命じた。簡単に隠居を受け入れたわけではない。だが、跡継ぎが晴継さまに定まればということで渋々頷かれた。もはや姑息な策など用いておらぬ。怪我を召されたお館さまですら和議を望んでおられるのだぞ。戦さになれば勝ち目のないことをそなたらとて知っておるはず。ここで手を打つのが得策と申すものだ」

「あんな幼子《おさなご》を跡継ぎにすれば、ますます南部は乱れように」

信愛は詰め寄った。

「しばらくは実親が後見役となる」

「なるほど……そういう段取りでござるか」

信愛は大きな溜め息を吐いた。

「実親どのが後見役となるなら文句はない」

信愛がなにか言いかけたのを制して信直は政実にゆっくり頭を下げた。

「それでようござるのか?」

信愛は信直に膝を進めた。

「手前一人のことで多くの兵を死なせるわけには参らぬ。勝てぬ戦さであるのはそなたがだれよりも承知であろう。ただの和議であれば抗いもしようが、お館さまが隠居召されるとあっては受け入れるしかあるまい。政実どのの言を信じて田子の城に戻る」

ほう、と政実は信直を見直した。もっと見苦しく信愛らを当てにするのではないかと内心では予測していたのだ。

広間の者たちには悔しさと安堵の両方が見て取れた。信愛と慶儀はがっくりとうなだれた。この三年が無駄となったのである。

「実親どのは必ずや立派な後見役となる。南部を平穏に導いてくれよう。ましてや九戸党が後ろに控えておるとなれば他国も滅多には戦さを仕掛けて参るまい。それでよい」

信直は皆に言い聞かせた。

「この信直どのを死なせてはなりませぬぞ」

信愛は政実に懇願した。

「お館さまには指一本触れさせせぬ。望みとあれば血判状をここでしたためてもよい」

政実の言葉に信愛もようやく安堵した。

〈この男、それなりの器量があるの〉

政実の目は信直にだけ注がれていた。

やはり戦さをして攻め滅ぼすべき相手ではなかったか、と政実はどこかで思っていた。

新時代

一

南部《なんぶ》一族の宗主であった晴政《はるまさ》が隠居して、永く続いていた信直《のぶなお》との確執に元亀《げんき》三年（一五七二）一応の和議が成立した。それからおよそ六年が過ぎ、年号も天正《てんしょう》と変わっている。

　この六年の間、奥州は奇跡的に均衡が保たれていた。目立った動きを拾うなら、津軽《つがる》の大浦為信《おおうらためのぶ》が天正二年（一五七四）から三年にかけて、近隣の浅瀬石《あせいし》城、新屋《あらや》城、大光寺《だいこうじ》城など十余城を攻め落として、着々とその勢力を広げたことと、最上《もがみ》に内紛が持ち上がり、劣勢と目されていた義光《よしあき》が、父親の義守、弟の義時の連合軍を制して新たな領主として君臨しはじめた程度であろう。

　だが、全国的に見るなら、この六年はまさに大激変の時代であった。

　まず天正元年の正月に甲斐《かい》の英雄武田信玄《たけだしんげん》が念願であった上洛の途中で病没した。天正二年九月には長島の一向一揆が決着。信長《のぶなが》はこの戦《いく》さで二万人の一揆《いっき》勢を焼き殺すという暴挙を行なった。天正三年は武田勢と信長軍との最後の攻防、長篠《ながしの》の合戦のあった年である。信長の鉄砲隊の前に無敵を誇っていた武田の騎馬軍はあっけなく敗れ、一万を超える死者をだして滅亡に繋《つな》がる打撃を受けた。信長はこの勝利によって、ほぼ乱世を纏《まと》める形となり、天正五年には居城を岐阜から安土《あづち》城へと移した。天正六年の三月には、その信長が、もはやただ一人恐れる存在と言ってよかった上杉謙信《うえすぎけんしん》が没した。

いたずらに惰眠を貪《むさぼ》っていたわけではないが、南部の統率がいま一つ取れぬまま九戸《くのへ》政実《まさざね》が無為に近い六年を重ねているうちに、時代は信長によって大きく作り変えられようとしていたのである。

〈こういうはずではなかったが……〉

上杉謙信が没したという知らせを耳にしたばかりの四月の中旬。政実は激しい苛立ちを覚えながら久慈《くじ》への道を辿っていた。弟の政則《まさのり》の治める久慈まで、政実の暮らす二戸《にのへ》からは九戸党の領地だけを進むことができる。だからと言って安心はできない。どこにだれの目が光っているか分からない。万が一にでも今夜の会見の相手の正体が八戸政栄《はちのへまさひで》や北信愛《きたのぶちか》辺りに伝われば取り返しのつかない事態になる。政実は緊張を緩めずに馬を進めた。

〈もはや四十三だ〉

若くない。たった二つ年長にしか過ぎない信長がこの国を一つに纏めようとしている。それを思うと自分の腑甲斐《ふがい》無さに腸《はらわた》が煮えくり返りそうになる。信長には常に運が味方している。もし自分も信長とおなじ立場にあれば、同等のことができたはずだ、と慰めるしかない己れに腹が立つ。自分も東国に生まれ、若くして一国を預かる身であったなら、必ず信長と一戦交えていたに違いない。その道から外れた己れがなんとも口惜《くや》しい。

「くだらぬ連中ばかりだ」

思わず政実は声にした。

「は？」

横に並んでいる原田が政実を見やった。

「どいつもこいつも愚かしい。こんなしがらみの中で朽ち果てねばならぬと思えば、生きているのさえ厭《いや》になる。実親《さねちか》を宗家の婿《むこ》に入れたのが間違いだった。あやつのお陰でかえって動きが取れぬ。もう少し気概《きがい》があると見ていたに、南部を守るが精一杯か」

「………」

「守るだけでは、いつか潰されるぞ。安東愛季《あんどうちかすえ》は上手く立ち回って信長の信頼を得た。このまま信長の世となれば南部は愛季によって滅ぼされよう。今のうちに愛季を葬るか、あるいは最上義光辺りと手を組んで牽制をせねばなるまいに。それがなぜ実親には分からんのだ？　いつの間にかずるずると信直の台頭を許しておる。和解したからには信直に罪がないと申すは、いかにも潔い態度と言うべきやも知れぬが、阿呆だ。それでは俺のした何年かがすべて無駄となる」

「そのお言葉、ごもっともなれど……我を通さずに和議に応じられたことで信直どのの名が高まりました。八戸政栄どのも信直どのに同情なされてござります。たとえ今は廃嫡《はいちゃく》となられた身であっても、実親さまとて信直どのを無下《むげ》に扱うことはできますまい」

「弱気の策だ。実親はだれの機嫌も取って、南部をいずれ一つに纏めようと思っていようが、それでは間に合わぬ」

憮然として政実は原田を遮った。

「この五、六年、確かに南部は珍しく平穏が続いておるが、それは他国の動きに目を瞑《つむ》っておるだけに過ぎまい。南部の内紛が消えてなくなったというばかりで、断じて一つになったわけではないぞ。実親がすべてを先送りにしておるだけだ。言わば停滞に等しい。ここに安東勢が攻め込めば、たちまち旧の南部に戻って、いくつにも割れる」

「でありましょうか？」

「請け合う。実親とてそれを承知ゆえ津軽を蹴散らしている為信を見過ごしておるのだ。本気でやり合うには一万以上の兵を必要とする。今の状況ではその兵のやり繰りがつくまい。ましてや為信の背後に安東勢が控えておるやも知れぬ。下手につつけば南部の興廃にも関わる。南部の本領に為信が攻め入って参ったならともかく、津軽の中での攻防だ。ここはしばらく見過ごすのが得策と実親は見ておろう」

「恐れながら――」

原田は口を挟んだ。

「それは実親さまが殿と為信どののご関係を薄々と感じ取っておられるせいではござりませぬか？」

「それゆえ俺に津軽攻めを頼めぬと？」

「御意。八戸の内紛は相変わらず続いており申す。となれば為信どのを攻略できるのは九戸党を置いて他にありますまい」

「それが実親の愚かさよ。遠慮なしに俺に頼めばよかろう。実親は実の弟じゃぞ。本気で頼んで参れば為信を討ち取ってやる。それで実親が南部の棟梁になると決意を示せば、な」

もどかしそうに政実は返した。形の上での宗主である晴継《はるつぐ》の後見役という重い立場に在りながら、実親にはまるで欲がない。ただその責任を全うしようとしているだけだ。

「大浦為信、まだまだ敵ではない。が、このまま放置いたせば必ず南部の命取りになろう」

「それを承知であられながら……」

原田は嘆息した。今夜の会見の相手は、その大浦為信なのである。いかに為信の方からの会見の願いと言っても、あっさりと受ける政実の心がよく分からない。

「今恐ろしいのは安東愛季。南部の者らはその先行きすら見ておらぬ」

政実はそれだけを言って話を中断した。

二

「ご嫡男のご誕生、おめでとうございまする」

前夜から久慈に到着していた為信は、城下から離れた寺にて政実を待っていた。ここには為信の親の墓がある。為信は久慈から津軽の大浦一族の養子に迎えられた男だ。

政実は笑顔で応じて為信の正面に座った。

「九戸党もこれで安泰にございまするな」

「この時代だ。倅もさぞかし苦労いたそう」

待ち望んでいた嫡子の誕生も、今の南部の情勢を思うと素直には喜べないものがある。

「以前のそなたとは見違えるようだの」

為信の目を見据えて政実は本心から言った。

「実親と同年だったはず。三十二か」

「老《ふ》けました。白髪もちらほらと」

「働き盛りだ。羨ましい」

その言葉に同席していた政則も頷いた。為信には他を威圧する気が感じられる。

「にしても……」

わずかの手勢ばかりでやってきた為信の豪胆さにあらためて驚きを抱きつつ政実は、

「わざわざ参ったのはよほどのことか?」

「大光寺城を落とした辺りから安東愛季どのがなにかと使いを寄越して参ります」

為信は口にして政実を見詰めた。

「それで？」

「そろそろ返事をせねばなりませぬ。それによっては政実さまを敵に回さねばならなくなり申す。忌憚《きたん》のないお指図を願いたく、こうしてまかりこしました」

「俺の指図？」

「今の手前があるのは政実さまのお力添えと心しております。ご相談もせずに安東と手を組めば武者の面目が立ちませぬ」

言われて政実と政則は顔を見合わせた。

「津軽ばかりのことなれば南部も多少はのんびりと構えていられましょうが、安東と手を組めば一月もせぬうちに大戦さとなりましょうな。見逃しはいたしますまい」

「だろうな。この俺にも出陣の要請があろう。安東愛季が相手となると容赦はならぬ」

「覚悟はしております」

笑って為信は頷いた。

「それを伝えにだけ参ったのではなさそうだ」

政実も笑って促した。

「実は出羽の大宝寺義氏《だいほうじよしうじ》どのからも同様の使いがしばしば手前のところに」

「なるほど」

政実は小さく首を縦に動かした。大宝寺義氏は出羽庄内《でわしようない》一帯を支配する男である。隣接した安東愛季と張り合っている。もし安東愛季の領地の北に位置する津軽勢と提携できれば両側から挟むことになるのだ。安東は南部に的を絞って為信を必要とし、大宝寺は愛季の牽制のために為信を欲しがっている。

「安東は大国。手を組めば、いずれ安東に取り込まれてしまい申そう。手前としては大宝寺と提携し、津軽を独立させたいと願うてござるが、そうなれば安東を敵に回してしまいまする。南部と安東の両方に挟まれては、これも先行きが知れたこと。ほとほと困り果てました。ただ、この世を生き残るつもりであれば安東にくみして機会を窺《うかが》う方策もござりますが……そうなったときは九戸党を敵にすることになりましょう」

「難問でござるの……」

政則は腕を組むと唸《うな》った。

「力をいっときにつけたからよ」

政実は苦笑した。

「それほどの者になったと喜ぶがいい」

「手前はとても喜んでなどおられませぬ」

為信は真面目な顔で政実にすがった。

「古来より──」

政実は続けた。

「遠くと結んで近くを敵とせよ、と申す。それが領土を広げる将の道だ。近くと手を結んでいる限り、自国を広げられぬ。考えるまでもない。大宝寺と提携するがよかろう」

「しかし……安東と南部の両方を敵とする力は手前にありませぬ。南部が本気でかかってこぬせいで辛うじて命を長らえているだけのこと。その程度は承知しており申す」

為信は額の汗を拭《ぬぐ》って力説した。

「では安東に取り込まれるか？」

「いや……それも」

為信は落ち着かぬ目をして応じた。

「せっかくの働きが無駄になろう。そなたは今どれだけの兵を動かせる？」

「二千五百から三千にござります」

正直に為信は教えた。

「大したものだが、安東愛季は一万二千は楽に動かす。とてもそなたの敵う相手ではない。大事にされるは最初ばかりで、そのうち安東勢に呑み込まれてしまうは明白」

「…………」

「これまでの縁がある。俺もそなたとはやり合いたくない。南部が当分そなたを攻めぬように工夫してやろう。そうすれば当座の敵は安東一人となる。大宝寺と手を携えればなんとか凌《しの》げるはずだ」

「南部がこのまま見過ごしてくれますか？」

「だから、工夫によってはな」

「どんな工夫がござります？」

「浪岡《なみおか》御所を落とせ」

為信ばかりか政則もあんぐりと口を開けた。

「兄者！　なんと申された」

「浪岡御所を落とせと言うた」

眉一つ動かさずに政実は繰り返した。

「だれからも攻められるなどと思うておらぬ城。二千五百の兵あれば簡単に落とせよう」

「本気の言葉ではござるまいな？」

政則は詰め寄った。

「浪岡御所の主は我ら南部の一族にとって大恩ある北畠《きたばたけ》さまのお血筋にあられまするぞ」

為信さえも大きく頷いた。

現当主である北畠顕村《あきむら》の祖先は、今の南部一族の中興の祖とされる南部師行《もろゆき》を甲斐より陸奥へと同行させた北畠顕家なのである。顕家の陸奥守《むつのかみ》就任に際して同行を許されていなければ南部は陸奥と縁が切れていたはずである。師行は顕家と運命を共にして南朝の悲しい歴史の中に消え去ったが、足利尊氏の開いた幕府の時代となっても八戸に残った師行の弟の政長が耐え抜き、ついに陸奥で南部の地歩を固めた。と同時に顕家の弟の顕信も紆余曲折《うよきょくせつ》の末に浪岡へ城を築き、以来、その関わりが今に至るまで続けられている。言うなら主筋に当たる存在であった。

「が、南部のだれもが苦々しく見ておるのも確かであろう」

政実は政則と為信を見やった。

当主顕村の正室は安東愛季の娘なのである。

浪岡城が、もし南部の領地内にあるのであればまだ問題はない。たとえ正室が愛季の娘だとしても常に監視ができる。しかし浪岡城は大浦為信の支配する津軽の中にある。石川城を為信に奪われる前までは津軽も南部の管轄下にあって浪岡城の様子を窺うことができた。それが今できなくなっているのだ。

これは南部にとって大いなる脅威であった。

いかになんでも、と思うが、万が一、顕村が愛季の味方に回れば一大事である。大恩ある北畠の血筋に滅多なことでは矢を向けられない。よほどの確証でも得られぬ限り、動きが取れない。その間に愛季の軍が浪岡城に入り込み、そこを拠点にすればどうなるか。浪岡と三戸《さんのへ》は馬なら一日半で届く近さなのだ。

「敵の愛季の娘と縁組した以上、もはや南部の主筋とは言えぬ。頭ではそう承知していても、実際にはだれも手を下せぬ。この俺ですら躊躇がある。なれど、大浦党なれば北畠と一切無縁。そこが狙い目だ」

「……………」

「本心から安東愛季と手を組むつもりがなければ、その決意を南部に示せ。顕村の命まで取れとは言わぬ。浪岡城より追い出すだけでよい。それを果たせば俺が責任を持ってそなたの盾となろう。浪岡城を落とせば愛季はそなたを歴然たる敵と見做す。愛季の敵は、すなわち南部の味方という理屈だ」

「簡単に認めてくれましょうや？」

為信は首を傾げた。

「認めさせる。その程度の力はある」

政実は断言した。

「浪岡御所は南部にとってもはや目の上の瘤《こぶ》でしかない。それをそなたが知らぬだけだ」

「承知つかまつりました」

為信は安堵の色を浮かべて両手を揃えた。

「五年、いや三年の猶予があれば安東を防ぎ、力を蓄えることができ申す」

「殺さずに城だけ奪えるか？」

「できるだけそのように」

為信は自信たっぷりの顔で返した。

「あれでようござったのか？」

為信と別れて久慈の城に戻る途中で政則は政実に質した。大胆過ぎる策としか思えない。

「でなければ南部が滅びよう」

「………」

「為信と愛季が手を組めば南部の喉元まで安東勢が迫ることとなる。今の結束ではとても太刀打ちできまい。為信一人にさえ手を焼いているのだ。三月もせぬうちに南部は愛季の領地となるぞ。ここは為信の野心を上手く操るしかない。愛季の怒りによっては為信も南部を頼りにする外なくなろう。そうなれば戦さをせずして津軽が南部に戻る」

あ、と政則は得心した。

「あの為信……もう少し生かしておきたい。今の南部にあれほどの気概を持つ者はおらぬ。敵に回すは惜しい男と思わぬか？」

「虎を飼うようなものでもござるぞ」

頷きながらも政則は案じた。

「お館《やかた》のせいで南部は落ちぶれた。大事な十年をすっかり無駄に費やした。体面こそ保っているが、今の南部に愛季と真正面から争う力などない。兵の数だけは一族合わせれば二万もある。それに他国の者らが誑《たぶら》かされているだけだ。一度でも愛季とやり合い、南部の弱体ぶりが広まれば、葛西《かさい》や伊達《だて》が牙を剝《む》き出しにして襲ってくるぞ。斯波《しば》とて油断がならぬ。こうなれば康実《おとうと》を斯波に婿入りさせたのも果たして妙策であったかどうか。九戸党と縁戚になったことで、むしろ斯波に重さが加わった。

康実が聞き付けた噂によれば愛季よりの書状がしばしば斯波に遣《つか》わされているようだ。北畠といい斯波といい、愛季はじわじわと南部を包み込みはじめておる」

「それを三戸の実親は承知であろうか？」

「むろんだ。俺が知らせてある。それゆえに結束が大事と田子《たっこ》城に引き籠もっていた信直をわざわざ三戸に呼び寄せた。信直を立てねば北信愛や八戸政栄らを取り込めぬと見てのことだろうが、なんとも情けない。お館は惚《ぼ》けてしまい、隠居所に退いてしまった。間近に信直が居ることも知るまいよ。しゃっきりとして、それに気付けば愕然とするであろうな。遠ざけたはずの相手が堂々と三戸の城にのさばり返っておる。あれほど信直などに頼るなと申したに……実親には失望したぞ」

「実親は公平な男にござる」

「だから九戸党の力を借りぬと言うのか？」

「実親自身の口より聞き申した。九戸党にすがるは最期の最期のとき、と。南部のいずれもが実親は九戸党の力をちらつかせて一族を牛耳《ぎゅうじ》るつもりと見ておったはず。その憶測が実親には辛かったようじゃ。それで、己れの策ばかりでできるところまでは兄者の力を頼らぬことに決めたと言うておりましたぞな」

「それが間抜けと言うのだ。この大事なときに他人の思惑などどうでも構わぬ。あやつの政《まつりごと》の才は俺も認めぬではない。だが、それは南部が安泰となってからのこと。今は攻めるが肝要と何度となく叱りつけても聞く耳を持たぬ。弟のことゆえ、それ以上の恥は掻かせられぬと合議では引き下がるが……まったくやりにくい。別の者が後見役となっていた方が遥かに楽であった。九戸党がやるならば、と簡単に戦さの下知を発していただろう」

「それは言えまするな」

「あやつはだれに遠慮しておる？　まさか惚けたお館にではあるまい。十にもならぬ晴継にでもないはずだ。そこが分からぬ」

「恐らく己れに、でござろう」

「まだそこまでの器ではない」

政実はきっぱりと言った。

「あやつは、単に人がいいだけだ。南部の身内同士で喧嘩がしたくないだけよ。残念ではあるが、その点信直はしたたか者じゃぞ。いざとなれば庇《かば》い続けた実親さえ平気で退けよう。合議で実親の策に頷き続けていることとて、先を見ての計算と睨《にら》んでおる。このまま優柔不断の策を繰り返せば必ず南部が窮地に立たされる。その責めは実親に降り懸かる。そのときに立場を逆転するつもりなのだ」

「それはちと深読みにござるまいか？」

「好きにはなれぬ男だが、器量はある。実親とは段違い。俺に生涯の後悔があるとするなら、あの信直を殺せなかったことだ」

「兄者、ほどほどに」

二人の馬は九戸党の兵ばかりで囲んでいるが、やはり穏やかでない。

「顔を合わせれば喧嘩になるばかり。実親に会うことがあれば言うておけ。今は俺よりも信直を頼りにしておるようだが、油断いたせばきっと足元をすくわれよう。人の真心などが通じぬ世の中だというてやれ。信用できるのは血を分けたまことの身内しかない」

「しかと承った」

政則は口を結んで頷いた。

三

その六月の中頃。浅水城《あさみず》を預かる南慶儀《みなみのぶよし》の要請によって三戸本家に於いての一族合議が開かれた。主立った者の中での欠席は八戸政栄一人と言ってもよかった。議題が緊迫しつつある津軽情勢となれば出席せずにいられない。本家の広間が重臣たちで埋められた。

「そう差し迫った話でもあるまい」

南慶儀の報告が終わると政実が制した。皆は意外な面持ちで政実を見やった。常に好戦的な意見を口にする政実である。当然のごとく津軽への出兵を力説すると見ていた者が多かった。

「これしきのことで一族合議をするには及ばず。横内城《よこうち》(現在の青森市)が落とされてからでも間に合う。為信に戦さの用意の気配が見られるからとて、横内攻めとも限るまいに」

「これはしたり」

南慶儀は上座に在る政実に詰め寄った。

「大光寺城を攻め落としたからには、もはや横内か七戸《しちのへ》しか的はござるまい。七戸は家国《いえくに》どのの支配する歴とした南部領。いかに為信とて、まだ真っ向より南部とことを構える度胸はないはず。となれば横内と睨んだ手前の考えが誤りと申されまするか?」

「的外れとは言うておらぬ。が、いつ参るか分からぬ敵のために横内まで兵を送り込むのは愚策と申しておる」

「横内を守るのが愚策と言われるか。横内は津軽より南部領に押し込む玄関口にござるぞ。そこを破られれば七戸は目と鼻の先。いや、それよりも南部の体面が保てますまい」

「では聞くが、そなたは横内に何千の兵をあてがうつもりであるか」

政実はじろりと南慶儀を睨み付けて、

「為信は三千の兵を動かせると耳にした」

「敵が三千なれば城に籠もりて同数で守れば滅多に負けはいたしますまい」

「横内に三千の兵は籠もれぬ。せいぜい半分。すでに為信が戦さの用意を整えているとあれば、新たな柵を築く暇もない。となると千五百以上の兵が城の外に野宿せねばなるまい。そこに敵の騎馬軍が攻め来ればどうなる？ それこそ千五百が無駄死にとあいなろう」

「しからば千五百でも構わぬ」

「横内は遠い。為信の襲来を聞いて我らが駆け付けるには支度も含めて三日はかかろう。敵の半分にも満たぬ守りでは、その間に全滅の恐れもあるが、それでも構わぬと？」

「じゃと言うて、みすみす横内をそのままに捨て置く所存か？」

「今の南部では珍しくもない」

鼻で笑って政実は実親に目を動かした。

「遠い横内などより石川城の奪回の方が南部にとっては大事。それも果たさずに横内に無駄な兵を割いては本末転倒であろう」

「すでに奪われた城より、先行きの方が大事でありましょうぞ！」

南慶儀は声高《こわだか》になった。

「火の粉が己れに降り懸かりそうになって、はじめて為信が怖くなったと見える」

「いかに政実どのとて暴言にござろう」

南慶儀はどんと床を叩き付けた。

「石川城奪回に兵を一人たりともだされなんだそなたが、いまさら体面などと申しても通じぬ。そもそも為信の勢力を今日ほどに大きゅうさせたのはだれに責めがあると思う？」

「手前じゃと申さるるのか！」

「承知のこと。元はと申せばお館さまにも責めはあるが、南部が二つに割れて大揺れのときを見計って為信は反旗を掲げた。当事者である信直どのや北信愛どのはまだ仕方なし。だが、喧嘩の仲裁にも回らず、かえってその輪を広げたそなたの責めは重い。和議が成ったゆえなんとかその首が繋がっておるだけだ」

「古い話を蒸し返して、なんといたします」

慌てて実親が政実を遮った。

「六年も前のことにござりませぬか」

「為信などなにほどの者でもない。津軽で暴れておるうちは好きにさせておけ。南部の領地に一歩でも踏み込んで参ったときは、九戸党が引き受ける。己れの領地から遠い戦さのときは見過ごして、いざ馬のひづめの音が近付けば慌てふためくなど、いかにも見苦しい。なんの策も持たずに横内で兵を二千も死なせれば取り返しがつくまいに」

政実は広間に響き渡る声でいった。

「手前もそう心得る」

信直が真っ先に同意した。

「為信は親の仇。恨みを晴らしたいのはむろんであるが、為信は策に秀でた者。必ず我らの動きを見張っていよう。もし横内に兵を出し、鹿角口《かづのぐち》が手薄になったと知れば、逆を衝いて参らぬとも限らぬ。と申して、たかだか三千の敵を相手に、北と西に合わせて七、八千の兵を配備したとあっては南部の恥。ここは戦さの用意を怠らず、為信の動きを見守るのが一番と心得申す」

なるほど、と多くの者が頷いた。

「俺が得たところによれば――」

政実は皆を見渡して、

「為信は安東愛季と敵対する出羽庄内の大宝寺義氏と手を結ぶつもりであるそうな」

「まことにござりまするか！」

実親は唖然《あぜん》とした顔で政実を見詰めた。

「まだ確かではないが、有り得る。愛季の侵攻を阻《はば》むには為信の手助けが最善と大宝寺義氏も見ておろう。いかに愛季とて上と下から両挟みにされては動きがままならぬ」

「お言葉ではあるが」

北信愛が割って入った。

「そうなれば今度は為信自身が南部と安東に両挟みとなりまするぞ。いずれはその道を選ぶにしても、今はまだ愛季と喧嘩致しますまい。手前には為信が愛季と手を結ぶという噂が聞こえております る」

「その話も聞いている。横内など捨て置けと申したのもそれと関わりがある。為信にとって今は正念場。もし南部とやり合うにしても、愛季か大宝寺か、己れの足場をしかと定めてからのこととなろう」

「いずれと組まれても……」

実親は溜め息を一つ吐いて、

「容易ならざる事態とあいなりまするな」

「もし愛季と組んだときは」

政実は広間中を睥睨《へいげい》して、

「日をあけずに為信を滅ぼすしかない」

皆は唸りつつ首を縦に振った。

「反対に大宝寺と組んだとき」

政実は少し間を置いて、

「むしろ扱いが面倒になる。よほど南部の先々を睨んで対処せねばなるまいな」

皆はさらに大きな唸りを発した。

四

それからわずか一月にも満たぬ七月初旬。

また三戸より緊急の招集が政実に伝えられた。用件は承知している。政実は素直に頷いて三戸へ向かった。三戸と二戸は近い。政実の前に到着している者は少ない。合議にはまだ間がある。城内にある政実の館で休憩を取っていると実親が訪れた。

「信直も一緒だと言うのか」

舌打ちしつつ政実は二人を通させた。

「一大事とあいなりました」

青ざめた顔をして実親が現われた。

「使者より聞いた。まさか浪岡御所とはな」

政実も沈痛の顔を作って頷いた。為信が浪岡城の攻略に成功したのである。北畠顕村は正室である愛季の娘を伴って安東の領地へと逃れた。これも政実の狙い通りの結果だ。

「いったいなんの目的で浪岡御所を……為信の心がまったく摑めませぬ」

それに信直も頷いた。

「今となっては知れたこと。大宝寺義氏に対しての決意の表明であろう」

「と申せば？」

実親と信直が同時に質した。

「顕村どののご正室は愛季の娘。その城を襲えば二度と安東勢との提携はあるまい。為信はまだまだ弱体。どれほど書面で約束したとて大宝寺には信用されぬ。いつ安東勢に寝返るかとの疑いが付き纏う。それを払拭《ふっしょく》するにはよほどの覚悟を示さねばならぬ。それでこそ大宝寺も必死で守ってくれよう。俺が為信でも浪岡御所を狙う。理屈に適《かな》った策だ」

「なれば南部の攪乱《かくらん》が目的ではないと？」

実親は仰天しつつ念押しした。

「いまさら主筋でもなかろう。そんなことで我らが動転するなどと為信とて思うてはおるまい。単純な男だ。たまたま南部と関わりの深い城ゆえ、我らもついあれこれと勘繰りたくなるが、為信にとっては愛季の娘が嫁いでいる男の城を襲っただけに過ぎぬ」

「いかにも、そうかも知れませぬな」

実親は納得のいった顔で頷いた。

「それでどうするつもりであった？」

逆に政実は二人に訊ねた。

「どうするもなにも……浪岡御所が攻められるなど考えもせぬこと。ただし、南部の主筋であるからには、これまでの城とは異なる扱いをせねばと覚悟しておりました」

「奪い返してまた顕村どのを迎えるのか？」

政実は意地悪そうに実親の目を覗いた。

「それはさすがにできまい」

政実は笑った。

「逃れた顕村どのが南部を頼って参ったと言うなら別だが、舅《しゅうと》の愛季の下へと走った。そんなお人のために兵を動かして城を奪い返したとなれば南部が物笑いとなろう。これで顕村どのの心がしかと知れた。南部にとっては幸いと見るべきだ。口にこそださなんだが、だれもが顕村どのの本心を疑っていたではないか。主筋であるのを捨てたは顕村どのの方だ。もはや遠慮は要らぬ」

実親は膝を進めた。

「南部の名折れとはなりませぬか？」

「なんでそうなる？　襲ったのは南部に逆らう為信で、襲われた側はこれまた南部の仇敵の下に逃れた。南部に一つも義理はない」

実親と信直は安堵の顔を見合わせた。

「それより、今の情勢なれば為信を懐柔できるやも……その方が得策だ」

「まさか！　なにを申される」

実親は目を剝《む》いた。となりに為信によって父親を殺された信直が居てはなおさらである。

「為信を愛季に対する南部の盾とするのだ。組めとは言わん。が、当分は捨て置いて愛季とだけ争わせるのが得と言うものであろう。大宝寺の援助を受けし為信なら四、五年は立派な盾となる。愛季とて為信を滅ぼさぬうちは南部に手出しをして参らぬ。我らが為信を攻めたところでなんの得にもなるまい」

「聞かれませぬ」

実親は激しく遮った。

「それをやれば南部が南部でなくなり申す」

「では、なにが南部か！」

政実は実親を一喝した。

「くだらぬ内紛ばかりを繰り返し、城を預かるそれぞれは己れの保身しか案じておらぬ。そなたは武者の道を貫いておる気であろうが、今の南部にまともな武者などおらぬわ。そなた一人が己れの満足を得ているだけに過ぎぬ。まことの将たるは私怨や私欲を捨てて国の先行きを思う者ぞ。いかにそなたが愚かじゃと言うても、今の南部が愛季に勝てるとは思うておるまい。たかが為信一人に翻弄《ほんろう》される南部が安東勢を破れるはずがない」

無言の実親に政実は続けた。

「勝てぬ相手なら、せめて戦さとならぬ工夫をいたせ。それが国の先行きを思うということだ。そなたは近頃、その場限りの策ばかり弄しておる。敗れてもそなたには悔いがあるまいが、俺や国の民は悔いが残るぞ。国の先行きのためであれば、たとえ親の仇であろうとも手を結ばねばならぬことがある」

「手前はそれでも構わぬ」

信直が意を決した顔で実親に言った。

「為信はまだ南部に攻め入ったわけではない。あくまでも津軽の中だけのこと。ここはしばらく見逃して安東の盾とする。政実どののお考え、一理も二理もある。手前が合議の席で真っ先にそれを口にいたせば大方も必ず同意してくれよう。それで異存はない」

「耐えてくださると言わるるか」

実親は信直に深々と頭を下げた。


〈これでなんとか上手く運びそうだが……〉

実親らが立ち去ると政実は一人頷いて、

〈あの信直……〉

ますます大きくなった、と思った。

廃嫡となって田子という小さな城の主に戻されたのが反対に信直を成長させたのだ。十年前に今の信直の器量であったなら南部の棟梁として認めるに躊躇しなかったであろう。

それとは逆に実親が小さく固まりつつある。

重責に押し潰されているのだ。

それが政実にはなんとも情けなかった。

五

大浦為信が南部一族の主筋に当たる北畠顕村の住まいする浪岡城を攻め落として一月後の天正六年八月上旬。

十年以上も南部と敵対していた為信が、わずか五十の手勢を引き連れただけで南部の中心たる三戸の城下に悠々として乗り込んできた。宗家の跡継ぎである幼い南部晴継の後見役を務める実親から、和解の申し入れを受けての来城であった。

城の本丸は小高い丘の上にある。

大門で為信は下馬すると、付き添いの者を十人に減らして坂道を上がった。坂道の両側には南部の者たちが居並んでいる。そのいずれの顔にもまだ戸惑いや怒りの様子が見て取れるのだが、為信は笑いを崩さずに進んだ。なにしろ六尺を超える巨漢だ。それが南部の者たちを威圧する。

「ようやく参ったか」

本丸に通じる門の前に長牛友義が待ち構えていた。互いに顔だけは見知っている。

「こんな日がこようとは……長生きはしてみるものじゃの。まだなにやら信じられぬ。そなたと次に間近にまみえるのは戦場と思っていたに……まずは目出度い」

友義は言い放つと先に立って歩いた。

「儂は安東愛季と常に争ってきた。その愛季と喧嘩をしたとなれば、すなわちそなたは儂と志しを等しゅうする者。安心いたせ。他の者のことは知らぬが、儂はそなたが南部との和解に応じたことを喜んでおる」

「それで手前も安堵いたしてござる」

為信は友義に並んで頭を下げた。

「そなたの器量については九戸政実どのからしばしば耳にした。もともとは久慈の生まれと言うではないか。それならば南部の血筋。喧嘩などしているときではない。ともに手を携えて愛季に一泡吹かせてやろうぞ」

「南部の度量の広さに感服いたしました。今後はよろしくお付き合いを賜りたく存ずる」

「津軽との戦さがなくなれば南部も一丸となって安東勢に立ち向かえよう。よくぞ決心いたした。南部に九戸政実どのある限り、安東などなにほどでもない。これでじきに奥州は南部の色に染まる」

「まこと政実さまは頼りになるお人」

「そなた、なにやら若い時分の政実どのに似ておる。気に入った」

「恐れ入りましてござります」

「政実どのと儂はごく親しい。いつでも橋渡しをしてやるほどに、今後は儂の城に遊びに参れ。腹を割った付き合いをいたそう」

笑顔で頷きながら為信は内心で苦笑していた。その政実の保証があってこそ為信はわずかの人数だけで三戸までやってきている。


為信は大広間に通された。

十歳にも満たぬ晴継が正面に、所在なさそうにして座っていた。その手前に顔見知りの実親が後見役として控え、政実の姿が臣下の上席に見られた。為信が晴継の前に端座して頭を下げると、南部一族の主だった者たちが次々に名乗りを上げた。田子信直《たつこのぶなお》の名を聞いて為信は思わず顔を見やった。信直の父である高信《たかのぶ》の首を為信は挙げている。一瞬、目を合わせた信直は、小さく頷いた。そして軽い笑いを浮かべた。恨みは忘れたという意味であろう。為信は黙礼した。北信愛、南慶儀、東政勝、七戸家国、楢山帯刀《ならやまたてわき》などなど、名前ばかりを聞き及んでいる南部の重臣たちが膝を進めて為信に挨拶を繰り返す。さすがに為信は気圧された。一人一人が為信に優るとも劣らない城主たちである。本気でかかられていれば為信など一月も保たずに蹴散らされていたに違いない。政実を頼ったのは正しかったと為信は思った。まだ南部を相手にするには力が足りなかったと痛感した。

「為信どの」

実親が凜とした声を発した。

「使者に持たせた書状にもあるごとく、こたびの和解は同等のものではない。いわれなき戦さを繰り返してきたはそなたの方。それを堪《こら》えて和解といたすは南部の温情と心得なされ。大浦党の言い分とて決して分からぬわけではないが、南部にはご貴殿のために身内を亡くした者も多くある。それも忘れて和解となすは、あくまでも陸奥《みちのく》の平穏を願ってのこと。それを承知の上での入来にござろうな」

「委細承知にござる」

為信は実親に平伏した。

「ご貴殿の津軽の領地はこのままといたすが、以降はふたたび南部の支配に委《ゆだ》ねるとお約束願えるか?」

「領地安堵さえお許し願えるのであれば文句はありませぬ」

形は南部に帰属しても、これまでに奪い取った為信の領地はそっくり手元に残る。悪い話ではなかった。為信の上には新たに津軽郡代としてだれかが派遣されることになろうが、それも名目上のことと聞かされている。為信は相応の年貢を払えばいいだけだ。

「しからば……これにて和解とあいなった」

実親は笑いに戻して大きく頷いた。

「今より大浦為信どのは南部の一員。ご一同も遺恨を忘れて為信どのとお付き合い願いたく存ずる。いずれもご得心いただけますな」

皆は承知した。

「津軽郡代の心積もりは?」

政実が実親を見やって質した。

「それはまだ決めてござらぬが……」

「せっかく為信どのが参っておる。だれが上に立つか決まらぬでは落ち着くまい。これほどの人数が顔を揃えておるのだ。別の日に合議をするのも面倒。宴など多少遅れても構うまい。為信どのにも安心のいく郡代をここで定めてやるのがよかろうと思うがの」

それに多くが賛同を示した。

「しかし……急に言われても」

実親は政実の真意を計り兼ねて汗を拭いた。

「石川城を落とされるまで津軽郡代は高信どのが務めておられた。その血族がまた務めてこそ和解のまたとないしるしとなろう」

おお、と皆は頷いた。

「それに田子の領地は津軽に近い。津軽の情勢に詳しい。信直どのこそ適任と思われる」

「信直どのでござるか！」

実親は絶句した。と同時に政実の狙いを察した。政実は信直を三戸から遠ざけて津軽に追いやろうとしているのである。

「あいや、しばらく」

北信愛が慌てて割って入った。

「高信さまのときとは事情がだいぶ異なってござりまするぞ」

「ほう、なにが違うと言われる？」

政実はじろりと信愛を睨みつけた。

「石川城は当時、歴とした南部の領地にござった。その城に高信さまが田子城より入られたのは、言わば領地替えにござる。しかも石川城は田子城より大きな城。それゆえ高信さまも快《こころよ》く赴《おもむ》かれたのにござる。なれど今回は違い申そう。この為信どのが石川城とその領地を南部にそっくり戻すと言うのであれば別じゃが、そうではない。名ばかりの郡代であるなら領地替えにはなりますまい。政実どのとてご自身の身に照らしてお考え召され。二戸の城や領地をすべて南部に返上して津軽郡代の任をお引き受けあるか?」

言われて政実は詰まった。引き受ける、と返したいところだが、それを言えば信愛に付け込まれるのが明白だった。

「では、だれが適任と心得おられる?」

政実は苦笑して信愛に質した。

「どなたにせよ、城を預かる者であっては名目ばかりの津軽郡代は不適当と思われる。と申して、政実どのの言われた高信さまのお血筋に戻すというお考えにも納得でき申す」

「とは?」

「信直どのの弟御の政信《まさのぶ》どのではいかがにござろうや?」

多くが、ぽんと膝を叩いた。

「なんとご名案」

南慶儀が即座に声を上げた。大方も頷く。

「政信どのなれば田子の城の部屋住みの身。先代のお館さまとも濃い血筋にあられれば、津軽郡代として不足はなかろうと存ずる」

そうじゃ、そうじゃとの声が広がった。

〈してやられたか……〉

政実はふっと苦笑いした。信直を実親から切り離す絶好の機会と見て咄嗟に思い付いたことであったが、それを見事に信愛によって逆転されてしまったのである。しかも正論とあっては反対もできない。

「政信どのとあれば手前も頷ける」

政実はあっさりと同意した。

「ご進言、かたじけなく存じまする」

信直が政実に深々と頭を下げた。

「政信が津軽郡代となって赴けば、父とてさぞかし喜びましょう。なによりの供養」

「いや、当たり前のことを言うただけ」

政実は鷹揚にそれに応じた。


宴がはじまると長牛友義が、すでに為信を下に従えた顔で政実の席へと案内してきた。

「今後ともよろしくお願いいたしまする」

為信は初対面を装って政実に挨拶した。

「この男、どこやら政実どのに似ておる」

豪快に笑って友義は為信の肩を叩いた。

「鍛えれば南部の暴れ馬になろうぞ。頼もしい者が加わった。もはや愛季など恐るるに足らず。南部と津軽が一つに纏まり、出羽の大宝寺義氏までこの為信と手を組んだと知れば、愛季はいずれ手詰まりとなる。つい三月前のことを思えば信じられぬ。津軽と安東を相手に大戦さをせねばならぬと覚悟しておった」

「手前こそ南部と安東に挟まれて、いつこの首が胴体から離れるかと眠られぬ夜を過ごしており申した」

「その首を繋げたのは政実どののじゃぞ。忘れるな。無駄な戦さをしている場合ではないと一族を押し止めていたればこそ津軽に兵を送り込まなんだ。政実どのにこそ礼を申せ」

「十分承知してござります」

為信は本心から政実に礼を言った。

「名目ばかりと言うておるが……」

政実は為信を正面から見据えて、

「津軽郡代についてはは礼を尽くせ。それでそなたの心が試される。まだ津軽郡代がどの土地に赴任いたすか定まっておらぬが……」

「石川城ではないのかの？」

友義は小首を傾げた。

「あまりに間近に在っては互いの心が落ち着くまい。石川城に拘《こだわ》る必要はなかろう」

「なるほど、それはそうじゃ」

友義も納得した。

「浪岡城はどうだ？」

政実は為信に質した。

「あそこなればそなたの城とだいぶ隔たっている。その上、浪岡城は南部にとって主筋に当たる北畠が代々住まいしてきたところ。津軽郡代の館には適当であろうに」

「手前とてそれなら気楽にござります」

「では、それをこの席で言うがよい。皆も喜んで受け入れる」

「さすがに政実どのじゃの。見事な采配」

これまでの関わりをほとんど知らない友義は、顔を合わせた途端に為信を牛耳ったと見て唸りを発した。

「友義どの。使い立てして申し訳ないが実親をこの席に呼んできてはくだされぬか。まずは実親に今の話を聞かせねばなるまい」

おうさ、と友義は軽く腰を上げた。

「なかなか気さくなお人にござります」

笑って為信は友義を見送った。

「あれで流れには聡い。そなたに見込みがあると踏んでのことだ。実親が宗家に婿入りできたのもあの友義どのの尽力。一族の中では軽く扱われているが、大事にして付き合え」

「夢のようでござりまする」

「なにがだ？」

「このような席で、だれ憚ることなく政実さまと話をしていられます。明日からは二戸の城にとてお邪魔でき申す」

「いかにも。だが……」

政実は真面目な目をして、

「わずかの間の夢かも知れぬぞ」

「……」

「一つに纏まって見えようが、南部は依然として磐石《ばんじゃく》ではない。直ぐにそなたにも分かる」

「手前は政実さまこそ主と定めました」

為信は小声で囁いた。

「政実さまを軸となす南部であれば、津軽とていつまでも従う覚悟」

「その言葉、ありがたく受けておく」

政実は為信に呑み干した杯を与えた。

六

それからわずかも経たぬ八月の十六日。

ところは八戸領地内の櫛引《くしびき》八幡宮。

なぜかこの拝殿に信直の姿が見られた。相変わらず信直を南部の棟梁にと画策する南慶儀や東政勝の計らいで八戸政栄との会見が実現したのである。政栄は信直より少し遅れて到着した。信直とは本当にひさしぶりの対面であった。八戸は内紛続きで、ここ何年も政栄は城を留守にすることができなかったのである。合議の結果については書面で逐一《ちくいち》知らされてはいるものの、遠く離れている自分が余計な口出しをしてはかえって紛糾《ふんきゅう》を大きくするばかりとの判断から、あえて招集に応じなかったことも何度かある。

「お待たせして相済まぬ」

政栄は曖昧《あいまい》な笑いで信直の前に座った。

かつては歴然たる南部の跡継ぎと目されていた相手ではあるが、今は廃嫡《はいちゃく》となって小さな城の主人に過ぎない。

「北信愛どのから書状を預かってござる」

信直に同行して会見に立ち会っている東政勝が政栄に分厚い書状を手渡した。

「ここで開けて構わぬか？」

政勝の返事も聞かずに政栄は目を通した。

それには今の南部が置かれている不安な情勢が細々と記されていた。

津軽との和解が成立して、表面的には平穏を取り戻したように見えるが、これは南部にとって屈辱とも言える政策に他ならない。領地がすべて南部に戻ったのであればともかく、それは形ばかりのことで実際は為信にみすみす差し出したのとおなじである。その原因はすべて南部の弱体に起因する。幼い跡継ぎの下ではそれぞれが己れの保身に回り、南部一族は名ばかりの連合となっている。後見役の実親は確かによく纏めているとは思うが、あまりに気配りが働き過ぎて、むしろ禍《わざわ》いとなることも多い。常に一歩退く政策が目立つ。やはり一族を一つに纏める柱が必要な時期ではあるまいか。廃嫡となったとは言え、この責めはすべて先代に発することで、信直どのにはいっさい謀反の心がなかったのは明白である。いまだに信直どのを慕う者らが多いことでも知れる。また器量といい、信直どのこそ柱になれるお人である。もし八戸が後ろ盾となって信直どの擁立の姿勢を示してくれれば同調する者が必ず数を増すであろう。宗主の世襲は定められていることではなく、南部は代々合議によって宗主を立てた歴史を有している。廃嫡となった身でも、合議となれば信直どのに傾く者が多いはずである。心底の今一つ知れぬ九戸政実どのにこのまま南部を好きにさせていては恐ろしいとの声も上がっている。間違いなく政実どのは実弟の実親どのを宗主に推してくるであろう。そうなってしまったあとでは取り返しがつかない。今は八戸の力こそが唯一の頼り。なにとぞ南部の先行きを考慮してご決断を賜りたい。

　そういう内容であった。

　これまでに何度となく受け取っている書状と変わらない。が、津軽の為信との和解については政栄も信愛の意見に同感していた。信直の父である高信は南部にとってかけがえのない人物であったはずである。高信あればこそ南部が一つに纏まっていた時代もあったのだ。いかに安東勢の侵攻を防ぐ方策とは言え、その高信を葬った相手と和解し、あまつさえ領地をそのままに与えるとは、あまりに情けない。もし自分が合議に出席していたなら断固として反対しただろう。その策を進言したのが政実と知って、政栄は驚きと同時に政実への不審も抱いた。政実は信直の悔しさを少しも感じなかったのだろうか。強引ではあるが、公平な目で南部を見据えている男、と政実を評価していただけに失望は大きかった。

「我らの心は信愛どのが代弁してくだされたはず。くどくどとは繰り返し申さぬ。ただ、これだけはお分かりくだされ。信直さまは手前が無理にご同行を促したのにござる。欲心のござらぬお人。実親どのが無事に後見役を務めてくだされればこのままで構わぬと仰せであるが、この時代にいつまでも後見役に頼らねばならぬ跡継ぎではいかがなものかと」

　政勝は政栄に訴えた。

「実親どのに政実どのというお人がついておらねば、我らとて実親どのを棟梁に戴いても構わぬ気持ちにござりまするがの……政実どのはあの通りのきついご気性。苦手とする者が多くおりまするのじゃ。あのお人の弟御が棟梁となっては命がいくつあっても保たぬと難色を示す者が増えて参った」

「きつい気性と申しても先代とは異なる。決して無理難題を押し付ける人ではなかろう」

「それはその通りかも知れぬが……南慶儀どのなど満座で恥を搔かされ申して、それ以来、まともに口も利いておらぬ始末」

「横内に六千の兵を繰り出すなど愚かの極み。あれは政実どのの言こそ正しい」

「ま、それはそうでありましょうが……いつも九戸党の威勢を盾に我が儘を口にされるのは確かにござる。こたびの為信との和解にしても半分以上は政実どのが独断で定められたようなもの。合議の前にその道が決められており申した。我らはただ頷くしかござらぬ」

「なぜ頷くしかできぬのか？　道理を説けば政実どのも考えを改めたかも知れぬ」

政栄は政勝を鼻で笑った。

「肝心の信直さまが真っ先に和解を受け入れると申されては従うしかござるまいに」

「それが聞きたい」

政栄は信直と向き合った。

「手前がご貴殿の立場にあれば簡単には親の仇を許しはすまい。政実どのに和解せよときつく申し渡されたのであるか？」

「いや、手前から進んで和解の策を」

「なんと！」

「昔の立場にあればともかく、今は小さき城の主人。手前ごときが南部の命運を左右しては申し訳なきことと判断いたしてござる。親の仇を憎いと思うは当たり前。田子の城の主人としては決して為信を許してはおりませぬ。なれど南部一族の一人となれば大局を重んじるのが身の務め。なんの返答もせぬという身の処し方もござったが……それでは多くの方々が手前の心をあれこれとおもんぱかるようになりましょう。合議が千々《ちぢ》に乱れます。こたびの和解に不満を抱いておるお人も多くおられましょうが、手前は致し方なき道であったと心得ます。気持ちばかりでは安東勢に勝てますまい。冷たい策を口にされるお人だと政実どのをそのときは憎みましたれど、いかにもそれこそが南部を守る道。己れの心を二つに割って和解に重きを置き申した」

うーむ、と政栄は唸った。

「あの場で頷けぬと席を蹴立てたとて我が父が生きて戻るわけではなし。手前一人の我慢で南部が数年でも平穏となるならばと得心いたした。今は政実どのを恨んでもおりませぬ。どうせ為信は薄汚き策を繰り返してきた男。いずれまた南部に盾をつきましょう。決着はそのときにつける覚悟にござる」

「感服つかまつった」

政栄は襟を正して信直に頭を下げた。

「まことにご立派なご判断。この数年、ご苦労を重ねられたことと推察いたす。今のお言葉を聞いた上は手前も道を定めずにはおられますまい。安心してご貴殿に南部を預かっていただける」

「では!」

政勝は狂喜して念押しした。

「今日のこの日より八戸は信直どのと盟友の契《ちぎ》りを交わすことにいたそう」

「かたじけない。この通りじゃ」

政勝は涙を零して政栄に平伏した。

「九戸政実どのは南部にとって大事な柱。それを心得ておられる信直どのゆえ手前も心を定め申した。いずれ信直どのが南部の棟梁となられても政実どのと袂《たもと》を分かつようになれば一大事。その心配も政実どのをあくまでも立てておられる信直どのの言葉を耳にして霧散いたした」

「二度と南部を二つには割りますまい」

信直も感激した顔で政栄に誓った。

「信愛どのらがこれを聞けばどれほど喜ぶか。長年の念願がようやく果たされた」

政勝は何度も政栄に頭を下げた。

「手前が同盟を決したと言うただけで信直どのが棟梁に定まったわけではない」

政栄は政勝を鎮めた。

「合議で決めると申しても先代がご隠居の身で健在とあっては、いつのことになるやら」

「すっかり惚《ぼ》けてしまわれた」

「それでも、ご健在のうちは合議など許されぬ。口を慎み召され」

政栄は政勝を遮《さえぎ》った。

「お頼みごとがござる」

信直はそう言って大きな息を一つ吐いた。

「頼みごととは？」

「手前の娘と政栄どののご嫡男直栄《なおひで》どのとの縁組をお願いできますまいか？」

「さ、それは……」

政栄は唐突な懇願に困惑を浮かべた。

「むろん、今すぐにとは申しておりませぬ。もし……かりに手前が合議にて南部の棟梁に推された場合のことにござります。八戸と三戸が手を携えてことに当たれば南部は安泰。より強い絆《きずな》を求めての願いにござる」

「ご貴殿が南部の棟梁になられたあとのお約束にござるか？」

「田子という小さき城の主人《あるじ》に過ぎぬ身。身に過ぎた願いにござろうが……」

「お断わりいたす」

政栄は即座に首を横に振った。

信直はがっくりとうなだれた。

「棟梁になられてからの婚姻話など受けられ申さぬ。それでは棟梁の姫を八戸が拝領するという形になり申そう」

「決してそのような」

そんなつもりではないと信直は力説した。

「くだされると言うのであれば、明日にでも娘御を当家に頂戴いたそう」

「は？」

信直は耳を疑った。

「窮屈な嫁など当家には要らぬ。だが、盟友の娘御であるなら喜んで明日にでも嫁に迎えましょうぞ」

政栄は微笑《ほほえ》みを浮かべて言った。

「そのお言葉、まことにござるか！」

「ご貴殿が棟梁になられてから縁組を受けたとなれば八戸の恥。今の縁組なればこそ互いの結束が強まるというものにござろう」

ぼろぼろと信直は涙を零した。

「手前こそ――」

政栄は信直の涙から目を逸らして、

「そこまでご貴殿に頼りにされてありがたし。今後はよしなにお付き合いくだされ」

満足そうに頷いた。

「縁組まで定まるとは……」

政勝は仰天の目を二人に注いだ。

「なによりの絆にござるぞ。この縁組を耳にいたせば、だれもが信直さまを次の棟梁と心に決めましょう。きた甲斐がござった」

政勝は思わず笑いを発した。

七

「はうっ！」

政実は疲れの感じられはじめた馬の尻に鋭い鞭を浴びせた。馬はびくんと震えて速度を上げた。たちまち側近たちとの間に距離が生じる。先程まで政実と並走していた原田が慌てて追ってくる。政実は甲高い笑いで振り向くとさらに原田を引き離しにかかった。ひさしぶりの遠乗りである。自分の息の上がっているのも反対に心地好い。近頃は城の馬場で馬を扱うばかりで体が鈍っている。

「上の三本杉のところで待っておる！」

急な坂道をわざと選んで政実は馬を進めた。

「お一人で先に行かれてはなりませぬ！」

原田の動転の声を尻目に政実は駆けた。

四十三という歳にしてはまあまあだ、と政実は荒い息を整えながら、いくらか満足していた。今日の遠乗りに加わっている者たちはいずれも九戸党自慢の精鋭たちだ。馬の力の差にもよるだろうが、勝っている。

〈やっときたか……〉

土を踏み鳴らす蹄《ひづめ》の音が近付く。政実は休めていた大石から腰を上げて迎えた。

「遅いぞ。おぬしらはともかく、馬を山道に馴れさせておかねば肝心のときに役立たぬ。若い者たちに命じて馬を毎日走らせろ」

政実は側近らの気を引き締めた。

「戦さがないからと言って油断しておろう。城で俺の相手をするより鍛練いたせ」

「ほんに……すっかり歳を取り申した。わずかこれしきの遠乗りでびっしり汗が」

ぜいぜいと息を切らせつつ原田は飛び下りた。その足元が少しぐらついた。馬の背にも汗の粒がきらめいている。

ぼうぼうとほてる肌に山の涼しい風が小気味良い。

「まだまだ馬をいじめたいところだが、この辺りで戻らねば実親の到着に間に合わぬ。しばらく体を休めたら帰城いたす」

「実親さまはあの辺りでござろうか」

峠から見渡して原田は三戸に通じる山道を捜した。秋の青空が広がっている。その下に二戸の城がくっきりと見えた。

「俺にまだその気はないが……覚悟をせねばならぬときが近付きつつある」

原田に政実は呟いた。

「政勝め……恥を知らぬ男よな。お館が元気であったときは忠臣を装って信直追討の先鋒に立っていたくせして、今は信直の機嫌取りばかりしておる。あのような者が多いゆえ南部がいつまでも一つに纏まらぬ」

「御意」

「にしても……まさか八戸と信直との縁組がなるとは思わなんだ。どうやって八戸の心を動かしたものか……やはり信直という男、たいしたものだ。実親とはだいぶ違う」

「…………」

「信直を立てたのが仇となった。実親が信直を大事に取り扱うゆえに八戸も見直したのであろう。実親の招いた失態じゃな」

「優しさとご公平さゆえのこと。お叱りになられてはお可哀相にござりましょう」

「いまさら叱りはせぬ。実親もこれで肝を冷やしたに違いあるまい。一つに纏めんとした策が裏目と出た。八戸の後ろ盾を得て信直がまたぞろ力を盛り返す。今後の合議はしばしば紛糾しようぞ。信直や信愛は真っ先に九戸党の勢力を押さえにかかろう。せっかく沈めた船を実親が浮かび上がらせた」

「今度こそ戦さになりましょうか？」

「先代がなんとか生き長らえている間は信直らとて勇み足をすまい。俺も黙って様子を見るつもりだが……危ない先行きだの」

「あのご様子ではまことに案じられます」

晴政の命はこの一、二年が限界ではないか、という噂が南部中に広まっていた。寝たきりの身で、口も満足に利けぬありさまなのである。目も白濁して側近の見分けもつかない。

「寝たきりで三年以上も持ち堪えている御仁だ。案外とこの先十五年も生き長らえたりしてな……しぶといお人だぞ」

政実は苦笑して、

「実親には今夜しかと言い聞かせてやらねばなるまい。先代の側には実親の信頼の置ける者らを侍《はべ》らせろ、とな。信直らの焦りがなにをしでかすか知れぬ」

「先代のお命を縮められるとでも！」

「晴継が二十歳近くにでもなれば跡継ぎを云々する者は一人もおらなくなろう。幼き者ゆえ皆の気持ちが揺らいでいるのだ。信直もそこは承知。棟梁の座を狙うとしたならもはや五、六年の猶予しか残されておらぬ。ようやく八戸という手駒を得たのだ。それを無駄にしたくはあるまい。先代の側近らとて我が身の先行きを思えば信直に従うのが得策と心得ぬとは限らぬぞ。八戸政栄ほどの者を動かした舌だ。薬に毒を盛るように仕向けることとてむずかしくはないはず」

「考えられまする」

原田は溜め息を吐いた。

「しかし……だ」

政実はまた薄笑いに戻して、

「そこまでやる覚悟とあれば信直を見直したくもなる。それほどの気概がなくてはこの時代を生き抜いてはゆけまい。鍛えようによっては立派な旗印《はたじるし》となる。そこが思案のしどころだな。信直を操って南部の名を天下に知らしめることとて不可能ではない。棟梁の座を争って八戸と戦さにするより、ずうっと早道かも知れぬではないか」

「それで殿はようござりますのか？」

「いいも悪いもない。先代が気概をお持ちの方であったれば、喜んでこの身を南部に捧げるつもりであった。信直にこれまで反対してきたのは、己れの欲に溺れた者と見ていたせいだ。弟可愛さに先を見誤ってはおらぬ。信直が南部を守り、最上や伊達に負けぬ国にすると申すなら手助けは惜しまぬ」

「手前は……やはり殿にこそ南部を預かっていただきたいと思いまする」

「八戸相手の戦さは半端で済まぬぞ」

政実はじっと原田を見やった。

「倅と娘が縁組したとなれば……もはや理屈も通用せぬ。必ず八戸が敵となる」

「いかにも気概の表われと存じまするが、寝たきりの先代に毒を盛ってまで伸《の》し上がった棟梁に手前は断じて従いたくありませぬ」

「俺はもっと汚い手を用いてきた」

政実は鞭をしごいて笑った。

「そなたに嫌な思いをさせてきたのは俺だ」

「殿の策はそれと違いまする。お指図には迷いもなく従って参り申した。戦場での攻防に等しきことと心得ます」

「そう思ってくれればありがたい」

「遠慮なしに殿のお心のままに我らを動かしてくださりませ。皆も望んでおります」

「信直次第だ。なにごともな」

南部の新しい時代の到来を今日ほどに感じたことはなかった。

「明日は鉄砲組の鍛練を検分いたす」

「ははっ」

「騎馬軍の編成も考え直さなくてはなるまい。若い者どもを育てるのが肝要じゃ」

政実は反対に浮き浮きしはじめた。

離反

一

信直《のぶなお》の長女千代《ちよ》と政栄《まさひで》の嫡男直栄《なおひで》の縁組が定まったことで、八戸《はちのへ》勢は信直と同盟を結んだ。南部家の幼い跡継ぎ晴継《はるつぐ》を排斥しての主権争いが、実親《さねちか》を擁《よう》する九戸《くのへ》党との間に持ち上がると一族の大方は見ていたはずだが、案に相違して南部には思いがけない平穏がそれからなんと三年も続いた。八戸と九戸の力はほぼ同等である。力でやり合えば長い戦さの果てに共倒れとなる恐れがある。それを互いが認識していたことと、対外的な脅威が津軽《つがる》の大浦《おおうら》党との和解を契機にして薄れたことが重なっていた。

平時であるなら喜ぶべき三年の平穏だった。

が、戦乱の世にあって、この三年は南部に著しい停滞をもたらした。この間に織田《おだ》信長《のぶなが》は幾多の戦さを行なって、天下布武の念願を九分通り果たしかけていたのである。安東《あんどう》、最上《もがみ》、伊達《だて》といった東北の雄たちも時代を見据えて着々と駒を動かしていたときに、一人、南部ばかりが身動きの取れぬ状態に追い込まれていた、と言ってもよい。むしろ安東勢でも攻めてくれれば危機感から南部は結束を余儀無くされたに違いないが、平和が逆に災《わざわ》いとなったのである。

〈もはや……こと終えたり〉

織田信長の勢いを聞き及ぶにつけ、政実《まささざね》には諦《あきら》めの思いが強くなっていた。つくづくと南部という枷《かせ》の中に生まれた己れの不運を思わずにはいられない。もし自分が南部の宗家の跡継ぎに生まれていたならば、少なくとも坂東辺《あた》りまでは平らげることができた、と自惚《うぬぼ》れではなくそう思う。南部一族すべての兵を合わせれば四万を下らない。その数で襲えば安東など半年やそこらでけりがつく。そうして支配領を広げていけば十年で坂東すらも攻略できたはずである。なのに……このざまだ。織田信長はもはや自分などに手の届かない高みにある。南部はいずれ否応《いやおう》なしに信長の傘下に組み入れられてしまうであろう。それが南部のだれにも分かっていないのだ。足利将軍の世とおなじように、南部は安泰だと思い込んでいる。信長はそんな甘い男ではない。平気で領主の首のすげ替えをする。逆らえば潰されるだけだ。

〈信直の阿呆めが〉

結局は己れの欲ばかりで、気概の足りぬ男であった。大望を抱く男であれば八戸の後《うし》ろ盾《だて》を得た時点で行動に移す、と政実は見ていたのに、ただいたずらに時をやり過ごしただけである。南部の棟《とう》梁《りょう》の座に就けばそれで満足なのであろう。

「お寒うはございませぬか？」

粉雪が頰を打つ馬上にて黙念している政実の暗い横顔を見やって原田が声をかけてきた。

「三戸《さんのへ》は間近なれど……あれなる民家でしばし暖を取られてはいかがで？」

「寒うはない。考えごとをしていた」

「なればよろしゅうございまするが」

「今度も死なぬなら……俺が無理にでも引導を渡してやるしかなさそうだの」

政実は憮然とした顔で原田に言った。

「これで三戸の城に駆け付けるのは何度になる？　今年だけで二度目だ。あの晴政《じじい》が南部を滅ぼす。ほとほと飽きて参ったわ」

「ご隠居さまも……今度ばかりはいけますまい。正月まであと四日。黙っていたとて正月には三戸へ皆さまがお集まりになられます。それを承知の上での実親さまからのご招集。よほどのご重体と思われまする」

「床に伏して十年だ。呆れたじじいではないか。赤子だった者がもはや今度の正月で十三にもなる。親の執念としか言えぬ。ただの家なら褒《ほ》めてやりたいところだが……あのじじいのお陰で南部はすっかり傾いた。危篤と聞かされても、今は腹立たしさの方が先に立つ。俺はもう厭《いや》になった。欲しければ南部など信直にくれてやるわ」

「なにを申されます！」

「今の世となってはだれが南部の棟梁となってもおなじこと。これほどに間抜けばかりが揃うていたとは思わなんだぞ。己れは上手く身を守っておるつもりだろうが、すぐに織田信長によってすべてを奪われる。何年も先ではなかろう。もはや間に合わん」

「…………」

「十年前なら道があった。いや、五年前でもなんとか。安東を平らげ、最上や伊達の領地まで南部のものとしておれば信長とて滅多な策は採れぬ。この陸奥《みちのく》まで大軍を送り込むに躊躇するであろう。しかし……今の南部ではどうにもならぬ。信長の目には取るに足らぬ小国としか映っておるまい。実際、信長を相手に戦さができる力などないわ」

思わず政実は溜め息を吐いて、

「それもこれもあのじじいのせいだ。だれもがあのじじいによって振り回された。信直とて、一度跡継ぎを約束された身ゆえ棟梁の座に固執する。思えば、哀れな男よな」

「信直どのにござりますか？」

「くわえた餌を無理に奪われたようなもの。阿呆ではあるが、それについては同情する」

「ご隠居さまにもしものことあれば……どのように動かれますことか」

「十三と申せば、この戦乱の世では力不足と言いながら、棟梁の座に就いてもおかしくはない年頃であろう。そこは信直も承知のはず。晴継を追い落として己れが棟梁となるにはぎりぎりのところだ。なにか仕掛けてくるかも知れぬ」

政実は薄笑いを浮かべた。

「それで構いませぬので？」

原田は小首を傾げた。

「だれが南部を治めたところで変わりないと言うたであろう。そんな無駄なことに巻き込まれて争いなどする気は失せた。今度ばかりはのんびりと遠巻きの見物をいたす。信直は八戸の威勢を借りて肩《かた》肘《ひじ》張っておろうが、果たしてどう始末がつくものか……楽しみに眺めさせて貰うつもりだ」

「実親さまが棟梁ではいけませぬか？」

「いかになんでも筋が通るまい。実親は後見役として晴継を守らねばならぬ立場にある」

政実は即座に返した。

「なにやら……いつもの――」

「俺とは違うか」

政実は笑った。

「四十六ともなれば先が見える。俺も老いたということさ。俺の我が儘で若い者らを死なすわけには参らぬ。意地こそ大事と思うていたときもあったが、捨ててみれば、さほどのものでもない。命惜しみはせぬ気でいるが、命を懸けるほどの問題でもなかろうよ」

「恐れ入りましてござります」

原田は頭を下げた。

「信直は三十五か。一番欲深き年頃だの。俺もそうだったぞ。やりたいことがいくつもあって寝付かれぬこともあった」

政実は肩の雪を払い除《の》けて馬脚を速めた。

二

「なんとか間に合うてくれましたな！」

城内にある政実の館にて衣を改めているところへ実親が到着を聞き付けて訪ねてきた。

「その顔では本当に危なそうだの」

政実は着替えを終えると胡座をかいた。

「茶を一服立てて参れ」

政実は側近に命じた。

「そんな暇はありませぬ」

実親は慌てて遮《さえぎ》った。

「構わぬ。どうせ対面したとて口も利けぬお人。それにあのしぶとさでは簡単に死ぬまい。茶を服《の》んでいくほどの時間はある」

政実はさらに側近へ命じた。実親も諦めた。

「他にだれが到着しておる？」

政実に質されて実親は名を口にした。近隣の者はたいがい到着して広間に詰めている。

「八戸政栄どのと七戸家国《しちのへいえくに》どのは明朝の到着となりましょう」

「八戸がくるのか」

「すでに出発したとの使者が」

「ご苦労なことだの」

政実は苦笑して、

「信直の様子はどうだ？」

「もしもの場合に備えて城中の者たちに指図を。そのときはご遺骸を隠居所より城中にお移しすることに決めてありまする」

「死んでからでも遅くはなかろうに。信直め、待ち切れぬと見える」

「お慎《つつし》みくだされ」

実親は困った顔で政実を見据えた。

「この場だから言うたのだ。今後は口にせぬ。道々、原田にも言うてきたが、俺はこの先のことについては一切口出しせぬと決めた」

「とは？」

「次の棟梁の件に関してだ。だれに定まったとしても文句はつけぬ。合議に加わる気もない。そう心得ておけ」

「…………」

「もっとも……」

政実は一呼吸置いて、

「そなたがどうしても晴継でなければならぬと考えておるなら別だ。それなら支援する」

「それは……跡継ぎと定められている以上、もちろんのことにござりましょう」

「そんなことを言っておるのではない」

政実は厳しい目で実親を睨《にら》み付けた。

「器量を問うておる。晴継はどうだ？」

「さて……あのお歳ではなんとも」

実親は口を濁《にご》した。

「では二度と問うまい。合議でいずれに棟梁の座が転がろうと俺には無縁だ」

「なれど——合議などにはなりませぬ。晴継さまはお館さまが定めた跡継ぎ。幼少なればともかく十三では立派にお務めが」

「それならそれでよかろう。俺を当てにするなと念押ししただけだ。あの程度の者を守るために俺は八戸とやり合う気にはなれぬ。戦さで九戸の若い者らを死なせたくない。そなた一人で今後はことに当たれ」

「信直どのがことを起こすとお考えか？」

暗い目で実親は政実に質した。

「起こらねばよいと念じている。そなたのためにな。長く後見役を務めて参った身。まさか簡単に引き下がるわけにはいくまい」

「当然でござる」

「いまさら言うたとて詮なきことだが、これはそなたにも責めがある。せっかく潰した信直を、またぞろ引き揚げたのはそなただ。俺があれほど信直を重用するなと言い聞かせたに……もはや信直は八戸まで取り込んでおる」

「……………」

「己れでけりをつけるしかない。俺が肩入れすれば必ず戦さとなる。無駄な戦さだ」

「合議などにはさせませぬ。その前に信直どのと腹を割って話し合い、道理を説きまする」

「道理は信直の方にもあろう」

政実は鼻で笑った。

「なんの落ち度もない者が、突然に廃嫡とされたのだぞ」

「それゆえ手前も信直どのを大切にお取り扱いして参りました」

実親は言いつのった。

「それに義を感ずる者であるならば、八戸などと手は結ぶまい。今になってあれこれ言うたとて仕方ない。ただ覚悟は定めておけ」

「いえ、きっと説き伏せてみせまする」

「そうか。やれると言うならそれでいい」

政実は笑って話を終えた。

そこに茶が運ばれてきた。

「信直どのと手前は……これまでなにごともなく付き合うて参りました」

茶を置いて側近が引き下がると実親は吐息を吐いて政実に言った。

「話し合えば頷いてくだされると思います」

「かもな。俺も推量が過ぎた」

「八戸どのと縁続きになったとは言え、この三年、なにも変わりなく過ごしておられます」

実親は政実に、と言うより己れに言い聞かせるように口にした。

「茶を服んで隠居所に参ろう」

政実は茶碗を手にして一気に服んだ。


城内の外れに建てられている隠居所はひっそりと静まりかえっていた。まだ大事に至っていない証しである。実親は安堵の色を見せて門を潜《くぐ》った。政実も続く。

「どんなご容態だ？」

玄関口に迎えにでた晴政の側近に政実は訊ねた。側近は無言で首を横に振った。奥には晴政の正室や娘たち、そして晴継が付き添っている。政実は側近の案内で寝間へと急いだ。薬の臭いが廊下にまで籠《こ》もっている。

「これは九戸どの」

襖を開けると晴政の妻が毅然とした様子で迎え入れた。晴継の母親である側室の姿は見当たらない。身分の卑《いや》しい百姓の出であるので臨席を許されていないのであろう。

「よう間に合うてくださいました」

晴政の妻が晴政の枕辺に席を開けた。

「今度こそいけませぬ。皆さま方にご足労をおかけするのもこれが最後」

「なにを気弱な」

政実は晴政の妻に一礼して前に進んだ。

晴政はまるで息をしていないように見えた。

政実はじっと晴政を見詰めた。

すっかり痩《や》せ衰えて小さくなっている。布団を挟んで反対側には晴継が居て、しっかりと晴政の手を握っていた。

「九戸政実が見舞いにきてくれました」

晴継が握っていた手を動かした。

「ご無理させずともよろしい」

政実は晴継を制した。

が、息子の声が分かったらしく晴政はぴくぴくと瞼《まぶた》を動かした。政実は膝を乗り出した。

晴政がうっすらと瞼を開けた。目玉だけを動かして政実を探す。

「気をしっかりとなされませ」

政実は耳元に近付けて言った。晴政は微《かす》かに頷いた。目の端から涙がすうっと流れた。

「泣いてばかり……」

晴政の妻が懐紙を手にしてその涙を拭った。娘たちが嗚咽《おえつ》を洩らした。実親の妻も居る。晴政の次女であるが、長女は信直を婿養子に迎えた後に他界したので、今は実親の妻が長女の役割を果たしている。ちなみに晴政には五人の娘があった。長女と次女は今の通りだが、三女は東政勝《あずままさかつ》の息子朝政、四女は南慶儀《みなみのぶよし》の息子盛義《もりよし》、五女は北信愛《きたのぶちか》の息子秀愛《ひでちか》に、とそれぞれ嫁いでいる。

「はる……つぐ」

晴政が政実を見詰めながら名を呼んだ。

「見えてはおりませぬ。それでそなたを」

晴継と勘違いしていると晴政の妻は言った。

「娘らの名など一度も……」

晴政の妻は晴継を冷たく見やった。

「大きゅう……なった」

晴政は政実の腕を握って泣いた。

「九戸どのにございます」

晴政の妻は乱暴にその腕を外した。晴政はまた目を瞑《つむ》った。息が荒くなっている。

「九戸どのには別の間にて茶など」

晴政の妻は実親の妻に命じた。

「いや、すぐにお暇《いとま》いたします」

政実は晴政に黙礼しつつ断わった。

「お話ししたきこともござりますゆえ」

晴政の妻は有無を言わせず促した。


政実は雪の積もる庭を眺めていた。心という文字を象《かたど》った池の水面に雪が吸い込まれていく。今夜は荒れそうな気配である。

「お待たせいたしました」

晴政の妻が一人で現われた。

「気丈でいられまするな」

政実は本心から感心していた。

「慣れました。覚悟は何年も前から」

晴政の妻は政実の正面に端座した。

「して……手前にお話とは？」

「晴継どののことにござります」

晴政の妻は声を低めて続けた。

「九戸どのの忌憚《きたん》のないお言葉をお聞かせ願いますまいか」

「はて、なんのことにござる？」

「まだ十二と年若い者。殿は晴継どのに跡継ぎをと約束なされましたが……今はこの通りの世の中。正直に申し上げて私は晴継どのにその大役が務まるまいと案じております」

「…………」

「平穏な世であれば補佐する者の手助けによって無事に果たせましょうが……今後はますます厳しくなって参りましょう。若いというだけで案じておるのではありませぬ。私にはどうしても晴継どのが南部の棟梁たる器量を備えておらぬような気がしてならぬのじゃ。将たる者はたとえ幼きときでも輝きが知れるものと言いますぞ。女子《おなご》の目ゆえ誤っておるやも知れませぬが……それゆえ是非とも九戸どののお言葉を伺いたいのです。遠慮は要りませぬ。南部の先行きだけを考慮して正直にお教え願いますまいか？」

政実は戸惑った。真意が摑めない。

「なにもこのような場で、とお思いじゃろうが、私とて今の南部の揺れをようく存じております。このままではますます乱れが生じましょう。それを避けたいと思うてのこと」

晴政の妻は政実を真っ直ぐ見詰めた。

「もし手前が晴継さまを棟梁の器にあらずと考えていた場合は？」

政実は先に質した。

「実親どのにそれを申して、信直どのと手を携《たずさ》えて南部の要《かなめ》となるよう政実どのよりご説得願えませぬかの？」

「つまり……信直どのを晴継さまの代わりに棟梁に据えるということでござるか」

「私は実親どのが棟梁となっても構わぬと思いまするが……娘四人のうち三人までが信直どのと懇意にせし家に嫁いでおります」

「それは承知でござりますがの」

数の問題ではない。政実は呆れた。

「身内でこれ以上争いたくはありませぬ。実親どのはあの通り実直なお人柄。今のままでは殿との約束を大事と心得て、あくまでも晴継どのを棟梁にと力説いたしましょう」

「あいや、しばらく」

政実は晴政の妻を遮った。

「実親が実直であるかどうか知り申さぬが、もし実親がそれを押し通すのであるなら、当たり前のことにござりましょう。お館さまは皆が晴継さまを跡継ぎに認めるならばということで信直どのとの和議に応じられ、しかもご隠居召され申した。その約束を大事と思わぬ家臣の方が、それこそ不忠者と言うもの。恐れ多いことであり申すが、この際、晴継さまの器量などどうでもよろしい。皆が手を携えて守り立てていけばよろしかろう。そのお言葉こそお三人の娘御の舅《しゅうと》どのへ申し上げるのが先ではござりませせぬか？」

政実は冷たく突き放した。つい先程まではどうでもいい問題と考えていたが、晴政の妻の言い分につい反発を抱いたのである。棟梁としての器量とか、南部の揺れなどと一応の理屈はつけていても、本音はただ一つ。身分の卑しい側室の産んだ晴継などに南部をくれてやりたくないのである。それなら次女の嫁いでいる実親を棟梁に据えればよさそうなものだが、さすがに当人を差し置いて後見役を棟梁にするのはむずかしい。そこで三人の娘婿の親が同盟を結んでいる信直にということに決めたに違いない。

女の浅知恵というしかなかった。

政実も晴継よりは信直の方が遥かにましだと思っている。が、こんな形で押し切られるわけにはいかない。

「器量などどうでも構わぬとお言いか！」

晴政の妻は血相を変えた。

「家が二つに割れていれば、どれほど器量があったとて纏め切れませぬぞ。どちらもどちら。お館の定められた晴継さまがおられる限り、手前には異存がござりませせぬ」

政実はきっぱりと断じた。背後に信直の根回しも感じ取ったからである。信直も簡単には合議に持ち込めぬと見て、東や南の倅《せがれ》の嫁たちを動かして晴政の妻の説得に努めたのであろう。晴継が棟梁となれば、その母親である側室の力が増し、晴政の妻が脇に追いやられることも確かだ。

「九戸どのには失望いたしました」

晴政の妻は怒りを隠さずに腰を上げた。

「棟梁などだれでも構わぬとお言いであれば、城下の野良犬でも摑まえて据えるがよろしい」

憤然として晴政の妻は部屋を後にした。

政実は思わず苦笑いした。その方が気楽というものかも知れない。

〈野良犬か……〉

その真夜中。こっそりと実親が訪ねてきた。政実は原田も同席させて酒の支度をさせた。

「手前は……酒など」

実親は頑として辞退した。また隠居所に戻らなければならないらしい。

「なにか察したようだな」

政実はにやにやとして実親に言った。

「お方さまのご様子が……兄者と会われてから急に変わりましてござる」

実親は首を捻《ひね》った。

「派手にやり合うた。まさに似合いの夫婦とはよく言った。己れのことしか考えておらぬ。あれではそなたも苦労したであろう」

「なんの喧嘩にござります！」

「聞けばそなたも喧嘩をしたくなる」

「では……聞きますまい」

あっさりと実親は引き下がった。

「薄々と感じているらしいの」

「お方さまは晴継さまを疎《うと》んじておられられますゆえ。まことに……困ったもので」

「嫌いなだけなら構わぬが、信直に棟梁の座を預けるようにそなたを説得しろと頼まれた」

「なんと！」

実親は絶句した。

「晴継にはその器量がないそうな。皆に守り立てていく心あれば器量など要らぬと返したら血相を変えおった」

「…………」

「まこと南部のためを思うてのことであるなら俺も頷いたが……あれは違う。信直と組めば好都合と見ただけに過ぎぬ。それでつい晴継の側に回った。主人《あるじ》が死地を彷徨《さまよ》っておるときに呆れたものではないか。高みの見物とするつもりでいたが、あのやり方では気に食わぬ。意地でも晴継を棟梁に据えてやる」

「それはお方さまお一人の考えにござろうか」

不安な顔で実親は呟《つぶや》いた。

「信直が持ち掛けねばあそこまで心を定めまい。少しは懲りたか」

「どうすればよろしかろう？」

「信直などと話し合っても無駄だぞ。あやつも合議にはとても持ち込めぬと見てこの策にでたのだ。なれば放っておくのが一番だ。なにか持ち出してきたときは、お館の定めたことと言って突き放せ。致し方ない。万一のときは九戸党が手助けしよう」

「やはり戦さになりましょうか？」

「信直よりも八戸政栄の覚悟次第だな。あやつは義を重んじる男。信直に道理がないときは滅多に兵を進めてはこぬはずだ。それに望みを託すしかなかろう」

言って政実は杯を口に運んだ。

そこに玄関口の方から慌ただしい気配が伝わった。政実と実親は顔を見合わせた。

「死んだな」

政実の言葉に実親も頷いた。

「申し上げます」

廊下を踏んで側近が駆け付けた。

「分かっておる。着替えの支度をいたせ」

杯を床に叩き付けて二つに割った政実は、大きく息を吐いて天井を仰いだ。

「手前は先に」

実親が立ち上がるなり廊下に飛び出た。

「思えば……幸せな生涯よ」

政実は心底から思った。

「この先の南部は地獄となる」

それに原田は無言で頷いた。

三

南部家二十四代晴政は年を越して四日に亡くなったと領民に布告された。どうせ十年近くもの長い病いの床に就いていた晴政だ。正月の三日まではその死を伏せておこうという判断が重臣たちの間で取り決められたのである。葬儀も一月の二十四日、南部家の菩提寺《ぼだいじ》三光庵にて執り行なわれることになっている。隠居の身であったとは言え、晴政の葬儀ともなれば諸国からも多くの者が駆け付けてくる。知らせも含めてそれだけの日時の余裕がどうしても必要となる。

七日まで城内にとどまっていた政実は、いったん二戸《にのへ》の居城へと戻り、二十二日の夜にまた五百の兵を従えて三戸に入った。と言っても兵らは城下の外れに陣を敷かせて民の迷惑にはならぬよう心掛けている。

政実の到着を耳にして、その夜には館に多くが顔を揃えた。久慈《くじ》の政則《まさのり》、九戸党のかつての本拠地を任せている正常《まさつね》、斯波《しば》に婿養子として入った康実《やすざね》ら政実の弟たちの他に長牛友義《なごうしともよし》、大浦為信《おおうらためのぶ》の二人も加わっている。

「なにか策を持ち出してくるとすれば葬儀を終えた夜か、その翌日であろう。南部のすべての者がこの三戸に集まる」

友義の言葉に皆は頷いた。

「兄者が二戸の城に戻ったを幸いに信直どのはあちこちの館を訪れておるようじゃ。どんな話をしておるものか……呆れたお人よな」

政則は苦々しい口調で杯を嘗《な》めた。

「だが、よほどの正論でなくては合議などに持ち込めぬ。こたびの葬儀とて喪主は晴継。跡目はしかと定まったと見てよい」

政実は皆の不安を押し退けた。

「信直どのが棟梁にでもなれば、手前など真っ先に睨まれまするな」

為信は首を落とす仕種をして笑った。為信は信直にとって親の仇に当たる。

「断じてそうはさせぬ。この南部を女子《おなご》の好き勝手にさせてたまるか。己れの腹を痛めた子ではないゆえ定めを覆《くつがえ》すなど、我が子可愛さに道を外したお館より性質《たち》が悪い。お方さまと立てて参ったが、ほとほと呆れ果てた」

政実の怒りは晴政の妻に向けられていた。

「亡くなられたお館の我が儘を身近で見ているうちに、それが通じると思うたのであろう。葬儀を無事に済ませたれば、あの女子を城内より遠ざけねばなるまいぞ。実親がいかにお館に尽くして参ったかを知りながら、信直と手を組むとは……あまりに情けない」

「御意」

皆が口を揃えた。

「したり顔して南部のためと吐《ぬ》かしおった。女は怖きものよな。男より扱いにくい」

「しかし……実親も辛い立場に居る」

政則は嘆息した。

「贔屓目《ひいきめ》に見ても晴継さまでは先行きが案じられる。城に駆け付けた者らにもろくな挨拶《あいさつ》ができぬ。消沈しておるのじゃろうが、ああいうお人を立てていかねばならぬとはの」

「言うな」

政実はじろりと政則を睨《ね》め付けた。

「承知の上で俺が決めたことぞ。それで心が揺れるとあれば好きにいたせ」

「いっそのことお方さまに実親を棟梁に据えろと申してもよかったのではあるまいかの」

政則は気にせず続けた。

「兄者がお方さまの先行きを安堵《あんど》いたせば頷いたやも知れぬ。お方さまとて娘婿の実親が棟梁となる方が安心に決まっていように。なかなかにしたたかなお人。そのときは天秤にかけていたとも思われる」

「それが気に食わぬと言うておるのだ」

「さよう」

友義も同意した。

「下手をすればすぐに戦さとなる。それも弁《わきま》えずご自分の安泰のみを望むとは……政実どのの立腹も当然であろう。儂《わし》でもそうする」

「なれど、ちと惜しゅうござった」

為信が割って入った。

「実親どのを棟梁に据える戦さであるなら、喜んで働けたものを……」

あの晴継であれば、という顔を為信はした。

「実親がなったところで……いずれ大差のない国に成り下がった。俺にあるのは意地だけだ。せっかく意地を捨てたこの俺を、あの女子が元に引き戻した。お陰でまた張り合いができたぞ。しばらくは退屈せずに済む」

政実の言葉に皆は笑った。

「今頃、だれぞの館にも多くの者が集まって、似たような話をしておるのではないか？」

友義は正常の酌を受けつつ口にした。

「明日は八戸政栄が参る。それまでに方針を定めておく腹じゃろう」

「あるとすれば……連名をもって南部からの離反を申し出てくるかも知れぬ」

「南部の支配より抜けると申すのか！」

友義は顔色を変えた。

「離反などできはすまい。遠く隔たった八戸はともかく、他の者らは三戸と目と鼻の近くに在る。抜けるなど無理じゃ」

「そうなれば、合議に持ち込むしかなくなる。晴継を排斥する合議であるなら実親も拒否できようが、一族の離反では捨て置けぬ」

「一大事ではないか！」

あっさりと言った政実に友義は仰天した。

「だれが信直に従う者であるか、それで見極めができよう。それを逆手に取り、思い切って南部を二つに割る方策もござる。どうせ戦さを覚悟せねばならぬとあれば、むしろ入り乱れているより楽と申すもの」

「………………」

「どんな策を用いてきても動ぜぬ。そのように心を定めておけば案ずることもないと申し上げただけのことでござるよ。離反もやむなし、と実親が受理いたせば慌てるのはあちら。そそくさと撤回いたすでござろう」

「それは……そうだ」

友義は額の汗を拭って安堵を見せた。


まさにおなじ時刻。

北信愛の館に東政勝と南慶儀が集まって今後の策に頭を巡らせていた。

「抜けると申さば、すぐに戦さとなる恐れがござる。八戸どのも即座には頷かれまい」

信愛は二人から持ち出された案には渋い顔をした。信愛の次男である秀愛も含めて、三人の息子である先代の娘婿三名が連名をもって南部からの離反を表明すれば黙っていても合議が開かれると言うのだが、あまりに危険な賭けと信愛には感じられた。九戸政実は歴然と晴継の支持に回っている。

「政実どのとて、それを見越して五百もの兵を従えて参ったのかも知れぬ。抜けると口にした途端に謀反と見做されかねぬ。合議などにはさせぬと思うておるはずじゃ」

「娘婿の立場も気にせぬとお言いか？」

東政勝は唸った。

「それを言うなら実親どののもおなじ。九戸政実、それほど甘いお人ではない。お館の服喪中であろうと遠慮せずにことを運ぼう」

「葬儀に兵を引き連れて参るなど……まったくもって油断のならぬ者にござるな」

南慶儀は憎しみを込めた目で言った。

「やはり八戸どののご到着を待つしかなかろう。我らばかりで談合しても埒《らち》が明かぬ」

疲れた顔で信愛は口にした。

「その八戸どののお気持ちがいま一つゆえ案じているのではござらぬか」

東政勝は苛立ちを見せた。

「あくまで合議の上でなければと譲らぬ。この状況では合議など望まれませぬぞ。晴継ある限り定めは動かせぬと実親が踏ん張っておる、お館が死んだばかりでは、その定めを無下《むげ》にもできぬ。我らにも覚悟ができており申す。政実が兵を動かせば、いかに八戸どのとて腰を上げてくださろう」

「それほどの覚悟があると申されるなら」

信愛の目が暗い輝きを発した。

「なんとしても合議にせねばならぬ秘策が手前の胸にござる」

二人は顔を見合わせた。

「ただし、断じて後戻りのならぬ道。なにが起きようと手前にすべてを預けていただけると約束がなければ口にはできぬ話」

「よほどのことでござるな」

東政勝はごくりと唾《つば》を呑み込んだ。

「信直さまはその策を承知か？」

南慶儀も膝を前に進めて質した。

「だれにもまだ打ち明けては……策を果したとて信直さまと八戸どのにはいっさい口を噤《つぐ》むつもりでおる。知らぬが幸いということもあろう。いかがか？」

信愛は二人を厳しい目で見やった。

「ここまできては致し方ござらぬ」

察して東政勝は頷いた。南慶儀も同意した。

「なれど……その策、果たせる自信が？」

東政勝は青ざめた顔のまま質した。

「やるしかござるまいに」

信愛ははじめて笑いを見せた。

「無事に果たせば、その翌日にでも合議をせねばならなくなる。そこで信直さまが棟梁と定まれば、ことの始末はなんとでも」

「いかにも」

二人も大きく首を振って頷いた。

「それしかござらぬ。それしかな」

信愛は何度かおなじ言葉を繰り返した。

四

天正《てんしょう》十年（一五八二）一月二十四日。この日は朝から粉雪が舞い荒れていた。南部二十四代晴政の葬儀の日である。政実の目には我《が》に執《と》り着かれた暗愚としか思えなかった男であったが、年譜的に生涯を辿れば、やはり戦乱の世を見事に生き抜いた者には違いなかった。わずか九歳で父親政康《まさやす》を失い、南部の跡目を継いで六十年近くを棟梁の座に就いていた人間なのだ。対外的な大戦《おおいくさ》は五度を越え、そのすべてに一応の勝利を納めている。南部の領地を拡大したことはあっても、減少させたことはほとんどない。津軽の大浦為信が勢力を伸ばして南部を脅《おびや》かしはじめたのは晴政が病いの床に就いて以来のことである。さまざまな内紛を抱えながら南部が安東、最上、葛西《かさい》といった敵に侵略されなかったのは晴政の豪猛という印象が確実に影響を与えていたはずである。実際は亡くなった石川高信《いしかわたかのぶ》や、九戸党を率いる政実の力によるものが大きかったのだが、それはそのまま棟梁の晴政の統率力と見做される。北の名将を失った、と外には感じられていたであろう。

「あのじじいには過ぎた葬式となった」

障子を開け放し、式服に着替えながら庭を荒れ狂う雪に目をやって政実は呟いた。

「天まで嘆いているように参拝者には映る」

御意、と側に控えている原田も苦笑した。葬式は天候が荒れるほど良い、とされている。

「今日を限りに、あのじじいのことであれこれ惑わされずに済む。これが最後の義理だ」

「それでも……なにやらお寂しそうで」

原田は言って微笑んだ。

「張り合いがなくなったのは確かだ。何度喧嘩したことか。十年も前に死んでくれれば名棟梁と俺も葬式で涙の一つも零《こぼ》せたかも知れぬが……と言いつつ、あのじじいがこの世におらぬと思えば気が抜ける。十三の棟梁ではまともな喧嘩にもなるまい。退屈がはじまる」

「油断はまだ禁物にござりますぞ」

「承知だがの。葬儀に列席する者らの前で晴継が無事に喪主の務めを果たせば信直ももはや身動きが取れまい。仕掛けてくるとすれば昨日のうちと見ていた。信直も案外とだらしない。その程度の者ぞ」

政実は着替えを済ませて茶を所望した。

「しかし……こたびの葬儀で諸国が我ら南部をどのように眺めているかが知れた」

「と申されますと？」

原田は政実と向き合った。

「この時節だ。代理の列席は当たり前であろうが、諸国の数が多い割合に、そのほとんどが家禄の低い者ばかりではないか。名の知れた者はまったくおらぬ。これまでの付き合いゆえに致し方なく駆け付けたというところだ」

「長い病いにござりましたからなぁ」

「晴継を侮っておるのよ。じじいのせいばかりではない。近ければ最上や伊達《だて》とて南部の様子を探る好機とばかりに主立った者を遣わしたであろうが……南部は遠い。どうせ攻めるにしても、まだまだ先のこと。適当な者に挨拶をさせればよいと考えたに違いない。まぁ、ありがたいことと感謝せねばなるまいな」

皮肉っぽく政実は笑った。

「伊達は揺れておる。危ないは最上。もしも南部が最上と隣り合っていれば、今日か明日にでも何万という軍勢が南部に侵入したかも知れぬ。それをだれも案じておらぬとは……ほとほと呑気《のんき》な国じゃぞ。そのお陰で俺もこの歳まで生き長らえることができた」

「殿あればこそ南部が保ったのでござる」

「断じて弱い国ではない。八戸と九戸の兵力に北信愛や実親の知恵を合わせれば最上や伊達を凌《しの》ぐ勢力には簡単になれた。それが俺は腹立たしくてならぬ。参列の数こそ多いが、すべてが下っ端の代理とは情けない。南部に先行きなどない、と諸国は見ておるのよ。悔しいとは思わぬか?」

政実は暗い目で原田を見詰めた。

「今となっては……やはり信直のせいとしか言えぬ。棟梁などだれでもいい、とあのときにあやつが身を退いていれば南部は違っていた。あの当座はじじいの我が儘も過ぎて信直を気の毒と思ったこともあったが……十年固執するとは呆れ果てた。そのくせ、肝心の今は八戸の顔色を窺《うかが》って手出しを控えおる。なんであんな者に北信愛ほどの男が肩入れするのか……行き掛かりとは言え、気が付きそうなものではないか。なるほど信直は馬鹿ではない。なれど大望を抱いておらぬ」

政実は吐き出すように口にした。

「八戸どのの顔色を窺ってくだされて我らは安堵してござりまするがの」

政実の心を計り兼ねて原田は笑った。

「今なにもせぬなら南部の先行きのために隠居しろ。あやつの優柔不断が南部を揺らす。無事に葬儀を終えたら晴継を懐《ふところ》ろに取り込んで、あやつらを一掃することにした」

政実は本心を原田に打ち明けた。

「実親がなんと言おうと遠慮はせぬ。信直と、信直を支援するやつらを三戸から追い出す。このままだらだらと続けて行くわけには参るまい。本当に南部は滅びるぞ」

「戦さとなりませぬでしょうか？」

「構わぬ。晴継を取り込めば大義は我らにある。もはや飽き飽きしたわ。ここにきて立たぬようなれば連中の結束も知れたもの。俺が買い被《かぶ》っていた。戦さと決まれば敵はたちまち分離する。八戸とて動くまい」

なるほど、と原田も頷《うなず》いた。

「今夜その談合をいたす。そなたは葬儀の間にその段取りを整えてくれ。必ず実親にも顔を出すよう言い聞かせよ」

「いつものお顔ぶれでよろしいので？」

「七戸家国にも声をかけろ。七戸勢を傘下にすれば北信愛の城を九戸党とで両挟みにすることとなる。真っ先に信愛を囲めば敵は必ず尻込みしよう。東政勝や南慶儀など物の数ではない」

政実は床の中で決めていた策を伝えた。

「大浦為信どのが大喜びいたしましょう」

原田は張り切った顔で言った。

「殿と陣を一つにして戦さがしてみたいと口癖のように言うてござります」

「信直らを南部から追い出したれば、飽きるほど戦さをさせてやる。南部の立ち遅れを一、二年で取り戻してみせよう」

政実は運ばれてきた茶を静かに飲み干した。不思議と平静であった。視野を真っ白に埋める粉雪のせいかも知れない。

「ひどい降りにござります」

原田も庭に目を動かした。

「寺は寒かろう。死んでまで迷惑をかけるじじいよな。いかにもお館らしい」

「やはり、お好きであったと見えまする」

「俺がか？　お館に向けて鉄砲を放てと命じたのは俺であろうに」

政実は原田の言を退けた。

「まさかお館さまがその場に居合わせるとは思われずに命じられたこと」

「おなじだ。忘れてはおらぬ」

政実は言いつつ、少しは当たっていると思っていた。でなければ信直の前に自分が棟梁の座を狙っていたはずだ。実親を娘の婿に差し出したのも、正面切っての対立を避けたかった心の反映である。晴政を恐れていたのではない。むしろ自分の反逆心こそ政実は恐れたのだ。実親が身内となればそれが薄れると考えてのことであった。

「結局はじじいに操られておる」

政実はそれを思って苦笑した。

「は？」

「この俺が晴継を守ることになろうとは」

「確かに」

「癪《しゃく》な話だが、じじいの願いを叶えてやる形ではないか。信直を三戸より追い出せばじじいの幽霊がきっと俺に礼を言いに現われるぞ」

二人は笑い合った。

おなじ頃。

降り積もる雪を信直と八戸政栄も無言で見詰めていた。政栄に用意された城内の館を信直が葬儀への迎えかたがた訪れたのである。政栄の息子に信直は娘を嫁がせている。迎えに出向いてもおかしくはない。

だが――

信直の決意を聞かされて政栄はしきりに溜め息を吐いていた。雪を眺めるしかない。

「お気持ちは分からぬでもないが……」

やがて政栄は重い口を開けた。

「今夜にでも他の者らと談合いたそう。これまでご貴殿を支えてきた者たちの考えもある。お一人でご隠居を決めてはなるまい」

慎重に言葉を選ぶ。政栄にもだいたいは信直の考えが読める。政栄があくまでも合議での決定をと譲らないので信直も動きが取れなくなっているのだ。隠居云々は信直なりの賭けであろう。政栄の心を探りにきたのだ、と言っても嘘ではない。ここで政栄が難色を示せば本気で隠居する腹だ。それが分かるだけに迂闊《うかつ》な返答ができない。

「これ以上迷惑を掛けるわけには参らぬ。手前のことで南部が二つに割れており申す。今まではともかく、晴継どのが跡目を継がれたからには、潔く身を退くことこそ大事。お館の位牌を前にして嘘はつけますまい。実親どのと政実どのは必ず皆に晴継どのへの忠誠を誓わせましょうぞ。手前も心を平らかにして葬儀に加わりたく存ずる。北信愛どのらも手前がそれを口にすれば少しは安堵いたすはず。近頃では手前のことが重荷になっているやも」

「それはない。思い過ごしだ」

政栄は首を横に振った。

「むしろ十三の晴継どのでは先が案じられると不安を抱いておる者の方が多い。だからこそ合議にせよと申しておる」

「今となっては合議など……」

信直は吐息した。隠居は信愛らの腑甲斐無《ふがいな》さに対する当て付けでもあった。葬儀の手配に追われていたせいもあって、この二、三日、ろくな言葉も交わしていない。八戸政栄が三戸に姿を見せれば、と信直は密かに期待していたのだが、昨夜も信愛からなんの連絡も入らなかった。おなじ城内の館に政実も入っている。恐らくはその目を気にしてのことであろう。そう信じるしかない。が、これでは蛇の生殺しに等しい。悶々《もんもん》と夜を過ごした果てに出した結論が隠居なのである。

「今夜まで待たれよ。手前から信愛どのらに声をかけよう。隠居する歳でもなかろう」

政栄は信直をなだめた。

「完全に身を引かぬ限り政実どのらの疑いが晴れませぬ。それが南部のためでござる」

「それほどまでに政実どのはご貴殿を嫌うておるのか？」

「お方《かた》さまより耳にいたしました。今の南部などだれが棟梁になったとて変わらぬ、と。それなら晴継どのの方が増しじゃとか」

「まことであるか！」

政栄の顔色が変わった。

「増しじゃとは、不遜《ふそん》も甚《はなは》だしい」

「実親どのとは手を携《たずさ》えてきたつもりだが、なにを言うたとて聞いてはくれますまい」

信直は辛そうに瞼《まぶた》を閉じた。

「許されぬ暴言ぞ。あの政実どの、も少し南部の先行きを案じておられると思ったが、だれが棟梁になってもおなじとは……」

「ありがたいことにお方さまは跡目は手前にとお考えになられていたそうな。それで政実どのに相談なされたところ……そのように」

「それでは跡目を政実どのが決めたのと一緒であろう。そういうことになる」

詳しい事情をなに一つ知らない政栄にはそうとしか感じられなかった。

「お方さまの言葉であれば一応は合議に持ち出すのが筋と申すもの。合議にはさせじと政実どのが食い止めたに違いない」

「さようであろうか」

信直はわざと実直な顔をして首を傾げた。晴政の妻に根回ししたのは自分や信愛である。

「人の好さにもほどがある。それを蒸し返せば合議に持ち込める。なぜそれを早く聞かせなんだ。政実どのの傲慢《ごうまん》を許してはおかれぬ。手前がきっと糾弾《きゅうだん》いたそう」

政栄はいきり立った。

「あいや」

信直は押し止めた。

「跡目は晴継どのという先代のご遺言がある以上、お方さまのお言葉に重きはござるまい。それゆえ手前もあえて政栄どのへお伝えいたさなかったこと。ましてや今の話はお方さまと政実どのが二人だけの席でしたこと。それを申し立てたところで合議になるかどうか。知らぬと突き放されれば終いにござろう」

「手前がお方さまに直接お聞きする」

それでいいか、と政栄は質した。信直は頷いた。晴政の妻は味方に引き入れている。政栄にもっときつい調子で政実の悪口を吹き込むに違いない。それで政栄の決心が固まる。訪ねた甲斐があった、と信直は思っていた。

五

それぞれの思惑が渦巻きながらも南部の菩提寺《ぼだいじ》である三光庵にての葬儀は滞《とどこお》りなく進められた。参列の数が多過ぎて、もちろん本堂には入りきれない。焼香台が庭にいくつも設けられた。それでも身動きの取れない状態である。さすがに六十年近くも南部を纏めていた晴政の葬儀であった。粉雪は昼から冷たい霙《みぞれ》と変わった。黒雲が寺の上空を重く覆っている。夕闇とも思える暗さだ。その暗さを焚《た》き火《び》が救っている。参列の者たちに暖を取らせるためのものである。

「ここは火があって羨《うらや》ましいの」

寺の門前に張った陣幕に葬儀の進み具合を伝えにきた男が仲間を見付けて言った。

「俺もこっちに回されればよかったぞ」

陣幕の中には民らに振る舞う煮物の鍋が白い湯気を派手に立てている。焼香を終えた者らがそろそろ立ち寄る頃合であった。

「なにしろこの数だ。長居をする者があってはまずい。折に詰めてさっさと帰すようにしろ。ご重役方もそれを案じておられる」

「陽気な葬式じゃの。これでいいのか？」

並んだ鍋の様子を見ながら男たちは笑った。

「これもお館さまのご遺言だそうな。もっとも、だいぶ前にご冗談でお口になされたことらしいが。派手なことのお好きなお館さまだった。民らも喜んで振る舞われよう」

酒の用意もしてある。

「しかし、よく集まった。寺の床が抜けてしまわぬかと、そっちが気に懸かる」

「そら、来たぞ。女どもを呼んで参れ」

人の波が門を潜って坂道を下りてくる。男たちは緊張した。


「用のない者は城に戻らせよ」

実親は無事に葬儀を済ませた安堵から心持ち上気した顔で配下らに命じた。この後には寺にて主立った者ばかりの法事が控えている。その席には諸国からの来賓も数多く含まれているので、まだまだ気は抜けないが、とりあえずは大役を果たした気分であった。

「法事の支度がまだ整わぬ。皆さま方はちゃんと別室にご案内したであろうな？」

配下らは首を縦に振った。

「お館さまのお具合はどうだ？」

「寒さゆえのことと存じます。手炙《てあぶ》りを三つほど運ばせました。ご法事の席には必ず」

顔を出すことができると請け合った配下に実親は溜め息を吐いた。葬儀が終わった途端に晴継は震えて膝を崩したのである。実親も寒さだけのことと見ていた。それにしても、情けない。あれでは面目が立たない。跡目を継いだからには歳の若さも無縁なのだ。しかも喪主という立場にある身だ。

「早目にお席に着いて貰わねばならぬ。それを今一度お伝えして参れ」

「実親さまもお休みくだされ。ここは我らばかりで間に合いまする」

配下の一人が言った。

「働いておる方が気楽だ」

「城内での法事もござりまする。早朝からのお働き。お疲れがでましょうぞ」

「今日を終えればゆっくりできる」

実親はさらに細かな指示を配下らに与えて別室へと向かった。来賓らに礼を言わなければならない。

「実親さまにござりますな」

廊下で実親は男に呼び止められた。精悍《せいかん》な顔立ちの若者だった。

「伊達輝宗《てるむね》の名代で参りました片倉小十郎《かたくらこじゅうろう》と申す者にございます」

小十郎に実親は頷いて、

「本日はわざわざかたじけのうござった」

「ご迷惑でなければ九戸政実さまにお目通りを賜りたく、ここで実親さまをお待ち申し上げておりました」

「手前と兄者の繋がりをご承知であったか」

意外な顔で実親は質した。

「九戸党の名は米沢まで聞こえており申す」

「それは嬉しい」

「なにとぞお目通りを」

「どうせ法事の席で会うこととなろうが」

「きちんとご挨拶をいたしとうござります」

小十郎は頭を下げた。実親は小十郎を見詰めた。忙しさにかまけて来賓のことはあまり気にしないでいたが、この時節に米沢から列席するのは並大抵のことではない。雪深い峠を幾つも越えなくてはならないのである。名も知れぬ名代とは言え、伊達の礼儀にはこちらも意を尽くすべきであろう。

「輝宗さまのご側近にあられるか?」

「今はご嫡子政宗《まさむね》さまの近侍を」

「なるほど。なかなか頼もしいご嫡子とか」

名前だけは実親も耳にしていた。伊達は近隣と近頃戦さが絶えない。それでしばしば伊達の戦況が南部にまで届く。

「大器量にございます。いずれ政宗さまの名が九戸党同様に伝わりましょう」

ぬけぬけと小十郎は返した。まだ二十四、五の若さと見えるが大物と実親は感じた。

「ついて参られよ。兄者はあちらに」

踵《きびす》を返して実親は小十郎を促した。

「これは実親さま」

おなじ廊下で原田と巡り合った。

「よいところで会った。兄者に引き合わせたいお人がある。伊達どのの名代で参られた片倉小十郎どのと申される」

実親は小十郎を原田に任せた。

「今夜、是非とも館の方に」

頷きながら原田が耳打ちした。

「皆様がお集まりにござります」

「今夜と言われても遅くなるぞ」

「真夜中とて構わぬと仰せにござります」

原田はそれ以上を言わなかった。ただならない様子を実親は察して承知した。


「ここでは騒がしくて話になるまい」

原田から聞かされた政実は気軽に立ち上がった。部屋には南部の重臣たちが三十人以上も顔を揃えていて窮屈でもある。

いきなり姿を見せた政実に小十郎は驚いて廊下に膝を落としかけた。

「よい。こういう日だ。気にするな」

政実は制して本堂に促した。まだ僧侶たちが後片付けをしているが広くて静かだ。原田は手炙りを持って来るよう僧侶に頼んだ。

「それほど長くはかかるまい。捨て置け」

それに先程までの人熅《ひといき》れで温みが少しは残されている。政実は小十郎を前に座らせた。

「主人がくれぐれもよろしくと申しました」

小十郎は乱れのない辞儀をした。

「輝宗どのか」

「いえ、政宗さまにござります」

「まだお若いと聞いておる」

「今年で十六にあいなりまする」

「ほう。ではこれからが楽しみだ」

世辞ではなく政実は口にした。相馬《そうま》との戦さで初陣を果たし、勝ちにこそ繋がらなかったものの果敢な奮戦ぶりであったらしいとの噂が政実の耳にも伝わっていた。もっとも、南部の者で遠い伊達や最上の動向に油断なく目を光らせているのは政実くらいのものだ。それゆえにこそ伊達の名代と知って二つ返事で挨拶を受ける気になったのである。

「南部もこれからが楽しみでござりましょう」

小十郎は物怖《ものお》じせずに返した。歳は二十六と原田より聞いている。四十七歳の政実に較べれば子供のような開きだ。

「そうかの」

政実は苦笑いして原田に目を動かした。

「いよいよ九戸党が軸となって南部が陸奥を席巻するのではないかと主人は見ております」

「政宗どのがか?」

「九戸党こそ我が主人の手本。なんとしても親しくご挨拶をして参れと念押しされ申した」

「十六と申されたの」

信じられない顔で政実は繰り返した。

「これをご縁に主人とご交誼《こうぎ》を結ばれてくださりませ。大口を叩くようでござりまするが、我が主人、必ずや陸奥に名を高めまする」

小十郎は言ってにやりと笑った。

「そちが側に在ればそうであろう」

政実もくすくすと笑いを浮かべた。若いのに肝の据わった男である。

「久しく戦場に出ておらぬ。今の九戸党など南部の飾りでしかなくなった。戦さに明け暮れる伊達とは勢いが違う。それでもよければよしなに伝えてくれ。嬉しい挨拶であった」

「手前も面目が立ちましてござります」

「いつまで滞在するつもりじゃ？」

「明日には戻る気でおりましたが」

「せっかくだ。も少し延ばして二戸の城にも立ち寄って貰いたいところだが……ここしばらくは忙《せわ》しない。また日を改めて参れ」

今夜から南部がどうなるか分からない。政実は小十郎を労《ねぎら》って腰を上げた。


〈南部はいかん……〉

小十郎と分かれて部屋に戻りながら政実は舌打ちした。政実の目から見れば十三も十六もさほど変わりがない年頃だ。だが、小十郎とわずかの話を交わしただけで政宗の器量の大きさが知れる。晴継とは雲泥の差だ。寒さに堪えきれず満座の中で動けなくなる晴継なのである。あの醜態を名代とは言え諸国の者らに見られたと思えば腹立たしい。そんな者のために多くの血を流させる必要があるのか、と政実の心は揺れ動いた。胸を張って政宗のことを口にする小十郎を思い出すにつけ、情けなさがいや増す。

〈じじいも、とんだ置き土産を……〉

政実は荒々と廊下を踏み鳴らした。

六

法事は夕方までかかった。

来賓をなんとか見送った晴継は緊張がどっと解けたらしく、また眩暈《めまい》で倒れた。嫌いな酒を仕方なく飲んだことも関わっている。

「お城にお戻しするしかあるまい」

実親は頭痛まで訴えはじめた晴継の容態を見定めて側近らに命じた。

「最後の読経がござりまするが？」

「致し方なかろう。家臣らの集まる城での法事の席にも出ていただかねばならぬ。幸い来賓は寺に一人もおらぬ。すべて顔馴染みの重臣ばかり。俺が容態を伝えて許して貰う」

とても無理だと実親は諦めていた。晴継の側近らは実親に頭を下げて走った。

「いかがした？」

東政勝が近付いて実親に質した。

「ご無理が重なったご様子で。城での法事もありますゆえ、先にお帰り願うことに」

「まだ全部が済んでおらんぞ」

東政勝は慌てた。

「皆さまにはこれより手前が謝り申す」

実親は遮った。すでに決めたことである。

「最後までおらぬなど……それで喪主の役目が務まると思うてか。呆れ果てた」

東政勝は毒づいて北信愛や南慶儀などが居る部屋に足速に去った。

〈まったく……〉

東政勝に言われるまでもなく実親もおなじ思いであった。我慢が足りなさ過ぎる。

「実親どの」

今度は晴政の妻が現われた。

「晴継どのが先に帰るとはまことか？」

「お熱も多少あられるようで」

「立派な跡継ぎじゃの。継いだからには亡くなったお人への礼儀などどうでも構わぬか」

晴政の妻は鼻で嘲笑《あざわら》った。

「勝手ながら手前が判断いたしました。二度まで倒れられましては……」

「葬儀の折りには正面に居並ぶ者たちが呆れて笑いを堪えておりましたぞな。南部の恥と心得召されれ。後見役にも責めがある」

「申し訳ござりませぬ」

「帰すなら寺の裏口からにしやれ」

「は？」

「門前にはまだ民らが多く居残っておろう。晴継どのが帰ったあとに読経の声が伝わっては民らが不審に思いましょうぞ」

余計な指図であった。法事の次第などどうせ民らは知らない。実親は押し黙った。

「民の葬式とは違いまするぞ。お館さまのご葬儀じゃ。喪主の役目を満足に果たされぬ者を寺の表門から帰すことはなりませぬ」

晴政の妻は毅然《きぜん》と言い放った。

「それが嫌なら引き摺っても最後まで……」

実親は了承した。幸いに晴継はそういうことを気にする性質《たち》ではない。

「ほんに情けない」

晴政の妻は裾を翻《ひるがえ》して立ち去った。

実親は溜め息を吐いて晴継の控えている部屋に足を向けた。重臣たちに謝る前に晴継には城へ戻って貰うことにしたのである。

部屋は少し慌ただしかった。

「どうした？」

次の間に控えている者に実親は質した。

「さほどのことでもありませぬが、お吐きになられました。今は落ち着かれて……」

「お風邪でも召したのかも知れぬな」

実親は襖を開けて様子を確かめた。晴継は手炙りを抱えるようにしていた。顔色はさほど悪くない。が、気力を失っている。

「戻っていいのか？」

不安そうに晴継は実親を見上げた。

「お吐きになられたそうですが？」

「朝に饅頭《まんじゆう》を食った。それがなにやら……胸がまだむかむかとする」

晴継は胸をさすりながら言った。

「朝に饅頭とはお珍しい」

「お方さまよりわざわざの差し入れじゃ。葬儀がはじまれば喪主はほとんどなにも食えぬと申されて……」

実親の目が暗く光った。

「お体のお具合はいかがか？」

実親は付き添っている医者に訊ねた。

「なに、お疲れが出ただけにござるよ。お脈もお熱も今は回復の方に。ご心配は要らぬ」

医者は保証した。実親は安堵した。差し入れと聞いて疑心が渦巻いたのである。

「お駕籠《かご》を裏門に用意いたせ。表門にはまだ民らが多く居残っておる。早くお館さまをお城に。あとのことは気にするな」

実親は側近らを促した。

「親父さまは情けない倅と思っておろうな」

晴継は悔しそうに口にした。

「いつからお体のお加減が？」

「葬儀がはじまって直ぐじゃった」

それならよく耐えた方であろう。実親は晴継に笑顔を見せて頷いた。

「帰ったと言うのか！」

政実は呆れた顔で実親を見据えた。側に居た政則や正常らも目を丸くした。

「ほとほとだらしなき者じゃの」

政実の言葉に皆も唸りを発した。

「それが……どうやら不審な点も」

実親は政実に耳打ちした。晴政の妻からの差し入れと知って政実は腕を組んだ。

「あの女子の差し入れとなれば毒味をするわけにもいかぬ。これは謀《はか》られたな」

政実は即座に断じた。

「毒を盛ったのか？」

政則が小声で政実に質した。

「さほどの毒ではなかろうが……満座の中で恥をかかそうとしたに違いない。あの女子ならやり兼ねぬ。もし葬儀を欠席でもすれば、それを盾に合議にでも持ち込もうとしての腹。許せぬ。そうなっては南部の体面が保たれぬところぞ。ほどほどにいたせ」

政実は歯噛みした。

「しかし、それが真実《まこと》かどうか知れぬ」

頷きつつも政則は眉を曇らせた。

「どうせ饅頭など残されておるまい。風邪で吐いたと言われればそれまでぞ」

「さようでござる」

実親も腹立ちを抑えて政則に同意した。

「毒としたなら……よく耐えた」

政実は晴継を見直していた。

「親の葬儀ゆえ頑張ったのであろう。そんな意地があるとは思わなんだ」

なるほど、と皆も頷いた。

「帰城したこと、信直らには伝えたか？」

「これからにござります。東政勝どのは承知ゆえ伝わってはおると思いますが」

「俺が帰したと言え」

政実は実親に言った。

「必ずあれこれ嫌味を言うて参る。俺が命じたと聞けば多くは言うまい」

「兄者の役目とは違い申す」

「構わぬ。どうせ俺も喧嘩を売る気でいる」

「葬儀の日に喧嘩は控えくだされ」

「あの女子が蒔《ま》いた種子だ。それでそなたが信直らから嫌味を言われる筋合いはない」

そうじゃ、と政則らも首を振った。


その頃、晴継を乗せた駕籠は三光庵の裏手から出て城への裏道を辿っていた。霙がふたたび激しい粉雪にと変わっている。視野はほとんど塞《ふさ》がれているが、足元ばかりは積もった雪の白さで明るい。

郎党四人が担ぐ駕籠の前後に従っているのは、側近が六人に過ぎなかった。最後の読経があるので側近の半分以上が寺に居残っている。まさか全員が城へ戻るわけにはいかない。

先を提灯《ちょうちん》で照らしながら歩く四人の側近たちは駕籠よりだいぶ前に進んで雪道を踏み固めていた。裏道なので人通りが少ないために道と畑の区別もつかない。道を外して駕籠が畑にでも転げ落ちてしまえば一大事となる。裏道から表通りにはだいぶ間がある。

「実親さまもきついことを命じる」

吹き溜まりは膝まで雪が積もっている。足で掻《か》き分けて側近の一人が嘆いた。

「言うな。裏道がどんな様子か実親さまは知らずに命じただけのこと。途中で抜ければお館さまの名に傷が付くと思うての配慮じゃ。実親さまはいつもお館さまを大事と思うてくだされる。罰《ばち》が当たろうぞ」

一人が叱った。

「朝からの降りではないか。実親さまにしてはお気が回らぬ。ここはいつも雪が多い」

別の一人が閉口した様子で言う。

「この歩みの鈍《にぶ》さではお館さまもお駕籠の中で震えてござろう。もう一息ぞ」

残りの一人は仲間を励ました。言われて一人が駕籠を振り返った。道が踏み固められるのを離れた位置で待っている。

「後ろの者らも呼んだ方が早い」

一人が声を張り上げた。駕籠の後ろに見える提灯が揺れて前方に駆けて来る。

駕籠がまったく見えなくなった。駕籠を担ぐ者たちは提灯を持っていない。

「どうした？」

「吹き溜まりで難儀しておる」

そうか、と言って駆け付けた二人も雪を足で固めはじめた。

「お館さまも苛々としておられよう」

一人がまた駕籠を振り向く。五、六間も離れていないはずなのに駕籠は雪と闇に閉ざされて見えなかった。なにか嫌な予感に襲われて側近は提灯を回した。

「道は通じましたか？」

暗闇から郎党の声が戻った。

「もう少しの辛抱じゃ」

側近は安堵の声でそれに返した。

そのときである。

側近の耳に雪道を駆ける足音が聞こえた。

同時に悲鳴が上がった。駕籠を叩きつけるような激しい音も響いた。どん、と駕籠が投げ出された気配も伝わってきた。

「なんじゃ！」

側近らは仰天した。

「なにが起きた！」

が、返事は戻らない。人というものは咄嗟《とっさ》の対応がなかなかできないものだ。側近らの足は地面に貼り付いていた。また悲鳴が上がった。雪を転げ回る音がする。それで側近らの呪縛も解けた。雪道に足を滑らせつつ側近らは駕籠を目指して駆け寄った。

一人が男とぶつかって横転した。

それは逃れてきた郎党であった。駕籠を担いでいた腕が血塗《ちまみ》れとなっている。

「なんじゃ！」

側近が郎党を揺さぶった。

「何者かがお駕籠を！」

郎党は怯《おび》えた声で言って逃れた。

側近らは提灯を捨てて刀に手をかけた。が、柄《つか》を皮袋で包んであるので簡単には抜けない。

ばたばたばた、と逃げ去る音がする。

「くそっ！　追え」

鞘ごと抜いて手にした一人が叫んで駕籠に近付いた。駕籠は畑に転がっていた。男の体が強張《こわば》った。駕籠はしんとして呻《うめ》きも聞こえない。その側面に短い槍が突き立っていた。

「提灯を持て！　お館さまが襲われた」

追いかけた仲間の一人を男は呼び止めた。

別の男が提灯をかざして駆け付ける。

二人は顔を見合わせながら駕籠の扉に手をかけた。槍をどうすべきか判断に迷う。それを抜かなければ扉を開けられない。

「お駕籠を起こすしかない」

反対側にも扉がある。二人は力を合わせて駕籠を立たせた。駕籠の中でごろりと重さが移動する嫌な手応えがあった。二人は駕籠の反対側に回ると扉を提灯で照らした。扉の隙間から血が溢《あふ》れている。二人はへたへたとその場に崩れた。扉を開ける勇気も失せていた。そこに別の二人が戻った。襲った者たちを取り逃がしたらしい。

二人は絶句した。が、扉を開け放つ。

無残な晴継の死骸がどさっと飛び出した。

胸に槍が深々と突き刺さっている。何度か突かれたようで駕籠からは生臭い血の匂いが一挙に噴き出した。一人が晴継の喉に掌を当てて確認した。間違いない。

「なんたることじゃ！」

一人が粉雪の舞う天を見上げて吠えた。

「このお膝元でお館さまが襲われるなど！」

男は雪に転がって喚《わめ》き散らした。

一人は覚悟した様子で刀の柄の皮袋を解くと白刃を抜いた。その場に胡座をかくと、仲間に一言も洩らさず、いきなり腹に突き立てた。熱い血が仲間の頬に注がれた。雪に顔を埋めていた男は気が付いて振り向いた。やがて、死に行く仲間に頷いて胡座をかく。皮袋の紐が湿って解けない。男は鞘ごと腰から抜いて、思い切り駕籠の角に振り落とした。鞘が割れて刃が現われる。そのまま切っ先を腹に当てて腕に力を込める。迷いのない死であった。当然であろう。側に従いながら主人を殺されたとあってはおめおめと生きてはいられない。残った四人の側近たちも二人の仲間の死を静かに見守っていた。

一人がまた刀を手にして胡座をかいた。

「死ぬのは少し待て」

一番年嵩《としかさ》の男がそれを制した。

「皆が死んではお館さまのご遺骸をこのままにすることになる。この寒さじゃ。あまりにもおいたわしい。わずか十三のお歳までしか生きられなかったお方じゃぞ。我ら四人で先代さまのお側までお届けせねばなるまい」

その言葉に他の三人は嗚咽《おえつ》した。

「我らの死に場所は三光庵。お届けいたしたら、その庭をお借りしよう。ことの子細は逃れた郎党どもがご重役方にきっと伝える」

おお、と三人は頷いた。

「にしても……あまりにも哀れ。先代さまのご葬儀の日にお命を断たれるとは……その仇を討てぬのが心残りでならぬ」

「二人のことはどういたそう?」

すでにうっすらと雪に包まれている二人の死骸に目を動かして一人が質した。

「他の者たちが引き取りにきてくれる」

年嵩の男は駕籠の側に屈《かが》んで晴継の遺骸に合掌した。男の目から涙が溢れた。

「敵は寺から追いかけてきたのじゃろうか」

合掌しつつ男は首を傾げた。

「待ち構えていたとしたら解《げ》せぬ」

男は自分で口にして寒気を覚えた。

「お館さまがこの裏道を辿って城に戻ることを前もって承知していたことになる」

聞いて三人も絶句した。

「裏口から出よと命じたのは……」

実親であった。四人は顔を見合わせた。

「まさか……あの実親さまでは……」

あるまい、と四人は首を横に振った。

「あの実親さまに限って……」

「じゃな。この雪では後をつけられても足音など聞こえぬ。わずかの人数で寺を出たと知っただれかが命じたことであろう」

最初に口にした男も否定に回った。実親まで信じられなくなることへの不安が大きかったのである。

「槍はどこで調達したのだ？」

他の男が新たな疑問を呈した。葬儀の席に持ち込むのはむずかしい。あらかじめ寺のどこかに隠していたとしても、晴継がこうして先に帰城するのを予測するのは不可能であろう。謎がまた膨らんだ。

「仕組まれたこととしか思えぬの……」

苦渋の顔で年嵩の男が呟いた。

となると……裏道を辿れと命じた実親の存在がまた怪しく浮かび上がってくる。

「提灯を貸せ」

年嵩の男は槍の柄を照らして確かめた。柄には漆《うるし》で書かれた印がはっきりと見られた。

「これは……」

年嵩の男は額の汗を拭った。

それは信直の家中《かちゆう》を示すものであった。

側近たちは思わず深い溜め息を吐いた。

激乱

一

「なんと申した？」

政実《まさざね》は耳が遠くなったのかと思った。慌てて部屋に飛び込んで来た者の言葉がよく聞き取れない。いや、ちゃんと聞こえたのだが、聞き違いとしか思えなかったのである。

「お館さまがどうしたと言うのだ？」

先代の葬儀をすべて終えたばかりで、疲れと安堵の両方が政実にあった。側に居並んでいる政則《まさのり》や正常《まさつね》らも怪訝《けげん》な顔をしている。

「お館さまがお亡くなりになられました。たった今、ご遺骸がここに！」

実親《さねちか》に仕える者は甲高く繰り返した。

「馬鹿な。下がりおれ」

政実は制した。皆も思わず苦笑する。

「帰途に何者かに襲われてお果てに……」

男はその場に泣き崩れた。

政実の顔から血の気が失せた。皆は慌てて立ち上がった。だが、動転のためになにをすればいいのか分からないでいる。

「駕籠《かご》を襲われたと言うのか！」

政実は男の肩を揺さぶった。

「無惨なお姿にござります！」

「おのれ！」

政実の顔は一瞬にして鬼の形相《ぎょうそう》となった。襲撃を命じた者は分かっている。信直《のぶなお》一派でしか有り得ない。

「なにをする気ぞな！」

怒りに任せて刀を手にした政実に弟らは仰天した。政則と正常が前に回る。

「あやつらの仕業だ。許さぬ。策に窮《きゅう》して幼い命を奪うなど武士にあるまじき振る舞い。この場であやつらの首を叩き落としてやる」

政実は弟らの制止を振り切って廊下に出た。

「待たれよ、兄者、待たれい」

政則と正常がまた両肩を抑えた。

「あのお人らも我らとともに葬儀に顔を揃えていたではないか。調べもせずに――」

「調べなど要らぬわ！　他に殺《あや》める者など南部に一人もおるまい。腐れ外道めら」

政実は寺に響き渡る声で叫んだ。

「原田！　そなたも手伝え」

控えていた原田に政則が怒鳴った。原田も政実の前に手を広げて遮《さえぎ》った。

「実親を呼べ！　実親を連れて参れ」

政実は喚き散らした。呼ぶまでもなく実親が廊下を駆けて来た。

「お静かに！　寺中に聞こえており申す」

実親は政実の前に立ち塞《ふさ》がった。

「死んだは真実《まこと》か？　嘘ではなかろうな」

政実は実親に平静を取り戻して質した。

「兄者……どうすればよかろう」

実親は反対に堪えていた涙を溢れさせた。政則は政実と実親を部屋に引き戻した。寺が慌ただしくなっている。長牛友義《なごうしともよし》と大浦為信《おおうらためのぶ》も血相を変えて飛び込んで来た。

「参るぞ」

政実は襟を正して実親を促した。まずは襲撃の詳細を知るのが先決と悟ったのだ。

「遺骸はどこにある！」

政実はうなだれている実親を叱った。

「貴様がしゃんとせずしてなんとする！」


政実らは床を踏み鳴らして遺骸の安置されている部屋に向かった。廊下に側近らが端座して号泣している。実親が先に入った。政実も続く。広い部屋の真ん中に布団が敷かれて、そこに幼い晴継《はるつぐ》が眠っていた。周りには晴政の正室や八戸政栄《はちのへまさひで》、信直、北信愛《きたのぶちか》らが悄然《しょうぜん》とした様子で付き添っていた。彼らの控えていた部屋がここに近かっただけのことかも知れなかったが、政実は不快な顔で見渡した。変事を事前に承知していたせいで対応が早かったとしか政実には思えなかった。

「なにを呑気《のんき》に付き添うておる！」

政実はつい声を荒らげた。

「襲った者を捕らえるのが先であろうに」

「とっくに皆を走らせてござる」

北信愛が落ち着いた声で政実を睨んだ。

「御前でござるぞ。ご遺骸を面前にして立ったままの問答は無礼と存ずる」

言われて皆は苛々と正座した。とりあえずは晴継の遺骸に合掌する。

「お館が領内で襲われるなど前代未聞。家を挙げて糾明《きゆうめい》せずばなるまい。亡くなられたお館とてそれを望んでおられよう。悲しむより下手人を突き止めるのが先。お駕籠に従っていた者らはどこに控えさせておる？」

手早く合掌を済ませて政実は実親に訊ねた。

「本堂に待たせてござるが……」

実親は正室らの目を気にしつつ応じた。

「だれが詮議なすかは皆の合議の上で」

八戸政栄が凜とした口調で制した。

「合議？　なんのことであるか」

政実は頬を痙攣させた。

「では逆にお訊ねする。なんの権限があって九戸《くのへ》どのが詮議なされるおつもりか？」

「お館が殺されたと言うに、詳細を問い質すのがいかんと言うのか！」

政実は怒鳴り返した。

「皆が揃って質すのが筋にござろう。お館のことは我ら一同の問題にござるぞ。九戸どのお一人が独断でやられては誤解の種子。今後に差し障りが生まれ申す」

「なれば、その者らをここに連れて参れ」

政実は実親に命じた。

「ぐずぐずすれば下手人を取り逃がす」

「それはすでに命じてござる。それに、半刻も前のこと。ここで慌てたところで致し方なし。今はお館のご冥福を祈るのが家臣としての務めと心得おるが……」

政栄の言葉に正室らも頷いた。

「誤解の種子と言うたが？」

政実は政栄に詰め寄った。

「他意はござらぬ。なれど、こたびのお館の継承についてはなにかと紛糾してござった。その一方の旗頭《はたがしら》である九戸どのがご勝手に詮議をなせば、頷けぬ者とて出て参らぬとも限らぬ。ここは公平な立場にある者を詮議の役目に命じるのが後々のためと存じたまで。でなければ南部が二つに割れ申そう」

「俺では公平な詮議をせぬと申すか！」

さすがに政実は額に青筋を立てた。

「第一、なにが公平な詮議じゃ！　下手人はこのお館が承知しておる」

政実は信直や北信愛らを見据えた。

「そのお言葉、聞き捨てにはできぬ」

政栄は膝を前に進めて、

「恐らくは信直どのを疑うてのことと存ずるが、断じてお取り消し召され。信直どのの潔白は手前がよく承知。今朝ほど葬儀の前に信直どのより隠居の相談をされ申してござる」

「なんと！」

北信愛は絶句して信直を見やった。

「これ以上争いの種子になりたくないと申された。あのお覚悟に嘘はござらぬ。手前とて未熟ながら多くの家臣を預かる身。人の心の奥底を見定めることができずに家は纏められぬ。隠居を心に決めたお人が、いまさらなんの未練を抱かれようや？　失礼ながら九戸どのこそお目が曇られているとしか思えぬ。非常の事態。動転召されてのお言葉であろうが、それでもなお得心召されぬと申すのであれば、手前にも覚悟がありますぞ」

政栄は断固として言い放った。

「俺の目が曇ったじゃと！」

政実は腰を浮かせた。政則が青ざめて政実の袖を摑んだ。実親も必死でなだめた。

「兄者！　お館さまの面前でござる」

「うぬら、それで南部の者か！」

政実は気にせず面罵《めんば》した。

「お館が果てたと申すに、なにをのんびり構えておる！　覚悟があるとは、よくも言った。面白い。九戸は受けて立つぞ。なにが隠居だ。その心があったれば、なにゆえこうなる前に身を引かぬ。この日に隠居など、だれが信ずる。そなたこそ誑《たぶら》かされておるのよ」

政実の目は政栄に向けられた。

「兄者、この通りにござる」

実親は平伏して泣いた。武士が人前で泣くことほど屈辱はない。皆は実親を見やった。

「責めはこの実親にこそあり申す。裏道を通れと指図したのは手前の落ち度。従者の数を倍にいたせば、かようなことにはなり申さなんだ。なにとぞお許しあれ！」

実親は言って脇差しに手をかけた。原田と為信が察して実親の腕を抑えた。実親は暴れた。政則が脇差しを取り上げた。

「兄者、死なせてくだされ！」

実親は政実に訴えた。

政実は大きく肩で息を吐いた。重い言葉であった。いかにも実親の甘い判断であろう。あの吹雪の中、わずか六名の従者のみで裏道を辿《たど》らせるなど、失態以外のなにものでもない。

「死ぬのは下手人を捕らえてからにいたせ。それが後見役の務めであろう」

政実の口調からは力が失われていた。

「さよう。今こそ南部の結束が問われる」

政栄も実親の真摯《しんし》な思いに打たれたのか、政実への怒りを鎮めて口にした。

「この三戸《さんのへ》に諸国の者らが集まっておるのだ。その対処も早急に取り決めねばならぬ」

政栄に言われて皆は顔を見合わせた。だれもがそれを忘れていたのである。晴政の葬儀に参列した者たちのほとんどが今夜は三戸に宿を取っている。明朝にはこの惨事が必ず伝わるであろう。皆は蒼白となった。

「しばらくは隠さねばなるまいな」

だれもが無言でいたときに、それを破ったのは政実だった。

「これを秘すと申されるか！」

友義は目を丸くした。

「幸いに寺に在るのは南部の者ばかり。これが諸国に伝われば南部は滅びかねぬ」

不本意ながら政実は方針を定めた。

「無理じゃ。すでに城へも知らせを……」

北信愛は首を横に振った。

「城にだれぞを走らせて、今夜は城中に在る者を一歩も外に出さぬよう手配いたせ」

政実は無視して実親に命じた。

「お館の様子が葬儀の間中勝《すぐ》れなかったのは諸国の者も承知しておる。この寺で熱に倒れたと申せば疑いもすまい。医者どもを急いで寺に呼び出せ。そうして諸国の者らが一人残らず三戸を立ち去るまで、断じて寺に近付けてはならぬ。下手人の詮議も後回しだ。我らはなにもなかった顔をして城に詰める。それしか今の危機を乗り越える道はない」

「上手く運びましょうや？」

実親は自信なさそうに言った。

「やるしかない。先代の葬儀の当日にお館が領内にて殺められたと知れ渡れば南部の名は末代まで汚《けが》れる。ばかりか、この機に乗じて攻め入る者がないとも限らぬ。下手人を追って外に在る者らも寺に呼び戻せ。なんとしてもお館の死が他国に洩《も》れぬようにせねば」

それに政栄も大きく頷いた。

「喧嘩は後回しにいたそう」

政実は政栄や信直を軽く睨んで、

「いかにも我らの結束こそ今は大事」

「駕籠に付き添っていた者らの扱いは？」

頷きつつ北信愛が質した。

「この寺にての殉死を願い出ておる」

「当分は監視をつけて部屋に押し込めおくしかあるまい。家に戻せば腹を切る」

政実の口にした策に皆も同意した。

「実親、そなたは後見役ゆえ寺に残れ。我らは城に戻る。城中にて家臣ばかりの法要が行なわれるのは諸国の者らに伝わっておる。つつがなくやりおおせねば不審を抱かれる」

政実は言って政栄らを促した。

「何日秘せばことが済もうか？」

友義は不安な面持ちで訊ねた。

「諸国の者らが南部の領地を出るまでだ。少なくとも三日は隠さねばなるまいな」

「とんでもないことになりおった。どうすればいいのか見当もつかん」

「東政勝《あずままさかつ》どのらはいかがした？」

南慶儀《みなみのぶよし》や七戸家国《しちのへいえくに》らの姿も見えない。

「変事を知らずに城へお戻りを」

実親は心を失った顔で政実に応じた。

二

三戸の城は大きな悲しみに包まれた。

今日の昼までは幼い領主に不満を感じていた者もあったに違いないが、今は哀れさばかりがだれの胸にもある。広間にはすすり泣きが止まなかった。法要のために多く居残っていた女たちの嗚咽がさらに悲しみを広げる。

「そなたらに南部の先行きがかかっておる」

政実は嗚咽を圧するように発した。広間がやがてしんと静まり返った。

「決して諸国の者らにこのことを気取られてはならぬ。城下の者たちにもお館さまのご逝去を洩らすな。三日は皆をこの城より一歩も出さぬつもりでいたが、そうもいくまい。身内の者らが首を傾げよう。ただし、身内にも口外を禁ずる。お館さまは熱を出されて三光庵に伏せっておられる。それで押し通せ。病名は明日、医者らに決めさせる。万が一、これが二、三日のうちに外に洩れ、しかもそなたらのだれかの口によるものと突き止めたときは身内も含めて一族を断罪に処す。容赦はせぬぞ。身分の上下も問わぬ。洩らす者は南部を危うくする者だ。互いに監視いたせ。わずか三、四日の辛抱だ。己れの口が信用ならぬ者は城から出るな。冗談で言うておるのではない。幼いお館さまの葬儀もせずに耐えねばならぬ我らの心中を察するがよい。それより、三光庵に捨て置かれるお館さまのご無念はもっとであろう。あらぬ疑いをかけられて身内を死なせるよりは城を出ぬのが一番だ」

大半がそれに頷いた。

「お訊ねいたしまする」

前列の者が政実に頭を下げて質した。

「となればお館さまを殺めた者を見逃すということでござりましょうか？」

「諸国の者らが南部を立ち去るまでは動かれぬ。迂闊な探索もなるまい」

その返答に広間はどよめいた。

「致し方なきことじゃ」

政栄が皆々を制した。

「我ら合議のもとで決めたこと。今はお果てになられたお館さまより南部を守らねばならぬ。先代もそれをお望みであろう」

嗚咽がふたたび広まった。

「お館さまとご対面が叶いましょうや？」

「ならぬ」

北信愛が質した者を叱咤《しった》した。

「臣下の者どもがこぞって寺を訪れては必ず城下の者らが異変と察しよう。明日より寺に詰める者は追って定める。それ以外は一歩たりとも寺に足を向けるな」

「殺めた者が――」

一人が膝を進めて政実らに訴えた。

「諸国の者の中に在ればいかがいたします」

おお、と皆は動転した。

政実らも思わず顔を見合わせた。特に政実の衝撃は大きかった。その可能性など一度として頭に思い浮かべなかったのである。が、万に一つ、考えられぬでもない。従者も加えれば他国の者が二百人以上も三戸に入り込んでいるのである。南部の混乱を密かに画策した者が居ないとは断言できない。

「南部の者がお館さまを殺めるなど信じられませぬ」

皆はそれに声を合わせて同調した。

政実らは溜め息を吐いた。

「今の言、頷ける」

政栄は腕を組んで唸《うな》った。

「むざむざと取り逃がすことになりましょう」

訴えた男がさらに膝を進めた。

「方針は曲げられぬ」

政実は迷いを振り切って断じた。

「なにが大事か心得よ。追及いたす所存であれば、お館さまの死を諸国に知らしめるばかりか、諸国の者らをすべて三戸に足留めせねばならなくなる。それを口実に攻め入る者が必ず現われる」

「お館さまの仇をみすみす見逃せと！」

何人かがいきり立った。

「九戸さまのお言葉とは思えませぬ！」

広間は騒然となった。

「来賓を足留めしては南部が孤立しよう」

政実は一喝した。

「もしも他国の者の仕業と知れたときは兵を整えて九戸党が必ず報復する。だが、今それをやれば南部はすべてを敵に回すぞ。見逃すなどとは言うておらぬ。控えるがよい！」

広間は一瞬にして静まった。

しかし政実の苛立ちはまだ続いていた。心が大きく揺れている。内心では他国の者の仕業であるなど信じていないからだった。半分でもその疑いを抱いていれば、政実は躊躇《ちゅうちょ》なく諸国の者らの足留めを命じていただろう。

〈下手人など定まっておるわ〉

政実は自分に必死で言い聞かせた。でなければ、この半端な下知を政実自身が許せない。

〈愚か者めが〉

政実は、したり顔して皆を煽《あお》った者の顔を不愉快そうに睨み続けた。


「あれは、確か北信愛に仕える者じゃ」

控えの間に下がると友義が教えた。

「信愛の臣下じゃと」

政実は舌打ちした。

「疑いの目を自分らから逸らそうとしての言であろうな。見えてきた」

友義は傍らの火鉢に金箸《かなばし》を突き立てた。

「ずる賢い信愛のことじゃ。先々を読んだ上で今日を選んだに相違ない。諸国の者が三戸に在っては南部の体面に関わる。まさか大喧嘩もなるまい。いちいち頷ける」

「間違いなくあの女もつるんでいよう」

政実は晴政の妻の顔を思い浮かべた。晴継の遺骸を見下ろしながら、あの女は勝ち誇ったような笑みを確かにしていた。政実の気のせいではない。

「実親から耳にしたが」

政則が頷きつつ口を挟《はさ》んだ。

「裏口から帰せと実親に命じたのはお方《かた》さまだったそうな」

「なぜそれを早く言わぬ!」

政実は声高となった。

「寺を出るときに教えられたのだ。詳しくは知らぬ」

「くそっ、またあの女に嵌《は》められた」

政実はぎりぎりと拳を握り締めた。

「毒饅頭《どくまんじゆう》を与えたのは晴継に恥を掻かせようとしてのことではあるまい。先に城へ戻らせるのが狙いだ。それしか考えられぬ」

皆は絶句しつつも頷いた。

「八戸政栄はそれを承知かの？」

友義は首を傾げて言った。

「恐らくは知るまいな」

政実は少し考えて否定した。なぜかは知らないが、むしろ襲撃が政実の指図と疑っていたような様子も感じられた。だから政実の詮議を食い止めようとしたのである。あくまでも公平な詮議を望んでいた。

「いずれにしろ、取り返しがつかん」

友義はがっくりと肩を落として、

「まさかここまでの策に出るとは……よほどの証拠がなくては話にならぬぞ。あの信愛のことだ。そこに抜かりはあるまい。さきほどの様子では従者の詮議とて無縁な者に任される。上手く証しを引き出せればよいが……」

大仰な嘆息をした。

そこに原田が顔を見せた。腹を切ろうとした実親の身が案じられて、しばらくは側に居て見守るように命じていたのである。

「実親の様子はどうだ？」

政実は真っ先にそれを質した。

「もはや心配はござらぬと思いまするが……奇妙なことを聞き込んで参りました」

原田は小声で政実に応じた。

「近う寄れ。そこは寒い」

言われて原田は皆の眼前に座した。

「お館さまのお命を奪った槍のことでございます。殿はなにかご承知であられまするか」

「見てもおらぬ。知っておろうに」

「どうやらその槍は……」

原田は口ごもった。

「槍がどうした？　まさか九戸党の！」

政実は先回りして目を釣り上げた。

「その反対にございます」

慌てて原田は首を横に振って、

「槍の柄には信直さま家中の印がはっきりと見られた由《よし》にござるとか」

聞いて皆はあんぐりと口を開けた。

「それで政実どのの詮議を許さなんだか！」

友義はわなわなと怒りに唇を震わせた。

「だれから耳にした？」

政実は心を抑えて原田に確かめた。

「従者の者らが、お館さまのご逝去をしばらく内密にすると聞かされて動転のあまりに見張りの者へ洩らしました。それが口々に伝わって手前の耳にまで」

「呑気にしておる場合ではないぞ！　皆で寺に戻ろう。従者どもを詮議せねば」

友義は腰を浮かせた。

「罠かも知れぬ」

政実は友義や為信を落ち着かせた。

「なんの罠と言われる？」

「我らばかり寺に戻れば、それこそ敵の思う壺。従者を抱き込んで証拠の槍を取り替えたと言われても仕方ない。今は動かぬ方がいい」

「馬鹿な！　その間にあやつらが槍を取り戻せばどうなる。政実どのらしくない」

「それを言うなら信愛らしくないと申す方が正しかろう。あの者がそんな失態をしでかすと思うか？

南部一の切れ者じゃぞ」

「しかし、現にその槍があれば……」

「槍などいくらでもある。なんでわざわざ信直の家中のものと分かる槍を用いる？　愚か者じゃとてその程度は気付こう」

「なればどういうことぞな？」

「知らぬが……真実《まこと》の話であるなら、罠と見た。槍についてはとっくに手を打っていよう。何日も前に盗まれたものだと言い抜ける気ではないか？　その証人も用意の上でな」

「…………」

「印を刻んだ槍で襲うなど愚かの極み。そう聞かされれば、多くの者は、むしろ信直に罪を被《かぶ》せんとした何者かが槍を盗んで襲ったと見做すであろう。ましてや、裏道を辿れと命じたのが実親と伝わればなおさらだ」

あ、と皆は言葉を失った。

「じゃが、それはお方さまによって——」

政則が主張した。

「だれかそれを側で聞いた者がおるのか？」

期待せぬ顔で政実は政則に目を動かした。

「いや……たった二人の場であったとか」

政則は悔しそうに返した。

「であろう。すべては信愛の立てた策」

政実は不思議と冷静だった。

「それを実親が言い立てれば、間違いなくあの女は嘘じゃと喚《わめ》き散らす。いつもぞろぞろと女中どもを引き連れて歩く女であるのは家中のだれもが知っておる。二人切りの席であったと実親が申したとて何人が信ずるか……たいがいは実親の嘘と思おうな」

「なんのために実親が嘘をつかねばならぬ」

政則は激しく言いつのった。

「実親にはお館さまを殺める理由《わけ》など——」

「いくらでも考えられる」

政実は冷たく遮《さえぎ》った。

「お館さまを殺め、その罪を信直に押し付けてしまえば棟梁の座が実親か俺に転げ込まぬとも限るまい。我らと信直が睨み合うておるのは周知のこと。信愛がそう主張いたせば頷く者が出てこよう。俺が無縁の立場にあれば、俺とてその筋書きを信用する」

「そんな馬鹿な話があるものか！」

政則は吠えた。が、十分に有り得る。

「下手な動きはならぬ。寺に走って勝手に詮議などいたせば信愛に付け込まれる結果となるばかりだ。どこまで先を読んでのことか知れぬぞ。こうなれば……お館の死を秘したことも我らにとってまずい判断となった。下手人の詮議を先送りとする策と取られかねぬ。はじめに口にしたのは俺だ」

言って政実は苦笑いした。どうやら勝ち目のない喧嘩と察したのである。

「なにを言うたとて信愛は言い訳を用意しておるに違いない。逆に我々の仕業と皆が感じるような返答をな」

「では、どうする？」

焦りを隠さずに政則は質した。

「戦さをはじめるか、諦めるしかなかろう」

「諦めるじゃと。正気か！」

皆は政実の言葉に腰砕けとなった。

「お館のことは忘れて合議で決着をつける。戦さをせぬと言うなれば、だ」

政実は皆をゆっくりと見渡した。

「戦さはきついの。お館という旗印を失ってしまっては、ただの喧嘩となる。敵は先代の正室を味方に引き入れておる。一挙に立場が反対となった。大方は信直に従おう」

「兄者の心が俺には分からぬ」

政則は途方に暮れた目で見つめた。

「こたびの喧嘩は負けたということよ。もはやどうにもならぬ。信直のことだ。隠居の件を八戸政栄以外にも洩らしておろう。言い合いになればきっと我らが不利となる。その上で合議となっては終《しま》いじゃぞ。ほとんどが信直の側に回る。ここは合議まで目を瞑《つむ》って、なるべく喧嘩せぬのが良策と申すもの。黙っておれば、まさか信愛も自らお館が信直の家中の槍で殺められたとは広言すまい」

「詮議がはじまればどうせ直ぐに知れる」

政則は鼻で笑った。

「それまで我らが放っておけばどうなる？　罪を信直らに被せるつもりで用いた槍なれば、真っ先に我らが騒いでおるはず。それをせなんだは、槍のことなど我らが知らなかったゆえと皆も得心するであろう。皆が気付かぬときは俺がそれを言う。ここは知らぬふりでやり過ごすしかない。原田が聞いた話とて果たして本当に従者らの口から洩れたものかどうか。我らの耳に入るよう信愛が仕組んだことではないか？　それで我らが騒ぎ出せば……」

「北信愛……恐ろしいやつじゃの」

友義は袴の膝を固く握り締めた。

「お館を殺めるのだ。なにからなにまで考え尽くしてのことと見てよかろう。咄嗟の思い付きなどでは実行できぬ。二重三重の罠を巡らしておるやも……仕掛ける側は我らの動きを推量して先手を打つことができる」

「動かずに敵の手を見極めるしかないということにござりまするな」

為信も諦めた顔をして政実に言った。

「俺の油断であった。ここまでやる度胸が信直と信愛にあったとは……思えば先代に反旗を翻《ひるがえ》した者ども。喧嘩相手の倅に遠慮などすまい。八戸政栄の言うた通りだ。すっかり目が曇っていたらしい。棟梁の座に就いてしまえば、もはや手出しがならずと甘く見ておった。幼いとは申せ、先代の定めた跡継ぎが在っては合議の行方が分からぬ。だが、死ねば簡単だ。数を集めれば合議で勝てる」

政実は歯嚙《はが》みした。

「動かずにいては……すんなりと棟梁の座を信直に持っていかれるのではないか？」

友義は案じた顔で口にした。

「お館のことをしばらくは他国に伏せるにしても、次の棟梁を一刻も早く定めなければなるまい。決めねば葬儀もままならぬ。敵は合議をせよと迫ってこよう。それにただ異を唱えるだけではいずれ押し切られよう。我らも信直と争う跡継ぎをしっかりと定めて合議に持ち出すしかない」

皆は当然のごとく頷いた。

「政実どのは常に実親どのの名を口になされるが……」

言いにくそうに友義は一息吐いて、

「裏道の一件もある。実親どのでは信直と争うのがむずかしいのではないかの？」

「実親には後見役としての実績がござろう」

政実は返した。

「それに先代の娘婿の立場。文句はないはず」

「じゃからこそ信愛が実親どのを罠に嵌めた。ここは政実どのこそ適任と儂《わし》は思う」

おお、と為信も同意した。政則も頷く。

「政実どののほどのお人でなくては信直と争えぬ。覚悟を決めてくだされば儂が陰で働いて数を揃えて見せる。失礼と存ずるが、実親どのでは弱い。較べて信直に靡《なび》く者がおろう」

「…………」

「この南部の苦境を凌《しの》ぐのは力ぞな。ひ弱な棟梁ではやはり無理じゃったとだれもが思うておろう。皆、安心したいのじゃ。政実どのが名乗りを挙げれば数が集まる」

「名乗りなど──」

挙げられるわけがない。合議はあくまでも他薦であって自らは動きようがない。

「そのお気持ちがあると皆に伝わればよい。そうすれば必ず合議で政実どのの名が挙げられる。儂がそのように段取りいたそう」

「兄者、そうしてくれ」

政則と正常も説得に回った。

「友義どのの申される通りぞな。実親では信直に負ける。お館を殺めてまでも棟梁の座に固執する者たちだ。とても敵ではない」

「実親を南部の棟梁に据えると約束した」

政実は溜め息混じりに呟いた。

「そのつもりで実親を俺の好きなように動かして参った。先代の娘婿となることも、あるいは不本意であったやも知れぬ。いまさら実親を引き下ろし、俺が出るわけにはいかぬ。実親は立派に責めを果たしてきたではないか」

「それは重々に承知じゃが、なんとしても裏道の一件は痛い。実親とて喜んで兄者に──」

政則は懇願した。

「まずは実親で話を進めてくれ。それで数が揃えられぬようであったら再考いたそう」

政実は友義にきっぱりと言った。

「そこまで申されるなら致し方なかろう」

友義も話を取り下げた。


おなじ頃、城内に在る北信愛の館には信直をはじめ、八戸政栄、東政勝、南慶儀、桜庭《さくらば》安房、楢山《ならやま》帯刀《たてわき》らが顔を揃えていた。

「お館に帰城を促したは実親どのとな？」

東政勝から耳にして政栄は疑念を浮かべた。

「葬儀の途中で喪主であるお館が帰城してはまずかろうと反対いたしたのでござるが……目立たぬように裏口に駕籠を回すと言って」

「裏道や従者の数を決めたのも実親か」

信直は信じられない顔で唸った。本当に信直はなにも知らなかった。ついさきほどまでは薄々と信愛が仕組んだことではないかと疑っていたが、まさかこの場では口にできない。生真面目な政栄が同席している。なのに、出てくる話は襲撃の背後に九戸党の影が感じられるものばかりである。

〈これでよい……〉

首を捻っている信直の横顔を盗み見ながら信愛は一人頷いていた。これでこそ政栄が信直の潔白を信用する。実際に信直は潔白だ。

「思えば従者の詮議に政実どのがこだわったのも、なにやら解せませぬの。従者どもがなにか気付いておらぬかと案じたのでは？」

信愛はわざと政栄に質した。

うーむ、と政栄は天井を仰いだ。

「晴継の死を秘して従者の詮議を先延ばしにしたのも政実どの」

信直は思い出した。それに皆が頷く。

「その間に我らの仕業と知れるような証拠を用意する腹ではござるまいな」

信愛は不安な顔を作って皆に言った。

「ことに裏道の一件は隠しきれぬ。家中の疑いが九戸党に注がれるのは必定。賢い政実どののこと。次の手を打って参るやも」

「考えられる」

信直は心底慌《あわ》てた。

「しかし……あの実親が腹を切ろうとした覚悟に嘘は見られなかった」

政栄は困惑の顔で信愛と向き合った。

「九戸党の仕業であれば腹を切るまいに」

「実親どのは知らずに政実どのの命じるまま働いただけとも考えられ申す。あとでそれと知って腹を切る覚悟を」

なるほど、と政栄は首を大きく動かした。あの場でそれと気付いたところで兄の政実を糾弾はできない。死ぬしか道はない。

「なれど、この時期にお館を殺めて九戸党になんの得がある？　晴継の擁立にあれほど熱心であったはず。やはりこれは他国の者の仕業と見るのが自然ではないのか？」

また政栄は疑念を振り払った。

「擁立に骨を折ったのは手前とお方さまに対する意地ゆえでござる。晴継の器量などどうでも構わぬと嘲笑《あざわら》ったお人。ご自分が棟梁の座に就ける道があると知ればなにをしでかしても不思議ではありますまい。手前や信愛が晴継の跡継ぎに異を唱えているうちであれば、罪を我らに被せることはたやすきこと」

信直は怒りをあらわにして訴えた。政栄もそれで九戸党の仕業と確信を抱いた。確かに信直が隠居し、晴継の地位が安泰となってしまえば政実にも打つ手がなくなる。

「九戸政実……結局は我欲にのみ動く者であったか。見誤っておった」

政栄は吐き捨てるように呟いた。

信愛も同感という顔で頷いた。

政栄も信直も、いや政実までもが今や信愛の手の上で踊る人形であった。

合議の勝算すら信愛には間違いなくあった。

三

新しく南部家棟梁の座に就いたばかりの晴継が疱瘡《ほうそう》によって急死したと三戸の城下に触れ回られたのは、晴継が何者かによって襲撃されて亡くなってから四日後のことだった。

先代の葬儀のために諸国から駆け付けてくれた者たちがすべて南部領を出たと確かめてからのことである。

と言っても城下の者たちはさほどの驚きを見せなかった。薄々と晴継の死を察していたのだ。だれの口から、ということではないが三戸は狭い。城の動転や嘆きが自然に伝わる。

静かにその死を受け入れた。

晴継が幼くて、民にほとんど馴染《なじ》みがなかったということも原因している。

だが――

城内は深い安堵に包まれていた。なんとか諸国の者に気付かれずに済んだという思いがだれの胸にもあった。この四日間、押し潰されるような緊張の中に皆が過ごしていたのだ。一言でも洩らせば罪は親族一同にまで及ぶ。それを恐れて四日の間、城から一歩も外に出ぬ者さえ多く居た。告知が出されるまでは絶対の秘密である。不謹慎と思いつつも、病死の報が城下に触れられた途端、城内には一瞬笑みが広がった。重臣たちでさえ満足の表情を浮かべたほどである。

しかし、問題がないわけではない。

病死と発表した以上、晴継襲撃の詮議《せんぎ》がどうしても曖昧となってしまう。

今後をどう進めるべきかの相談が重臣たちばかりを中心にしてその夜に開かれた。

「襲撃の際に責めを覚えて腹を切った二人の者の扱いについてであるが」

どちらかと言えば中立の立場にある七戸家国がこの合議の纏め役を引き受けている。

「殉死として身内に遺骸を引き下げ、葬儀を許してやらねば哀れと存ずる」

それにだれも異議を唱えなかった。

「切腹を願い出ている他の四人についてはいかが処置いたそう」

南慶儀が質した。その場での切腹を思い止どまり、晴継の遺骸を三光庵まで運んできた者たちだ。

あれ以来、詮議もせずに城の一室に厳重な監視をつけて幽閉してある。

「早く詮議を済ませて楽にしてやるのが武士の情けと申すものではあるまいかの」

「これ以上の殉死は必要なかろう」

七戸家国は南慶儀に難色を示した。

「解き放てば、黙っていても死に申すぞ。あの者らは死ぬことしか考えておらぬらしい。殉死以外の切腹は家名断絶の定め。それではあの者らも浮かばれまいに」

「日頃の南どのとは思えぬ潔い言葉だの」

政実は薄笑いを見せて南慶儀に重ねた。

「あの者らは襲撃に居合わせた大事な生き証人。それゆえ監視をつけて今日まで死なぬように見張っておかせた。詮議もまだ満足にせぬうちから殉死云々《うんぬん》は早過ぎよう」

「じゃから早く詮議を済ませてと言うた」

南慶儀は眉を釣り上げて政実に返した。

「棟梁となったばかりの上に、疱瘡で亡くなられたお人に六人の殉死は多過ぎる。先代にすら殉死者は出ておらぬ。せっかく病死としながら不自然と疑われように」

多くの者が政実の言葉に頷いた。

「詮議がどれほど長引くか知れぬ。その方がお館のために大事じゃと言うて聞かせれば頷こう。殉死など無駄なこと」

「殉死を無駄と申しては示しがつくまい」

東政勝が膝を前に進めた。

「東どの、お止し召され」

北信愛が目で制した。

「それより九戸どのにお伺いしたい」

信愛は政実と向き合った。

「詮議、詮議と申されるが、今の事態となっては果たしてそれが大事にござろうか？　むろんお亡くなりになられた晴継さまのご無念は重々に心してござるが、もし詮議が長引いて次の棟梁が定まらぬとなれば南部はどうなるとお思いにござる？　まずは早急に新しき棟梁を立て、詮議はそれから慎重に行なっても構わぬことと手前は考える」

「気に入らんな」

政実は鼻で嘲笑《あざわら》った。

「襲撃を命じた者がだれであるか突き止めぬうちに棟梁を定めることはできぬ。皆が疑心暗鬼となってしまおう」

「詮議が半年も長引いたときは？」

「それでも致し方なかろう」

「正気のお言葉とは思えぬな。半年も棟梁を定めずに今の世を乗り切ってはいかれまい」

信愛は呆れた顔で言った。

「半年はかかるまい」

「かかるかも知れぬ。なぜそれが九戸どのに断言できるのじゃ？　なにか手前の知らぬ確証でも九戸どのはお持ちであられるか」

「詮議をして見なくば分からぬこと」

「それでは遅うござる。その方針を定めるのがこの合議にござるぞ。もし詮議を済ませた後に棟梁を定めるとここで決定致せば、滅多には覆《くつがえ》されぬ。万が一、一年かけても下手人を突き止められなかったときはどうなさる。九戸どのが責任を取られたとて、とっくに南部など潰れており申そう」

なるほど、と多くが首を縦に振った。

「今は一刻も早く次の棟梁を定め、南部の立て直しを進めるのが大事と心得る。でなければわざわざ病死とした意味もござるまい。我らとて己れの城がある。こうしていつまでも三戸にとどまってはおられぬ。なにを先に定めねばならぬか考えて見られよ」

信愛の言葉は正論であった。

「襲撃は三戸の中でのこと。それならこの城の主人たる棟梁を皆で決め、そのお人に詮議をお任せするのが筋と申すものでござろう」

うーむ、と皆は唸った。政実の側もこの案を脇へ追いやるのはむずかしい。ここに在る全員が、いつ片付くとも知れぬ詮議に関わって三戸に居残ることなど無理な話だ。

「では新しき棟梁を定めるのが肝要ということで話を進めて構わぬのかの？」

七戸家国は席をゆっくりと見渡した。

「襲撃の詮議を早くはじめるためにも、棟梁を先に決めるのがよいと手前も考える」

七戸家国の言葉で方針が固まった。

「と申して、直ぐにこの場でとは参らぬ。これから一月以内にまたこの城にて合議を持つということでいかがか？　南部の今後に関わること。それぞれがゆっくりと考慮の上に定めなければなるまい」

「晴継さまは二十四日にお亡くなりになられたのじゃから……」

信愛は指折り数えて、

「二月の十四日がちょうど二十一日目。その翌日の十五日ではどうであろう？　せめて二十一日間は喪《も》に服さねば」

異存なし、と皆は同意した。

「合議の日取りはそれでよいとして——」

東政勝が口にした。

「どなたを棟梁に推すべきか、それをこの席で挙げるのがよかろうと存ずる。当日にそれからはじめては紛糾いたすばかりじゃ。ここで何人かに絞り込んでおけば、国に持ち帰って十分に検討できよう」

「それは性急過ぎるのではないか？」

さすがに七戸家国は首を傾げた。

「その日に十人も名が挙がれば、また十日や半月を費やさねばならなくなる。我ら三戸に近い者は構わぬとして、八戸どののように離れていてはお気の毒。せっかく間を置いたとて無駄になりかねぬ」

「その方がよかろう」

政実も賛成した。なにも問題はない。むしろ絞り込まれた方が楽だ。

「なればここでは名のみ挙げられよ。棟梁に相応《ふさわ》しきお人かどうかは当日にご意見を」

七戸家国は言って座を見回した。

「手前は信直どのがよかろうと存ずる」

東政勝は真っ先に言った。

「実親どのをご推薦いたしたい」

長牛友義がそれに重ねた。

「八戸政栄どのはいかがでござるか？」

推薦というより意向を問うように信愛が傍らの政栄に訊ねた。本来ならばそれが順当なのである。南部に適当な後継者が見当たらぬときは八戸から養子を迎えるのが恒例となっている。が、政栄は首を横に振って、

「手前とて八戸に養子として入った身。また、倅を南部にお預けしては八戸が成り立たぬ。なにとぞ

手前の儀はお外《はず》しくだされ」

頑《がん》と拒《こば》んだ。信愛も引き下げた。

「他にはござらぬか？」

座が静まったのを見て七戸家国は質した。

「九戸政実どのこそ適任かと」

楢山帯刀がはっきりと名を口にした。

政実は思わず友義と顔を見合わせた。信愛は困った顔をして楢山帯刀を見やっていた。

「他には？」

七戸家国は皆が押し黙っているのを見てとって頷くと、

「信直どの、実親どの、政実どののお三人の名が挙げられた。手前もこのお三人であればどなたが棟梁になられたとて異存がない。二月の十五日には、このお三人に絞って協議いたすということでどなたもよろしいか？」

確認を取った。皆は即座に同意した。


「いや、思いがけぬことが持ち上がった」

合議を終えて城内の政実の館に立ち寄った友義は上機嫌で杯を重ねた。合議には出られなかった正常は話を聞いて目を円くした。

「まったく、あの楢山帯刀の口から政実どのの名が挙げられたときは耳を疑ったぞ。てっきり向こうについていたと見ていたに」

さよう、と大浦為信も頷いた。

「敵は我らが思うていたよりも一つに纏まってはおらんようじゃ。こたびの襲撃のことで怪しんでおるのかも知れん。詮議をさせまいと信愛は必死じゃ。あれを見ていればだれでも奇妙と感じる。それに引き替え……政実どのは大したものよ。信愛の態度が腹に据えかねて、儂など何度か槍のことを口にしそうになった。今夜の様子を見ておれば、あれはやはり罠だの。信愛は政実どのの口から槍の一件を言わせるつもりでいたに違いない。槍に信直の家中の印が描かれていたと詰め寄れば、まだ詮議もしておらぬに、なにゆえ政実どのがそれを承知かと反論する気であったに相違ない。だからあそこまで煽《あお》ったのだ」

なるほど、と皆は頷いた。

「まず、これで間違いなく勝った。絞られた三人のうち二人は九戸党。しかも楢山帯刀が政実どのの側についたとなれば敵の結束も乱れる。土壇場にきて信愛の策が破れた。こうなると次の合議が待ち遠しいの。晴れて南部が九戸党を軸に他国と伍《ご》していけよう」

友義は無言でいる政実に酒を注いだ。

「なにかまだ気になることでもあるかの」

「俺の名まで出たのは……やはりまずかったのではないかと」

政実は溜め息混じりに呟いた。

「なにを言われる。我らが口にしたのであるならともかく、政実どのとは無縁のところから推されたこと。実親どののことを気にしておるのじゃろうが、あの場には実親どのも居てたいそう喜んでおったぞな。どちらが棟梁になったとて、おなじ九戸党。ここは素直に従うがよかろう。じきに実親どのもここに参る。請け合うて、実親どのは気にしておらぬ」

政則や正常もそれに頷いた。

「南部のためぞ。ここは是非とも政実どのに引き受けて貰いたい。皆がそれを望んでおる。安東や葛西はおろか最上や伊達と同等にやっていけるのは南部に政実どのしかおらぬ」

言って友義は政実の前に平伏した。為信も並んで頭を下げた。

「あれやこれやと風向きばかり眺めて過ごすのはたくさんじゃ。政実どののお力で我らを導いてくれ。南部に仕えるものじゃと胸を張って生きていきたい」

友義の言葉に政実は胸を熱くした。

「手前も政実さまの戦さを間近で見たく存じます。戦場で思い切りのご采配を」

為信らしい言い方に政実は笑った。

「決意なされたのじゃな」

友義は顔を輝かせて、

「なれば、ここはやはり政実どのお一人に絞って信直と争うのがよいのではないか？　むろん実親どののお気持ちをしかと伺った上でのことじゃが。それでよければ問題はなかろう。おなじ九戸党ゆえ談合で政実どのに定めたと七戸どのに伝えれば済む」

皆に同意を求めた。政則や正常にも文句はない。弟の実親が棟梁になるよりは家長である政実の方がなにかとやりやすい。

「ならぬ」

それにには政実が断固として反対した。

「実親との約束を気にしてのことではない。もし信愛が合議の席において血筋の濃さを持ち出してきたときは危なくなる。信直は先代のお館と従兄弟《いとこ》。そうなれば実親の立場が大きくものを言おう。実親は今でも先代の婿。俺よりは遥かに近い」

なるほど、と友義は唸った。

「俺と実親の二人が揃ってこそ信直に対抗できる。あとは力だけの争いだ」

「浅慮にござった。いかにも、いかにも」

友義は笑顔で何度も頷いた。

四

それから半月ほどを政実は二戸の城に戻ってのんびりと過ごした。合議の際の取り纏めについては友義が陰で働いてくれている。原田も三戸と二戸とをしきりに往復して情勢を確かめていた。政実自身がすることはなに一つない。ただ当日を待つばかりだ。

「寝ていてもお退屈そうなお顔」

妻の貞子が珍しく昼寝している政実のところに現われて微笑んだ。

「本当に退屈でな」

「それなら亀千代《かめちよ》と遊んでくだされればよろしいのに」

「さっき覗いたら眠っておった」

それにまだ一歳ではあやすだけのことだ。

「明日はいよいよ三戸に参られるのですね」

「そなたもやはり気になるか」

「当たり前でござりましょう」

「俺はなにやらどうでもよくなった」

政実は苦笑いして言った。

「この半月、なにも考えぬように心を鎮めておるうち、これでいいのではないかと思いはじめた。俺でなくてはと思うたこともこれまで再三あったが、俺が棟梁となっては皆が前よりも苦労しよう。どう見ても南部は立ち遅れた。取り戻すには戦さがどれだけ必要か。それを思うと迷いが生じる。友義や為信らが思うほど簡単にはいかぬ。滅多には負けぬつもりでおるが、五千やそこらはきっと死なせよう。その者らにとっては俺こそが仇。守りの戦さであるなら身内や己れの命のために頑張ろうが、攻めの戦さには命を捧げるだけの理由がない。少なくとも兵たちにはな」

「…………」

「俺も歳よな。そんなことまで考える。戦さをそのように見るなどはじめてだ」

「殿のことが近頃好きになって参りました」

「なんだ、それは」

政実はげらげらと笑って、

「今までは我慢していたということか」

「好きも嫌いも、それが男と申すものと思うていただけにござります。でも、今は違いまする。殿がお強いのは人の心をよくご存じであられるからと分かりました」

「そなたの心はよく知らぬ」

「殿ほど先代さまをお好きだったお人は南部にござりますまい。なのに、私までがお嫌いだとばかり……」

「好きとは違う。危なくて放っては置かれなかっただけだ」

「実親どのに棟梁の座をお譲りなされませ」

貞子はにっこりとして続けた。

「私は戦さに明け暮れる殿より、こうしてのんびりとしていられる方がずっと楽しい」

「実親が棟梁になったとてのんびりとはできまい。知恵で乗り切れる世の中ではなくなった。いずれ戦さに巻き込まれよう」

「そのときは守る戦さ。殿も迷わずに采配をお振るいになられましょう」

「このままの南部でよいと申すか？」

「私などにはよいも悪いも……」

貞子は茶の支度をすると言って立ち去った。


しばらくすると原田が戻ったとの知らせを受けた。政実は直ぐに呼んだ。原田は一昨日から三戸に入っている友義との打ち合わせがあって昨日の昼過ぎに出掛けたのである。

「そなたの方は忙しそうだ」

首筋に流れる汗を認めて政実は笑った。

「もう二、三日のことでござります」

原田は苦にもしていない顔で応じた。

「実親はどうしておる？」

「夜にお訪ねしたのですが、晴継さまの喪に服しておられるとかで夜半の訪問はいっさい受け付けておらぬようでした」

「あやつらしい。まだ襲撃の責めを感じておるのだろう。人好しにもほどがある。その前に嵌めた相手を恨むがよかろうに」

「御意《ぎょい》」

「もっとも、その相手が己れの女房の母親では滅多なことも言えまい。苦労しておろう」

政実は実親の苦衷《くちゅう》を察して嘆息した。

「それで友義どのとはどうなった？」

「数のことだけであるなら問題はなくなったと申されております。七戸家国さまを筆頭に合議に出られるお人のうち三分の二ほどが殿や実親さまのお味方に。当日までにはもっと増えましょう。今の数に楢山帯刀さまらは加えてありませぬ。下手に早くから接触いたせば藪蛇《やぶへび》にならぬとも限らぬとお言いで」

「友義どのにしては珍しく頭が働く」

政実は笑った。それを政実も案じていたのだ。白黒のつかぬ者は除外して数を固めるのが安心というものだ。

「ただ……近頃、三戸の城中に例の噂が」

原田は膝を正して言った。

「例の噂とは？」

「槍の一件にござります。三光庵から洩れたという前置きで、槍に信直さま家中の印が見られたと、もっぱらの評判とか」

「信愛め、俺が騒がぬので自ら撒いたな」

政実は苦々しい顔をした。

「やはりそうでござりましょうか」

「決まっている。はじめはそれを耳にした皆が信直に不審の目を注ごうが、いかになんでも己れの槍を用いはすまいと考え直す。合議の前に九戸党への疑いが膨らもう」

「いかがいたしましょう?」

「もはや間に合わぬ。合議まで捨て置くしかあるまい。合議に出るのは城中の者とは別だ。それを知りながら信愛が行なったは、恐らく実親の辞退でも目論《もくろ》んでのこと。気にしてこちらが騒げばかえって信愛の策に嵌まる」

「悪あがきとも見えまする」

原田も安堵を浮かべて頷いた。

「よくもまあ逆撫《さかな》でするようなことばかり思い付く男よな。それで俺も張り合いが出る」

半ば本心から政実は口にした。

「実親が棟梁と定まった暁には、気の済むまで詮議を行なってやる」

「実親さまでございますか?」

「昔から心に決めていたことだ。この半月、少し迷いも生じたが、やはり実親に南部を預けるのがよかろう。たとえ俺が棟梁に選ばれたとしても即座に譲る。その方がよい」

政実の言葉に原田は絶句した。

「俺が棟梁に推されるとしたら、それは九戸党の今の武力によるものでしかない。一度それを認めれば俺の次にまた力で棟梁の座を狙う者が出て参る。南部の揺れはいつまでも治まらぬ。しかし、実親なら歴とした先代の婿。後ろに九戸党があると言っても、面目はいくらでも立とう。実親の血筋が次の南部を引き継ぐ。だれ一人文句は言うまいに」

「恐れ入りましてございます」

原田は思わず平伏した。

「殿ほどに南部の先行きを見ておられるお人は他におられますまい。南部は回り道をしているとつくづく思われてなりませぬ」

「なに、これが実親のことだからだ。偉そうなことは言えぬ。そなたの買い被《かぶ》りぞ」

政実は照れた顔をして原田を遮った。

五

そしてついに南部二十六代の棟梁を定める日がやってきた。天正十年二月十五日のことである。

政実は昼からの合議に備え、身支度を早目に整えて待っていた。もはや勝敗は決したと言ってもいい。昨夜遅くに訪ねてきた友義の読みでは合議に出席する四十二名のうち三十名がこちら側についている。合議は数で決まるものではないが、まず間違いないところだ。

「七戸家国さまがお見えでござります」

政実が一人静かに茶を楽しんでいると原田が知らせにきた。まだ合議には早い。

「ここに通せ」

穏やかな顔で政実は命じた。

やがて七戸家国が現われた。その顔にはわずかの翳《かげ》りが見られた。

「なにか？」

「大したことではないかも知れぬが……政則どのと正常どのには今日の合議への出席を遠慮して貰いたいと八戸どのから使いが参っての。それを伝えにき申した」

政実は小首を傾げた。

「当事者である信直どの、政実どの、実親どののお三人は合議の間、別の部屋にてお待ち申していただくのが決まり。じゃが、政則どのと正常どのもお二人のご身内。合議が公平を欠くとの判断らしい。言われてみればもっともな話。ここは頷いてくだされぬか」

「身内と申すのであるなら八戸どのとて信直どのとは義理の親同士」

得心しかねる顔で政実は質した。

「義理の関わりまで広げるとあれば、そもそも合議が成り立たぬ。南部はそれで結束を強めてきたようなものではござらぬか。血を分けた身内と別にして考えねばなるまい」

七戸家国は言いつつ頭を下げた。

「致し方ござるまいの」

政実は折れた。政則と正常が合議から外れたところで数の上では影響がない。

「ま、兄弟揃ってのんびりと結果を待たれよ。九戸党こそ南部の頼りと皆が思っておる。直ぐに合議の行方は定まろう。今のこと、政則どのと正常どのにお伝えくだされ」

「それだけのことでわざわざ足をお運びくだされて申し訳ない」

腰を浮かせた七戸家国に政実は礼を言った。

「大事のことゆえ使者では面目が立たぬ」

笑顔に戻して七戸家国は立ち去った。

〈よくもまあ次々と……〉

政実は呆れて笑うしかなかった。こちらの数を必死で減らそうとしているのだろうが、あまりにも露骨で見苦しい。逆に言うなら信直側がそれほど焦っているということだ。

政実は手を叩いて側近を呼ぶと、今の話を政則たちに伝えるように命じた。

政実は迎えに立ち寄った政則たちと一緒に城へ入った。案内された部屋にはすでに実親が端座《たんざ》していた。実親には緊張が見られた。

「信直は別の部屋か？」

「と思われます」

「呑気《のんき》に構えるしかなかろう。政則と正常も合議から外された。ここはひさしぶりに昔話などして暇を潰すか。はじまれば半刻とはかかるまい。胡座にしろ」

言われて実親はなんとか笑いを見せた。

そこに友義が顔を出した。

「信直のことを聞いてござるか？」

友義は怪訝な顔で政実に訊ねた。

「昨夜から田子《たっこ》の城に戻ったそうな」

皆は顔を見合わせた。実親も初耳だったようで戸惑いを浮かべた。

「どうせ負けると見て恥を掻く前に引き下がったものと思われるがの……なにやら怪しい。まさか戦さの準備に走ったとは思えぬが……」

「合議が間もなくはじまる。ここで悩んだとて仕方あるまい。構わず参るがよかろう」

政実は友義を促した。

「おうさ。吉報を待ちなされ」

友義は足を踏み鳴らして合議の間へ急いだ。

広間には四十人が顔を揃えた。

合議の取り纏め役として七戸家国が選ばれた。友義にはそれが力強く感じられたのだが、取り纏め役は原則的に自分の考えを述べることができないばかりか、もし数を競っての決議になった際は加わることが許されない。つまりこれは政実や実親にとって有力な支持者を一人減らすことになる。政則や正常も事前に外されているので三人もが除外された計算になるのだが、友義や為信はそれに気付かずにいた。

「では、合議に入るといたそう」

七戸家国は皆を見渡して宣言した。

「南部の大事ゆえに、ここはまずどのようなお人こそ棟梁に相応しいか、ご意見のあるお方はお好きにご発言を頂戴したい」

それに信愛が膝を進めて声を発した。

「合議を乱すようなれど、手前はここでふたたび八戸政栄どのに懇願いたしたい」

信愛の言葉に席がざわめいた。

「南部本家火急の折りには八戸南部がその補佐に回ること、これ南部家もとよりの定めとなっており申す。いかにも八戸どのはご自身がご養子の身ゆえに先般は堅く固辞召されたが、幸いにもご子息に恵まれておられる。今は当家にとって正に火急のとき。ここでお家が二つに割れてはさらなる大事に至りましょうぞ。八戸どのさえご快諾くだされば、そもそも今日の合議など無用にござる。ここは我ら一同八戸どのに伏してお願い申したい。なにとぞ南部のためとお覚悟くださり、棟梁の座に就いていただきたく存ずる。皆も八戸どのなれば定めに従い、喜んでご忠勤を誓うでござりましょう」

啞然とした皆であったが、やがて頷いた。頷くしかないのである。友義らにも反論の余地はなかった。

「八戸どの、いかがでござるか」

仕方なく七戸家国も質した。

「皆のご推薦は身に余る光栄なれど、一度固辞したることに即答はできかねる。かと申して、またこの場で手前が考慮の時間をお願いいたせば棟梁の座がふたたび空白となり申そう。それでは他国に南部の揺らぎを示すようなもの。ご推薦だけでありがたし。どうかこの場は手前のことなど忘れて合議を続けていただきたい。どなたが棟梁に選ばれようと八戸南部は本家のためにお尽くし申す」

政栄は毅然として応じた。それを聞いて多くが深い溜め息を吐いた。八戸政栄こそ棟梁に相応しいと感じた吐息であった。

「では八戸どのに今一度お訊ねいたしたく存ずる。八戸どのは棟梁たるに相応しいお人柄をどのように定めておられまする？」

信愛は丁寧に質した。皆も身を乗り出した。たった今望めば南部の棟梁になれたはずの政栄の言葉である。その重さは大きい。

「反対に北どのにお訊ねいたす」

政栄は苦笑いを見せて口にした。

「ご貴殿は再三にわたって手前をご推薦くだされたが、それはなんによるものか？　ただ手前が現在八戸の家督を預かっておるということでご推薦くだされたのであるなら、人柄云々は少しも意味を持つまいに」

「…………」

「あいや、ご貴殿を責めておるのではござらぬ。家訓こそ大事なものと手前も心得る。手前もご貴殿のお立場にあればおなじことを懇願いたしたはず。人柄や力よりも、まずは家訓や血筋を重んじるのが順当。それが臣下として当たり前のことと考え申す」

おお、と多くが唸りを発した。

友義は額の汗を拭った。場がすっかり信愛と政栄によって動かされている。

「お言葉ではござるが」

楢山帯刀が二人の問答に割って入った。

「お血筋で済むならなにも問題などござるまい。信直どのは先代のお従兄弟にあられる上、一度は跡継ぎとして迎えられたお人」

「なにを申されたいのじゃ？」

信愛は不快そうに睨《にら》み付けた。

「お血筋だけでは南部の先行きが案じられるゆえに、こうして合議にまで持ち越されているのでござるぞ。それをお二方はお忘れのようにお見受けいたす。南部家火急の折りとは、そもそもなににについてのことか、しかとお考え願いたい。ただお館が定まらぬから火急と申すのではありますまい。南部の弱体にこそ火急の言葉が当て嵌まり申す。この事態を果たしてお血筋ばかりに頼って乗り切れるものかどうか。それを思えばこそ手前はあえて九戸政実どのをご推薦申し上げた次第」

またまた唸りが広がった。友義は特に大きく頷いた。

「さらに……この場では申し上げにくきことにござるが……」

楢山帯刀は迷いを見せつつ続けた。

「先程の襲撃について城中に不穏《ふおん》な噂が広められておるのを八戸どのはご承知にあられまするか？」

「不穏な噂とは？」

「晴継さまを襲った槍に……信直どの家中の印が見られたという噂にござる」

思い切った様子で楢山帯刀は打ち明けた。

知らなかったらしく政栄は青ざめた。

「今の話……まことであるか？」

政栄は信愛に詰め寄った。

「それについては……これを」

諦めた顔で信愛は懐ろから一通の書状を取り出した。皆の目がそれに集中した。

「これがあって……手前は八戸どのにふたたびの懇願をいたし申した」

信愛は深々と政栄に頭を下げた。

「信直どのは昨夜この書状を手前に預けて田子の城へとお戻り召されましてござる」

頭を上げた信愛は悲痛の顔で続けた。

「いかにも槍には信直どの家中の印が描かれており申した。なれどその槍はだいぶ以前に盗まれたもの。と言うたところで疑いは直ぐに晴れますまい。疑いをそのままに、万が一棟梁に選ばれては後々の禍根。信直どのは熟慮の末に自らお身を引かれる決意をなされた。合議の前にこの書状を明らかに示し、だれにも異存がないときは実親どのに棟梁の座を、と申し添えられたが……手前にはなんとも合点がいかぬ。信直どのは真っ直ぐの気性のお人。あらぬ噂が広められたばかりで、それを潔しとなされなかったのであろうが……各々方《おのおのがた》もよく胸に照らしてお考え召され。槍は何度となく晴継さまのお体を傷付けてござった。さすれば引き抜いて持ち帰ることもたやすかったはず。もし、まこと信直どのの家中の者の仕業であったなら、さらに必死となって槍を残さぬ算段をしたことであろう。手前にはわざと槍がその場に残されたとしか思えてならぬ。となると自ずと答えは明らか。どこのだれかは詮議もなしに推量なりとも断じて口にはできぬが、いずれ信直どのに罪を被せんとした者の卑劣な罠に違いない。それを察したればこそ、手前は合議の掟《おきて》を破ると承知の上で八戸どのにあらためての懇願をいたした次第。誤解のなきよう、ここでしっかりと言い添えておくが、決してこれは九戸どのらを疑うてのことでもない。今はすべてに無縁の八戸どのを、と思い付いたに過ぎぬこと。八戸どのが堅くご辞退いたされたからには、信直どののお心に沿うて実親どののご推薦に回るつもりでおった。隠し事をしていたつもりにはあらず。なにとぞお許し願いたい」

皆は互いに顔を見合わせた。

「すると……信直どのはご辞退なされるとな」

七戸家国は複雑な顔で確かめた。

「疑いがあるうちは、たとえ推されたとてお引き受けはなされますまい」

信愛はきっぱりと応じた。

「待たれよ」

慌てて楢山帯刀が信愛を制した。

「どうやら手前の浅はかな判断にござったようじゃ。信愛どののご推察、まことにもって頷け申す。これ見よがしに家中の槍を用いるなどとうてい考えられぬこと。手前の疑いは晴れてござる。その書状、信愛どのの胸に納めてくだされ。この場に示さねば信直どのの辞退も認められたことにはならぬ理屈」

そうじゃ、と多くがそれに同意した。

「手前はあらためて信直どのを棟梁にご推薦つかまつる」

楢山帯刀は七戸家国に向かって言った。

「九戸どのについては取り下げさせていただこう。信直どのの潔さこそ棟梁たるに相応しい。噂を恥とするのがまことの武士」

楢山帯刀の言葉には頷ける力があった。

〈なんじゃ、これは……〉

友義はただただ唖然とするばかりだった。

六

「今一度お確かめいたす」

座の混乱を鎮めるように七戸家国は見渡してから楢山帯刀に質した。

「ご貴殿はこの場で九戸政実どののご推薦を取り下げると申されるのじゃな」

「いかにも」

楢山帯刀は迷わずに応じた。

「手前が九戸政実どのの名を挙げたのは信直どのにわずかの疑念を抱いていたがゆえにござる。ここで隠しごとをいたしては、かえって今後のためになりますまい。手前はだいぶ以前より信直どのとは近しき間柄。わずかの疑いには目を瞑《つむ》るつもりにござったが、どうにも槍の一件が心から離れませなんだ。なまじ近しいだけに、その疑いを信直どのにぶつけることもなにやら憚《はばか》られ、一人悶々としておったのでござる。九戸政実どのの名を挙げることになったのは、その心の表われ。なれど信直どのの潔きお覚悟を知らされた以上、手前にもはや迷いはござらぬ。むしろ信直どのこそ卑劣な罠《わな》に嵌《は》められたものと確信いたしした。北信愛どのはご遠慮召されて、罠を仕掛けた者の名を口にはなされなかったが、槍がまこと罠であったとしたなら、それがだれの仕業であるものか、手前には薄々と見えて参り申した。となれば九戸政実どのを棟梁にご推挙いたしかねると判断した次第」

「待て！」

長牛友義は血相を変えて遮った。

「それは政実どのが怪しいと言うことか！」

「棟梁を定めるより詮議が先と政実どのは何度も口になされた。それが気に懸かる」

楢山帯刀はぎろりと睨み返した。いかにも、と座の多くが首を縦に動かした。

「ふざけるな！　政実どのが晴継さまを殺めてなんの得がある？　晴継さまを支えてきたのは政実どのぞ。それを言うなら信直どのこそ怪しい。罠と見せ掛けて、わざと己れの槍を残すことと考えられように」

「長牛どの！」

さすがに七戸家国が制した。

「この場は棟梁を定める席であって、晴継さまを殺めた者の詮議の場ではない。控えるがよかろう。今の言葉は取り消し召され」

「先に言うたは楢山どのでござる」

「言うてはおらぬ。推薦を外すと申しただけではないか。まだ続けると申すなら退席して貰わねばならぬ。心を鎮められよ」

纏め役の立場から七戸家国は威圧した。友義はあからさまな舌打ちをして座り直した。

「末席なれど……」

大浦為信が膝を進めて発言を求めた。

「楢山帯刀どのが九戸政実どののご推薦をお取り下げになると申されるのであれば、この場で再度手前が九戸どのを棟梁にご推薦申し上げまする」

出過ぎた真似をするな、との声が何人かから上がった。為信を南部の臣下として認めていない者がまだまだ多い。それに為信が信直の父親を殺めたことは忘れられていない。不快そうに為信を眺める者が大半だった。

それを察して七戸家国は、ただ頷いたばかりで為信にそれ以上の発言を許さなかった。

場には気まずい沈黙が続いた。

「このままではどうにもならぬ」

やがて七戸家国は決心した顔で、

「信直どののご辞退を受け入れるかどうかをまず決めよう。ご辞退に反対なされるお方はお手をお上げくだされ」

言うと席を見やった。次々に手が上がった。三十九人のうち二十一人。歴然たる信直派は十人しか居ない状態だったのだから、わずかの間に十一人が信直支持に転じたことになる。七戸家国は首筋の汗を拭った。

「信直どののご辞退はこれで却下された」

七戸家国の言葉に信愛は笑顔で頷きつつ、

「こうして却下されたからには、楢についての疑念が晴れたと考えてよろしゅうござるの」

皆に同意を求めた。多くが認めた。

「となれば遠慮せずに申し上げる。さきほど八戸政栄どのが申されたように、棟梁はお血筋の近さをもって定めの判断とするのが順当であると心得る。いかにも今は至難のとき。なまなかの器量ではこれを無事に乗り切れないとの懸念もござるが、それゆえにこそ我ら皆の結束が大事となる。心を一つにするのは力にあらず。お家への忠誠心である。ここでいたずらに力のみを頼りにしたとて先行きは知れておる。やはり皆が得心できる棟梁を得てこそ忠誠心が保たれる。それをしかと考え召され。信直どのこそ、それに相応《ふさわ》しいお人。先々代の晴政さまとお従兄弟に当たられるばかりか、一度は跡継ぎと先々代によって定められたお方ではないか。信直どのをおいて他に棟梁とお頼みできるお人はござるまい」

信愛は滔々《とうとう》と捲《まく》し立てた。

「しかし、その先々代によって跡継ぎから外されたお人でもござろうが」

八戸政栄とは明瞭な反目関係にある櫛引清長《くしびききよなが》が、ぼそりと呟いた。しかり、と何人かが同意した。

友義はそれに力を得て、

「和解なされたと言うたとて、一度は反逆と見做されたお人。先々代も決して信直どのが棟梁となるのを望んではおられまい」

「一度たりと自ら攻めたことのない者を反逆と申すか？」

温厚な八戸政栄が珍しく目尻を釣り上げた。

「先々代は信直どのの手の者の鉄砲にて手傷を負われたのでござるぞ」

友義も負けずに抗弁した。

「卑劣な奇襲を仕掛けたのは先々代。あの状況では応戦も致し方なかろう。手前が信直どのの立場にあってもおなじことをする。それを反逆と申すのは筋違い。そもそも先々代が自ら跡継ぎと定めて婿に迎えた信直どのを遠ざけたは、我が子可愛さの理不尽によるもの。信直どのに落ち度がなかったことは、この席のだれもが承知のことであろう。この上、反逆と罵るのであれば、手前も捨ててては置かれぬ。この合議を中断しても、先にその白黒をはっきりとさせねばなるまい」

政栄は毅然と言い放った。

「先々代を貶《おとし》めたくないばかりに今日まで黙っていたが、あの仕打ちは南部の恥としか言えぬ。だれもが内心ではそう考えておるものと信じていた。にも拘《かかわ》らず、この場で信直どのを反逆と決め付けるなど……ほとほと呆れて物も言えぬわ」

政栄の言葉は熾烈《しれつ》だった。

気圧されて友義は唇を噛み締めた。ここに政実が同席していれば必ず政栄を論破したに違いないのだが、友義では政栄と対等にやり合うだけの貫禄が足りない。

〈ひょっとして！〉

友義は気付いて視線を楢山帯刀に動かした。楢山帯刀の顔には勝ち誇った様子が見える。

〈そういうことか……〉

ようやく友義にも信直一派の策が分かった。楢山帯刀が九戸政実を棟梁に推挙したのは、この合議の席から政実を外すのが狙いだったに違いない。推挙された当人は合議に出席できない定めとなっている。政実という軸が欠ければ九戸党を支援する者たちの心が揺れる。反対に信直側には八戸政栄という大物が控えている。そうして合議を有利に運ばせようと企んだのだ。紛れもなく北信愛の知恵である。その上、推挙した楢山帯刀が、真っ先に信直への支援を表明すれば合議が乱れる。実際、その通りの展開となっている。間違いなく政実支持と見做していた者たちの様子に今は明らかな迷いが生じているのである。

〈くそっ……謀られた〉

友義の握った拳に汗が噴き出た。

「どうも合議が別の方向にばかり流れ申す」

友義は七戸家国に申し出た。

「しばらく心を鎮めさせては貰えませぬかの」

「どういたそう？」

七戸家国は思わず政栄に相談した。七戸家国まで政栄に牛耳られはじめている。

「その必要はない」

信愛が冷たく返した。

「その場で暫時《ざんじ》発言を慎み、心を静かにすれば済むことでござろう。長牛どの一人のことで合議を中断することは許されぬ」

七戸家国もそれに頷いた。

「では、政実どのを合議の席に呼ばれるようお願いいたす」

必死で友義は重ねた。

「楢山どのが推挙を取り下げたからには、もはや別の間で待つこともなかろうと存ずる」

「政実どのは実親どののお身内。たとえ棟梁の推挙を取り下げられたとて、この席に招けば公平を欠く結果となろう。そうでござるな」

信愛は笑って七戸家国に質した。唸りを発した七戸家国だったが、直ぐに頷いた。

「第一、取り下げられておらぬ。大浦どのがさきほど推挙したではないか」

信愛に言われて友義は絶句した。

「なれば手前はこの場で北信愛どのを棟梁にご推挙申し上げる」

策は見抜いた、という顔で友義は反撃した。

「ありがたいお言葉なれど、慎んでご辞退いたす。手前はその器にあらず」

あっさりと信愛は友義を退けた。南慶儀や東政勝らは苦笑して顔を見合わせた。

「九戸党を抜きにして、この難局を凌いで行けると思うてか！」

屈辱もあって友義は声を荒らげた。

「これはしたり」

信愛は端座し直して友義と向き合った。

「今の言葉、もう一度お聞きいたしたい。と言うからには、もし棟梁が信直どのと定まったときは九戸党は南部に従わぬという意味にござるのか？」

「…………」

「それが政実どののお考えであるなら、嘆かわしきお言葉。それではなんのために開いている合議か分かり申さぬ。いかにも九戸党と信直どのはさまざまなところで反目を繰り返して参った。戦さにもなり兼ねぬ危ういところを凌いで参ったと申し上げてもよい。だからこそここは公正な席を設け、皆の合意によって棟梁を定めようとしておるのでござるぞ。どちらに定まっても信直どのはそれに喜んで従うおつもりにあられる。ご辞退を申し出られたのもそのお心の表われ。しかるに、一方の政実どのがそれでは……とても合議にはならぬ。力で押し切るつもりであるなら、我らとて覚悟がある。遠慮なく戦さの支度をなされるよう政実どのに伝えるがよい」

そうじゃ、と大半が信愛に頷いた。

「力で押し切ろうとするのはそちらであろう」

友義の声は、しかし弱まっていた。

「ご貴殿、本気でそれを言うておるのか？」

信愛は深い溜め息をして、

「この席におられるだれにでも問い質してみられるがよかろう。手前がいつ力を頼りにものを言い申した？　九戸党の武力に対して手前はお血筋の順当さを訴えておるに過ぎぬではないか？　平静を取り戻し召され」

「政実どのは……」

八戸政栄が信愛に続いて口にした。

「合議の結果によっては兵を挙げる気でおるのか？」

「まさか！　今のは儂の考えでござる。政実どのとて合議には潔く従うと――」

慌てて友義は首を横に振った。

「お血筋を大事にいたされるのであれば」

堪らずに為信が声を発した。

「実親どのとて先々代の婿どの。加えて先代の後見役も務めてござりました。お人柄もあの通り実直で柔和なお方。さきほどより信直どのと政実どののことばかり論議されているようなれど、手前は実親どのこそ我らの棟梁に相応しきお人と心得まする」

なるほど、と何人かが大きく頷いた。実親は信直と政実の中間にある。九戸党の武力も当てにできる存在だ。

「政実どのが不利と見たら今度は実親どのか」

南慶儀は鼻で笑って、

「そなたの言葉は公正と言い兼ねる」

「なんと申される」

「信直どのが棟梁となっては己れの立場が危うくなると案じてのことであろうに。公正とは、真に南部の先行きを見据えての言葉であるぞ。己れの保身を先にされては合議を乱すもととなる。第一、信直どのはそなたが思うておるような姑息なお人ではない。親を殺された恨みも忘れて南部のためにそなたと和議を結んだのじゃ。その寛容さに感謝せねばならぬのはそなたの方。少しは恥を知れ」

「手前の心をいかように取られようと構いませぬが……それと実親どののことは無縁。手前が口にしたゆえ実親どのが脇に追いやられるいわれはありますまい」

臆せず為信は返した。

「義理の関わりまで含めたれば、ここに居並ぶ多くの者が先々代となんらかの繋がりがあろう。手前が言うておるのは真実《まこと》の血脈」

遮って信愛が重ねた。

「それを一番に受け継いでおるのは信直どのをおいて他にない。先々代によって反逆と見做されたことが傷となっているとしたなら、ここはやはり政栄どののご提案通り、その白黒を最初につけるのが大事ではござらぬか」

信愛は七戸家国に相談した。

「また挙手によって決めるのか？」

いささかうんざりした顔で七戸家国は言った。信愛と政栄が頷いた。

「挙手などと……簡単には決められぬ」

友義は抗議した。

「言いはじめたのはご貴殿であろう。他の方々がどう思うておられるか確かめたい」

信愛は取り合わず七戸家国を促した。

七戸家国は仕方なく皆に向かって、

「信直どのの取られた道が先々代への反逆に値するか否か……やむをえぬことであったとご判断のお方は手を上げてくだされ」

いっせいに手が上がった。黙って両膝に拳を置いていたのは八人に過ぎなかった。三十一人が信直の行動を容認したことになる。

「反逆にあらずと合議で認められたと解釈してよろしいのでござろうな？」

信愛は七戸家国に念押しした。

「数で決められる問題ではなかろう」

友義は床をどんと叩きつけた。

「では先々代と信直どのとの和議すら無意味と申すのじゃな。お控え召され！」

信愛は一喝した。

「和議となったからには、その前のいかなることも帳消しとなる。それゆえ和議と申すのであろう。それをいまさら蒸し返して反逆呼ばわりこそいまいましきこと。挙手をもって方々のご意見を伺ったのは、ご貴殿らを得心させる手段に過ぎぬ。手前には、むしろまだ八人も反逆と見做す輩《やから》がおると知って腸《はらわた》が煮えくり返る思いじゃ。じゃからこそ南部が一つに纏まらぬ。和議に領かれたのは、他ならぬ先々代であろう。それは先々代が信直どのをお許しになったということぞ。それすらご貴殿らは分かっておられぬようじゃの」

がくっと友義は肩を落とした。理屈ではどうしても信愛に勝てない。

「こんなことでは日が暮れてしまい申すぞ」

東政勝の吐息に多くが同調した。

「反逆ではないと決まったからには、先々代によって一度は跡継ぎと定められた信直どのを棟梁と仰ぐのが筋道。義理の関わりに過ぎぬ実親どのと南部の支流でしかない政実どのをここで立てては筋が通りますまいに」

東政勝は断じた。

「本当にそれでよいのか？」

友義は額の汗を拭いつつ訴えた。

「まこと信直どのが棟梁で南部の安泰がはかられると思うのでござるな？」

友義が頼みとしていた者たちは、いずれも友義から視線を逸らしている。

「信直どのは戦さをほとんど知らぬお人。今の世を無事に乗り切るには幾多の戦場を掻《か》い潜《くぐ》っていかねばなるまい。お血筋を大事にすべきことは手前とて重々に承知じゃが、それを信愛どのが今になって声高に申されたとて承服できぬ。それならなにゆえ晴継さまが継承なされたときに反対したのじゃ？　晴継さまは紛れもないお実子。信直どのよりお血筋では遥かに勝っておろうに」

「理不尽に対して抗議をしただけのこと」

信愛は余裕たっぷりに応じた。

「それに相変わらずご貴殿の話は筋が通らぬの。器量の足りぬ者では今の世を乗り切れぬと申すのであるなら、そもそも晴継さまのときはどうであった？　幼少のお人を棟梁に据えたのはご貴殿らであったはず。城下を歩いて百人に問うてみるがよい。晴継さまと信直どののどちらが器量が上であるかをな。百人のすべてが即座に信直どのと答えるであろう。晴継さまで凌げる世であるなら信直どのはもっと楽に南部を立て直してくだされる」

おお、と皆は信愛に大きく頷いた。

「反対はしたが……」

信愛はさらに付け足した。

「晴継さまが棟梁と定まってからは、心を一つにして従うつもりであった。信直どのがご隠居を決意召されたこともお忘れではあるまい。すべては南部の平穏を願われてのこと。にもかかわらず、政実どのは片方で、棟梁など城下の犬でも間に合うと豪語召されたと聞く。だれでもよいゆえ晴継さまを棟梁に据えただけだ、とな」

大方は初耳だったらしく目を円くした。

「馬鹿な！　そんなことがあるものか」

「先々代のお方さまがはっきりと申された。お方さまをこの席にお招きして皆の前で確かめても構わぬぞ」

「それは……お方さまが先々代のご遺志を無になされ、信直どのを棟梁にと政実どのに詰め寄られたときのことであろう。あまりの身勝手に政実どのが腹に据えかねて——」

「どんな場合でも、口にしてはならぬ言葉がある」

ぴしゃりと信愛は友義を制した。

「棟梁などだれでもよいとお考えのお人に我らの命は預けられぬ。戦場でこの首を賭けて戦うのは我らじゃ！」

この言葉で合議の流れが完全に定まった。合議前には政実を支援していた者たちの友義を眺める目に冷ややかなものが漂っている。

「信直どのでよろしかろう」

政栄が場を見渡して口にすると、溜め息混じりながらほとんどが了承した。

「七戸どのからもご確認くだされ」

信愛は笑みを洩らして言った。

「これ以上の言い争いはむしろ南部の結束を損ねる恐れとてあり申す。数で決めるのは不本意なれど、南部は連合をもって成り立つもの。この席に在る者の四分の三が信直どのでよしとしたときは、合議を決してもよかろうと存ずる。それに満たぬときは、今しばしじっくりと談合いたそう」

「四分の三であるか」

七戸家国も頷くしかなかった。半数以上と言うなら、まだ論議の途中と撥《は》ね除《の》けることもできようが、四分の三では拒《こば》めない。

「じっくりと心を鎮めて考えられてから挙手を願いたい。南部の大事である」

七戸家国は採決に入った。

「信直どのこそ相応しいと思われるお人は？」

さきほど信直の行動を反逆と認めなかった三十一人がそのまま手を上げた。様子を見極めていたらしく、残り八人の一人が信直側に寝返った。三十九人のうち三十二人が認めるとあってはどうしようもない。七戸家国は何度も小さく頷いて手を下ろさせた。

「これで文句は言わせぬぞ」

信愛は友義と為信を睨み付けると、

「手前は即刻に田子の城に馬を走らせ、新しき棟梁をお迎えに参る。手前が戻るまで、ご貴殿らはこのまま皆と一緒にこの広間にて時を過ごしていただきたい」

「どういうことじゃ？」

うなだれていた友義はぎょっとして顔を上げた。

「晴継さまがああいうご最期を遂げられたばかり。万が一のこともある。二度とおなじ過ちは繰り返されぬ。大事を取ってのこととご了解願いたい。信直さまが棟梁と定まったことは、無事にこの城に入られてから家臣の者たちに伝えたい」

信愛は口元に薄い笑いを浮かべた。

「無礼な！　それは我らが信直どのを襲うということにござるか」

「ご貴殿らには分別があり申そうが、下の者らの考えは分からぬ。なにか起きてからでは遅い。互いに嫌な思いをしたくはあるまい」

「信愛どの、いかになんでも今の言葉は暴言であろうぞ」

七戸家国もさすがに呆れた。

「なにを言われる！」

信愛は声高に発した。

「たった今まで信直さまの就任に異を唱えていたお人らでござろう。南部が平穏であるなら手前も案じはいたさぬが、つい先頃、先代が殺められたばかり。この程度の配慮は当然のことと心得る。たった今より信直さまは我らの棟梁にござるぞ。その方が、防備も手薄な田子の城におられるのじゃ。七戸どのがなんと申されようと、これだけは曲げられぬ」

信愛の言に七戸家国は引き下がった。

「儂が信直さまと一緒に戻るまで、だれ一人としてこの広間をでてはならぬ。茶を運ぶ者があったとしても、今の結果は洩らすな」

信愛は南慶儀と東政勝に命じた。二人は即座に頷いて他の者らを促した。楢山帯刀を筆頭に信直派の何人かが友義と為信らを取り囲むように座った。

「うぬら、謀りおったな！」

友義は喚き散らした。

「まだそれを言うか！」

信愛は叫んだ。

「公正な合議で定まったと申すに、謀りごと云々はなにごとか！　じゃからこそ無益な策を施さねばならぬ。腰の刀を取り上げぬだけありがたく思うがよい」

悔しさに友義は不覚の涙を零《こぼ》した。為信は友義の右腕をがっしりと摑んだ。今にも刀を抜きそうな気配だったのである。ここでそれを行なえば必ず斬り殺されてしまう。

「わずかの辛抱に過ぎまい。合議が長引いたと思えば苦にもならぬはず」

信愛は勝ち誇った顔で友義を見やって、政栄や七戸家国に一礼してから立ち上がった。

「政実どのらには合議が紛糾して、しばらく時を要すると伝えておくがよかろう」

信愛は南慶儀に耳打ちした。

憤怒の顔で友義たちは信愛を見送った。

七

「お待たせいたしております」

政実が実親や政則らと昔の話に興じているところに若い者が現われて頭を下げた。皆に緊張が生まれた。のんびり構えているように見えたが、やはり落ち着かなかったらしい。

「合議がなかなか纏まりませぬ様子で」

「大事のことだ。致し方あるまい」

政実は鷹揚に笑って頷いた。

「ご空腹にはあられませぬか？　湯漬け程度でよろしければ直ぐに整えます」

若者は政実におずおずと質した。

「要らぬ。我らより広間の方々の方が疲れていよう。ご苦労なことだ」

「そのように申し伝えます」

若者はそそくさと立ち去った。

「長牛どのも案外と気が利かぬ」

政則は胡座をかき直して苦笑した。

「暫時の休憩を申し出ればよいものを。様子が知れずに待っているのは苛立つ」

そうよ、と正常も首を縦に動かした。

「情勢が危ういとなれば友義どのもそういたそう。むしろ信愛らに妙な手を打たれぬよう踏ん張っているのではないかの」

政実の言葉に皆はなるほどと納得した。

「数では遥かに勝っていると申しても、信愛の口と知恵は十人にも匹敵する。対等の論議が続いていると見るべきであろう。こうなることは予測せぬでもなかった。やはりここは実親一人に絞って俺も合議に加わるのが正しかったかも知れぬな」

「兄者とて実親の身内。それを理由に合議への出席を阻まれておりましょう」

「いくらでも反論はできた。どうせ俺も出れぬゆえ、そなたらのこともあっさりと受け入れたに過ぎぬ」

政則に政実は苦笑いした。合議の前に無駄な喧嘩をしたくなかっただけのことである。自分が棟梁に推挙されていなければ、なにを言われたとて合議に加わっていただろう。

「力ずくで実親を棟梁に据えたとなれば、のちのちの傷となる。間違いない情勢と聞かされて友義どのらに任せたが……さすがに信愛、しぶとく食い下がっておるようだ」

が、まだ政実の顔には余裕が見られた。およそ四十人のうち三十人近くが九戸党の支持に回っているのだ。負けるはずがない。信愛が頑張っているせいで最後の決を取れないでいるだけのことであろう、と見ていた。

「それとなく様子を探って参ろうか」

「やめておけ。見苦しい」

政実は腰を浮かしかけた政則を制した。

「待ち切れずに城中をうろうろしていたと伝われば九戸党の恥となる。実親を見習え」

「手前とて落ち着いてはおりませぬ」

実親は微笑んだ。

「冷や汗ばかりが流れます。なぜ辞退せなんだかと後悔が今も……かように紛糾いたしておるのは手前のせいにござりましょう。晴継さまを裏道からお戻ししたことが必ず取り沙汰されておられるはず。兄者に申し訳ない」

「それも承知の上で三十人が我ら九戸党を推挙しておるのだ。いまさらそれで心を動かしはすまい。不審は信直側にもある」

気にするな、と政実は遮った。友義とて、それを信愛辺りが口にすれば直ぐ反撃する。

「にしても、あの友義どの、少し口下手なお人じゃからな。かっとなれば無茶苦茶なことを口走る。

揚げ足を取られねばいいが」

政則は案じた。正常も暗い目となる。

「いずれ待つしかない。昼寝でもしろ」

政実は小用のために立った。政則も付き合う。板戸を開けて広い廊下に出ると、廊下の先に五、六人が控えていた。政実と分かって深々と頭を下げる。厠《かわや》は広間とは反対の方角にある。そちらに政実が足を向けると、明らかな安堵の吐息の音が彼らから聞こえた。

「あの者らも苛立っておると見える」

政則は二、三度振り向いて笑った。


それから一刻が無為に過ぎた。

さすがに政実にも不審が渦巻きはじめた。

「どうなっておる」

政則は廊下に出ては様子を確かめた。耳を澄ませても物音はほとんど聞こえない。城中はひっそりと静まりかえっている。

「尋常ではないぞ。廊下に控える者らの他、だれの姿も見掛けぬ。なにがあった？」

政則は政実に質した。

「廊下の者らに原田を呼ぶように伝えろ」

政実は政則に言った。原田ならなにか状況を知っている可能性がある。

「いや……待て」

政実は耳をそばだてた。廊下を慌ただしく踏む足音が聞こえる。一人や二人のものではない。どうやらこちらに近付いている。

「ようやく合議が終わったか」

政則に笑いが戻った。正常も腰を上げた。

「鎧の音がする」

政実は鋭く察して廊下に飛び出た。控えの者たちが動転した顔で駆け寄った。政実らを部屋に押し戻そうとする。

「なんの真似だ！」

政則は男たちを怒鳴りつけた。

「あの音がうぬらには聞こえぬのか！」

「殿からのご命令にござります。今しばらくお部屋にてお待ちを」

「殿？　だれのことだ。信愛どのか！」

政則は一人の胸倉を摑んで詰問した。

その瞬間——

廊下の暗がりから二、三十人ばかりの鎧武者が現われた。控えの男たちは顔を輝かせた。鎧武者らは廊下に政実たちが居ると知って、その場に膝をついた。政実らは思わず顔を見合わせた。刀こそ抜いてはいないが、武者たちの顔には敵意が窺われたのである。

「どこの兵らだ！　なにごとぞ」

政実は纏めの者らしい武者に質した。

「ただいま、棟梁がご到着にござります」

男は不敵な笑いを浮かべて応じた。

「棟梁？」

「やがて広間へとご案内つかまつります。それまでお部屋にてお寛《くつろ》ぎを」

口調こそ丁寧だが有無を言わせぬ威圧であった。その右手には槍が握られている。

「棟梁とはなんのことであるか！」

実親が珍しく声を荒らげた。

「我が殿、信直さまが合議にて南部の棟梁の座にお就きになられました」

その返答に実親は青ざめた。

「なにも聞いておらぬ！　謀反《むほん》じゃな」

政則は腰の刀に手をかけた。槍がいっせいに構えられた。鎧の触れ合う音が響く。

「謀反などにはあらず！　お静かになされませ。でなければ手荒なこともせねばなりませぬ。お覚悟はよろしいか」

「刀を抜くな」

政実は政則を制した。

こうなってはなんの手立てもなかった。

八

政実たちは鎧武者に囲まれた形で廊下を進んだ。広間の前にも二、三十人の鎧武者が控えている。いずれも信直配下の田子城の兵士であろう。その顔には余裕の笑いが見える。

「九戸政実どのをお連れいたしました」

先導の者が言うと広間の戸が開けられた。政実は鎧武者を押し退けて入った。正面の上座に信直が胸を張って座していた。八戸政栄がそれを守るように控えている。政実は席の下座に追いやられている長牛友義と大浦為信を見やった。友義は泣きそうな顔で政実を見詰めた。政実は一応、北信愛らと同等の席を与えられたが、実親や政則、正常らは友義らと同様に末席へ着くよう促された。

「ご報告が遅れて恐縮にござるが……」

七戸家国が辛い目をして口にした。

「合議の結果、四分の三以上の数によって信直さまが南部第二十六代の棟梁に定まり申してござる。皆の公正なる談義の末のこと。おなじく棟梁として皆よりご推薦召されていた九戸どのと実親どのには、なにとぞこの儀を快くご承引願いたく存ずる。今は大事のとき。南部の皆が心を一つにせねば危機を乗り越えられぬ。是非ともお頼み致したい」

七戸家国は政実に頭を下げた。

「公正な合議の結果とあれば当然のこと」

政実は頷きながらも、

「鎧武者による引き立てはいささか無礼ではないのか？　だれの指図によるものか、その点ばかりはここでお教え願いたい」

七戸家国を睨み付けた。

「無礼を承知で手前が命じてござる」

信愛が悪びれずに応じた。

「晴継さまがあのようなご最期を遂げられた直後。南部は平穏とは申されぬ。明日のご葬儀と臣下への布告が済むまでは大事を取るのが南部のためと判断致し申した」

「明日の葬儀？」

政実は思わず眉根を寄せて信愛を見詰めた。

「先代の葬儀の喪主は当代の務め。それを済まさねば当代とは認められぬ。それで急遽執《きゅうきょと》り行なうことに、たった今決めてござる」

「明日では他国に知らせもできまい」

政実は呆れた。

「南部を継がれたと申しても、なに一つ果たせなんだお人。先々代の葬儀から間もなければ、他国にも迷惑となろう。ここにはせっかく皆さまが揃うておる。南部の身内だけの葬儀で構わぬということになった。それよりは信直さまが新しき棟梁になられたことを臣下や城下の者に知らしめることこそ肝要。それで皆々も安堵する。先々代の喪が長く続いていた上に晴継さまの喪が重なっては皆々の心も沈む。南部にとってなにが大切か心得てくだされ。皆さま方はすべて頷いてくれ申した」

信愛の言葉に大方が頷いた。

「殺めた者の詮議もなしに、そのまま蓋を閉じてしまうということか」

政実は鼻で笑った。

「詮議をせぬとだれが言い申した」

さすがに信愛は血相を変えて、

「その一件は手前が責任を持って明らかにする所存にござる。葬儀とこれとは別」

「九戸党でないことは俺が一番に承知」

政実は断固として言ったあと、

「あらぬ疑いがこの身に降り懸かったときは、九戸党の名を汚さぬためにも覚悟がある。それをしかと心得ておいて貰おう」

「それは……」

信愛は拳を握り締めて、

「詮議の前に申す言葉ではあるまい。南部を一つにせねばならぬときに、まだ左様なことを口に召されるか！」

「そなたがなにを言おうと、俺は先代を手にかけてはおらぬ。潔白を俺が知っている以上、兵を挙げても名を守らねばなるまい」

「………」

「まあいい。ちと言い過ぎた。俺でないのに、俺に疑いがかかるわけもなし。ご貴殿のことだ。白黒をきちんとつけてくれよう。棟梁のことも承知した。葬儀もそれでよかろう。好きにすればいい。待ちくたびれて疲れた。今日はこれで館に引き揚げて構わぬな？」

政実は信愛に同意を求めた。

「棟梁にご挨拶を願いたい」

「それはそうだ」

政実は苦笑して信直と向き合った。信直は憮然とした顔で政実を上座から見下ろした。

「先々代にも俺は好き勝手を言い続けた。その癖は簡単には治るまい。気に触ることを今後も並べ立てるやも知れぬが、南部を思う心が言わせること。信直どのもそれを外さぬ限り棟梁としてお仕えする。皆が一つにならねば南部が潰れることを棟梁も承知のはず。なにとぞ南部を盛り上げてくだされよ」

威圧されて信直は素直に頷いた。

「大浦為信とは――」

いきなりの言葉に皆は顔を見合わせた。

「南部のために和議をしたはず。それも肝《きも》に銘《めい》じておいていただきたい」

信直は慌てて何度も首を縦に動かした。私怨《しえん》で為信を攻めたときは九戸党がただでは置かないという意味である。

「口が過ぎるのではないか？」

八戸政栄は露骨に厭な顔をした。

「恐れているのは為信の方にござる」

政実は政栄を見やって言った。

「その疑心暗鬼がやがて戦さを誘わぬとも限らぬ。この場で棟梁の口からその約定を貰えれば、我らとて無駄な心配をせずに済む。当たり前のことにござろう。政栄どのが為信の立場にあれば、呑気《のんき》にこの席へ連なっておられるか？　信直どのはもはや小さな城の主人にあらず。五万もの兵を動かせる南部の棟梁にござるぞ。この席で首を刎ねられたとて不思議はない」

うーむ、と皆は唸った。

「南部の先行きのために決めた和議。それを忘れて貰っては困る。棟梁一人の我が儘で苦労するのは先々代でほとほと懲りた。むろん信直どのはだれよりも承知であられよう。あの我が儘によって廃嫡となったお人。おなじ道は歩かれまい。そう信じてござる」

政実は言うと腰を上げた。

「なにも騒ぎは起きぬゆえ、城中の鎧武者は即刻に引き下がらせるがよかろう。合議の結果が泣くぞ。むしろ喧嘩の元となる」

政実は信愛にぎろりと目を動かして広間を辞去した。弟らや友義、為信も従う。七戸家国も立つと、何人かが腰を上げた。信直が棟梁になることに三十二人が賛同したはずなのに、広間に残ったのは信直を除くと二十五人だった。七人がまた政実の側に移ったことになる。信愛は冷や汗を拭った。はじめから政実が合議に加わっていて、あの調子で実親を支持していれば、棟梁は間違いなく実親になっていただろう。

「困ったものだな」

政栄は深い溜め息を吐いた。

「あまりにも無礼な言動」

「いや、九戸どのの言にも一理ある」

政栄は信愛を遮って、

「晴継さまの一件、よほど公正に運ばねば南部の命取りにもなり兼ねぬ。さきほどまで九戸党に不審を抱いていたが、あの様子では関わりがあるまい。本当に他国の者の仕業かも知れぬ。我らを仲違《なかたが》いさせて南部の乱れを誘う策とも取れる。葬儀を済ませたれば八戸に戻るつもりであったが、これは手前も詮議に加わり、見届ける必要がありそうだ」

「そうしてくだされるか!」

信直は喜んだ。信直は本当に下手人がだれであるのか知らない。九戸党の仕業であると薄々感じていただけである。

「心強きお申し出なれど」

信愛は首を横に振って、

「十日やそこらで見極めのつく問題にはござらぬ。他国が絡《から》んでいるとなれば、さらに慎重に進めねばなりますまい。三月や四月かかりましょう。ここは手前にお預けを」

政栄に請け合った。三月や四月と聞いて政栄も唸った。そこまでは留守にしていられない。三戸に近い信愛に任せるしかなかった。

「いずれにしろ……」

政栄は信直と向き合うと、

「棟梁となったからには九戸どのを敵に回さぬよう気を付けねばなるまい。互いの城が一日と離れておらぬ。九戸どのの気性では苦労しようが、それが棟梁の務めと心得召され」

「自信がありませぬな」

本心から信直は案じていた。

「大浦為信についても、当分は見過ごすしかござるまいな。九戸どのの言うた通り、今は無駄な戦さをしている暇がない」

「しかし、今となっては棟梁の親御の仇にござりましょう。これまでとは違い申す」

東政勝は声高に言って続けた。

「九戸どのと異なり、あの者は南部の一族にもあらず。だれもが喜んで戦さを」

「信直どのもそういうおつもりか？」

政栄は東政勝を無視して質した。

「手前は……それどころではござらぬ。南部を纏めることで手一杯」

政栄の心を察して信直は返した。政栄は大きく頷いて微笑んだ。

「なれど、それでは九戸党の言いなりになるようなものではござらぬか。棟梁は信直さまと定まってござる。示しがつきますまい」

南慶儀が異を唱えた。

「戦さをするために今日の合議を開いたのではなかろう。九戸どのも信直どのが南部のために働くのであれば従うと約束した。それに対して逆撫《さかな》でするような真似をするでない」

政栄は一喝した。

「いかにも鎧武者らを用いて広間に引き立てるなど余計なことであった。その理不尽さゆえに何人かがまた九戸どのに従って立ち去ったのだ。合議で棟梁となったからには気後れすることもないはず」

皆は押し黙った。

「九戸どのが晴継さまを殺めたと疑えばこその処置にござった」

信愛は一人冷静な顔で口にした。

「九戸どののお言葉を借りれば、身の潔白は我らも一番に承知。九戸どのの仕業ではないかと疑ったとしても無理はござるまい。そういう危ないお人を信直さまの前になんの手立てもなくお迎えすることはでき申さぬ。一度行なった者には躊躇がござらぬ」

それにも一理ある、と政栄は認めた。

「あの場では分《ぶ》がないと見て忠誠を誓っただけのことやも知れませぬぞ。九戸どのはしたたかなお人。何度も煮え湯を飲まされ申した」

「城中に八戸の館を作ってはくだされぬか」

信直は政栄に懇願した。

「政栄どのがその館にたびたび足をお運びくだされば九戸も迂闊な動きは見せられぬはず。手前一人ではまだまだ無理にござる」

政栄は腕を組んだ。それは完全な臣下となることを示している。これまで南部本家と八戸はほぼ対等の付き合いで、それゆえ城中の館もわざと作られなかったのである。

「南部の安泰のためならば」

やがて政栄は受け入れた。皆は喜んだ。

「手前も三戸に長く居て九戸どのと腹を割って話したい。八戸では遠過ぎる」

偽らざる政栄の本音であった。


その頃、政実の館には今にも戦さをはじめそうな顔で皆が打ち揃っていた。

合議の次第を友義から聞かされた政実の胸にも激しい怒りが渦巻いていた。信愛の策を見抜けなかった自分への怒りが大半である。

「こうなっては合議などどうでもいい」

友義は一気に酒をあおって、

「仕掛けたのはやつらぞな。葬儀の席で襲って信愛の首を刎ねてやる」

席での屈辱に身を捩らせた。

「信愛とてその程度は察していよう。席の回りを武者で囲む。いまさらどうにもならぬ」

その言葉で政実は冷静さを取り戻した。

「あまりにも汚い。己れらが殺めた先代の葬儀を、なに食わぬ顔して取り仕切る気じゃ。それを黙って見過ごすと申されるか？」

友義は政実に詰め寄った。為信も頷く。

「明日では兵が間に合うまい。信直らは五百やそこらを手配済みだ。諦めるしかない。明日の葬儀を終えれば信直は棟梁。そうとなっては我らが謀反人と見做される。どう見ても分のないことだ」

「くそっ」

分かっていながら友義は杯を叩き割ると、

「儂の責任じゃ。許してくだされ」

悔し涙を零した。

「必ず勝てた合議を……面目ない」

「俺の欲だ。俺にこそ責めがある」

政実は大きな吐息をした。楢山帯刀が自分を棟梁にと推挙した時点で策を見抜かねばならなかったのである。信直一人に対して実親と自分が立てば、いずれ九戸党に棟梁の座が転がり込むと見たのが間違いだった。実親一人に絞り、合議を牛耳ることこそ自分の役目だったのだ。そうすれば勝てたという自信がある。それがなんとも悔やまれる。

「なんでああなったのか分からん……いつの間にやら信愛のいいように話が……」

それに七戸家国も頷いた。

「七戸どのが合議の纏めをなされて負けたからには文句を言われまい」

政実は諦めた顔で言った。

「それをやっては九戸党の恥となる。晴継さまの暗殺を信愛がどのように片付けるか、それを見守るしかなかろう。その結果によって態度を決める。今ことを構えてはまずい。実親も妻子を引き連れて二戸の城に参れ」

は、と実親は溜め息混じりに頷いた。信直が棟梁になるからには実親の居場所がない。

「政実さまはあのように仰せられましたが」

為信は暗い目をして膝を進めた。

「みどもは信直どのの下に従う気にはなれませぬ」

「どうしてもか？」

政実に為信は無言で頷いた。

「従わずとも、津軽に引き籠もって静かにしていよ。南部からは攻めぬように俺が盾となる。そのうちゆっくりと相談しよう」

「なんの相談にござります？」

「いろいろだ。南部のためにならぬ者と見極めたときは、たとえ棟梁でも容赦はせぬ」

その一言が聞きたかったらしく為信はにやりと笑いを浮かべて両手を揃えた。

「そうでなくてはならん。儂も今度ばかりは南部の者らの馬鹿さ加減に腹が立った。信愛のごとき者の口車に乗るなど……あやつが南部を滅ぼすぞ。あの八戸どのまですっかり誑《たぶら》かされておる。とんでもない狸じゃ」

友義も気分を盛り返した。

「腐りかけた船などあやつらにくれてやる。どうせ直ぐに沈んでしまおう。政実どの、しばらくの辛抱ぞ。いかにも無駄な喧嘩じゃ。皆が黙っていても九戸党を当てにする。九戸党抜きにして今の世を渡っては行かれまい」

おお、と皆は気勢を上げた。

「葬儀を済ませたら和賀《わが》を攻める」

政実の言葉に皆は首を傾《かし》げた。

「斯波《しば》以南については九戸党の好きにしていいとの約束を先々代と交わしている。斯波には弟の康実《やすざね》が入り婿している。斯波の手助けが得られれば和賀を落とせる。南部のことなど忘れて我らの勢力を広げる。実親が加わるなら策にも不自由せぬ」

「それは名案」

友義は膝を叩いた。

「それで南部の真の棟梁がだれであるか皆もはっきりと知るであろう。信直どのなど名ばかりの棟梁に過ぎぬ。儂も加勢する」

「九戸党だけでやらねば信愛が文句をつけてくる。お気持ちだけで十分」

政実は友義に礼を言って断わった。

「和賀はなかなか手強い相手」

七戸家国は顎に手を当てて眉をしかめた。

「信愛などを相手にするより楽にござるよ。ここ何年か遠回りして戦さから離れてござる。九戸党のまことの道を歩かねばならぬとき」

政実は迷いを振り切っていた。


だが、信愛の方にはまだ迷いがあった。館に戻った信愛の前には南慶儀と東政勝の二人だけが居る。

「どう出てくるかまったく読めぬ」

信愛は政実の顔を思い描いて舌打ちした。

「八戸どのもなにやら不審を抱きはじめたような……晴継のことを九戸に押し付けるのはむずかしくなった」

「確かに。八戸どのは生真面目なお人。下手をすれば敵に回らぬとも限りませぬの」

南慶儀も腕を組んで嘆息した。

「てっきりあの場で刀を抜くと見たに……どうにもしぶとい」

東政勝は残念がった。そうすれば謀反という名目で殺せたのである。八戸政栄とて目の前のことであれば得心したに違いない。

「信直さまも余計なことを。八戸の館を城中に設けるのはまだ早い。棟梁としての体制を固めてからでなければなにかとやりにくい」

信愛は苛立《いらだ》ちをつい口にした。

「なれど信直さまはあの殺しを九戸の仕業と信じておられる。案じたとておかしくない」

慶儀は頷きつつ返した。

「信直さまに断じて知られぬよう行なったは我らだが……察してくだされてもよさそうなものだ。なんとも歯痒《はがゆ》い」

信愛は膝を何度となく叩いた。が、その鈍さのお陰で政栄の信を得ているのも確かだ。信愛の策が功を奏していることになる。

「九戸の仕業にはできませぬかの」

政勝は残念そうに訊ねた。

「今日を逃しては厄介《やっかい》だ。後でそれを言うては大戦さとなるだけであろう。やはりここは諦めて他国の者の仕業と見せ掛けるしかあるまいな。合議に勝ったことだけでよしとせねばなるまい。さしたる証左《しょうさ》もなしに言い立てれば八戸どのが口を挟んで参る」

「口で言うただけで皆が信用致そうか？」

慶儀は心配気な顔をして、

「他国と言うても、それをどこにし申す？　安東《あんどう》や最上《もがみ》なれば皆も頷こうが、それと分かってなにもせぬということもできますまい」

「それで苦労しておる」

信愛は反対に睨み返した。どこのだれとも分からぬ他国の者としなければ、面倒がさらに大きくなる。難問であった。

「なんにせよ、明日は警戒せねば」

慶儀は話を変えた。

「あのお人が葬儀や詮議のことまであっさりと頷いたのが怪しい。我らを油断させて襲う腹ではありませぬかの」

「こたびは兵を引き連れて参っておらぬ。わずかの手勢では無理と見ておろう。信直さまと刺し違える気なら別じゃが、九戸政実、それほど愚かな者ではない。やる気なら戦さを仕掛けて参るはず。葬儀の場でなにか口にするやも知れぬが、刀は用いまい」

信愛は断じた。

「いっそ暴れてくれた方がありがたい」

政勝は鼻息を荒くした。

「信直さまが目出度《めでた》く棟梁となられた今、九戸党など目障りなだけじゃ。合議がいつも九戸党のせいで乱れる。そのくせ、南部が一つにならぬのは我らのせいじゃとばかり。九戸党がなければとっくに一つに纏まっておるぞな。あの者の腹など読めておるわ。一つになるとは、つまり九戸党に従えと言うことであろう。それで南部への忠義顔など呆れたものではないか。信愛どのも少し九戸党の力を恐れ過ぎてはおらぬか？　八戸どのが軸となってくだされば叩き伏せることができように」

「九戸党、七戸家国、長牛友義、大浦為信、それに斯波や岩手、浄法寺《じょうぼうじ》の勢力が一つになれば二万五千から三万にはなる。容易なことではない。その自信があればこそ今日は喧嘩せずに引き下がったのじゃ。信直さまが棟梁となったとて安心はできぬ」

信愛は政勝の甘さを制して、

「今後を乗り切るにはもっと力のある者の後ろ盾を得なければなるまい。八戸政栄どのお一人では心《こころ》許無《もとな》い」

「と言うと？」

「安東や最上のことも案じられる。儂は今のことが落ち着いたれば織田信長どのをお訪ねしようと考えておる」

「織田信長！」

慶儀と政勝は顔を見合わせた。

「坂東《ばんどう》以南はほぼ織田信長の手中に収まったと見てよかろう。臣下の礼を尽くすことになろうが、それ以外に今の南部が生き残る道はなかろう。織田の傘下に加われば安東や最上も迂闊には手を出せなくなる。九戸党とて信直さまに軽々しい口は利けまい」

「しかし……皆が得心致そうか？」

慶儀は唸った。

「臣下の礼を尽くすと言うたとて、畿内《きない》と陸奥《みちのく》は遠く離れておる。形ばかりのこととなる。得をするのは南部だけだ」

「そうかの？」

「信長どのとて陸奥に気脈の通じる者が欲しいに決まっておる。いずれ陸奥も支配する心積もりに違いない。それなればむしろ進んで臣下となって織田の先鋒となるのが良策ぞ。どう転んだところで信長どのには勝てぬ」

「九戸党はきっと反対しよう」

「それゆえ儂が内密に動いて話を先に決める。合議とするのはそれからだ。そこで反対に回れば直ぐに織田勢との戦さにもなり兼ねぬ。いかに九戸党とて反対はできぬ理屈だ」

なるほど、と二人は笑った。

「棟梁なればこそやれること、今日のくる日をずっと待ち望んでいた。これで南部は安泰」

「まことその通りじゃ。いや、まったく信愛どのの知恵にはほとほと頭が下がる。力があると言うても九戸党など高が知れておる。安東すら落とすことができん。知恵こそ南部を救う道じゃ。感服仕《つかまつ》った」

慶儀は本心から褒め称えた。

「その意味からも当分は九戸党とことは構えたくないものじゃな」

喧嘩せずとも九戸党を封じることが可能なのだ。信愛は一人頷いた。と同時に策も見えはじめた。

信愛は思い付きを二人に話した。二人は聞いて何度も頷きを繰り返した。

九

第二十五代南部家宗主晴継の葬儀は晴政のときと同様に菩提寺三光庵にて翌日の昼に執り行なわれた。なにしろ急なことである。列席者は目見え以上の者と城下の主立った者に限られた。晴政の葬儀に比較すれば二十分の一にも満たない寂しい数だった。法要の席とて城における当代就任の祝宴の中に取り込まれ、寺では茶菓の接待だけにとどめられた。葬儀を早く済ませるということが重要であって、それ以外の目的はない。文句をつけるつもりになればいくらでも材料はあったが、政実は寂しい葬儀に苦笑したきりで、特になにかを口にはしなかった。一月近くも放って置かれた晴継を思えば、こうして葬儀が営まれ、読経をされるだけでもいい方だろう。

「これでは先々代もさぞかしあの世で怒っておられることじゃろうな」

葬儀を終えて控えの間に戻ると友義はどっかりと胡座をかいた。

「派手にやらぬだけ正直と言うものだ」

政実の言葉に皆は笑って頷いた。

「ずいぶんと政実さまのことを気にしておるように見えました」

「信愛か」

政実は為信に聞き返した。

「皆の前でなにか言われるのではないかとびくびくしていたようで」

「寺の周りを五、六百の兵が囲んでいてはうっかりしたことも言えまい」

政実は陽気に応じた。もはや政実の目は別のところに向いている。

「不気味には違いない。昨日の今日ぞな。東政勝など、儂が後ろに立っただけで慌てて離れたぞ。斬られるとでも思ったか」

友義は得意そうに伝えた。

「城の宴を済ましたれば直ぐに出立《しゅったつ》の用意を」

政実は実親に言った。

「夜中に三戸を出られまするか」

七戸家国は目を円くした。

「苛立つばかりにござるよ。どうせ支度に手間取り、館を出る頃には夜が明けましょう」

「いかにも。今の本家では息が詰まる。しばらくは足を運ぶこともあるまい」

七戸家国も嘆息して頷いた。


位牌を持つ信直に従う形で皆が寺を出たのは夕刻である。むろん政実らの姿もその中にある。前後を武装した兵らに挟まれて長い列となった。城まではおよそ四半刻（三十分）。遮るものがない田圃道《たんぼみち》が寺からしばらく続いている。が、だれも声は立てない。どういう意趣からか信直は晴継が最期の日に辿った裏道を選んでいるのだ。晴継がどこかで見ているかも知れないという思いが皆の胸の底にあった。

〈こんな道を戻らせたのが実親だと知らしめる魂胆か……〉

政実は唇を噛み締めて黙々と歩いている実親の横顔を見やって怒りを覚えはじめていた。

〈どこまでもしつこい者たちよな〉

少し前を八戸政栄と並んで歩く信愛の頭を政実は舌打ちとともに睨み付けた。

やがて一行は晴継が難に巡り合った場所に差し掛かった。同行していた僧侶たちが道端に線香を手《た》向《む》けて読経をはじめる。なるほど、これが目的だったのかと皆も得心した。雪が溶けて見ると、なんの変哲もない田圃である。城の屋根もここからはっきりと見える。あとわずか進めば城下の町並みに入る。あらためて皆は晴継の不運に思いを巡らした。

皆が手を合わせて拝んだ瞬間——

どーん、という音が背後から炸裂した。

鉄砲の音である。皆は慌てて身を屈めた。

「くそっ、またか！」

信愛の叫びに兵たちは刀を引き抜いて音のした藪を目指した。それ一発きりで敵も諦めたらしい。

政実たちは気を取り直した。

「棟梁は大丈夫か！」

南慶儀が政実を追い越して前に走った。政実も信直に目を動かす。信直が青ざめた顔で政実を睨んでいた。政栄も憤怒の形相をしている。兵たちが槍を構えて政実らを取り囲んだ。無縁の者たちは慌ててそこから離れる。

「なんの真似だ！」

政実は自分に向けられている槍の柄を握ると奪って地面に突き立てた。

「なんの真似とはこっちのことだ！」

南慶儀が兵を割って踏み込んできた。

「お館さまのお命を狙うのは九戸党以外にあるまい！」

「ふざけるな！」

友義は怒鳴り返した。

「うぬらとは違う。そんなけちな料簡は持っておらぬ。うぬらこそ政実どのの命を狙って鉄砲を仕掛けたのではないのか」

「なにっ！」

慶儀は腰の刀に手をかけた。

「うぬらの考えなど読めている。あらぬ疑いをかけて我らを葬る気であろう」

「貴様！　どこまで我らを謀《たばか》る」

ついに慶儀は刀を抜いた。

政実は応じて抜こうとした友義たちを制した。敵の槍は突く態勢になっている。

「待て！」

「信直どのに怪我はなかったか？」

政実は信直に確かめた。

「音ばかりでだれを狙ったか知れぬ。どちらも刀を引け。狙った者を捕らえれば直ぐに知れること。喧嘩はそのあとにしろ」

政実は友義と慶儀に言った。

「捕らえられぬときはどうする気だ？」

政栄が冷たい目で政実に質した。

「幸いに怪我はなかったが、鉄砲が信直どのを狙ったことは歴然としていよう。合議で棟梁に選ばれた今、信直どのがご貴殿を襲う理由など手前には一つも考えられぬ。だれが見たとて鉄砲は信直どのに向けられたとしか思われぬではないか」

その言葉で兵たちの槍が胸元まで伸びた。

「俺がやるからには失敗させぬ」

政実は政栄と正面から向き合った。

「九戸党には腕の立つ鉄砲組がある」

「呆れ返った言葉だの。いつもの脅かしか。この政栄には通用せぬ。昨日まではご貴殿の言にも一理あると思うていたが、九戸党なら失敗せぬとは……」

政栄は侮蔑の目を政実に注いだ。

「その頭をも少し働かせろ」

政実は槍を気にせず続けた。

「五、六百の兵に囲まれていながら、なにかしでかす阿呆がどこに居る？　殺すつもりならこの脇差してこと足りる。この近さに居るのだ。鉄砲に頼る必要はあるまい」

「脇差しならご貴殿の仕業と直ぐに知れるが、鉄砲では分からぬ。とにかく腰のものを兵らに預けられよ。それに従ってくれぬときはどうなるかお覚悟召されよ」

政栄は兵らに目配せした。

「お待ちくだされ」

二人の間に信愛が割って入った。

「今度ばかりは九戸どののことと思えませぬ」

信愛は意外なことを言った。

「九戸どのと手前はことごとく反りの合わぬ仲。それは八戸どのもご承知のこと。もしやと手前も一瞬疑い申したが、やはり有り得ませぬ。九戸どのとはご無縁」

「とは？」

「不測の事態を第一に案じていたのは手前にござる。それゆえ六百の兵を出しました」

それに政栄は頷いた。

「不測の事態とは……つまり九戸どのらの暴挙を頭に描いてのこと」

信愛は政実の目を気にしつつ、

「昨夜から今朝にかけて九戸どのをはじめ、ここにおられる方々の動きを密かに見張らせておったのでござる」

辛そうに打ち明けた。友義らは怒りを浮かべて信愛に詰め寄った。槍が押し戻す。

「信直さまの身を思えば当たり前」

信愛は押し殺した声で友義に言った。

「それで？」

政栄は先を急《せ》かした。

「なんの不審もござらなんだ。九戸どのの館に夜半まで集まっていたのは確かにござるが……それだけのこと。手前も間抜けではござらぬ。少しなりとも不審があれば九戸どのらと信直さまを近付けは致しませせぬ」

「…………」

「鉄砲で狙わせるとなると細かな指図が要りましょう。仕損じればたちまち謀反の疑いが九戸党に被《かぶ》さるは必定。そもそも九戸どののほどのお人であれば兵を集める算段も致すはず。人垣に囲まれた信直さまを離れた場所から狙い撃ちさせるようなお人とも思えませせぬ。さきほどの九戸どののお言葉通り、必ず討ち果たすことのできる場所と機会を狙いまする」

うーむ、と政栄は唸った。

「それに……葬儀の後では棟梁と認めてからの襲撃となりましょう。どうせなら葬儀の前に狙うのが道理。それが済まぬうちは主殺しとなりませせぬ。その理屈が分からぬ九戸どのとはどうしても思えませぬ」

「ではだれの仕業となる？」

「まず、槍を引け」

信愛は政栄に応ずる前に兵らに命じた。兵らは慌てて槍の穂先を空に向けて後退した。

「捕らえて見なければ分からぬことなれど、おなじ場所というのが気に懸かりまするな」

信愛は深い溜め息を吐いて、

「あるいは晴継さまを殺めた者と同一の……」

「下手人と申すか！」

政栄は思わず藪に目を走らせた。兵らが必死で辺りを探索している。

「こうなれば……やはり先々代のご逝去の乱れに乗じて南部を二つに割らんとする他国の策と見るのが妥当ではござるまいか」

「南部とは関わりのないことだったと？」

「たった今のことは九戸どのと無縁。手前は確信しており申す。となると、前回のこととて同様と見做すのが自然ではないかと」

「どこの者らと見る？」

「恐らくは安東」

信愛の断定に信直も頷いた。

「九戸どのとの仲違いに目をつけて仕組んできたということじゃな」

政栄はぎりぎりと歯噛みした。

「二つに割るのが狙いであるなら、鉄砲の玉を外しても結果はおなじにござる。現にそうなるところでござった。人垣に守られておる信直さまを本気で狙ったとはとても……」

その言葉で皆は納得した。あれは南部を両断する弾丸だったのだ。

「なんとしても撃った者を捕らえよ！」

政栄は政実らを囲んでいる兵らに命じた。兵らは探索に向かった。

「そなたのお陰だ」

政栄は信愛に礼を述べた。

「そなたがこれまでの確執も忘れて冷静な判断をしてくれねば南部は滅びるところだった。それでこそ補佐役が務まる」

「いや、手前こそ九戸どのに詫びねば」

信愛は政実に頭を下げた。

「まさかと思いつつ、晴継さまのことについてはどこかで疑いを持ち続けており申した。なにとぞご容赦あれ」

「下手人は他国の者であったか」

政実は信愛の目をじっと見詰めた。

「九戸党への疑念はこれで晴れたな？」

信愛は無言で頷いた。

「それならそれでよかろう」

政実は襟を立てて風を防ぎながら歩きはじめた。友義らも続く。

「どうした？　城へは行かんのか」

振り向いて政実は信愛に叫んだ。

「あとは兵らに任せておけ。山に逃れた者は滅多なことで捕まるまい」

信直がそれに頷いて皆を促した。

「空砲じゃと！」

城に戻って宴を待つ間、友義は政実から聞かされて仰天した。

「信愛の考えそうなことだ」

「じゃったらなぜそれを？」

「言うたとて仕方なかろう。晴継のことを九戸党の仕業にすれば戦さになる。かと申して自分らがやったとは言えぬ。となれば他国の仕業と信じ込ませるしかなくなる。信愛としてはこうして皆が三戸に揃っている間に片付けておきたかったのだろうな。断言する。鉄砲を撃った者など捕まらぬ」

「それでいいのでござるか！」

実親は憤慨した。

「詮議は信愛に任せられたのだぞ。九戸党に押し付けられなかっただけ幸いと思え。晴継を殺めた下手人なぞ千年過ぎたとて突き止められまい。信直が南部の棟梁となっては諦めるしかなかろう。晴継のことなど忘れろ」

「承知できませぬ」

「承知できぬと力んでみたとて、どうにもならぬ。俺も喧嘩をする気がない。今日のことは信愛からの休戦の申し入れだ」

「先代を殺めた者らを捨て置くと！」

「その言葉は、そんな者らを棟梁に押し上げた間抜けらに言え。俺は飽き飽きした。今の南部など、そこまでして守る値打ちがあると思うか？　あんな者らの首を取るために九戸党の一人とて犠牲にしたくない。どうしても晴継の仇を討ちたいと言うのなら一人でやれ。俺は当分関わらぬ」

政実は冷たく実親を突き放した。本当にうんざりとすることばかりである。

自分は自分の道を進むしかない、と政実は心に定めていた。一つの壁を政実はこの日確かに乗り越えた。

独行

一

南部二十六代宗主が信直《のぶなお》と《き》定まって一月と経たない天正十年の春。桜が満開の二戸《にのへ》の城の広間には九戸《くのへ》党の主立った者らがずらりと顔を揃えていた。いよいよ政実《まさざね》が懸案であった和賀《わが》を攻める決心を固めたのである。戦さ支度については半月も前からはじめられていたのだが、正式な合議は今日が最初である。

和賀は南部の領地からだいぶ遠い。政実の支配する二戸と九戸が南部領地の最南端であるのだが、その南に隣接する岩手《いわて》、そしてその先の斯波《しば》、また先の稗貫《ひえぬき》を越えてようやく和賀となる。岩手の統治権を巡って南部と斯波とが争っていたのはつい十年ほど前のことだから、それを思うと和賀攻めの合議を開いていることさえ信じられない気がする。可能にしたのは政実が斯波を制圧し、弟の康実《やすざね》を斯波に婿入りさせているからだ。斯波は稗貫や、和賀の先に広がる江刺《えさし》と手を結んでいる。斯波を傘《さん》下《か》にして戦さを進めるなら、遥か遠い地と諦めていた和賀を包囲できるのである。

「原田《はらだ》が話を取り纏めて参った」

政実は二戸に駆け付けた弟たちに上機嫌で知らせた。原田がそのあとを引き受ける。

「以前は斯波と和賀は同盟関係にあり申したが、斯波が我ら九戸党と縁戚になって以来、和賀は警戒してなにかと小競り合いが続いておりまする。我らが和賀攻めに立ち上がると知って斯波は喜んでおりました。稗貫を纏める大迫《おおはさま》や達曽部《たつそべ》らについては話を通してくれるそうにござります。兵の支援はまだ分かり申さぬが、九戸党の進軍を必ず許してくれましょう。これで和賀の喉元までなんの心配もなく兵を動かせることとなりました」

おお、と皆は喜んだ。

「さらに江刺の黒石梅雪《くろいしばいせつ》どのが和賀攻めであるならぜひとも先手に加えて貰いたいと申し出て参ってござる」

「江刺がか？」

久慈を預かる政則《まさのり》が首を捻った。

「和賀とはなにやら私怨があると見えまする。江刺は葛西《かさい》の領地とも隣接しております。和賀と葛西は仲がよい。今のままでは双方に飲み込まれる恐れがありましょう。和賀を九戸党が平らげれば、あの辺りの力関係ががらりと変わります。それを賢く見越しての支援とも思えまするな」

いかにも、と皆は頷いた。岩手はすでに九戸党の支配下にある。斯波とは康実を介しての同盟関係。稗貫はその斯波に従っている。これで九戸党が和賀を制圧でもしようものなら、一気に奥羽四郡が九戸党の色に染まる。気仙《けせん》から磐井《いわい》一帯を纏める葛西の大勢力にも引けを取らない勢いとなるのだ。しかも九戸党の背後には南部一族がある。信直との反目は薄々耳にしていても、いざとなれば南部が結束するとだれもが見ているに違いない。江刺の判断はさほど外れていない。

「江刺が我らに従えば……葛西も穏やかではなかろう。和賀のあとは葛西との戦さになるやも知れぬぞ」

政実は弟たちに言った。

「実を申せばそれが俺の狙いでもある」

弟たちは顔を見合わせた。

「そこまで戦さが大きくなったとき、信直はどうするか……それが楽しみだ」

「葛西が相手となると南部も放ってはおかぬはず。必ず兵を纏めて我らの援護に」

政則は当然のように口にした。

「信直はそう思うかも知れんが、信愛《のぶちか》がきっと反対に回る。合議にもかけずに和賀を攻めたのは九戸党の身勝手と申してな」

「見捨てると！」

「それで邪魔者がこの世から消える。九戸党が滅びてから葛西と和議を結ぶか、あるいは南部が一丸となって報復の戦さとなすか……いずれにしろ南部の支援はなかろう」

「しかし……それでは……」

政則は蒼白となった。

「辛い戦さになる」

政実も大きく頷きつつ、

「今日の合議の眼目はそのことだ。和賀攻めなどなに一つ案じておらぬ。河崎《かわさき》の城に兵は三千とおるまい。問題はその先だ。和賀の後ろに葛西があればこそ河崎の城がこれまで安泰であったのだ。それを落とせば葛西が出て参る。その覚悟なくして和賀攻めはできぬ」

皆は押し黙った。政実の真意がどこにあるのか摑めないでいる。

「葛西と争って負ければそれまでだ。だが、勝ったときはどうなる？　南部は我ら九戸党を見捨てた。となれば我らが奪った和賀や葛西の領地に対してなにも言えなくなろう」

あ、と皆は絶句した。

「岩手郡はすでに斯波から貰い受けておる。斯波は身内。和賀と江刺を支配地とし、葛西の広大な領地まで我が九戸党のものとすれば……南部よりも我らの勢力が大きくなる」

「…………」

「その上、津軽の大浦為信《おおうらためのぶ》を南部から切り離し、我らと同盟いたせば、南部は俺と為信の領地の中にすっぽり取り囲まれることとなる」

皆は唸《うな》るしかなかった。

「信直との反目はむしろ喜ばねばならぬ。これまではどんな戦さも南部の旗の下にやるしかなかった。なれど、これからは違う。南部の方で俺を見限ったのだ。好き勝手に戦さを行ない、好きに領地を広げられる。むろん九戸党ばかりで葛西に戦さを挑むのはきつい仕事だが、その前に和賀を落とせば流れは我らに傾く。各々が小さな領地にしがみつき、しかも和賀という楔《くさび》が食い込んでいたゆえ、だれもが葛西を恐れていたのだ。それを九戸党が討ち破り、岩手、斯波、稗貫、和賀、江刺の五郡を一つに纏めて葛西と勝負する。それを果たしたときは陸奥《みちのく》の三分の一近くが九戸党のものとなる。最上《もがみ》や伊達《だて》と張り合うほどの勢力となろう。たった二度の戦さでいい。それを制すればこの世は変わる」

皆はただ啞然としていた。そんな簡単なことだろうか、という思いが取れない。

「やれる」

政実は断言した。

「南部が一つに纏まってさえいれば、この程度のことは十年も前に果たせた。しかし今からでも遅くない。近頃戦さから遠ざかっておるが、和賀を落としてみれば直ぐに分かる」

政実は弟たちを見渡した。九戸党が一つにならなければ乗り切ることができない。

「和賀は確かに落とせましょう」

実親《さねちか》が声を発した。

「その先の葛西については五分五分。それでも、南部を頼らずに九戸党だけで五分五分であるなら、やり甲斐のある戦さかと」

「そなたがそう言うなら勝ちは決まった」

政実は大きな声で笑った。皆も頷く。実親の慎重さはだれもが知っている。

「南部に眼にもの見せてくれよう」

政則も覚悟を定めた顔で口にした。

二

方針が定まると政実は三日もしないうちに軍を動かした。まだ全軍を用いる戦さではない。二戸の城を空にすれば信愛の動きも気になる。まさか攻めてくるとは思えないが、勝手な戦さをはじめたと言って難癖をつけてくる可能性はある。それで弟の正常《まさつね》を名代として城に残したのである。千五百の兵があれば万が一にも対処ができる。

政実の率いる兵は九戸本隊に久慈の勢力も加えて三千だった。実際はその三倍も召集できるのだが、となると和賀までの行軍の兵糧《ひょうろう》が莫大なものとなる。江刺や斯波の援軍が約束されている以上、三千で十分と政実は踏んだのである。そのうちの半分は九戸党の誇る騎馬軍だ。

初日は支度に手間取り、昼近くの出立《しゅったつ》となった上に山越えも加わって岩手郡の沼宮内《ぬまくない》までしか進めなかった。三千も兵があれば陣張りにも多くの時間が取られる。

翌日は斯波氏の居城である高水寺《こうすいじ》城に入った。今の当主詮直《あきなお》は政実の弟康実の義理の弟に当たっている。康実は婿入りして以来、この城の一画に館を与えられ大事に扱われていた。名も高田吉兵衛《きちべえ》と改めて斯波一族の要の一人となっている。

城の真下に陣を張り、政実と政則そして実親の三人だけが吉兵衛の館に泊まることとなった。むろんその館に引き下がる前には城中の広間にて歓迎の宴の用意がされている。

「お引き合わせいたす」

若くして斯波の棟梁となった詮直は精一杯の虚勢を張って政実と向き合っていた。勢力がめっきり衰えたとは言え、かつては奥州全体を統治した奥州管領《かんれい》の家柄である。高水寺城もいまだに斯波御所《ごしょ》と呼ばれている。南部の支流に過ぎない九戸党とは格式が違う。

と思っているのは当の詮直一人で、時代は九戸党に大きく傾いている。詮直の後ろに控えている者たちは深々と頭を下げていた。

「稗貫の大迫どのと達曽部どの。そして江刺の黒石どのにござる」

三人は丁寧に挨拶して顔を上げた。三人ともにしたたかな面構えをしている。若い詮直とは比較にならない。

「早馬で知らせがあったゆえ、どうせならと声をかけ申した。さすれば合議もできる」

「ご配慮かたじけない」

政実が礼を言うと詮直は安堵したように笑顔を見せた。いずれ重臣の知恵であろう。

「お変わりありませぬな」

吉兵衛も嬉しそうに膝を進めた。先々代の晴政《はるまさ》の葬儀のときに斯波の名代として参列したので二月ぶりの再会であった。

「政実さまは――」

黒石梅雪が声を発した。

「どうかのんびりとこの城にてお過ごしくだされ。ここに政実さまがおられるというだけで和賀は怯えましょう。わざわざ間近にまで足をお運びになられることもござるまい」

「合議はゆっくりと後でいたそう」

政実は軽く制した。


ほどほどのところで政実は酒を断わると合議に入った。したたかに見えるのは顔ばかりで、気概のない者たちだと政実は黒石ら三人を見定めていた。戦さを目前にしてだらだらと酒を呑んでいる。情勢を見ることだけにこれまでを費やしてきたのだろう。若いが詮直の方がまだ頼もしい。

「一万も引き連れてこられると思いしに、三千とはさすがに九戸党」

黒石は妙な褒め方をした。

「和賀ごときに大軍を用いては恥。いや、それでこそ九戸党と申すもの」

「そこもとのご支援あると聞いて身軽にいたしたまでのこと。侮ってはおらぬ」

政実は苦笑いしつつ応じた。

「手前の兵は千二百。斯波どのは千を貸してくださるとか。合わせて五千を越せば負ける気遣いはござるまい。和賀はたかだか二千」

「葛西勢の様子はいかがか？」

政実は黒石に訊ねた。

「今のところ、なにも。そもそも和賀とて九戸党の動きをなに一つ摑んでおらぬはず。斯波以北のことは情勢が見えにくい。南部は新しき棟梁が定まったばかり。まさか戦さを仕掛けて参るなど考えてもおりますまい」

「なれば奇襲という策もあるか」

政実は腕を組んだ。

遠く離れているゆえに必ず進軍を悟られると見て奇襲策を遠ざけていた政実だったが、黒石の言葉が確かなら成立する。思えば斯波まで自領を行軍してきたようなものだ。気付かれていないことも有り得る。

「しかし、黒石どのが戦さの支度をしていることは敵に伝わっておりましょう」

実親が不審の目で質《ただ》した。

「手前の戦さ支度などいつものこと。和賀との喧嘩はしばしばにござるよ」

怪しまれてはいないはずだと黒石は答えた。

「実親、明日にでもそなたの目で確かめてきてくれ。馬を飛ばせば夕刻までには戻れる。もし我らのことが知られておらぬときは、即刻に夜襲に転ずる。兵らは敵に悟られぬよう稗貫の山中にまで進めておく」

「もはや明日の夜には戦さとな!」

黒石は政実の手早さに目を丸くした。

「黒石どのにも手伝っていただく。夜襲と決まれば、それを受けて夕刻には城攻めを」

「とは？」

「城の敵がそれで外に出る。その留守に夜襲をかければ敵も籠城がままならなくなる。黒石どのは敵を城から離して逃げ回るだけでよい。戦さをして怪我でもすれば詰まらぬ」

なるほど、と黒石は膝を叩いて、

「それが九戸党の戦さでござるか」

「城を奪えばいいだけのこと。堅牢な城と耳にしている。後にそこもとが入れば滅多なことでは落とされまい」

黒石はますます喜んだ。


「せっかく落とした城を黒石どのにくれてやるとは解せませぬ」

合議を終えて自分の館に兄弟だけが集まると吉兵衛は不服そうな顔をした。

「和賀攻めが目的ではない」

政則がにやにやして教えた。

「兄者の狙いは葛西にある」

「どういうことじゃ？」

「九戸党の分かれ目じゃぞ」

政則は政実の代わりに詳しく伝えた。吉兵衛は額の汗を何度となく拭った。

「城を落として直ぐに葛西が報復に出向いてくれば問題もなかろうが……戦さにはそれなりの手間がかかる。恐らく半年近くは睨《にら》み合いとなろう」

政実が付け足した。

「九戸党が半年も河崎の城に籠もるわけにはいくまい。ここは黒石梅雪に城を与え、戦さの手助けを九戸党がしたと葛西に思わせるのが良策であろう。二千やそこらの手勢しかおらぬ黒石梅雪から城を奪い取るのに葛西も大軍を繰り出してはこまい。せいぜい五千から八千。その数なら我ら九戸党だけでも争える。いきなり二万もの兵で襲われてはさすがに俺も辛い。そこまで先を読んでのことだ」

「…………」

「どんな戦さであろうと勝ちは勝ち。あの葛西を九戸党だけで撃退したと広まれば、間違いなくこの辺りの者らは九戸党に従う。その上で体制を固めて南部から離れる」

「南部から脱けると申されますか!」

さすがに吉兵衛は仰天した。

「岩手、斯波、稗貫、和賀、江刺……この五郡に九戸を加えれば南部より広い。信直の下にある必要はなかろう」

「いきなり言われても手前には……」

吉兵衛は戸惑っていた。

「名目として斯波詮直を立てるのも一つの策かも知れぬな」

政実は実親に言った。実親も頷いた。

「なんの名目にござります?」

吉兵衛は問い返した。

「奥州管領は名家。南部の上にある。そなたの義理の弟であるからには九戸党が支援する理屈もつけられよう。そうして新たな国を興すのだ。あの詮直、見所ある者と見た」

「黒石梅雪に和賀をくれてやり、今度は詮直にすべてを与えると?」

不快そうに吉兵衛は政実を睨んだ。

「折り合いでも悪いのか？」

「そうではござらぬが……では、なんのために手前が婿入りを命じられたのか分からぬ。斯波を九戸党の下にするのが狙いであったはず。なのに詮直を棟梁に据えるなど……」

「名目だけのことと申したであろう」

「兄者はいつも身勝手が過ぎる。手前は十年をこの土地で耐えて参った。好きでもない女をあてがわれ、ひたすらに耐えてござる」

「どうしろと言うのだ」

政実たちは顔を見合わせた。

「なぜにそんな大事を手前にご相談してはくだされませぬ？　書状一本で済む。手前なればなんでも従うと思うてござろう」

吉兵衛は声を荒らげた。

「九戸党のためと思えばこそ踏ん張って参った。この上、死ぬまで詮直の下にと兄者が言うなら手前にも考えがあり申す」

「そんなことを言うてはおるまいに」

政実は呆れ果てた。

「なにごとでも、決まったことばかりを押付けられるのが嫌なのじゃ。こたびとて、突然に原田が現われて和賀攻めを行なうとの申し入れ。なにも聞かされておらなんだ手前の立場はどうなるとお思いか？　すっかり恥を掻きましたぞ。手前がもはや九戸党でないとお考えなら、斯波を頼らずにいただきたい」

「酔うたと見える」

政実は舌打ちした。鬱屈《うっくつ》のせいか近頃酒量が増えたという噂を聞いている。宴ではわずかの量と安心していたが、酒に負けるようになればもはや量は関係がなくなる。

だが——

酔ったからこそ珍しく吉兵衛は本音を吐露《とろ》しているのかも知れなかった。康実と名乗って九戸党にあった時分の激しく真っ直ぐな気性が薄れているのは確かだ。よほど窮屈な思いを続けてきたのだろう。

ある時期、政実はこの吉兵衛こそ九戸党の軸に育つ者と見ていた。豪胆さでは弟たちの中で抜きんでていた。だから斯波も婿にと望んだのである。自分の下に居るよりは斯波の一族となる方が吉兵衛のためになると信じて許諾したつもりだったが……いかにも本人が選んだ道ではない。

「そなたはもはや九戸党にあらず」

政実ははっきりと言い聞かせた。

「十年前、そなたは若かった。それゆえわざと九戸党の先鞭《せんべん》となって斯波に移れと申した。でなければ承知いたすまい。斯波に迎えられるは名誉の一つ。策のためだけにそなたの婿入りを進めたのではないぞ」

言われて吉兵衛は青ざめた。

「十年も過ぎれば俺の心も分かって貰えると思うていたが……困ったものよな」

「分からぬ。兄者のことが分からぬ」

吉兵衛はがっくりと肩を落とした。

「斯波では気詰まりか?」

「知らぬ！　それも分からなくなってしまったわ。では手前の十年はなんでござった」

吉兵衛は政実に詰め寄った。

「だれもが十年を無駄にした！」

政実は吉兵衛を怒鳴りつけた。

「この実親とて今は宗家と無縁の身。九戸党は南部から脱けようとしておる。甘えるでない。二十八にもなってなんの泣きごとだ。その歳で酒に頼るとは情けない」

「それが兄者の本心か！」

吉兵衛は血相を変えた。

「己れの道は己れで切り開け！　せっかく斯波の一族となりながら斯波の領地一つ増やすこともせず酒ばかり食らっていたか」

「それは言い過ぎにござる」

政則が割って入った。実親も頷く。

「この者の腹は腐った。俺が名目だけでも詮直に預けると言うたのが気に入らぬのだ。それならなぜ自分にくれぬのかと不満なのであろう」

「なにもそこまでは――」

言うておらぬ、と政則は遮った。

「九戸党が一つにならねば乗り切れぬときにこのざまだぞ。でっぷりと肥えおって……武者はいつでも鍛えておらねばなるまいに」

「兄者、もうよかろう」

実親は厳しい目で政実を見据えた。

「吉兵衛、詫びて今夜は引き下がれ」

実親は吉兵衛にも言った。

「兄者はお疲れの様子。実の弟ゆえ叱ったまで。そなたも口が過ぎた」

「手前は九戸党でないのでござるな」

荒々《あらあら》と吉兵衛は立ち上がった。足元が少しふらついている。

「なれば明日の戦さも手前とは無縁。勝手に戦さをなされて行くがよろしい」

言い放って部屋を立ち去った。

「許さぬ……今一度吉兵衛を呼び戻せ」

政実は実親に顎で命じた。

「酒の上でのこと。お許し召され」

実親は苦笑して政実に酒を勧めた。

「辛い立場にあるのであろうかの？」

政則は首を傾げて実親に訊ねた。

「吉兵衛がそれを言うてきたのは一度もないと思ったが……耐えていたとは知らなんだ」

「あの者は武者でしかない。戦さがなければ肩身が狭かろう。斯波は政《まつりごと》に重みを置く。思えば可哀相なことをしたのかも知れん」

政実も冷静を取り戻して言った。

「詮直を褒めたのがまずかったか」

「斯波の重臣の者らも詮直どのを頼りとしている様子。吉兵衛の立場、分からぬでも……」

実親の言葉に政実も吐息して頷いた。

「と申して、吉兵衛に斯波を捨てて九戸に復帰せよとも言われまい」

政則は重い口調で杯を口に運んだ。

「ここで斯波との縁が切れれば面倒になる。こたびの戦さの根本が危うくなる。吉兵衛にはまだまだ辛抱して貰わねば……」

「結局は吉兵衛を利用することになるな」

政実は暗い目をして酒を呑み干した。

三

吉兵衛との経緯もあって政実は斯波の援軍を断わった。夜襲と決まれば三千の兵で足りる。もし敵が籠城策を採っていたときは、どうせ二、三日の戦さでは済まない。そうなった場合に斯波にはあらためて援軍を頼めばいいことである。

高水寺城をあとにする政実を見送る吉兵衛の顔にはやつれが感じられた。

「手前の支度も整ってござる。知らせあれば直ぐに兵を出して河崎の城の者らを外に」

政実と並ぶ黒石梅雪は反対に上機嫌だった。

「この天気は夜まで保《も》とう。夜襲に好都合」

吉兵衛のことは忘れて政実は重ねた。

「二千のうちの半分が出てくれれば上々。まさか河崎の小野寺宗道《そうどう》とて千もの兵を見殺しにはすまい。我らが城を包囲いたせば、その千が戻れなくなる。堅く門を閉ざしての籠城策は選ばぬ。きっと門を開いて戦さを挑んでこよう。そうなれば我らの勝ち」

たった千の敵を相手に千五百の騎馬軍を含む三千の軍勢なのだ。半刻《はんとき》も経たぬうちに決着がつく。

どれほど堅牢な城でも門が開いていればただの館と変わらない。

「夜襲でなくとも勝てるのでは？」

「守る側は敵の数を一番に気にする。恐れが倍にも感じさせる。それに弓や鉄砲が役立たなくなる。反対に我らは篝火《かがりび》で明るい城に火矢を放つことができよう。見知らぬ地で夜に馬を走らせるのはいかにも厄介だが、それを見越して我らは鍛練を続けておる」

あっさりと返した政実に黒石は唸りを発した。九戸党の豪勇ぶりは近隣諸国に鳴り響いているものの、ここ十年は戦さをしていない。強さが曖昧となっている。

「大したものじゃ」

稗貫の二人も政実に気圧されていた。

「実親、そろそろ先に行け。我らと足並みを揃えていれば遅くなる。原田も一緒ゆえ危なくはなかろうが、あまり接近はいたすな」

承知、と実親は頷いて馬を前に進めた。河崎の城までは黒石の手の者が道案内をする手筈となっている。

「陣は稗貫のどの辺りに？」

実親は振り返って訊ねた。

「街道を戻ればそこに兵を待たせておく。地形を見定めてからでなくては決められぬ」

「夕暮れ前には必ず。手前一人の判断で黒石どのに使いを走らせて構わぬのですな？」

実親は確認を取った。稗貫に戻ってから江刺の黒石に伝令を出せば遅くなる。

「そなたの目に狂いはなかろう。任せる」

政実は実親を信頼していた。原田も居る。

「城を見ずとも周辺の集落を探れば分かり申す。民らの方が正直。戦さが近いと知れば慌ただしくなっておりましょう」

「そうに違いない。いや、まことその通り」

黒石は何度も首を縦に動かした。

「和賀勢と小競《こぜ》り合いがしばしばと聞いたが、どんな戦さを続けてござった？」

政実は苦笑いして黒石を見詰めた。当たり前のことに驚いてばかりいる。

「纏まった兵を出すまでにはこじれており申さぬ。大戦さはここ七、八年一度も……」

「それで誘いの策は大丈夫かの」

「誘って逃げればよろしかろう。それならなんとか。千二百の兵を河崎の城に向けて動かしただけで必ず敵も出て参る」

「であればよろしいが……滅多に攻め入ったことのない江刺勢がそれを行なっても敵は不審を抱くばかり。九戸党の五百をお貸しいたそうか？　多少は戦って見せねば誘いに乗ってはくるまい。籠もられては策が成らぬ」

「そうしてくだされればありがたい」

黒石は素直に受け入れた。

「政則、手助けを頼む」

政実は政則に五百の指揮を預けた。黒石に任せれば失敗に繋がると見たからである。

「派手に動いて敵を煽ればいいのじゃな」

政則は請け合った。

「敵を上手く誘い出したときは江刺勢から離れて城の近くに潜んでいよ。俺の攻めと同時に反対側か黒石は政実の立てる策にいちいち感心した。

「戦さとはそうするものか」

「分かった。それでさらに面白くなった」

ら城を襲え」

政実は稗貫と和賀の境界近くを流れる豊沢川《とよさわ》まで兵を進め、その上流の大森山の麓に陣を設けた。山に身を潜める意味もあるのだが、この辺りまでくれば川幅も狭くなり、簡単に越えられる。ここから河崎の城まで一刻半。馬だけならその半分で行ける。

「ずいぶんとだらしなくなったものだ」

政実は側近の者らにこぼした。

「境界に三千近い兵が楽々と進める。南部も嘗められたものではないか。そのお陰で戦さがしやすいとは言うものの、今は戦乱の世じゃぞ。まったく呆れ返る。この様子では我らの領地に組み入れたとて守りの役には立たぬかも知れぬ。伊達でも攻め込んで参れば直ぐに降伏しよう。これもすべては南部の乱れがもたらしたもの。平穏のように見えるが、停滞でしかなかろう」

黒石梅雪のごとき無能な者が郡を治めていられるなど信じられない。それと小競り合いしかできぬ和賀の小野寺宗道の器量とて知れたものだ。かつての和賀勢は侮れない力を持っていたが、この十年でどこも衰えた。戦さは確かに国を疲弊《ひへい》させるが、同時に活気ももたらす。南部が内輪揉《うちわも》めで対外的な戦さをできなかったために、周辺もまた沈滞してしまったのである。

「葛西も伊達の内紛のせいで何年と戦さをしておらぬはず。坂東《ばんどう》以南ではどこも戦乱に明け暮れていると言うのに呑気なものよ。やはり戦さに踏み切ったのは正しかった。今日から陸奥はまた変わる。

変えねばならん」

政実は自分に言い聞かせるように口にした。


実親が原田と陣に戻ったのは日暮れにまだ間のある刻限だった。

「夜襲をかけるのが憚《はばか》られるほど河崎の城の周辺はのんびりとしており申す」

実親は気の抜けた顔で報告した。

「罠とはとうてい思えませせぬ。稗貫勢が攻め入る心配などしておらぬのでしょうな。北側にはろくな見張りもないありさま」

「そう見ていた。敵が気を配っておれば我らもやすやすとここまで進めぬ。戦さの仕方すら忘れていよう。この按配《あんばい》では戦さをせずとも包囲しただけで白旗を掲げてくるやも知れぬが、それでは葛西が出て参らぬ。なんとしても力で追いやるしかない。嫌な戦さになろうが、決めたことだ」

実親も頷いた。

「いつご出陣を?」

原田が質した。

「黒石が攻めるのはそろそろか?」

「と思われます」

「では我らも出立する。城に近付いた辺りには政則が敵を誘い出しておろう。真夜中を待つまでもない。民らも早い刻限なら動転せずに城下から逃れる。城下の者らには断じて手出しするなと皆にきつく言い渡せ。火を放ってもならぬ。敵と遭遇しても逃げる者は見過ごせ。これは葛西を戦場に呼び込む策であって小野寺宗道などどうでも構わぬ」

政実は溜め息を吐きつつ立ち上がった。

なんとも意気の上がらぬ戦さとなりそうだ。無防備な敵に政実は腹立ちさえ感じていた。

〈陸奥にはこんな者しかおらぬのか……〉

もはや取り返しのつかぬほど陸奥は立ち遅れてしまったのかも知れない。

政実は焦りすら覚えて心が塞《ふさ》がった。

四

和賀郡を支配する小野寺宗道の居城のある河崎の城下は間近い。夜空がその城下の明りを映して白く霞んでいる。歩兵の足でも四半刻も見れば十分であろう。政実は城の様子を確かめるために進軍を停止させた。これは江刺の黒石梅雪との連動策である。江刺勢が和賀勢を城から外への誘い出しに成功していなければ意味がない。たとえ二千しか居ない城でも、籠城策を採られてしまえば厄介だ。籠城策に対するには三倍から五倍の兵が必要であると言われている。攻める立場の九戸党と江刺勢は合わせて四千二百。しかも江刺の千二百は数ばかりでほとんど当てにできない。籠城されてしまえば永い戦さとなるばかりか、攻略を諦めねばならぬ事態にも追い込まれかねない。

政実は一頭の馬を城下の偵察に走らせた。一頭ならさほど怪しまれることもない。

「わずかのことであろうが兵らを休ませておけ。松明《たいまつ》は用いるな。将らに俺のところへ参れと伝えよ。城攻めの段取りを授ける」

政実は原田に命じた。

直ぐに将らが駆け付けて政実を囲む。

「城下の民らが町から逃げておらぬようだ。あの夜空の明りがそれを示している。逃げる際に明りをそのままにはすまい。江刺勢の攻撃など民は恐れておらぬのだろう。逆に言うなら、撃退に十分な兵を城から向かわせたとも思われる。しかも民らが案ぜぬほど城下から離れた場所へな。俺の考えが当たっているとすれば、さらに楽な戦さとなろうが、問題は民の扱いだ。城攻めの前に三百の騎馬兵を率いて原田が町を制圧せよ。道を塞ぎ、民らには危害を加えぬと触れ歩け。住まいから出るなと命ずるのだ。九戸党は江刺の手助けに加わっただけで民らに恨みはない、とな。それをきちんと伝えねば後が厄介となる。葛西は必ず大軍を投じて和賀の奪回を試みる。あくまでもここは和賀と江刺の争いに過ぎぬと思わせねばならぬ。城攻めに容赦は要らぬが、町の者には断じて手出しがならぬ。それを兵のすべてに叩き込め。九戸党にはまさかおらぬと思うが、略奪や家に火を放つ者があれば斬り捨てよ。こたびの戦さは次の葛西を見据《みす》えてのもの。それを忘れるでない」

ははっ、と将らは頷いた。

「手筈通りに運んでおれば政則もそろそろ城下の南に五百の兵とともに戻って来るはず。我らの攻撃を受けて城の裏側から襲う。実親は九百の騎馬軍と六十の鉄砲隊、千の歩兵でもって城の正面から取り囲め。騎馬軍は一人の将が五十騎を常に掌握《しょうあく》せよ。その纏まりを崩すな。それさえ守ればそれぞれの采配に任せる。歩兵は二百を固まりとする。残りは俺が指揮を取る」

政実はてきぱきと伝えた。政実の指揮下にあるのは二百の騎馬兵と百五十ほどの歩兵に過ぎない。実親と原田は案じた。いつもは半分近くを後陣に残す策を採る。

「後攻めが必要な戦さではない。敵も数に怯えて早々と城を捨てよう。俺一人残っても構わぬくらいだ。むろん偵察の者の報告によっては変更も考えるが、城下間近まで我らがあるのすら気付かぬ相手では知れておる」

むしろ苦々しい顔で政実は口にした。あまりにも張り合いのない戦さとなりそうだ。

偵察の馬が戻って来たのはそれから間もなくだった。城には明々と篝火《かがりび》が点《とも》されていると言う。正確な数は不明だが、町の者の噂を聞き込んだ限りでは江刺勢の撃退に千三百以上が出払ったらしい。城に居残っている兵力は多くて八百といったところだろう。

「原田は即刻に町を奪え。城までの道を確保せよ。実親が直ぐに後を追う」

政実は躊躇なしに出撃を決めた。

「小野寺宗道は出羽の横手の一族。逃げるとすればそこを頼る。出羽への道は封じるな。城を追い出すだけでいい。下手に道を塞げば必死で抗《あらが》って参るぞ。無駄な死人を出す」

政実は前線を任せた実親に念押しした。実親は知恵者であるが実戦向きの男ではない。本当は政実自ら前線の指揮に回りたいところだったが、それだと戦さが大袈裟になり過ぎる。ただの手助けと葛西も見ないに違いない。それもあって、ついくどくどと細かなことを命じてしまう。苦笑混じりに実親も頷いた。

「兄者はどこで待たれます？」

「原田が探す。町中に適当な屋敷があろう。そこに入ってのんびりと吉報を待とう」

政実は応じながら三百の騎馬兵を率いて出陣する原田の見送りに立った。

「楽な戦さだが気は抜くな。敵の流れ弾で死なれでもすれば九戸党の痛手となる」

原田は政実の言葉に笑顔で返して馬に飛び乗った。号令とともに三百の馬が政実の前を一気に駆け抜けて行く。地響きが伝わった。

「おまえには酷な命令となるが……」

政実は実親と並びつつ、

「たとえ城から白旗が掲げられたとしても小野寺宗道が逃げ出すまで知らぬふりで通せ。江刺勢と和議をされては戦さそのものが無駄となる。江刺の恨みを晴らすために出張ったのではない。その意味ではやりにくい戦さだ。敵を殺さずに追いやるのはなかなかむずかしい。今度の手柄は敵を何人殺したかではなく、何人殺さずに城を奪うかにある」

「心得ております。手前にはむしろありがたい言葉。やり遂げてみせましょう」

「ただ……案ずるは江刺に誘われて城外へ飛び出した敵たちだ。留守に城を包囲されたと知れば命を捨ててかかって参ろう。城が陥落した後なら棟梁を追って出羽に足を向けようが、戦さが続いていれば危ない。背後から攻めて来るやも知れん」

「江刺勢との戦さを中断して戻ると?」

「黒石梅雪の力など当てにできぬ。一夜を踏ん張ってくれればよいが、領外へ逃げれば和賀勢も深追いせずに引き返す。城が危ういと見ればなにをしでかすか……万が一、城下に火を放たれでもしたら立場が変わる。もし戦さが長引きそうなときは三百の騎馬兵を敵の戻る道筋に動かしておけ。敵の数は千三百と聞いたが、騎馬兵は三、四百のものだろう。なんとか対等の戦さに持ち込めるはずだ」

「まともな街道を辿って参ればよろしいが」

実親は不安を隠さなかった。その読みが外れれば途端に戦力が低下するばかりか二千の敵に挟み撃ちされる結果となる。敵は地元のことゆえ道に詳しい。

「敵にも策を練る余裕はない。ぐずぐずしていると城が落とされる。俺やおまえなら待ち伏せを警戒して山道や藪を掻き分けて戻ろうが、まず、馬の楽な街道を用いよう。江刺勢との戦さで兵も消耗しておる。それ以上の難儀をあえて選ぶとは思えぬ」

政実の推測に実親も頷いた。

「これが黒石梅雪でなく原田や政則に任せていれば心配もないのだが……お陰で余計なことまで気を配らねばならん」

「兄者のその用心が九戸党を常に勝利に導いてきたのでござる。騎馬兵の数だけで勝てるなら、どこも馬を増やしておりましょう」

実親は本心から言った。実親の頭はいかにして城を早く落とすかだけに集中して、出払った敵が戻ることなど考えてもいなかった。

「他人を信用できぬというだけだ。頼れるのは九戸党のみ。それがまずかったのかも知れんな。南部の結束を口にしながら、結局は俺が一番それを信じておらんかった。敵を恐れる心があれば、信直と手を結べたに違いない」

「……………」

「いまさらそれを言うも愚か。こうなっては九戸党を大きくするしか道はない。それが果たせるかどうか、すべては今夜の戦さにかかっておる。任せたぞ」

政実は言って実親に二人の側近を預けた。二人は背中に九戸政実の紋を染め抜いた旗を翻《ひるがえ》している。この旗のあるのが大将の目印だ。

「これでは兄者に叱られましょう」

実親は政則のことを気にした。

「二千近い兵を任せたのだ。好きにやれ」

そろそろ出発しろ、と政実は促《うなが》した。

「やはり南部は兄者が受け継ぐべきでありました。それが悔やまれてなりませぬ」

実親は軽く頭を下げて馬を呼び寄せた。

五

千の歩兵を率いているだけ足取りは遅くなる。実親が河崎の城下に達したときは原田がすでに一仕事果たし終えていた。城下はひっそりと静まりかえっている。民らが九戸党を恐れて家に引き籠もっているのである。道にあるのは騎馬兵ばかりだった。

「城の様子はどうだ?」

原田と合流して実親は質した。城は城下からだいぶ離れた丘に作られている。

「そろそろ飛び出て参りましょう。三百程度の騎馬兵に過ぎぬと伝わっておるはず」

「兄者の入る場所は定めたか?」

「この道の裏手に大きな屋敷がござる。周りは畑ばかり。見通しが利きましょう」

「では、だれぞに任せて原田は俺と来い」

「承知」

原田もそのつもりだったらしく頷いた。

「七、八百しかおらぬでは千近い馬を見て仰天しような。慌てて城に戻る」

「と思いまする」

「難問はそれからどうするか、だ。敵は出払った兵らが戻るのを待つ策に出る。その望みを断ち切らぬうちは踏ん張るぞ」

「なにか打つ手がありますか?」

「籠城ができぬよう城の大門《おおもん》を燃やそう」

原田は目を丸くした。

「油問屋を探して油の樽を調達しろ。荷車で運び大門にぶち撒《ま》ける。それに火矢を打ち込めば、いかに鉄張りの大門とて燃え落ちる」

「門まで接近できましょうや?」

「敵が城から飛び出て来ると申したではないか。最初は百の騎馬兵と二、三百の歩兵ばかりで立ち向かわせる。まだ敵には我らの数が知られておるまい。敵が深追いして来る隙を狙って背後に回り、門を襲うのだ。敵は城外に出た仲間を待って大門を半開きにしていよう。と申して城に攻め入る必要はない。防壁の要を失ったと思わせるのが大事。それで籠城策を捨てる」

なるほど、と原田も得心した。大門が破られても第二、第三の門を構えているはずだが、動揺は大きい。今にも踏み込まれると見て怯えるに違いない。

「下手に人数を送り込めば門のところで激しい争いとなる。ここはこっそりと接近して一気にやるのが良策だ。せいぜい二十か」

「水甕《みずがめ》なれば直ぐに壊れます。樽から移し替えて大門にぶつけるだけで用が足りましょう。大きな賭かも知れませぬが、甕の上に干し魚やするめを載せて運べば、門衛も味方と勘違いして近付けるのではござるまいか」

原田の知恵に実親は唸った。確かに臭いのきつい干し魚やするめで覆えば油の臭いが消える。唸ったものの、小首を傾《かし》げて、

「なにやら聞き覚えのある策だな」

原田をじっと見詰めると、

「大浦為信が用いた策ではないか。為信は土嚢に武器を詰めて、あらかじめ敵の面前に運び込んだ。手ぶらで行けば奇襲と悟られぬ。見事な策と感心いたしたが……その口振りでは兄者が与えた策だったらしい」

原田は苦笑ばかりで返事をしない。

「どうせそんなことだろうと睨んでいた。あれから為信とは何度も会っている。戦さを恐れぬ武者ではあるが策士ではない。為信の兄者への信頼を思えば、だれが背後にあっての奇襲か想像がつく」

「南部を一つにする布石《ふせき》にござりました」

「怒ってはおらぬ。今となってみれば頼りになる者は大浦為信。俺が若かったゆえ見抜けなかったこと。さすが兄者だ。先を見ている」

実親の言葉に原田は安堵した。

「それでいこう。町の者のふりをして荷車を引いて行けば信用する。籠城の場合に干し魚やするめはありがたい。敵も喜んで門近くまで招くに違いない。鉄張りの門でも表ばかりだ。裏側に油を注げば簡単に燃え上がる」

「荷車は二台。三人ずつで運ばせます。たった六人では敵も疑いはしませぬ」

「その数で名乗り出る者があるか？」

「我らは九戸党にござるぞ」

原田は笑いで返した。だれにも引けを取らぬという自負が兵らにある。

城から五百の兵が飛び出したとの報告を得たのはその直後である。実親は百の騎馬兵と二百の歩兵を防戦に差し向けた。敵をなるべく殺すなと政実から念押しされているのだが、ここはやむを得ない。だが、できるだけ正面の戦さは避けて敵を城から遠ざけるよう命じてある。その隙に門を襲う。油や干し魚なども町中ゆえに簡単に調達が叶う。名乗り出た六人の兵たちは鎧を脱ぎ捨てて町の者に扮《ふん》していた。怪しまれぬよう干物問屋の主人の名も頭に刻ませている。

「火を放った後は即座に逃げ出して藪にでも身を隠せ。弓隊が援護に回る。しかし、敵もそなたらを追うより必死で火を消そうとするはず。燃え上がりさえすれば心配ない」

実親は六人が向かう前に呼び寄せて自ら杯に酒を注ぎ与えた。途中で発覚すれば生きて戻れない者たちだ。敵の本拠に六人で乗り込むのである。いずれも覚悟を決めた顔で実親にしっかり頷いた。顔を見合わせて呑み干す。

「今夜の戦さの趨勢《すうせい》はそなたらの働きにかかっている。門を失えば敵の乱れとなろう」

「きっと果たしてみせまする」

一人が実親を見詰めて言った。

「名乗り出ただけあって、腕に自信のある者。滅多なことではしくじりませぬ」

原田は一人一人を眺めて請け合った。特に四人は抜刀隊の要となっている者たちだった。九戸党はどうしても騎馬軍が編成の中心となるが、槍や刀にも腕自慢の者が多い。

「生きて戻るを名誉とせよ。それが九戸党の信条だ。策はいつでもやり直せる。生き残るために腕を鍛えておるのだ。それを忘れるな」

六人は実親の言葉に張り切った。平伏してから荷車に駆けて行く。

「あれで存分に働きましょう」

原田は実親の檄に大きく頷いていた。

「兄者の口癖をそのまま言うただけ。勝てると見極めた戦さしか九戸党はせぬ。勝ち戦さで死ぬは勿体ない。生きてこそ意味がある」

その実感を、しかし実親は今日はじめて味わっていた。自分が立てた策に兵たちは黙々と従って戦場に出る。死なせれば、それはそのまま自分に撥《は》ね返ってくる。政実はそんな戦さを何十年と続けてきたのだ。政実の心の強さがあらためて感じられた。


荷車を引いて六人は駆けた。淡い月明りが城に通じる道を照らしている。弓隊も藪や林に隠れつつ続いているはずだが、六人にはもう無縁の存在であった。町の者になりきるのが肝要である。途中でなにが起きても、こちらが救いを求めない限り弓隊には手出しせぬよう伝えてある。

「敵も上手く深追いしてくれているようだの」

吶喊《とつかん》の声が風に乗って聞こえる。だが、だいぶ遠い。六人はひとまず安堵した。

城まではわずかの距離である。

「居るぞ！」

馬が一頭に兵が七、八人、前方を塞いでいた。敵の見張りに間違いない。

「お城の方々にござりまするか！」

荷車を停《と》めて一人が大声を発した。当然、敵も警戒している。直ぐには返事が戻らない。

「手前どもは川留屋《かわどめや》の者にござります」

「川留屋だと！」

ようやく黒い影が動いた。

「主人の又四郎よりお城にお届け物が」

「届け物？」

「干し魚やするめにござります。敵に奪われる前になんとか持ち出しました」

おお、と敵は歓声を発した。六人は荷車を走らせた。どんどん接近する。なに一つ武器のないのを見定めて敵は笑顔で迎えた。

「食い物とはありがたい。皆も喜ぼう」

「お城は無事にござりますか？」

「むろんだ。町に敵が現われたと知れば江刺勢を追った味方も引き返して参る。そうなれば挟《はさ》み撃《う》ちよ。敵はどれだけおる？」

少しも疑わず敵は問い質した。

「馬が三百ほどに槍を手にした者らが五百といったところでござりましょうか」

「じゃったら心配ない。朝まで城を守れば形勢が逆転する。町の者らにも案ぜずに待つがよいと伝えろ。騒げば町に火を放たれる」

「心得ておりまする。荷車はここにお預けして構いませぬので？」

一人がわざと口にした。荷車からは干物の臭いが漂っている。

「油や醤油も取り揃えて参りました」

水甕が見えているのを知って先回りする。

「我らには見張りの大事な役目がある」

自分らで運べ、と馬に乗った男が言った。

「この先には本当に敵はおりませぬので？」

「おらぬ。安心して行くがいい。だれぞと出会ったら俺の名を真っ先に言え。玉川総平《たまがわそうへい》の許しを得たと申せば通してくれよう」

「かしこまってござります」

六人は兵らに頭を下げて通過した。

「店の者らは無事なのか？　娘がおったな」

玉川総平が呼び止めた。

「はて？　うちの主人《あるじ》には娘御《むすめご》など。二人の息子なればおりまするが」

「そうか、俺の覚え違いだ」

玉川総平は笑って六人を促した。


しばらく六人は無言で荷車を動かしていた。玉川がわざと訊ねたのは承知している。川留屋のことを詳しく聞いていなければ今頃取り囲まれていただろう。それを思うと安堵よりは不安の方が強まる。

命惜しみではなく役目を果たせなくなるのが残念なのである。

それでも六人は城に上がる坂道に達した。ここにも十人ほどの兵が立っていた。玉川の名を出すと疑念は直ぐに晴れた。きつい坂とあって四人の兵が押すのを手助けしてくれる。

この時点で六人は弓隊の援護を諦めていた。坂の下から大門は見えない。せいぜい頃合を計って坂を守る兵らを襲う程度であろう。

六人は苦笑いを浮かべて坂を上がった。

「川留屋が食い物を運んで参った」

門衛が槍を構えて出て来ると兵が叫んだ。

「油や醤油もある。せっかくだ。ご重役に取り次いでやろう。町の様子も分かる」

そうか、と門衛も喜んで半開きとなっていた大門を押し広げた。六人の目が門の奥に注がれる。門衛は全部で四人。荷車押しの手助けで一緒に上がってきた兵が、やはり四人。それ以外にだれの姿も見当たらない。六人は互いに目配せした。役割分担を目で決める。

「どうした？」

門を潜ると荷車を停めた六人に門衛たちは怪訝な顔をした。六人は山と積んだ干物に腕を差し入れて刀を取り出した。六人の動きが篝火に照らされて石垣に不気味な影を作る。門衛たちは動転した。あまりのことに声も出せないでいる。二人がたちまち餌食となった。これで対等の人数となる。四人が六人の敵を引き受けている間に二人は荷車の甕を次々に叩き割った。油がどうっと溢《あふ》れる。二人は甕を一つずつ抱えて半開きとなっている門扉《もんぴ》の裏側に回った。高く持ち上げた甕を投じる。門扉に油が散った。滴《したた》り落ちる油が地面に溢れている油に注がれる。門衛らの悲鳴が響き渡る。見届けた四人が敵を牽制《けんせい》しつつ篝火を蹴飛ばした。火の粉が舞い上がる。飛び散った火の粉が油をたちまち燃え上がらせた。敵は慌てて消しにかかった。が、油に足を取られて転がる。油まみれとなった敵を火が包んだ。敵は絶叫した。

「退《ひ》け！」

六人は大門から離れた。まだ十分な炎ではないが、確実に広がっている。門扉にも炎の舌先が迫っていた。騒ぎを聞き付けて坂を上がって来る敵の気配がした。六人はそれに向かって駆け下りた。六人に迷いはなかった。役目を果たした喜びが死を忘れさせている。

「貴様ら！」

大門の惨状を見ていない敵はまだ動転が少ない。槍をしごいて立ち塞がる。

「我らは九戸政実さまに仕える九戸党ぞ」

一人が名乗って飛び込む。槍を左の肩に受けながらも、その刀は相手の脇腹を斬り裂いていた。勢いで坂道を転がる。

「戻るな。行け！」

仲間に命じつつ、もう一人も踏み込んだ。槍が頰を掠《かす》める。左手でそれを握って思い切り引く。敵は慌てて堪えた。手を離すと敵は尻餅をついた。そこを狙って上段から刀を振り下ろす。兜ごと敵の額が割れた。敵は必死の形相《ぎょうそう》で刀を摑んだ。何本かの指が飛ぶ。それでも離さない。さすがに男も焦った。刀を諦めて逃げればいいのだが、やはり気持ちがうわずっているのである。握られた刀を引き抜こうとしている男の背中に敵の槍が深々と突き立てられた。

「くそっ！」

別の一人が槍を持つ敵を斬り伏せて仲間の様子を確かめる。仲間は虫の息だった。助かる見込みはない。目で促されて仕方なくとどめを刺す。苦痛が長引くだけである。

「急げ！　城の兵らが出て来るぞ」

他の敵を片付けて何人かは坂を駆け下りていた。こちらの被害は一人に過ぎない。

坂の下には弓隊の何人かが待っていた。

様子が知れずに躊躇していたらしい。

「やったな！」

弓隊の目にも赤々と燃える炎が見えている。

「遅い！」

弓隊が坂の下の敵を始末していれば一人も失わずに済んだのである。

「喧嘩などしている暇はないぞ！」

坂の上から敵が迫って来る。藪に隠れていた弓隊がいっせいに射った。敵の足音が乱れる。敵の混乱がその足音に表われていた。

六

大門の焼き討ちに成功して戻った五人は政実の前に招かれていた。その傍らには実親や政則の姿もある。大門の炎上とともに実親は残りの兵を一挙に繰り出し、城外にあった敵を城へと追い戻したのである。政則も裏手から襲い、九戸党が完全に包囲した形となった。

「よくやった」

政実は五人を心底から労《ねぎら》った。

「これで敵も籠城策を諦めよう。三千もの九戸党が取り囲んでいると知った今では、味方の帰城も当てにはしておるまい。我らには千五百の騎馬軍がある。城に攻め込まれぬうちに出羽へ逃げる策を練っている」

陣中では異例のことであるが政実は五人に褒美の刀を与えた。何人かの刀が使い物にならなくなったと聞いたからである。五人は刀を押し戴いた。

「酒と食い物も用意してある。そなたらはもう戦さをせずともよい。十分に働いた」

政実は五人を下がらせた。

「今の五人、明日より将に取り立てろ」

政実は原田に言った。

「無事に戻れたのが信じられぬ。運の強い者たちだ。他の兵らの励みともなろう」

「いかにも」

原田は自分のことのように嬉しがった。

「しかし……よくぞ思い付いたな」

政実は実親に目を動かした。

「大門を燃やされては、もはや城の役目を果たさぬ。二度三度と攻め寄せるふりをすれば、朝までには城を捨てて逃げよう」

「降参の使者を遣《つか》わしてくるのでは？」

政則が口にした。

「そのときは城を江刺の黒石梅雪に明け渡すことを条件とする。和議にはさせぬ」

おなじことだ、と政実は笑った。

「その江刺勢だが……まるでだらしない。我ら九戸党を頼りにして、戦場を逃げ回ってばかりだ。あれでは必ず和賀勢が引き返して参る。しかも、ほとんど無傷でな」

「千三百の編成は？」

実親が政則に訊ねた。

「二百の馬に槍と弓だ。鉄砲は見掛けぬ」

「それならば街道に配備してある三百の騎馬兵で防げる。心配は無用」

実親は二百の馬と知って笑みを浮かべた。

「なれど、無駄な戦さではあるな」

政実は少し考えて、

「原田、使者に立て」

「もはやにござりますか？」

「取り囲んだからには城外にある敵の伝令もなかなか城に入れまい。つまりは城の者らも外の様子を知らぬということだ。江刺勢と九戸党が結束して千三百を滅ぼしたと伝えれば、その場で城を明け渡すやも知れぬ」

「簡単に信じましょうか？」

実親は首を捻った。

「信用せぬときは攻めるだけ。我らになんの損もない。早いか遅いかの違いに過ぎまいに」

「それはそうでござりましょうが……」

「ここで降参となれば、引き返して来る敵と戦さをせずに済む。敵のためにもなろう」

この場合の嘘は恥とならない。実親もそれで納得した。勝ちが九戸党にほぼ定まった今は殺し合いは無益である。


原田は二人の兵を従えて城に向かった。使者の白旗は馬上にある原田自身が手にした。案じられるのはこの暗さで白旗がしかと目につくかどうかであったが、城に通じる坂には五人が待ち構えていた。

「九戸政実に身近う仕える原田行成《ゆきなり》と申す者。使者の役目を授かってまかりこした。小野寺宗道どのに政実の言、お伝えいたしたい」

「直々の対面が所望《しょもう》であるか？」

「ご随意に。間違いなく政実の言が伝わるのであるなら、ご貴殿でも構わぬ」

「我は小野寺宗道の弟。不足はあるまい」

「これは失礼してござります」

原田は馬から下りて一礼した。

「使者の言を聞こう」

「江刺勢を追って城外に出たお味方はすでに我が軍が包囲してござる」

原田は顔色一つ変えずに伝えた。男たちはぎょっと顔を見合わせた。この様子ではなにも伝わっていないらしい。内心で原田は安堵した。これで話が上手く運ぶ。

「ご承知のごとく斯波と九戸党は血縁。斯波を江刺の黒石梅雪どのが頼られて参ったゆえ、こうして手助けに回った次第。特に和賀勢には遺恨もござらぬ。世の巡り合わせとご了解いただきたい」

「なにが巡り合わせじゃ！」

いきり立った者たちを小野寺宗道の弟は制した。まだ使者の言が終わっていない。

「千三百の兵の戻りを当てにしておられようが、今も申したように城は孤立いたした。大門も破られては守りもむずかしかろう。勝敗はだれの目にも明らかでござる。朝となって江刺勢がこの包囲に加われば、戦さの主導が黒石梅雪どのに移り申す。そうなってはもはや我らも口出しがならぬ。そのお覚悟が小野寺宗道どのにおありでござるか？」

「むろんである」

小野寺宗道の弟はきっぱりと応じた。

「江刺勢は和議に応ずる気はない」

原田はじろりと皆を見渡して、

「城に火を放ち、皆殺しにいたす所存。女子供にも容赦せぬはず」

「政実どのは違うと言われるか？」

小野寺宗道の弟は直ぐに心を乱した。

「城を捨てて逃げてしまった者は、もはや滅ぼしもできますまい。この場を落ち延びるおつもりあれば、出羽への道を開けまする」

男たちは落ち着かない目となった。

「ただし、城に火を放つのは認めませぬ。それでは江刺勢に対して我らの面目が立たなくなりましょう。このまま立ち去るのであれば、一切の手出しをせぬとお約束いたす」

「それを信じよと言うのか？」

「喧嘩をしているのは和賀と江刺にござろう。我ら九戸党にすれば無駄な戦さ。信じていただくしかございませぬな。朝になってからでは間に合い申さぬ」

「兄と談合いたす」

小野寺宗道の弟は嘆息して頷いた。

「半刻ほどお待ち申し上げる。使者をお遣わしくだされ。半刻過ぎても様子が変わらぬときは城攻めにかかりますゆえお覚悟を」

原田の念押しに皆は押し黙った。


確かな手応えを感じつつ原田は戻った。

「危ういところであったぞ」

迎えた政実はくすくす笑った。

「敵の伝令を捕らえた。原田の前に城へ入られておれば脅しも役立たぬ」

聞かされて原田は冷や汗を拭った。

「包囲をさらに強固にした。約束の半刻は大丈夫であろう。城外の敵はまだ馬で一刻も離れた場所に居る。城の様子はどうだった？」

「恐らく立ち去るものと思われまする」

「そうか。それで片が付くか」

政実の緊張が解けた。

「奇妙な戦さとなったな。双方合わせて死傷者を五十と出してはおるまい。それで城を落とすなど、この俺もはじめてだ。大門を燃やしたのが大きい」

政実は上機嫌だった。

「千三百の敵はいかがいたします？」

「主人が城を捨てたと知れば戦意を失う。我らが城に入ってしまえば黙っていても諦める。背後には江刺勢も居るのだ。小野寺宗道の後を追って出羽に向かおう」

食糧も寝場所もないのである。それで城の奪回など望むべくもない。

「まこと奇妙な戦さにござる」

原田も苦笑いするしかなかった。


原田の思い通りに小野寺宗道は降参の使者を遣わして来た。政実は馬を走らせて出羽への道筋から兵を撤退させた。町に暮らす敵の身内の者たちの無事も政実は保証した。そちらは朝になってから出羽へ送り出してやればいい。小野寺宗道は感謝の言を使者に託して城を脱け出た。見届けて政実は河崎の城へ入った。まだ夜明けには間がある。政実は整然としている城中を見回った。見苦しさを恥じて城の者らが片付けたのではない。荒れる間もないほどに戦さが早く終わったということだ。つい半日前までこの城はいつもと変わらぬ日常を過ごしていたのである。

「葛西がこれで必ず兵を進めて参ろう」

広間の上座に腰を据えて政実は言った。

「信直がこの戦さをどう見做すか……これからが九戸党の正念場だの」

居並ぶ者たちも頷いた。だれの顔にもさしたる不安は見られない。政実は満足そうに皆を見渡した。

七

小野寺宗道を出羽に追いやり、江刺の黒石梅雪に和賀の河崎城を預けた政実は即刻に二戸の城へと引き返した。わずか五日で城を攻め落として戻った政実を、留守を守っていた正常は驚嘆の顔で出迎えた。二戸から和賀は行って戻るだけでも四日は取られる。

「信直はなにか言うてきたか？」

衣をあらためて広間で正常と向き合った政実は真っ先にそれを口にした。

「なにも……和賀攻めの知らせは昨日辺りようやっと三戸に届いたはず。今頃はどう対処すべきか頭を悩ませておる最中にござろう」

正常は苦笑で応じた。それだけ政実の動きが早いということだ。勝利を収めて城に戻ったと今夜にでも伝われば仰天しよう。

「しかし、兄者とこうしていてもまだ信じられん。ほとんど無傷で小野寺の一族を和賀から追いやったなど……」

「だれが攻めてもおなじだ。この時世と言うにだらけきっておる。領地に三千の兵が入り込んだとて気付かぬ。それの方が嘆かわしくなったぞ。南部がくだらぬ回り道をしているうちに周辺も力を失った。陸奥を立て直すのは容易なことではあるまい。伊達の暴れぶりが目立つのもそれだ。和賀のような敵では伊達の小倅《こせがれ》にも楽にやれる。伊達が強いのではない。敵が弱過ぎる」

「そんなに弱かったのか？」

正常は弟の実親を向いて質した。

「兄者の策の賜物《たまもの》。まともに攻めていれば、やはり簡単には落とせぬ城」

「兄者の目にはだれでも弱く映ろう」

政則の言葉に広間は笑いで包まれた。

「明日にでも信直はだれぞを送り込んでこような。宗家の許しを得ずしてやった戦さだ」

「勝てば文句をつけますまい」

「勝ったればこそ文句を言うてくる。他の者への示しがつかぬ。恐らくは信愛かの……」

楽しみのように政実は言った。

「三戸への召喚を命じて参るやも知れませぬ」

実親に政実はにやりとして、

「戦さ疲れで病いの床に伏したと断わる。いままで信直と信愛の好きにさせ過ぎた。これからは俺の思い通りにする」

「致し方ありますまい」

実親は珍しく素直に同意した。

「来るなら会う。あとは俺は重い病いだぞ」

政実は皆に繰り返した。

「もし……」

実親は政実に酒を勧めながら質した。

「信直どのがこたびの和賀攻めを喜んで承認した上に——」

「なんだ？」

「次に予測される葛西との戦さに南部挙げての支援をと言うてきたときは？」

「有り得ぬな」

政実は軽く一蹴した。

「南部が総力を挙げると伝われば葛西も必ず周辺を巻き込んでの大戦さとしよう。衰えたとは言え葛西は名門。三、四万の兵を掻き集めることができる。それは信直も承知。せっかく棟梁となったばかりで信直は危うい賭けには出まい。それができる器量なら俺もあやつと喧嘩をせぬ。間違いなく信直は傍観の道を採る。葛西がこうるさい九戸党を滅ぼしてくれるならありがたいと見ておろう」

「同族ではござらぬか。まさかそこまでは」

「その同族に主殺しの汚名を着せようとしたのはだれだ？　たとえ信愛の策略にしても、しょせんは一蓮托生《いちれんたくしょう》。まぁ見ておれ。使者の口上で信直の本心が知れる。なにかと理屈を並べて参ろうが、結局は勝手に始末をつけろと言うてくると見た」

「それでも、もしものときは？」

「支援を断わる理由はない。対等の戦さができる。葛西を南部が滅ぼせば遅れを一挙に取り戻すことになる」

心底から政実は応じた。

「吉兵衛が拗《す》ねたという話にござるが？」

正常が案じた様子で確かめた。

「斯波と上手くいっておらぬようだな」

政実は認めて暗い目になると、

「いずれは俺が斯波を滅ぼし、そっくり貰えると思うていたらしい。その気持ちが態度に出るのであろう。それらしきことを俺が言うて養子に出したと信じ込んでおる」

「あの勝ち気な気性なれば頷ける」

「酒に溺れるようになった」

政則が苦々しく正常に言い放った。

「九戸党でいつまでも俺の下に従っておるよりは斯波で器量を試せと言うたはずだが……なに一つ分かっておらん」

「困ったことにござるな」

政実の言葉に正常は舌打ちした。

「一人離れて斯波に在ってはそれも無理からぬこと。吉兵衛ばかりを責められませぬ」

実親は吉兵衛の弁護にまわった。養子の立場の微妙さは実親も知っている。

「南部と袂《たもと》を分かったときは名目だけでも別の旗印が必要となる。九戸党が旗印となっては謀反と決め付けられよう。それでも構わぬが、いろいろと面倒が起きる。陸奥の名家と聞こえる斯波を守り立てて我らが陰で操るのが良策。それで近隣が遠慮なしに我らの手助けに回る。それが吉兵衛を逆撫《さかな》でしたらしい。名目だけのことでも義理の弟の詮直の下知を受けるのは嫌だとぬかしおった」

「愚かな……」

政実から聞かされて正常は嘆息した。

「斯波の家臣らは詮直に家名再興の望みを託しておるようだ。吉兵衛としては面白くないのも分かるが……道は己れが切り開くものぞ。歳若い詮直を皆が頼りとするのは己れの未熟さによるものと吉兵衛も気が付かねばならぬ。酒ばかり食らっていてはだれも吉兵衛を頼りとはすまい。いずれは俺が斯波を滅ぼすと見て斯波の者らを軽く扱っていたに違いない。吉兵衛が疎《うと》んじられるのも当たり前だ」

政実は吐き捨てるように言った。先のある者と見ていただけに残念でならない。これがもし実親であったなら斯波をさらに強大な国にしていたであろう。

「今のままで構わぬのでござるか？」

正常は膝を進めた。

「縁切りをさせて九戸党に戻すことはできまい。ここで斯波との提携が崩れればまずい。なんとかしばらくは我慢させるしかない」

「我慢してくれればいいが……」

正常の不安に皆も頷いた。

八

信直の名代《みょうだい》として北信愛が二戸の城を訪れて来たのは二日後だった。政実が戻ったと耳にしてのことである。信愛は東政勝と南慶儀の二人を伴っていた。たった一人で二戸を訪れるのが心許無かったのかも知れない。

政実は信愛たちを本丸の最上階に招いた。城の物見櫓《ものみやぐら》も兼ねていて、ここからは城下まで見渡すことができる。春の甘い風が爽やかに皆の頰をくすぐっていくが、笑いを見せているのは政実ばかりだった。

「信直さまはほとほと困惑してござる」

信愛は茶を飲み干すと切り出した。

「南部の当主となられてまだわずか。これから皆の結束を固めていかねばならぬとお覚悟を定めた矢先にこの始末。勝ったからよいと申すものではござるまい。長引けば否応なしに南部へ火の粉《ふ》が降り懸《か》かること。独断で戦さをはじめられるなど、あまりにも身勝手としか申されぬ。ご返答次第によっては大事に至りまするぞ」

「大事とは？」

「返事をいただけぬうちから申すことではない。決めるのは当主の信直さま」

「絶縁ということか」

「斯波の要請によって兵を差し向けたと申すはまことにござるか？」

信愛は政実をきつい目で睨んだ。

「手前の調べでは政実どのの方から和賀攻めを持ち掛けたように聞こえておるがの」

「己れが仕掛けた戦さであるなら、たった三千で向かわぬ。九戸党には八千以上の兵がある。手助けゆえその数にいたした」

政実は平然と返した。

「それに、そうであるならせっかく奪った和賀を江刺の黒石梅雪に預けることなどすまい。弟の実親にでも任せて引き揚げる」

うーむ、と信愛は詰まった。

「要請の使者がこぬからと申して決め付けるのは早計であろう。要請は去年のうちからあった。南部にごたごたが続いていたゆえそれに応じられなかっただけのこと。でなければ去年の秋にでもやり遂げていた。当主が無事に定まり、懸念《けねん》がなくなったと見て約束を果たしたに過ぎぬ。相談なしに援軍を遣わしたは和賀勢に動きを悟られぬ用心。斯波は身内同然。身内の手助けをするにいちいち南部本家の了解が必要であるとも思えぬ……それとも相談すれば南部が一丸となって和賀攻めを支援してくれたとでも？」

「和賀の小野寺宗道が葛西と通じておることは承知のはず。場合によっては葛西との大戦さになり申そう」

信愛は眉を吊り上げて迫った。

「和賀一つのことなれば我らとて案じはいたさぬ。それを知らぬ政実どのではあるまい」

「葛西が背後にあるゆえ身内の苦境にも目を瞑《つむ》れと申すか」

政実は嘲笑った。

「独断は迷惑と申しておる。目を瞑れと言うてもおらぬ。すべては詭弁じゃ」

「俺は俺の言い分を口にしただけのこと。己れが蒔いた種子は己れが始末する。本家には迷惑をかけぬゆえ安心召されと信直どのに言うがよかろう。そもそもあれは江刺と和賀の喧嘩。それで葛西が俺に戦さを仕掛けてくるとも思えぬが……そうとなっても九戸党だけで立ち向かう。ご貴殿らにすがる気はない」

「そなたの方はそうでも葛西は別ぞ。南部の皆を敵と見做すかも知れぬではないか」

「では葛西に信直どのより書状を遣わせばよかろう。あれは九戸党の身勝手によるもので南部とは無縁のことじゃったとな」

「それをすれば南部の恥となる」

「いまさら恥などあるまいに。わずか一月のうちに棟梁が続けて死んだ国だ。それをまともと思っておるのは我らばかり」

信愛らは蒼白《そうはく》となった。

「南部の名を貶めるような戦さはせなんだつもりだ。命を救ってやったことで小野寺宗道にも感謝されておる。それでも気に食わぬと申すなら致し方ない。葛西との戦さが恐ろしければ俺を絶縁しろ。恨みはせぬ」

「その通りにお伝えして構わぬのじゃな」

「それが南部のためであるならな」

政実はじっと信愛を見詰めた。

「ご返答、確かに承《うけたまわ》った。城に持ち帰り皆と談合いたす。結果はのちほど……」

信愛は腰を上げた。


信愛らを見送って皆は広間に移った。

「葛西との戦さの前に絶縁とは穏やかでない」

久慈に戻らず居残っていた政則はぼりぼりと頭を掻いた。緊張が取れていない。

「それを知って葛西が大軍で攻め込んで参れば一溜《ひとた》まりもないぞ」

「葛西の領地から二戸は遠い。よほどのことがなければやるまい。この城の堅固さも聞き及んでいよう。二万やそこらでは落とせぬ。まずは和賀の奪回を目指す」

政実は請け合った。

「葛西に勝てようか？」

「黒石梅雪が千やそこらで守る城。葛西も嘗《な》めてかかって参る。多いとしても七、八千。であれば互角の勝負。あとは我らの運に賭けるしかないの」

のんびりした口調で政実は言った。

「やはり兄者が言われた通りにござりましたな。九戸党を見捨てるつもりにござろう」

実親は深い溜め息を吐いた。

「派手な喧嘩が続いた。俺が自ら絶縁を口にしたことで信愛も喜んでおろう」

さすがに絶縁とまではならなかったが、独断が過ぎるという判断から半年間の謹慎《きんしん》が告知されたのは、それから五日後のことだった。政実謹慎のことは近隣にも必ず広まる。それによって和賀攻めが南部とは無縁であったと葛西にも知れる理屈である。

〈なかなかにしぶとい……〉

政実は信愛の知恵と睨んで苦笑いしつつも謹慎を受け入れた。

九

葛西の動きがいま一つはっきりとせず苛々と日を過ごしていた政実の元に驚愕の報がもたらされたのは六月の中旬だった。

報告する原田の目にも当惑がある。

「織田信長が死んだと言うのか？」

耳を疑って政実は念押しした。

「家臣明智《あけち》光秀《みつひで》によって都の本能寺に在るところを襲われたそうにございます」

「守りの兵はおらなんだのか？」

「そこまではまだ……なれど確かなことと思われます。長牛どのの使いの言によれば、あの信愛どのよりの知らせとか。慎重なお人ゆえ迂闊な報告はいたしますまい」

「信愛からの知らせ？　どういうことだ」

謹慎中のことゆえ三戸の状況も近頃はよく知らない。

「信愛どのは越後に在るそうな」

「越後になにをしに参った？」

「都への旅の途中にござります。信愛どのは信直さまの命を受け、織田どのとの対面を果たさんとして都を目指しており申した。ところが越後でその報に接し、真偽を確かめていたよし。疑いもなくこの六月の二日に殺められたと突き止めて早馬を南部に……」

「織田信長に信愛が会いに行ったただと！」

その方が驚きだった。

「なんのためにだ？」

「手前にはなんとも……」

原田は首を横に振った。

「まさか南部を身売りしに出掛けたのではあるまいな」

「南部が織田どのの臣下になるということでござりまするか？」

「あの信直と信愛の考えそうなことだ。織田に忠誠を誓えば南部は一応安泰となる。織田勢が近畿一帯を平らげ、四国の平定にまで手を伸ばしはじめたと知って方針を定めたのとは違うか？　このまま織田の勢力が広がればいずれ陸奥もただでは済まぬ」

「しかし……そのような大事を、いかに棟梁とは申せ勝手に進めるとは思えませぬ」

「信直に従う者はだれもが戦さを恐れる臆病者揃い。真っ向から反対するのは俺ぐらいのものだろう。なれど俺は謹慎中で合議にも出られぬ。なにかを決めるには好都合」

なるほど、と原田は何度も頷いた。

政実は笑った。

「神は俺に味方してくれているようだ」

「肝心の信長が死んでしまうとは」

「御意」

「信愛も越後でさぞかし途方に暮れたに違いない。目に見えるようだぞ。政《まつりごと》一つで簡単に乗り切れると思っていただろうが、今の世はそれほど楽ではない。それを思い知ったであろう。まずは力だ。それがなくてはなにごとも成らぬ」

「今後はどうなりましょうや？」

「信長には嫡男がある」

「その信忠どのも二条城にて同夜討たれてござります」

「明智光秀……それほどの者なのか」

政実は唸《うな》った。遠国のことなので名前程度しか知っていない。すべてが信長に集約されて伝わってくる。

「なれば当分は揺れるな。信長には柴田勝家、丹羽《にわ》長秀《ながひで》、羽柴《はしば》秀吉《ひでよし》といった名のある家臣がおる。先がどうなるかまったく読めぬ」

「信直どのはどうされましょう？」

「様子を見守るしかなかろう。その意味では信直にも運がある。これで半年も前に臣下の繋がりとなっていれば、ここでまた態度を決めねばならぬ羽目に陥っていた。一度でも色に染まればむずかしい。信長を失った織田勢に引き摺《ず》られて南部も滅びの道を辿る結果となったかも知れぬぞ」

「…………」

「織田勢も分裂は必至。乱世がただただ延びることとなるか、あるいはこの急変に乗じて明智光秀が取って代わるか……この遠隔の地にあるのがなんとももどかしい」

政実は拳を握り締めた。刻々と変わる情勢も、伝わったときにはたいてい終わっている。こうして話している今だとて、あるいは決着がついていることかも知れないのである。すでに信長を継ぐ者が都に出現していることとて考えられるのだ。

今までにない焦りを政実は感じた。


だが——

その焦りも、わずか半月後には葛西勢の反撃の知らせによって政実から霧散した。

「確かだな！」

葛西領に潜り込ませていた者が早馬で帰城すると政実は深夜にも拘らず私室に呼び寄せて質した。

「和賀の奪回以外に葛西が戦さを仕掛けるところがあれば別にござりまするが……四千余りの兵を従えて城を出ましてござります」

「いつのことだ？」

「今日の……未明のことで」

とするなら葛西領から二戸まで一日のうちに駆け抜けたことになる。若者は肩で息をしていた。股も鞍で擦り切れているはずだ。この部屋にも二人に抱えられるようにして現われたのである。

「でかした。今日のことならいくらでも手が打てる。好きなだけ寝ろ」

政実は若者を下がらせると主立った者らを集めるよう手配した。数が読み切れなかったので策はまだない。が、四千が相手であればなんとでもできる自信があった。


「いよいよ葛西が動いた。今日の未明に四千を率いて城を出たそうな。葛西から和賀の河崎城までだいぶある。到着は明後日の朝となろう。無理をすれば明日の夜襲も考えられぬでもないが、黒石梅雪はそれに備えて籠城策を採っている。順当な攻撃に出ると見た。騎馬軍だけで参れば我らも戦さに間に合う。葛西に城を奪われてからでは面倒になる。直ぐに出撃の用意にかかれ」

「一日やそこらで和賀まで走れば、とても戦さなどできますまい」

原田は珍しく逡巡を浮かべた。

「戦さになるとは限らぬ。我らの到着を知れば敵も策の立て直しにかかろう。城には千の兵。脇に九戸党の二千の騎馬軍があれば迂闊な戦さを挑まぬはず。上手く城に入れれば馬も兵もゆっくりと休ませられよう」

「もし夜襲の最中にぶつかれば、そのまま戦場に出なくてはなりませぬ」

「そこは賭けよ。いかに無能な者とは申せ、城に籠もっている以上、一日程度は踏ん張れる。そう信じて駆け付けるしかない」

それで原田も得心した。

「我らの出撃の前に大迫《おおはさま》や達曽部《たつそべ》にも支援を頼む伝令を出せ」

政実の声には張りが加わっていた。

「こたびも本家にはなにも伝えずに？」

反対している顔ではないが実親は訊ねた。

「謹慎の身で、ということか」

「出陣の報告だけはしておかれる方が……」

「分かった。言うだけなら構わぬ」

頷いて三戸への伝令も命ずる。

「葛西は強敵。攻めて来る側ゆえ覚悟もしておろう。長引く恐れもある。十日やそこらの兵糧を調達して正常は三千の歩兵とともに城を出よ。三日後には必ず着くようにしろ」

はっ、と正常は請け合った。重い荷車を従えての行軍は難儀を強いられる。三日で和賀までとはきついが、ここはやるしかない。

「葛西が乗り出したとなると和賀の残党や、葛西に縁の濃い胆沢《いさわ》勢も援護に回るかも知れませぬな。四千は甘く見た数やも」

原田は冷静に見ていた。

「九戸党《こっち》も三日後には五千になる」

「どこに本陣を置きまする？　河崎の城は江刺勢の他に二千がせいぜい。幕を張っただけの野営では守りが不安にござります」

「野営はいつものことであろうに」

「それは攻める側にあってのこと。敵に包囲されておりながらの野営は……」

「なるほど、言われればそうだな」

素直に政実は認めた。野営の利は敵の動きを見定めて迅速に陣を変えられることにあるのだが、城という重荷があってはままならない。政実は腕を組んだ。

「斯波領地から河崎の城まで日高見川《ひたかみがわ》を舟で下ればどれほどで達する？」

政実は思い付いて原田に質した。

「一刻半もあれば十分と思われます」

「では歩兵部隊を斯波に待機させよう。斯波に着いたら三千の兵を運ぶ舟の調達にかかれ」

政実は正常への命令を変更した。

「騎馬軍の二千は河崎の城に入れる。斯波への連絡は狼煙《のろし》を用いる。一刻半で駆け付けられるなら近くに野営するのと一緒だ。敵に兵力を隠すことにもなる。一石二鳥ではないか」

おお、と皆は顔を輝かせた。

「兵糧は少しずつ闇に紛れて運べばよい。あとのことは敵の様子を見て決めよう」

夜明けの出発を告げて政実は合議を終えた。

「どうした？」

なにか言いたそうな様子で残った実親に政実は浮かせかけた腰を下ろした。他の者らは慌ただしく広間を立ち去っている。

「いよいよこの日が参りましたな」

実親は強張《こわば》った顔で口にした。

「兄者の前でござるが、本当に葛西が兵を進めて参るとは考えてもおりませなんだ」

「怖いのか？」

「葛西晴信《はるのぶ》は陸奥の七郡を預かる者。伊達勢に押されぎみとは申せ、南部を凌ぐ勢力には違いありますまい。今度の戦さよりも先のことが案じられてなりませぬ。九戸党一人で守り抜いていけるとはとても……」

「そなたが葛西晴信であるなら二戸の城まで攻め込むか?」

逆に政実は訊いた。

「いかに九戸党が南部から絶縁されたとしてもだ」

「………」

「二戸の直ぐ後ろには三戸がある。目の前にまで何万という葛西勢が押し寄せれば、南部も穏やかではあるまい。その勢いで三戸を襲われる心配もある。絶縁した仲とは言え必ず防戦に加わろう。むろん葛西も知っている。そこは俺も計算済みだ。これがもし八戸のように本家から離れた領地なら分からんぞ。葛西も状況を見定めて兵を繰り出そう。馬で半日と離れておらぬ二戸ゆえ首が繋がる」

「いかにも」

実親に落ち着きが生まれた。

「その上、二戸に到達するには斯波と岩手の両郡を平らげてこなければなるまい。本拠地の登米《とよま》からだと斯波まででも黙って四日や五日は取られる。戦さをしながらではその倍以上。どれほど甘く見積もっても二戸に着くのは半月後か。千や二千の騎馬軍で駆け抜けるのではないぞ。八千の九戸党が立て籠もる城を包囲するのだ。四万はないと安心ができん。四万の兵の半月分の兵糧となれば補給部隊だとて一万は要る。あれこれ策を練って、結局は無理な戦さと悟るに違いない」

「そこまで考慮の上でこたびのことを?」

「当たり前だ。俺は多くの兵の命を預かっておる。俺が葛西の本拠を攻められぬように葛西も二戸には来られぬと見極めてのことよ。だからこそ和賀を選んだ。あそこなら互いに五、六千の兵を投じることができる。そこで勝利を得た者が有利な和議に持ち込めよう。いかに俺が自惚《うぬぼ》れ屋だとて葛西を相手に最後まで戦う気はない。本拠を襲えぬのなら無駄な睨み合いを何年も繰り返すことになるからな」

「兄者は凄いお人だ」

いまさらながら実親は唸りを発した。確かに和賀は葛西がそれなりの軍勢を送り込めるぎりぎりの場所なのである。二、三百の葛西勢を追い払ったところで手柄にもならないが、五、六千となると別だ。それに勝てば九戸党の名は一挙に陸奥を席巻《せっけん》することになろう。葛西に怯え続けている江刺、胆沢、和賀がそれで靡《なび》く。同盟関係を結んだ瞬間に九戸党は今の南部全体に匹敵する強国となろう。

「勝てばの話ぞ」

政実は苦笑した。

「引き分けではまずい。葛西も和議などには乗ってこぬ。壊滅に近い打撃を与えてこそ葛西も我らを恐れる。そのためにも、まずは城を奪われぬよう迅速に兵を進めるのが大事」

「死ぬ気で働きまする」

迷いの取れた顔で実親は言った。それだけの甲斐のある戦さと頷けたからだった。

「葛西はまさか今度も我らが待ち構えているとは思うておるまい。そこが狙い目だ」

城の守りならともかく、遠くへの出陣には準備が必要だ。葛西との戦さを最初から想定していたゆえに間に合うのであって普通では有り得ない。敵は河崎の城を奪い返した後に九戸党が慌てて駆け付けると見ているだろう。

「となると……」

政実は顎に指を添えて、

「急いで城に入るより、敵の布陣を見定め、側面からの奇襲の方が面白いかも知れん」

「そこまでの余裕がござろうか？」

奇襲を前提に布陣を見定めるとなればこちらも派手に動くわけにはいかない。接近を悟られぬよう慎重に運ばなければならない。

「行ってみてのことだ。稗貫《ひえぬき》に辿り着いた時点で判断もつこう」

稗貫は和賀の喉元に当たる。そこまで行けば敵の状況も把握できる。

「出発には二刻とないぞ。少しでも寝ておけ。出れば休みなしの進軍となろう」

政実は実親を促した。

「この高ぶりではとても……先程まで眠っておりました。兵らの支度を見届けまする」

「頼りにしておる」

政実は実親の好きにさせて立ち上がった。


重い鎧を纏って馬に飛び乗った政実は実親らを従えて本丸から大門へと進んだ。城中に詰めていた者たちが居並んで見送る。開け放たれた大門の前にはすでに騎馬兵たちがずらりと整列して政実を待っていた。

ようやく朝日が上りはじめている。

「きつい一日となりそうだ」

七月六日。夏の真っ盛りである。

「河崎の城まで山越えを含めた五十里。覚悟はしておろうが、容易ではないぞ」

政実は騎馬兵らに声を張り上げた。

「なんとしてでも夜までには辿り着く。葛西領と和賀は離れておる。なにが起きても援軍は間に合うまい。となれば緒戦が肝要となろう。そこで叩き伏せることができれば勝利は我らに傾く。辛い戦さを強いることになるやも知れぬが、様子によってはそのまま奇襲を命ずることもあろう」

兵らは馬上で大きく首を動かした。

「ただし、勝てると見た戦さしか俺はやらん。俺の下知を信じろ」

歓声が湧き上がった。

「戦さより河崎までの道程の方が苦しいやも知れぬ。しかし、それゆえにこそ敵に油断がある。辿り着いたときは半分勝ったと思え」

おお、と兵らは気勢を上げた。

実親と原田は顔を見合わせて頷いた。政実はいつも兵らを熱くさせる。九戸党の強さの大方は政実の存在によるものだ。

「将らは集まれ」

五十騎ずつを纏める将たちを政実は呼んだ。

「列を作っていては遅くなる。それぞれ小隊ごと好きに走って構わぬ。馬を休ませる地点は沼宮内《ぬまくない》、厨川《くりやがわ》、斯波とする。そこで半刻ずつ休みを取って順に出発せよ。その場所に先に辿り着いた五隊にていては褒賞《ほうしょう》を与える。一地点につき五隊だ。それで兵らも踏ん張ろう。この戦さはそれにかかっておる」

将らは聞いて張り切った。

「目指すはとりあえず稗貫。あとは和賀の様子を窺って決める。小隊は断じてばらばらにするでない。常に固まりとなれ」

厳命して政実は出発の号令を発した。将らは競い合うようにして小隊に戻る。兵らは勇んで馬を進めた。しかし、城下を出るまでは早足を禁じられている。

「我らは後尾でよい。俺が前にあれば兵らが遠慮して追い抜かぬ」

政実は原田を制してのんびりと行かせた。

「殿のお知恵にはほとほと感服いたしますな」

原田は笑い声さえ上げている兵らを見やって目を細めた。戦さを目前とする者たちとは思えない。馬の競り合いに心が動いている。この様子なら長い道程も苦にはならないだろう。稗貫まで四つの目標がある。

城下には出陣を知った民らが見送りに出ていた。二千の騎馬軍が堂々と突き進む。

城下の外れに達すると兵たちは馬の足を早めた。いずれも嬉々とした足取りである。

「この分では夜どころか夕刻には稗貫に足が届くかも知れぬ。頼もしい者どもよな」

政実も馬の腹を軽く蹴った。

「馬を疲れさせねばよいが」

「我らは九戸党にござるぞ」

原田が直ぐに並んで叫んだ。

「馬の扱いには皆が長《た》けており申す。己れの疲れより馬の方を労《いたわ》りましょう」

「葛西勢の驚く顔が今から楽しみだ」

政実は笑って原田に応じた。

実親も余裕の顔で駆けている。

〈今日と明日が俺の運の分かれ目だな〉

政実には、しかし自信が溢れていた。

十

怒濤《どとう》のごとく九戸党の騎馬軍は河崎の城を目指して駆けた。二戸から河崎の城まではおよそ五十里。岩手、斯波、稗貫といった同盟関係にある土地を縦断するので妨《さまた》げる敵は一人も居ない。とは言え、夏の真っ盛りに五十里を半日で駆けるなど常人のなせる術《すべ》ではない。それを九戸党は成し遂げた。明け方に城を出て、河崎の城に間近い稗貫の地に辿り着いたのは夕日がようやく沈みかける頃合だった。政実が予想していたよりも一刻（二時間）は早い。鞍による股ずれや胃の痙攣によって脱落した者もむろん五、六十人は居るのだが、それらとていずれ追い付くはずである。

「鎧を脱がせて衣を着替えさせろ」

政実自身も兜や鎧を外しながら命じた。汗で蒸れて鎧から湯気が噴き出ている。

「偵察を五人ほど出して河崎の周辺を探れ。葛西勢はまだ到着しておらぬと思うが、もしやということもある。河崎の城には我らのここに在るのを伝えよ。今夜城に入るかどうかは様子によって決める。それでも城の者らの励みにはなろう」

疲れを無理に追いやって政実は原田に叫んだ。さすがに息も上がっている。

「なにが起きようと一刻はここで休むと兵らに申せ。それが褒美だ。酒も許すが、どうせ呑む気力もあるまい。本当によく踏ん張った」

それに原田も頷いて将らに伝えに走った。

「九戸党は大したものだな」

政実は傍らの草に足を広げてへたばっている実親に苦笑を洩らしながら言った。

「まさかこれほど早く着くとは思わなかった」

どっかりと政実もとなりに尻を落とした。

「腰の骨がおかしくなり申した。尻の感覚もない。こんなに駆けたのははじめてにござる」

実親は額から流れ落ちる汗を拭う力も失ったらしく仰向けに寝転がった。

「鎧を外してから寝ろ。背中に汗が溜まるぞ」

政実は実親の脇腹を小突いた。

「正直言って駄目かと思いました。斯波からがきつかった。まだ馬に乗っておるように体がふらふらとしており申す」

「知っていた。実を申せば俺もだ」

政実は気力を振り絞って鎧を取ると側に投げ捨てた。風がなんとも心地好い。汗を冷やして腹から首筋へと駆け上がる。

「実親の鎧を取ってやれ」

政実は側近らに命じた。側近らは寝たままの実親から鎧を外す。実親は体が軽くなるたびに喜びの吐息をした。鎧の下の衣も汗で体にへばりついている。側近らは実親を下帯一つにして乾いた布で汗を拭き取る。よほど疲れていたらしく実親は身動き一つしない。

「このまま死ねたら本望にござるな」

実親は目を瞑《つぶ》ったまま笑った。

「死ぬほどに気持ちがいい。槍で突かれたとて痛みを感じますまい」

「戦さの前に死なれては迷惑」

政実の言葉に皆は笑った。側近らは若い者たちを揃えてあるだけに元気だ。政実の衣も脱がせて背中の汗を拭く。乾いた衣が政実の背中にかけられた。政実は袖だけを通した。

「酒と食い物でも？」

側近の一人が質した。

「酒ばかりをくれ。食い物など納まらぬ」

食えばきっと吐いてしまうだろう。

ようやく実親も半身を起こして衣に袖を通した。額の汗を側近が取る。

「しかし、ようもやり遂げましたな」

「馬こそ褒めてやらねば。と言って馬は国など欲しがらぬ」

どっと皆は湧いた。


偵察の一人が戻ったのは半刻後だった。やはり葛西勢の姿はどこにも見当たらず、城ものんびりとしているらしい。その報告だけでは方針を定めることができない。少し間を置いて次の偵察が慌《あわ》てた顔で飛び込んで来た。

「対岸の江刺に兵が集まっているだと？」

聞いて政実は首を捻った。江刺は黒石梅雪の支配する地である。

「黒石の手勢ではないのだな？」

「和賀勢の旗を確かに見掛けました」

偵察ははっきりと断じた。

「黒石が敵の侵攻を許したと言うことか」

政実は呆《あき》れた顔で言った。葛西が動いたという知らせを受けて黒石梅雪は全勢力を河崎の城に入れたに違いない。それを察した和賀勢が反対に江刺を制圧にかかったのだ。

「本拠を奪われてしまうなど……阿呆めが」

政実はがっくりと肩を落とした。

「川を挟んで葛西勢も本陣を得たことになる。それでは我らが急いで駆け付けたことも無駄となろう。江刺の城に入られては奇襲も無意味。まったく……なんたる愚かさか」

政実はぎりぎりと歯嚙みした。幕を張っただけの野営を襲うのとは雲泥の差である。

「葛西が江刺の城に入る前に待ち伏せして襲うしかありますまい」

原田も珍しく動転を浮かべて進言した。

「どうやって川を渡る舟を捜す?」

政実は憮然として原田を睨み付けた。

「葛西勢は和賀の報告を得て対岸を北上しておろう。それを待ち構えるには我らも川を渡らねばなるまい。上手く舟を見付けられても二千の馬までは無理だ。葛西勢は四千なのだぞ。馬のない二千では勝ち目がない。くそっ、それが分かっておれば斯波ではじめから対岸を進んだものを……黒石の間抜けめ」

政実は地面を蹴散らした。

「和賀勢が近くに潜んでおるのは予測がついたはず。どこの世界に本拠を空にして兵を出す馬鹿がおるのだ！　そんな者と組んで戦さなどできるか」

政実の剣幕に原田らは身を縮めた。

「それも知らずに城でのんびりとしておるとは……つくづく情けない」

「いかがなされます？」

　実親は政実の怒りを制して質した。

「河崎の城に入るしかあるまい。これで永い戦さとなることが定《き》まった。奇襲ができぬなら勝ち目は五分と五分。いや、四分六となったかも知れぬ。葛西勢が堅牢《けんろう》な本陣を得るなど考えもしておらぬこと」

　皆は押し黙った。

「稗貫や大迫《おおはさま》勢にも支援を頼む使者を遣《つか》わせ。城の東と北の道を確保しておかねば囲まれて孤立する恐れとてある。立場が逆転するぞ」

　政実は原田に怒鳴った。

「一度斯波まで後退してはいかがで？」

二日以内には正常が歩兵軍団を率いて斯波に到着する。原田の言葉に皆も頷いた。

「黒石梅雪が二日を凌《しの》げると思うか？」

　政実は首を横に振った。

「河崎の城まで奪われてはもはやなんの手立てもなくなる。虚しく引き揚げるしかなかろう。それではこれまでの策が無駄となる」

「…………」

「こうなっては真正面から争うしかない。あとは神のさだめに従うばかり。今夜のうちなら河崎の城に入れる」

　政実は決断すると出発の用意を命じた。

「とんだことになりました」

実親は原田が立ち去ると溜め息を吐いた。

「せっかく馬を走らせて参ったのに……」

「そうでもない」

政実は立ち直りかけていた。

「到着が半日遅れていれば城にも入られぬ。負けと決まるところだった。敵も我らが駆け付けるとは思わぬゆえに江刺を先に攻めた。まだ俺に運があると喜ぶべきだろうな」

「でしょうか？」

実親は暗い顔で政実を見やった。

「夜が明けて河崎の城に二千の九戸党があると知れば葛西も仰天するぞ。それを思うだけで面白い。あとはゆっくり考えよう」

政実は余裕を取り戻して笑った。


河崎の城にはようやく江刺の状況が伝わったらしく慌ただしい気配が漂っていた。大門《おおもん》の背後の石垣に兵らの蠢《うごめ》く影が篝火《かがりび》に照らされて映っている。九戸党の到着を知って城内から歓声が上がった。大門が大きく開かれる。政実は顔をしかめつつ門を潜った。

「政実どの！　お待ち申しておりましたぞ」

本丸まで馬を下りずに進むと黒石梅雪が動揺を隠さずに駆け寄って来た。戦さの支度《したく》だけは整えている。

「厄介なことになり申した」

「江刺を奪われてしまったそうだな」

政実は馬上から一喝した。

「葛西の狙いはこの河崎にあるとしても、江刺の守りを捨てる馬鹿がどこに居る。和賀勢は葛西の先兵として様子を探っていたのだぞ。葛西に格好の本陣を与えたようなもの。呆れて気力も失せたわ。だいたい、今になってなんの真似だ。戦さ支度をしてどうする？」

「これより江刺に向かう所存」

「敵の数や布陣を確かめたか？」

「いや、とりあえず出陣をと」

「策もなしに城は取り戻せぬ。それともそなたの城はそれほどに脆《もろ》いのか？」

「………」

「葛西もそろそろ江刺に入ろう。下手をすれば背後から攻められる。千やそこらで四千の葛西に襲われては一溜《ひとたま》りもない。それでも本望と言うなら引き止めはせぬ。仇《かたき》は我らが取ってやるほどに出陣しろ」

「葛西が江刺に！」

黒石梅雪は青ざめた。

「江刺と河崎は川を挟んで向き合っている。河崎を狙うと見せ掛けて、葛西の策はまず江刺にあったかも知れん。江刺を奪えば腰を据えての戦さができる。その程度のことも読めぬでどうする。ほとほと呑気な男じゃの」

それは政実自身の反省でもあった。まさか黒石梅雪が江刺を空にするなどとは思わず、その危惧《きぐ》を頭から捨ててかかっていたのである。門を閉ざした城なら、たとえ五百の守りでも一日は持ち堪えられるのだ。

「いまさら悔やんだとて仕方ない。とにかく出陣は取り止めにしろ。敵も堅牢な城を手にしたからにはゆっくりと攻めてくる。戦さは明日以降だ。今夜は兵を休ませろ」

ははっ、と黒石梅雪は頭を下げた。

「川岸には見張りを立てておけ。それと胆沢《いさわ》の動きを探らせに兵を出せ。葛西は間違いなく胆沢も巻き込んで北上して来るぞ。舟だけで川を渡れば動きが鈍くなる。その策を立てておらずば江刺には入るまい」

重ねられて黒石梅雪はおろおろとなった。

「敵の数はいかほどになりましょうや？」

「葛西は四千と聞いている。和賀は千。胆沢は多くて千五百か。合わせて六千五百」

「我らはたった千五百にござる」

黒石梅雪は落ち着かなくなった。九戸党の二千を加えても心許無《こころもとな》い。

「明後日には三千の兵が斯波に達する。斯波や稗貫らも必ず支援に回ってくれよう」

明日さえ凌げば対等以上の数になる。黒石梅雪も安堵の息を洩らした。

「こうなったからには九戸党の旗印を外から見える場所に派手に立ち並べろ」

政実は側近らに叫んだ。

「まだ我らの数は知られておるまい。むしろ九戸党全部が城に入ったと思わせれば後続の歩兵軍団を隠すことができる。今のうちに斯波へ伝令を出し、正常にしばらくは静かに俺の下知《げち》を待てと申せ。こうして城に入ったからには滅多に敗れはせぬ。歩兵軍団は今後の隠し手とする。食糧なども稗貫や大迫の者たちに運んで貰うよう頼め。ひたすら敵に気配を悟られぬようにするのだ」

側近らは頷くと手配に走った。

「いや、さすがに鮮やかな采配にござります」

黒石梅雪は感服の様子で首を振る。

「簡単に勝てる戦さを逃してしまった」

政実は馬から飛び下りると先に立って進んだ。慌てて黒石梅雪も後に従う。

「今夜だけは――」

政実は思い出したように振り向くと、

「我が兵らを思う存分寝させてくれ。だれもが駆け続けで死ぬほどにくたびれている」

寝場所の確保を黒石梅雪に約束させた。この城に合わせて三千五百の兵が籠《こ》もるのはきつい。千近くは庭に陣を張らなくてはならない。

「もちろんでござる。頼りは騎馬軍」

黒石梅雪もそれだけは心得ていた。


さっぱりとした衣にまた着替えて政実たちは広間に出向いた。黒石梅雪も鎧を脱いで待っていた。膳の支度が整っている。政実と実親は上座に腰を据えた。

「ずいぶんな馳走《ちそう》だな」

膳には焼き魚や煮物が並べられている。陣中の食い物ではない。今日をいかにのんびりと過ごしていたかがこれで知れる。しかし政実は苦笑を浮かべただけだった。兵らもこの馳走に喜んでいるに違いない。

政実の笑いを認めて黒石梅雪は酒を運ばせた。女たちが神妙な顔で入ってくる。

「朝には女たちを城から出せ」

政実は黒石梅雪に言った。

「巻き添えにはできぬ。それに兵らの寝場所も増える。死ぬ気でやらねば勝てぬ戦さだ」

「承知つかまつってござる」

額の汗を拭きながら黒石梅雪は頷いた。

「江刺には何人の兵を残していた?」

「百二十ばかりにござりました」

黒石梅雪は低い声で返した。

「それでは千の敵に怯《おび》えて城を捨てるのも当たり前。どうせなら城に火を放てばよかったものを……なんのために敵が江刺を襲ったのかも気付かなんだとみえる」

「まことに恥ずかしき次第」

「町の者らは無事なのか?」

「そのように聞いております」

「今は江刺のことを忘れるしかない。今度の戦さは葛西がこの河崎の城を奪回できるかどうかが勝負。まさか江刺にずっと居座る気はなかろう。この城さえ守り通せば敵も諦めて撤退する。町の者らが無事であるなら気にせず戦さに専念するしかないな」

おお、と黒石梅雪は顔を輝かせた。

「城はともかく江刺の地は山に囲まれた天然の要害。攻めるにむずかしい。無駄なことに兵を割《さ》いては我らが疲弊するばかりだ。敵をこちらに誘い、守りの戦さに徹するのが楽でもあり勝機に繋《つな》がる。それをしかと頭に入れてくれ。江刺にこだわれば策が乱れる」

なるほど、と江刺の者たちも得心した。

「攻めぬ限り敵も江刺の町を荒らすまい。町の者にもそれを伝えておけ。安堵して戦さの終わるのを待つように、とな。抵抗すればかえって怪我の元」

「早速に町へ兵を走らせます」

黒石梅雪は張り切って配下に命じた。

「あとは敵がどうやって川を渡って来るかだ。葛西の四千と和賀の千が一度に渡るのはきつかろう。江刺を奪うのがはじめからの策であれば舟の用意も整えてあろうが……そこがまだ読めぬ。江刺が手薄と見た上の咄嗟の判断としたなら舟が必ず足りなくなる。だからこそ胆沢勢の動きが気になる」

「………」

「胆沢は川沿いにある。舟の数も多い。俺が敵の立場なら明日の明け方に胆沢から舟を運ばせるな。渡る舟がなくては江刺を奪ったところで無意味だ。そこが一つの狙い目かも」

「と申されますと？」

「俺の読みが当たるか外れるか……賭けとなるが兵を出すのも面白い。こちらは胆沢より上流。火矢を持たせて夜明けに舟で川を下らせるのだ。もし敵が舟を運んで来たときは上流にある分だけ我らに有利。たとえ半分でも敵の舟を流してしまうことができれば後の戦さがやりやすい」

「正《まさ》しく妙案」

黒石梅雪は膝を叩いた。

「無駄となるやも知れんぞ。はじめからの策の場合は今日のうちに舟を運び込んでいる」

「やらせてくだされ。腹の虫が治まらぬ」

黒石梅雪はもう決めていた。

「敵がおらねば戻って来るだけのこと。舟を運ぶだけなら護衛の兵の数も多くはありますまい。百も出せば事足り申す」

政実が到着した途端に策が見えてくる。黒石梅雪も強気になっている。明朝の段取りをまず取り決めて皆は酒を酌《く》み交わした。

席が盛り上がっているところへ胆沢の動きを見届けに出た偵察が戻った。

「やはり胆沢も戦さ支度を整えております」

予測していたことなのでだれも驚かない。

「胆沢の城に葛西勢の二千が」

政実は身を乗り出した。

「すると軍を胆沢と江刺に二分したということか。本陣はどちらに置いてある?」

「敵の総大将と目される寺崎吉次《てらさきよしつぐ》は江刺の城に入ったらしゅうござります」

「寺崎吉次……」

「磐井《いわい》の峠城の主人《あるじ》にござる。葛西の重臣。葛西晴信の右腕と頼りにされている者」

「知っている」

政実は慌てた黒石梅雪に頷いて笑った。相手に取って不足のない大物だ。たとえ四千という半端な数にしても、寺崎吉次の率いる軍団を撃破すれば九戸党の名はさらに高まる。実親と原田も口元に笑いを浮かべた。

「どうしても勝たねばならんな」

政実は杯を呑み干した。

「寺崎は無類の戦さ巧者と聞いておる。なるほど、あの者の指図であるなら江刺攻めも頷ける。楽しみな戦さとなってきた。思いがけぬ男を戦場に引っ張り出したものよな。あやつの首を奪えば葛西も縮み上がろう」

女の注いだ酒を政実は続けて呑み干した。

「総大将が寺崎となると……まともな攻めを用いてはくるまい。江刺が本陣としたなら騎馬兵の大半も江刺に入っていよう。胆沢から舟を運ぶより別の策を考えるやも」

政実は杯を置いて腕を組んだ。

「この時節は水量も少ない。舟を繋げて板を敷き、橋を作る手もあるな」

そうすれば馬も楽々と渡れる。

「恐らくは連動策。陸路を北上する敵がこの城に接近する頃を見計らって川を渡る。我らが城を出て争っている隙に喉元を襲うつもりだ。それにはどうしても迅速な騎馬兵でなくてはならぬ。そのためには渡河に時間を取られぬような工夫が必要だ……突き詰めていけば舟で橋を拵《こしら》えるしかなかろう」

皆は大きく首を動かした。

「川幅の狭いところを朝までに調べ上げろ。城とさほど離れておらぬ場所だ。敵はきっとそこから突入してこよう。場所をいくつかに絞り込んだら我らも騎馬兵を配置する。陸路を来る敵の誘いにも乗ったふりをする。そちらには五百やそこらの兵を出し、のらりくらりと攻撃を躱《かわ》しておればよい。欲しいのは寺崎吉次の首一つ」

「忙しくなって参りましたな」

黒石梅雪は嬉々として言った。

「すると夜明けに舟を出すのは取り止めで」

「その方がいい。川に我らの目が注がれていると知れば敵も慎重となる」

「調べずとも川幅の狭いところは承知。せいぜい三箇所しかござらぬ」

「図面を即刻に用意してくれ。それを眺めて騎馬兵をどこに配置するか朝までに決める」

政実も胸の高鳴りに襲われていた。戦さとは不思議なものだ。敵の器量の見定めによってこちらの策も変わる。布陣の意味まで違ってくる。だからこそ面白い。


「二千の騎馬軍をすべて投入するので？」

合議を終えて部屋に引き下がった実親は政実に質した。この部屋には他に原田と二人の側近が居るばかりである。

「不安か？」

「三箇所に散らせばそれぞれ七百ばかり。敵は恐らく三千から四千。難儀な戦さとなりましょう。しかも、読みが外れて敵が舟で渡ってくればどうなります？　舟ならどこにでも上陸ができ申す。待ち伏せを悟られて別の地点から攻め込まれれば楽に突破されまする。緒戦に後れを取っては命取り。ここは大事を取って半分の騎馬兵を城に残すのが常套《じょうとう》策と申すのではありますまいか」

「そうすれば川岸で敵を防げなくなる」

政実は首を横に振った。

「寺崎吉次とやり合うのはこれがはじめて。いかにも戦さ巧者と聞き及んでおりますが、ここは焦らずに寺崎の采配を見届けるのも肝要かと思われます。なにが起きたとて千の騎馬兵が城にあれば守り切れましょう。そうして寺崎の器量を確かめるのが先決。万が一、兄者の読みが外れたときは空になったこの城を奪われてしまい申す」

「読みはまず外れておるまい」

政実は自信を抱いていた。

「臆して申しているのではござらぬ」

実親も引かなかった。

「緒戦を引き分けとしたとて兄者なれば次は必ず勝てると見ての進言にござる。我らには後続の歩兵軍団もござる。一日でけりをつけたい兄者の心も分かり申すが……敵は葛西。どんな戦さをする相手か見ぬうちは心配にござります。それに兄者は肝心のことをお忘れだ。敵は我らがこの城にあるのをまだ知らぬかも」

「それがどうした？」

「あの黒石梅雪どのを相手に寺崎吉次がそこまでの策を用いるかどうか……千五百しか籠もっておらぬと見れば、迅速な攻めも不要。舟でのんびり渡って来ることとて考えられます」

うーむ、と政実は唸った。それは確かに一理ある。本拠を空にして易々《やすやす》と城を奪われる黒石梅雪が相手では面倒な策も要らない。

「九戸党の旗印を直ぐに取り片付けさせろ」

政実は側近に命令の変更を命じた。

「緒戦を済ますまで我らがここにあるを敵に教えることもない。俺の失態だ」

政実は素直に認めて、

「どうもいつもと勝手が違うな」

軽い舌打ちをした。

「ころころと命令を変えては黒石梅雪にさえ侮られる。俺も勘が鈍った」

「城に入った以上は奇襲もできぬ理屈。ここはどっしりと構えて敵の動きを見極めるのが一番ではござりませぬか？」

「分かった。もう言うな」

政実は笑って実親に頷いた。

「千を残し、もう一方の千もあまり川岸には近付けまい。三箇所のどこから攻め込まれても対応ができるよう、要の位置に纏めて配置する。それなら不意も衝けまいが、守ることはできる。そうして寺崎の戦法を読む。本当の勝負は後回しだ。それでいいな?」

「文句はありませぬ」

実親はようやく笑顔に戻した。

「一日で済む戦さを五日かけたとて勝ちは勝ち。いかにもそなたの言う通りだ。せっかく正常も軍を進めている。焦ることはない」

政実は自分にも言い聞かせた。

「と言いつつも、やはり寺崎は橋を拵える策を選んで参ると思うぞ。そなたと俺とどちらの睨みが当たるか、別の楽しみが増した」

「きっと兄者でござろうな」

実親はにやにやとして応じた。

「それを承知で別の策を勧めたのか」

「今日の疲れは明日に出ます」

実親は悪びれずに返した。

「なるべく明日の戦さを楽にしたいので」

「そういうことか」

政実は爆笑した。

「それなら最初からそう言え」

「疲れを理由に兄者は策を変えるお人にあらず。そこは手前も心得ております」

「原田。実親はまこと棟梁の器だな」

「御意」

原田も苦笑いしていた。

「実親を棟梁に選ばなかったことを南部は悔やむこととなろう」

「買い被りにござる。手前がくたびれただけ」

「いや、道理だ。兵らは半分も力を出せまい。明日は楽な戦さをするに限る。ここは遊び惚《ほう》けていた黒石梅雪に頑張って貰おう」

緊張を緩めて政実は酒の支度を促した。

「まだお呑みになられますか？」

「明日の采配は実親でよかろう。勝敗を決する戦さとはならぬ。昼まで寝るさ」

呆れて実親と原田は顔を見合わせた。

十一

胆沢と葛西の連合軍が北上して城に迫っているとの報告を得たのは翌日の昼だった。江刺のある対岸を見張っている物見の兵たちからはなんの知らせもない。やはり政実の想像通り連動策を取るつもりであろう。連合軍を迎え撃つために城を出たのを見透かして一気に脇から襲う策としか考えられない。

「寺崎吉次、どれほどの者か見極める」

昼前にのんびりと起き出した政実は戦さ支度を終えた黒石梅雪と向き合った。鎧を纏う気配もない政実に黒石梅雪は怪訝な顔をした。

「三箇所を一つに絞り切れぬ。兵を分散すれば後が厄介となる。寝ているうちに気が変わった。今日のところは様子見だ。寺崎が噂通りの者か知りたい。城は俺が守ってやるほどに、そなたは安心して働いて参れ。敵の罠に嵌《は》まってやるのだ。陸路を辿って来た敵は間違いなく誘いの軍。城からそなたを引き離すのが役目。そなたが派手に仕掛けぬ限り本気で戦さを挑んでは来るまい。平野での睨み合いがせいぜいといったところだ」

「でござろうか?」

連合軍の数は三千近いと耳にしている黒石梅雪は不安そうに念押しした。自分が率いる兵は千二百である。

「勢いに乗ってそなたらを城に戻しては反対に策が乱れる。俺を信じろ。俺は千の騎馬兵らとこの城に残る。残りの千は実親に預けて川からの敵に備えさせる。寺崎との戦さがはじまったときは伝令を出す。それを受けて城に戻れ。それで今日の戦さは終わりだ。寺崎がそれからどうするか……そのまま包囲にかかるようなら知れたものだ。まぁ、胆沢や和賀の兵らに包囲を任せて自分は江刺の城に引き揚げると俺は見るが……いずれその動きによって明日からの策を講じよう」

「包囲されても構わぬと?」

黒石梅雪は得心できぬ顔で訊ねた。

「包囲してくれた方がいい。後続の歩兵軍団が背後を奇襲できる」

なるほど、と黒石梅雪は笑みを浮かべた。

「俺の不手際で九戸党の旗を掲げたり外したりした。敵もあるいは九戸党がこの城にあると承知しているかも知れん。そのときは多少本気でかかってこよう。それはそなたの見極めだ。危ないと見たら撤退しろ」

そこまで言われて黒石梅雪は力を取り戻した。意気揚々と広間を後にする。

「三箇所のうち……」

実親は床に大きく広げられている図面を眺めてから政実を見やった。

「どこが敵の攻めどころと思われます？」

「馬を走らせるとしたならここだな」

簡単に政実は一番上流の地点を示した。街道に最も接近している。

「黒石梅雪の示した三箇所が当たっているとすればの話だぞ。もっといい場所を寺崎は捜し当てているとも考えられる。その心配があるゆえ俺もそなたの進言に従った。俺が場所を見定めてのことなら迷いはせぬ」

「手前もここと睨んでおりました」

実親も満足そうに頷いた。

「俺とそなたの睨みが一致していながら惜しいことだ」

政実はくすくすと笑って、

「ここに二千の騎馬兵を忍ばせておけば寺崎の首を今日にでも取れるかも知れん。今夜の酒がまずくなりそうだの」

「致し方ありません。互いの睨みが当たっただけよしといたしましょう」

「よく言う。それなら余計なことなど訊くな」

「違う場所なら面白いと思っただけです」

「今日の運は寺崎にこそある。それを寺崎に教えてやれぬのが残念だ」

政実はわずかに口惜しそうな顔をして、

「兵をどこに進める気だ？」

「この辺りが適当かと」

実親は三箇所を均等に睨む丘に指を置いた。だいぶ川岸から離れているので待ち伏せとはならないが、どこから来ても前を塞《ふさ》ぐことはできる。城にも近いので援軍も頼れる。

「そこしかなかろう。城との連絡も容易だ。苦戦のときは五百を送り込む」

政実の考えとそれも合致していた。

「今日は敵を追いやるだけでいい。楽な戦さにしたいと言うたはそなただ。無理な争いには持ち込むな。九戸党の力がさほどでもないと敵に思い込ませれば、さらに先の戦さがやりやすくなろう」

「体の節々が痛くてなりませぬ。馬にすら満足に乗れるかどうか。心配なさらずとも敵に顔を見せてさっさと撤退いたします」

「それではあまりにも情けない」

政実は嘆きながらも実親を頼もしそうに見詰めた。余裕が実親には感じられる。

「思えば……城を守る戦さはこれがはじめてだな。いつも攻める側に立っておった」

「確かに」

不思議な思いで実親も頷いた。

「守る方が楽なのかも知れん。城の中にじっと身を潜めている敵の心はなかなか摑みにくい。外を動き回る敵の策を読み取るのははじめて知ったわ」

「二戸の城に籠もって戦う日がいつかあるでしょうか？」

「分からんが……二戸ほどの屈強な城であれば二万や三万の敵と軽くやり合える。その自信がついた。その意味ではありがたい」

政実は一人頷いた。

「雨になりそうな按配です」

急に広がった黒雲を見上げて実親は嫌な顔をした。雨に濡《ぬ》れての戦さはきつい。

「ものは考えようだ。これで敵の火矢を案じることもない」

政実は軽く笑い飛ばした。

十二

河崎の城を出て間もなく実親は雨に見舞われた。物凄い雨足で辺りが暗くなる。実親は林に逃れて雨の通過を待った。とても進めるものではない。

「止みましょうか？」

叫んで側近の一人が不安そうに低い空を見上げる。敵が襲って来れば戦うしかないと承知でも、この豪雨では戦意も萎《な》える。

「通り雨だ」

雨の音に負けぬ大声で実親は返した。

「むしろ僥倖《ぎょうこう》と思え。敵はこの雨の中に川を渡らねばならぬ。我らは待つだけでいい」

まだ少しは止まぬと見て実親は皆に下馬を命じた。馬の背で足を広げていればそれだけ雨に濡れる。実親は大きな木の下に床几を出させて腰を据えた。雨に煙って周辺がほとんど霞んでいる。

「もし降り止まぬときは丘を目指したとて無意味だな。様子が見えぬでは仕方ない。城に通じる街道を塞いで待ち構えよう」

間近で遭遇すれば争う他になくなってしまうが、もし丘に居て敵を見逃した場合、敵の後を追うことにもなり兼ねない。

「いや、偵察を出してみよう」

実親は直ぐに重ねた。

「敵が渡って来ると思われる場所は三箇所。そこに二人ずつ偵察を走らせろ。この雨では滅多に気取られまい。渡りはじめたところで報告に戻らせよ。それで敵の進む道の見当がつく。今日はどうせ派手な戦さをする気はない。敵の策を見切ったと知らしめるだけだ。寺崎吉次が敵の指揮を取っていれば、敵も無謀に攻め込んでは参るまい」

九戸党の旗印を見ただけで警戒するはずである。しばらくは対峙して様子を見守るであろう。それを尻目に城へゆっくり引き揚げるのが実親の策だった。寺崎吉次は大いに悩むに違いない。まさか九戸党が前日の強行軍で満足に戦えない状態にあるなど知りもしない。それなら最初から城に籠もっていればいいのだ。誘いの罠と必ず勘繰って奇襲を中断し、包囲に切り替える。しかも城からだいぶ距離を取っての包囲となる。それこそが実親の狙いなのである。その通りの行動を取れば寺崎吉次の采配も、しかし大したものだ。無能な指揮者であれば引き揚げる実親軍を追って来よう。それならそれで城には政実の率いる千の騎馬軍が待っている。くたびれ果てているとは言え、合わせて二千の騎馬軍があれば七、八百の騎馬軍を追いやるのはたやすい。

今日戦う気はないが、そうなったときでも対等以上の戦さができる。

「馬の脚もぱんぱんに張っており申す。兵と違って文句を口にいたしませぬが、ろくな動きができますまい」

側近も戦さにならぬことを願った。

「兵は文句を言うておるのか」

実親は聞き逃さずに苦笑いした。

「あ、いや、そんなことはござりませぬ」

側近は慌てて否定した。

「いい。俺とて疲れが取れておらぬ。ここで無理をさせては敗北に繋がる。いつもの半分も力が出せまい。それゆえに講じた策だ」

実親は偵察を出すように促した。

「くたびれ果てたと言うても矢の二、三本は射ることができよう。それをやらずに退却しては、恐れての撤退と取られるぞ。それればかりは気合いを込めてやるように命じておけ」

ははっ、と側近は実親に頭を下げた。

ようやく雨が小降りとなった。だが、雨雲はどろんと頭上に腰を据えている。昼過ぎまで止みそうにない。実親は諦めて軍を進めた。偵察が出て四半刻以上にもなる。

「兄者と賭けをしている」

実親は並んで進む側近らに言った。

「敵がどの場所から渡って来るかをな」

「水先《みずさき》、瀬谷子《せやご》、沼尻《ぬまじり》にござりますか」

側近は北から順に対岸の地を口にした。その三箇所が黒石梅雪の示した日高見川《ひたかみ》の流れが狭《せば》まっている地点だ。河崎の城に一番近いのは最後の沼尻である。水先はだいぶ離れている。奇襲策を成功させるつもりなら沼尻を選びそうなものである。

「兄者は水先と見た」

「そこの水量が少ないので？」

「知らぬ。あの黒石梅雪どのの話だけでは信用がなるまい。だが、その三箇所の中《うち》となると水先しかない。沼尻は城とあまりに近くて奇襲を気取られる恐れがある。瀬谷子は次に近い上に谷地《やち》なので侵入にはもってこいの場所と思えるが、城まで満足な道が通じておらぬ。渡ってからが難儀となろう。その点、水先は遠くても川を渡れば街道が間近にある。騎馬軍で攻める気なら早い。相手が寺崎吉次となればなおさらだ。奇襲に長《た》けている。馬に負担をかけぬような街道を選ぶであろう」

なるほど、と側近らは頷いた。

「敵の騎馬軍は多くて七、八百。そこに待ち構えて二千の騎馬軍で襲えばきっと勝てる。敵は川を背にしているので逃げ場がない。兄者はその策を主張なされた」

おお、と側近らは声を上げて唸った。いかにもその通りであろう。

「俺が反対して今の策となった。俺も兄者とまったくおなじ地点と見ていたが……我らはこの辺りの地勢に詳しくはない。三箇所以外にもひょっとして渡れる場所があるかも知れぬではないか。黒石梅雪どのの言を信用して動くのは危ない。水先にすべての兵を待たせて、敵がまったく知らぬ地点より城を目指したときは守る手立てがなくなる。兄者も頷いてくれた。万が一、後手に回ったとき、今の我らのくたびれようでは辛い戦さとなろうに」

いかにも、と側近らは同意した。

「これで敵が水先から渡ってくれれば俺の負けだが……きっとそうなろう。兄者は悔しがろうな。楽に勝てる戦さを逃したことになる」

実親は笑って、

「踏ん張りの利かぬ弟を持って兄者も内心では嘆いていよう」

「あの黒石梅雪どのの睨みでは確かに危のうござります。それを思って殿も実親さまの策を受け入れられたのでござりましょう」

側近の一人が口にした。

「無理をしても一日で片付けるがいいか、態勢を整えて、長くとも楽な戦さとするか……それが俺と兄者の差だ。九戸党はいつも疾風のごとく戦場を駆け抜けた。二千で五千を相手にしろと言うのではない。二千で七、八百であるなら兵らももう一踏ん張りできたはず。九戸党、その程度の底力はある」

「…………」

「昔の兄者なら俺の言など退けて水先に二千を配したであろうな。俺の疲れを見て取って仕方なく頷かれたのだ。兄者の方は賭けと見ておらぬであろうが、もし敵が水先から攻め込んで来たときは、もはや兄者の策に異を唱えまい。兄者は天性の武人。姑息な策を俺が進言することこそ九戸党の迷惑となる」

側近らは返事に困った。

そこに雨を破って偵察が戻った。

「ご注進、ご注進！」

偵察の者が声を張り上げて向かって来る。

「敵は水先より川を渡っておりまする！」

「やっぱりか」

実親は陽気な笑いを発した。

「兄者は凄い。兄者の下に居る限り我らは負けぬ。命 冥加《いのちみようが》は寺崎吉次の方ぞ」

側近らも頷いて雄叫《おたけ》びを上げた。

「敵の編成はどうだ！」

駆け戻って馬から下りた偵察に実親は質《ただ》した。偵察は息を弾ませて、

「およそ二千五百ほど。そのうち騎馬兵は五、六百と見ました」

側近らは思わず溜め息を吐いた。二千で囲んでいれば半刻のうちに壊滅できたに違いない。実親もにやにやとして頷いた。

「寺崎吉次の旗印は見たか？」

「しかと。紛《まぎ》れもない本隊にござる」

側近に偵察は断言した。

「早く役目を済まして城へ戻ろう。兄者の睨みが正しかったと言わねばならぬ」

実親は進軍の足を速めさせた。敵はこの街道を真っ直ぐ突き進んで来る。

「どうせなら藪に隠れて脇を襲う策はいかがにござります」

側近が並んで走りながら進言した。

「敵は奇襲を我らに気取られているとは思っておるまい。城に近付くまでは歩兵とほぼ足並みを揃えて参ろう。騎馬軍ばかりが相手なら対等にやれるが、二千の歩兵が従っていればきつい。今日は勝つ必要がない。それなら無理をせぬのが大事だ」

実親はあっさりと退けた。川で待ち伏せしない限り敵は平野に散らばる。馬の脚がどれだけ保つか分からないでは無謀というものだ。たとえ政実でも今は自分とおなじ判断をすると実親は確信を抱いていた。

街道沿いの低い丘陵に実親は騎馬軍を待たせた。道は目の前で曲がっている。林があって見通しが利かない。それは敵も一緒だ。

敵は実親たちの姿を認めて仰天しよう。

「敵が姿を現わしたら躊躇なく弓を用いよ。敵は必ず林に逃れる。この雨のごとく林にも矢を降らせるのだ。それから悠々と立ち去る。それを誘いの罠と読めぬ寺崎吉次ではない。きっと林に潜んで兵を進めては来ぬ。楽な仕事だ。どれほど己れの矢を遠くまで飛ばすことができるか競うのだな」

実親に言われて兵らは爆笑した。

「寺崎吉次が間抜けで兵を繰り出して来たときは儲《もう》け物《もの》と知れ。騎馬軍だけで襲って参る。敵の数は我らの半分。くたびれていようと負ける数ではあるまい」

兵らは握っている弓をかざして天に吠えた。

待つことしばし——

雨の音に混じって馬の足音が近付いて来た。兵らは馬上でゆっくりと弓に矢をつがえた。当てる必要はないので皆は弓を空に掲げる。

「その場で素早く三、四本放て」

実親は敵の接近を見定めながら采配を握っていた。実親の合図によって放たれる。

「まだだ。まだ早い」

敵の騎馬兵が十騎ほど道を曲がって来る。様子見の兵である。兵らの目は街道に注がれているのか実親たちに気付かずそのまま進んで来る。少し間を置いて後続の騎馬兵が出現した。百やそこらの数だ。その後ろに歩兵らが駆け足で従っている。

実親は思い切り采配を振るった。

ざざあっ、と千本の矢が空に放たれた。黒い空に白い羽根がはっきりと見える。矢の行方も見ずに兵らは次の矢をつがえる。最初の矢が敵に届かぬうちに五、六百の矢が唸りを発して空に上がった。

不意を衝かれた敵は動転した。慌てて全軍が引き返す。狙ったつもりではないのに大半の矢は敵に届いた。馬のいななきと怒号が伝わって兵らは歓声を上げげた。実親は矢の攻撃を緩めなかった。間断なく矢が空を飛ぶ。

敵は実親の考え通り林に逃れた。

ようやく敵も矢を放って来た。下知がばらばらのようで纏まりがない。慌てているからほとんどは届かずに平野へと落ちる。

「あと二本を放って引き揚げだ。街道に出て退却しろ。手筈通り八百が行け。二百が援護する。くれぐれも弱味は見せるな」

実親は命じた。八百の騎馬軍が数を敵に見せ付ける形で街道に上がると、悠々と引き揚げを開始した。敵が林から飛び出て矢を放つ。実親は二百を率いて林を目指した。敵はふたたび林に逃げ込む。見届けて実親は反転した。兵らも威嚇の叫びを発して反転にかかる。

敵は呆然と実親らを見送った。

敵の騎馬兵らが猛然と出て来る。

だが、それらも直ぐに停止した。

「追っては来ませぬな」

側近は鼻で嘲笑った。

「さすがに寺崎吉次。そこは心得ておろう」

実親は大きく頷いて振り向いた。

街道に大将らしき姿が見られた。

あれが葛西の知恵者と呼ばれる寺崎吉次であろう。実親は頭を下げて挨拶《あいさつ》した。


奇襲を封じて実親が城に戻ると政実は早速黒石梅雪に伝令を走らせた。黒石梅雪は陸路を北上して来た胆沢《いさわ》と葛西の連合軍と睨み合いを続けている。この雨のせいか、まだ合戦には至っていないらしい。

「寺崎吉次の率いる本隊から目を放すな。あやつが包囲にそのまま残るか、兵らに任せて江刺の城に戻るかでこっちの策も変わる」

政実は偵察を何組も四方に送り込んだ。包囲の布陣を正確に把握する必要がある。

「旗をありったけ立てろ。敵に城の人数を多く思わせるのだ。それで今日と明日は睨み合いになる。明日の夕刻には正常が斯波に入る。それまではこちらも無傷でいたい」

一応の下知を済ませて政実は実親の居る部屋に足を向けた。実親はようやく着替えを終えたところだった。その側では若い側近が実親の鎧を床に広げて乾かしている。

「慌てずともよい。しばらくは戦さとなるまい。別の間に運んで乾かせ」

政実は側近に言って鎧を片付けさせた。

「勝ちを逃してしまいましたな」

実親は政実と向き合ってくすくす笑った。

「今日で済ますことのできた戦さにござった」

「まあよかろう。寺崎吉次もなかなかの者。それが分かっただけ面白い。あやつも我ら九戸党がこの城に在ると承知しておれば奇襲策など選ばなかったはず。互いの顔見せと思えばいい。これからが知恵較べとなる」

「百やそこらの兵を傷付けたとは思いますが」

「それなら大勝利だ」

政実の機嫌はよかった。

「葛西は援軍を出して来ぬでしょうか？」

「伝令を送って援軍が到着するには四日がかかる。その間にけりをつければいい。それに寺崎吉次とて意地があろう。包囲しているのは寺崎吉次の側だ。それで援軍を頼めば恥となる。今ある兵力だけでやろうとする」

いかにも、と実親は得心した。

「黒石梅雪とやり合っている兵力がもう一つ知れぬが……思ったほどの騎馬兵がおらぬようだ。山越えがきついと見て減らしたと見える。それとも江刺に残して来たのか……」

川を渡って来たのは五、六百。陸路を北上して来た騎馬兵は今のところ三百やそこらとの報告を得ている。合わせて千に満たない。

「残す理由はありませぬ」

「そうだな。寺崎吉次は今日の奇襲で城を奪えると見たに違いない。そうなると千の馬を城に待機させたのが今後の鍵となるぞ。敵は九戸党の全勢力を見誤っておろう。そなたの率いた千がすべてと見たはずだ」

「馬だけの戦いに持ち込むことができれば勝てますな」

「そう簡単に誘いには乗るまい」

笑って政実は言った。

「九戸党の騎馬軍の強さは寺崎吉次も知っていよう。おなじ数でも正面からの戦さを挑んでは来るまい。まずはじわじわと包囲を縮めて歩兵を主体とした攻撃を考える。城の中の争いでは騎馬軍が役立たぬ」

「では、こちらが出て攪乱《かくらん》するしかありませぬ。あまり近付かれては火矢の恐れが……」

「この雨だ。明日までは火矢が無駄となる」

とにかく半日はのんびり体を休めろ、と言い残して政実は広間に戻った。

疲れ果てた様子で黒石梅雪が帰城したのはそれから半刻後のことだった。激しい雨の中で二刻も敵と対峙していたので体が芯から冷え切っている。着替えて現われた黒石梅雪の唇には血色が見られなかった。

「敵の馬の数はどうだった?」

政実は真っ先にそれを質した。

「雨に煙って見極めが厄介にござるが、三百から三百五十の間と見てござる。歩兵の方は二千五百。そのうち葛西勢は二千」

細かな数字に政実は頷いて、

「川を越えて来たのは二千五百。騎馬兵は六百ばかりらしい。両軍で五千。馬は九百五十。さほどの数ではない。その数では満足な包囲もできぬ。寺崎吉次がどのような布陣を敷くか……それを見てから考えても間に合う。いずれにしろ明日まではなにもない。風邪《かぜ》を引かぬよう心掛けるのだな」

「もう引いたやも知れませぬ」

黒石梅雪の指は小さく震えていた。

「辛いのは敵も一緒だ。我らは屋根のある城にこうして居られるが、敵は野営。恐らく寺崎吉次は河崎の町に本陣を求めまい。ここは和賀の領地。いざとなれば町に火をかけられると見ていよう」

「酷《ひど》い雨にござった……」

黒石梅雪は側近から手渡された衣をさらに一枚重ね着した。鼻水を盛んに啜《すす》る。

「風邪が気になるのは余裕のある証左ぞ」

政実の言葉に黒石梅雪は笑った。

「どんな風邪引きも戦場に出ると忘れる」

「確かに。さようにござろうな」

そこに原田が偵察を従えて駆け付けた。

「布陣がそろそろ定まったか」

は、と偵察は政実に頭を下げて、

「寺崎吉次の率いる本隊は馬ばかりを残して江刺へ引き返すものと思われます」

「まことか！」

黒石梅雪は膝を乗り出した。

「居残るのは胆沢勢を加えた二千五百の歩兵部隊と千近い騎馬軍ばかり」

「二千の歩兵を連れて江刺に戻るとは……」

黒石梅雪は信じられぬ顔をした。

「俺と実親の読みとおなじだ」

政実は言って偵察に野営の位置を訊ねた。

「城の東と南に分かれてござります。数と隊の編成もほぼおなじようなもので」

「北を塞いではおらぬのか」

「は」

「我ら九戸党が城に在ると知って斯波を考慮に入れたのであろう。背後からの攻めを案じてのことだ。二千の歩兵を江刺に戻したのもそのため。斯波の動きに合わせて川を渡り、脇から攻めるつもりと見える」

そうか、と黒石梅雪は膝を叩いた。

「噂通りしたたかな男だ。城に引き返せば二千の兵を休ませることもできる。今日と明日はこちらの様子を窺い、戦力を見定める気だ。こっちも張り合いが出て来たわ」

政実は浮き浮きした顔で言った。

「なにも手は打たぬので？」

黒石梅雪は小首を傾げた。

「我らがなにをせずとも、この雨が敵を叩いてくれる。寒さでろくに寝られもすまい。兵を出すばかりが戦さではない」

政実は冷たい目で黒石梅雪を見据えた。

「熱い茶でも飲んで体を温めるのだな。力を蓄《たくわ》えるのが勝利に繋がる」

皮肉のつもりだったが黒石梅雪は喜んで政実の言葉に従って、そそくさと引き下がる。

「実親さまはどちらに？」

ようやく原田は気付いて政実に質した。

「昼寝だ。よほど昨日の進軍が堪えたらしい。寝かせておけ。明日からが本当の戦さ」

「寺崎吉次が江刺に引き揚げたからには今夜はもはやなんの動きもありますまい」

原田も頷いて笑った。

「二度三度と馬を出して敵を眠らせぬ策もあるが……下手をして争いを大きくすればこっちも眠る暇がなくなる。雨に任せよう」

政実は合議をひとまず終えて皆の好きにさせた。

「寝るのが今夜の仕事だと兵らに申せ。早目に晩飯の支度をさせる」

ははっ、と将らは勇んで立ち去った。

十三

実親が目覚めたのは明け方だった。なんと半日以上も寝ていたことになる。体の節々が痛いが、それは寝疲れによるもので、起き出すと徐々に回復した。

「起きたか」

広間に顔を出すと政実の姿があった。と言うより昨夜はここに寝たらしい。原田や側近らも実親に笑顔で挨拶した。

「うっかりと寝付いてしまいました」

「疲れが取れたようだな」

「これで取れねば笑われましょう」

「俺も寝るつもりで部屋に行ったが、酷い鼾《いびき》で広間に戻った。腹は減っておらぬか」

「腹の方は大丈夫にござる」

「今日をどうするか決めかねておる」

政実は図面を実親に示した。

「どうなりましたので?」

「まったく呑気でいい。包囲されている城に在って一日近く寝たのはそなたがはじめてではないかの。名が残る」

政実は微笑《ほほえ》んで昨日からの状況を教えた。寺崎吉次が江刺に引き揚げたと知って実親は思わず笑いを発した。政実の睨み通りに寺崎吉次が動いているように感じられたからだ。

「しかし、これでは包囲と言えますまい」

実親は二箇所にしか敵が陣を敷いていないと分かって首を捻った。どこにでも逃げられる。城の近くに在るというだけのことだ。

「九戸党が中に籠もっている。逃げるとは思っておるまい」

「それはそうでござろうが……」

「せっかく攻め寄せて来たのだ。胆沢に戻れば策の立て直しとなる。安全な態勢を取って残ったのであろう。黒石梅雪の七、八百が相手であれば包囲の輪としたはずだが、九戸党が一緒なら包囲しての戦いは無駄と見たのよ」

「少し様相が変わりましたな」

実親は図面を睨んで腕を組んだ。

「攻めどころはここだ」

政実は東に在る敵陣を扇子で示した。

「直ぐ後ろを日高見川が流れておる。斯波の正常と連絡を取り、舟でこの背後に上陸させることができれば挟み撃ちできる」

「なれど、そのまた後ろには江刺に舞い戻った寺崎吉次が控えております」

「問題はそこだ。だからその前に寺崎吉次を別の方向に誘い出さねばならぬ。寺崎吉次が江刺に引き揚げたのは街道を辿って来る斯波勢の援軍に備えてのこと。その睨み通りに五百やそこらの兵力を街道に走らせれば、間違いなく寺崎吉次は江刺を出て川を渡る。渡り切ったのを見届けて舟を進めれば、もはや間に合うまい。街道を駆ける歩兵より舟の方が遥かに速い。その知らせを得たら千の騎馬軍で東の陣を襲う。敵の陣容は五百の騎馬兵に千二、三百の歩兵。正常は二千の歩兵でもって背後を衝く。馬も歩兵も我らの数が倍だ。なにがあっても勝てる」

なるほど、と皆は図面を睨んだ。

「千の馬が城を出たと分かれば、敵もすかさず南の陣を出て城攻めにかかろうが、こちらにもまだ千の馬と黒石梅雪の兵八百がある。断じて負けはすまい。その戦さをしている間に正常には江刺の城を奪還させる」

おお、と皆は顔を見合わせた。江刺の城にはもはやだれも居ない。楽に入れよう。

「斯波勢の防御に回って北に走った寺崎吉次に戻る城はない。東の陣は敗れ、頼みの綱は南ばかりだが、そこに合流するには我らの真ん中を通過せねばならなくなる。寺崎吉次は孤立してしまおうな」

政実は言ってにやりと笑った。

「いつもながら鮮やかな策にござります」

原田は吐息した。

「なれど、今日はできぬ。まだ正常は斯波に到着しておるまい。舟の手配もある。やるとしたなら明日だ。それゆえに今日を考えあぐねておる。なにもせねば寺崎吉次も疑う。包囲されて必死になっていると思わせたい。その上、敵の布陣も今日のままとせねばならぬ。そこがむずかしい」

政実に実親も大きく頷いた。

「我らにとっては願ってもない布陣だぞ。敵は斯波に正常が来ると知らぬのでこの布陣を取っている。確かにこの態勢であるならたいていの攻撃に耐えられよう。寺崎吉次とて滅多にこの布陣を崩さぬとは思うがの」

戦況次第では分からない。そこが悩みだ。

「九戸党がおりながら、なにもせぬのはおかしかろう。策があってのことと睨まれる」

政実は庭に目をやった。昨日以上の大雨であれば不審を抱かれないだろうが、あいにくと今日は晴れそうな具合だ。

「この程度の包囲を恐れて城に籠もり切りとなる九戸党ではない。黒石梅雪一人なら問題もなかろうがな」

政実は言って苦笑した。

「下手に兵を動かして藪蛇となるよりは、このままで一日を延ばすしかありますまい」

実親は首を横に振って続けた。

「争わぬうちは寺崎吉次もこの布陣が正しいかどうか分からぬ理屈。せっかく考え抜いて敷いた陣。我らが大きな動きをせぬ限り変えることはないと思われます」

「そうであれば助かるが」

「兄者は敵に知られておらぬ千の馬と正常兄者の援軍を頼みとして今の策を立てられたが、もし千の馬と正常兄者が斯波になければいかがなされます？」

反対に実親は政実に訊ねた。

「どういう意味だ？」

「敵ながら見れば見るほどに見事な布陣。東には二段構えで四千もの敵がありまする。その数を恐れて南を襲えば手薄となった城にその四千が一気に攻め寄せて参りましょう。迂闊《うかつ》には手が出せませぬぞ」

「それはそうだ」

政実も認めた。

「それを見越して寺崎吉次も陣を敷いたに違いなし。手出しをしてこぬのが当たり前と寺崎吉次は思いましょう。三日もそれが続けば寺崎吉次も首を捻りましょうが、今日一日のことなれば、むしろさすがに九戸党と見做《みな》すはず。この布陣に対して兵を進めるのは愚か者のすることにござる」

「そういうことか」

政実は晴れ晴れとした顔で笑った。

「正しくその通りだ。千の騎馬兵と黒石梅雪の八百の手勢しかおらぬ俺には、斯波の援軍を当てにするしかないということだ。そう見て寺崎吉次も今の布陣を取った。なのに妙な動きをしては危ない。よくぞ教えてくれた」

政実は実親に礼を言って、

「今日も昼寝をするしかない。寺崎吉次は我らをこの布陣で誘っておるのだ。こっちが動かぬ限りは敵もそのままでいよう。馬もたっぷりと休ませろ。正常への伝令は間違いなく届くよう五人ほど別々に走らせせろ。必ず敵もそれを察して兵を配置しているに相違ない。口の堅い者を選べ。我らの策が洩れては一大事となる」

原田に命じた。

「城に籠もって昼寝続きとは……妙な戦さになって参りました」

原田は頷きつつも笑いを堪えていた。

「いつも妙な戦さだ。女どもを城から出すのではなかったな。男ばかりでぐだぐだしているのは飽きてきた」

皆は声を揃えて笑った。

「実親に後は任せる。そなたに寝所を独り占めされて寝不足だ。黒石梅雪にものんびりしろと言うてやれ。側に近付けぬ方が合議も早い。当てにしてもはじまらぬ」

政実は席を立った。

「異変はあるまいが、そのときは起こせ」

「そろそろ信直さまも戦さの趨勢を気にしておられる頃にござりましょうな」

原田は言った。

「死ねばいいと祈っておろうが……勝算は見えた。戻って信直と対面するのが楽しみだ」

「三戸に参られますので？」

「行かずばなるまい。葛西と争って知らぬ顔もできぬ。信直は葛西との大戦さを案じて九戸党一人の問題とするだろうが、それからどうなるか……まだ先は長いぞ」

政実は自分に言い聞かせていた。

十四

河崎の城に入って四日目の朝となった。二日目の昼から睨み合いとなったままである。

「寺崎吉次も踏ん張り者よな」

広間で将らと朝餉《あさげ》を共にしながら政実は敵将の寺崎吉次を褒めそやした。

「ここにきてなんの手出しもせぬ方がむずかしい。凡庸《ぼんよう》な者であれば必ず小刻みに兵を出して様子を見ようとする。包囲しているのはあやつらの方なのだ。どっしりと構えて動かぬのは器量を見極められまいとしてのことに違いない。動かぬ敵ほど不気味なものはない。包囲の威圧が増す。それも承知と見える」

「なれど九戸党には通じませぬ」

原田の言葉に将らは笑って頷いた。今度の場合、敵に動きがない方がありがたい。余計な小競り合いに時間を取られずに済む。

「正常が参るのは昼過ぎだ。いよいよだと兵らに言うておけ。この二日でたっぷり体を休ませたはず。馬の疲れもない。今日で戦さを決する。狙いは寺崎吉次の首一つ。それで敵は総崩れとなる。葛西も腹心の寺崎吉次が死ねばさぞかし仰天いたそう。断じて取り逃がすなよ。逃せばこれまでの苦労がすべて無駄となる。たとえこの河崎の城を敵の手から守ったとしても勝利とは言えなくなる。寺崎吉次の首を高く天に掲げてこそ我ら九戸党の勝利を世に知らせることになるのだ」

将らは大きく頷いて政実に誓った。

そこに黒石梅雪がのんびりとした顔で現われた。この二日、敵がなんの動きも見せないので気が緩んでいる。

「また雨になりそうな按配でござるの」

「風邪の具合はどうだ？」

となりに腰を下ろした黒石梅雪に政実は質した。一昨日は戦場から戻るとすっかり寝込んでしまったのである。

「なんとか。面目がござらぬ」

「雨となっては気の毒だが、昼から戦さとする。そなたは南の陣の攻めに回ってくれ」

「今日でござるか」

黒石梅雪は口を軽く開けて政実を見詰めた。

「図面を」

政実は将の一人に命じた。寝込んでいた黒石梅雪は策をまったく知らない。黒石梅雪の前に敵の布陣を書き入れた図面が展《ひろ》げられた。河崎の城が左にあって、街道が城の左脇を上から下へと延びている。上は斯波や稗貫に通じ、下は胆沢《いさわ》に至る。敵の南の陣はこの街道の胆沢側に設けられている。城から真っ直ぐ右に目を転じると敵の東の陣が在る。その背後には街道と同様に太い日高見川が上から下へと流れている。川を挟んで東の陣からさらに右へ真っ直ぐ辿れば今は寺崎吉次の籠もる江刺の城が在る。黒石梅雪の本拠だ。黒石梅雪の目は悔しそうに江刺の城に注がれている。

「この江刺の城に二千の歩兵とわずかの騎馬兵。東の陣には千二百の歩兵に五百の騎馬軍。そして南の陣も千三百の歩兵と五百の馬。それに対する我らは二千の騎馬軍にそなたの率いる八百の歩兵。馬は倍だが、歩兵の数は敵が五倍も多い。今のままでは、まぁ対等と言ったところだな。城に籠もっておるだけ我らが多少は有利とも言える」

「それなのに外に出て争うのでござるか？」

黒石梅雪は怪訝な目をして、

「正常どのの援軍を待たれると言うたのではありませぬのか？」

「だからその正常が今日の昼にやって来る」

政実はじろりと睨んで制した。

「正常の下知によって、この街道を五百の兵が下って参る手筈となっている」

「たった五百にござるか」

黒石梅雪は不安な様子で図面を眺めた。

「それは江刺の城に在る寺崎吉次を誘い出す囮《おとり》だ。寺崎吉次も斯波方面からの援軍が必ずあると見て今の布陣を採っている。即座に日高見川を渡り、北上して援軍の脇を襲って参ろう。それを見届けてから正常率いる本隊が舟を用いて一気に川を下り、東の陣の真裏に上陸する。千から千五百の歩兵部隊となろう」

政実は扇子《せんす》で東の陣の裏手を示した。

「なるほど、そういう策にござるか！」

黒石梅雪は頬を上気させた。

「同時に我ら九戸党も千の騎馬軍で東の陣を襲う。これで簡単に東の陣を壊滅させることができるはずだ。その報を得た南の陣の者らは味方の援護に駆け付けるか、反対に手薄と見てこの城を襲って参ろうが、それを残りの千の騎馬軍とそなたの率いる八百で迎え撃つ。敵はたかだか五百の騎馬軍に千二、三百の歩兵。負ける気遣いはなかろう。そうして二つの陣が滅びたとき……」

政実は街道の上の方に扇子を動かして、

「誘いに乗って城を飛び出た寺崎吉次はここに孤立する。その頃には東の陣を滅ぼした正常が江刺の城に入っている。寺崎吉次にもはや逃げ場はない。葛西に引き揚げるには我らの包囲を掻い潜らねばならなくなる」

「いや……なんともお見事な策。ほとほと感服いたしてござる。もはや勝利疑いなし」

風邪も忘れて黒石梅雪は膝を叩いた。

「本当の戦さはそれからだ」

政実は黒石梅雪の気を引き締めた。

「孤立したと言っても寺崎吉次は二千の兵を従えておる。もし取り逃がせば寺崎吉次は葛西に戻り、今日の恨みを晴らさんがため一万もの兵を整えて反転してくるやも知れぬ。寺崎吉次の首を確実に落とさぬ限り後が面倒になる。葛西も右腕に等しい寺崎吉次を失えば警戒して直ぐには報復の兵を出すまい」

「確かに。いかにもでござる」

黒石梅雪は何度も首を縦に動かした。

「そなたの踏ん張り次第で策が変わる」

政実は黒石梅雪を見据えた。

「と申されますと？」

「東の陣に千の騎馬軍を投じる。城に残るは千の騎馬軍だが……南の陣には五百の騎馬軍しかおらぬ。とするなら倍も出す必要はなかろう。同数でよければ半分の五百を寺崎吉次の方に向けることができる。問題は歩兵の数。南の陣の歩兵は千三百。それにそなたの率いる八百だけで対抗ができるかどうか……」

うーむ、と黒石梅雪は腕を組んだ。

「おなじ馬の数でも九戸党は強い。四半刻もあれば必ず敵の騎馬軍が乱れよう。それまでなんとか持ち堪えられれば勝利はそなたに転がる。むろん無理をさせるつもりはないが、ここはなにが大事かよく心得て貰いたい」

「…………」

「南の陣の敵が味方の援護に動くか城攻めに転ずるか、さすがにそこまでは読み取れぬ。もし城攻めを選んだときは楽な戦さだ。籠もって二刻ばかりを守れば趨勢が決する。問題は敵が東の陣の援護に回ったときだ。途中でそれを防がねばすべての策が崩れる」

「やはり……寺崎吉次以外の敵を完全に封ずるのが大事ではござらぬかの」

黒石梅雪は覚悟しきれずに言った。

「もし寺崎吉次に逃げられれば……次の戦さは相当にきついものとなるぞ」

政実は厳しい目で睨んで、

「五百の馬があれば、少なくとも寺崎吉次の退路を断つことができる。あとでゆっくり料理すればいい」

「それは、その通りでござろうが……」

黒石梅雪は逡巡《しゅんじゅん》を浮かべた。

「お恥ずかしい次第であるが、万が一、南の敵に敗れたときは取り返しがつきますまい。手前の命など捨てても構わぬが、それでご迷惑をお掛けしては申し訳ござらぬ」

「死ぬ覚悟があるなら大丈夫だ」

政実はあっさりと言った。

「対等の戦さをして互いにおなじ数が死ねば敵の残りは五百の歩兵ばかり。その程度が押し寄せて来たとてなんとでもなる。敵の勢いを弱めるだけで十分だ」

黒石梅雪は押し黙った。そこまで言われると反論する理由がなくなる。死んでもいいと言ったのは自分なのである。

「では、引き受けてくれるのだな」

政実はすかさず念押しした。

「心得てござる。敵に江刺勢の底力をしかと見せ付けてやりまする。お任せを」

黒石梅雪は溜め息を吐きながら頷いた。

「かたじけない。二つに一つと言ったが、だいたいは城攻めを敵も選ぼう。敵はこの城に二千の騎馬軍があるとは思っておらぬ。千が東の陣に出向いたと知れば歩兵ばかりと睨んで城の奪回を図る。それが常套策《じょうとうさく》と申すもの」

笑った政実に黒石梅雪は額の汗を拭った。

「政実どのもお人が悪い」

「戦さとはあらゆる展開を頭に思い描いてから行なうものだ。その場で思い付く策など知れている。先の先まで見越していれば兵を即座に動かせる。しかし、ご貴殿がお覚悟を定めてくれたお陰で寺崎吉次を取り逃がす心配もなくなった。間違いなく今夕から明日には決着をつけられよう」

政実も安堵の顔を見せて、

「東の陣の攻めの大将は実親。原田は黒石梅雪どのと共に南の敵に当たれ。俺は五百を引き連れて寺崎吉次の退路を断つ」

「殿がお出ましにならずとも」

原田は政実を遮《さえぎ》った。

「寺崎吉次の首こそ大事と言ったはずだ。俺が自ら采配をふるって取り逃がしたときは、だれを叱ることもできまい。寺崎吉次、只者ではない。その場で策を細かく指図せねば」

ははっ、と原田は引き下がった。

「しかし、兄者が一番きつうござります」

実親は政実の身を案じた。五百の騎馬兵ばかりで二千の敵を相手にすることになる。ほとんどは歩兵と言っても百やそこらの騎馬兵がきっと寺崎吉次を守っていよう。

「それほど心配なら、さっさと敵を片付けて援護に回るがいい。野営を続けてくたびれ果てている敵にてこずっては九戸党の恥だ」

実親は苦笑して頷いた。将らも平伏する。

「正常どのとお打ち合わせは？」

黒石梅雪も今は張り切って訊《たず》ねた。政実よりも自分が遥かに楽な立場にあるとはっきり分かったのである。ここで尻込みしてはさすがに名が廃《すた》る。

「しておらぬ。街道の動きに目を光らせているのは寺崎吉次の方。囮の兵が姿を現わせば寺崎吉次は黙っていても城を出る。江刺には物見を出してある。敵が川を渡れば即座に連絡が入る。頃合を測って東の陣を攻める。戦さのはじまりを見て正常が川を下って参る。ずれたとしてもせいぜい四半刻のものだ。千の騎馬軍では滅多なことになるまい」

「得心いたしてござる。我が配下らにも策を伝え、死ぬ覚悟でやれと言うてやります」

黒石梅雪は一礼して立ち上がった。肩をいからせて広間を出て行く。

「急に元気になったな」

黒石梅雪を見送って政実はくすくす笑った。

「今日が正念場と知ってのことにござる」

原田に皆も頷いた。


戦さの用意を整えてじりじりと待っていた政実に、寺崎吉次が江刺を出て川越えにかかっているとの知らせがもたらされたのは、昼をだいぶ過ぎてからのことだった。広間は沸き上がった。政実もしたりと頷いて、

「寺崎吉次は全軍で江刺を出たのか?」

報告を伝えた者に確かめた。

「二千の兵とのことにござります。もし城に残しおるにしても百やそこらかと」

「よし。実親は東の陣の攻めにかかれ。俺は五百とともに寺崎吉次を追う。なにがあっても己れの役目を果たせ。一つでも間違えればその穴が大きな綻《ほころ》びに繋がる。他のことは考えるな。与えられた仕事だけを貫け。そうすれば自然と勝利は我らのものとなる」

おお、と皆はいっせいに立ち上がった。

「後のことは引き受けてござる。敵の様子を見届け、原田どのと相談の上で兵を動かし申そう。ご案じ召されるな」

黒石梅雪は政実に頭を下げた。

「原田の鍛えし騎馬軍なれば倍の敵ともやり合える。そなたこそ安心しておられるがいい。夕刻にはふたたびこの城で会おう」

政実は側近らを促して広間を出た。実親が政実と並んで廊下を急ぐ。兵らはすでに城門の辺りで待

機している。

「また嫌な雨になりそうでござる」

実親は暗い空に目を動かした。

「雨は平等に降り注ぐ。としたなら屋根の下で体を休めていた我らの味方となろう。戦さ日和などというものはないぞ」

「でありましょうが……手前には籠城戦の方が性に合っているような気がしますな」

「攻められるのが好きか」

政実はげらげらと笑った。その笑いが先を歩く将らを勇気づける。

「人のできぬことを望んでやるのが九戸党だ。だからこそ勝ちを収めてきた。その九戸党に相応しい雲行きではないか。馬の扱いの差や弓の腕の違いはこういうときにこそ生まれる。敵は雨を吸った重い矢を簡単には飛ばせまい。わざと雨の日を選んで鍛練させている」

「そうでござりましたか」

今更ながらに実親は思い至った。雨や雪となると政実は決まって兵らを山に向かわせ、狐狩りなどを命じていたのである。ただの厳しさと認識していたが、それはこういう戦さを想定してのことであったのだ。

「道理で手前一人が皆に立ち遅れるわけですな。鍛練が足りませぬ」

「正常と合流を果たしたら江刺に向かえと言ってくれ。そこまではまだ言うておらぬ」

「承知」

「死ぬなよ。ようやく我らは新たな道に踏み込んだばかりだ。手強い相手ではあるが、寺崎吉次ごときを敵にして死なれては困る。後方に控えて指揮を執っていればいい。部下らがちゃんとやり遂げる。おまえの手柄など欲しくない。兵らにすべてやらせろ」

政実は立ち止まって実親に言った。

「兄者こそ。手前は臆病ゆえご安心召されよ」

実親は政実の腕を握った。

「そうでもないから案じられるのだ。知れた腕のくせして前線に出たがる。それで何度怪我をした。俺がおまえに求めているのは腕ではない。おまえより腕の立つ者は九戸党に千も居る。それを忘れるな」

「妙な励ましにござる。気力がたちまち萎《な》えました。後ろにこっそりと隠れていましょう」

将らが我慢できずに噴き出した。


大門が開かれた。勇んで千五百の馬が長い坂道を駆け下りる。平地に達すると騎馬軍は千と五百とに分かれて整列した。その間に政実と実親が向き合った。

「兄者、ご武運を」

実親は腰の刀を引き抜いて天にかざした。兵らも刀を掲げて吶喊《とっかん》の声を上げる。

「正常の働きも残しておけよ。せっかく援護に駆け付けながら戦さが終わっていてはがっかりする。敵も最初は騎馬兵だけで迎え撃とう。夕刻まで時間はある。無理な攻めをせずにじっくりとやれ。背後から正常が現われたときこそ勝負」

政実は東の陣を攻める兵らに叫んだ。

「実親の下知にしかと従え。貴様らを無駄死にさせるような攻めはさせせぬ」

兵らは歓声を発した。二日も休んで体がうずうずとしている者たちばかりだ。

「行け！　九戸党の名を高めて参れ」

政実に見守られて千の騎馬軍は意気揚々と出陣した。実親は一礼して馬の腹を蹴った。実親の側近らが守る形で従う。

「我らも出発だ。北の街道を塞ぐ」

政実は五百の部下たちを促した。

十五

「どうやら動きが知られたようだな」

敵の布陣を見やって実親は舌打ちした。陣幕の前に盾がずらりと並べられている。兵らの影がその背後にはっきりと見て取れた。だが、むろんそれは予測していたことである。城を見守る敵があるのは当然のことだ。

「我らもしばらく様子を見るとするか。攻め込んで矢を射られても詰まらぬ」

実親は陣を囲む形に広がるよう命じた。固まっていれば敵の矢の的になりやすい。

「敵も策に苦しんでいよう。我らが近付かねばいつまでもこのままだ。我らにはかえって好都合。そのうち背後から正常兄者が襲う」

「なれど戦さがはじまらねば川を下っては参りませぬ。そういう段取りにござります」

「それでは策通りに派手に太鼓や鉦《かね》を打ち鳴らせ。思い切り兵らに叫ばせろ。その音が正常兄者に伝わる。敵も怯えるに相違ない」

実親はこともなく言った。側近は頷くと合図の赤旗を掲げて振り回した。太鼓の重い音が湿った空気を揺るがした。耳障りな鉦の音も鳴り響く。それに合わせて兵らは声を限りに叫んで威嚇した。驚いた敵は矢を放ってきた。しかし、まだまだ届く距離ではない。

歩兵らを割って敵の騎馬兵が飛び出して来た。我慢ができなくなったのだろう。

「それなら最初から出て来ればいいものを。藪に潜んで待ち伏せする知恵もないのか。さほどの将が率いているとも思えぬな」

実親は敵の騎馬兵の突撃に備えさせた。

両軍の中間地点で敵は馬を停めた。

「二百か。残りの三百はどこに居る？」

実親は平野の四方を見渡した。三百を陣の中に残しているとは思えない。

「だいぶ離れた場所に隠れているらしい。我らが陣に攻め寄せると同時に背後から衝《つ》いて挟む気か。千を五百で挟んだとて知れたものであろうに……覚悟だけはある」

実親は敵の策を読み切った。

「どういたします？」

側近が逸る馬を制しつつ質した。

「誘いには乗るな。我らが出ぬうちは背後の敵も動くまい。せっかくこのように見事に身を隠しているのだからな。その連中は命懸けで襲って来る。そういう敵と争うのは苦労する。気を殺《そ》ぐのも策のうち」

なるほど、と側近は笑いを見せた。政実と実親、性格が異なれば策も真反対に違う。政実であれば誘いを承知で弱い部分を衝く。

「敵も九戸党と承知でこの策を採ったのだ。真っ直ぐ向かって来ると睨んでな。敵を前に怖じ気付く九戸党など聞いたことがない」

言って実親は口元を緩めた。

「堪えろ。あれはただの誘いじゃぞ！」

側近は兵らを抑えた。兵らも素直に従う。

「いよいよ降って参った。この平原では雨宿りもできぬ」

実親は頬にかかった雨を甲で拭った。

「傘の用意を！」

側近らが後方に叫んだ。直ぐに大きな陣傘が運ばれて実親の頭上を覆《おお》った。大きな雨粒の音がしはじめた。

「後退！」

実親はいきなり声を張り上げた。

「敵を攪乱する。あの二百の敵がどう出るか。誘われて来たときは包囲しろ。敵陣から離れた場所なら心配もない。騎馬兵ばかりの争いとなろう。四方に目を配り、奇襲の騎馬兵を見付けたら反転して迎え撃て」

実親は悠々と馬の首を後ろに向けた。兵らもそれに続く。陣から出て来た敵はその場に佇《たたず》んで見ていた。やがて、うろうろと動き回る馬にその混乱が感じられる。

「噂に聞く九戸党とは違うと首を捻っておりましょう。面白いものですな」

側近らは敵を振り向いて笑った。

「出て参りましたぞ！」

兵の声が聞こえた。その方角に実親も目を動かす。まだ小さな影だが騎馬兵である。引き返しはじめたと見て奇襲策を捨てたのであろう。

「六百で取り囲め。残りの四百は手近の二百を相手にする。敵の歩兵らも恐らく陣を出て来る。平原は広い。常に敵の歩兵の動きを見つつ戦え。騎馬兵だけの争いとするのだ」

実親はてきぱきと指図を与えた。

「逃げた者は深追いするなよ。我が軍の態勢を崩してはならぬ。倍の勢いをいつでも保て」

実親の命令と同時に九戸党の騎馬軍は綺麗に二手に分かれた。六百が後方より現われた三百の敵を目指す。四百は反転して二百の包囲に向かう。戦さを覚悟の敵も果敢に突入して来た。それでますます陣とは遠ざかる。実親は陣の様子を見やった。意外な展開らしく陣は乱れていた。歩兵らがどっと陣幕から飛び出て状況を見守っている。なんの下知もないようで歩兵らにそれ以上の動きはない。

〈これでよし〉

ひとまず実親は安堵した。騎馬兵だけの争いとなれば自分たちが圧倒している。怖いのは歩兵らによる矢の攻撃だった。犠牲を覚悟での突入は簡単だが、それでも七、八十は無駄死にさせせないといけない。

「まずは大丈夫にござりましょう」

側近も請け合った。もはや陣攻めではなくなっている。敵はそれを考慮に入れて濠を設けたり槍の衾《ふすま》を拵《こしら》えていたはずだ。それが全部無意味なものとなる。

「攻める我らが敵の誘い出しに成功するとは……鮮やかな駆け引きにござりました」

「敵の我慢が足りなかっただけのこと」

実親は苦笑いした。褒められるほどの策ではない。正常の奇襲があると思っていればこその余裕でもあった。

ようやく陣の歩兵らが弓を槍に持ち替えて出て来た。が、まだ遠い。

「あちらに」

側近が安全な場所を捜して移動を促した。実親を守っているのは十二、三騎に過ぎない。しかし、敵に実親を襲う力はないだろう。倍もの数に囲まれているのである。

ついに騎馬が激突した。

馬の大軍が平原に交差してふたたび対峙する。瞬時の激突だったが両軍の間にはすでに何人かの兵が馬から転げ落ちていた。離れているので実親にはただの景色としか見えない。

〈我が兵でなければいいが……〉

それしか考えることができない。

「ただ見ているのも辛いものだ……」

実親は呟《つぶや》いた。

「敵が参ります！」

対峙した隙を見計らって三、四十騎の敵が脇に飛び出すと一気に実親を狙って来た。味方の騎馬が慌てて包囲を固める。ほとんどは阻《はば》んだものの三騎が抜け出た。側近たちが実親の前に並んで盾となる。

敵は槍を構えて迫った。死を覚悟しての突入であった。実親は側近らを信頼して一歩たりとも退かずに敵を睨み付けた。側近らも馬の腹を蹴って立ち向かう。九戸党の中でも選ばれた精鋭たちである。怯えは微塵もない。

繰り出した槍はあっさりと敵の二人を串刺しにした。残りの一人はなんとか躱《かわ》して実親だけを的とする。側近の投じた槍がその兵の背中に突き刺さった。その瞬間に兵も実親に槍を投げた。槍は実親の肩の辺りをかすめて地面に転がった。兵は悔しさに嗚咽して馬から転げた。力なく落ちる。

「申し訳ございませぬ！」

無事であったとは言え一人を取り逃がした失態に側近らは青ざめていた。

「構わぬ。戦さの最中だ」

実親は側近らの働きに満足していた。


一方、三十人ずつを乗せた四十隻の舟が雨で濁流となっている日高見川を下っている。稗貫で舟を調達した正常の率いる千二百の部隊である。河崎城を巡る詳しい攻防はほとんどと言っていいほど知らない。正常はただ政実に命じられた策を忠実に守っているだけだ。上陸地点さえ間違わねば勝てると聞かされている。正常にはそれで十分だった。政実の考えたことだ。行けば必ず敵陣の背後を襲えるに違いない。

「そろそろにござります」

揺れる舟の上に側近が立って確かめた。

「戦さの音も聞こえ申す」

「目印の二本の松が見えぬ。まだ先だ」

正常は首を横に振った。音は思いがけないほど遠くから聞こえるものだ。ここで焦って遠くへ上陸しては取り返しがつかない。

「しかし……この気配では戦場が敵陣からだいぶ遠ざかっているものと思われます」

「構わぬ。俺が兄者より命じられたのは敵陣の奇襲。実親は実親で踏ん張っているのであろう。歩兵が騎馬の援護に駆け付けたところでなんになる。気にせずに行け」

ははっ、と側近は従った。言われればその通りだ。側近は焦りを恥じていた。

「あれであろう」

雨に霞む松の影を正常は認めた。

「あの岸に舟を乗り上げろ。土手に上がれば敵陣は間近。ほぼ同数の敵が守っている。奇襲とあっても甘く見るなよ。はじめはこっそりと近付き、矢を射かけてから突入させろ。それに呼応して実親らが来てくれる」

兵らは声を立てずに頷いた。その命令がとなりの舟、さらにとなりへと伝わる。

「寺崎吉次の誘い出しは上手く運んだのでありましょうか」

余裕を取り戻した側近の一人が口にした。街道と日高見川は離れているので様子が知れない。他の者たちも心配そうに頷いた。

「でなければ実親が動かぬ。そういう約束だ。実親が敵とやり合っているからには囮の者らが役目を果たしたと言うことだ。ここに来て余計なことを案じるな」

正常は側近らを叱りつけた。本隊と無縁に動いているのでだれにも不安がある。しかしそれを身近に居る側近が口にしてはまずい。

「騎馬軍の強さだけが九戸党の力ではないことを存分に示すときだぞ」

正常に兵らはしっかりと頷いた。


「まだか……」

戦場を移動しながら実親は陣の様子を気に懸けていた。すでに四半刻は過ぎている。この戦さの気配が伝わっていないとは思えないが、そろそろ来て貰《もら》わないと奇襲の意味がなくなってしまう。形勢が悪いと知って敵陣から歩兵らがどんどん出て来ている。陣に残っているのは四、五百のものだろう。平原に散った歩兵を追うのは厄介だ。

「お！」

実親の顔が輝いた。敵陣に乱れが見られたのだ。慌てて陣に引き返す兵らがある。

「やっと来てくださりましたな」

側近らも笑顔となった。陣を襲う正常軍の吶喊の声が実親の耳に届いた。

「敵は防戦に手一杯となる。正面の防御が薄れるぞ。手の空いた者らを陣に向かわせろ。だいたい決着がついたはずだ」

実親は馬の入り乱れる戦場を見渡して言った。側近が赤旗を大きく左右に振る。太鼓が間を置いて激しく叩かれた。二手に分かれて戦っていた騎馬軍の中からそれぞれ七、八十頭が抜けて敵陣を目指した。さらに五、六十頭が続く。実親が想像していたよりも数が多い。馬は三百を越す固まりとなって敵陣に突入した。悲鳴と動転が伝わって来る。

〈これで陣は落ちる〉

実親は確信した。陣幕が倒されてさらに戦さの状況が知れた。正常軍が敵を追い詰めていた。実親は馬を敵陣に向けて走らせた。

「揺るぎない指図にござりました」

側近が心底から実親に言って頭を下げた。

「騎馬軍の被害も知れたものにござります。逃げているのは敵ばかり。これからは歩兵が相手。もはや戦さは決しました」

「戦った者たちを褒めてやれ。俺がいくら指図したとて働く者がなくては勝てぬ」

実親はそれも実感していた。

「あれは正常さまにござりましょう」

土手の上に立っている影を認めて側近が指差した。正しく正常だった。

「馬を捜して兄者に届けろ」

実親は直ぐに命じた。主を失った馬が平原にいくらでも居る。

「城に伝令を走らせて東の陣は落としたと報告いたせ。正常兄者も無事に到着いたした、とな。しばらくしたら俺は政実兄者の援護に向かう。原田には心配するなと申せ」

言って実親は頭上の傘を畳ませた。

「熱くなってきた。雨が逆に心地好い」

実親は天を見上げてから馬の脚を速めた。

十六

「遅くなった。あらかた片付いていたので気が抜けたわ」

実親の接近を認めて正常は苦笑いで謝った。

「なんの、お陰さまにござる。兄者が来てくれると思えばこそ楽にやれました」

実親は正常に馬を与えた。正常は嬉しそうに飛び乗って実親と並んだ。

「囮の方も上手くいったらしい。手筈通りに動いているということはそういうことだな」

正常は実親に質した。

「問題は政実兄者にござる」

「兄者がどうかしたか？」

「寺崎吉次の退路を確実に断たんとして五百の騎馬を自ら率いて向かい申した。ここで取り逃がせば今日までの苦労が無駄となりまする。兄者の申される通りにはござるが……」

「敵の人数は？」

「二千の歩兵に二百やそこらの騎馬兵」

「それにたった五百で向かったのか」

正常は呆れた。と同時に不安も覚える。

「手前はこれから騎馬軍を引き連れて援護に駆け付けようと存ずる」

「俺も行く」

「正常兄者はこの陣の後始末をつけてから川を渡って江刺の城に入っていただきたい。逃げ場を失った寺崎吉次は恐らく江刺に引き返そうとするでありましょう。また籠城されては厄介なことになりまする」

「なるほど、それはその通りだ」

正常も直ぐに得心した。自分たちが江刺に一番近い場所に居る。川の向こうが江刺の領地だ。

「江刺の城には留守を守る百前後の兵しかおらぬはず。手薄でろくな守りもできますまい」

「任せておけ。一刻もあれば落として見せる」

正常は請け合って、

「それより兄者の身が案じられる。もはや騎馬兵の手助けがなくてもいい。兄者の援護に回れ。河崎の城にも俺から伝令を出して陣を壊滅させたと教えてやろう」

実親を促した。

「九戸党は強うございますな」

「なんだいまさら」

「いまさらながらに知ったのでござるよ。采を振るのは手前でも、兵らがその通りに働いてくれぬでは意味がない。兵らは見事に応えてくれ申した。戦さの面白さがはじめて分かったような気持ちにござる」

誇らしげに実親は戦場を駆け巡っている騎馬兵たちに目を動かした。一人一人は敵と変わらぬ人間である。なのにこれほどの差が生まれたのは覚悟の違いであろう。

「その話は今夜ゆっくりとしよう」

正常は笑って実親を送り出した。


戦場を飛び出て援護に回った実親だったが、政実がどこら辺りに居るものか不明である。街道に出て稗貫方面を目指せば合流できそうだが、もし寺崎吉次が江刺に引き返そうとして道を外れていれば、当然政実もそれを追って脇に踏み込んでいよう。

実親は隊列を止めて休息を取らせた。

「物見の馬を十頭ほど出せ。時間の無駄となるやも知れぬが、闇雲《やみくも》に向かうよりはいい」

側近らは大きく頷いて物見を命じた。駆け通しなので馬も相当に疲れている。ここでの休息は正直言ってありがたい。側近らにも明らかな安堵が見られた。実親の馬は疲れていない。それで無理な進軍を強《し》いていたのだと実親も気が付いた。

「だったら遠慮なく俺に言え」

実親は側近らを叱った。

「政実さまの安否を思えば口にできませぬ」

側近の一人が素直に打ち明けた。

「間に合ったところで、満足に動けぬ馬では仕方あるまい。それを言うのがそなたらの役目であろう。一日に二度の戦さがきついのは俺とて承知だ。心配して見せたが、兄者なれば案ずることもなかろう。だれよりも戦況を見極める力に長けておる。危ない戦さにはせぬ。無理をすれば、こっちが反対に足手纏《あしでまと》いにもなりかねぬ」

ははっ、と側近らは頭を下げた。

「だいぶ陣からは離れているゆえ寺崎吉次も罠とは気付いておらぬと思うが……たった五百の、しかも歩兵ばかりの援護には首を傾《かし》げておろう。あるいは察して江刺に引き返したかも知れぬ。なんとも言えぬ状況だな」

実親は自分の身に置き換えて寺崎吉次の動きを推しはかった。やはり囮だと直ぐに気付いたかも知れない。稗貫や斯波が九戸党と同盟関係にあるのは当然承知であろう。それなのに戦さとなって四日が過ぎているのに五百そこらの援軍しか出さぬなど奇妙過ぎる。

「寺崎吉次らが川を渡った地点はどこだ？」

実親は側近らに質した。

「水先《みずさき》の辺りと耳にいたしました」

一人が即座に応じた。川を下って来た正常軍の者たちが多くの舟をそこに見たと言う。

「そこはどこだ？」

実親の問いに別の側近が図面を広げて場所を捜す。たちまち見付けて指で示す。

「我らがおるこの場所は？」

「それほど水先とは離れておりませぬ」

だいたいの見当をつけて側近が指差した。

「考えどころだな」

実親は腕を組んで唸《うな》った。

「すでに寺崎吉次が罠と察して水先へ引き返したのではないかと？」

「葛西きっての知恵者と聞き及んでいる。兄者が退路を断つ前に反転するという可能性は強い。としたなら、我らこそ水先に向かって、そこから北上するのが利口かも知れん。せっかく水先に近い位置にある。街道を駆けるのが楽には違いないが、その方が寺崎吉次と遭遇できるような気がしてきた」

「確かに。江刺の城を諦めるにしても舟があれば川を下って葛西の領へ逃げることができ申す。寺崎吉次は水先を目指しましょう」

「休憩は取り止めだ。きつかろうが水先に向かう。物見は無駄となったが、ここにだれかを残してその者らと連絡をつけさせろ」

実親は決断した。側近たちも立ち上がった。その策が一番と見たからである。

〈果たして読みが当たるかどうか〉

実親の胸の鼓動は高まった。外せば大迂回となってしまう恐れがある。

兵らは不満一つ洩らさず実親の下知に従った。納得してくれている証しである。それで実親の不安は少し薄らいだ。


「無理をさせるなよ」

実親は馬の疲れを気遣った。湿地がほとんどで歩きにくい土地だった。雨は止みつつあるが泥地に水がたっぷり溜まっている。泥に馬の脚が嵌まってしまう。

「これで敵が来なければ兵らに叱られるな」

何度か鞍から落ちそうになるのを必死で踏ん張って実親は口にした。

「必ず参ります。舟がなくては孤立すると寺崎吉次も知っております」

「もう水先を出た後ということもある」

実親は尻の落ち着かぬ馬上で言った。泥の深みが上からはまったく分からない。しかもこれがどこまで続くものなのか……迂回を命じたくなる。だが、それにはあまりにも永くこの湿地に入り込んでしまっている。

「もうじき抜けましょう」

側近は請け合ったが、だれ一人としてこの辺りの地勢に詳しい者は居ない。そう望んでいるだけだ。

「日高見川の岸が見えまするぞ！」

だいぶ先を進む兵たちの弾んだ声が実親の耳に届いた。実親は思わず吐息した。

「水先であれば川が大きく曲がっている！」

側近は叫んで確かめた。

「左手でぐるりと蛇行しております！」

間違いなさそうだった。側近は頷いた。

「敵の舟を捜せ。置いてあるはずだ」

実親も声を張り上げた。

舟を見付けたという知らせが戻ったのは、それから間もなくであった。兵らはどっと歓声を発した。無事に先回りができたのである。

「やったな」

実親は馬上で何度も頷いた。

「舟を岸から流してしまえ！　それで万が一のことがあっても寺崎吉次は葛西に戻れぬ」

実親は前方の兵たちに命じた。

「今度こそ休息を取らせる。四半刻はここで待とう。それで敵が来ぬときは北上する」

実親は部下たちを労《ねぎら》った。


「敵が居残っていたのか」

舟を守っていた敵兵のことである。舟を流しに十騎が川岸に下りたところ、草薮《くさやぶ》から三十人ほどが飛び出て突進して来たと言う。不意打ちだったせいで二人が手傷を負ったものの、騎馬兵相手に三十人では勝負が知れている。たちまち追いやって舟を流した。

「その者たちも気が気ではなかったであろう。目の前を正常兄者の率いる部隊が下って行ったのだろうからな」

御意、と側近らも実親に頷いた。

「歯車が一つ狂えば後手後手と回る。今の寺崎吉次の軍がまさにそれだ。策にさしたる過ちはなかったはず。神の采配としか言えぬ」

「我らに今があるのは運などと違い申す」

側近の一人が笑って言った。

「お館さまと実親さまの策の賜物にござります。先々を読んでの戦さ。感服いたしました」

「ここまで敵を追い詰めたのは兄者だ。俺など後始末をしているだけに過ぎぬ」

謙遜ではなく実親の本音であった。策は大胆だが、その前に何度か細かく兵を動かして寺崎吉次の器量を見極めている。その上で動きを読み取るというやり方だ。そうでなければ不敗の戦歴を重ねられるわけがない。そういう慎重さが南部の者たちに伝わっていない。強力な騎馬軍を前面に押し出して蹴散らすだけの猛者《もさ》と見ているに過ぎない。自分らにも三千近い騎馬軍団があれば、と思っているに違いないが、たとえあったとしても三千を細かく動かす才がなければ身動きが取れない。政実の凄さは身近に居ないと分からない。

「すっかり雨が上がりましたな」

一人が口にすると皆が青空を見やった。

「手傷を負っている者の数は？」

実親は訊ねた。

「深さにもよりますが……」

「無傷の者は何人だ？」

「九百のうち七百はおりましょう」

重傷を負った百人近くは先に戦場から城へと戻している。

「ではさらに二百人を帰城させろ」

「心配は無用と存じます。自ら望んで同行した者どもばかり」

「行き掛かりということもある。傷付いている馬も見られる。もはやきつい戦さにはならぬ。七百もあれば足りる。五十人の組のうち総勢が三十人を割っているところは別の組に合流させろ。将を失った組も同様だ」

承知、と側近たちは散った。

敵の接近を知らせる物見が駆け付けたのはそれからしばらくしてのことだった。

「歩兵ばかりだと？」

実親は小首を傾げた。

「四、五頭の馬は見えますが、他はすべて」

物見の兵は実親に復命した。

「馬と歩兵では歩みが異なり申す。それで二手に分かれたのでござりましょう」

側近が口を挟んだ。

「馬の方は一気に街道を駆け抜けて胆沢辺りに逃げ込むつもりか」

頷いた実親だったが、それでは雑魚《ざこ》に等しい歩兵だけを相手とすることになる。政実の方は騎馬兵らを追っていると思われる。逃げる歩兵に追い付けぬわけがないのだ。

「先回りした甲斐がなかったな。てっきり寺崎吉次が来ると思ったに」

実親は失望の笑みを洩らした。

「どういたしますか？」

側近らも多少の戸惑いを浮かべていた。どうせ逃げる舟はない。それを知れば散り散りとなって隠れるだけであろう。もはや脅威となる対象ではなくなっている。捕虜にするにしても二千では多過ぎる。

「先回りしたことを見せ付けておくのも大事だ。舟のないのを確かめさせてから包囲にかかる。寺崎吉次がおらぬでは戦う気力もなくなっていよう。武器を取り上げて解き放て」

「全部の兵を、でござりますか？」

「将らしき者がおれば別だ。ただの歩兵には用がない。そう皆に言い聞かせよ」

実親の命令に側近たちは頷いた。


頃合を見て実親は馬を走らせた。兵らも吶喊の声を発して敵の在る川原へと急ぐ。疾走する七百の馬の足音に気付いて敵は慌てふためいた。土手に上がって防戦態勢となる。意外なほど早く敵の陣形が整う。矢が早くも実親たちを襲った。徹底して戦う気と見える。

「馬を止めろ！」

実親は叫んだ。旗が振られる。次々に馬が止まった。矢を防ぎつつ後退する。

「無駄な戦さに等しい。使者に出よ」

実親は側近を呼び寄せた。

「武器を捨てて降伏するなら将以外はこの場で解き放つと伝えよ。東の陣と江刺の城も我らの手にあると知れば諦めよう」

はっ、と側近は白旗を預かって土手を目指した。敵の攻撃が治まった。

これで終わる、と思っていたが、戻った側近は首を横に振った。

「降伏に応じぬと言うのか？」

実親は信じられぬ顔で敵を眺めた。

「死ぬだけではないか。それが分からぬわけでもあるまいに……すべて葛西の兵か？」

「と思われまする」

「にしても七百の騎馬軍を相手にどうする気だ？　蛮勇というものであろう」

実親は溜め息を吐いた。嫌な戦さとなる。

「さすがに葛西勢でござりますな」

「果たしてそれだけのことか？」

実親の目が光った。

「と申されますと？」

「この態勢からもよほどの者が率いているとしか思えぬ。命さえあれば次の機会もあるのだ。それに頷かぬのは他の理由があると見た」

「…………」

「二手に分かれた騎馬兵の方こそ囮だったのかも知れぬ。兄者とて雑魚は見逃す」

「すると！」

「寺崎吉次が紛れ込んでいるかもな。だから兵らも必死で守っている」

「考えられまする」

使者に出た側近も大きく頷いて、

「手前の口上を受けた者の後ろに、思えばそれらしき将の姿が……」

「広がって包囲にかかれ！　断じて逃すな」

実親は声を限りに叫んだ。

「敵陣の両端に馬を増やせ。川原沿いに逃げられる恐れがある」

実親は敵の様子を見てさらに命じた。背後の川は雨のせいで濁流となっている。まさか泳いでは渡れないはずだ。逃げるとしたならその方法しかない。

「あとはしばらく様子見だ。敵地の中で焦っているのは向こうだ。無理をして怪我でもすれば詰まらぬ」

実親はのんびりと構えた。二百頭ばかりを突入させて突破口を開ける策もあるが、敵は矢をつがえて待ち構えている。百人前後は必ず犠牲となってしまう。それより包囲を固めて待っている方がい い。まだ陽は高い位置にある。この水先に自分たちが向かったことは負傷して戻った兵たちが知らせている。そのうち援軍も駆け付けて来るに違いない。

〈焦るなよ。焦っては大魚を取り逃がす〉

実親は自分に言い聞かせた。

〈しかし……〉

とも思う。この展開となったのには自分の責任も大きい。接近を知った時点で隠れ場のない草地に待ち伏せする機会があったのだ。政実であったなら、たとえ相手が歩兵だけと見てもその策を採ったかも知れない。戦う気力がないはずだと見た自分が甘かった。獅子は相手がどれほど弱かろうと気を緩めない。それも政実がよく好んで口にする言葉だ。

ここで寺崎吉次をむざむざと逃がせば政実に言い訳がきかない。

〈こうなって寺崎吉次はどうするか?〉

騎馬兵が相手ではむずかしい。包囲を突破したとて直ぐに追い付かれてしまう。馬が入って来れないような場所でも身近にあれば、とりあえずはそこに逃れるのだが……実親は四方を見渡した。少し離れたところに実親はそれを見付けた。こんもりとした森が見える。その背後には山が繋がっていた。なんとかしてあの森まで辿り着けば、藪や林に紛れて馬の追尾《ついび》を逃れることができそうだ。だが、あそこまで騎馬兵と戦いながら逃れるには多大な犠牲を強いられる。そこまで寺崎吉次が決断するだろうか、と実親は危ぶんだ。自分であれば躊躇する。

〈いや〉

実親は即座に首を横に振った。寺崎吉次ならやるだろう。現にこの包囲を承知の上で降伏に応じなかった男なのである。兵を道具としか見ていない。自分さえ助かれば報復の機会があると思い込んでいるのだろう。

「恐らく敵は出て参るぞ」

実親は側近に言った。

「何手かに分かれて兵を繰り出して来ようが、狙いはあの森だ。そこを目指す兵の中に寺崎吉次が紛れて来よう。他の兵らは見せ掛け」

「この包囲を突破にかかると？」

「それしか道はない。山に潜り込めばなんとかなると見ていよう」

なるほど、と側近らは頷き合った。

「そのときは森を目指す兵らに全力を注げ。他の方角に向かう者らは忘れて構わぬ」

「賭けにござりますな」

「賭けではない。飛び出して来るには必ず理由がある。その答が森にあるということだ」

実親は確信を抱いていた。平地に散っても歩兵では先が知れている。

実親の予測は見事に的中した。

喚声を上げて敵が川原から矢を射かけながら飛び出て来たのだ。敵は五つに割れて扇形に散った。四、五百ずつの固まりとなって草地を駆け抜ける。これも実親の想像通りの展開だった。互いの固まりが十分に離れるまで実親はわざと見逃した。目指す方角をしっかり見定めるためと、簡単には援護に駆け付けられない距離を計っていたのである。馬ならどうせ楽に追い付ける。

「よし、あの者どもだ」

実親は二、三百の兵の固まりを示した。あれにも寺崎吉次の計算が働いている。少ない人数よりは五、六百の敵を追うと見たのだ。それなら七、八人で逃れれば目立たないのに、さすがに不安だったのだろう。と言って五、六十人では反対に不自然だ。やはり知恵者だけのことはある。あらかじめ予測していなければ後回しにしていたかも知れない。

「森に先回りして塞げ！　策は見極めた。全軍でかかれ。寺崎吉次が必ず居るぞ」

実親は馬の腹を蹴って兵らの前に立った。三、四十騎が従う。策を耳打ちされていた他の馬たちもいっせいに森へ反転した。

たちまち敵に追い付く。脇を駆け抜けながら実親は敵を眺め渡した。走りつつ敵が矢を射ってくる。腕が震えているので当たるはずもない。楽々と実親は敵の前に飛び出した。敵は慌てて左に向きを変える。しかし、そちらにも二、三十の騎馬が出て道を塞ぐ。敵は草地に立ち止まった。森はまだ遠い。続いて来た馬が敵の周囲を駆け回った。これでもはや一人として逃れられない状況となる。二、三百の歩兵を四百以上の馬が包囲したのだ。

「九戸実親である！」

実親は駆けながら名乗った。

「寺崎吉次どのがおろう！　ここに来て名乗りを挙げぬは見苦しい。葛西の名折れとなる。それとも雑兵《ぞうひょう》とともに馬の脚の餌食となるか」

何本かの槍が実親に投じられた。脇を守っていた側近らが難無く弾き返す。

「返答のなきは寺崎吉次どのがおらぬと見做して構わぬのだな！　武者として腹を切る覚悟もないとは情けなし」

実親は一声高く発して片手を上げた。攻撃を示す合図である。

「待て！」

敵の中から声がかかった。と同時に一本の白旗が掲げられた。敵兵らは顔を見合わせた。降伏と察して、安堵の色を浮かべながら槍や弓を地面に放り投げる。実親も駆け巡っている馬を止めさせた。

「寺崎吉次どの、前に出られよ！」

叫びつつ実親の胸は騒いでいた。

兵の固まりが二つに割れて男が現われた。

思いがけず爽やかな目をした偉丈夫《いじょうふ》だった。兵らは寺崎吉次に泣いて取りすがった。

「雑兵の鎧に取り替えられてござったか」

実親は思わず舌打ちした。それでいくら捜しても見当がつかなかったのである。

「逃げる策であれば当たり前のこと」

寺崎吉次は兵らを振り切って前に出た。その顔には不敵な笑いまで見られた。

「そなたには未練と映ろうが、生きておればこそ先がある。こうなっては致し方なし。いくら儂《わし》でもこの包囲からは逃げ切れぬ」

寺崎吉次はどっかりと草地に胡座をかいた。

「実親どのと申されたな」

寺崎吉次は馬から下りた実親と向き合った。

「見事な采配。敵ながら天晴《あっぱれ》。まさか先々まで読まれるとは思わなんだ」

「兵らを遠ざけて構いませぬな」

実親は言って敵兵を後退させた。

「捕らえて城に引き連れたきところなれど、そうすれば逃れた兵らが戻ってご貴殿の奪還を謀りましょう。無駄に人が死に申す」

「であろうな」

寺崎吉次もなにを言われているか承知で頷いた。

「お覚悟はよろしいか」

「むろん。そのつもりで名乗りを挙げた」

寺崎吉次は微塵も揺れを見せずに応じた。

「逃れられぬと定まったからには兵らをこれ以上死なせたくない。儂で済むならいつでも」

「それほどのお人が、なにゆえ最初の降伏には応じてくだされなかったので？」

「逃れられると見たからだ」

当然のごとく返して寺崎吉次は笑った。

「刀を戻して差し上げろ」

実親は寺崎吉次の刀を預かった側近に目を動かした。

「その必要はない」

寺崎吉次は断わった。

「好きなときにこの首を刎ねられよ」

寺崎吉次は前に屈んで首を伸ばした。

「それではあまりに……」

実親の方が慌てた。

「己れ一人だけ腹が切りたくて降伏したとあっては他の者らに示しがつかぬ」

寺崎吉次は首を伸ばしたまま言った。

「それもまた……武者の道」

実親は大きく頷いて、

「髪と刀は葛西にお戻し申そう」

寺崎吉次に約束した。

「九戸党との戦さ、もう一度してみたかった。それがこの未練に繋がった。南部が政実どのを棟梁とせなんだは合点がいかぬ」

「手前はご貴殿と二度と戦さをしたくはござらぬ。ほとほと考えにくたびれ申した」

実親の言葉に寺崎吉次は微笑んだ。

実親は寺崎吉次に目で別れの挨拶をした。

と同時に側近が寺崎吉次の脇に立った。

寺崎吉次は静かにまた首を伸ばした。

側近のかざしていた刀が一閃《いっせん》した。

「お見事！」

落とされても笑ったままの寺崎吉次の首を見詰めて実親は声を発した。

「寺崎吉次を討ち取ったと敵に知らせろ」

実親は首に合掌してから命じた。

実親は街道を辿って城を目指した。ようやく日が暮れようとしている。戦さが終わったという実感が夕日を見ていると強まった。

「あれはお館さまにござります！」

街道を駆けて来る多くの騎馬武者に目を凝《こ》らして側近が顔を輝かせた。

「やはりご無事であらせられましたな」

「当然だ。俺は案じてなどいなかった」

実親は側近に笑いで返した。

土を蹴立てて政実がやって来た。

「寺崎吉次の首を獲ったと言うはまことだな」

政実は真っ先に確かめた。

「あれに」

実親は側近の持つ包みを示した。白旗で包んだ寺崎吉次の首である。

「でかした！　十年に一度の手柄だ」

政実は見る見る緊張を緩めた。

「ついさきほどまで、一生の不覚を取ったと嘆いておった。まさか逃げた騎馬兵の中に寺崎吉次の姿がないとは……てっきり取り逃がしたと諦めておったに。こうしている今でも信じられぬ。今度ばかりは礼を言う」

政実は馬上で実親に頭を下げた。

「寺崎吉次、さすがに只者ではござりませなんだ。武者の道を教えられてござる」

実親は寺崎吉次の最期を詳しく伝えた。

「それほどの者を失えば葛西の痛手は大きかろう。当分は報復の戦さなどできまい」

政実の言葉に実親も首を縦に動かした。

「南の陣はどうなりましたので？」

「手薄と見て城を攻めて来た。原田と黒石梅雪とで追いやった。いずれも我が軍の完勝。正常も江刺の城を奪い返したと言うてきた」

「では決着がつき申したな」

「今頃は寺崎吉次の死が敵に広まっておろう。胆沢や和賀勢も引き揚げるに相違ない。これで二日もすれば二戸に帰れる。信直がどんな顔で我らを迎えるか……戻ってからが楽しみとなった。すべてはそなたの働きだ」

政実の笑った顔が夕日に染められている。

実親は何度も頷いて河崎の城を目指した。


（下巻につづく）

初出「小説現代」平成七年九月号～平成十年二月号

N.D.C.913 636p 20cm

天《てん》を衝《つ》く（上）

第一刷発行　二〇〇一年十月十九日
第四刷発行　二〇〇二年一月二十三日

著　者　高橋克彦《たかはしかつひこ》

発行者　野間佐和子

発行所　株式会社　講談社
東京都文京区音羽二-一二-二一　〒一一二-八〇〇一
電話　出版部　〇三-五三九五-三五〇五
　　　販売部　〇三-五三九五-三六二二
　　　業務部　〇三-五三九五-三六一五

定価はカバーに表示してあります。

印刷所　大日本印刷株式会社

製本所　島田製本株式会社

Printed in Japan　ISBN4-06-210881-X　（文二）